Bibliothèque nationale de France

Direction des collections

Département Littérature et Art

Bibliothèque nationale de France — Paris

Direction des Collections

4 956

LETTRES ET PENSÉES

D'HIPPOLYTE FLANDRIN

(C)

PARIS. — TYPOGRAPHIE DE HENRI PLON, IMPRIMEUR DE L'EMPEREUR
8, RUE GARANCIÈRE

LETTRES ET PENSÉES
D'HIPPOLYTE FLANDRIN

ACCOMPAGNÉES DE NOTES

ET PRÉCÉDÉES D'UNE NOTICE BIOGRAPHIQUE

ET D'UN CATALOGUE DES ŒUVRES DU MAÎTRE

PAR

LE Vᵗᵉ HENRI DELABORDE

CONSERVATEUR DU DÉPARTEMENT DES ESTAMPES A LA BIBLIOTHÈQUE IMPÉRIALE

OUVRAGE

ORNÉ DU PORTRAIT DE FLANDRIN

GRAVÉ PAR DEVEAUX, D'APRÈS UN PORTRAIT DU MAÎTRE

et enrichi de plusieurs *fac simile* de lettres.

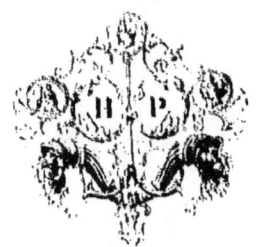

PARIS

HENRI PLON, IMPRIMEUR-ÉDITEUR

8 RUE GARANCIÈRE

1865

A LA VEUVE ET AUX ENFANTS

D'HIPPOLYTE FLANDRIN,

A PAUL FLANDRIN,

SON FRÈRE,

A MONSIEUR INGRES,

SON MAITRE,

A MESSIEURS GATTEAUX, AMBROISE THOMAS,
VICTOR BALTARD, OUDINÉ, TIMBAL,

SES AMIS.

NOTICE BIOGRAPHIQUE

SUR

HIPPOLYTE FLANDRIN

Il y a quelques mois à peine, la mort, une mort inattendue, rapide, venait enlever à la France le plus grand peintre religieux qu'elle ait vu naître depuis Lesueur, à notre école contemporaine celui qui en était l'honneur principal après M. Ingres. En apprenant qu'Hippolyte Flandrin n'était plus, qui de nous, amis ou non, n'a mesuré aussitôt l'étendue d'une pareille perte? Qui n'en a ressenti profondément l'amertume, entrevu tout d'abord la portée? C'est que la vie d'Hippolyte Flandrin n'intéressait pas seulement les progrès de notre art national; elle était aussi un bon conseil, une leçon pour tout le monde, depuis les jeunes artistes, auxquels elle enseignait le dévouement passionné au devoir, jusqu'aux artistes plus avancés dans la carrière, qu'elle pouvait rappeler à la bienveillance envers les rivaux, à la générosité envers les adversaires, et quelquefois au respect de leur propre indépendance.

1

Dieu sait cependant si le digne maître songeait à se proposer en exemple à personne! Jamais peintre n'eut moins que celui-là le goût, la pensée même de la domination; jamais homme n'exigea de soi davantage et ne demanda moins à autrui. Aussi sincèrement modeste qu'il était justement renommé, illustre en quelque sorte malgré lui, il semblait, dans ses rapports avec chacun, s'étonner des respects auxquels il avait droit, s'en effrayer presque, et s'excuser de sa gloire bien plutôt qu'en recueillir les fruits. — Oui, mais que cet homme si prompt à s'effacer là où il n'y a en jeu que les intérêts de son amour-propre, que cet humble de cœur s'il en fut, entre en lutte avec les plus rudes exigences, avec les plus graves difficultés de l'art et de la vie; qu'il ait dans sa jeunesse à vaincre la misère par le travail, quel qu'il soit, dans son âge mûr à s'acquitter de tâches d'autant plus hautes que son talent lui-même s'est élevé en proportio... es tâches accomplies : plus de timidités ni d'in... es. Chaque entreprise résolûment tentée est conduite et surveillée avec une sévérité impitoyable ; chaque jour amène un ardent effort vers le mieux, chaque heure qui s'écoule dans l'atelier ou sur les échafaudages d'une église est un hommage rendu par le chrétien convaincu à la vérité évangélique et par le peintre à la dignité de son art.

En racontant la vie d'Hippolyte Flandrin, nous voudrions faire ressortir ce contraste entre l'obscurité voulue, l'extrême simplicité d'une vie qui s'est déro-

bée presque tout entière au monde et l'éclatant succès des travaux qui l'ont remplie. Hélas! nous n'avons
plus maintenant à garder la réserve qui nous était
imposée à une autre époque (1). La mort nous donne
le droit d'écarter des voiles que nous avions d'abord
à peine osé soulever, et de louer tout haut des mérites que récemment encore il eût été indiscret d'é-
bruiter. Je me trompe : même aujourd'hui, ce n'est
pas du bruit qu'il faut essayer de faire autour d'une
aussi chaste mémoire. On la profanerait presque en
l'abordant avec trop de zèle, en s'interposant entre
la vie d'Hippolyte Flandrin et l'éloquence des enseignements qu'elle nous lègue. Le mieux sera de la
raconter sans commentaires ou plutôt de la laisser se
raconter elle-même, de la laisser parler. Puisse la
vénération attendrie qu'elle inspire à quiconque en a
été le témoin gagner aussi les cœurs qui ne l'auront
connue qu'après la fin! Puisse ce Fra Angelico de
notre âge, par la candeur de l'âme et des mœurs
comme par le caractère des inspirations, apparaître
dans sa force paisible, dans le doux rayonnement de
ses vertus, et demeurer à l'avenir environné de la
double auréole qui couronne dès à présent pour nous
les souvenirs d'une vie invariablement pure et d'un
admirable talent!

Les lettres de Flandrin qu'il nous a été donné de

(1) Voyez dans la *Revue des Deux-Mondes* (15 décembre 1850) : *La
peinture religieuse en France. — M. Hippolyte Flandrin.*

recueillir et de publier montreront donc, elles diront assez quels furent, depuis les premières années de sa jeunesse jusqu'au jour où il succomba, sa confiance en Dieu, son tendre respect ou son affectueuse solli- citude pour ses parents et pour ses amis, son amour de l'art et l'ardeur de sa gratitude envers le grand maître qui l'avait formé. Elles révéleront toutes les nobles inclinations, tous les ressorts intimes, tous les secrets de cette âme d'élite. Aussi nous n'aurions songé à rien de plus qu'à transcrire les pages qu'on avait bien voulu nous confier, si quelques éclaircisse- ments préalables ne nous avaient paru nécessaires pour l'explication, non des sentiments, mais des faits. La tâche une fois donnée, avions-nous le devoir ou plutôt le pouvoir de lui conserver toujours le carac- tère d'un simple travail chronologique? Peut-être nous est-il arrivé de laisser de temps à autre notre propre opinion se faire jour et s'accuser à travers l'impartialité du récit, peut-être l'aveu de l'impression personnellement reçue est-il venu parfois se mêler à l'exposé des choses. Nous ne chercherons pas d'ail- leurs à nous en excuser beaucoup. On ne vit pas im- punément dans l'intimité posthume d'une telle âme, on ne manie pas avec un sang-froid constant de telles reliques, et, après tout, bien malavisé serait celui qui, en pareil cas, se défendrait trop soigneusement d'une émotion que ses efforts tendent à provoquer ou à entretenir chez les autres.

I

Jean-Hippolyte Flandrin, né à Lyon le 23 mars 1809, était le second de trois frères qui tous s'adonnèrent à la peinture, et le quatrième de sept enfants, dont le seul qui survive aujourd'hui est M. Paul Flandrin, un de nos paysagistes les plus justement estimés. Son père, placé d'abord dans une maison de commerce, avait, au bout de peu d'années, abandonné une carrière où il n'était entré qu'à regret. Artiste amateur dès sa jeunesse, il avait voulu devenir un artiste de profession ; mais, après quelques essais pour prendre rang parmi les peintres d'histoire ou de genre qui composaient ce qu'on appelait alors l'école de Lyon, il avait dû renoncer même à l'ambition modeste d'entrer un jour en rivalité avec les Richard et les Révoil. Pour vivre et pour faire vivre les siens, il s'était réduit à la condition de peintre en miniature : heureux encore lorsque la besogne ne venait pas à manquer, et qu'au souvenir de ses espérances déçues ne s'ajoutaient pas dans le présent des préoccupations d'un ordre tout matériel ! Les commandes, en effet, ne se succédaient que bien rares. Encore quelques années, elles allaient cesser tout à fait d'arriver, et le père d'Hippolyte n'aurait plus d'autres ressources que les fruits de son maigre patrimoine, c'est-à-dire les loyers d'une petite maison que, de moitié avec sa sœur, il possédait à Lyon dans la rue des Bouchers.

Cependant ses fils grandissaient. Tout en acceptant pour son propre compte une vie difficile et sacrifiée, le pauvre miniaturiste se reprenait à rêver pour chacun d'eux l'avenir qu'il s'était autrefois promis. Déjà l'aîné commençait à faire acte de peintre (1), et la mère de famille elle-même, un peu rassurée par les encouragements qui avaient au dehors accueilli ces débuts, s'était résignée à le voir s'engager dans une carrière dont elle avait d'abord essayé de le détourner; mais, lorsqu'il fut question de laisser ses deux autres fils s'y aventurer à leur tour, elle répondit cette fois par un refus formel. N'était-ce pas assez d'un peintre dans la famille? A quoi bon multiplier pour celle-ci les chances incertaines, demander aux hasards

(1) Auguste Flandrin, mort à l'âge de trente-huit ans, en 1842. Après avoir fait ses premières études à Lyon, où il acquit de bonne heure une certaine réputation comme peintre de portraits et surtout comme dessinateur lithographe, Auguste Flandrin vint, en 1833, à Paris achever son éducation dans l'atelier de M. Ingres. Hippolyte, à cette époque, se trouvait déjà à Rome. Pendant le séjour de cinq années qu'y fit celui-ci, Auguste, comme on le verra dans les *Lettres*, eut bien souvent l'intention d'aller le rejoindre; mais retenu par ses travaux à Lyon, où il était retourné après le départ de M. Ingres, il ne put consacrer à un voyage en Italie que quelques mois, les derniers qu'Hippolyte lui-même et son frère Paul eussent à passer loin de leur pays. Auguste Flandrin revint ensuite à Lyon avec ses deux frères. Il y resta après leur départ pour Paris et y vécut quatre ans encore, entouré d'une très-légitime considération. Son talent réel, surtout vers la fin, et qui promettait de se confirmer, de se développer encore, fut aussi connu et apprécié à Paris. Parmi les tableaux de ce frère aîné d'Hippolyte qui ont figuré successivement au Salon et qui y ont été justement remarqués, on peut citer une *Mère pleurant son enfant mort*, aujourd'hui au musée de Strasbourg, — une *Prédication de Savonarole dans l'église de San-Miniato*, au musée de Lyon, et surtout plusieurs beaux *Portraits*, celui, entre autres, du *docteur Decquidi*.

de l'art et du talent ce que la pratique d'un métier pouvait si sûrement procurer? Au lieu de faire entrer Hippolyte dans l'atelier d'un artiste, c'était dans une manufacture de soierie qu'il convenait de le mettre en apprentissage. Là du moins il gagnerait dès à présent le pain de chaque journée, en attendant que de la condition d'apprenti il fût élevé à l'emploi d'ouvrier, qui sait? peut-être un jour aux fonctions de commis. Quant à Paul, il apprendrait l'état de tailleur, et déjà la boutique avait été choisie où il devait être placé.

En indiquant quelque chose des premiers obstacles suscités à la vocation d'Hippolyte Flandrin, nous n'avons garde d'y chercher un prétexte pour renouveler ces lamentations banales sur l'aveuglement ou les préjugés des parents à qui le ciel a donné un enfant promis à la gloire. Rien de plus facile, de plus naturel même, et pourtant rien de moins juste que de porter ainsi des accusations après coup. Il est certain que si les inquiétudes maternelles eussent prévalu dans l'humble maison où Hippolyte Flandrin était né, la France ne compterait pas aujourd'hui un grand peintre de plus. Suit-il de là que ces inquiétudes fussent déraisonnables et ces craintes en apparence mal fondées? Dans un pareil milieu, à un pareil moment, elles semblaient, au contraire, parfaitement légitimes, et si plus tard l'événement les a hautement démenties, la misère et les rudes épreuves ne devaient d'abord que trop bien les justifier. La mère de Flandrin a assez vécu pour être, presque jusqu'au bout, témoin des succès de son fils. Elle en a joui sans avoir à se repentir pour cela des anciennes méfiances de sa tendresse, sans pouvoir se reprocher une erreur où elle avait lu autrefois son devoir, et dont ce fils, pieux et juste envers elle, ne s'est jamais vengé d'ailleurs que par un surcroît de respect.

On se méprendrait fort, au surplus, si l'on attribuait aux premiers essais de Flandrin une signification en rapport avec les caractères des travaux qui ont suivi. En condamnant au métier d'ouvrier en soie le futur peintre des grandes scènes évangéliques, il semblait qu'on ne courait le risque de supprimer en germe que le talent d'un dessinateur de vignettes ou tout au plus d'un peintre imitateur d'Horace Vernet. Pendant toute son enfance, en effet, et même dans les premières années de sa jeunesse, Hippolyte Flandrin ne manifesta guère d'autre inclination pittoresque qu'un goût très-vif pour les uniformes, pour les épisodes de la vie du soldat en campagne ou en garnison (1). Les heures que les enfants de son âge passaient sur les bancs d'une école, il les donnait tout entières, lui et son frère Paul, à la contemplation

---

(1). En renonçant à peindre des *batailles*, comme il en avait d'abord l'ambition, Flandrin ne perdra pour cela, tant s'en faut, ni l'amour des choses militaires ni le respect passionné du principe qu'elles représentent. Ses lettres, — depuis celle où il annonce la volonté bien arrêtée d'entrer, en cas de guerre, dans les rangs de la *garde mobile*, jusqu'à celles où il s'enthousiasme tantôt pour « l'admirable conduite de notre brave garnison à Ancône, » tantôt pour « nos bons petits soldats » de

des régiments en marche ou réunis pour la parade,
à l'étude ingénument zélée de tout ce que pouvait
enseigner la caserne ou le champ de manœuvre; puis
le soir venu, tous deux s'aidant mutuellement de
leurs souvenirs, s'appliquaient à retracer sur le papier les belles choses qu'ils avaient vues, à moins
que quelque lithographie, expédiée de Paris et tombée
par hasard entre leurs mains, ne devînt pour eux un
modèle plus précieux encore et plus attentivement
consulté.

Les scènes militaires, tantôt graves, tantôt héroï-
comiques, où l'expression d'une certaine originalité
enfantine se combinait avec l'imitation de Vernet,
de Charlet et des autres maîtres du genre, n'avaient
pas tardé à procurer aux « petits Flandrin » un commencement de notoriété : le tout à la grande joie du
père de famille, dont ces modestes succès semblaient
déjà justifier les espérances. La mère des deux enfants en jugeait tout autrement, nous l'avons dit :
aussi ne fallut-il pas moins, pour vaincre sa résistance, que l'intervention d'un artiste doublement
recommandé à ses yeux par la situation qu'il occupait alors et par l'humilité du point d'où il était parti.

l'armée actuelle, — ses lettres attestent à cet égard la permanence de
ses inclinations. Quoi de plus naturel, au reste, qu'une pareille influence
exercée sur un pareil homme? Tout grand devoir à remplir, tout idéal à
poursuivre était pour Flandrin une séduction. On conçoit donc que
les exemples donnés dans la carrière de l'abnégation par excellence aient
jusqu'à la fin préoccupé ce cœur si profondément, si instinctivement
généreux.

Le sculpteur Foyatier, l'auteur de cette statue de *Spartacus* dont l'apparition, peu de mois après la révolution de juillet, devait avoir aux yeux de beaucoup de gens l'opportunité, très-involontaire d'ailleurs, d'une allusion politique, Foyatier se trouvait à Lyon en 1821. Dix-huit ans auparavant, il avait reçu dans cette ville les premières leçons de son art, lorsque du village où il gardait les troupeaux il était venu s'offrir comme apprenti à un fabricant de statuettes pour les communautés religieuses. Établi maintenant à Paris, où il s'était fait un nom parmi les artistes et qu'il avait momentanément quitté pour se rendre en Italie, riche de quelques travaux en train, de quelques commandes, Foyatier avait auprès de la famille Flandrin l'autorité de l'expérience personnelle et le prestige d'un homme *arrivé*. Il usa de son crédit pour mettre Hippolyte et son frère sur la route qu'il lui avait fallu autrefois s'ouvrir courageusement à lui-même. A force de citer son propre exemple, de se porter garant de l'avenir, il réussit à avoir raison des obstacles qu'on lui opposait. Bref, les deux enfants, dont l'aîné était alors agé de douze ans, purent entrer, grâce à lui, dans un atelier que dirigeaient en commun un peintre nommé Magnin et un autre artiste aujourd'hui plus connu, le sculpteur Legendre-Héral.

Tout alla au mieux pendant quelque temps. Hippolyte ne trouvait pas seulement auprès de ses nouveaux maîtres l'occasion de s'initier à l'étude de l'an-

tique et du modèle vivant; il recevait d'eux aussi des
conseils dans le sens de ses ambitions les plus chères,
des indications conformes à ce qu'il croyait être alors
sa véritable vocation, et lorsqu'il leur soumettait les
esquisses qu'il avait, au sortir de l'atelier, tracées en
face de quelque corps de garde, il n'avait pas, tant
s'en faut, à redouter des reproches sur un pareil emploi de son temps. Malheureusement l'école perdit
bientôt l'un de ses deux chefs. Le départ pour l'Italie, puis la mort de Magnin, rompirent l'association
à l'abri de laquelle le talent de Flandrin avait fait ses
premiers pas. Flandrin toutefois était en mesure de
se produire maintenant sur une scène un peu plus
haute et de poursuivre, au milieu de nombreux condisciples, le progrès commencé sous les regards seulement de quelques camarades. Il se présenta donc et
fut admis à l'école de Saint-Pierre, qui, comme on
sait, est l'école des beaux-arts à Lyon. Il y passa
près de sept années, non sans ajouter à ses études
officielles le supplément de quelques travaux de son
choix, d'études d'après des animaux, par exemple,
qu'il allait faire à certains moments de la journée
dans un faubourg de la ville : le tout en vue de
sa spécialité future et de cette renommée comme
peintre de batailles qu'il comptait bien mériter un
jour.

En attendant, il fallait vivre, et, si mince que fût
le secours, alléger de son mieux les charges qui pe-
saient sur la famille. Il fallait de plus se préparer des

ressources pour tenter un voyage à Paris, car n'était-
ce pas à Paris que les deux frères verraient de leurs
yeux tant de chefs-d'œuvre, dont quelques-uns à
peine étaient parvenus jusqu'à eux, traduits tant
bien que mal par la gravure ou par la lithographie?
N'était-ce pas là qu'ils trouveraient les enseignements par excellence pour le genre qu'ils se pro-
posaient de traiter, et, — comme le leur avait dit,
avec plus de bonne volonté, il est vrai, que de sagesse,
un officier supérieur qui s'intéressait à eux, — qu'ils
pourraient « apprendre successivement les secrets du
dessin chez Hersent, de la couleur chez Gros, de la
perfection absolue chez Vernet? »

On juge des prodiges d'économie et de patience
qu'il leur fallut accomplir, des privations de toute
sorte qu'ils durent s'imposer pour arriver à la réali-
sation de leur projet. Enfin, à force de menus travaux
et d'épargnes accumulées sou à sou, à force de prélè-
vements sur le produit de petites vignettes dessinées
pour les marchands d'images, de rébus pour les con-
fiseurs, de pierres qu'un éditeur de lithographies leur
achetait au prix de quinze francs chacune, lorsqu'ils
y avaient tracé vingt sujets bien comptés, la somme
à peu près nécessaire se trouva un beau jour complète : maigre trésor, il est vrai, qu'il importait de
ménager avec autant de scrupules qu'il en avait fallu
pour l'amasser, et dont la moitié déjà eût été absorbée par les frais de route, si les voyageurs ne s'étaient
préalablement interdit le luxe de deux places dans

une diligence. C'est à pied qu'ils avaient résolu de gagner Paris.

Les voilà donc en marche sur ce chemin que deux siècles auparavant un autre apprenti de l'art, aussi pauvre qu'eux, Nicolas Poussin, avait suivi dans un sens opposé. Six fois encore, dans le cours des années suivantes, Hippolyte refera à pied, pour venir embrasser ses parents, ces cent vingt lieues qu'il entreprend aujourd'hui de mettre entre lui et la maison paternelle. Quelle différence toutefois entre l'accueil qui alors le récompensera de ses fatigues et l'isolement où il va se trouver en arrivant à Paris ! Qui sait ce qui l'attend au terme du voyage, quels hasards pénibles, quelles dures épreuves viendront tourmenter sa vie ou embarrasser l'essor de son talent ? N'importe, il est prêt pour toutes les luttes, résigné à tous les sacrifices, pourvu qu'il étudie, qu'il s'instruise, qu'il reçoive et qu'il mette à profit les leçons d'un de ces chefs d'école dont il a pu jusqu'ici pressentir seulement la doctrine ou l'habileté, et s'approprier les exemples à distance. — Quelques fragments des lettres qu'il écrivait à ses parents dans les commencements de son séjour à Paris [1] en diront plus sur ses dispositions morales, sur ses premières im-

---

[1] Les lettres dont nous donnons des extraits ici et plus loin ne figurent pas parmi celles qui composent le présent volume. Les citations insérées dans notre Notice sur la vie d'Hippolyte Flandrin ne font donc pas double emploi avec le texte même des pièces publiées à la suite de cette introduction biographique.

pressions, sur l'arrangement même de sa vie, que les paroles où nous essayerions de résumer ces détails familiers, ennoblis d'ailleurs par le caractère de celui qui les donne comme par la tendre sollicitude de ceux à qui ils sont adressés.

Après avoir, à Fontainebleau, admiré le château, « reconnu tout de suite la cour dans laquelle se passa la scène qu'Horace Vernet a si bien représentée (les adieux à la garde), » Flandrin, une fois à Paris, court « voir avant tout la colonne de la place Vendôme, » et en général les monuments ou les tableaux qui lui parlent de notre gloire militaire, de ces souvenirs héroïques qui ont enthousiasmé son enfance, et qu'il se sent moins que jamais d'humeur à répudier. Cependant il faut aviser aux moyens de s'installer et de vivre au meilleur marché qu'on pourra. « Plusieurs personnes, écrit Hippolyte, nous ont conseillé de louer une chambre non garnie. Nous en avons trouvé une qui nous coûte cent quarante francs par an. Tu vois, cher papa, que les loyers sont chers, car elle est très-petite et au cinquième étage. Je vais te dire maintenant comment nous vivons. Levés à cinq heures, nous allons sentir le bon air au Luxembourg, qui n'est pas loin : à six heures, au travail. A huit ou neuf heures, nous déjeunons. Malheureusement le pain n'a jamais été aussi cher qu'il l'est à présent. Ensuite nous travaillons jusqu'à six heures.... Tu me disais de ne pas contracter de dettes. Oh! de ce côté-là tu peux être tranquille; j'aimerais mieux faire les plus grands sacrifices. Sois bien persuadé de l'amour de tes enfants. Malgré leur éloignement de toi, ils ne feront rien que tu puisses désapprouver, et ils tâcheront de te soulager. »

Bien souvent toutefois, le regret du cher foyer, de la famille, vient non pas décourager, mais attrister Flandrin au milieu de ses studieux efforts, et alors, de peur d'affliger son père, ce n'est plus à lui qu'il se confie, c'est à son frère Auguste. « Tu ne saurais croire avec quelle force je désirerais te voir et t'embrasser, ainsi que le papa et la maman. Presque toutes les nuits, je me trouve transporté à Lyon, et hier j'étais vraiment fâché contre Paul pour m'avoir réveillé, car dans ce moment-là je croyais vous embrasser. Je pleurais de joie..... Souviens-toi que tous les soirs nous sommes convenus de prier les uns pour les autres. C'est à quoi je ne manque jamais. Je suis bien sûr que notre pauvre maman n'y manque guère. Elle nous aime tant, et elle est si loin de nous! Pauvre père, bonne mère, vous n'avez plus auprès de vous tous vos enfants ! » Enfin l'expression des sentiments de respect, et bientôt de dévouement passionné qu'inspirent à Hippolyte Flandrin ses premières relations avec M. Ingres, vient, dans chacune de ses lettres, se mêler à l'expression de sa tendresse filiale ou au récit des petits événements de la journée. C'est d'abord : « Nous sommes maintenant chez M. Ingres, à qui nous avons fait voir quelques-unes de nos compositions, dont il a été content; » puis : « M. Ingres nous encourage beaucoup, aussi nous travaillons avec la plus grande ardeur. » Survienne quelque circonstance où M. Ingres aura témoigné avec un surcroît de bienveillance l'intérêt qu'il porte à son jeune élève, et pour le coup le cœur de celui-ci déborde. « Que ne lui dois-je pas! écrit Flandrin à son frère. Que ne lui dois-je pas, à cet homme qui a déjà tant fait pour nous! Hier il m'a embrassé comme un père embrasse son fils..... Je ne sais plus comment le nommer, mais je pleure en pensant à lui, et c'est de reconnaissance. »

Le nom d'Hippolyte Flandrin est, depuis bien des années déjà, si étroitement lié au nom de M. Ingres, l'influence du maître a été d'abord si pieusement acceptée par le disciple, et proclamée par lui en tout temps avec une si vive gratitude, qu'on croirait qu'une sympathie instinctive existait dès l'origine entre les deux artistes, et qu'en se rapprochant l'un de l'autre ils obéissaient sciemment à une sorte d'harmonie préétablie, à une force d'attraction naturelle. Rien de moins exact pourtant. A Lyon, Flandrin n'avait peut-être pas entendu parler une seule fois de M. Ingres, dont les principaux ouvrages, d'ailleurs, n'étaient à cette époque ni lithographiés ni gravés, et dont il n'avait pu par conséquent pressentir la manière. En tous cas, à son arrivée à Paris (avril 1829), il songeait si peu à devenir l'élève du peintre de l'*Apothéose d'Homère*, qu'il se dirigeait déjà vers l'atelier d'Hersent, pour qui le directeur de l'école de Saint-Pierre, Révoil, lui avait donné

une lettre de recommandation. Chemin faisant, il
rencontre un jeune peintre, son compatriote, autrefois parti de Lyon, lui aussi, avec une lettre à la
même adresse, mais qui, après avoir vu au Salon les
tableaux de M. Ingres, s'était décidé à le choisir
pour maître (1). Puisque Flandrin pouvait choisir à
son tour, pourquoi hésiterait-il à suivre cet exemple?
Pourquoi, au lieu d'aller chercher auprès d'Hersent
une doctrine et des enseignements équivoques, ne
recourrait-il pas à l'autorité d'un artiste dont les
principes étaient aussi sûrs que l'expérience même
et le talent? Flandrin se laissa persuader. Moitié
confiance dans la vérité qu'on lui révélait, moitié
désir de se retrouver sous la même discipline que
son ancien camarade, il prit le parti d'agir dans le
sens que lui indiquait celui-ci. Au bout de quelques
jours, il était, ainsi que son frère, installé dans l'atelier de M. Ingres, où un autre Lyonnais, M. Sébastien Cornu, les avait d'ailleurs précédés.

Qu'allait-il cependant advenir, dans ce nouveau
milieu, des anciens projets d'Hippolyte et des habitudes pittoresques qu'il avait contractées à l'école
des beaux-arts de Lyon? Il était au moins difficile
de concilier avec la soumission aux sévères doctrines
de M. Ingres la fidélité aux leçons de Révoil. L'accommodement pouvait-il mieux se faire entre les

(1) M. Joseph Guichard, aujourd'hui professeur de peinture à l'école
des beaux-arts de Lyon.

études actuelles et les arrière-pensées qui auraient
eu encore pour objet la conquête d'une place parmi
les peintres de batailles? Flandrin ne tarda pas à
comprendre qu'il lui fallait non-seulement oublier
ce qu'il avait appris jusqu'alors, mais aussi proposer
à son ambition un but tout différent de celui qu'il
s'était promis d'atteindre. Il lui arrivera bien encore,
pendant les premières années de son séjour à Paris,
de se servir du crayon lithographique ou de l'aqua-
relle pour retracer quelque fait analogue à ceux qui
l'avaient d'abord si vivement préoccupé, quelque petite scène relative aux travaux ou aux délassements
du soldat : il n'y aura plus ici toutefois qu'un calcul
fort indépendant des entraînements de l'imagination,
l'emploi d'un moyen moins stérile qu'un autre pour
subvenir à des besoins immédiats, aux plus urgentes
nécessités de la vie. Désormais le goût, les espérances
même sont ailleurs, et quelques mois venaient de
s'écouler à peine depuis l'admission de Flandrin dans
l'atelier de M. Ingres, qu'il était devenu l'un des
élèves les plus habiles, les plus dévoués, les plus
profondément convaincus.

A cette docilité intelligente, à ce zèle pour la cause
du maître, Flandrin joignait déjà ces mérites d'un
autre ordre qui devaient, dans tout le cours de sa
vie, inspirer tant d'affection autour de lui et commander si sûrement une respectueuse sympathie
pour sa personne. Ceux qui l'ont connu à cette
époque gardent le souvenir d'un jeune homme à la

physionomie rêveuse et douce jusqu'à l'expression
mystique, au langage invariablement réservé, aux
habitudes d'esprit enfin et à l'aspect si noblement
modestes, qu'on se sentait dominé en quelque sorte
par cette modestie même et attiré par cet air de
bonté. C'était bien là le genre d'influence qu'il devait un peu plus tard exercer à Rome sur ceux qui
l'entouraient, et que constatait, en la subissant à sa
manière, une femme du peuple, modèle accoutumé
des pensionnaires de l'Académie. Elle s'échappait un
jour en épigrammes d'une âpreté toute méridionale,
en violentes plaisanteries sur la laideur de tel d'entre
eux, sur les faux agréments de tel autre. On lui demanda pourquoi elle épargnait Flandrin, dont le
visage pourtant n'avait ni régularité dans les traits, ni
beauté proprement dite : « Oh! quant à lui, dit-elle,
beau ou non, il ressemble vraiment à la Mad. ne, *pare
proprio la Madonna.* » Ainsi autrefois le doux Virgile gagnait les cœurs de ceux-là mêmes qui igno-
raient son génie, et devait aux seuls dehors de ses
vertus ce surnom de *Vierge* dont on le saluait dans
les faubourgs de Rome. — Mais revenons à l'atelier
de M. Ingres et aux caractères de l'éducation nouvelle qu'y recevait Flandrin.

Nous avons déjà parlé de l'ardeur avec laquelle
l'élève avait, dès le début, embrassé le parti du
maître. Était-ce donc qu'il s'agit alors d'agressions à
repousser ou d'une guerre offensive à entreprendre?
Dans la situation où se trouvaient les affaires géné-

rales de notre école, et quelque émotion que Flandrin
lui-même ait témoignée dans ses *Lettres* à propos
de certaines contestations ou de certaines résistances,
le rôle de M. Ingres et de ses disciples ne pouvait
être celui-là. Il s'agissait bien plutôt de s'isoler des
combats qu'on voyait se livrer autour de soi, de laisser les excès en tous sens s'user par leur violence
même, et, sans se mêler aux querelles du jour, d'introduire à côté des œuvres et des questions en litige
un progrès assez significatif pour que personne n'en
méconnût l'autorité, assez conforme néanmoins aux
traditions du passé et aux aspirations présentes pour
donner satisfaction à chacun. Certes il serait aussi
niais qu'injuste de ne voir dans l'éclatant succès
obtenu par M. Ingres que le résultat d'une habile
politique. Moins que qui que ce soit, nous serions
tenté d'expliquer par l'adresse des calculs ou par
les simples exigences du moment une gloire que jus-
tifient de reste la puissance des aptitudes personnelles, l'intraitable fierté des convictions et la grandeur des travaux accomplis. Ce que nous prétendons
rappeler seulement, c'est que, il y a trente-cinq ans,
par son talent et par les théories qu'il professait dans
son école, M. Ingres n'attirait la réprobation formelle
d'aucun des deux partis alors aux prises. Les souvenirs qu'il conservait des enseignements de David
bien qu'en matière de science et d'imitation de l'antique il remontât fort au delà des traditions dont on
avait nourri sa jeunesse, ces souvenirs étaient un

titre auprès de ceux qui faisaient de la pure résistance, du dévouement absolu à la cause dite *classique*, une question d'honneur pour eux-mêmes, et
pour l'art national un moyen de salut. De leur côté,
les novateurs se sentaient rassurés et jusqu'à un
certain point secourus dans leurs prétentions par
l'aversion que témoignait si ouvertement M. Ingres
pour le factice et le convenu, par son empressement
à rechercher et à exprimer les vérités caractéris-
tiques, à réhabiliter l'étude immédiate de la nature,
de la vie sans déguisement, du réel.

Par la conciliation de deux éléments en désaccord
jusque-là, en divorce complet dans notre école, — la
stricte vraisemblance des types et la noblesse idéale
du style, — M. Ingres avait donc à la fois fécondé la
réforme accomplie jadis par David, et consacré à sa
manière quelques-unes des inclinations de l'art moderne. Il avait réussi à tirer le beau pittoresque des
profondeurs mêmes de la nature, comme à vivifier
l'imitation de l'antique par l'accent de l'inspiration
personnelle et du sentiment. Là est son originalité
véritable, son mérite principal. Tels étaient aussi les
principes sur lesquels il fondait son enseignement 1),
et que ses élèves acceptaient avec d'autant plus de
confiance, qu'une pareille doctrine avait à leurs yeux
le double attrait d'une nouveauté dans le sens des

(1) « Quand vous manquez au respect que vous devez à la nature,
quand vous prétendez la corriger, vous donnez un coup de pied dans
le ventre de votre mère », disait énergiquement M. Ingres à ses élèves.

idées progressives et d'une protestation, non moins
nouvelle dans la forme, en faveur du passé.

L'empire exercé par M. Ingres sur les jeunes artistes qui se pressaient dans son atelier, est un fait
trop connu, trop bien attesté d'ailleurs par le nombre
des talents éclos sous cette forte influence, pour qu'il
soit besoin d'insister. En disant que le talent de Flandrin reçut, lui aussi, de la main du chef de l'école
une impulsion décisive, nous répéterions ce que chacun sait et ce que le disciple, devenu maître à son
tour, reconnaissait plus hautement et plus sincèrement que personne. Il est à propos seulement de
faire remarquer quelle part, quelle large part, revient
dans les heureux effets de cette action aux qualités
particulières de celui qui la subissait.

Si fidèle que soit resté Flandrin aux leçons et aux
exemples du grand artiste dont il aurait osé à peine
se croire le lieutenant, il ne l'a pas été moins à ses
propres tendances, il n'a pas moins pieusement écouté
la voix intime qui lui parlait. Avec quelque bonne foi
qu'il se regardât jusqu'à la fin comme « l'œuvre »
absolue de M. Ingres, il aurait eu le droit d'attribuer
aux ressources de son imagination, à l'élévation naturelle de son sentiment, certains mérites tout personnels en effet, et que révèlent assez clairement tant
de peintures murales et de toiles où l'inspiration est
au niveau de la science. Bien plus, à l'époque où
Hippolyte Flandrin en était encore à s'essayer sous
les regards du maître, à chercher le progrès dans la

docilité matérielle du travail, dans la plus scrupuleuse
abnégation, quelque chose se trahissait malgré lui de
ce fonds d'onction et de tendre mélancolie qui devait
pleinement apparaître plus tard et s'épancher sans
contrainte, en raison de la dignité morale des sujets
Pour le moment, il ne s'agissait de peindre que des
études d'après le modèle vivant, de simples acadé-
mies, où l'imitation de la nature, dans le sens pres-
crit par M. Ingres, semblait la seule condition à
remplir. C'était effectivement vers ce but que ten-
daient tous les efforts de Flandrin, et ce qui subsiste
aujourd'hui des travaux appartenant aux premières
années de sa jeunesse nous montre avec quelle attention et quelle exactitude il adaptait les préceptes qu'il
avait entendus à la traduction des réalités qu'il
voyait ; mais cela prouve aussi qu'il possédait d'autres
dons qu'une rare faculté d'assimilation. S'il était le
premier entre ses condisciples par l'habileté et la
science acquise, il l'emportait également sur eux par
la sérénité naturelle du style, par la grâce instinctive
des intentions. Pour peu que l'on examine à l'École
des beaux-arts le tableau qui lui mérita le prix de
Rome, on y retrouvera la promesse certaine et le
gage des œuvres et des succès qui ont suivi. Malgré
la différence des sujets et des conditions pittoresques
imposées à chaque tâche, il n'y a pas d'exagération
à dire que les qualités dont nous voyons l'épanouissement sur les murs de Saint-Germain des Prés, de
Saint-Paul de Nîmes et de Saint-Vincent de Paul

sont au moins en germe dans cette scène païenne :
Thésée reconnu par son père au milieu d'un festin.

S'il fallait donc, à cette époque de la vie de Flandrin, trouver un contraste entre ce qu'il était et ce qu'il allait bientôt devenir, ce n'est pas dans une opposition de ses œuvres les unes aux autres qu'il conviendrait de le chercher. En rapprochant au contraire des essais et des premiers succès du jeune peintre le souvenir des âpres difficultés matérielles, des circonstances tantôt inquiétantes, tantôt cruelles, au milieu desquelles ils se sont produits, on s'étonnerait à bon droit de l'énergie calme, de la vitalité croissante de ce talent, en regard des privations et des souffrances qui auraient pu si bien en décourager le zèle ou en compromettre le développement : souffrances soigneusement cachées d'ailleurs, supportées par Hippolyte Flandrin avec autant de fierté que de résignation, et dont nul n'avait le secret, hormis celui qui les partageait alors avec lui.

En arrivant à Paris, les deux frères, nous l'avons dit, s'étaient fiés à l'avenir, au produit futur de leur travail, bien plutôt qu'aux chétives épargnes qu'ils avaient apportées de Lyon. Malgré tous leurs efforts d'économie, ils avaient vu bientôt celles-ci s'épuiser, sans réussir encore à s'assurer quelques ressources au delà de la journée présente, si même, toute tâche venant à leur manquer, ils ne se trouvaient ce jour-là réduits à la nécessité de se coucher à jeun ou de tromper leur faim par un semblant de nourriture

acheté Dieu sait où et à quel prix! Pour comble de
malheur, le premier hiver qu'ils eurent à passer à
Paris était ce rude hiver de 1829 à 1830 dont on se
rappelle encore la rigueur et la durée exceptionnelles.
Le moyen de résister au froid, dont tant d'autres se
préservaient à peine au coin d'un bon feu, dans une
mansarde ouverte à tous les vents, et de conserver,
sinon la santé, au moins la vie, dans cette atmosphère
où ne brillait d'autre flamme que la lueur d'une petite
lampe allumée pour le travail, quand par bonheur
quelque marchand avait commandé une lithographie
ou un dessin? Le plus souvent, pendant les longs
mois de ce rude hiver, les deux pauvres jeunes gens,
pour ne pas mourir de froid, se réfugiaient dès cinq
heures du soir dans l'unique lit qu'ils possédaient.
Là, s'ils se sentaient assez riches pour sacrifier à
leurs plaisirs quelques gouttes de l'huile qui ne se
consumait d'ordinaire que pour éclairer les travaux
dont dépendait leur pain, ils se lisaient alternativement l'un à l'autre les livres qu'ils avaient pu se procurer, s'entr'aidant ainsi contre l'oisiveté, contre la
souffrance physique, et tâchant d'acquérir l'instruc-
tion dont leur enfance avait été privée.

Ce fut à ces lectures, continuées ensuite à Rome
avec plus d'application encore et plus de méthode,
qu'Hippolyte Flandrin dut presque uniquement ce
qu'il savait en dehors de l'art et des questions pittoresques. Or, si tardive qu'elle eût été, si incomplète
même qu'elle fût demeurée à quelques égards, cette

éducation toute personnelle avait, sur certains points, une profondeur et une sûreté que ne donnent pas toujours plusieurs années d'humanités dans les collèges. Sans doute, chez Flandrin comme chez la plupart des peintres éminents, les instincts étaient par eux-mêmes assez forts pour embrasser plus d'un objet, assez souples pour se mouvoir dans le domaine des choses de l'esprit avec la même aisance que dans le cercle des vérités palpables; mais l'étude et la réflexion avaient beaucoup ajouté à ces aptitudes innées, et converti en une rare délicatesse de goût ce qui n'était d'abord qu'à l'état de perception générale et de sentiment. Je doute, par exemple, qu'il soit possible de scruter les mystères de la pensée de Dante avec plus de pénétration que n'en montrait Flandrin, et qu'un lettré de profession appréciât mieux qu'il ne se les expliquait à lui-même les incomparables beautés de la forme dans la *Divine Comédie*.

Sans parler des livres saints, dont il alimentait chaque jour ses inspirations d'artiste et sa foi de chrétien, les poèmes antiques, qu'il avait commencé de connaître à l'âge où le plus souvent on les oublie, s'étaient si bien emparés de sa mémoire qu'ils y demeuraient comme un terme de comparaison, une fois admis, pour discerner partout ailleurs le vrai ou le faux, l'empreinte d'une imagination sincère ou le simulacre de la poésie. Et cependant Flandrin ne pouvait lire dans le texte original ni Homère, ni Virgile. C'était seulement à des œuvres de seconde main qu'il lui avait fallu demander la clef du génie et de la littérature antiques. Qu'importe, si le pressentiment et la voie détournée le guidaient en réalité vers le but que tant d'autres n'atteignent pas toujours aussi sûrement en l'envisageant face à face ? Tel érudit qui n'ignore le sens d'aucun mot grec ou latin, tel paléographe rompu à toutes les difficultés grammaticales en saura peut-être beaucoup moins, quant aux caractères généraux et à la signification morale des monuments directement étudiés par lui, qu'un artiste bien doué qui ne les aura consultés qu'à travers une traduction et, pour ainsi parler, à distance. Le peintre de l'*Œdipe* et de l'*Apothéose d'Homère* n'est rien moins qu'un helléniste. Qui mieux que lui pourtant a compris l'antiquité grecque, non-seulement dans ses formes extérieures, mais dans son inspiration intime, dans ses coutumes intellectuelles, dans son génie ? Flandrin, lui aussi, avait deviné ces secrets. Il reconstruisait dans sa pensée les vers de l'*Iliade* jusqu'en face de la prose de Bitaubé, comme, avant d'aller en Italie, il lui avait suffi de jeter les yeux sur les tristes gravures de Volpato et de Morghen pour entrevoir déjà les peintures des *Stanze* ou la *Cène* de Léonard.

La première œuvre publique du pinceau de Flandrin, le *Thésée*, exprime clairement ce don de seconde vue, cette faculté de démêler la vraie physionomie d'un fait ou d'une époque sans l'abus, sans le secours même des gloses et des dictionnaires. Nul pédantisme ici, nulle ostentation archaïque ; rien non plus qui contredise par des apparences trop modernes l'impression qu'il s'agissait de produire ou qui réduise ce sujet épique aux proportions d'une scène familière. En groupant autour d'une table les compagnons de Thésée, Flandrin n'a voulu ni juxtaposer des copies coloriées de statues, ni représenter la vie sous des dehors vulgaires à force de vraisemblance. Son tableau a du caractère au double point de vue de la vérité et du style, c'est-à-dire que tout en s'appropriant aux conditions particulières de la donnée, il définit franchement les réalités que le peintre a eues devant les yeux, les formes, même irrégulières, qu'il a entendu retracer : mérite rare en général dans les œuvres des concurrents pour le prix de Rome, et dont on sut tout d'abord d'autant plus de gré à Flandrin qu'à cette expression d'audace relative se joignaient, il faut le redire, les témoignages d'une science déjà sûre, d'un sentiment assez profond pour présager quelque chose des inspirations prochaines et des nobles travaux qui les résumeraient.

Peu s'en était fallu toutefois que cet essai, qui intéressait tant l'avenir du jeune peintre, que ce tableau si justement récompensé, ne pût être ni achevé à temps, ni même entrepris. Au moment de subir les épreuves qui devaient précéder le concours pour le prix de Rome, Flandrin se trouvait dans un tel état de gêne qu'il n'aurait su, en cas d'admission, comment faire face aux petites dépenses exigées par l'achat des couleurs et le salaire les modèles. Jusque-là, quelques lithographies vendues de loin en loin, quelques copies d'après les tableaux du Louvre acquises par son compatriote Orsel ou par le digne ami d'Orsel, M. Périn (1); un jour même — insigne bonne fortune! — le portrait d'un gendarme peint à la si grande satisfaction du modèle que celui-ci avait spontanément augmenté de cinq francs le chiffre de trente francs fixé d'avance pour la rémunération de l'œuvre, — ces expédients, quelque rares ou quelque incertains qu'ils fussent, avaient à peu près suffi pour faire vivre Flandrin au jour le jour et lui procurer sinon tout le nécessaire, au moins le plus indispensable (2). Comment aborder aujourd'hui une tâche non-seulement improductive, mais dispendieuse? Comment consacrer à la poursuite d'un succès douteux trois mois durant lesquels il n'y aurait moyen ni de pourvoir à la subsistance quotidienne, ni de compter sur le lendemain pour le payement des frais occasionnés par le travail? Faute de quelques écus, Flandrin se voyait forcé de céder la place à ses rivaux,

1. M. Périn, le savant peintre de la *Chapelle de l'Eucharistie* dans l'église de Notre-Dame de Lorette, possède encore une copie de la main de Flandrin d'après la *Visitation* de Sébastien del Piombo, reproduction aussi intelligente que consciencieuse, digne du chef-d'œuvre original et non moins digne du nom, aujourd'hui illustre, dont l'élève de M. Ingres la signait il y a trente-trois ans.

(2) Les dépenses imposées jusqu'alors à Flandrin ne concernaient au reste que des besoins et des moyens d'existence tout matériels. Ses lettres nous apprennent que, dès la seconde année de son séjour à Paris, il avait, ainsi que son frère Paul, reçu de M. Ingres une exemption absolue de la rétribution mensuelle que les autres élèves avaient à fournir en échange des leçons du maître.

et, comme autrefois Bartolini, de décliner la lutte à
l'heure même où il avait mieux le droit d'espérer la
victoire. M. Ingres, plus sûr du talent de son élève
que celui-ci n'osait l'être lui-même, s'était promis
cette victoire prochaine. Aussi, lorsqu'une fois averti
des empêchements survenus, il lui fallut se résigner
à voir Flandrin s'éloigner de la lice, ne put-il lui dis-
simuler combien la résignation lui coûtait : « En con-
courant, lui dit-il, vous m'auriez pourtant rendu bien
heureux! » Flandrin ne résista pas à l'expression
attendrie de ses regrets. Plus fort contre un surcroît
de privations personnelles que contre le déplaisir
qu'il causerait à son maître, il résolut de se présenter
au concours, où il fut admis le cinquième. Restaient,
en dehors de l'insuffisance ou de la nullité des ressources matérielles, d'autres obstacles plus difficiles
encore à surmonter, mais dont il triompha pourtant,
à force de volonté, de patience et de courage.

On était au printemps de l'année 1832, c'est-à-
dire à l'époque où le choléra sévissait pour la première fois à Paris. Atteint déjà par l'influence épi-
démique avant le moment de son entrée en loge,
Flandrin était, bien peu après, tombé tout à fait
malade. Bon gré, mal gré, il avait fallu interrompre
la tâche à peine commencée, et sacrifier au soin
d'une santé compromise d'ailleurs par une grave
affection rhumatismale, une partie, la moitié presque de ces jours comptés d'avance et destinés tout
entiers au travail. Qui sait s'il sera possible de rega-

quer le temps ainsi perdu? Qui sait même si la mort
n'achèvera pas d'immobiliser tout à l'heure ce corps
à demi épuisé par les souffrances, comme elle vient
de saisir un des concurrents pour le prix de Rome,
foudroyé, à quelques pas de l'école, par le fléau? Le
médecin qui visitait Flandrin le menaçait d'un sort
semblable pour peu qu'il essayât de quitter son lit,
à plus forte raison de se remettre à l'œuvre. Il s'y
remit pourtant, la continuant chaque fois et aussi
longtemps qu'il le pouvait, sans succomber littéra-
lement à la fatigue, expiant par un repos forcé son
énergie de la veille, sauf à recommencer l'épreuve le
lendemain et à se traîner de nouveau, appuyé sur le
bras de son frère, jusqu'au seuil de cette école d'où
il devait, après tant de courageux efforts, sortir enfin
vainqueur des autres comme de lui-même, et aussi
bien aguerri par l'expérience contre les périls de l'art
que contre les maux ou les difficultés de la vie.

II

Le grand prix décerné à Flandrin était le premier
qu'eût remporté un élève de M. Ingres, le premier
succès public, par conséquent, d'une école bien récemment ouverte et malheureusement trop tôt fermée pour les progrès et pour l'honneur de l'art contemporain. Les deux années qui s'écoulèrent à partir
de cette époque jusqu'au jour où M. Ingres quitta
Paris pour aller remplir à Rome les fonctions de di-

recteur de l'Académie de France, devaient être mar-
quées par d'autres faits, par des promesses successives ou des preuves de talent qui achèveraient de
consacrer l'autorité du maître. En 1832 toutefois, les
heureux effets de cette influence avaient aux yeux
des uns l'attrait de la nouveauté, aux yeux des autres
la signification d'une double victoire sur le vieil *idéa-
lisme* académique et sur l'esprit ouvertement révolu-
tionnaire qui animait alors certains artistes. Aussi le
nom du jeune lauréat acquit-il tout d'abord dans le
monde des ateliers, et même dans le monde proprement dit, une notoriété que les débutants n'y obtien-
nent pas d'ordinaire. Il se trouva du jour au lendemain
presque célèbre, moins peut-être parce qu'il person-
nifiait un talent déjà remarquable que parce qu'on
s'était plu à en faire l'étiquette d'une doctrine et
comme le mot de ralliement d'un parti.

Est-il besoin d'ajouter que Flandrin n'eut garde de
se prévaloir, de s'émouvoir même de l'agitation causée par ce succès? Eût-il été tenté d'ailleurs d'exploi-
ter sa bonne fortune au profit de son amour-propre
(c'est-à-dire eût-il été moralement le contraire de ce
qu'il était), l'indigence présente de sa vie, de ses
habits même, serait devenue un empêchement assez
grave pour refouler toute velléité de répondre aux
avances d'autrui et de paraître (1). Flandrin, lors-

---

1) Un homme qui exerçait alors une influence considérable dans le
domaine de la politique, des arts et des lettres, M. Bertin aîné, directeur
du *Journal des Débats*, souhaitait connaître ce jeune peintre dont l'opi-

qu'il eut obtenu le prix, ne songea, ses lettres l'attestent, qu'au bonheur qu'en ressentiraient ses parents,
à l'hommage indirect qu'on rendait ainsi à son maître.
De tout le reste il ne vit rien, ne sut rien ou ne voulut rien savoir. Sans autre ambition qu'un ardent désir
de mieux faire, il partit pour Rome après un séjour
de quelques semaines à Lyon, où il s'était rendu à
pied comme de coutume, mais d'un pied bien leste,
bien joyeux cette fois, puisqu'il rapportait aux siens
la récompense d'un passé dont s'était alarmée leur
tendresse, et quant à l'avenir, des gages assez sérieux
pour achever de la rassurer. C'est dans ce voyage de
Lyon à Rome, fait en compagnie de M. Ambroise
Thomas, qui venait de remporter le grand prix de
composition musicale, que Flandrin se lia avec le
futur auteur du *Caïd* et du *Songe d'une nuit d'été*
d'une amitié dont les *Lettres* nous ont légué de si
nombreux et de si touchants témoignages : amitié
bien tendre jusqu'à la fin, vraiment fraternelle de
part et d'autre, et à laquelle Flandrin, dès les premiers temps, dut la connaissance et l'amour des plus
beaux chefs-d'œuvre de la musique. Que de fois, à la
villa Médicis, le soir, après une longue journée de
travail, ne se délassa-t-il pas auprès de son ami, en
écoutant celui-ci interpréter sur le piano les créations

dont s'occupait. Il lui adressa une invitation à dîner que Flandrin dut
refuser sous je ne sais quel prétexte, mais en réalité par ce motif qu'il
ne possédait pour toute coiffure qu'une casquette, et qu'il n'avait pas
assez d'argent pour acheter un chapeau.

                                                              3

des grands maîtres de l'Italie et de l'Allemagne!
Hélas! trente ans plus tard, dans l'église de Saint-
Germain des Prés, les mêmes chants retentissaient
encore, mais ils ne s'élevaient plus qu'autour d'un
cercueil. Par les soins de M. Ambroise Thomas, les
morceaux de musique religieuse qui avaient le plus
souvent charmé l'âme du noble peintre composaient
la messe funèbre qu'on célébrait pour la recommander aux miséricordes de Dieu, et lorsque, avant le
commencement du service, les orgues firent entendre cet *andante* de la *Symphonie en la* de Beethoven
que Flandrin avait tant aimé, c'était sous la main
pieuse de l'ami des anciens jours que résonnait, en
face de la mort, ce souvenir des chères émotions de
la jeunesse et de la vie.

Voilà donc Flandrin installé à l'Académie de France,
délivré des soucis qui, dans le cours des années pré-
cédentes, avaient si cruellement pesé sur lui; le
voilà maître enfin de se donner tout entier à l'art,
d'en étudier sur place les plus admirables exemples,
et, comme il le disait lui-même, de « causer face à
face avec Raphaël et Phidias. » Un grand regret
pourtant demeurait au fond de ce cœur si heureux
de ses émotions nouvelles, et le possédait aussi continuellement que l'enthousiasme pour la nature italienne et pour les chefs-d'œuvre. C'était la première
fois depuis vingt ans qu'Hippolyte Flandrin se trouvait séparé de ce frère avec lequel il avait vécu d'une
seule vie, avec lequel il avait tout mis en commun,

espérances, travaux, joies ou peines, actions ou pensées. Aussi, quelque large que soit la part des des-
criptions dans les lettres qu'il lui adresse, quelque
effort qu'il semble faire pour ne lui rendre compte
que de ses impressions d'artiste, un mot involontaire,
un détail donné en passant vient a chaque instant
trahir le secret qu'il prétendait garder et révéler
quelque chose de la souffrance intime à celui dont il
croyait avoir intéressé seulement la curiosité ou dé-
routé les appréhensions affectueuses. « Je viens, lui
écrivait-il peu de jours après son arrivée à Rome, je
viens de te parler de la ville et de ses beautés. Elles
sont sublimes, mais l'esprit n'est pas toujours disposé à les sentir. Souvent je suis bien triste, les soirs
par exemple. Lorsque le soleil est couché , je suis à
ma fenêtre quelquefois ; le ciel est magnifique ; mais
la nuit qui commence à tomber fait penser plus loin
et plus profond que pendant le jour. Je regarde l'horizon pendant longtemps.... Je referme ma fenêtre
lorsque je vois les lumières s'allumer dans la ville, je
lis Plutarque jusqu'à neuf heures à peu près , puis je
me couche et je relis ta lettre, celle de M. Ingres.
Ainsi je m'endors en pensant à toi et à lui. » Et ailleurs : « Mon Dieu, c'est donc bien vrai ! c'est donc
bien vrai que j'ai quitté la rue Mazarine et l'atelier,
le pont Royal et la Cité, dominée par les deux co-
losses de Notre-Dame ! Tout cela a son beau et son
bon côté, que je sens encore mieux de loin que de
près ; le pays où je suis est admirable, mais il le sera

bien autrement quand nous en jouirons ensemble. Allons, courage, travaillons! Les progrès que nous pourrons faire ajouteront encore à la joie que nous aurons de nous revoir. »

Une année, une longue année s'écoula avant que cette réunion, si ardemment désirée de part et d'autre, vînt rendre à Hippolyte Flandrin celui qui avait été, qui resterait jusqu'à la fin le témoin de son âme autant que le compagnon de sa vie. Quelques mois plus tard, M. Ingres succédait à Horace Vernet dans le poste de directeur de l'Académie. Les pensionnaires eux-mêmes, sur lesquels — un d'entre eux l'a dit avec l'émotion du cœur devant sa tombe (1) — Flandrin « exerçait une véritable fascination, la fascination de l'artiste supérieur et de l'homme de bien, » les pensionnaires lui avaient voué déjà cette amitié mélangée de respect qui devait pour quelques-uns se fortifier encore par la consécration commune des succès et par la confraternité de l'Institut, pour tous survivre aux jours de la jeunesse et de la camaraderie. Ainsi entouré de ceux qu'il continuait ou qu'il commençait à aimer, ainsi encouragé au travail par la double influence du milieu d'affection où il se trouvait et des grandes leçons que lui fournissait Rome, Flandrin passa les années de son pensionnat dans des efforts de plus en plus féconds, dans des progrès de

(1 Voyez à l'Appendice le Discours prononcé par M. Ambroise Thomas, vice-président de l'Académie des beaux-arts, aux funérailles d'Hippolyte Flandrin.

moins en moins douteux vers le but que lui avait
indiqué son maître, et qu'il envisageait maintenant
avec toute la clairvoyance d'un regard exercé, avec
toute la certitude de l'expérience et des convictions
personnelles. La maladie, il est vrai, et la maladie
causée tantôt par l'excès du travail, tantôt par l'insa-
lubrité du climat à certaines époques de l'année, vint
souvent retarder l'achèvement d'une œuvre vivement
entreprise, et ébranler ou vaincre non le courage,
mais les forces du jeune peintre. La dernière année
surtout, des fièvres presque continues condamnèrent
pendant bien des jours à l'inaction ce talent moralement si dispos, si zélé, cette main si studieuse et déjà
si habile. Lorsque l'on considère le nombre et, à tous
égards, l'importance des ouvrages envoyés de Rome
par Flandrin, on ne supposerait guère qu'ils ont été
exécutés en grande partie dans des moments disputés
à la souffrance, et que tel morceau, conçu et peint
en apparence d'un seul jet, a été abordé, abandonné
et repris, en proportion des accès de fièvre qui se
succédaient, ou des intervalles plus ou moins longs
qui les séparaient les uns des autres.

Une figure d'étude, *Polytès, fils de Priam, observant les mouvements des Grecs,* figure peinte au commencement de 1834, à une époque où, comme l'é-
crivait modestement Flandrin, il s'agissait encore
pour lui «non pas de faire des tableaux, mais de se
mettre en état d'en faire; » — *Dante offrant des consolations aux mânes des envieux;* — *Saint Clair,*

premier évêque de Nantes, guérissant des aveugles,
tableaux appartenant, le premier au Musée de Lyon,
le second à la cathédrale de Nantes; — cette belle
figure de *Jeune homme accroupi au bord de la mer,*
conservée aujourd'hui dans la Galerie du Luxembourg; enfin, en 1838, *Jésus et les petits enfants,*
grande toile à laquelle la ville de Lisieux n'a, dit-on,
accordé ni une hospitalité digne de l'œuvre ni même
les soins matériels qui en auraient assuré la conservation; — tels sont, sans compter d'autres tableaux,
d'autres *études,* et une copie d'après Raphaël, les
principaux *envois* (1) de Flandrin pendant son séjour
à Rome.

Nous n'avons pas à entreprendre ici un examen
détaillé de ces différents travaux; nous n'essayerons
pas de relever un à un les témoignages de progrès,
les perfectionnements de plus en plus manifestes de
la pensée, du sentiment et du style dans les œuvres
envoyées d'Italie par le jeune maître, pas plus qu'il
ne nous semblerait opportun d'insister sur les mérites

---

(1) On sait que les anciens règlements qualifiaient ainsi les ouvrages
successivement exécutés par les pensionnaires de l'Académie de France.
Ces envois, dont l'importance graduée correspondait à la progression du
talent ou du savoir des pensionnaires pendant les cinq années que
ceux-ci devaient passer à Rome, ces garanties du travail et de l'habileté
de chacun, seront désormais plus difficilement exigibles et, en tout cas,
nécessairement plus rares. Aux termes des nouveaux règlements, les
jeunes gens qui auront obtenu le grand prix « ne seront pensionnés que
pendant quatre années », dont deux seulement se passeront à Rome.
« Pour les deux autres années, ils pourront, selon leur goût et leurs con-
venances, les consacrer « des voyages instructifs. »

isolés, sur la valeur particulière des tableaux ou des
peintures murales qu'il a successivement exécutés
depuis son retour de Rome. Ces mérites, bien appré-
ciés par tous à l'apparition de chaque œuvre nouvelle,
n'ont plus besoin d'être signalés. Il suffira de rappeler
ce qu'il y avait alors de personnel, de relativement
nouveau dans la conciliation que Flandrin venait de
tenter entre l'austérité de la pensée religieuse et la
grâce sereine, la facilité paisible de l'expression; de
même qu'il y avait une sorte d'audace, et, en tout
cas, dans la pratique, une rare habileté à combiner
ainsi les souvenirs consacrés du beau avec la soumission aux exemples immédiats de la nature; à s'inspirer en même temps des peintures chrétiennes pri-
mitives et des plus pures traditions de l'art antique,
à transporter enfin sur la toile l'image des franches
vérités, de la vie étudiée face à face, et un reflet des
enseignements de toute espèce puisés dans les musées. Le *Dante*, le *Saint Clair*, le *Jésus et les petits
enfants*, ont, dans le fond comme dans la forme, une
signification aussi contraire aux intentions négatives
ou païennes des tableaux de l'école de David sur des
sujets sacrés, qu'aux licences pittoresques de l'école
romantique ou au sentiment laborieux et voulu, à la
piété pédantesque qu'accusaient déjà certains travaux
imités de la manière allemande et des œuvres du
moyen âge. En reprenant ainsi, en rajeunissant à
force de sincérité et de science bien inspirée des
thèmes, usés en apparence, parce qu'ils avaient été

rapiécés par les uns avec des lambeaux dérobés à
l'art antique, impitoyablement frottés par les autres
d'un vernis d'ingénuité mensongère et d'inexpérience
archaïque. Hippolyte Flandrin ne donnait pas seulement la mesure d'un talent qu'on pouvait, à partir de
ce moment, compter parmi les mieux informés et les
plus sûrs : il rouvrait à l'art religieux dans notre pays
une voie que, depuis Lesueur, nul peintre n'avait osé
suivre ni même aborder, ou si quelques-uns essayaient
dès lors d'y rentrer avec lui, aucun d'eux ne devait
la parcourir ensuite avec autant de persévérance et
d'éclat.

Certes, il y aurait autant d'ingratitude que d'injustice à tenir peu de compte des efforts tentés, il y a
trente ans, pour renouveler parmi nous le fond et les
dehors de la peinture religieuse. On ne saurait, sans
sacrifier quelques-uns des titres les plus sérieux de
notre école moderne, oublier les travaux par lesquels
Orsel, M. Périn, M. Roger, d'autres artistes encore,
entreprenaient de réformer l'imitation absolue de
l'antique en matière de sujets sacrés, et, suivant le
mot d'Orsel lui-même, « de baptiser l'art grec. » C'é-
tait à Flandrin toutefois qu'il appartenait d'opérer
pleinement cette régénération, de consommer ce
bienfaisant baptême. C'est lui qui nous renseigne,
avec plus d'autorité que personne, sur les justes conditions de cette alliance entre l'orthodoxie des intentions morales et la vraisemblance ou la grâce des
formes employées pour les traduire, entre le respect

des plus sévères traditions du dogme chrétien et le souvenir permis, nécessaire même, des plus beaux exemples de l'art : tâche difficile, dont Flandrin acceptait les deux termes avec les mêmes empressements, la même foi, et qu'il poursuivait jusqu'au bout en se confirmant de plus en plus dans sa double croyance.

Hippolyte Flandrin, en effet, avait reçu en naissant, et il a gardé toute sa vie les instincts passionnés d'un peintre, dans le sens le plus littéral du mot, c'est-à-dire une imagination avide de toutes les émotions que donne la beauté visible, prompte à s'éprendre de la vérité par cela seul qu'elle en a aperçu les formes, et tourmentée du besoin de la traduire; mais ce peintre était aussi un chrétien, c'est-à-dire un homme pour qui le beau n'existe qu'à la condition de nous parler de Dieu, et qui ne consent pas plus à séparer, dans le domaine de l'idéal, ses admirations de ses croyances, qu'à isoler, dans sa vie même, la spéculation de la pratique et ses actions de ses devoirs. Soutenu pendant les années difficiles de la jeunesse par les souvenirs d'une enfance pieuse et des courageuses vertus dont les exemples l'avaient nourri sous le toit paternel, défendu contre les tentations mauvaises par les enseignements reçus sur les genoux de sa mère et par des engagements qu'il voulait et qu'il savait tenir (1), Flandrin, lorsqu'il par-

(1) Voyez en particulier la lettre d'Hippolyte Flandrin à sa mère, en date du 15 avril 1830, et le post-scriptum qu'il y a ajouté.

vint à l'âge viril, n'avait pour être chrétien qu'à se
continuer en quelque sorte lui-même, comme, pour
se comporter en artiste, il lui suffisait de donner carrière à ses inclinations innées, et d'user, en les déve-
loppant, de ses aptitudes naturelles, de ses facultés
privilégiées. C'est cet accord admirable entre les caractères du talent et les coutumes de la vie, c'est
cette parfaite conformité des inspirations du peintre
avec les principes acceptés et pratiqués par l'homme,
qui assure au nom de Flandrin des titres de respect
exceptionnels, à ses œuvres une autorité sans réplique.
Là où tant d'autres peintres de sujets sacrés n'avaient
fait, sous le règne de David ou à des époques antérieures, que remplir habilement un rôle, Flandrin se
dévouait tout entier à une fonction, parce que chez
lui le cœur était du même parti que l'intelligence. La
piété ne le rendait pas plus rebelle aux émotions produites par le spectacle des belles réalités, que le zèle
de l'art ne le distrayait des contemplations métaphy-
siques, et lorsque au commencement de son séjour à
Rome, Flandrin écrivait à son frère pour lui demander « de l'outremer, des brosses et les *Pensées* de
Pascal, » ne résumait-il pas ainsi sans y songer toutes
les occupations, tous les désirs, toutes les passions de
cette vie partagée entre le besoin de peindre les
choses du ciel et le besoin aussi impérieux d'en médi-
ter, d'en approfondir les mystères? Plus tard, en décorant l'église de Saint-Paul à Nîmes, il inscrivait
dans l'épaisseur d'un pli de la draperie du Christ et à

la hauteur du cœur, les noms de son père, de sa
mère, de sa sœur et de ses frères, de sa femme et de
ses enfants, de tous ceux qu'il avait perdus ou que
Dieu lui avait laissés, de tous ceux qu'il avait aimés
ou qu'il aimait. Était-ce donc pour afficher sa foi,
pour en publier les tendresses? À la distance où la
figure est placée, ces inscriptions sont absolument
invisibles, et d'ailleurs Flandrin n'avait confié le fait
qu'à une seule personne, en lui recommandant le
secret. Non, un pareil *ex-voto* ne prétendait qu'au
regard de Dieu, et n'avait, sous la main qui le traçait,
que le caractère sacré d'une prière. De notre temps
peut-être assez de gens se rencontreront pour attribuer à quelque ressouvenir du moyen âge cet acte de
piété naïve, plus d'un pourra s'en étonner comme
d'une sorte d'anachronisme; mais personne assuré-
ment ne s'avisera de le blâmer, et, même parmi les
incrédules les plus hautains, je défie qui que ce soit
d'en sourire.

Les divers tableaux envoyés de Rome par Flandrin
avaient été fort remarqués aux expositions, à mesure
qu'ils y avaient paru. Celui qu'il venait de rapporter
pour le terminer à Paris, et qui allait à son tour figurer au Salon, le *Jésus et les petits enfants*, acheva,
même avant le jour de l'exposition publique, de
mettre en crédit le nom du peintre auprès des artistes
placés alors à la tête de l'école française. Un de ceux-
ci, dont la vie a été honorée par bien des traits de
désintéressement et de rare équité, Ary Scheffer,

n'hésita point à proclamer hautement l'estime où il fallait tenir ce talent et le respect dû aux doctrines qu'il représentait. Il était venu des premiers voir le *Jésus* dans l'atelier de Flandrin, et là, humiliant devant le jeune maître sa propre renommée, ses longs succès, tous les souvenirs de sa situation personnelle : « Ah! s'était-il écrié, que ne m'est-il donné de suivre, avec la même certitude que vous, la voie où vous marchez! Que n'ai-je reçu, comme vous, les leçons de M. Ingres, ces leçons auxquelles il n'est plus temps pour moi de recourir! Vous pouvez exprimer à souhait ce que vous sentez; vous savez, vous, et je ne sais pas. Mes tableaux n'arrivent qu'à laisser entrevoir des intentions et n'affirment rien; c'est ce que le vôtre me prouve bien par le contraste. » Il fit plus : à défaut des enseignements radicaux qu'il ne se jugeait plus apte à recevoir, Scheffer voulut au moins, quant au perfectionnement de sa manière, mettre à profit les exemples que lui donnait Flandrin. Il étudia soigneusement ses ouvrages, rechercha ses conseils, et le traita jusqu'à la fin avec une déférence dont Flandrin d'ailleurs était homme à se troubler bien plutôt qu'à s'enorgueillir. Paul Delaroche, de son côté, ne lui marchanda pas davantage la justice et la sympathie ouverte. Enfin un artiste, dont le nom après celui de M. Ingres se rattache de plus près qu'aucun autre au souvenir des premiers grands travaux et des succès de Flandrin, M. Gatteaux, s'entremit activement auprès de l'administration municipale, afin d'obtenir pour un pareil talent les tâches les plus propres à en consacrer l'autorité et à en démontrer pleinement les mérites. C'est grâce à lui que le peintre de *Saint Clair* et de *Jésus* fut chargé d'orner la *chapelle de Saint-Jean*, à Saint-Séverin, et, un peu plus tard, le chœur de Saint-Germain des Prés (1).

On sait les résultats de cette double entreprise, et comment, dans les autres travaux de décoration monumentale qui suivirent, dans les peintures de Saint-Paul de Nîmes et de l'église d'Ainay, à Lyon, Flandrin acheva de mettre en lumière les qualités de son imagination, la pureté de son goût, la savante sincérité de sa manière. On sait surtout avec quel admirable mélange de majesté dans la composition et de chaste élégance dans le style, avec quelle élévation, avec quelle finesse en même temps de sentiment et

---

1. En proposant, il y a plus de vingt ans, au conseil municipal d'ordonner la décoration du chœur de Saint-Germain des Prés et de confier l'exécution de ce travail à Flandrin, M. Gatteaux pressentait bien, et il ne manqua pas d'ajouter que ces peintures du chœur entraîneraient un jour, comme leur conséquence et leur complément naturels, des peintures à exécuter sur les autres murs de l'église. C'est ce qui arriva en effet. Après avoir achevé d'orner, en 1846, les deux côtés du sanctuaire, et, en 1848, le chœur, Flandrin entreprit, vers la fin de 1855, la décoration de la nef, et cette grande tâche n'était pas encore terminée qu'il recevait la mission de revêtir aussi de peintures les murs d'un des bras de la croix. Il allait s'occuper des compositions et des travaux préparatoires, lorsque la mort vint le saisir et justifier les tristes pressentiments qu'il avait exprimés souvent à ses amis pendant les derniers mois de son séjour à Paris. « Le bon Dieu ne veut pas que je finisse ma maison, » disait-il avec un sombre de résignation mélancolique, depuis qu'une maladie cruelle, survenue en décembre 1862, avait trahi ses plus chères espérances et épuisé le reste de ses forces.

de pensée il a réussi, sur les murs de Saint-Vincent de Paul, à diversifier les apparences de la ferveur, à varier l'expression de la béatitude commune à tous les personnages représentés, sans compromettre l'unité de l'ordonnance prescrite par le sujet même aussi bien que par les conditions architectoniques du champ livré au pinceau. Certes, les mêmes mérites recommandent les peintures de l'église de Nîmes. On y retrouve la même délicatesse dans les intentions, les mêmes témoignages d'une inspiration exquise, et, pour ne citer que cet exemple, la procession de vierges que le pinceau de Flandrin a déroulée sur la muraille gauche de l'une des chapelles pourrait, comme spécimen d'expression mystique, soutenir la comparaison avec ces autres Panathénées chrétiennes, avec cette autre litanie pittoresque que forme, à Saint-Vincent de Paul, le cortége des saintes femmes et des martyres. Une voix qui commande le respect faisait entendre récemment, à propos de ces *Vierges* de Nîmes et du grand artiste qui les a peintes, des paroles bien dignes d'être recueillies : « Tout en elles, disait monseigneur l'évêque de Nîmes, leur attitude, la douce limpidité de leur regard, la séraphique expression de leur visage, tout annonce des âmes qui, à force d'être pures, ont spiritualisé leurs organes et n'ont gardé de leur enveloppe matérielle que juste ce qui est nécessaire pour qu'elles ne soient pas insensibles..... Voir ces anges terrestres, ces chastes épouses de l'Agneau divin, c'est voir l'âme même de celui qui vous en a tracé le tableau; elle était transparente comme l'eau du plus irréprochable diamant, comme le cristal de la plus pure fontaine [1]. Oui, sans doute, l'âme de Flandrin revit tout entière dans cette sainte image de l'amour, des candides vertus, de la foi; oui, il a épanché là les plus rares secrets de son cœur, les plus doux trésors de sa piété. N'eût-il produit que cette œuvre si profondément éloquente, il mériterait d'être classé au premier rang des peintres religieux appartenant à notre école; mais au point de vue de l'ampleur et de l'originalité dans le faire, au point de vue de l'exécution et du talent proprement dits, peut-être les peintures de l'église de Nîmes, quelque belles qu'elles soient, n'ont-elles pas une perfection égale à la perfection radieuse des peintures de Saint-Vincent de Paul. Dans celles-ci, en effet, le dessin a tant d'aisance et de pureté, le coloris une harmonie si souple, tous les moyens d'expression employés accusent une hardiesse si sage et une facilité si éloignée de la négligence, qu'on se sent au premier coup d'œil en face d'une de ces œuvres souveraines destinées à signaler l'ère d'un progrès, à honorer l'art d'une époque, à servir au présent de modèle et à l'avenir de tradition. Jamais en France les lois de la peinture religieuse appliquée à la décoration d'un édifice n'avaient été aussi bien com-

1. Voyez à l'Appendice la Lettre circulaire de monseigneur Plantier, évêque de Nîmes, pour recommander aux prières du clergé de son diocèse l'âme d'Hippolyte Flandrin.

prises ni aussi nettement définies. Dans les entreprises
analogues tentées depuis le dix-septième siècle, jamais intentions aussi justes, aussi nobles, ne s'étaient
formulées sous des dehors mieux faits pour persuader.
A quoi bon insister au surplus? En poursuivant de
louanges banales à force d'être méritées, un chef-
d'œuvre connu de tous et unanimement admiré, nous
n'arriverions qu'à nous faire l'écho de nos propres
paroles (1), ou, ce qui serait bien autrement superflu,
l'écho des paroles prononcées dès les premiers jours
par un juge dont on n'oublie pas les arrêts (2).

A ne considérer que le style et les caractères matériels de la pratique, les peintures de la frise de
Saint-Vincent de Paul, comme les peintures de Saint-
Paul, à Nîmes (quelques réserves qu'on puisse faire
d'ailleurs quant à la valeur relative de celles-ci),
comme la décoration plus récente, et par malheur
si défavorablement éclairée, des trois absides de
l'église d'Ainay, à Lyon, comme enfin les peintures
du chœur et de la nef dans l'église de Saint-Germain
des Prés, — de tels travaux suffiraient de reste pour
assurer à la mémoire de celui qui les a faits le respect
qu'inspirent les témoignages d'une science magistrale d'une expérience de l'art consommée. Le talent
qu'ils attestent, toutefois, a des titres à la vénération

(1) Dans l'article de la *Revue des Deux-Mondes*, mentionné plus
haut : *La peinture religieuse en France*.

(2) Voyez dans la *Revue des Deux-Mondes*, du 1er décembre 1853,
les *Peintures de Saint-Vincent de Paul*, par M. Vitet.

plus considérables encore et des éléments d'influence plus puissants, car ce talent, si savant qu'il soit, résulte principalement d'une rare sincérité morale : il manifeste, avant tout, une âme. De là cette action pénétrante qu'il exerce même sur les esprits les moins enclins à la foi; de là cette infaillible sympathie qu'il suscite chez tous ceux qui en contemplent les preuves, ou, pour parler plus exactement, les aveux. On croit à l'autorité du maître et à son éloquence, parce que lui-même a cru aux choses dont son pinceau nous parle; on se sent ému de son émotion, atteint, comme d'une contagion bienfaisante, de cet attendrissement chrétien que respirent ses ouvrages, parce qu'il l'a éprouvé en face de chaque tâche, non par un effort de la volonté ou par un mouvement accidentel de l'intelligence, mais en vertu des élans accoutumés et des besoins innés de son cœur. Dans ces belles régions de l'idéal, dans ces sphères éthérées que le génie de Fra Angelico avait visitées autrefois, la pensée de Flandrin volait à son tour d'une aile éprouvée et confiante. Lorsque la main du doux maître traçait sur les murs des églises les types par excellence du renoncement humain ou le poème des miséricordes célestes, lorsqu'elle célébrait en termes si purs l'abandon de soi à Dieu, la résignation et l'amour, elle semblait bien moins accomplir un travail qu'obéir à une vocation naturelle, et traduire, au lieu d'intentions calculées, des sentiments familiers ou des souvenirs.

Ce n'est pas d'ailleurs dans ses peintures monumentales seulement, ou dans ses tableaux appartenant à un ordre de sujets expressément religieux,
que Flandrin nous révèle l'élévation de ses instincts
et la suavité de sa manière. De même que Lesueur
traitait les scènes mythologiques avec un goût si
invariablement chaste qu'on se souvient de *sainte
Scholastique* et de *saint Bruno* jusqu'en face des
toiles où le peintre a représenté la *Naissance de
l'Amour* ou l'*Enlèvement de Ganymède*, de même
les figures allégoriques peintes par Flandrin dans une
des salles du château de Dampierre, au Conservatoire
des arts et métiers, ou pour la décoration du *berceau
du prince impérial*, rappellent et continuent cette
expression d'inspiration mystique, ces délicatesses
du sentiment chrétien qui distinguent ailleurs ses travaux. Objectera-t-on les *portraits* exécutés en si
grand nombre par le maître, surtout pendant les dix
dernières années de sa vie, et l'insigne habileté dont
il a fait preuve dans un genre de peinture où de pareilles qualités ne sauraient avoir, à proprement parler, ni le droit ni l'occasion de se produire? Certes
les *portraits* qu'a laissés Flandrin sont, en général,
des chefs-d'œuvre de vraisemblance, des images
admirablement fidèles de la réalité. Suit-il de là qu'il
n'y apparaisse rien de ce que le peintre a senti, non-
seulement à propos des caractères extérieurs de ses
modèles, mais à propos du rayon caché, de leur physionomie morale, de la vie de leur âme en un mot?

Ici encore, maintenant comme toujours, Flandrin voyait bien au delà du fait. Il l'acceptait avec une entière bonne foi, mais non pas avec un désintéressement tel qu'il oubliât d'en dégager la signification secrète, qu'il consentît à n'en reproduire que les surfaces, à peindre des corps inhabités, et, pour ainsi dire, à supprimer l'idée de Dieu dans la représentation de ses créatures.

Loin de démentir les inclinations qu'accusent ses autres œuvres, chacun des portraits dus à son pinceau achève donc de les expliquer, et les confirme. Quels que soient les travaux qui se succèdent et les conditions inhérentes aux sujets donnés, Flandrin garde en toute occasion une fidélité inaltérable aux principes qui avaient dirigé ses premiers efforts et persuadé de bonne heure sa conscience. Son talent a la même unité que sa vie : vie invariablement consacrée à l'étude et à la pratique du bien ; vie jeune jusqu'à la fin par la candeur des sentiments, par la générosité des désirs, par le dévouement aux choses et aux êtres aimés ; vie limpide, sur laquelle le regard ne saurait se porter sans en découvrir le fond, et dont on pourra suivre le cours, sans sinuosité comme sans mélange, dans cette série de lettres que nous publions aujourd'hui.

Et d'abord comment ne pas être touché de l'humilité si vraie, si constante, avec laquelle Flandrin n'acceptait sa réputation ou ce qu'il appelait son « honnête notoriété » que pour en faire hommage à

la gloire de M. Ingres? Comment ne pas admirer
cette attitude de disciple, « cette attitude inclinée et
charmante, a très-bien dit M. Beulé, dans laquelle il
s'est tenu jusqu'à la dernière heure devant le maître
qui l'avait formé? [1] » M. Sainte-Beuve, racontant
dans *Port-Royal* la vie de Le Nain de Tillemont,
parle des sentiments de tendre reconnaissance voués
par ce saint et savant homme à M. Walon de Beau-
puis qu'il ne nommait que « son vrai père en Dieu ».
Il nous dépeint comme le type du parfait élève,
comme un modèle accompli de l'humilité enfantine, en
toute circonstance et à tout âge, cet « élève fidèle,
cet élève vieillard, et toujours en robe de lin ». Hippolyte Flandrin, à son tour, a gardé dans les formes
de sa gratitude envers son maître une modestie aussi
obstinée, une virginité de respect que ni les succès
personnels, ni les justes louanges, ni les séductions
d'aucune sorte ne devaient un seul moment compromettre. Bien peu de jours avant sa mort, il écrivait à
M. Ingres ou il parlait de lui dans ses lettres à ses
amis avec la même déférence et en employant les
mêmes termes que lorsque, plus de trente ans auparavant, il rendait compte à son père et à sa mère des
premiers enseignements donnés par celui qu'il « ne
pourrait jamais ni assez admirer, ni assez aimer ». Et
tandis qu'il demeurait ainsi à ses propres yeux l'élève,

[1] Voyez à l'Appendice le *Discours prononcé aux funérailles d'Hippolyte Flandrin*, par M. Beulé, secrétaire perpétuel de l'Académie des
beaux-arts.

l'élève seulement d'un grand artiste, tandis qu'il rabaissait si naturellement son rôle à celui d'un néophyte introduit dans le sanctuaire où il ne serait pas entré spontanément, avec quel empressement, avec quelle simple bonne grâce n'élevait-il pas jusqu'à lui des talents cent fois inférieurs au sien! Comme il savait, lui si peu confiant en lui-même, si timide en face d'un éloge à subir ou d'un impôt purement mondain à acquitter, comme il savait rassurer et convaincre quiconque avait besoin d'un avis, d'un encouragement, d'une marque de sympathie!

L'affectueuse égalité que Flandrin cherchait à établir entre lui et les hommes qui l'approchaient, cette bienveillance dont il honorait chacun sans distinction de mérite, de situation, d'âge même, cette charité enfin, dans le sens le plus chrétien du mot, a pu étonner quelquefois ceux qui n'en ont vu se produire ou qui n'en ont reçu les témoignages que de loin en loin. Qui sait? Peut-être n'en a-t-on pas toujours deviné les vraies causes, ou reconnu en toute occasion la parfaite sincérité. Nous ne pardonnons guère aux personnages éminents de nous rappeler trop volontiers, de marquer trop précisément la distance qui les sépare de nous : ne nous arrive-t-il pas de nous accommoder aussi mal de l'oubli qu'ils semblent en faire et d'attribuer encore à l'orgueil les efforts tentés par eux pour se mettre à notre niveau? Flandrin, dans ses rapports avec autrui, se sacrifiait si complètement, même vis-à-vis de ceux qu'il lui appartenait de traiter en protégés, il se comportait si bien comme un homme ayant affaire à des supérieurs ou tout au moins à des rivaux, qu'on pouvait être excusable, j'en conviens, de soupçonner d'abord au fond de cette abnégation excessive un certain calcul d'amour-propre et un parti pris; mais pour peu qu'on eût pratiqué cet homme si constamment semblable à lui-même, le moyen de persister dans une pareille erreur? Soit dans les réunions officielles où s'agitaient les questions relatives à l'art contemporain, soit dans le cercle de ses amitiés, il avait le même éloignement pour tout ce qui pouvait le mettre en vue, la même crainte du premier rang, le même besoin de trouver partout des égaux et de se confondre dans la foule. Il fallait bien alors ajouter foi à une aussi opiniâtre modestie, et, — j'en appelle à ceux qui ont vu de près Flandrin à toutes les époques de sa vie, — ne reconnaître dans de telles habitudes qu'un exemple de la plus rare indulgence pour les autres et de la plus naïve injustice envers soi.

Qu'on ne se méprenne pas néanmoins sur l'étendue de cette indulgence, sur les caractères de ce désintéressement. Si bienveillant qu'il fût à l'égard des personnes, quelque inclination qu'il eût à s'effacer derrière ceux-là mêmes qu'il dépassait de beaucoup par l'importance acquise et par le mérite, Flandrin n'hésitait ni à s'élever contre les tentatives, ni à condamner les faits où il voyait une atteinte à ses convictions les plus chères, aux principes qu'il avait la

mission de défendre, de maintenir ou de propager.
Lorsque, il y a peu d'années, des restaurations im-
prudentes eurent compromis l'existence de quelques-
uns des chefs-d'œuvre conservés dans le musée du
Louvre, lorsque, après les tableaux de Rubens, de
Cima da Conegliano, de Palma et de plusieurs autres
maîtres, le *Saint Michel* de Raphaël lui-même eut
subi les violences d'un nettoyage sans merci, Flandrin,
l'un des premiers, déplora ces irréparables malheurs
avec une énergie d'autant plus remarquable qu'elle
démentait mieux sa circonspection habituelle et les
ménagements dont il usait là où il n'y avait en cause
que des affaires d'amour-propre ou des questions
toutes personnelles. Il y a quelques mois à peine, non-
seulement il refusait de s'associer à des mesures qu'il
jugeait dangereuses, mais, avec un zèle qu'il n'aurait
certainement pas apporté à la défense de ses propres
intérêts, il travaillait à détourner au profit de tous, à
conjurer autant qu'il se pourrait, les conséquences
extrêmes des principes qui venaient de prévaloir. —
Hélas! ces efforts pour signaler les erreurs où l'on
était tombé, pour mettre à l'abri ce qui pouvait être
sauvé encore, ces efforts ont été les derniers de sa
vie. Encore quelques mots avant d'aborder cette période finale, et nous aurons achevé d'indiquer les
traits qui nous semblent caractériser la physionomie
morale de Flandrin, ou plutôt qui en résument les
apparences générales, sans en définir pour cela toutes
les délicatesses ni tous les charmes.

Que de détails en effet n'aurait-il pas fallu examiner de près et reproduire, s'il s'était agi de tracer ici,
au lieu d'une esquisse, une image terminée, un portrait? Après avoir rappelé ce que Flandrin avait été
comme fils et comme frère, ne devrait-on pas montrer aussi ce qu'il fut dans la seconde moitié de sa
vie, lorsque, à partir de 1843, Dieu lui eut accordé
une nouvelle famille et imposé de nouveaux devoirs [1]? Ce que nous avons dit dans les pages qui
précèdent ne suffit-il pas toutefois pour le faire pressentir? Sans doute, l'austère jeunesse d'Hippolyte
Flandrin répond des vertus et de la dignité de son
âge mûr, sous le toit paisible où il s'était établi auprès
de sa femme, où il voyait naître et grandir ses enfants; sans doute, on peut se fier à ce cœur si aimant,
si dévoué, des tendres soins qu'il a dû prendre, du
bonheur qu'il a reçu et donné. Qu'il nous soit permis
de ne pas aller au delà de ces éléments de certitude;
nous ne saurions oublier qu'à ce foyer, où l'on recher-
cherait les traces de l'homme éminent qui n'est plus,
d'autres souvenirs subsistent qui n'appartiennent pas
au public. À cette vie sur laquelle les regards auraient
le droit de se porter, une autre vie a été trop étroitement unie pour qu'on n'en trahît pas les secrets, si
l'on essayait de révéler ceux que la mort semble nous
avoir livrés. Ce sera donc honorer encore la mémoire

----

1 Hippolyte Flandrin avait épousé, au mois de mai 1843, mademoiselle Aimée Ancelot.

de Flandrin que de prolonger autour des êtres qu'il a
le plus aimés l'ombre où il s'abritait avec eux, et de
rendre aujourd'hui à ce qui survit de lui-même l'hommage d'une sympathie discrète et d'un silencieux
respect.

Quant aux événements qui, en dehors des joies ou
des incidents domestiques, ont marqué les vingt dernières années de la vie de Flandrin, ils se résument
tous dans la succession des travaux accomplis par lui
durant cette période : travaux entrepris coup sur
coup, poursuivis avec une ardeur et une ténacité dont
il fallut bien souvent expier les excès par des crises
de douleurs cruelles ou par la maladie, et qui, en
raison de leur importance croissante, usaient de plus
en plus les forces du peintre sans jamais lasser son
zèle ni déconcerter son courage (1). Des voyages à

---

(1) Flandrin à qui il était arrivé souvent de travailler quinze heures
de suite, à l'époque où il décorait la chapelle de Saint-Séverin, ne
pouvait se résoudre plus tard à s'imposer les ménagements qu'aurait
exigés l'altération générale de sa santé ou le ressentiment présent de ses
fatigues. Lorsqu'il exécutait à Nîmes les peintures de l'église de Saint-
Paul, il prolongeait jusque bien avant dans la soirée la tâche du jour,
en la continuant à la lueur d'une lampe ou en préparant ainsi la tâche
du lendemain. Une chute grave qu'il fit alors du haut d'un échafaudage,
et qui faillit lui coûter la vie, ne put même avoir raison que pour bien
peu de temps de son énergie habituelle. Au bout de quelques jours, et
tout roidi encore par la souffrance, il s'était remis à l'œuvre, comme il
devait ensuite, à Saint-Vincent de Paul ou à Saint-Germain des Prés,
opposer les résistances d'une volonté indomptable à des attaques de
rhumatisme qui courbaient son corps et paralysaient à demi ses membres. Que de fois ses amis ou les élèves qui l'aidaient dans ses travaux
ne l'ont-ils pas vu gravir à grand'peine l'étroit escalier aboutissant au
plancher de son échafaudage, se traîner jusqu'au pied de la muraille
qu'il s'agissait ce jour-là de couvrir, et, la palette en main, soutenir

Lyon, où il allait, le plus souvent qu'il pouvait, revoir sa mère et la consoler, en l'entourant d'une nouvelle famille, de l'isolement où l'avaient laissée la mort de son mari et celle de son fils Auguste, — le séjour qu'il dut faire à Nîmes pour s'acquitter de la grande tâche qui lui avait été confiée, — d'autres courts séjours enfin dans quelques villes d'eaux où il essayait, pour lui ou pour les siens, de retrouver la santé, — voilà les seuls faits à peu près qui rompent la féconde monotonie de ces vingt années, le calme studieux de cette existence, plus humblement cachée, plus obscure en quelque sorte à mesure que le maître acquérait une célébrité plus grande et que les succès de toute espèce, les honneurs, la gloire même, lui venaient.

Une secrète ambition pourtant, un vœu dès longtemps formé tourmentait le cœur de Flandrin au milieu des affections et des études de chaque jour. Depuis l'époque où il était revenu en France, après avoir passé cinq années à la villa Médicis, jusqu'au jour où il découvrait les peintures de la nef de Saint-Germain des Prés, Hippolyte Flandrin n'avait cessé

jusqu'à la fin du jour une lutte acharnée avec la douleur physique, que réveillaient à chaque instant les moindres efforts de mouvement. L'insuffisance de la lumière, pendant la mauvaise saison, l'obligeait-elle à interrompre quelque grande entreprise de peinture monumentale : Flandrin, en rentrant dans son atelier, ne se réfugiait pas pour cela dans des occupations moins actives. D'autres tâches l'attendaient qu'il allait aussi vaillamment aborder, aussi opiniâtrement poursuivre, et, chaque année, plusieurs beaux portraits peints dans les mois d'hiver venaient, de ce côté encore, attester les coutumes laborieuses de sa vie et l'inépuisable fécondité de son talent.

de se promettre, et bien souvent il s'était cru sur le point de réaliser un nouveau voyage à Rome. A peine y arrivait-il, trente ans auparavant, qu'il parlait déjà dans ses lettres des regrets qu'il éprouverait au départ, et quand le moment fut venu de quitter cette Académie de France où il avait connu pour la première fois le travail exempt des inquiétudes matérielles et secouru par les plus beaux exemples de l'art, il écrivait encore, comme pour justifier ses anciens pressentiments : « Je viens de finir le temps de ma pension, et je t'avoue que, malgré la pensée de retrouver bientôt mon pays, mes parents, mes amis, ce n'est qu'avec regret, et avec un regret bien vif, que je vois disparaître ce temps, ce morceau de ma vie. J'aurais pu être plus heureux cependant, puisque dix-huit mois de fièvre ne sont pas propres à faire voir les choses en beau; mais j'ai trouvé ici tant de biens qu'on ne peut trouver ailleurs, et dont la privation me semble d'avance insupportable! Qu'il m'en coûte d'avoir maintenant à abandonner tout cela! Il est vrai que la perte est immédiate et que les compensations sont encore loin : peut-être les apprécierai-je mieux de plus près. » On sait ce que furent pour lui ces dédommagements, et quels succès vinrent récompenser les témoignages de la science et des grandes doctrines dont il avait fait provision à Rome. Le désir ou plutôt la passion de retourner aux lieux dont le souvenir lui apparaissait comme celui d'une seconde patrie, n'en occupait pas moins habituellement sa pensée; mais retenu ici par des travaux qui ne souffraient, à mesure qu'ils lui étaient confiés, ni ajournement, ni interruption, Flandrin avait dû, d'année en année, différer son voyage et se résigner à attendre d'un avenir de plus en plus incertain, quelques mois de liberté. Un jour arriva enfin où il put mettre à exécution ce dessein tant de fois abandonné et repris. Vers la fin du mois d'octobre 1863, il partait, accompagné des siens, pour cette ville à laquelle il avait demandé jadis ses premières inspirations, et qu'il allait interroger maintenant avec toute la sûreté d'un esprit mûri par l'expérience, avec tout l'enthousiasme d'un cœur plus épris du beau que jamais.

En se rendant à Rome, Flandrin ne se proposait pas seulement de retremper son talent aux sources vives où il avait puisé dans sa jeunesse; il allait y chercher aussi un repos devenu bien nécessaire après tant d'œuvres accomplies sans relâche et au mépris de la fatigue, après tant de courageux efforts pour lutter contre la maladie, contre les empêchements de toute sorte, contre les préoccupations que lui avaient imposées, successivement ou à la fois, ses travaux de peintre, ses fonctions de professeur à l'École des beaux-arts (1), ses démarches en faveur de gens, —

----

(1) Hippolyte Flandrin était professeur à l'École des beaux-arts depuis 1854. L'année précédente, il avait été élu membre de l'Institut en remplacement de Blondel, et le jour même qui précéda celui de son élection (12 août 1853), il recevait la croix d'officier de l'ordre de la Légion d'honneur. Il y avait douze ans déjà qu'il portait la croix de chevalier.

et le nombre en était grand, — qui sollicitaient de lui, soit pour leurs œuvres le bienfait de ses conseils, soit pour leurs intérêts le secours de son crédit. Il semblait, à la distance où il se trouverait de Paris et dans une atmosphère toute de recueillement et d'étude, qu'il lui serait permis de vivre quelque temps débarrassé des soins, des devoirs difficiles attachés ici à sa haute situation. Ce fut le contraire qui arriva. Des faits dont il faut bien que nous parlions, puisqu'ils sont mêlés au souvenir des derniers actes de sa vie, et que d'ailleurs on trouvera dans ses *Lettres* les témoignages fréquents de l'influence qu'ils exercèrent sur lui, de nouveaux soucis vinrent troubler les jours pour lesquels Flandrin avait espéré le calme, et distraire, attrister jusque sous le ciel de l'Italie, jusqu'en face des chefs-d'œuvre des maîtres, celui qui comptait bien n'éprouver en pareil lieu que des sentiments d'admiration et, comme il le disait lui-même, « n'y rien faire d'autre qu'encenser sa chère Rome. »

L'année qui a précédé celle où nous sommes a été, on le sait, féconde en innovations administratives dans le domaine des beaux-arts. Nous n'avons pas à les récapituler ici. Plusieurs d'entre elles, et en particulier les mesures qui ont atteint l'Académie et l'École des beaux-arts, sont présentes à la mémoire de chacun, aussi bien que les difficultés, très-naturelles d'ailleurs, très-faciles à prévoir, qu'a rencontrées cet essai de réforme. Les membres de la quatrième classe de l'Institut, dépossédés de leurs plus importants pri-

vilèges, les professeurs évincés, les élèves eux-
mêmes, et, en dehors de l'Académie ou de l'École,
nombre d'hommes compétents ont exprimé assez haut
leurs regrets ou présenté des objections assez publiques pour que l'opinion n'ait plus besoin à cet
égard d'informations ni de conseils. Il serait donc
assez oiseux, quant au fond même des choses et
quant aux conséquences de celles-ci, de signaler une
fois de plus les caractères de l'organisation nouvelle ;
mais il ne sera pas inutile de transcrire quelques-unes
des considérations que Flandrin opposait aux principes sur lesquels on s'était fondé pour provoquer la
mesure, parce qu'en achevant de nous éclairer sur
les doctrines mêmes du maître, cette expression si
nette de ses sentiments, dans le cas particulier dont
il s'agit, honore à la fois la rectitude de son jugement
et la loyauté de son caractère.

A la première nouvelle des actes administratifs qui
plaçaient l'École et l'Académie des beaux-arts dans
des conditions nouvelles, Flandrin écrivant à l'un de
ses plus chers amis, son confrère à l'Institut (1), in-
sistait « sur le danger d'annuler l'Académie en la
divisant, sur le danger de mettre en pratique des
réformes qui, pour tout moyen de rénovation, nous
proposent d'étudier davantage les procédés, les
moyens matériels ! Ainsi les professeurs seront des
professeurs de *peinture*, de *sculpture*, etc. Voyez le

_____

(1) M. Victor Baltard.

rapport : il vous dira pourquoi. Procédés de peinture, de sculpture, d'architecture, procédés, toujours procédés! On ajoute, à propos de l'enseignement de la vieille école, qu'il ne consiste, à proprement parler, qu'en un cours de dessin. Eh bien! moi, je soutiens que l'école avait au moins le mérite de nous recommander, de nous montrer du doigt ce qui est l'art, l'art tout entier. Par le dessin en effet s'expriment la vie et la beauté, la sensibilité la plus exquise, la philosophie la plus vraie. Que reste-t-il après cela? Un vêtement que je ne méprise pas, tant s'en faut, mais qui est la conséquence nécessaire du vrai dessin dans le grand art (1).

« Puis on parle d'originalité, on la préconise comme si elle pouvait s'enseigner! On veut, dans une école, organiser la liberté de l'enseignement, comme si le pour et le contre à la fois pouvaient engendrer autre chose que le doute! Je crois, moi, que là, comme ailleurs, on a le devoir de n'enseigner que des vérités incontestées ou au moins appuyées sur

(1. L'opinion qu'exprime ici Flandrin était aussi, — pour ne citer que ces deux grands maîtres, — celle de Léonard de Vinci et de Poussin. « Les jeunes gens, écrivait Léonard au commencement de son *Traité de la peinture*, les jeunes gens désireux de faire un grand progrès dans la science qui enseigne à imiter et à représenter les œuvres de la nature, doivent s'appliquer principalement au dessin. » Quant à Poussin, « à mesure, dit Félibien, qu'il se perfectionnait, il s'attachait de préférence aux belles formes et à la correction du dessin, qu'il a si bien connu être la principale partie de la peinture, et pour laquelle les plus grands peintres ont comme abandonné les autres aussitôt qu'ils ont compris en quoi consiste l'excellence de leur art. »

les plus beaux exemples et acceptées par les siècles.
De ces nobles traditions, les élèves sortis des écoles
feront la vérité de leur temps, soyez-en sûrs : vérité
de bon aloi alors, car elle sera le produit d'une liberté
réelle.

« C'est l'affirmation qui enseigne, ce n'est pas le
doute. Aussi osez appeler le respect, la vénération
sur les belles choses par la place que vous leur donnez, par les soins que vous en prenez. Faites reconnaître enfin que c'est là ce qu'il faut aimer, admirer,
honorer..... Non, tout n'est pas également beau. Un
chef-d'œuvre de Clodion et un chef-d'œuvre de Phidias ne peuvent, comme on le prétend, être mis sur
la même ligne. »

Lorsque le règlement qui devait assurer la régénération de l'École des beaux-arts eut été publié : « Je
pensais, écrivait encore Flandrin, je pensais bien
qu'on ne pourrait le faire qu'en reprenant à la vieille
organisation, sinon son esprit, au moins son mécanisme..... En effet, pour l'école d'architecture, on
cède et l'on conserve toute l'organisation ancienne.
Aussi quel ordre, quelle progression, quelles garanties! On voit bien que le temps et l'expérience ont
passé par là. Il n'est même plus question de ces professeurs spéciaux, de ces ateliers qui étaient la trou-
vaille vivifiante de l'entreprise. On a gardé ce trésor
pour les peintres et pour les sculpteurs. Singulière
logique! ce qu'un conseil ou jury de vingt-cinq professeurs ne pouvait faire que d'une manière partiale

et suspecte, on le donne à faire à un seul homme, le chef d'atelier. Il admet ou repousse les élèves, il institue ou non des épreuves, il en est le seul juge, il choisit les titres des élèves aux expositions publiques, aux récompenses, etc. Quant à ces concours qui ne servaient, disait-on, que la routine et la longue patience, on les rétablit. Ce n'est pas bien : pourquoi céder? »

Enfin, dans une lettre adressée à un autre de ses amis, Flandrin parlait de sa nomination à la place de chef de l'un des ateliers ouverts à l'École et du contre-coup que recevrait l'Académie de France à Rome des atteintes portées ici a « des institutions qui vivaient depuis deux cents ans...... Pour moi, disait-il, je n'ai pas balancé un seul instant. J'ai compris le chaos dans lequel on allait entrer, et j'ai refusé d'y prendre part...... Cette chère académie de Rome, cette maison que j'avais revue avec attendrissement, elle aussi est frappée d'une manière mortelle. La réduction de la pension de cinq à quatre années, et surtout la faculté pour les pensionnaires de ne séjourner à Rome que deux ans, voilà le poison qui doit la réduire, en amener un jour la suppression. Puissé-je me tromper! Mais, je le répète, mon chagrin est d'autant plus grand que mon enthousiasme pour Rome avait pris, depuis mon retour ici, des racines plus profondes...... Oui, Rome est un merveilleux séjour dont j'apprécie mieux que jamais l'utilité pour les artistes. »

Il serait facile de multiplier les citations et de recueillir, dans bien d'autres lettres encore, la preuve
des inquiétudes croissantes qu'inspiraient à Flandrin
les théories nouvellement exposées et les moyens
employés pour les mettre en pratique. Ce que nous
venons de rapporter toutefois montre assez avec
quelle chaleur d'âme et dans quel ferme langage
cet homme, si réservé d'ordinaire, savait déclarer
et soutenir ses opinions, là où il jugeait en péril des
intérêts qu'à tous les titres il lui appartenait de défendre, ou des doctrines que dans sa pensée il ne
séparait point de ses devoirs. Non content d'adresser presque chaque jour à ses confrères de l'Institut
ou à ses amis l'expression des vives préoccupations
qu'entretenaient en lui les incidents successifs et la
marche de l'affaire, il avait entrepris, sur le fond
même de la question, un travail qu'il se décida ensuite à ne pas continuer (1), « parce que, disait-il
dans une de ses lettres, M. Ingres ayant parlé, il
semblerait outrecuidant d'ajouter quelque chose aux
paroles de celui à qui tous peuvent donner le nom de
maître, et dont l'autorité devrait être décisive. »

Cette correspondance et ces études, si différentes
de celles auxquelles Flandrin avait espéré se livrer à
Rome, ne lui laissaient guère le loisir de peindre.
L'état languissant de sa santé, aggravé par la rigueur

(1) On trouvera dans la série des *Pensées et Fragments*, placée à la
suite des *Lettres*, les notes où Flandrin avait réuni les éléments de ce
travail et résumé les arguments qu'il se proposait de développer.

d'un hiver exceptionnel, ne lui aurait pas permis d'ailleurs de s'appliquer avec quelque suite à ses travaux habituels (1). Il fallut même, sous peine de succomber à de nouvelles fatigues, renoncer à la pensée d'un voyage dans le midi de l'Italie, et attendre à Rome ou le retour des forces perdues ou le surcroît d'une crise qui achèverait d'épuiser le peu qui restait. Un passage d'une des dernières lettres écrites par Flandrin indique sa résignation à ce sujet, et ressemble aujourd'hui à l'expression d'un funèbre pressentiment : « Nous attendions que le beau temps revînt pour aller faire une visite à Naples et à Pompéi. Il est venu, mais notre projet a dû céder devant la maladie, et maintenant tout est incertitude. » — L'incertitude fut de bien courte durée. Trois jours après celui où cette lettre partait pour la France, Hippolyte Flandrin, atteint de la petite vé-

(1) Les seuls travaux de peinture que Flandrin ait exécutés pendant ce séjour à Rome, sont le portrait de son plus jeune fils, — portrait resté inachevé, — et deux têtes d'anges pour les compositions dont il devait décorer le porche de la nouvelle église de Saint-Augustin que construisait à Paris son ami, M. Baltard. Ainsi les derniers efforts de son talent ont été inspirés par les tendresses accoutumées et les fidélités du cœur, comme ses dernières paroles ont proclamé la foi qui, de tout temps, avait réchauffé son âme, et qui l'éclairait, plus ardente que jamais, au moment où cette âme angélique allait prendre son essor vers Dieu : « Je vois le chemin qu'une sainte me montre, murmurait Flandrin de ses lèvres défaillantes dans la nuit qui précéda le jour de sa mort, je vois le chemin ; il est préparé ! » Cette voix qui déjà n'était plus de la terre, annonçait le retour dans la vraie patrie ; ce regard, c'était celui de la colombe de l'arche reconnaissant de loin l'asile où elle est attendue, et qui ne trouvant plus ailleurs à prendre pied, revient, rassurée et confiante, se réfugier au gîte céleste.

rôle, se couchait pour ne plus se relever. Une autre semaine s'était écoulée à peine, que déjà il avait cessé de vivre (21 mars 1864). P., et, le mois suivant.

1. Une lettre adressée par un pensionnaire de l'Académie à son maître, M. Ambroise Thomas, contient, sur les derniers moments d'Hippolyte Flandrin, des détails à la fois trop authentiques et trop touchants pour que nous ne nous fassions pas un devoir de les reproduire : « Vous le savez, écrivait le 22 mars M. Bourgeois, quand M. Flandrin quitta Paris, les efforts prolongés d'un travail opiniâtre et une récente maladie avaient profondément ébranlé son organisation naturellement délicate. À son arrivée à Rome, la joie de se retrouver au milieu des plus beaux monuments de l'art et de vivre entouré des souvenirs de sa jeunesse, lui avait redonné un semblant de vigueur ; mais ce bien-être physique n'était que le reflet du bien-être moral qu'il ressentit si vivement qu'il ne trouvait pas de termes assez forts pour l'exprimer.

Bientôt la double fatigue provenant de l'activité du voyageur enthousiaste et des obligations de l'homme du monde, et aussi l'influence du climat de Rome sur un tempérament aussi nerveux et à demi ruiné, amenèrent des symptômes alarmants. Il se plaignait de douleurs de tête insupportables et de bourdonnements continuels dans les oreilles. Les inquiétudes pourtant n'étaient pas encore sérieusement éveillées, lorsque tout à coup il tomba malade, et trois jours après la petite vérole se déclarait....

Tous les jours j'allais savoir comment il allait. Avant-hier, sixième jour de la maladie, il était mieux ; on lui avait même permis de manger un peu. Hier, j'allai chez lui à cinq heures : il était à l'agonie, et, chose horrible ! toute sa famille était dans une pièce à côté, sans se douter que la mort commençait déjà à l'envahir. Il n'y avait là que des domestiques pleurant et perdant la tête. En voyant les derniers moments approcher, on avait appelé un prêtre italien ; il vint, puis il dit d'envoyer chercher l'extrême-onction. Le hasard me fit arriver à cet instant ; je courus à une église demander ce dernier secours que la religion donne aux moribonds. Deux heures après, M. Flandrin était mort....

Ah ! combien il vous aimait ! Combien de fois me suis-je entretenu avec lui de son cher Thomas, comme il disait !... Si votre voix peut se faire entendre, dites qu'il n'a pas seulement fait bien, mais qu'il a encore accru et stimulé chez les autres la passion de faire bien à leur tour.

Mais qui le connaissait mieux que vous ? Qui pouvait le comprendre mieux que vous, cher maître, qui possédez à un si haut degré cette vertu qui est dans l'art ce qu'est en morale la charité ?... »

l'église de Saint-Germain des Prés, dont les murs déjà embellis par lui attendaient de son pinceau de nouveaux chefs-d'œuvre, cette église, où il devait rentrer pour se remettre au travail, ne s'ouvrait plus que pour recevoir sa dépouille mortelle. Elle abritait une dernière fois celui qui avait été si digne de faire son atelier du sanctuaire, et qui, après avoir tendu vers le beau et le divin d'un effort de plus en plus ardent, se reposait maintenant au sein de l'idéal entrevu, dans la possession de ces clartés éternelles dont il avait su ici-bas deviner le foyer et s'approprier un reflet.

III

La place qu'Hippolyte Flandrin doit occuper dans l'histoire de notre art national est une des plus honorables et des plus belles, car ce talent, issu d'une sensibilité exquise, a ses racines au plus profond de la conscience, sa sève, sa vie même dans la moralité intellectuelle de l'artiste et dans le développement continu de sa foi. L'expression de la sensibilité sous des formes admirablement pures, voilà ce qui distingue les œuvres de Flandrin, à quelque ordre de sujets qu'elles appartiennent ; c'est là ce qui en caractérise la physionomie et en détermine la valeur, plutôt que l'accent de la puissance, plutôt que l'empreinte de la force proprement dite. A ne considérer que l'énergie dans l'invention et dans la pratique, on

ne saurait exhausser au niveau d'un maître comme
le peintre des *Sept Sacrements*, le peintre de la *chapelle de Saint-Jean*, de la *frise de Saint-Vincent de
Paul*, de tant d'autres compositions bien belles assu-
rément, bien éloquentes, mais à l'éloquence desquelles la verve a une moindre part que l'onction de
la pensée et du style. Poussin d'ailleurs représente
dans l'art la raison absolue, l'esprit philosophique
par excellence, et en même temps la fierté toute romaine, la mâle sobriété de son langage, rappellent
ou annoncent certains chefs-d'œuvre littéraires dus
à d'autres fermes esprits. Il est à la fois le Descartes
et le Corneille de la peinture, tandis que s'il fallait,
dans le domaine des lettres, chercher un analogue
à la piété ingénue, au sentiment si tendre de Flandrin, c'est à un Lemaistre de Sacy peut-être, mais à
un Sacy plus poète, et beaucoup plus châtié dans la
forme, qu'il serait permis de songer.

Les droits de Poussin et des hommes en pa-
renté de génie avec lui une fois réservés, serait-on
mieux autorisé à voir dans Hippolyte Flandrin un
successeur de Lebrun ou de David, un de ces
artistes aux instincts et au talent dominateurs, qui
s'emparent orgueilleusement de leur époque, lui
impriment le sceau de leur doctrine personnelle,
et régentent l'art contemporain tout entier, depuis
les tâches les plus hautes jusqu'aux plus humbles
entreprises? Flandrin, certes, n'a ni cette ambition
ni cette influence. Il ne parle et n'agit qu'en son nom

et à ses propres risques pour exprimer ce qu'il a
senti, pour traduire les pensées que son cœur lui
suggère, non pour imposer aux autres les formules
d'une poétique ou pour étaler un système. Par les
habitudes recueillies comme par les souvenirs qu'il
résume, ce nom mérite d'être rapproché de celui
de Lesueur. On pourra reconnaître, il est vrai, au
peintre de la *Descente de croix* et de la *Mort de
saint Bruno* un don d'expression dramatique, des
ressources d'imagination que le peintre moderne ne
possède pas au même degré; on trouvera, d'un autre
côté, dans les travaux de Flandrin les preuves d'une
science, d'un goût et d'une habileté pittoresques dont
la manière de Lesueur n'offre pas, à beaucoup près,
des témoignages aussi certains : il n'y en aura pas
moins de justice à se souvenir en même temps des
deux maîtres, et à les honorer l'un et l'autre comme
les représentants principaux, comme les seuls représentants même de la peinture religieuse en France.

Ce n'est pas, avons-nous besoin de le rappeler,
que les tableaux sur des sujets sacrés aient, à aucune
époque, fait défaut dans notre pays. Depuis le *Jugement dernier* peint par Jean Cousin jusqu'à la grande
et brillante toile où Doyen a figuré le miracle qui
mit fin à la *Peste des Ardents*, assez d'œuvres se sont
succédé pour prouver à cet égard les coutumes tra-
ditionnelles et la fécondité de l'école; mais dans cette
multitude d'œuvres très-considérables, souvent au
point de vue du talent, combien en trouvera-t-on qui

satisfassent aux conditions idéales du genre, qui expriment d'autres aspirations que la recherche de la
vraisemblance matérielle, la dévotion plus ou moins
scrupuleuse au fait purement humain? Les tableaux
de Lesueur exceptés, et, s'il est permis de classer
Philippe de Champaigne parmi les maîtres appartenant à notre école, sauf encore cet admirable ex-voto
que Champaigne avait peint en mémoire de la guérison de sa fille, quels monuments citer où se mani-
festent l'émotion profonde de la pensée, la foi pas-
sionnée, l'amour et le pressentiment de l'élément
surnaturel? L'art français, dont personne ne contes-
tera l'excellence dans la peinture d'histoire et dans
le portrait, l'art français, en matière de peinture religieuse, soutiendrait beaucoup plus difficilement la
comparaison avec les écoles étrangères. Son génie si
naturellement exact, ses habitudes prudentes et mé-
thodiques, lui interdisent en général les contemplations abstraites, les élans ou les spéculations du mys-
ticisme. L'honneur est grand pour Flandrin d'avoir
rajeuni à cet égard le souvenir d'une exception
illustre, et d'avoir, à deux cents ans d'intervalle, renouvelé les exemples légués par Lesueur : avec cette
différence toutefois que, si hautement inspiré qu'il
soit, le pinceau de Lesueur ne s'exerce que dans des
cadres relativement restreints, qu'il ne nous a laissé
que des tableaux, presque des esquisses, tandis que
le peintre du dix-neuvième siècle, en décorant de
vastes murailles, a su donner à l'aspect de ses tra-

vaux l'ampleur exigée par la tâche même, aussi bien
qu'une correction achevée. Il a fait acte de peintre
religieux et de peintre profondément savant dans des
occasions où les artistes de notre école n'avaient pas
coutume de déployer ce double caractère : pour la
première fois enfin, il a réussi à concilier la piété des
intentions avec la beauté des formes, là où Mignard,
Jouvenet, Lafosse, Doyen, et tant d'autres gens habiles,
s'étaient efforcés de suppléer à une émotion absente
par des combinaisons toutes pittoresques ou par des
artifices d'exécution.

Si nous cherchons maintenant à apprécier les travaux d'Hippolyte Flandrin, non plus par rapport au
passé de notre école, mais en regard des œuvres con-
temporaines, nul de nte que la comparaison ne tourne
plus facilement encore au profit d'un talent dont les
principes mêmes et les caractères démentent avec
éclat l'humilité de nos inclinations présentes. Il faut
bien l'avouer, en effet, l'art contemporain tend de
plus en plus à se désaccoutumer des hautes régions,
ou, s'il lui arrive de les visiter encore, il s'efforce
d'en approprier l'atmosphère aux délicatesses de sa
complexion, de ses besoins, de ses habitudes. Il s'y
aventure avec tant de précautions, il y apporte des
habitudes si raffinées et si mondaines, qu'il semble
bien plutôt se souvenir de la terre sur le chemin du
ciel, que poursuivre, dans la plénitude du désir, un
pressentiment des horizons infinis. Parlons sans
figures. Le goût, sinon le culte, de ce que la langue

des ateliers qualifié aujourd'hui de « distinction » est devenu à peu près le fond de notre religion esthétique. De là, — j'entends même dans les essais les plus remarquables, — je ne sais quelle terreur du simple et du beau, je ne sais quelle recherche chétive de la vérité ou, comme on dit encore, de « l'expression artiste ». Sentiment artiste, sentiment distingué, que de gens se payent bonnement de ces deux mots où ils saluent la formule de l'idéal moderne, le résumé de tous les mérites! On croit avoir tout justifié quand on a expliqué en ces termes la raison d'être d'œuvres à l'épiderme plus ou moins attrayant, mais auxquelles manquent la séve, le sang et les muscles, les sains éléments de la vie. OEuvres « artistes », soit, mais non pas œuvres de peintres, c'est-à-dire conformes aux strictes lois, aux vraies conditions de la peinture; œuvres d'esprits souples, mais sans vigueur naturelle, de critiques subtils et non de poètes! Dans ces travaux où l'extrême prudence supplée à la force et l'adresse des calculs à la franchise des inspirations, tout est harmonieux, il est vrai, parce que tout s'exprime à demi-voix; tout caresse le regard, sans néanmoins s'emparer de la pensée, parce que chaque intention, chaque forme a des grâces vacillantes, un charme qui n'existe qu'à la condition d'être entrevu. Esquiver avec la nature les rencontres directes, procéder à l'égard du dessin, du modelé, de la couleur par voie d'éliminations ou de réticences, subordonner enfin, sacrifier même la vrai-

semblance des choses à une simplicité recherchée, à
l'élégance ténue des apparences, — voilà le programme admis et pratiqué de nos jours par bon
nombre de peintres : talents ingénieux sans nul
doute, mais trop préoccupés du désir de se montrer
tels, et qui, à force de prétendre exprimer la finesse
n'arrivent souvent qu'à en formuler l'affectation ou à
nous en faire présumer le néant.

Hippolyte Flandrin est un peintre de plus haute
race et, sous des dehors délicats, de plus robuste
tempérament. Sa manière loyale, véridique, sans
ruse comme sans pédantisme, son imagination sévère-
ment renseignée n'ont rien de commun avec les tours
d'adresse, avec les intentions cauteleuses ou la science
à fleur de peau qui trop souvent réussissent ailleurs à
nous séduire. Là où d'autres s'évertuent, sous prétexte d'harmonie, à tout affadir, à diminuer, à supprimer presque le relief des formes ou à en égratigner
le coloris, Flandrin cherche de bonne foi dans la réalité les éléments de l'effet, de l'illusion qu'il veut
produire. Je m'explique : l'art, certes, et un art très-
personnel, n'est pas absent de ces imitations, si fidèles
qu'elles soient, si naïves qu'elles puissent paraître.
Cette sincérité en face du fait n'exclut pas, tant s'en
faut, chez le peintre le droit d'interpréter ce qu'il a
vu, d'exprimer ce qu'il a senti à propos des modèles
donnés ; mais ces modèles, il en accepte franchement
les caractères, il n'en récuse ni l'autorité matérielle,
ni l'esprit, pour se confiner dans l'interprétation systé-

matique ou dans des études et des efforts tout archaï-
ques, dans une pure contrefaçon du passé; en un
mot, il s'assimile les propriétés de la nature qu'il
analyse, au lieu de les éprouver si bien au creuset
qu'elles s'évaporent en fumée ou se condensent en
résultats inertes. De là l'incontestable supériorité des
peintures religieuses qu'a laissées Flandrin sur les
travaux du même genre accomplis de notre temps
par les artistes allemands les plus renommés et par
M. Overbeck lui-même; de là aussi la rare beauté de
ses *portraits* et cette expression de vie extérieure ou
intime, cette signification si nette qu'ils présentent
au premier coup d'œil.

N'exagérons rien toutefois. Dans ces œuvres sans
équivoque, il est vrai, peut-être faut-il admirer les
témoignages d'une sagacité pénétrante, le don et le
talent de la persuasion, plutôt que l'éloquence à force
ouverte. Peut-être le trait tout à fait déterminant et
incisif, cette pointe d'exagération qui accentue les
choses et en incruste le sens d'un seul coup dans
l'esprit, font-ils un peu défaut là même où l'explication semble absolue et le style le plus conforme au
sujet. Voilà pourquoi, si irréprochables qu'ils soient,
les portraits peints par Flandrin ne sauraient être
estimés à l'égal des portraits peints par M. Ingres.
C'est pour cela aussi que, parmi ses nombreux
ouvrages en ce genre, ceux qu'il a faits d'après des
femmes nous semblent, en général, préférables aux
toiles où il a représenté des hommes. Sans doute, dans

ce dernier ordre de travaux, il a produit des morceaux d'une bien grande valeur, et, pour n'en citer que quelques-uns entre les plus récents, le portrait de *l'Empereur* et celui du *prince Napoléon*, les portraits de MM. *Marcotte-Genlis* et de *Rothschild* prouvent assez que son pinceau n'ignorait rien des variétés de la forme et de la physionomie viriles; mais ne savait-il pas mieux encore rendre la physionomie et les formes dont la traduction exige surtout des qualités en dehors de l'énergie? Tels portraits de femmes peints par Flandrin ont une grâce calme, une expression de gravité sereine qui semble résumer les inclinations les plus naturelles et les habitudes les plus chères de son talent. D'autres, par le charme un peu attristé des intentions et du style, sont de véritables élégies pittoresques, non pas à la façon de certains portraits contemporains, aux apparences défaillantes et malingres jusqu'à l'effacement de la vie, mais dans le sens de cette poésie discrètement mélancolique que respirent quelquefois les toiles d'Andrea del Sarto? Est-il besoin d'ajouter que nulle part on ne surprendrait une arrière-pensée de madrigal, à plus forte raison une concession à ces élégances de mauvais aloi qui accusent ailleurs les étranges complaisances ou les coquetteries intéressées des modèles? On l'a dit justement, personne mieux que Flandrin ne peignit les honnêtes femmes et d'un pinceau plus chaste et plus réservé; nul même ne réussit aussi bien, de notre temps, à comprendre la grâce dans son acception la plus simple et la plus familière, à la définir sans demander secours aux moyens accessoires de séduction.

Hippolyte Flandrin se défie en toute occasion de ce qui pourrait impliquer la moindre idée de futilité, exprimer trop ouvertement la richesse, se présenter, à quelque titre que ce soit, sous une apparence un peu exceptionnelle. Je ne crois pas qu'il lui soit arrivé une seule fois de peindre une femme en habit de fête, ni de chercher à étonner le regard par le choix d'une pose ou d'un air de tête imprévu. Les femmes que son pinceau retrace portent le plus souvent des vêtements noirs ou tout au moins de couleur sombre; presque toujours aussi elles nous apparaissent dans l'attitude la plus simple, la plus accoutumée, comme s'il s'agissait bien moins pour elles de se montrer que de se laisser voir. Et cependant quoi de plus éloigné de la monotonie que ce mode de représentation uniforme? Combien de nuances délicates, de différences intimes entre ces travaux appartenant au même ordre d'inspirations, mais à des inspirations vivifiées et rajeunies en raison des conditions spéciales et des exigences de chaque tâche! Sans doute, dans ses portraits comme ailleurs, Flandrin a une « manière », c'est-à-dire une méthode qui lui est propre, une façon particulière de formuler ce qu'il a senti. Sans parler de certains procédés de composition ou d'effet, de la couleur presque invariable des fonds, par exemple, les moyens qu'il emploie pour rendre les

inflexions diverses de la ligne ou du modelé permettent de reconnaître chez l'artiste des habitudes une
fois prises, des préférences une fois arrêtées. Où est
le mal après tout ? Qu'y a-t-il dans cette fidélité a
soi-même que l'on ne puisse aussi convertir en un grief
à l'adresse de la plupart des maîtres ? L'essentiel en
pareil cas est de savoir se garder de l'excès. Pourvu
qu'il ne s'immobilise pas dans la convention et dans
les redites, pourvu qu'au lieu de tailler toutes ses
œuvres sur un patron consacré, il travaille seulement
à les déduire les unes des autres et, par cela même,
à en renouveler l'esprit, un peintre a bien le droit,
sinon le devoir, de se tenir à la doctrine qu'il a em-
brassée et à la pratique qui y est conforme. Ceux qui
seraient tentés de reprocher à Flandrin la fixité apparente de sa manière ne feraient en réalité que rendre
hommage à la fermeté de ses convictions. Peut-être,
si elles venaient à se produire, de pareilles critiques
tendraient-elles à augmenter l'estime pour la persévérance de ce talent, bien plutôt qu'à nous inspirer
des doutes sur sa valeur secrète et sur ses ressources.

Il est deux autres objections toutefois qui pourraient avoir sur l'opinion une influence plus défavo-
rable et que l'on a répétées assez souvent pour que
nous ne devions pas les laisser sans réponse. Tout en
louant les mérites de Flandrin au point de vue du
dessin et du style, on se contente en général si volontiers de cet éloge qu'il semble seul légitime, et que
dans ces œuvres on le coloris et le pinceau ont leur

rôle, dans ces œuvres peintes en un mot, rien ne se retrouve que le crayon n'eût pu aussi bien exprimer. Que de gens, en outre, sacrifient à la docilité de l'élève le talent personnel, le génie particulier du peintre, et ne veulent voir dans les travaux de celui-ci que le souvenir le plus fidèle, l'imitation la plus rigoureuse des exemples de M. Ingres! Procéder ainsi, c'est demeurer fort en deçà de la justice, et, sans forcer nullement la vérité, sans contester ce qui manque à Flandrin pour être, à proprement parler, un coloriste, sans méconnaître ce qu'il doit aux leçons de son illustre maître, on a le droit de dire qu'il y a là une erreur manifeste et un double préjugé.

Qu'on se figure, en effet, les peintures d'Hippolyte Flandrin réduites à l'apparence d'images mono-chromes, de simples dessins : ne perdraient-elles pas à cette transformation, non-seulement la moitié de leur vraisemblance, mais encore une grande partie de leur charme? Que resterait-il, par exemple, de l'habileté avec laquelle les touches superposées s'assou-plissent et s'harmonisent entre elles, de ce faire si exactement approprié au moyen matériel lui-même qu'ils se complètent et s'expliquent l'un par l'autre, comme les développements d'une phrase musicale correspondent aux conditions de sonorité particulières de l'instrument qui la traduit? Un compositeur ne se sert pas indistinctement des mêmes combinaisons pour faire chanter les violons et les orgues : un peintre aussi est tenu de varier les caractères de sa pratique, selon qu'il s'agit pour lui de décorer un mur ou de couvrir une toile, d'employer des couleurs à la cire ou des couleurs à l'huile. Or cette différence entre les ressources de chaque procédé est trop judicieusement observée dans les ouvrages de Flandrin, elle conseille la main de l'artiste avec une autorité respectée de trop près pour qu'on puisse impunément séparer ici l'élément technique de la manière dont il est mis en œuvre, et la cause même du résultat.

Nous en dirons autant du coloris par rapport aux formes qu'il achève d'animer. Que la couleur, dans les peintures de Flandrin, n'ait ni l'éclat, ni la richesse qu'on admire dans les tableaux vénitiens ou flamands, je le sais de reste comme tout le monde ; mais qu'il y ait là matière à un reproche ou même à un regret, voilà ce que je nie, attendu que si cette couleur était autre, elle démentirait le dessin auquel elle se trouverait associée, sans aucun bénéfice pour l'effet pittoresque, pour le relief de l'ensemble. Que de fois cependant n'a-t-on pas rêvé je ne sais quelle alliance impossible entre les principes les plus nécessairement ennemis! Qui de nous n'a entendu quelque honnête homme regretter gravement que les figures dessinées par Michel-Ange n'aient pu être coloriées par le Corrége, ou que de notre temps la palette d'Eugène Delacroix n'ait pas prêté ses ressources à la main d'un savant dessinateur? Il n'y aurait qu'un malheur à ce jeu : c'est qu'au lieu de provoquer une heureuse réciprocité d'action, il neutraliserait abso-

6

lument les qualités de part et d'autre. Emprisonnées
dans des contours austères, les teintes, chères au
coloriste, n'exprimeraient plus qu'une opulence dé-
paysée ou une grâce affadie par le contraste, tandis
qu'en s'affublant de ces ornements d'emprunt l'œuvre
du dessinateur se désavouerait elle-même et cesse-
rait, à vrai dire, d'exister. J'en appelle sur ce point
à l'expérience de tous les peintres, et surtout aux
grands spécimens de l'art, à quelque époque, à quelque école qu'ils appartiennent. Il est sans exemple
qu'un maître n'ait pas trouvé pour rendre sa pensée
un coloris analogue ou plutôt identique aux caractères
de son dessin, parce que, comme le dit Flandrin dans
une lettre que nous avons citée, « le coloris est la conséquence nécessaire du vrai dessin dans le grand art. »
Telles tendances à définir la forme dans un sens particulier impliquent infailliblement l'instinct des moyens
les plus propres à confirmer par le ton l'intention
qu'on a eue, l'effet qu'on a voulu produire. Les travaux qu'a laissés Flandrin sont un argument de plus
à l'appui de cette vérité, et l'on aurait bien mauvaise
grâce à blâmer comme un témoignage d'impuissance
ce qui résulte en réalité d'un sentiment naturel de
l'harmonie et de l'unité même des doctrines.

Quant à cette opinion, assez souvent émise, que le
talent de Flandrin n'a dû ses développements, sa vie
même, qu'à l'action exercée sur lui par M. Ingres,
elle a ce double tort de tendre à amoindrir très-injus-
tement notre admiration pour le mérite insigne de l'é-

lève et de fausser les principes de notre gratitude
envers le maître. Si Flandrin n'avait su qu'imiter le
grand artiste de qui il avait reçu des leçons, où seraient
pour la gloire de M. Ingres l'intérêt sérieux et le profit?
N'est-ce pas plus honora... pour David d'avoir dirigé,
chacun a... sa..., Gros, Gérard, Girodet et
M. Ingres lui-même, que d'avoir traîné à sa suite tel
ou tel plagiaire de sa manière? C'est un honneur aussi
pour le peintre de *l'Apothéose d'Homère* d'avoir formé
le peintre de *Saint-Vincent de Paul*, et cet honneur
est d'autant plus grand que les exemples fournis au
disciple ont, en instruisant celui-ci, moins dénaturé
son propre sentiment, moins compromis l'indépendance de sa pensée. M. Ingres a pu transmettre et
il a en effet révélé à Flandrin les secrets de l'ampleur
et de la finesse dans l'exécution, d'une correction
sévère dans les formes. Flandrin a dû à son maître,
— et Dieu sait avec quelle reconnaissance il en gardait le souvenir! — il a reçu de lui une fois pour
toutes l'intelligence de certaines traditions pittoresques, la science de l'art en quelque sorte, c'est-à-
dire les moyens pratiques d'exprimer à souhait ce
que l'esprit a imaginé, — de même qu'il a profité des
enseignements que lui offraient les anciens monuments de la peinture, depuis les images hiératiques
des Catacombes jusqu'aux chefs-d'œuvre du Vatican;
mais, il faut le dire bien haut, il ne doit qu'à lui-
même et au développement naturel de ses facultés,
cette grâce émue, cette onction dont le moindre de

ses travaux porte l'empreinte. On serait mal venu à prétendre retrouver dans l'école d'où Flandrin est sorti les exemples de qualités pareilles, et l'erreur nous paraîtrait étrange de ne voir dans le peintre le plus profondément chrétien de notre temps qu'un copiste du maître dont le génie a le plus de conformité avec celui des artistes grecs, dont le pinceau continue surtout les fières coutumes du style antique.

Dira-t-on que par la nature de ses aspirations et par la doctrine qu'il représente, Hippolyte Flandrin n'a été dans notre époque qu'un grand talent dépaysé, un continuateur personnellement habile, mais inutilement zélé de principes qui ont fait leur temps, d'un art en désaccord avec nos besoins actuels, avec les progrès qu'il s'agit maintenant d'entreprendre ou de poursuivre? Nous ne voulons pas nier à certains égards la légitimité de ces besoins, nous acceptons quelques-uns de ces progrès, mais à la condition de discerner entre les tentatives qui peuvent renouveler les formes de l'art et celles qui ne tendent qu'à en matérialiser l'esprit, entre les hardiesses sincères et les provocations systématiques. Les titres de Flandrin ne seraient contestables qu'autant qu'on oublierait de faire cette distinction nécessaire, ou que l'on consentirait lâchement à reléguer parmi les croyances surannées le culte de l'idéal et du beau.

Sans doute il ne manque pas de gens aujourd'hui pour prêcher la régénération de l'art par l'imitation pure et simple de la réalité, ou pour proclamer à

l'exclusion du reste les droits de la fantaisie. Ne nous
effrayons pas outre mesure du danger de ces vieilles
nouveautés, de ces erreurs caduques qui se croient
jeunes, de ces paradoxes usés qui tâchent par moments de rhabiller d'audace leur indigence ou leur
vétusté. Combien de fois déjà l'expérience et le sens
commun n'en ont-ils pas fait justice! Valentin, malgré
les succès obtenus, a-t-il empêché l'opinion au dix-
septième siècle de donner raison à Poussin? Plus
récemment, les jactances de Boucher et des siens
ont-elles réussi dans notre école à discréditer sans
retour le bon goût et la bonne foi? Les sophismes que
nous voyons se produire n'auront, nous l'espérons
bien, ni une meilleure ni une plus longue fortune.
Ceux même d'entre nous qui en sont aujourd'hui les
complices ou les dupes, arriveront, volontairement ou
non, à s'en désabuser demain, tandis que les vérités
saines où l'on aura cru reconnaître d'abord une sorte
de défi au temps présent reprendront un empire d'autant plus sûr qu'elles auront momentanément donné
lieu à quelques méprises. Cette autorité durable est
promise aux œuvres de Flandrin. Peut-être, à la
courte distance qui nous sépare de l'époque où elles
ont paru, n'avons-nous encore, pour en embrasser
l'ensemble, ni la faculté de choisir le point de vue tout
à fait exact, ni le pouvoir de nous désintéresser suffi-
samment d'autres œuvres et d'autres succès; peut-être,
au milieu des distractions qui résultent pour nous du
bruit fait autour de certains noms, nous serait-il dif-

ficile d'accorder, sinon aux travaux, du moins aux mérites d'Hippolyte Flandrin, toute l'attention, toute l'admiration sans préjugés qu'ils commandent. L'avenir, nous n'en doutons pas, leur sera plus résolûment favorable que le présent, parce qu'il appréciera ces travaux et ces mérites en dehors des préoccupations auxquelles nous ne saurions absolument nous soustraire. Que ce ne soit pas une raison toutefois pour marchander la part de justice que le moment comporte, les hommages qu'il nous appartient de rendre à ce noble talent. Si récentes qu'en puissent paraître les reliques, ne sont-elles pas bien consacrées déjà par la grandeur des souvenirs? Puisqu'aux témoignages d'une habileté aussi haute s'ajoutent les exemples d'une vie sans reproche, sachons dès aujourd'hui honorer le tout avec la piété qui convient, et reconnaître une fois de plus, en face de ce double enseignement, la justesse comme la moralité du principe qu'affirmaient les anciens, lorsqu'ils se servaient du même mot pour qualifier les plus belles qualités de l'intelligence, le travail fécond et la vertu.

CATALOGUE

DES OEUVRES D'HIPPOLYTE FLANDRIN.

TABLEAUX.

Les Bergers de Virgile.

Ce petit tableau, que Flandrin avait commencé de peindre à Paris en 1831, lorsqu'il venait d'être exclu du concours pour le grand prix où il s'était présenté pour la première fois, fut, quelques années plus tard, achevé à Rome et devint l'esquisse d'envoi que les règlements exigeaient du jeune pensionnaire.

Les *Bergers de Virgile* appartiennent à la famille d'Hippolyte Flandrin.

Polytès, fils de Priam, observant les mouvements des Grecs.

Figure d'étude, commencée à Rome en 1833, et terminée dans les premiers mois de 1834.

(Appartient à la famille d'Hippolyte Flandrin.)

Le Dante, conduit par Virgile, offre des consolations aux mânes des envieux.

(*Purgatoire*, ch. XIII.)

Ce tableau, exposé au Salon de 1836, où il obtint une médaille de deuxième classe, fut acquis, peu de mois après, par l'administration municipale de Lyon, au prix de trois mille cinq cents francs. Il orne aujourd'hui le musée de la ville.

Il a été grossièrement reproduit en 1837 par un dessinateur

anonyme, dans une petite lithographie, imprimée à Lyon chez H. Brunet et Cie.

Euripide

Figure d'étude, peinte à Rome en 1835, et acquise par la ville de Lyon en 1836, au prix de mille francs. (Musée de Lyon.)

Jeune berger.

Figure d'étude, commencée à Rome en 1835 et achevée dans les premiers mois de l'année suivante. Après avoir été exposée à Paris, au Salon de 1836, elle fut envoyée à Lyon par Hippolyte Flandrin, et offerte par lui à son ancien maître, M. Legendre-Héral. (V. les *Lettres* du 19 novembre 1836 et du 13 février 1837.)

Saint Clair, premier évêque de Nantes, guérissant des aveugles.

Ce tableau, qu'Hippolyte Flandrin regardait comme le meilleur qu'il eut fait, appartient à la cathédrale de Nantes. Flandrin ne reçut pour cet ouvrage qu'une somme de mille francs : prix convenu, il est vrai, et dont le peintre s'était contenté d'avance. Peint à Rome en 1836 et exposé au Salon de 1837, où il fut récompensé d'une médaille de première classe, le *Saint Clair* figura à l'Exposition universelle ouverte à Paris en 1855. Il a été lithographié par M. Auguste Hirsch.

Jeune homme nu, assis sur un rocher, au bord de la mer.

Figure d'étude, peinte à Rome en 1836 et exposée à Paris en 1855 (Exposition universelle). Elle est conservée aujourd'hui dans la galerie du palais du Luxembourg.

Jésus-Christ et les petits enfants.

« Alors des femmes lui présentèrent leurs petits enfants afin « qu'il les bénît; mais les disciples les repoussèrent; ce que « voyant Jésus, il leur dit : Laissez venir à moi les petits en- « fants, car le royaume du Ciel est fait pour ceux qui leur « ressemblent. »

(Évangile selon saint Marc.)

Tableau peint à Rome en 1837 et en 1838, et retouché ensuite à Paris. Après avoir été exposé au Salon de 1839 et, pendant quelques semaines, dans la galerie du palais du Luxembourg, il fut donné à la ville de Lisieux par le ministère de l'intérieur, qui l'avait acquis pour une somme de trois mille francs.

Femme de la campagne de Rome auprès de son enfant malade.

Pour la composition de cette scène, qu'il peignit à Paris en 1839, Hippolyte Flandrin s'est servi d'un des groupes du troisième plan de son tableau de *Jésus*. Dans une lettre adressée à son frère Auguste, lettre qui ne figure pas parmi celles que nous publions plus loin, Hippolyte parle de ce petit tableau. «J'espérais, écrivait-il le 17 mai 1839, recevoir cinq cents francs d'un monsieur pour qui je l'avais fait, mais qui, étant venu le voir, a trouvé le sujet trop triste. Alors je l'ai tout de suite tiré d'embarras en lui disant que je le gardais, ce qui pourtant ne m'arrangeait guère, puisque depuis longtemps je comptais sur cet argent. »

Dans une autre lettre, également inédite, il dit à son frère en lui annonçant l'envoi à Lyon du tableau dont il s'agit : «Je l'expédierai, je crois, une petite chose que j'ai faite pour quelqu'un, qui n'en a pas voulu ensuite. Je ne voudrais pas l'exposer; cependant tu verras. Si tu pouvais m'avoir de ça quatre ou cinq cents francs, ça me ferait grand bien. »

(Appartient à la famille d'Hippolyte Flandrin.)

Saint Louis dictant ses Établissements.

« Il est entouré du sire de Joinville, de Guillaume de Nangis, de Matthieu, abbé de Saint-Denis, régent du royaume, et de Robert de Sorbonne. »

Tableau peint en 1841 et exposé au Salon de 1842.

(Au palais du Sénat.)

Mater dolorosa.

« O vous tous qui passez sur ce chemin, considérez et voyez s'il est une douleur semblable à la mienne. »

(JÉRÉMIE, *Lamentations*, I, 12.)

Tableau peint en 1844 pour le prince de Berghes, et exposé au Salon de 1845.

(Église de Saint-Martory, près de Saint-Gaudens, Haute-Garonne.)

Il a été lithographié par M. Auguste Hirsch.

Napoléon Ier, législateur.

Tableau commandé en 1846 par le ministère de l'intérieur pour la salle du comité de l'intérieur au Conseil d'État, et exposé au Salon de 1847.

PEINTURES MONUMENTALES.

Chapelle de Saint-Jean, dans l'église de Saint-Séverin, à Paris.

Hippolyte Flandrin commença en 1840 les cartons des compositions pour la décoration de cette chapelle, et, avant le 1er avril de l'année suivante, les peintures mêmes étaient terminées. La gravure n'en a reproduit aucune jusqu'à présent. Une d'entre elles, la *Cène*, avait dû, il y a quelques années, être gravée, et Flandrin en avait fait dans ce but un dessin très-achevé, qui appartient aujourd'hui à M. Timbal.

Peintures décoratives, dans la grande salle du château de Dampierre.

Flandrin entreprit sur place, au mois d'avril 1841, ce travail, dont il avait préparé les éléments et arrêté les formes dans des cartons, dessinés quelque temps auparavant à Paris. Aidé de son frère Paul et de son élève, M. Louis Lamothe, il peignit pour l'ornement de la salle, sur les murs de laquelle M. Ingres devait représenter l'*Âge d'or* et l'*Âge de fer*, trente-six figures, hautes chacune d'un mètre environ, et soutenant des médaillons où se trouvent des bas-reliefs sculptés par Simart.

Peintures du sanctuaire de Saint-Germain des Prés, à Paris.

La décoration du sanctuaire de Saint-Germain des Prés fut confiée à Hippolyte Flandrin en mai 1842. Dans les derniers mois de cette même année et pendant une partie de l'année suivante, Flandrin exécuta les peintures qui ornent le côté gauche lorsqu'on fait face à l'autel, et qui représentent l'*Entrée de Jésus à Jérusalem*, la *Foi*, l'*Espérance*, la *Charité* et la *Patience*, *Saint Germain*, et *Saint Droctovée*, premier abbé de Saint-Germain des Prés, recevant des mains de *Childebert* et de la reine *Ultrogoth* le modèle de l'édifice.

Sur le mur à droite, Flandrin peignit, en 1843 et en 1844, *Jésus-Christ portant sa croix sur le Calvaire*, et, en regard des figures allégoriques ou historiques que nous avons mentionnées, la *Justice*, la *Prudence*, la *Tempérance*, la *Force*, et *Saint Vincent*, martyr, accompagné du pape *Alexandre III*, de l'abbé *Morard*, de *Saint Benoît* et du roi *Robert*.

M. Sonny avait commencé de graver, il y a quelques années, une grande planche d'après l'*Entrée à Jérusalem*. Reprise après la mort de ce regrettable artiste et très-habilement continuée par un élève d'Hippolyte Flandrin, M. Poncet, l'œuvre qu'avait entreprise Sonny est aujourd'hui presque achevée.

Peintures du chœur de Saint-Germain des Prés.

Ces peintures, représentant les douze apôtres et les symboles des quatre évangélistes, ont été, ainsi que les figures reproduites sur les vitraux d'après les cartons du maître, exécutées en 1846, en 1847 et au commencement de 1848.

Peintures dans l'église de Saint-Paul, à Nîmes.

Exécutées à partir des premiers jours d'octobre 1848, avec l'aide de MM. Paul Flandrin, Paul Balze et Lamothe, et terminées vers la fin d'avril 1849, les peintures d'Hippolyte Flandrin dans l'église de Saint-Paul décorent : 1° l'hémicycle de l'abside centrale, derrière l'autel. Flandrin y a figuré un *Christ* de dimensions colossales assis sur un trône, et ayant à ses côtés *Saint Pierre* et *Saint Paul*; à ses pieds, un roi et un esclave, qui déposent sur les degrés du trône, l'un son sceptre et sa couronne, l'autre ses chaînes; 2° les deux murailles de

la partie du chœur conduisant à l'abside; chacune d'elles est
revêtue de trois séries superposées de peintures représentant
les *Évangélistes*, deux *Archanges* et les *Docteurs* des Églises
grecque et latine; 3° les galeries qui conduisent aux absides
latérales. Sur les murs de ces galeries se succèdent, d'un côté,
les images des *Martyrs* au-dessus desquelles s'élèvent les figures
de deux *Anges* tenant, l'un une palme et un joug, l'autre une
épée et une couronne; du côté opposé s'avancent les *Vierges*,
dont la procession se dirige vers l'autel, au-dessus des figures
de l'*Ange de la chasteté* et de l'*Ange de l'amour divin*; 4° les
deux absides latérales, sur l'une desquelles Flandrin a peint
le *Couronnement de la Vierge*, sur l'autre, le *Ravissement de
saint Paul*. Toutes ces peintures se détachent sur des fonds
d'or.

Un fragment des peintures de Saint-Paul, *Jésus-Christ cou-
ronnant la sainte Vierge*, a été gravé par M. Am. Schneider.
En outre, il existe quelques rares épreuves de trois lithographies, dessinées par Hippolyte Flandrin, d'après ce même
Couronnement de la Vierge, d'après la grande figure du *Christ*
qui décore l'abside centrale, et d'après le groupe représentant le *Ravissement de saint Paul*.

Peintures dans l'église de Saint-Vincent de Paul, à Paris.

La tâche de décorer de peintures l'église de Saint-Vincent
de Paul avait été primitivement confiée à M. Ingres; puis,
sur le refus de l'illustre maître, proposée à Paul Delaroche,
qui ne put à son tour s'en charger; enfin, après une tentative
formelle faite en 1846 par le conseil municipal en faveur
de Flandrin (1), offerte à M. Picot et acceptée par lui. Au
commencement de 1848, M. Picot allait se mettre à l'œuvre,
lorsque survint la révolution de février. La nouvelle administration de la ville, ou plutôt M. Armand Marrast, alors
maire de Paris, retira ce grand travail à l'artiste pour le donner à Hippolyte Flandrin. Celui-ci, dont la conscience se
révoltait à la pensée de profiter ainsi des dépouilles d'un con-

---

(1) Voyez plus loin une lettre d'Hippolyte Flandrin à sa mère, en
date du 26 décembre 1846.

frère, n'hésita pas à refuser. Il ne fallut pas moins que l'intervention de M. Picot lui-même pour vaincre sur ce point sa résistance. Encore Flandrin mit-il pour condition absolue à son consentement que la moitié de la tâche serait immédiatement rendue au peintre qu'on avait prétendu évincer, et qu'on laisserait à M. Picot la liberté de choisir entre la décoration du chœur et la décoration de la nef. Le choix une fois fait, Flandrin, à qui la frise de la nef était échue en partage, entreprit son immense travail en 1850 ; il l'avait achevé avant la fin de l'année 1854.

On sait que la longue procession figurée sur les murs de la nef de Saint-Vincent de Paul se compose : d'un côté, des apôtres, des martyrs, des docteurs, des saints évêques et des confesseurs ; — de l'autre, des vierges et martyres, des saintes femmes, des pénitentes et des saints ménages. Au-dessus de la porte principale, une composition sur la *Mission de l'Église* représente *Saint Pierre et saint Paul enseignant*, celui-ci les peuples de l'Orient, celui-là les peuples de l'Occident, et sert en quelque sorte de point de départ au pieux cortège qui se dirige vers le sanctuaire.

Les peintures de Saint-Vincent de Paul ont été reproduites par Hippolyte Flandrin lui-même dans une suite de quatorze lithographies, exposées en 1855 (Exposition universelle) et au Salon de 1856.

Peintures au Conservatoire des arts et métiers, à Paris.

Deux figures allégoriques, l'*Agriculture* et l'*Industrie*, peintes vers la fin de 1854.

Peintures dans l'église d'Ainay, à Lyon.

Ces peintures, exécutées par Flandrin en 1855, décorent les trois absides de l'église. Sur les murs de l'abside principale qui se développe derrière l'autel, le maître a représenté *Jésus-Christ bénissant le monde* et ayant à ses côtés la *Sainte Vierge*, *Sainte Blandine*, *Sainte Clotilde*, *Saint Michel*, archange, *Saint Pothin*, premier apôtre de Lyon, et *Saint Martin*. La petite abside, à droite, nous montre *Saint Benoît* assis sur son siège abbatial et ayant à ses pieds deux jeunes moines qui

vouent à sa règle l'abbaye d'Ainay. Dans l'abside, à gauche,
on voit *Saint Badulphe* appelant les bénédictions de Dieu sur
l'abbaye, dont l'image est placée en regard d'un temple païen
qui s'écroule.

Peintures de la nef de Saint-Germain des Prés.

La décoration de la nef de Saint-Germain des Prés se compose de quarante figures ou groupes de deux figures se succédant dans les intervalles compris entre les fenêtres, et de dix-
huit sujets, peints sur le champ que limitent en haut la base
de ces fenêtres et en bas le sommet des arcades ouvertes sur la
nef. Les quarante figures ou groupes placés au-dessus des
compositions rappellent, depuis *Adam et Ève* jusqu'à *Za-
charie*, depuis *Noé* jusqu'à *Saint Jean-Baptiste*, les traditions
principales et les promesses de l'Écriture avant la venue du
Sauveur; de même que les scènes reproduites plus bas rappro-
chent et mettent pour ainsi dire en contact les prophéties de
l'Ancien Testament et les faits de l'Évangile. Distribués deux
par deux et se complétant en raison de leur juxtaposition
même, ces sujets résument à la fois les événements de l'histoire
sacrée et les doubles enseignements qui en résultent. Ainsi la
scène où l'on voit *Balaam prophétisant qu'un astre s'élèvera
du milieu d'Israël* a pour corollaire *l'Adoration des Mages;*
Joseph vendu par ses frères apparaît à côté de la *Trahison de
Judas;* la *Dispersion des peuples au pied de la tour de Babel*
annonce et explique la *Mission des apôtres*, pour réunir les
nations dans une même foi.

Pour compléter la série des peintures décoratives commencées
en 1855 dans la nef de Saint-Germain des Prés, exécutées
dans le cours des années suivantes avec l'aide de MM. Poncet
et Gastine, et livrées aux regards du public au commencement
de décembre 1861, Flandrin avait encore à peindre deux
tableaux (les derniers à gauche en venant du chœur), dans
lesquels il voulait représenter *l'Ascension de Notre-Seigneur*
et les *Préliminaires du Jugement dernier*. C'est à M. Paul
Flandrin, … digne à tous égards de recueillir un pareil héri-
tage, qu'a été confiée la tâche d'achever cette partie de l'œuvre
d'Hippolyte Flandrin, et de reproduire, conformément aux
esquisses laissées par le maître, les deux scènes que celui-ci se

proposait de peindre avant d'entreprendre, dans la même église, la décoration de l'un des bras de la croix.

Il existe, d'après les peintures de la nef de Saint-Germain des Prés, deux pièces gravées par M. Pouret. L'une, représentant le groupe d'*Adam et Ève*, a été publiée en mars 1862 dans la *Gazette des beaux-arts*; l'autre, jusqu'à présent inédite, est une reproduction du *Buisson ardent*.

TRAVAUX DIVERS.

Fragment de l'École d'Athènes, d'après Raphaël.

Copie peinte en 1836 (envoi de Rome), aujourd'hui à l'École des beaux-arts.

Diane de Poitiers, d'après le tableau conservé dans le palais de Fontainebleau et attribué au Primatice.

Le Cardinal de Tournon, d'après un portrait du temps.

Marie-Anne de Bourbon, duchesse de Bourbon, d'après un portrait de l'ancienne collection du château d'Eu.

Marie-Françoise de Noailles, marquise de Lavardin, d'après un portrait de l'ancienne collection du château d'Eu.

(Ces quatre copies, peintes par Hippolyte Flandrin en 1839, sont conservées dans les galeries historiques du palais de Versailles.)

Deux études : une tête de jeune fille et *la Rêverie.*

Peintes en 1840 et en 1846 pour le dite et pour le comte de Feltre.

> (Appartiennent au Musée de Nantes, collection Clarke de Feltre.)

Saint Louis prenant la croix pour la deuxième fois.

Carton, exécuté en 1843, pour un vitrail de la chapelle de Dreux.

Étude, peinte en 1854 pour le prince Demidoff.

Cette étude, représentant une jeune femme vêtue de noir, la tête appuyée sur sa main fermée, et la chevelure ornée d'un nœud rouge, a été acquise par M. Haro à la vente de la collection Demidoff. (Janvier 1863.)

Quatre médaillons pour le berceau du Prince impérial.

Les peintures originales d'après lesquelles ces quatre médaillons ont été exécutés sur émail à la manufacture impériale de Sèvres, appartiennent à M. Victor Baltard.

Étude de femme, peinte en 1859 pour M. Marcotte-Genlis.

Jeune fille grecque.

Peinte en 1863, peu de jours avant le départ du maître pour l'Italie.

> (Appartient à M. Marcotte-Genlis.)

Deux études, *têtes d'anges.*

Peintes à Rome au commencement de 1864 pour les compositions qui devaient décorer le porche de la nouvelle église de Saint-Augustin, à Paris.

On ne saurait mentionner ici toutes les esquisses ou études et les innombrables croquis successivement tracés par Hippolyte Flandrin en vue de ses grands travaux. Il serait presque aussi long et aussi difficile

de dresser le catalogue d'autres dessins qu'il a laissés
et qui ne se rattachent ni aux tableaux exécutés par
lui, ni à ses œuvres de peinture monumentale. Quelques-uns ont été reproduits par la gravure, une
figure de *Pascal*, par exemple, gravée par M. Bein
pour l'ouvrage intitulé *le Plutarque français*, une
figure de *Madame de Sévigné*, gravée pour le même
ouvrage par M. Lestudier-Lacour.

Parmi d'autres dessins disséminés dans diverses
collections particulières, on peut citer ceux que Flandrin avait faits pour M. Plon en 1845, pour l'album
de madame la duchesse de Montpensier, pour celui
de M. Bixio, et, plus récemment, pour l'album de
mademoiselle Haussmann. Enfin beaucoup de compositions ou d'études dessinées, provenant des portefeuilles mêmes du maître, appartiennent à la famille
d'Hippolyte Flandrin.

PORTRAITS.

Pendant les cinq années qu'Hippolyte Flandrin
passa à la Villa Médicis (1833-1838), il peignit les
portraits de plusieurs pensionnaires ses camarades,
ceux, entre autres, du sculpteur Jean Debay, de
M. Oudiné et de M. Ambroise Thomas. Plusieurs de
ces portraits sont conservés aujourd'hui dans une des
salles de l'Académie de France, à Rome, à côté du
portrait en profil du peintre lui-même : répétition de
la toile originale qui a été exposée au Salon de 1840.

7

et qui a figuré de nouveau à l'Exposition universelle
de 1855.

Il existe quatre autres portraits d'Hippolyte Flandrin, peints plus récemment par lui, et appartenant
à sa famille: un où il s'est représenté de face, le visage
dans l'ombre et la tête coiffée d'une petite toque
noire; — un autre, que reproduit la gravure placée
au commencement de ce volume; — un troisième,
ébauché à la terre de Cassel, où le visage apparaît de
trois quarts;— un quatrième, enfin, qui nous montre
Flandrin devant son chevalet, le bras droit en rac-
courci et la main appuyée sur le châssis du tableau
auquel il travaille.

Enfin, un portrait d'Hippolyte Flandrin peint à
côté du portrait de M. Paul Flandrin et sur la même
toile que celui-ci, a été en grande partie exécuté par
le maître lui-même. Ce tableau, représentant les
deux frères et inscrit au catalogue du Musée de
Nantes sous le nom de M. Paul Flandrin, provient
de la collection Clarke de Feltre.

PORTRAITS PEINTS DE 1839 A 1845.

Portrait de M. Mignon aîné.
   —   de M. Mignon jeune.
   —   de M. Reiset.
   —   de M. Laferrière.
   —   de mademoiselle Paule Baltard, à l'âge de cinq ans.
   —   de madame Oudiné. (Exposé au Salon de 1840.)
   —   de madame Vinet. (Exposé au Salon de 1841.)
   —   de madame veuve Flandrin. (Refusé par le jury.
          Salon de 1841.)
   —   de M. le comte d'Arjuzon. (Exposé au Salon de 1843.)

Portrait de mademoiselle Delessert (madame la comtesse de
      Nadaillac).
      de madame Cassas.
      de madame de Laberaudière.
      de madame Féburier. (Exposé au Salon de 1845 et
          réexposé en 1855.)
      de M. Varcollier. (Exposé au Salon de 1845.)
      de madame Hippolyte Flandrin. (Exposé au Salon
          de 1846.)
Portrait en pied de M. Chaix d'Est-Ange. (Exposé au Salon
      de 1845.)

DE 1846 A 1849.

Portrait de madame la comtesse de Verdun. (Exposé au Salon
      de 1846.)
      de madame Regnault. (Exposé au Salon de 1846 et
          réexposé en 1855.)
      de M. Villiers du Terrage.
      de M. Villiers du Terrage fils.
      de madame de Cambourg.
      de M. Prélard.
      de M. Haghermann.
      de madame Auvray.
      de madame Meurice.
      de mademoiselle Prélard.
      de MM. Dassy frères. (Exposé au Salon de 1850 et
          réexposé en 1855.)
      de madame de Saint-Didier. (Peint à Lyon.)
      de M. Auguste Flandrin, fils aîné du peintre, à l'âge
          de quatre ans et demi.

DE 1850 A 1857.

Portrait de madame Prélard.
      de madame Balay.
      de M. de Germiny.
      de madame de Germiny.
      de madame Berdier.

Portrait de mademoiselle Cécile Flandrin, fille du peintre, à
l'âge de cinq ans.
  — de madame la comtesse Maison. (Exposé en 1855.)
  — de madame la comtesse de Goyon.
  — de madame Buddicom.
  — de madame la baronne Fréteau de Pény. (Lithogra-
        phié par M. A. Hirsch.)
  — de M. le baron Fréteau de Pény. (Exposé au Salon
        de 1856, et lithographié par M. A. Hirsch.)
  — de mademoiselle Hittorff.
  — de M. Marc Séguin. (Exposé en 1855.)
  — de M. Thiac.
  — de madame Thiac.
Portrait en pied de M. le docteur Rostan. (Exposé en 1855.)
Portrait de M. Brolemann. (Exposé en 1855.)
  — de madame Legentil. (Exposé au Salon de 1856.)

DE 1858 A 1864.

Portrait de M. Legentil.
  — de mademoiselle Maison. (Exposé au Salon de 1859.)
  — de mademoiselle Maison (madame la baronne de
        Mackau).
        Ce portrait, exposé au Salon de 1859, est connu
        aujourd'hui sous le nom de la Jeune fille à l'œillet.
  — de M. Legentil fils.
  — de M. Sieyès.
  — de madame Sieyès.
  — de M. le comte Duchâtel. (Exposé au Salon de 1861
        et gravé par M. Henriquel.)
  — de mademoiselle Duchâtel (madame la duchesse de
        la Trémoille).
  — de madame Brame.
  — de M. Gatteaux. (Exposé au Salon de 1861.)
  — de madame Brolemann. (Exposé au Salon de 1861.)
  — de S. A. I. le prince Napoléon (Exposé au Salon
        de 1861.)
  — de M. le comte Walewski. (Exposé au Salon de 1861.)
  — de M. Say.

Portrait en pied de S. M. l'Empereur Napoléon III. (Exposé
   au Salon de 1863, et aujourd'hui dans la galerie du Luxembourg.)
Portrait de madame Anisson-Duperron.
      ― de madame la duchesse d'Ayen.
      ― de M. Casimir Périer.
      ― de M. Marcotte-Genlis.
      ― de M. Ternois. (Peint depuis la mort du modèle d'a-
          près une photographie.)
      ― de M. le baron James de Rotschild.
      ― de M. Paul Flandrin, second fils du peintre, à l'âge
          de sept ans. (Ce portrait, peint à Rome au com-
          mencement de 1864, est resté inachevé.)

Outre les portraits peints que nous venons de mentionner, Hippolyte Flandrin a laissé un nombre considérable de portraits dessinés, parmi lesquels il
suffira de citer ceux de :

      M. Seghers.
      Madame Seghers.
      Decamps.
(Dans une lettre en date du 30 juillet 1839 et adressée d'Aix-
les-Bains à son frère Auguste, Hippolyte Flandrin dit à propos
de ce dessin : « Nous avons fait chacun un portrait de Decamps qui, je crois, est assez réussi. J'aime beaucoup la manière d'être de Decamps. Avec son talent et sa réputation, tant
d'autres auraient déjà éclaté ! »)
      Le P. Lacordaire (gravé par Dien).
      M. Ambroise Thomas.
      M. Henri Reber.
      M. Ancelot, beau-père du peintre.
      M. Lemaire, grand-père de madame Paul Flandrin.
      Madame Arnould (mademoiselle Baltard).
      Madame Émile Lecomte.
      Madame Flacheron.
(Ce portrait a été dessiné à Rome le 9 février 1864.)

Les lettres qui suivent et qui comprennent une période de trente-cinq années dans la vie d'Hippolyte Flandrin, contiennent beaucoup moins de théories sur l'art que de renseignements biographiques, beaucoup moins de dissertations que de confidences intimes. On serait mal venu à y chercher les formules solennelles d'une esthétique particulière, l'exposé ou les développements scientifiques d'une doctrine ; on n'y surprendra nulle part, même à l'état d'arrière-pensées, des prétentions à l'autorité dogmatique et au rôle de chef d'école. En écrivant à sa famille et à ses amis, Flandrin ne songe ni à plaider la cause de son talent ni à convertir à ses principes les gens auxquels il s'adresse. Il veut seulement les informer des occupations actuelles de sa pensée ou plutôt des sentiments de son cœur, et s'il parle de ce qu'il a fait ou de ce qu'il va faire, ce n'est pas pour signaler son habileté ou les progrès de sa réputation, encore moins pour étaler un système ; c'est parce qu'il doit à ceux qui l'aiment et qui sont loin de lui le récit des événements et des travaux dont sa vie se compose.

Comme Mozart, dans ces lettres charmantes que
l'on a publiées il y a quelques années, Hippolyte
Flandrin semble, en prenant la plume, oublier si bien
son importance personnelle qu'il cesse, à vrai dire,
de nous montrer en lui l'artiste et le grand artiste
pour ne laisser voir que le fils le plus tendre, le frère
ou l'ami le plus dévoué. Et cependant, si rares que
soient dans la correspondance de Flandrin les propo-
sitions ou les commentaires didactiques, tout ce qu'il
dit tend à son insu à nous expliquer plus sûrement, à
nous faire mieux comprendre et mieux aimer les
œuvres de son talent, parce que ce talent et l'âme
d'où il procède ont des habitudes communes. Ces
lettres attestent l'étroite connexité qui existait entre
les coutumes morales de l'homme et les inspirations
ou les doctrines du peintre. Elles résument en réalité
la poétique de l'un comme la vie même de l'autre,
car elles expriment à chaque ligne la piété, l'amour
du vrai, la passion sereine du bien en toutes choses.
Ajoutons qu'elles témoignent aussi d'une aversion
énergique, quand il le faut, pour les témérités ou les
erreurs dangereuses. Si bienveillant qu'il soit d'ordinaire, Flandrin sait se montrer sévère à l'occasion et
ne marchander ni le blâme aux faits qu'il a jugés
condamnables, ni les remontrances à qui lui semble
les mériter.

Quant au texte de ces lettres, nous le donnons tel
que l'avait tracé la main même d'Hippoyte Flandrin,
c'est-à-dire avec des incorrections ou des négligences

qu'on s'étonnera d'ailleurs de ne pas rencontrer plus
fréquemment, et qu'excuse de reste le souvenir des
premières années de Flandrin. Son enfance, nous
l'avons dit, avait été privée non-seulement de l'éducation classique qu'on reçoit dans les collèges, mais
même de ces vulgaires notions littéraires que four-
nissent les plus humbles écoles. Ce qu'il savait de la
syntaxe et des règles ou des traditions grammaticales,
il le devait uniquement à sa propre perspicacité, à
ses lectures, à des efforts d'attention plus assidus et
plus féconds à mesure que s'était développé le talent
du peintre et que celui-ci avait senti le besoin
d'étendre ses ressources intellectuelles en proportion
de l'habileté croissante de sa main. Aussi, sans
exprimer nulle part la contrainte ou le progrès laborieux, le style, dans les lettres que nous publions,
s'épure-t-il d'année en année, et acquiert-il vers la
fin une précision d'autant plus remarquable que les
formes en étaient, au début, moins châtiées. A quoi
bon insister au surplus et prétendre signaler des
imperfections ou des mérites qu'il sera si facile à
chacun d'apprécier?

En reproduisant les lettres de Flandrin, lettres
écrites d'ailleurs au courant de la plume et pour les
regards seulement de quelques amis, il nous a paru
que nous avions le droit ou plutôt le devoir d'omettre
certains détails dépourvus aujourd'hui d'intérêt et de
choisir, parmi ces confidences familières, celles qui
méritaient surtout d'être révélées. Est-il besoin d'ajou-

ter qu'il ne pouvait nous appartenir d'en modifier l'expression, et que, le choix une fois fait, notre tâche se réduisait à un travail de transcription scrupuleusement fidèle?

Ce respect nécessaire des formes adoptées par Flandrin pour rendre sa pensée, nous n'avons pas cru qu'il nous fût également commandé pour quelques erreurs dans l'orthographe des mots ou dans la ponctuation. Nous nous sommes donc permis, le cas échéant, de reviser à cet égard le texte original, parce qu'ici l'exactitude absolue de la copie ne nous eût paru ni aider à l'intelligence des choses, ni faire revivre utilement les habitudes d'esprit de celui qui les raconte. Qu'on ne s'exagère pas, toutefois, le nombre des fautes que nous avons pris sur nous de ne pas laisser subsister. Assez fréquentes, il est vrai, dans les lettres antérieures à l'époque du départ de Flandrin pour Rome, elles deviennent de plus en plus rares dans les lettres suivantes et finissent presque par disparaître dans celles qui appartiennent aux vingt dernières années. A peu d'exceptions près, — le verbe *embrasser*, par exemple, dont Flandrin, par une distraction assez singulière, s'est obstiné jusqu'à la fin à remplacer l'*e* initial par un *a*. — les mots sont dès lors aussi correctement écrits que les phrases elles-mêmes sont régulièrement construites. La seule particularité qu'on puisse y remarquer quelquefois, c'est l'emploi de certaines formules orthographiques surannées ou décidément vieillies. Ainsi

Flandrin écrit *noust*, *aujourd'huy*, etc. Le fait, si l'on veut, n'a pas d'importance en soi : il convient pourtant de le noter, parce qu'il nous indique les origines de l'éducation littéraire que le peintre s'était faite et la nature des modèles qu'il avait le plus ordinairement consultés. C'est apparemment à l'école des écrivains du dix-septième siècle, c'est en lisant leurs ouvrages de préférence au reste, qu'il avait pris de pareilles coutumes et fait provision de ces souvenirs. Mince profit sans doute si Flandrin n'avait retiré de ses études que l'habitude, involontaire ou non, d'imiter ainsi les dehors de la pensée des maîtres; mais il avait su emprunter mieux que cela de sa familiarité avec eux. Il y puisait un surcroît de conviction et de force pour vénérer, pour défendre, pour propager à sa manière les vérités qui élèvent l'âme et qui l'intéressent de plus près; il retrouvait en un mot, sous d'autres formes et dans un autre domaine, des exemplaires de ce beau dont son pinceau s'était déjà approprié les secrets et qui lui apparaissait, ici comme ailleurs, inséparable de la bonne foi, de l'inspiration sincère, de la franche simplicité.

Afin d'introduire un certain ordre méthodique dans la classification des lettres d'Hippolyte Flandrin, nous en avons divisé l'ensemble en cinq parties à peu près égales, correspondant chacune à une phase déterminée de la vie du maître : vie bien simple d'ailleurs, sans incidents particuliers, sans aventures, et dont rien ne vient suspendre les développements logiques ni rompre un instant l'unité.

La première série comprend les lettres écrites par Flandrin depuis le jour de son arrivée à Paris jusqu'à celui où il sort vainqueur du concours pour le prix de Rome. La seconde résume les impressions et les travaux du jeune pensionnaire de l'Académie de France pendant les cinq années de son séjour en Italie. La troisième et la quatrième nous racontent, l'une, la vie de Flandrin à partir de l'époque où il revient se fixer en France jusqu'à l'époque de son mariage; l'autre, les faits qui se succèdent dans le cours des vingt années suivantes. La cinquième série enfin se compose des lettres adressées par Flandrin à ses amis pendant ce voyage en Italie qu'il avait entrepris au mois d'octobre 1863, et qui devait, six mois plus tard, aboutir pour lui à la mort.

LETTRES D'HIPPOLYTE FLANDRIN.

PREMIÈRE PARTIE.

LETTRES ÉCRITES
PENDANT SON PREMIER SÉJOUR A PARIS.
D'AVRIL 1829 A OCTOBRE 1832.

I

A MONSIEUR ET A MADAME FLANDRIN, A LYON.

Paris, le 11 avril 1829.

MON CHER PAPA ET MA CHÈRE MAMAN,

Je viens calmer vos inquiétudes : nous sommes arrivés ici en bonne santé et sans accident. Je vais vous raconter à peu près notre voyage. Pendant tout ce temps-là vous avez sans doute bien pensé à nous, mais pas plus que nous à vous. En quittant Auguste à Dijon, ce qui fut bien sensible à notre cœur, nous prîmes la grande route de Dijon à Montbard. Jusque-là nous avions marché dans une plaine immense dont je suis sûr qu'Auguste vous a parlé. Peu à peu la route commença à devenir plus déserte, l'air devint aussi plus froid. Nous

montâmes ainsi pendant trois heures ; les beaux villages
de la plaine avaient disparu, nous marchions entre deux
bois de petits chênes que nous appelions des bois d'*barre*
(je ne sais pas comment ça s'écrit). Enfin, nous redes-
cendîmes dans une vallée ressemblant beaucoup au Bugey, c'est-à-dire de hauts rochers, des flancs de montagnes bien boisés, et une petite rivière dans le fond.
Après avoir traversé cette vallée, remonté le côté opposé, nous sentîmes un vent très-froid, qui apporta
bientôt de la neige. Il était presque nuit : nous frappons
à deux auberges isolées, on ne peut pas ou on ne veut
pas nous loger. Nous allons chercher un asile une lieue
plus loin : nous y avons bien passé la nuit. Le lendemain il faisait un temps superbe, mais une forte gelée.
Nous allâmes coucher à Montbard, petite ville bâtie sur
une espèce de mamelon. Je n'y ai rien vu de remarquable qu'une belle tour crénelée. Ici, le temps a changé ;
il a plu, et cela a abîmé les routes. Enfin nous nous en
sommes tirés, et nous avons été coucher à Tonnerre.
C'était notre cinquième journée depuis Lyon. Le sixième
jour, nous avons été coucher à douze lieues de la, à la
Roche, village près de Joigny, toujours accompagnés
par des bourrasques de vent et de pluie, et nous ne
pouvions pas y résister, à moins que nous ne nous mettions dans la position que Paul vous indiquera plus
bas (1), et là nous attendions patiemment la fin de
l'orage, car nous parlions de vous. Septième journée :

1. La lettre se termine en effet par deux petits croquis dans l'un
desquels on voit les deux frères réfugiés, chacun au pied d'un arbre,
qui les abrite tant bien que mal. « Ah! si la maman nous voyait là! »,
disent-ils dans la légende inscrite au-dessous de la scène. L'autre cro-

même temps, ce qui nous décida à prendre une voiture
pour nous mener à neuf lieues de là, jusqu'à Sens ; mais
je m'en repentis bien, car je fus très-malade et je vomis
une grande quantité de bile. Je promis bien de n'en
plus reprendre, et j'espère tenir parole.

Sens est, à mon avis, une bien jolie ville, très-propre,
gaie. La cathédrale est magnifique. Huitième journée :
de Sens, nous avons été coucher à Moret, à l'entrée de
la forêt de Fontainebleau. Le lendemain, nous avons
traversé la forêt, où il y a de bien beaux arbres. Ici, on
commence à sentir les approches de Paris par la beauté
des routes, le plus grand nombre de villages, la quantité des voitures. A Fontainebleau, nous avons admiré
le château, qui est magnifique. Les aigles y sont encore
partout couronnées de leurs lauriers ; on voit par-ci, par-
là, quelques fleurs de lis. De là, nous avons été jusqu'à
Rys, à six lieues de Paris. Le lendemain, nous nous
sommes levés avec empressement, espérant bientôt voir
Paris. Nous faisons cinq lieues au moins sans rien découvrir. Enfin, de dessus une hauteur, cette grande ville
s'offre à nos yeux. Nous sommes frappés d'admiration,
parce que de là nous découvrions l'ensemble. Nous
voyions les dômes des Invalides, du Panthéon, les tours
de Notre-Dame et une foule d'autres. Nous nous sommes
remis en marche pour y entrer, et là rien ne nous a
étonnés. Au contraire, plusieurs choses m'ont choqué.
Je croyais que nous serions obligés d'y entrer enseignes

_____

qui, accompagné de ces mots : « défaut d'artistes », le représente assis
sur le sol, en rase campagne, blottis côte à côte sous un parapluie d'où
l'eau ruisselle, et attendant philosophiquement qu'un ciel plus clément
leur permette de se remettre en marche.

déployées, c'est-à-dire le parapluie ouvert : mais pas du tout. Les nuages se sont dissipés et ont laissé passage aux rayons du soleil, et nous sommes entrés par un beau temps. Je réserve pour une autre lettre les impressions que j'aurai ressenties, mais j'ai déjà vu la colonne Vendôme. Oh! que c'est beau! Papa et maman, je vous prie de présenter nos respects à mon oncle et à ma tante Martin, ainsi qu'au cousin Félix et à madame Guillermain. Et vous, vous êtes dans notre cœur : nous vous aimons comme à Lyon. Auguste et Caroline ne sont pas exceptés. Oh! si cette bonne sœur pouvait aller mieux! Personne n'est oublié. Embrassez pour nous toutes les personnes de la famille que vous verrez.

P. S. Nos effets sont arrivés en bon état. Nous vous écrirons, ainsi qu'à ma tante Martin, aussitôt que nous serons placés, c'est-à-dire dans huit ou dix jours. Je n'ai pas pu vous envoyer cette lettre par la voie dont nous sommes convenus, parce que je n'ai pas encore vu M. Sarnin, le maréchal des logis. Auguste, n'oublie pas de faire ma commission pour les livres dont je t'ai parlé : je te serai obligé. Maman, quand vous irez chez le cousin Beaunners, portez, s'il vous plaît, le livre qui est dans le petit placard sous le miroir. C'est l'*Histoire de la campagne d'Égypte*; il est à madame Beaunners. Je vous remercie d'avance.

II

À MONSIEUR FLANDRIN.

Paris, le 14 avril 1829.

MON CHER PAPA,

Un petit changement survenu dans nos plans m'engage à te récrire si tôt. Tu sais que nous étions à peu près décidés à aller chez M. Hersent ; j'ai un peu changé d'idée, et ce n'est pas par caprice. Voici les raisons. D'abord, à Paris, M. Ingres passe pour avoir de plus grands talents que M. Hersent ; ensuite, son école est beaucoup mieux réglée et plus tranquille. Il ne souffre pas qu'on y fasse ces mauvaises farces qui font souvent que le meilleur jeune homme ne peut pas rester. Ainsi, papa, tu vois qu'il y aurait de bonnes raisons pour aller chez M. Ingres, mais je ne veux rien faire sans ton assentiment ; car le choix d'un maître est une chose assez importante. Je te prierais d'exposer nos raisons à ma tante Martin et à la famille, et de bien faire voir que ce n'est pas par caprice.

Si tu pouvais nous rendre réponse de suite, tu nous ferais bien plaisir. En attendant, nous ne serons pas oisifs. Nous irons porter les lettres de recommandation, faire les visites, etc. Il n'y a que la lettre du général (1) à M. Hersent qui m'ennuie ; mais il me semble que nous

---

(1) Le général Pautre de la Mothe, qui, à Lyon où il commandait, s'était intéressé aux premiers essais d'Hippolyte, et qui devait plus tard intervenir utilement en faveur des deux frères à l'époque de la conscription.

8

pourrions ne pas la donner, et écrire au général en disant que de puissantes considérations nous ont empêchés d'aller chez M. Hersent. D'ailleurs nous avons plusieurs lettres de lui, et il me semble qu'en employant les autres, nous n'aurions pas l'air d'en faire peu de cas.

Nous t'embrassons de tout notre cœur, ainsi que la chère maman et Caroline. Nous prions tous les jours pour cette bonne sœur. En attendant de vos nouvelles, je suis, avec respect et soumission,

> Votre fils,
>
> HYPPOLITE (1).

III

AU MÊME.

Paris, le 30 avril 1829.

MON CHER PAPA,

Je profite de l'occasion d'un jeune homme qui va à Lyon, pour ne pas te faire payer de port de lettre. Nous avons reçu ta lettre, qui nous laisse le choix de notre maître, et, pour nous bien guider, nous avons aussitôt pensé à M. Foyatier, que nous avons eu le plaisir de trouver chez lui. Il nous a conseillé M. Ingres comme le meilleur maître que nous puissions trouver, et, comme

---

(1) Il est à remarquer que, pendant toutes les années de sa jeunesse, Flandrin écrivait ainsi son prénom. Ce n'est guère qu'à partir de 1840 qu'il cessa d'intervertir l'ordre dans lequel l'i et l'y sont placés, conformément à l'origine grecque du mot, et qu'il signa non plus *Hyppolite*, mais plus correctement *Hippolyte*.

beaucoup d'autres personnes, il nous a engagés à nous mettre dans nos meubles, c'est-à-dire à louer une chambre non garnie. Il est venu lui-même en chercher une avec nous, et nous en avons trouvé une vis-à-vis de chez lui.

Nous sommes maintenant chez M. Ingres, qui nous a beaucoup encouragés. Nous lui avons fait voir de nos compositions, dont il a été bien étonné et en même temps très-content. Nous lui en avons offert une qu'il a acceptée avec plaisir. Nous travaillons beaucoup et nous sommes maintenant en train.....

IV

AU MÊME.

Paris, le 16 mai 1820.

Mon cher papa,

Tu ne saurais croire avec quel plaisir nous recevons une de tes lettres. C'est pour nous un événement qui nous rend tout joyeux et qui fait époque. Je m'en vais répondre mot à mot à ta dernière; par ce moyen, il me semble que je m'entretiens avec toi. Je viens de recevoir les effets que tu as eu la bonté de mettre au roulage, de si bien emballer, et surtout d'affranchir. Le tout est arrivé en bon état et aurait pu faire encore le tour du monde, tant c'était solidement arrangé. Nous avons bien reconnu que la main du cher papa y avait travaillé.

Tu nous demandes quand nous pourrons commencer à profiter des facilités que nous donne M. Vétu : voici la première lettre qui t'arrivera par ce moyen. Nous avons vu M. Sarnin, qui m'a dit comment il fallait faire lorsque nous l'écrirons. Nous irons à la poste et nous affranchirons notre lettre pour M. Vétu, chez qui vous l'irez chercher ou qui vous l'enverra, et, lorsque tu nous écriras une lettre, de même il faudra l'affranchir pour *Monsieur Sarnin, maréchal des logis dans la gendarmerie royale de Paris* (1), chez qui nous irons la chercher. Si Lacuria vient te voir, dis-lui qu'il recevra au plus tôt une lettre de nous, que nous l'aimons toujours ; mais cependant je l'aimerais mieux chez M. Ingres que chez M. Révoil (2).

Je vais te dire maintenant comment nous vivons. Notre déjeuner monte à chacun cinq sous, ce qui fait pour le déjeuner, entre deux, dix sous. Ensuite, nous travaillons jusqu'à six heures, que nous allons dîner, pour chacun quinze sous, ce qui fait par jour, entre nous deux, quarante sous. Nous mangeons dans un restaurant très-

1. C'est à l'intervention de ce sous-officier qu'Hippolyte dut la commande du premier grand portrait qu'il peignit à Paris, ce portrait d'un gendarme dont nous avons parlé dans la Notice et qui valut au jeune artiste une gratification de cinq francs en sus du prix de trente francs préalablement fixé.

2. Ce vœu ne tarda pas à être exaucé. Après avoir été à l'École des beaux-arts de Lyon, le condisciple d'Hippolyte Flandrin, M. Lacuria vint le rejoindre à Paris et continuer auprès de lui ses études dans l'atelier de M. Ingres. Pendant quelque temps même, il associa sa pauvreté à la pauvreté des deux frères, partageant avec eux les épreuves d'une vie au moins difficile, et, comme on le verra plus loin, les soins tout matériels qu'exigeait l'entretien de leur humble ménage. Peu après le départ d'Hippolyte Flandrin pour Rome, M. Lacuria revint se fixer à Lyon. Malgré la distance, il resta en relation intime et continue avec son ancien camarade, dont il fut jusqu'à la fin un des amis les plus chers, les plus dignes d'une affection aussi fidèle et les plus profondément dévoués.

propre, où nous ne mangeons que les choses les plus simples et les plus naturelles (1).

La pauvre, la bonne Caroline est donc en pension aux Chartreux. Ah, mon Dieu! que je souhaite que cela lui fasse du bien! Je l'embrasse de tout mon cœur, et toutes les personnes qui viendront chez nous, parents, amis et connaissances, ayez la bonté de leur dire bien des choses de notre part. N'oubliez pas cela au cousin Baumers. Et vous, bonne maman, cher papa, combien nous vous aimons! Quelquefois je suis dans des extases de joie, à la seule pensée de vous revoir.

V

AU MÊME.

Paris, le 31 juin 1829.

Mon cher papa,

Ta dernière lettre était attendue avec la plus vive impatience; aussi a-t-elle été reçue avec un plaisir proportionné, et je t'aurais écrit bien plus tôt pour te le témoigner, mais j'ai eu le malheur de tomber malade. Par bonheur, madame Guichard, étant venue voir son fils à Paris, a eu la bonté de me recueillir chez elle, c'est-à-dire j'ai été coucher dans le lit de Guichard, et lui a été coucher avec Paul dans ma chambre. Le me-

(1) Encore fallait-il bientôt se réduire à une chère « plus simple » et plus frugale encore. Faute de l'argent nécessaire pour payer leur dîner, même dans quelque cabaret, les deux frères durent bien souvent se contenter chacun de trois parts de pommes de terre frites que, moyennant trois sous, ils s'étaient procurées sur le pont Neuf.

decin a qualifié cette maladie de « maladie aiguë », et c'est le lendemain de quatre ou cinq très-longues courses que j'avais faites pour porter des lettres de recommandation, que je me suis senti incommodé. On m'a mis les sangsues; madame Guichard a eu soin de moi comme de son fils; enfin, me voilà beaucoup mieux. Je suis en pleine convalescence, et je vous prie de ne pas vous en tourmenter. Je suis bien, cher papa....

Tu me demandes si j'ai été payé d'un habit fait à un portrait de la part de M. Hoeth : non, papa; si j'ai promis à M. Brunet de faire un tableau : je lui ai promis de faire une esquisse, je l'ai faite, et j'ai bien besoin de l'argent qu'il me doit, car, s'il me payait, je pourrais attendre encore quelque temps. Voilà trois mois que nous sommes ici, et, malgré mon économie, ça va bien vite. Nous travaillons de toutes nos forces pour gagner quelque chose. M. Foyatier a eu la bonté de présenter de nos dessins au duc d'Orléans, mais nous n'avons pas encore reçu de réponse.

Tu me demandes notre adresse, la voilà : Flandrin, quai de la Cité, n° 13, au quatrième. Notre mobilier est composé d'un lit, ayant bois de lit, paillasse et un matelas, d'une table, de deux chaises, d'un chandelier et d'un pot à l'eau. J'oubliais le balai. Ainsi, de Lyon, tu peux voir l'état de notre ménage, que nous tenons aussi propre et aussi bien rangé que possible..... Papa, si tu peux, écris-nous bientôt, tu nous feras le plus grand plaisir; écris-nous aussitôt que tu pourras. Si je me portais mieux, je remplirais bien le papier, mais une autre fois ça se fera

VI

AU MÊME.

Paris, le 30 juillet 1829

Mon cher papa,

Je viens te remercier de ce que tu as eu la bonté de nous envoyer (1). Tu t'es peut-être gêné pour cela, et cette idée me fait de la peine. Oh! si mes désirs étaient accomplis, avec quel plaisir je te soulagerais! Mais je ne fais pas ce que je veux. Tu sais qu'on nous avait fait espérer quelque chose du duc d'Orléans. La réponse qu'on a donnée à M. Foyatier a été qu'on n'avait pas présenté ça au prince dans un moment de bonne humeur. Ainsi, tu vois que la faveur de ces messieurs tient à peu de chose. Enfin, il ne faut pas se plaindre, mais se retourner d'un autre côté, travailler avec courage et essayer d'autre chose : c'est ce que je fais. Nous allons très-souvent voir le bon M. Foyatier, qui nous aide de ses conseils. Je crois que dans quelque temps il sera à Lyon. Il ira vous voir et vous donner de nos nouvelles...

(1) Cent francs que le père des deux jeunes gens avait trouvé moyen d'économiser, depuis l'époque de leur départ, sur son chétif revenu.

VII

A MONSIEUR ET A MADAME FLANDRIN.

Paris, le 31 août 1829.

MON CHER PAPA ET MA CHÈRE MAMAN,

Nous venons d'apprendre l'affreuse nouvelle. Notre
sœur est morte. Mon Dieu, que notre malheur est grand!
Nous qui, depuis quelque temps, ne la voyions plus
souffrir, nous pouvions mieux espérer; mais, hélas,
c'est fini! Nous ne pouvons que pleurer. Oh, que je
voudrais être auprès de vous! Je vois votre douleur
et je ne peux rien vous dire. Ça redouble la mienne.
Cher papa, bonne et tendre mère, désirez-vous que
vos enfants aillent vous voir? Dites-le, répondez-
nous, et nous partons. Nous vous embrassons de tout
notre cœur.

Et toi aussi, mon cher Auguste, nous comprenons
tout ce que tu as dû souffrir. Hélas, j'aurais voulu le
partager avec toi, car on regrette les moments passés
sans voir cette bonne sœur, cet ange. Nous la pleurons
ici comme à Lyon, mais tu ne peux te figurer la peine
que j'éprouve en sentant cette bonne mère, enfin tout le
monde dans le chagrin, et ne pouvoir rien se dire! Je me
figure ce tableau, dans quel état est la maison! Cette
idée fait redoubler mes pleurs. Je ne vois plus rien.
Adieu, je t'embrasse. Embrasse pour nous le papa et
la maman «ô pauvre maman!», embrasse aussi pour
nous ceux qui viennent la consoler. Nous l'embrassons
encore

Papa ou Auguste, ayez la bonté de nous écrire bientôt, car nous sommes dans une mauvaise position, nous sommes bien en peine.

VIII

AUX MÊMES.

Paris, le 14 septembre 1829.

MON CHER PAPA ET MA CHÈRE MAMAN,

Avec quelle impatience nous attendions votre première lettre, et avec quel empressement nous l'avons ouverte! Vous y parlez de votre chagrin, nous nous le figurions tel et nous le partageons. Nous avons lu avec attendrissement ces lignes que vous avez tracées. Chère maman, cher papa, vous avez la bonté de nous donner des consolations, et vous dites que vous mettez en nous votre confiance. Nous tâcherons de la mériter, et nous ne ferons rien qui ne tende à ce but, celui de faire votre bonheur, autant qu'il est possible, après le malheur qui nous est arrivé, car je sens bien que c'est une perte irréparable.

Et pour la seconde lettre, papa, je te remercie de la diligence que tu as faite pour nous envoyer nos actes de naissance. Je suis fâché des peines et de ce que cela a coûté. Ils sont arrivés ici à temps, et nous sommes inscrits pour le concours de l'Académie. Nous avons commencé le concours aujourd'hui. Les concurrents sont au nombre de trois cents, et sur ce nombre il faut en prendre cinquante. Lorsque ça sera jugé, je t'écrirai si nous sommes reçus et à quelle place nous sommes.

Notre école vient de se distinguer dans le concours de Rome en la personne de M. Étex aîné, qui a eu le second grand prix de sculpture et qui méritait bien le premier; mais on a eu égard à ce que son rival avait vingt-neuf ans, et que passé cet âge-là on ne peut plus concourir. Malgré tout, il doit être content, car M. Ingres a dit en nous le présentant : « Je vous présente le premier grand prix de sculpture; il le mérite bien. » Lorsqu'on a ainsi l'approbation de son maître, on doit être bien heureux.

M. Ingres m'a déjà parlé de ce concours, et peut-être que l'année prochaine j'essayerai; mais que c'est difficile! Pense qu'il faut d'abord concourir à ce qu'on appelle *l'esquisse*, qui est une composition peinte sur un sujet d'histoire donné par les professeurs : ensuite, si l'on est reçu, peindre une académie, et lorsqu'on a passé par les épreuves, on est admis, au nombre de dix, à concourir pour le grand prix. Voici les avantages qu'il donne à celui qui a le bonheur de le remporter : huit cents francs pour son voyage de Paris à Rome, et mille écus de pension pendant cinq ans. Oh! si on avait ce bonheur!

Il en est un que je désirerais bien aussi, c'est celui de vous voir, et, lorsque je pense à l'année prochaine, je trouve ça bien long. Rester un an et demi sans vous embrasser, que c'est pénible! Mais il faut prendre son parti et travailler vigoureusement. Alors nous aurons fait bien des progrès, je l'espère, et nous pourrons rendre bon compte d'un temps qui nous aura coûté si cher.....

IX

À MONSIEUR FLANDRIN.

Paris, le 10 octobre 1829.

MON CHER PAPA,

Je vais te dire quel a été le résultat du concours pour être admis à l'Académie royale. Sur près de quatre cents concurrents, il en a été reçu cent quatorze, desquels nous sommes. Nous avons été des premiers, car je suis neuvième et Paul trentième. (La distance qu'il y a entre Paul et moi ne vient que d'un peu plus ou moins de réussite, car nous sommes à peu près de la même force.)

M. Héral (1) est dans ce moment à Paris. Nous avons été lui rendre visite avec Guichard, et voir ses anciens élèves a paru lui faire plaisir. Ensuite il a été voir M. Ingres, qui est très-content de nous et qui lui a rendu un bon témoignage. Je pense que dans quinze jours M. Héral sera de retour à Lyon, et si en vous promenant, papa et maman, vous pouviez aller le voir dans sa petite maison à Perrache, vous nous feriez bien plaisir. Au moins, vous sauriez par une autre voix que la nôtre ce que M. Ingres pense de nous.

(1) Le sculpteur Legendre-Héral, de qui Flandrin, nous l'avons dit, avait reçu des leçons à Lyon, avant d'entrer à l'École de Saint-Pierre. Parmi les œuvres qui avaient valu, dès cette époque, à Legendre-Héral une certaine réputation, on peut citer une statue d'Eurydice piquée par un serpent, exposée en 1822, et deux autres statues exposées au Salon de 1824 : Othryadès blessé et Sténer tuer. Legendre-Héral est mort en 1851.

Nous vivons ici de la manière la plus uniforme, mais sans nous ennuyer, parce que nous ne faisons que travailler, et que notre plus grand plaisir est de voir quand nous faisons des progrès. En faisant cela, cher papa et chère maman, nous pensons à vous; car faire votre bonheur doit être plus que jamais notre but. Ah! si nous pouvions vous dédommager de la perte de notre chère sœur! Mais non, c'est une perte irréparable, je le sens bien. Seulement, après un tel malheur, puissions-nous vous servir de consolation! C'est ce que nous souhaitons de tout notre cœur.

X

AU MÊME.

Paris, le 30 novembre 1829.

MON CHER PAPA,

..... Dans ta dernière lettre, tu me dis de nous ouvrir à M. Ingres et de lui dire dans quel état nous sommes. Il n'a pas attendu cela. M. Foyatier lui en a glissé quelques mots; alors il m'a fait venir chez lui, m'a encouragé, et m'a dit qu'il nous faisait don de vingt francs par mois, ce qui est la moitié du prix de ses leçons. Pense comme je l'ai remercié! Mais il m'a dit de n'en parler à personne, ou que je le fâcherais beaucoup. J'allais sortir, et il m'a encore rappelé pour me recommander avec instance de ne le dire à qui que ce soit. Il y a longtemps de cela, et cependant je ne l'ai pas dit. C'est la promesse que je lui ai faite qui m'a retenu, mais

je succombe à la tentation de te faire ce plaisir. Tu
auras peut-être envie de lui écrire pour le remercier. Je
te prie, papa, de n'en rien faire, de peur de le fâcher
contre moi, qui lui ai promis le secret....

.

XI

AU MÊME.

Paris, le 5 février 1830

MON CHER PAPA,

...... Tu nous recommandes l'économie. Je t'assure
que nous en faisons usage, car nous ne dépensons chacun, pour notre nourriture, que quinze ou seize sous par
jour, et pour cela il faut dépenser le moins possible.
Depuis que nous sommes ici, je ne crois pas avoir employé un sou inutilement. Ah! nous sentons trop combien l'argent que tu nous as envoyé te coûte de sacrifices,
ainsi qu'à notre chère maman! Crois que nous le ména-
geons autant que possible.

Si tu savais avec quel plaisir je pense au moment
qui nous réunira, et comme je désire le voir s'approcher! Mais c'est encore bien long, le temps qui nous
sépare. Dans cet intervalle, qu'il me reste de choses
à faire! Voilà le moment des concours qui arrive, et
plus il est proche, moins je crois être reçu, car on
a pris cette année des mesures très-sévères. Il faut,
de plus qu'à l'ordinaire, savoir la perspective et l'a-
natomie, et j'ai bien peu de temps pour m'y préparer;
mais je ne perds pas courage, et je travaille de toutes

mes forces. Si je ne suis pas reçu, je n'aurai rien à me
reprocher.

Je suis bien étonné que tu n'aies pas reçu de réponse
de M. Fulchiron (1), car, quand nous l'avons vu, il
nous a dit qu'il allait t'écrire. Depuis, nous ne l'avons
pas revu, mais nous nous proposons d'aller bientôt lui
rendre visite.

Je suis bien fâché, papa, des peines que vont te donner les démarches à faire pour ma conscription. Pour
t'en remercier, je voudrais bien pouvoir t'embrasser. Je
désirerais bien vous envoyer quelques dessins, mais je
voudrais trouver une occasion peu coûteuse, et c'est cela
qui fait que je retarde; car Auguste m'en a demandé,
et je voudrais bien pouvoir lui faire ce plaisir.... L'hiver
a recommencé ici avec une rigueur épouvantable. La
Seine est prise encore une fois. On n'entend parler que
de la misère générale et de pauvres malheureux morts
de froid. Cependant de tous côtés on fait des quêtes, on
répand beaucoup d'aumônes. Dans notre chambre, au
sixième étage, enfin touchant les toits, il règne un froid
à peu près de quatorze degrés. Notre eau est gelée
presque tout de suite, l'huile de notre lampe se fige et
devient très dure; mais nous nous portons bien, et nous

---

1. Député du Rhône à partir de 1831, et pair de France en 1845,
M. Fulchiron avait connu assez particulièrement à Lyon un oncle des
deux jeunes gens, M. Martin, dont le nom a figuré déjà dans les lettres
d'Hippolyte Flandrin. Le souvenir de ces anciennes relations, M. Fulchiron s'intéressa à Hippolyte et à son frère dès les premiers temps de
leur séjour à Paris, et s'il ne réussit pas toujours à les aider utilement de son crédit, il les accueillit du moins l'un et l'autre avec une
bienveillance qu'il est juste de constater aujourd'hui, à l'honneur de sa
mémoire.

attendons que le printemps vienne apporter du changement dans cette rigoureuse température.

XII

AU MÊME.

Paris, le 11 mars 1830.

MON CHER PAPA,

Je te remercie bien de ce que tu as fait, ainsi que maman, et des instructions que tu me donnes pour combattre
le n° 49. Je les suivrai et je ne manquerai pas d'aller voir
M. de Châteaugiron. J'aurai l'honneur d'écrire au général, et je tâcherai de faire quelque chose de digne de
son album.

Pendant qu'à Lyon le sort m'était contraire, ici je
n'étais pas plus heureux, car le concours de perspective,
qui doit servir de préliminaire aux autres et à celui de
Rome, est arrivé. Je m'y préparais avec soin et j'espérais pouvoir réussir; mais, juste la veille, je prends une
espèce de coup de sang accompagné de la fièvre. Le
jour du concours, j'ai fait un effort pour me lever et
aller à l'Académie. J'ai commencé, mais, au milieu de
la journée je me suis trouvé si fatigué, que j'ai été obligé
d'abandonner. Par bonheur, ma maladie n'a pas été
longue; elle a cédé, au bout de quelques jours, à l'heureuse influence des infusions de millepertuis. Quant au
résultat du concours, le voici : beaucoup de jeunes gens
qui sont en état de concourir pour le grand prix n'ont
pas étudié la perspective, et, selon les règlements, ils

seraient, ainsi que moi, hors de concours. Mais alors la classe serait trop faible, et on dit que, pour cette fois, on laissera dormir les lois. De cette manière, cela n'irait pas mal, car j'essayerais de me présenter au grand concours.....

XIII

À MADAME FLANDRIN.

Paris, le 5 avril 1830.

MA CHÈRE MAMAN,

Qu'il y a longtemps que je n'ai eu le bonheur de vous écrire et de converser un moment avec vous! Vous devez m'en vouloir de rester si longtemps sans le faire, mais excusez-moi. J'ai tant de choses à faire, surtout depuis quelque temps! J'ai mes études ordinaires, ensuite d'autres qui sont nécessitées par l'arrivée de cinq ou six concours dont plusieurs sont déjà en train, et puis les affaires de la conscription, pour lesquelles il faut courir tantôt ici, tantôt là. Oh, ça m'a donné bien de l'inquiétude! mais depuis quelques jours je suis un peu plus tranquille, quoique ce ne soit pas encore décidé.

Je vous écris à l'adresse de ma bonne cousine Mariette, qui a eu plusieurs fois la complaisance de nous écrire. Je n'ai pu lui répondre parce que je ne savais pas encore son adresse, mais cela ne m'arrivera plus. J'espère mon pardon et je l'embrasse de tout mon cœur. Dites-lui, maman, que les conseils qu'elle m'a donnés ne sont pas oubliés et qu'ils nous servent tous les jours :

car, ma bonne, ma chère maman, et vous aussi, ma bonne cousine, vous nous verrez revenir à Lyon, comme nous en sommes partis, croyant en Dieu et faisant quelques efforts pour suivre ses commandements. (Vous êtes étonnée de ce que je dis « croyant en Dieu », mais ici presque personne n'y croit.) Nous y retournerons aimant et respectant nos parents. Ah, mon Dieu! chaque fois que je pense au moment où nous les reverrons, je suis heureux et prêt à pleurer de joie. Je me représente le moment où j'entre dans la maison; je monte l'escalier, mon cœur bat bien fort, je vous vois, je suis dans vos bras! Ensuite, je parcours toutes les chambres avec Paul; mais il en est une que je ne peux voir sans la plus grande tristesse. C'est celle de notre sœur, de celle que je voudrais non pas vous faire oublier, car elle était trop bonne et nous la verrons toute notre vie, mais que je voudrais remplacer auprès de vous; c'est à quoi tendront tous nos efforts, à vous montrer combien nous vous aimons.

A cette lettre (quoique je ne sois guère en droit de l'exiger), je demande une réponse, car j'aimerais bien à savoir comment vous vous portez, ainsi que le papa, Auguste, et bien d'autres membres de la famille qui m'intéressent vivement. Ma cousine, vous qui écrirez peut-être, n'oubliez pas de me donner des nouvelles de votre santé ainsi que de celle du cousin Petrus, à qui je vous prie de dire bien des choses de notre part. Maman, le papa ne m'écrit plus que des lettres de demi-page. Je sais bien que cela le fatigue, mais ses enfants sont privés de le voir. Qu'il pense un peu au bonheur que j'éprouve en le lisant! Pour Auguste, je le somme de m'envoyer

9

une lettre bientôt. Qu'il y mette ce qu'il voudra, pourvu qu'elle soit pleine. Dites-le-lui, maman, de ma part, et, pour l'ouverture de votre discours, embrassez-le bien fort au nom de ses deux frères.

P. S. Soyez tranquille au sujet de nos pâques, nous nous préparons à les faire. — Encore cinq mois avant de vous revoir ! Oh, que c'est long ! Mais nous tâchons de bien occuper ce temps.

XIV

A MONSIEUR FLANDRIN.

Paris, le 15 avril 1830.

MON CHER PAPA,

Enfin je suis hors de danger, et je m'empresse de te l'écrire. Hier, mercredi 14 avril, j'ai passé au conseil de révision. Depuis que tu m'as écrit quel numéro j'avais, j'ai été dans une inquiétude terrible. Personne ne me donnait d'espérance, et je serais peut-être pris, sans les efforts d'un membre du conseil à qui M. de Châteaugiron m'avait recommandé, car un général disait : « Il y en a de plus louches que ça, et qui partent. » J'étais entouré de médecins, d'officiers, qui m'examinaient. Pendant ce temps, l'ami de M. de Châteaugiron parlait à l'oreille du général président, qui m'a dit : « Monsieur Flandrin, vous pouvez vous en aller, vous êtes réformé. » J'ai pensé à la joie que ça allait vous causer, cher papa et chère maman ; je me suis habillé promptement pour aller annoncer la bonne nouvelle à Paul, qui l'attendait avec impatience. Enfin je suis délivré de cette inquiétude et je vais travailler plus librement. Je vais écrire au général pour lui témoigner ma reconnaissance ainsi qu'à M. Révoil. Je t'enverrai les lettres, l'une après l'autre, sous enveloppe; mais je regrette cette quantité de ports de lettres qu'il vous faut payer.

Le jour de Pâques, il m'est arrivé quelque chose qui m'a fait bien du plaisir et qui, je suis sûr, vous en fera aussi. J'avais concouru avec tous les élèves de l'Académie pour un prix de composition historique. On fait cela peint dans un jour et renfermé chacun dans une loge. Le sujet était tiré de la mythologie, le voici : Hercule étant descendu aux enfers pour enchaîner Cerbère, le monstre se réfugie sous le trône de Pluton; mais il l'en arrache avec violence et l'entraîne au grand jour. J'ai traité ce sujet aussi bien que j'ai pu. Le jour de Pâques, M. Ingres a fait appeler tous ceux qui avaient concouru. Nous avons été chez lui. Il a témoigné qu'il était assez content du concours, il s'est approché de moi et a dit en me montrant : « Voilà celui qui méritait la médaille, mais on a fait une injustice horrible. Vous avez eu sept voix pour vous, et l'autre onze. Ah, cela m'a fait bien de la peine! J'en ai été malade, car en vous maltraitant, on maltraite mes enfants. » Alors je lui ai dit, ce que je pensais, que je préférais bien son approbation à la médaille (c'est vrai, et cependant c'était une médaille d'or de première classe), et combien j'étais sensible à toutes les peines qu'il se donne pour nous défendre. Il nous a encouragés et nous a exhortés à bien faire pour les trois concours qui vont bientôt s'ouvrir et qui condui-

sent au prix de Rome ; mais là, je n'espère plus. C'est
toujours de plus fort en plus fort : cependant je te ren-
drai compte des résultats. Au dernier concours pour
les places, Paul a été nommé cinquième : on ne
peut guère mieux réussir. M. Ingres est très-content de
nous......

XV

AU MÊME.

Paris, le 19 mai 1830.

MON CHER PAPA,

.... Je ne sais pas si tu te souviens des concours dont
je t'ai parlé et qui servent de degrés pour arriver à celui
du prix de Rome. Tu sais que j'ai été reçu à la première
épreuve, mais depuis j'ai concouru avec soixante autres
élèves qui étaient déjà le fruit de plusieurs épurations.
Ce que nous avons fait est une composition tirée de
l'histoire grecque, peinte en un jour, chacun enfermé
dans une loge. Sur les soixante concurrents, on devait
en recevoir vingt ; j'ai été nommé le onzième, à la
grande satisfaction de M. Ingres et à la mienne, car j'ai
pensé que cela ferait plaisir à mon papa, à maman, à
mon frère. J'ai encore à passer par une épreuve. Il faut
concourir avec les dix-neuf qui ont été reçus à la composition : le sujet est, cette fois, une grande académie
peinte en quatre séances. Je l'ai commencée aujour-
d'hui, mais je tremble parce que j'ai une bien mauvaise

place (1). Je vais faire tous mes efforts, et puis la volonté de Dieu soit faite!....

XVI

AU MÊME.

Paris, le 31 mai 1830.

MON CHER PAPA,

La fin des concours n'a pas été heureuse : je n'ai pas réussi. J'ai fait plus mal qu'à l'ordinaire et il fallait faire un peu mieux. M. Ingres en a été bien fâché, et pourtant il a eu la bonté de me consoler. Il m'a remontré que je pourrais faire plus sûrement l'année prochaine ce que j'avais essayé celle-ci. Oh! je ne suis pas découragé du tout. Je brûle d'ardeur pour le travail, et M. Ingres, M. Ingres! nous témoigne sa satisfaction.

Nous aurons aussi le plaisir, le bonheur d'aller vous rejoindre plus tôt que nous ne l'espérions. Je crois que ce sera au mois de septembre. Cette pensée fait naître en moi une sorte d'impatience, une joie que je n'avais jamais ressentie. Oh! quel bonheur ce sera!

(1) Hippolyte Flandrin entend par ces mots la place qui lui avait été assignée dans la salle où les concurrents travaillaient d'après le modèle, et non le rang qu'il occupait parmi eux.

XVII

AU MÊME.

Paris, le 28 juillet 1830.

MON CHER PAPA,

Craignant que vous ne soyez en peine de nous, en apprenant la révolte qui a lieu ici, je viens l'assurer que nous nous tenons tranquilles chez nous et que nous agissons avec prudence. A tout moment, on entend des coups de fusil, des feux de peloton. Tout le monde s'arme, et on se prépare à bien du mal. Le quartier du Palais-Royal, les boulevards, les quais sont le théâtre du combat. O mon Dieu, que nous sommes tristes! Qu'est-ce que cela deviendra? Mais, quelque horrible et affligeant que cela soit, je vous prie, papa et maman, de ne pas être en peine de nous. Nous ne sortirons pas. Je supplie Auguste d'être aussi prudent à Lyon que nous le serons ici. Ainsi, pour que nous soyons tranquilles à votre égard, ayez la bonté de nous écrire tout de suite, si c'est possible, afin que nous sachions ce qui se passe à Lyon; car, jusque-là, nous sommes en peine de vous.....

Je ne peux pas affranchir ma lettre. Le chemin est coupé par des barricades; mais, je vous en prie, soyez tranquilles, nous ne bougerons pas. Écrivez-nous.

XVIII

AU MÊME.

Paris, le 3 août 1830.

MON CHER PAPA,

Je viens, nous venons de recevoir ta dernière lettre, qui nous a fait le plus grand plaisir en nous annonçant que vous êtes tranquilles et en sûreté. Nous n'attendrons pas le mois de septembre pour aller dans vos bras; nous faisons nos préparatifs de départ. Je me suis déjà muni d'un passe-port, mais cependant nous ne partirons que dans cinq ou six jours, parce que M. Ingres et quelques autres personnes ont des lettres à nous donner. Lorsque nous serons en route et que nous aurons le bonheur de marcher de votre côté, je vous écrirai si notre bon frère peut venir à notre rencontre : car, d'ici, je ne peux pas calculer notre route assez juste. À Lyon, je vous raconterai, mieux que d'ici, ce qui est arrivé pendant les trois journées qui ont suivi l'envoi de ma dernière lettre. Ce sont des choses dont je ne perdrai jamais la mémoire. À présent, le calme se rétablit peu à peu. Bientôt je ne vous écrirai plus. Oh! mon Dieu, je serai près de vous! Quel bonheur! Nous vous embrassons tous les trois de tout notre cœur.

XIX

AU MÊME.

Paris, dimanche 24 octobre 1830.

MON CHER PAPA,

Nous sommes ici arrivés à bon port, et, pour te l'annoncer, j'aurais voulu l'écrire hier; mais notre malle n'est pas arrivée et j'ai voulu attendre. Si, comme je le pense, vous l'avez déjà mise au roulage, veuillez, cher papa ou bonne maman, nous dire courrier par courrier, si cela vous est possible, à quel commissionnaire de Lyon vous l'avez remise et quel est son correspondant à Paris; car sans cela, nous serons bien en peine. Et puis, nous sommes bien malpropres. Nous n'avons ici que ce que nous avions en voyage. En vous écrivant la prochaine fois, je vous donnerai quelques détails sur notre voyage, sur les visites que nous allons faire à M. Ingres, à madame Delépine et à plusieurs autres personnes.

Mon Dieu, quel chagrin nous avons eu en quittant Auguste sur la grande route! C'est là que nous vous avons tous quittés. Tant qu'il nous a accompagnés, nous croyions encore devoir revenir vers vous; mais nous nous sommes séparés. Il est retourné vers vous, et nous, nous avons augmenté la distance qui nous en éloignait. La triste chose que de faire ainsi des adieux sur un grand espace où l'on suit longtemps des yeux ceux que l'on aime! On les voit diminuer peu à peu, et puis se perdre tout à fait.....

XX

AU MÊME.

Paris, le 26 octobre 1830.

Mon cher papa,

Je vais, par la voie de M. Étex aîné, te donner de nos nouvelles et de toutes les choses que tu as eu la bonté de nous envoyer. Le lendemain du jour où je t'ai écrit, nous n'avons pu trouver madame Delépine. Nous ne l'avons rencontrée qu'au bout de trois visites, et c'est loin de chez nous. Elle m'a remis ta lettre..... Bientôt après, nous avons reçu notre malle. Tous nos effets étaient en bon état. Combien nous te remercions, mon cher papa, de tout ce que tu fais pour nous! Tu t'imposes la gêne pour tes enfants. Crois qu'ils feront bien des efforts pour l'être moins à charge.

Maintenant, je vais te donner quelques détails sur notre voyage. En quittant Auguste, nous avons cessé de marcher dans la route de Dijon, parce que nous avons vu que cela nous allongeait beaucoup. Nous avons tiré sur la gauche, et nous avons pris la route où tu as passé toi-même en allant à Paris. Nous avons été à Arnay-le-Duc, à Saulieu, à Avallon, à Vermanton, etc., faisant toujours de grandes journées de quatorze ou quinze lieues. En approchant d'Auxerre, nous avons vu la garde nationale de plusieurs villes. Voici pour quel sujet : il y a quelques jours que les mariniers, les vignerons d'Auxerre se réunirent pour demander une diminution dans le prix du blé. Ils vinrent en menaçant et en poussant de grands cris devant l'hôtel de la préfecture. La garde nationale voulut les dissiper, mais ils maltraitèrent et désarmèrent plusieurs gardes nationaux, brûlèrent quelques baraques, enfoncèrent les portes des magasins, mesurèrent du blé et le vendirent ce qu'ils voulurent. On envoya demander du secours. Les gardes nationales des villes environnantes vinrent les disperser et en emprisonner beaucoup. Plus loin, nous avons trouvé des hussards, que l'on envoyait pour aider les gardes nationaux à les contenir. D'ailleurs notre marche a été uniforme et sans aucun événement. Par exemple, je crois que, de ma vie, je n'ai eu aussi chaud et n'ai vu un plus beau temps. Il a duré jusqu'à Paris, que nous avons trouvé plus vivant, plus bruyant que jamais.

Nous avons été voir M. Ingres, qui nous a fort bien reçus, nous a embrassés à plusieurs reprises, et nous a témoigné qu'il était content de nous voir arrivés. Il a lu ta lettre, en a paru fort satisfait, et nous a répondu qu'il voudrait pouvoir faire bien davantage pour nous. Nous sommes installés et nous recommençons à travailler. Tous nos camarades ont témoigné beaucoup de joie de nous revoir, et en nous conduisant bien, nous voulons mériter ces témoignages d'amitié.....

P. S. Papa, vous aurez bien la bonté de nous dire si la maman a trouvé une fille, car nous en serions bien contents.

XXI

A M. AUGUSTE FLANDRIN, A LYON.

Paris, le 1er novembre 1830.

Mon bon Auguste, mon cher ami, je t'écris pour te raconter quelque chose qui nous a fait un grand plaisir : c'est lorsque nous avons été voir M. Ingres, à notre retour. Il nous a très-bien reçus, nous a embrassés plusieurs fois, et puis nous lui avons montré les croquis faits à Lyon. Il en a été fort content, d'abord de ceux d'après le *Pérugin* (1), ensuite de ceux que nous avions faits pendant le voyage, entre lesquels il a remarqué la *Vue du quai Saint-Clair*, puis des vues du Bugey. Dans celles-ci se trouvait la vue peinte de la forêt de Mazières, avec le lac de Genève dans le fond ; il l'a trouvée admirable ; mais c'est celle de Pyramion, coupée par des nuages ! Il l'a prise, s'est retiré à l'écart pour la considérer, puis il s'est écrié : « Mais votre frère a donc bien du talent ? » Il m'a dit d'y faire un premier plan, comme je voudrais, et de la lui garder, parce qu'il voulait la mettre pour fond dans un de ses tableaux. Il a trouvé que ce serait grand dommage que tu ne fisses pas de tableaux (2). Aussi, mon cher ami, je t'y engage de tout

(1) Il s'agit ici du beau tableau de Pérugin, l'*Ascension de Notre-Seigneur Jésus-Christ*, que possède le Musée de Lyon.

(2) Dans l'espoir d'utiliser plus immédiatement son talent et d'en rendre les résultats plus fructueux pour sa famille, Auguste Flandrin avait résolu, à cette époque, de se consacrer presque exclusivement à la lithographie. Il ne reprit ses pinceaux qu'un peu plus tard, lorsque, cédant aux instances de son frère Hippolyte, il se fut déterminé à venir à Paris se mettre sous la direction de M. Ingres.

mon cœur. Je crois que tu les vendras, et là, dans cette occupation, tu trouveras du bonheur, j'en suis sûr; mais choisis de ces beaux sujets qui élèvent l'âme. Représente ces endroits où la nature se montre si grande et si terrible, souviens-toi des vallées de Saint-Rambert, de Charabottes, des monts d'Ain. Oh! pour moi, avec quel bonheur je me les rappelle! Et puis nous les avons parcourues ensemble. Dans tous ces souvenirs je te retrouve, et c'est une raison pour que je les aime davantage.

Tu me répondras bientôt, n'est-ce pas? et tu me diras si tu es dans l'intention de faire ton petit tableau. Ça te tiendrait en haleine en attendant l'an prochain.

Je viens de recevoir une lettre du papa. Je l'en remercie de tout mon cœur; mais vous devez en avoir reçu une de moi par le fils Étex, et comme elle répond en partie à ce que le papa me demande, je ne lui écris pas de suite. Embrasse-le pour nous, ainsi que la bonne maman, et remercie-les bien de tous les soins et de toutes les bontés qu'ils ont pour nous.

Je vais te répondre, en te donnant mon sentiment et celui de Paul, sur les tableaux de M. Gros. Ils nous déplaisent parce que, sans compter le dessin, qui est des plus faibles, on n'y trouve point de masses, point d'effet. Beaucoup de clinquant et de brillant qui saute à l'œil, voilà tout (1). J'y trouve une grande adresse de main, mais ce n'est pas celle qui convient, puisqu'elle ne rend

(1) Cette opinion sur les œuvres d'un des artistes les plus considérables de notre siècle paraîtra probablement bien absolue. Mais, sans parler des vingt ans de celui qui la formule avec cette assurance, il convient de se rappeler que dans l'école à laquelle Flandrin appartenait, Gros était regardé comme principalement responsable, par ses exemples,

pas la nature, qui est beaucoup plus tranquille. Ils nous diront que nous tombons dans la froideur : au contraire, je vois la nature beaucoup plus chaude, plus forte, plus vigoureuse qu'ils ne la rendent, mais je la vois aussi beaucoup plus sage. Voilà ce que je pense, mais ne fais lire ça à personne en dehors de chez nous.

Embrasse pour nous toutes les cousines que tu pourras voir, ainsi que les cousins, Félix en particulier. J'aurai l'honneur d'écrire demain ou après-demain à ma tante Martin. Dis à la maman que nous sommes bien contents qu'elle ait trouvé une bonne petite Savoyarde. Adieu, nous nous unissons de tout notre cœur pour vous aimer, vous le dire, et vous embrasser.

P. S. Depuis que M. Ingres a témoigné tant d'estime pour nos dessins du Bugey, je te promets que je les soigne. Oh! que j'aimerais à avoir ceux qui sont chez mademoiselle d'Angeville! Si tu pouvais trouver quelque moyen de le lui faire dire? Pense, il y en a une quarantaine!

---

des événements auxquels cédait le groupe des artistes qu'on appelait alors les *romantiques*.

D'ailleurs, en dehors de l'influence exercée par le maître sur ses disciples directs ou non, on conçoit que le style de Gros, dans ce qu'il a d'excessif et de fastueux, d'empanaché pour ainsi dire, ait dû au moins étonner les regards de Flandrin et choquer son esprit, ami en toutes choses des vérités qui se produisent sans fracas, de l'expression exacte et simple. Flandrin était donc mieux autorisé qu'un autre à reprocher à la manière de Gros son manque de « sagesse », et il faut bien ajouter que, sauf l'irrévérence ou la vivacité des termes, un pareil reproche n'était dépourvu ni de justesse en soi, ni d'à-propos.

XXII

A MONSIEUR FLANDRIN.

Paris, le 17 décembre 1830.

Mon cher papa,

Depuis quelques jours, nous étions bien en peine de vous; ta lettre a calmé nos inquiétudes et nous a fait un grand plaisir. Oh! nous savions bien que ton amour pour nous ne dormait pas et que tu pensais à tes enfants, mais nous craignions que toi ou notre bonne maman vous ne soyez malades. Par bonheur il n'en est rien..... Nous sommes ici assez bien portants, si ce n'est moi qui ai beaucoup souffert du mal de dents pendant un mois, et qui ai fini par m'en faire arracher deux en trois jours. Je ne les ai pas quittées sans regret, mais je souffrais trop et ne pouvais presque plus rien faire. Maintenant je suis mieux, et nous travaillons beaucoup. Dieu veuille que nous ne soyons pas dérangés par la guerre! Car, bien sûr, nous serions dans la garde mobile, et personne ne voudrait s'en dispenser. Cependant nous travaillons comme si nous ne pouvions être détournés, et je crois que c'est le mieux, parce qu'il faut occuper utilement le temps présent, si on ne veut le regretter ensuite.

Je voudrais voir bientôt la petite bonne dont tu nous parles. Je désire qu'elle soulage bien ma chère maman, et j'espère que les leçons que tu lui donnes porteront de bons fruits. Adieu, bon papa, adieu, chère maman, je vous embrasse de tout mon cœur ainsi qu'Auguste.

XXIII

AU MÊME.

Estrépagny (Eure), le 28 décembre 1830.

MON CHER PAPA,

Je suis sûr que tu seras bien étonné en voyant de quel endroit je date ma lettre, mais je vais te dire comment cela se fait. Le procès des ministres a occasionné des troubles à Paris. Tout se passait dans notre quartier (1), puisqu'on les jugeait au Luxembourg. On était obligé de tenir les troupes et la garde nationale sur pied (il y avait, bien sûr, quarante mille hommes dans notre quartier); le peuple demandait à grands cris la tête des ministres et ne voulait pas attendre le jugement; on ne circulait pas librement dans les rues, puisque pour rentrer dans notre chambre nous étions obligés de nous faire escorter par des gardes nationaux; on ne pouvait rien faire à l'atelier; enfin, tout annonçait une crise prochaine. Alors un de nos camarades (2) nous a engagés à venir avec lui passer quelques jours en Normandie chez ses parents, nous disant que nous y travaillerions ensemble. Après avoir demandé la permission à M. Ingres, nous avons accepté, et nous y sommes maintenant, très-bien reçus par ses bons parents, qui nous témoignent

(1) Les deux frères occupaient alors une petite chambre dans une maison de la rue Mazarine.

(2) M. Jules Brisset, qui devait un peu plus tard retrouver Flandrin en Italie et rester ensuite, — jusqu'au jour où il mourut subitement, il y a quelques années, — en liaison intime avec lui.

toutes sortes de bontés. Ils demeurent près de Rouen, où nous venons de faire un petit voyage. Une autre fois, je vous parlerai de toutes les belles choses que nous avons vues.

Nous avons reçu la malle le jour où nous sommes partis. Vraiment, cher papa, nous ne saurions assez te remercier du soin que tu as mis à la confectionner, ainsi que de tout ce qu'elle renferme, redingotes, pantalons, bas, souliers, petits portefeuilles, couvertures. Enfin nous avons vu toutes ces choses en remerciant du fond du cœur ceux à qui nous les devons. Nous savons quelle est votre tendresse pour nous, car, depuis que nous sommes au monde, nous en avons reçu assez de preuves, et, pour tout cela, nous venons vous offrir l'hommage de cœurs pleins de reconnaissance et d'amour. Oh! que nous voudrions pouvoir vous embrasser! Mais nous sommes obligés de repousser cela bien loin. Ainsi, papa, nous te prions d'embrasser pour nous notre chère maman et Auguste. Adieu, bon père, tes enfants respectueux et reconnaissants te souhaitent une bonne santé.

XXIV

AU MÊME.

Paris, le 18 février 1831.

MON CHER PAPA,

..... Hélas! de tous côtés on se plaint! Je ne sais si c'est à Lyon comme ici, mais on se plaint plus du nouveau gouvernement que de l'ancien. Les journaux crient, les caricatures raillent avec la plus grande amertume. Je ne sais si c'est avec raison; seulement il paraît que c'est difficile de gouverner, car en trente ans la France change dix fois de régime et n'est pas plus contente. Je ne saurais guère ce qui se passe, si d'autres qui viennent à l'atelier n'en parlaient devant moi. Je m'occupe trop spécialement de dessin ou de peinture pour l'apprendre par d'autres voies.

Avec quelle force je désire faire des progrès, pour te soulager des sacrifices que tu fais pour nous! Je travaille tant que je peux et ne me rebute pas auprès de M. Fulchiron. Il est revenu de voyage, mais je n'ai pas eu le bonheur de le rencontrer encore. Aujourd'hui même, j'ai été chez lui sans le voir; j'espère être plus heureux demain ou après-demain...... Adieu, cher papa et chère maman. Mes pensées sont bien souvent pleines de vous, et ce sont celles-là qui me causent de la joie.

XXV

AU MÊME.

Paris, le 30 mars 1831.

MON CHER PAPA,

Nous faisons ici tout ce que nous pouvons pour gagner quelque chose. On m'a procuré un écolier à quinze francs par mois qui vient prendre ses leçons chez nous. Ce n'est pas grand'chose : mais enfin! M. Ingres nous témoigne chaque jour plus d'intérêt. Il vient de mettre le comble à ses bontés pour nous en nous faisant une remise entière de tout ce que nous devions lui payer, de manière que nous n'avons plus à payer que dix francs par mois pour les modèles. Nous faisons tout ce que nous pouvons pour lui témoigner notre reconnaissance, et j'ai eu le bonheur de lui faire quelque plaisir en copiant pour lui certaines parties de beaux tableaux. Il m'encourage fort à tâcher de me faire recevoir au concours pour le prix de Rome. Avant d'y arriver, il faut passer par vingt épreuves, mais je ferai tous mes efforts, et, quoi qu'il en résulte, je veux n'avoir rien à me reprocher. Notre temps est rempli par les études chez M. Ingres, les concours à l'Académie et la préparation à celui que l'on appelle le concours de Rome. Il entraîne beaucoup de soins et de peines, car il faut courir dans les musées, dans les bibliothèques, s'instruire des usages, des costumes des anciens et relire leur histoire. C'est au mois de mai que nous saurons si je serai admis; en attendant je travaille avec la bonne et sincère envie d'arriver.

Papa, tu dois nous trouver bien négligents de n'avoir pas vu encore M. Fulchiron, mais je vais te dire ce qui s'y est opposé. On ne peut le trouver qu'à cinq heures après midi, heure bien incommode pour nous, puisque c'est celle de l'Académie. Cependant, plusieurs fois nous avons été chez lui sans le trouver, et, depuis quelque temps, nous avons été empêchés par les nombreuses affaires que suscitent les concours; mais je ne l'abandonne pas et nous y retournerons.....

Je te prie, papa, de dire à Auguste que nous voyons ici le cousin Moisson. Il se chargera des dessins que je dois lui envoyer, mais il ne sait pas encore s'il partira bientôt. Il me charge de vous dire bien des choses de sa part, ainsi que M. Foyatier, que nous voyons très-souvent. Il a la bonté de nous inviter quelquefois à dîner, et nous acceptons avec plaisir. Il fait plusieurs statues pour la grande exposition qui doit avoir lieu bientôt. M. Ingres, notre bon maître, notre bienfaiteur, y mettra aussi un grand tableau qui est admirable (1). Oh! je veux être un bon disciple!

XXVI

AU MÊME.

Paris, le 15 avril 1834.

MON CHER PAPA,

Ton cœur a bien jugé de nous. C'est avec un grand plaisir que je dirai à nos bons parents combien nous devons de reconnaissance à M. Ingres. S'il ne me l'avait défendu, je le dirais à tout le monde et me ferais gloire de ses bienfaits. Ainsi, cher papa, tu pourras communiquer cela à ma tante Martin dans une huitaine de jours seulement, parce que je viens de lui écrire et ne lui en ai pas parlé. Oh! combien je l'aime ce bon M. Ingres, et avec quelle force je désire lui faire honneur aux concours! En voilà trois qui viennent d'avoir lieu et qui ont bien réussi, celui de perspective, celui des places et celui de composition. Dieu veuille me con-

(1) Le Martyre de saint Symphorien, qui ne fut acheté toutefois que trois ans plus tard.

duire aussi bien jusqu'au bout, car j'ai encore deux
épreuves à subir pour arriver à celui que l'on appelle
le concours de Rome! Tout cela se décidera bientôt, et
je vous en écrirai le résultat.

Ces jours derniers, on a fait un nouveau recensement
de la garde nationale de Paris, et, cette fois, je n'ai pu y
échapper. Je suis inscrit sur les rôles de la garde mobile.
On m'a demandé si je me ferais habiller, je leur ai répondu que cela m'était impossible : ainsi, lorsqu'on aura
besoin de moi, je serai habillé et équipé aux frais du
gouvernement. Ce dont je voudrais pouvoir me dispenser,
c'est du service de la garde sédentaire, parce que les gardes,
les exercices, tout cela fait perdre bien du temps. Oh!
lorsqu'on appellera la garde mobile, ce sera une preuve
que le cas est urgent. Tout le monde doit être content
de contribuer à la défense et à la sûreté de son pays, et,
pour cet utile et honorable emploi, on doit tout quitter.
Il y a quelques jours, nous avons vu ici une magnifique
revue de quarante mille hommes. Le roi a fait une distribution de drapeaux; les troupes étaient magnifiques,
surtout quelques régiments de cavalerie, les cuirassiers
entre autres. C'était un dimanche. Point de boue, point
de poussière; le Champ de Mars était rempli, tant par
les spectateurs que par les troupes. Cela a duré jusqu'au
soir. Tout s'est bien passé : aucun accident n'est venu
troubler la joie de la journée (1).....

1. Dans la marge de cette lettre, on lit le post-scriptum suivant, de
la main de Paul Flandrin : « Papa, je suis tout essoufflé. Je viens d'annoncer à Hippolyte qu'il a la médaille, prix de composition. Je viens
de l'apprendre à l'instant. Je me félicite de vous annoncer quelque chose
d'heureux. Vous êtes si loin que je vois d'ici votre joie. Nous avons vu
l'exposition ce matin; tout le monde lui donnait le prix. »

XXVII

A MONSIEUR ET A MADAME FLANDRIN.

Paris, le 28 avril 1831.

..... Vous aussi, chère maman, vous avez été indisposée. Oh! prenez bien soin de vous, ainsi que de papa, car notre joie la plus grande sera de vous revoir, et si vous étiez changée en plus maigre, en plus pâle, quelle peine pour nous! Votre chère image ne s'efface pas de notre mémoire. Nous espérons vous retrouver comme nous vous avons laissée. Le temps passe rapidement, et bientôt nous pourrons vous voir. Cette pensée fait notre joie; j'en parle dans toutes mes lettres : c'est que mon cœur en est si plein !

M. Ingres, ce bon, cet excellent homme, vient de mettre le comble à ses bontés pour nous. Il y a quelques jours, il me dit d'aller le voir. Lorsque je fus arrivé, il me dit qu'il était content de nos progrès, et qu'à dater de ce jour nous ne payerions plus, qu'il nous faisait la remise pleine et entière de ce que nous donnions pour prix de ses leçons. Je me suis confondu en remercîments, et je fais chaque jour mon possible pour lui témoigner combien je suis reconnaissant d'un si grand bienfait. Depuis quelque temps, j'ai eu le bonheur de faire quelques copies de tableaux qui lui ont été agréables et qui ont l'honneur d'être dans son cabinet. J'aime tant ce grand homme, que je ne sais dans quels termes en parler. Je voudrais faire partager mon admiration à tout le monde, et, pour cela, il n'y aurait qu'à le faire con-

maître. Sans sa défense expresse, je rendrais publics les
bienfaits dont nous lui sommes redevables ; car la reconnaissance n'est point un fardeau pour nous. Seulement,
elle nous fera faire plus d'efforts pour nous rendre les
dignes élèves d'un si grand maître. Maintenant nous ne
payerons plus que dix francs par mois, ce qui est une
terrible diminution. Bon papa, tu vas dire cela à ma
tante Martin et à toute la famille. Ils sont si bons, qu'ils
s'en réjouiront avec vous et avec nous.

XXVIII

A MONSIEUR AUGUSTE FLANDRIN.

Paris, le 30 mai 1831.

Mon bon ami, mon cher Auguste, j'ai accompli la
dernière épreuve pour arriver aux concours des grands
prix, mais qu'elle a été cruelle! Le sujet était une figure
peinte, de trois pieds de haut. Je l'ai faite, et hier
c'était le jour du jugement. J'étais content de moi, je
pouvais espérer; mais tu vas voir : M. Ingres, M. Guérin, M. Granet et trois autres membres de l'Institut, en
entrant dans la salle d'exposition, veulent que je sois
reçu le premier. Non : M. Gros et sa bande l'ont emporté ; j'ai été ballotté du premier numéro au dernier.
Enfin, M. Ingres, désespéré, s'en est allé après avoir
protesté de toutes ses forces contre ce qui s'est fait dans
cette séance, et je n'ai pas été reçu. Figure-toi hier,
quand j'ai appris ça, c'est-à-dire quand j'ai appris que

j'étais exclu, sans connaître les circonstances du jugement! Je n'osais pas retourner chez M. Ingres. Cependant je ne me reprochais rien. Ma figure était de beaucoup la meilleure, je puis le dire sans orgueil. Enfin, le
soir, je me suis décidé à y aller. Je le trouvai à table,
mais il ne mangeait pas. Plusieurs membres de l'Institut, entre autres M. Guérin, étaient venus pour qu'il
fût consolé, mais il était loin de l'être. Il me reçut en
disant : «Voilà l'agneau qu'ils ont égorgé! » Puis, en
parlant à sa femme, qui cherchait à le calmer : «Oh! tu
ne sais pas combien l'injustice est cruelle et amère pour
le cœur d'un jeune homme! » Et tout cela avec l'accent d'un cœur si profondément touché, que les larmes
me roulaient dans les yeux. Il m'a fait asseoir à sa table,
dîner, enfin il m'a embrassé comme un père embrasse
son fils. Je suis sorti et j'étais consolé. Oh! que ne lui
dois-je pas à cet homme qui a déjà tant fait pour nous, et
qui, dans cette occasion, vient de faire encore plus peut-
être! Je ne sais plus que lui dire, je ne sais plus comment l'appeler, mais je pleure en pensant à lui, et c'est
de reconnaissance.

Cependant, des regrets viennent m'assiéger de temps
en temps, car c'était le moyen de faire peut-être un bien
grand pas, et je pouvais espérer de partir. J'étais disposé
à employer toutes mes forces ; enfin, j'étais en train, et
puis, c'était la seule manière d'exprimer ma reconnaissance à M. Ingres ; car, à toi, mon frère, je puis le dire,
ce bon maître comptait beaucoup sur le tableau que je
devais faire. Il espérait peut-être trop, mais je n'aurais
rien négligé pour justifier sa confiance. Puis, le plaisir
que ça aurait fait au papa, à la maman, à toi! Je le

sentais, et ça doublait celui que me donnait l'espérance....

Ma figure de concours, celle qui vient d'être repous-
sée, c'est pour toi que je la garde. Je te la porterai
lorsque j'irai à Lyon.... [1].

XXIX

A MONSIEUR FLANDRIN.

Paris, le 31 mai 1831.

CHER PAPA,

J'avais bien travaillé, travaillé longtemps, pour arriver au concours de Rome, et je viens d'en être repoussé.
Hier, c'était le jour du jugement. Je ne me reprochais

[1] En destinant à Auguste Flandrin cette figure consacrée par les
éloges de M. Ingres, Hippolyte ne se proposait pas seulement de fournir
à son frère une occasion de juger de ses progrès ; il voulait encore lui
témoigner sa gratitude pour un service récent et délicatement rendu.
Au moment de se présenter au concours, Hippolyte, en prévision des
dépenses qu'entraînerait son admission en loge, s'était décidé à vendre
le modèle qui lui avait été décrétée un mois auparavant. Or cette
médaille se trouvait à Lyon, entre les mains d'Auguste, et il avait écrit
à celui-ci pour le prier d'en réaliser le prix d'une boutique d'un orfèvre
ou d'un changeur. Auguste, quelque peu en fonds ce jour-là, n'eut garde
de s'acquitter de la commission. Il fit tenir à son frère la petite somme
dont il avait besoin, sans se déposséder pour cela du souvenir matériel
de son premier succès, et lorsque Hippolyte, informé du fait, parla de
restituer cet argent que la cherté salée à l'école faisait maintenant sans
destination fixe, mais non certes sans utilité, il lui fut affectueusement
enjoint d'en faire tel emploi qu'il jugerait convenable. Le jeune artiste
ne s'en servit que pour accomplir un travail de son choix, et ce fut
dans qu'il entreprit ce petit tableau, les Bergers de Virgile, mentionné
celui-ci dans le Catalogue de ses œuvres.

rien, j'avais tout lieu d'espérer. M. Ingres et la moitié de l'Institut m'ont nommé le premier : mais M. Gros et les autres professeurs, qui ont des élèves à soutenir, l'ont emporté, malgré et contre toute justice. Au lieu d'être reçu le premier, place que m'assignaient MM. Ingres, Guérin, Granet, etc., j'ai été exclu entièrement. Juge de ma tristesse! C'était pour moi l'entrée d'une carrière nouvelle, un moyen, le seul que je possède au monde, de témoigner ma reconnaissance à mon excellent maître, à mon oncle et à ma tante Martin, à toi, bon père. Hélas! ce n'est qu'en profitant bien des sacrifices que vous faites pour nous que je puis m'en montrer digne : mais tu vas voir si je suis innocent de cette non-réussite. D'abord, au premier moment, je n'osais aller voir M. Ingres. Je ne savais pas comment tout ça s'était passé : mais enfin je m'y décidai. M. Ingres, en me voyant, m'ouvrit ses bras et m'embrassa comme un père embrasse son fils. Il me raconta tout, et comment lui ne s'en était allé qu'après avoir protesté contre ce qu'on venait de faire. Puis il me dit que j'avais fait tout ce qu'il faut, non-seulement pour être reçu, mais pour être reçu le premier. En voyant ce bon maître prendre tant de part à mon chagrin, je le sentais s'en aller. Puis, je pensais : Ces paroles de M. Ingres qui me consolent, elles consoleront aussi mes bons parents. Il m'a fait dîner avec lui, m'a témoigné une bonté que je ne saurais exprimer; mais mon cœur y est tellement sensible que, lorsque je le regarde un moment, les larmes me viennent aux yeux.....

XXX

AU MÊME.

Paris, le 29 juin 1831.

MON CHER PAPA,

Pardonne-moi si je ne t'ai pas répondu plus tôt : c'est qu'il y avait force majeure. J'ai été retenu au lit quelques jours par une maladie, très-commune ici, que l'on nomme *le* grippe ou *la* grippe. Je n'ai pas voulu vous écrire avant d'être tout à fait bien, de crainte que vous ne soyez en peine. Maintenant, je suis en pleine convalescence, et j'espère qu'elle ne sera pas longue.

Mon cher papa et ma chère maman, c'était votre fête il y a quelques jours, et je l'ai laissée passer : mais que pouvais-je vous dire? Que je vous aime? Oh! vous le savez bien. Mon cœur est à vous tout entier; ainsi je ne puis que renouveler l'acte de donation. Oui, oui, il est à vous et battra toujours avec violence aux doux noms de mon père et de ma mère. Tout ce que je dis là, je le dis avec Paul, car il s'unit à moi de toute son âme.

Je savais bien que vous prendriez part à mes peines, lors de la non-réussite du concours... Il me revient bien par-ci par-là quelques regrets; mais cependant je suis consolé (ce qui ne me semblait pas facile). Vous savez que c'est l'ouvrage de M. Ingres, et quels furent alors les témoignages de sa bonté. Oh! ce souvenir-là est pour toujours dans mon cœur, rien ne pourra l'en effacer.) Eh bien, il m'en donne souvent de semblables.

L'autre jour, il m'a demandé si je croyais que ce revers vous eût indisposés contre moi, parce que, alors, il aurait mis quelques mots en ma faveur à la fin d'une lettre. Je lui ai répondu que je ne le croyais pas; mais que cependant je m'estimerais heureux qu'il voulût bien le faire. Il me l'a promis. Ainsi, tout à l'heure je vais lui présenter ma lettre.....

Mon cher papa, je viens de voir M. Ingres. Il n'a pas pu écrire à la fin de ma lettre comme je le croyais, mais il m'a promis de le faire à un autre moment..... Oh! papa, dans un mois j'aurai le bonheur de te voir, de voir ma mère, mon frère, enfin tous ceux dont mon cœur est plein! Je serai bien heureux, et j'espère que cela s'effectuera.

Maman, si vous voyez madame Lacuria, dites-lui, s'il vous plaît, que son fils se porte bien. Il a eu grand soin de moi pendant ma maladie, et m'a rendu toutes sortes de services. Vous auriez aussi la bonté de lui présenter mes respects. Papa et maman, soignez-vous bien, afin que vos enfants vous trouvent en bonne santé, et qu'ils puissent se livrer à une joie pure et entière. Le temps approche où nous pourrons vous revoir, vous embrasser. Cette pensée me remplit de joie, c'est bien vrai. Oh, que le songe est doux de son pays natal!

XXXI

AU MÊME.

Paris, le 16 juillet 1831.

MON CHER PAPA,

..... Nous n'aurons pas sitôt que je l'espérais le bonheur de vous voir. En voici la cause : les concours des places à l'Académie se faisaient ordinairement à la fin d'octobre, et nous espérions faire notre voyage auparavant, mais, cette année, on les a beaucoup avancés. Ils sont portés au 25 du mois d'août, et il est indispensable que nous y soyons. Ainsi, nous ne pourrons guère partir avant le 10 septembre, ce qui nous fâche bien. Nous nous promettions tant de plaisir bientôt !

Papa, en avançant nos vacances, nous ne voulions pas, pour cela, les prolonger. Venus plus tôt, nous serions retournés plus tôt. Chez M. Ingres, il n'y a point de vacances. Ceux qui veulent en prennent au commencement, au milieu ou à la fin de l'année, et en rentrant, à quelque époque que ce soit, on est sûr de trouver l'atelier ouvert et M. Ingres prêt à vous donner ses sublimes conseils.....

XXXII

A MONSIEUR ET A MADAME FLANDRIN.

Paris, le 1er août 1831.

MON CHER PAPA ET MA CHÈRE MAMAN,

Un de nos anciens camarades à l'école de Saint-Pierre, maintenant élève en médecine et neveu de M. Sandier, le voisin de notre bonne tante Martin, vous remettra cette lettre, que j'aurais voulu faire plus longue; mais son départ est trop prochain et je n'en aurai pas le temps. Je ne crois pas trop que, de si loin, cette excuse soit valable. Cependant vous connaissez vos enfants, et vous ne pensez pas qu'ils puissent s'ennuyer en causant avec vous. Il est vrai que c'est à une bien grande distance; mais un fils est toujours heureux de dire à ses parents qu'il les aime, et, dans mes lettres, je ne peux guère vous dire que cela. Mon cœur en est si plein! Puis notre vie ici est bien tranquille, et si je voulais vous en parler, je ne pourrais que vous répéter ce que je vous ai dit tant de fois. Quelques circonstances par-ci par-là nous distraient, mais c'est rare. Les fêtes, par exemple, qu'on vient de célébrer, en sont une. Nous avons vu la magnifique revue que le roi a passée le 29 juillet; elle nous a offert un bien beau spectacle. Cent trente mille hommes au moins étaient sous les armes; deux cents pièces de canon, autant de caissons; tout cela formait deux lignes immenses, de près de deux lieues d'étendue, traversant toute la ville d'une barrière à l'autre. Tout cela a défilé devant le roi et don Pedro, empereur du Brésil, en criant *vive la Pologne* avec un enthousiasme admirable. Ces cris, puissent-ils retentir jusque dans le camp des Russes et le palais de leur empereur, leur faire sentir que les Polonais ne mourront pas, car ils excitent l'intérêt de tous les hommes qui ont un cœur généreux. Oh! si ce n'étoit pas si loin!...(1)

XXXIII

A MONSIEUR FLANDRIN.

Paris, le 28 novembre 1831.

MON CHER PAPA,

Oh! que ta lettre nous a été précieuse! Que nous te savons gré de cette prévenance! Nous sommes arrivés ce

---

(1) Hippolyte Flandrin n'exprime pas ici pour la première fois l'ardente sympathie que lui inspire la cause de la Pologne. Nous citerons, à ce sujet, le passage suivant d'une lettre qu'il adressait à son frère Auguste en mai 1831 : « Dis donc, il paraît que le papa me croit carliste. Je ne conçois pas ce qui a pu lui donner cette idée; mais certes, je crois que personne plus que moi n'aime la liberté; et la preuve c'est que j'aime les Belges, c'est que j'admire les Polonais, dont les actions sont si belles et si grandes. Si on admire les actions, il faut reconnaître et aimer le principe qui fait agir. Moi, je fais chaque jour des vœux pour leur triomphe; mais, des vœux, ce n'est pas assez. Il leur faudrait des secours réels. Ne ferât-on rien pour une nation qui a combattu, mêlée avec nos soldats, pendant quinze ans, qui est tombée avec nous, qui a été partagée et asservie d'une manière aussi barbare que parce que sa cause était liée à la nôtre? Un grand nombre nommons; mais le gouvernement va son train et laisse de côté ces clameurs. » Et comme si le jeune artiste s'effrayait des interprétations qu'aurait paru autoriser cette profession de foi politique, il ajoutait : « Tout cela, je ne le dis qu'à toi, parce que j'aime que tu connaisses mes pensées. »

soir, et ta lettre nous attendait. Partis tous trois (1) de
Châlons mardi matin, par un temps et des chemins fort
mauvais, nous sommes arrivés jusque près de Sens sans
savoir ce qui se passait à Lyon; mais ensuite nous avons
vu que l'on arrêtait les diligences qui venaient de Lyon,
pour savoir des nouvelles. Cela, avec ce que nous entendions dire, nous a mis fort en peine, et vraiment nous
avions envie de retourner à Lyon pour ne pas être loin
de nos parents dans le danger (2); mais nous étions si
près de Paris, et là, nous espérions avoir des nouvelles
plus certaines. A Sens, nous avons vu passer le duc d'Orléans se rendant dans notre pauvre ville. Enfin nous
voilà à Paris, nous trouvons votre lettre, et elle nous
enlève un gros poids de dessus le cœur. Notre ami a
aussi trouvé une lettre de ses parents, ce qui lui a fait
beaucoup de plaisir.

Vraiment, nous avons réfléchi bien longtemps pour
savoir si nous retournerions vers vous. Ainsi, ayez la
bonté de nous écrire le plus tôt que vous pourrez, si
nous pouvons nous établir et travailler avec confiance.
Si tu ne peux pas, papa, qu'Auguste t'en évite la peine,
et donnez-nous tous les détails que vous jugerez conve-
nables, des nouvelles de toute la famille. Oh! encore
une lettre nous tranquillisera bien!...

(1) Les deux frères et leur ami, M. Lacroix.
(2) On sait que depuis le 22 novembre jusqu'au commencement de
décembre 1831, Lyon fut le théâtre d'une insurrection formidable qui
avait éclaté à l'occasion de la fixation d'un maximum de tarif pour le
travail des ouvriers en soie.

XXXIV

A MONSIEUR ET A MADAME FLANDRIN.

Paris, le 28 décembre 1831.

MON CHER PAPA ET MA CHÈRE MAMAN,

Depuis plusieurs jours j'avais l'intention de vous écrire, mais j'ai retardé un peu, parce que Lacuria venait d'écrire à ses parents, et il les priait de vous donner de nos nouvelles. C'est ce qu'ils ont eu la bonté de faire, puisque, en lui répondant, il nous ont ensuite donné des vôtres. Elles étaient bonnes : nous en avons rendu grâces à Dieu, car, après de si terribles émotions, nous craignions bien pour vos santés.

J'ai reçu deux lettres de toi, papa, trois d'Auguste, et de cela nous vous remercions bien : il nous fallait souvent des nouvelles pour nous tranquilliser. Nous avions bien la ressource des journaux; mais ils ne disent pas toujours très-vrai, et vos renseignements étaient pour nous beaucoup plus précieux, puisqu'ils nous donnaient en même temps les nouvelles générales et des nouvelles particulières. D'ici je vous envoie tous les vœux qu'un bon fils peut former pour le bonheur de ses parents et un bon Français pour celui de son pays. Je souhaite à notre pauvre ville des années plus heureuses que celle-ci : Dieu veuille les lui accorder!....

J'engage Auguste à être bien prudent, car il a des frères qui l'aiment, qui l'aiment beaucoup!!!

XXXV

À MONSIEUR AUGUSTE FLANDRIN.

Paris, le 15 janvier 1832.

Mon cher Auguste,

Il y a longtemps que je veux te répondre, mais je suis accablé d'ouvrage et je n'ai pu encore trouver un moment. J'ai tant de choses à te dire que je ne sais par où commencer. Mais tu nous dis que le papa est malade : oh ! je t'en prie, écris-nous vite comment il va, ainsi que la maman. Témoigne-leur combien nous sommes sensibles à leurs souffrances et embrasse-les bien pour nous.

La lettre dans laquelle tu me racontes les malheureuses journées de Lyon m'a fait une peine horrible. Tous ces détails sont déchirants ; puis les dangers que tu as courus dans ce pénible service, tout cela m'a fait un mal ! Si tu savais ici comment les journaux racontaient ça ! C'était d'abord le foyer d'une insurrection carliste ; puis, quand le contraire a été prouvé, la population de Lyon n'était plus qu'un ramassis de brigands, de barbares, chez qui les lumières de la civilisation n'avaient jamais pénétré. Lyon devait être pillé, brûlé, et cependant ! C'est-à-dire que le gouvernement voulait rejeter sur le peuple une faute dont il est coupable ; car le mal vient de loin ; ce n'est ni la faute des fabricants ni celle des ouvriers, et malgré les actions affreuses dont tu m'as parlé et que je suis loin de vouloir justifier, ce peuple n'a pas été aussi barbare qu'ils le disent. Passé quelques

11

actes de vengeance, la dévastation s'est arrêtée. Je suis
bien sûr que toi qui t'es battu contre eux, qui n'as
échappé qu'avec peine à leurs balles, tu avoueras qu'on
pouvait s'attendre à des excès plus grands de la part
d'un peuple en fureur qui a vu peu à peu réduire son
salaire jusqu'à ne pouvoir suffire à ses besoins, qui s'est
vu méprisé enfin, et qui, après un combat, se trouve le
maître. Je sais que d'horribles actions ont été commises,
mais je les rejette sur la canaille et non sur la masse du
peuple. Lorsque tout a été calmé, voici quelles ont été
les paroles d'un journal : « Les barbares que nous avons
à combattre ne sont point les Russes ni les Cosaques ;
ce sont les ouvriers de toutes nos grandes villes. Il faut
les rejeter en dehors de la société (1) et les mettre hors
d'état de pouvoir nous nuire. » Voilà leurs sentiments
pour le peuple, à ces hommes qui tiennent de lui toute
leur puissance, leur position politique, leur bien-être !
Voilà leur reconnaissance ! Si, au lieu de le maudire ce
peuple, ils cherchaient à le rendre plus heureux, on leur
pardonnerait de ne pas réussir; mais non, ils montrent
leur haine à découvert. Le peuple, malgré ses fautes,
malgré ses égarements passagers et partiels, ne recule
jamais : au contraire, il rencontrera bientôt ceux qui

(1) Nous n'avons pu vérifier l'exactitude de la citation; mais il nous
semble au moins difficile qu'il n'y ait pas ici de la part de Flandin
quelque erreur de mémoire ou de plume. Le moyen d'admettre en effet
qu'un écrivain se soit rencontré pour proposer de rejeter les ouvriers,
non pas en dehors des grandes villes, ce qui pourrait s'expliquer à la
rigueur, mais « en dehors de la société », ce qui, en réalité, équivau-
drait à un non-sens? Sans contester la générosité des sentiments exprimés par Flandin, on peut donc dire qu'ici son indignation nuit à
faits, et que, si sincère qu'elle soit, elle n'en procède pas moins d'un
malentendu.

veulent s'opposer à lui, et lorsque le peuple voudra, leur force sera nulle : ils seront renversés.

Pour en revenir aux affaires de Lyon, quelles horribles émotions tu as dû éprouver! Je me mets à ta place et je frémis de ce qu'une affreuse nécessité impose. Oh! je te plains de tout mon cœur! Dans ta prochaine lettre, dis-moi tout ce que tu penses. Donne-moi des nouvelles du papa et de la maman; puis parle-moi de toi, parle-moi politique, de tout ce que tu voudras enfin. Fais-tu quelque chose, quelque portrait? Je sens que les circonstances ne sont pas favorables, mais j'espère encore, parce que je souhaite vivement.

Dans quelque temps, la conscription de Paul va arriver. Je pense que tu auras la complaisance d'y aller. Tâche de ne pas prendre le n° 49 (1), car ce serait un grand bonheur si l'on pouvait s'épargner les courbettes.....

XXXVI

À MONSIEUR FLANDRIN.

Paris, le 14 février 1832.

MON CHER PAPA,

En recevant ta lettre, nous avons ressenti une grande joie, parce que cela nous prouvait que tu étais beaucoup mieux. Oh, j'en remercie Dieu de tout mon cœur, et j'es-

(1) C'était le numéro qu'Auguste Flandrin avait amené, deux ans auparavant, lorsqu'il avait tiré, à Lyon, pour son frère Hippolyte.

père qu'il accordera au père et aux enfants le bonheur
de se voir et de vivre bien longtemps ensemble....

Je travaille depuis plus d'un mois, au Musée, à faire
une copie (1). C'est mal payé, mais en même temps que
je gagne un peu, j'étudie, parce que c'est d'après une
fort belle chose. Ce qu'il y a d'ennuyeux, c'est de travailler sans feu dans une galerie de sept cents pas de
long (2). L'hiver n'est pas bien rigoureux ; mais, pour
rester cinq ou six heures de suite sans bouger, il faut,
je t'assure, en avoir envie.

Ce matin, nous avons été voir M. Ingres. Il nous a
dit qu'il irait aujourd'hui dîner chez un général qu'il
veut intéresser à Paul. Enfin, avec sa bonté ordinaire,
il nous a dit que si le numéro était mauvais, il ferait tous
ses efforts pour le tirer de là. Il est très-content de Paul
et trouve qu'il fait beaucoup de progrès.....

XXXVII

AU MÊME.

Paris, le 27 mars 1832.

MON CHER PAPA,

.... Je t'écrirai aujourd'hui de pièces et de morceaux,
car je n'ai pas à moi une heure de suite. Voilà les con-

---

(1) D'après l'admirable tableau de Sébastien del Piombo, *la Visitation*.
(2) Hippolyte Flandrin ressentit à cette époque les premières atteintes
de ces cruelles douleurs rhumatismales qui devaient le tourmenter pendant tout le reste de sa vie et s'aggravèrent de plus en plus par tant de
longs séjours dans l'atmosphère froide ou humide des églises où il a successivement travaillé.

cours, et ils se succèdent si rapidement, que les études nécessitées par chacun d'eux emploient bien mon temps. Oh! il ne faut pas languir.

.... Cher papa, tu crains que nous ne manquions de quelque chose; mais nous aussi nous craignons que tu ne te gênes trop, et cela nous fait de la peine. Jamais nous n'avons dépensé aussi peu que cet hiver, parce que nous avons fait notre cuisine nous-mêmes avec Laennia. Nous nous sommes réunis; nous avons acheté une grande casserole, trois écuelles, et nous faisons des soupes et des plats de pommes de terre, un pot au feu quelquefois, qui dure presque toute la semaine. Tu penses que tout cela est apprêté simplement; mais c'est encore plus sain que dans quelque restaurant, et peut-être cette nourriture nous servira-t-elle à éviter le choléra-morbus, qui est tombé ici à l'improviste et a terrifié tout le monde. On ne parle que de ça, et ce qu'il y a d'étonnant, c'est qu'il est arrivé par un temps magnifique qui dure depuis deux mois. On s'attendait à le voir marcher à travers les départements qui nous séparent de l'Angleterre, mais non : il a sauté de Londres ici. On réserve des salles dans les hôpitaux, on prépare des ambulances de tous côtés et des dépôts de remèdes, mais on dit que le meilleur remède est d'avoir mené jusque-là une vie réglée, calme et simple. Aussi nous tâchons de ne pas nous tourmenter, car nous avons quelques raisons d'espérer. Notre chambre est propre, bien aérée : ainsi, nous vous prions de vous tranquilliser à notre sujet. Ayons confiance en Dieu!

A Lyon, vous avez déjà dû apprendre l'arrivée du choléra ici ; c'est pourquoi je vous envoie ma lettre avec précipitation, pour vous dire que nous deux et Lacuria nous nous portons bien. Papa, maman, Auguste, embrassez-vous mutuellement pour nous. Notre cœur vous envoie ses prières et son amour.

P. S. Lorsque le choléra sera à Lyon, mon Dieu ! que j'aimerais que vous alliez tous trois au Bugey pour quelque temps !!! Je prie maman de passer chez madame Lacuria, pour lui dire que son fils se porte bien et lui présenter nos respects.

XXXVIII

AU MÊME.

Paris, le 13 avril 1832.

MON CHER PAPA,

Je viens de recevoir ta lettre. Elle me dit combien vous êtes en peine de nous ; mais je pense que vous avez dû, le même jour, en recevoir une de moi. Elle n'était pas des plus rassurantes, car Paris était loin d'être tranquille et le choléra augmentait ses ravages. Depuis il est devenu encore plus terrible : il a attaqué plus de mille personnes par jour. C'est vraiment un bien triste spectacle que celui de tous ces brancards emportant des malades, de ces convois emportant des dix, douze morts à la fois : chose qui n'est pas rare, je vous assure. Cependant, depuis deux jours la maladie a sensiblement diminué. Non-seulement elle attaque moins de monde, mais elle est moins violente et on peut mieux s'en tirer. Mon Dieu, veuillez qu'elle épargne Lyon !....

XXXIX

Paris, le 19 avril 1832.

MON CHER PAPA ET MA CHÈRE MAMAN,

J'ai reçu votre dernière lettre qui parle du voyage à Lyon. Je n'y ai pas répondu le jour même, parce que Lacuria venait d'écrire à ses parents sur le même sujet. Je pensais bien qu'ils vous donneraient de nos nouvelles ; donc, j'ai retardé de deux jours afin que vous en receviez plus souvent.

Nous avions bien pensé à aller à Lyon pour partager le danger avec vous lorsque le choléra aurait atteint Lyon ; mais il est venu si subitement ici que nous avons été livrés à notre indécision jusqu'à présent. Il paraît d'après l'avis des meilleurs médecins, et c'est ce que répètent tous les journaux, qu'il serait de la plus grande imprudence de partir maintenant. Ils disent que lorsque l'on est dans le foyer du mal et que l'on y est acclimaté, il faut s'y tenir tranquille ; car, en en sortant, on est bien plus sûr de prendre la maladie, ce qui a été passablement prouvé par quantité de personnes sorties de Paris, qui l'ont prise à vingt, trente ou quarante lieues, et dans des endroits non infectés. Ainsi tu vois, cher papa, que nous nous décidons à rester par des raisons valables (1).

(1) Parmi ces raisons, il en était une qu'Hippolyte passait soigneusement sous silence, pour épargner un surcroît d'inquiétude à ses parents, mais qui ne lui imposait que trop à lui-même l'obligation de ne pas quitter Paris. Gravement atteint déjà par les privations et les fatigues

D'ailleurs, la violence du fléau est heureusement passée; il est dans la période de décroissance, et il est impossible, au surplus, de comprendre sa marche. On craignait beaucoup pour les quartiers sales ou étroits : jusqu'à présent, il ne leur a pas fait plus de mal qu'aux autres, car le nôtre, qui est certainement un des plus beaux (1), a été attaqué avec le plus de violence. Heureusement, il s'y est beaucoup affaibli et il a traversé la rivière. On dit que c'est maintenant dans le Marais qu'il est le plus fort.

Les rapports que l'on a faits à Lyon ont dû bien effrayer. Peut-être même sont-ils exagérés. Cependant le mal est déjà bien grand, car le *Moniteur* a publié hier officiellement le nombre des morts depuis le commencement, et il est de plus de dix mille! Puisse-t-on, à Lyon, prendre toutes les mesures nécessaires! Là, au moins, on est averti quelques jours d'avance.

.... Tranquillisez-vous autant que possible sur notre compte. Adieu, je vous aime et vous embrasse de tout mon cœur, ainsi qu'Auguste. Soignez-vous pour l'amour de nous.

---

antérieures, la santé du jeune artiste était devenue tout à fait mauvaise sous l'influence de l'épidémie. Même avant l'époque où il fut contraint par la maladie d'interrompre son tableau de concours, Hippolyte Flandrin était tombé dans un tel état de faiblesse, qu'il ne pouvait ni se lever ni faire un pas sans être soutenu par son frère.

(1) V. la note de la lettre XXIII.

XL

À MONSIEUR FLANDRIN.

Paris, le 1er mai 1832.

Mon cher papa,

Je viens t'accuser réception de ta lettre du 26 avril. Elle renfermait le billet de cent cinquante francs que ma tante Martin a eu la bonté de nous envoyer. Je lui écrirai pour la remercier, mais, en attendant, aie la bonté de le faire, car tu vas voir si je suis occupé; cependant je ne tarderai pas.

Par ma dernière lettre tu sais que j'ai eu une médaille (1). Eh bien, depuis, toute l'école a concouru pour la composition historique. Sur ce grand nombre on doit en recevoir vingt. J'ai été le cinquième. Maintenant, reste la dernière épreuve, celle où j'ai été repoussé l'année dernière. Je m'y prépare de toutes mes forces et veux donner un fameux coup de collier. M. Ingres est très-content de la manière dont j'ai été reçu. Il a toujours les mêmes bontés, la même bienveillance pour nous. Nous le voyons très-souvent chez lui. Il se porte bien, et je prie Dieu qu'il le garde longtemps.....

(1) La lettre qu'Hippolyte adressait à son père avant celle-ci contient le passage suivant : « Nous n'avons plus trop le temps de penser au choléra, car me voilà embarqué dans les concours où j'ai obtenu une médaille qui me donne droit aux premières *places* de l'Académie, pour toujours. Mais ce n'est pas de cela qu'il s'agit : c'est au fameux concours de Rome qu'il faut arriver. »

XLI

AU MÊME.

De ma loge. Paris, le 1er juin 1832.

MON CHER PAPA,

Je vous écris vite parce que vous êtes en peine et que vous me croyez malade. Je ne savais pas que Lacuria vous en avait parlé ; sans cela, je vous aurais donné des détails dans ma dernière lettre. Voilà ce que c'est : j'ai eu un tout petit bout de choléra. Cela m'a duré cinq jours, pendant lesquels j'étais assez fatigué ; mais un cousin d'un de mes camarades m'a donné des soins, et, dès lors, j'ai été bien. Par bonheur ça n'a rien été ; maintenant j'ai bien d'autres affaires ! Il faut faire un tableau, c'est mon premier, et je lutte avec des gens qui concourent pour la septième ou huitième fois. Mais je ne me découragerai pas : au moins je l'espère.....

XLII

A MONSIEUR ET A MADAME FLANDRIN.

Paris, le 24 juin 1832.

MON CHER PAPA ET MA CHÈRE MAMAN,

C'est aujourd'hui votre fête et je voudrais bien vous embrasser. Si je n'écoutais que mon désir de vous revoir, la distance serait bientôt franchie ; mais je ne le puis,

Je suis retenu bien fortement ; c'est par la reconnaissance, qui m'impose des devoirs qu'il faut remplir. Par
mon tableau, je dois justifier la confiance de M. Ingres,
défendre sa doctrine et l'honneur de son école devant
des hommes prévenus et qui, lors même qu'ils trouveraient la vérité, ne voudraient pas la reconnaître : car
alors ils se condamneraient eux-mêmes. Vous voyez que
j'ai sur le dos une lourde charge. Dieu veuille que je la
porte ! Mais si son poids m'écrase, je n'aurai rien négligé
et j'aurai employé toutes mes forces.....

XLIII

AUX MÊMES.

Paris, le 31 août 1832.

MON CHER PAPA ET MA CHÈRE MAMAN,

Je peux enfin vous donner signe de vie. Grâce à Dieu,
j'ai fini mon concours. Maintenant, il faut attendre un
mois pour savoir le jugement ; ce qui me fâche bien, car
déjà nous aurions tourné nos pas de votre côté, si je ne
craignais que M. Ingres, qui s'intéresse tant à nous, ne
prit cela pour de l'indifférence. C'est pourquoi nous re-
tarderons jusqu'après le jugement, qui a lieu à la fin de
septembre. Jusque-là, nos tableaux sont sous les scellés,
et M. Ingres, dont j'attends le coup d'œil pour prononcer
mon jugement, ne le verra qu'avec tous les autres
membres du jury. C'est ce que j'attends avec la plus vive
impatience, car un mot de louange de sa part serait
pour moi d'un prix infini.....

Le dernier jour du concours, les élèves peuvent communiquer entre eux. En conséquence, nous avons vu les tableaux les uns des autres, et moi qui suis dans une tout autre route qu'eux, je leur ai produit une impression qu'ils n'ont pas cachée. Ils m'ont jugé bien plus favorablement que je ne faisais moi-même, car ils m'ont parlé de prix et je n'y pensais pas. Le directeur, le sous-directeur et le professeur, qui sont venus ce soir-là apposer le sceau de l'École, en ont parlé à M. Ingres, et d'une manière très-favorable. Tout cela tendrait à me donner des espérances ; mais non, il faut les repousser..... M. Ingres, mon bon maître, est, comme moi, sur des charbons ardents. Il me dit souvent : «Oh! si vous aviez bien fait, que je vous aurais d'obligation!» Mon Dieu, que ce mois va me paraître long!

Mon bon père, tu ne nous dis pas comment vous vous portez, et cependant je voudrais bien le savoir. Mon Dieu, que je les aime, les lettres! Et vous, ma bonne maman, faites quelquefois ce que vous avez fait dans une lettre d'Auguste, il y a quelque temps. Vous y avez mis deux mots, et ces deux mots nous ont fait pleurer. Oh! qu'ils ressemblaient à notre bonne mère, ces deux mots!

Que nous avons de bonheur d'avoir tiré Paul de la conscription! Ce n'était pas facile pourtant cette année ; mais les efforts de M. Ingres et le bonheur que nous avons eu de trouver M. de Montigny (celui qui m'a rendu le même service), président du conseil, cela a levé tous les obstacles, et nous ne craignons plus de le voir partir...

XLIV

À MONSIEUR AUGUSTE FLANDRIN.

Paris, le 9 septembre 1832

Mon cher Auguste,

.... Oh! si tu savais combien nous sommes impatients de vous voir! Mais différentes choses très-essentielles me retiennent, et je ne peux pas franchir ces obstacles. Que j'attends impatiemment le moment où M. Ingres pourra me dire ce qu'il pense de mon tableau! Tu ne saurais croire combien je désire et je redoute ce moment. Le jugement des autres concurrents lui a été favorable, et moi je l'avoue que dans mon âme et conscience je me trouve supérieur aux autres. C'est un aveu que je te fais, mais garde-le pour toi, je t'en prie : on pourrait le trouver malséant de ma part. D'ailleurs, je te préviens que je ne m'attends à rien, car je ne ressemble pas du tout à ce qu'on fait à présent. Ce n'est pas que je sois content de mon tableau, au moins; j'y vois bien des défauts qu'avec du temps j'aurais pu corriger : mais figure-toi qu'il y a douze figures, un fond, beaucoup d'architecture et une masse d'accessoires. Il a fallu exécuter tout ça en trente-cinq jours, car j'ai été malade tout le premier mois et demi, et les autres étaient à plus de la moitié que je n'avais pas commencé à peindre. Enfin j'ai eu du malheur. M. Ingres, qui s'y intéresse beaucoup, ne pourra le voir que le 20 de ce mois.

XLV

A MONSIEUR ET A MADAME FLANDRIN.

Paris, le 25 septembre 1832.

MON CHER PAPA ET MA CHÈRE MAMAN,

Je viens vous faire part de notre joie. J'ai bien travaillé, je me suis donné bien de la peine, mais j'en suis récompensé par la satisfaction de mon cher maître : enfin, je vais tout vous raconter.

Aujourd'hui, 25 septembre, a eu lieu l'exposition de nos tableaux. Lorsque l'heure de l'ouverture approchait, j'avais bien des palpitations de cœur, car c'est effrayant de se présenter pour la première fois à la critique, à la censure du public. Enfin les portes se sont ouvertes. Le public est entré, et, de derrière, je regardais les dispositions des groupes de spectateurs. J'en vis d'abord un énorme se former devant mon tableau, et puis un grand nombre de personnes que je ne connaissais pas m'ont demandé si je n'étais pas M. Flandrin. Sur l'affirmative, ils m'ont complimenté. Un moment après sont arrivés, tous à la fois, nos camarades d'atelier. Ils ont regardé, jugé, et puis ils sont venus à moi, m'ont serré, pressé, entouré, embrassé. Oh! que ces témoignages d'amitié m'ont fait de plaisir! Bientôt sont arrivés les élèves des autres ateliers. Beaucoup d'entre eux ont joint leurs témoignages à celui de mes camarades, et leur nombre a été encore augmenté par une foule de personnes que je n'ai jamais vues, parmi lesquelles se trouvaient des journalistes, comme vous pouvez le voir dans le *Constitutionnel* du 26. J'étais très-heureux de l'assentiment général, mais il me manquait celui de M. Ingres : il n'avait pas encore vu mon tableau, et je tremblais. Je fus le voir sur le midi et lui racontai ce qui se passait à l'exposition. Il a pleuré de joie, m'a dit de revenir chez lui à cinq heures, qu'il l'aurait vu. En attendant, je suis retourné à l'exposition. La foule était toujours devant mon tableau, ce qui a duré jusqu'au soir. Cinq heures sont venues, j'ai été chez mon maître. Il est venu à moi les bras ouverts, m'a embrassé, m'a dit que bien peu de peintres avaient débuté d'une manière aussi brillante, qu'il était fier de m'avoir élevé, enfin une foule de choses très-flatteuses. Je vous redis tout cela parce que vous êtes mon père, ma mère, mon frère, et que ce qui me fait plaisir vous comble de joie. Et certainement, je ne pouvais pas recevoir une récompense plus douce que la satisfaction de M. Ingres et que la manière dont il me l'a témoignée. Enfin, le résultat de cette journée est que les artistes et le public ont décidé à l'immense majorité que je méritais le prix. Avec le public et M. Ingres, je pense bien mériter le prix; mais je ne crois pas l'avoir.

Aujourd'hui, jeudi 27, la foule est aussi nombreuse qu'hier et dit toujours la même chose. Beaucoup de personnes ont été chez M. Ingres le féliciter, ce qui lui cause un vif plaisir. Ce matin il a été voir ses élèves et leur a beaucoup loué mon tableau. Il a parlé de nous avec une bonté, une affection ! Enfin c'est infiniment plus que je n'attendais.

Aujourd'hui 28, la foule est encore devant mon tableau. Tout le monde m'assure le prix, mais je n'y crois pas, car la cabale s'agite horriblement.

Nous voici au samedi 29. C'est le jour du jugement, et cependant je suis bien plus tranquille que lorsque j'attendais l'arrêt de M. Ingres. Maintenant, lui et le public m'ont donné le prix. C'est là la cause de mon calme. J'ai fait ce que j'ai pu ; j'espère supporter avec courage l'injustice, parce que j'ai fait mon devoir.

Pour les peintres, notre combat est la lutte du bien et du mal. Ces deux principes ne se réconcilieront jamais. Aussi nos adversaires vont-ils rassembler toutes leurs forces. M. Ingres me quitte pour aller au jugement et il me dit : « Nous allons voir jusqu'où les hommes peuvent pousser l'iniquité! »

Au-dessous des lignes qui précèdent, on lit ces mots écrits en gros caractères et d'une main tremblante d'émotion :

Eh bien, je me suis trompé! Je l'ai eu prix !! Bientôt je vous en dirai plus long. Adieu, votre fils qui vous aime, qui vous aime bien!

XLVI

AUX MÊMES.

Paris, le 30 septembre 1832.

MON CHER PAPA ET MA CHÈRE MAMAN,

Vous ne sauriez vous peindre la joie de M. Ingres. Malgré la mauvaise foi de ses ennemis, un de ses élèves est enfin parvenu à avoir ce prix! Être pensionnaire de France à Rome, et cela avec un assentiment si général!

Mon tableau reste à l'École pour être placé dans la salle des grands prix.

Voilà qui va retarder notre voyage. La distribution des prix ne se fait pas encore, et il faut que je reçoive mon brevet en main propre. Cela me fâche bien, car je brûle de vous embrasser, de tout vous dire, de tout vous expliquer ; mais il faut attendre encore trois semaines. Oh! que c'est long!

Il nous est venu une idée. Oh! si elle pouvait se réaliser, que je serais content! Ce serait qu'Auguste puisse prendre la voiture de suite et arriver à Paris dans quelques jours. Il verrait la distribution des prix, l'exposition, Paris enfin ; il y resterait quelques jours, et nous repartirions ensemble pour Lyon. Nous y resterons deux mois et puis je partirai pour Rome, car il faut y être au 1er janvier. Si Auguste pouvait faire cela, que je serais heureux! Mais il faudrait se presser, car il nous tarde bien d'être auprès de vous.

M. Ingres me parle constamment de Rome et de la manière dont je dois m'y conduire. Il paraît que je vais habiter la *villa Médicis*, le plus beau palais de Rome, la ville aux palais. Je ne peux pas le croire. Oh! c'est vraiment une chose bienheureuse, cinq années entières occupées à acquérir du talent, à étudier! Il y a d'un autre côté des choses bien tristes. M. Ingres veut que Paul ait l'année prochaine le grand prix de paysage (1), et il faudra nous séparer. Jugez!

(1) Bien que les études des deux frères eussent été d'abord dirigées dans le même sens et vers le même but, M. Paul Flandrin n'avait pas tardé, d'après les conseils de M. Ingres, à se promettre plus particulièrement l'avenir d'un paysagiste. On sait les succès obtenus

Embrassez bien pour nous notre oncle et notre tante Martin, et toutes les autres personnes de la famille. Nous présentons nos respects à tous nos parents. Maman, ayez la bonté de donner la nouvelle à Lacuria. Il sera bien content, je l'aime bien. Dites-les-lui, s'il vous plaît. Auguste, mon cher Auguste, viens si cela est possible. Mon Dieu, que je serais heureux !

XLVII

A MONSIEUR FLANDRIN.

Paris, le 21 octobre 1832.

MON CHER PAPA,

..... Voici ce qui me retient encore loin de vous. C'est d'abord un portrait que je fais pour M. Ingres et qui ne

par lui dans la carrière qu'il choisissait il y a plus de trente ans; mais ce qu'il sera peut-être moins superflu de rappeler, c'est le talent dont il n'a cessé de faire preuve depuis lors comme peintre de portraits, talent dont le Salon fournissait tout récemment encore de nouveaux témoignages; c'est aussi le précieux concours qu'il prêta à son frère dans la plupart des grandes tâches accomplies par celui-ci. Sans parler de la part qu'il prit, sur les murailles mêmes, à l'exécution des peintures décoratives du château de Dampierre, de Saint-Paul, à Nîmes, etc., bon nombre des études préalablement faites en vue de ces travaux et de bien d'autres, sont de la main de M. Paul Flandrin. Le plus souvent, Hippolyte lui-même servait de modèle; il posait, après s'être essayé devant une glace, dans l'attitude et sous les draperies conformes à sa propre intention pittoresque et aux caractères de la figure dont il s'agissait de déterminer la donnée. Paul recueillit avec le crayon cette première expression de la pensée de son frère, et, fixant sur le papier ces indications de la vie, il préparait ainsi, il résumait dans sa signification principale et dans son esprit le thème dont il appartenait ensuite au pinceau d'Hippolyte d'accentuer ou de développer les termes.

peut se finir, ensuite une chose qui ne dépend pas de moi, c'est qu'il faut que je reçoive mon passe-port pour Rome et l'argent de mon voyage. Tout cela s'expédie au ministère des affaires étrangères, mais on ne se presse guère. Cependant on me les a promis pour cette semaine, et aussitôt j'embrasse mon cher maître et je marche vers vous à grandes journées, car mon cœur vous désire bien. Il aurait voulu se réjouir avec vous, près de vous. Enfin il viendra bien, ce moment où je pourrai vous embrasser, ce moment où nous serons tous réunis !

Maintenant, une nouvelle ! Paul a concouru pour la première fois à la composition de paysage historique. C'était hier le jugement, et c'est lui, c'est Paul qui a remporté la médaille. Oh ! nous sommes bien contents. M. Ingres l'est aussi beaucoup, il regarde ça comme d'un heureux augure pour le concours du grand prix, l'année prochaine. Vive donc, vive l'école de M. Ingres !!!

La distribution des prix s'est faite, il y a quelques jours, à l'Institut. Jamais, à ce que l'on dit, on n'a vu des applaudissements pareils à ceux qui ont éclaté lorsque j'ai été embrasser le président et puis M. Ingres. Ce bon maître, comme il était ému, et avec quelle joie il m'a serré dans ses bras ! Oh ! que je l'aime, mon Dieu ! Bien plus que je ne pourrais le dire. Bientôt j'espère vous écrire que nous partons et quel jour nous arriverons. Je bous d'impatience. Adieu, je vous aime et vous embrasse tous trois de toutes les forces de mon âme.

Après six semaines passées auprès de son père et de sa mère, Hippolyte Flandrin partit pour Rome en compagnie de deux autres *grands prix*, MM. Léveil, architecte, et Am-

Louise Thomas, compositeur de musique, qui étaient venus le rejoindre à Lyon. C'est de cette époque que date, entre Flandrin et M. Thomas, une liaison dont les lettres publiées plus loin attesteront l'intimité constante, et qui, en associant dans la mémoire de chacun les noms des deux artistes, achève de les recommander à notre respect, et les honore également l'un et l'autre.

DEUXIÈME PARTIE.

LETTRES ÉCRITES D'ITALIE

PAR HIPPOLYTE FLANDRIN

PENSIONNAIRE DE L'ACADÉMIE DE FRANCE À ROME

DE DÉCEMBRE 1832 À JUILLET 1838.

———————

I

A MONSIEUR ET A MADAME FLANDRIN, A LYON.

Turin, le 21 décembre 1832.

MON CHER PAPA ET MA CHÈRE MAMAN,

Arrivé à Turin, je m'empresse de vous écrire afin de calmer les inquiétudes que vous pouviez avoir sur le passage du mont Cenis. Nous avons traversé toute la Savoie, la neige couvrait tout le pays. Nous sommes arrivés ensuite à Lanslebourg, au pied du mont Cenis, et hier nous l'avons gravi et traversé à pied. La neige et la glace n'y manquaient pas; mais je n'ai pas ressenti le moindre froid, à cause de la peine que nous avons eue, et, le soir, nous sommes heureusement arrivés à Suse. A moitié de la descente, du côté de l'Italie, le changement de température m'a frappé. Un instant après être sortis des neiges, nous avons trouvé une route magnifique..... Mais mon plan n'est pas de vous faire ici un récit de notre voyage; je n'en aurais pas le temps. Plus tard, je vous écrirai en détail, car nous avons pris des notes. Je vous dirai seulement que je n'ai pas eu froid (grâce à ma couverture), que la voiture ne m'a pas fatigué et que nous sommes nourris on ne peut mieux. Le voiturin est un brave homme, très-complaisant, et j'ai deux bons camarades de voyage; enfin tout cela va on ne peut mieux.

Je désirerais beaucoup avoir une lettre de vous bientôt. Vous m'y diriez bien comment vous vous portez, car c'est là ce qui m'intéresse le plus. Oh! que je vous aime, mon Dieu! Plus je m'éloigne, plus ça semble augmenter. Comme votre amour me suit partout, partout mon cœur est à vous, à vous tout entier. Puis vous me direz quand mes frères sont partis. A tous les moments, je me demande : Où sont-ils? Car toujours ma pensée est avec vous ou avec eux. Toujours j'y reviens, j'y reviendrai toujours...

Adieu, mon cher papa, ma chère maman. Puisque j'ai fait le pénible sacrifice de vous quitter, je veux travailler de manière à en tirer quelque fruit.

Mon bon père, ma lettre vous arrivera à peu près à l'époque du jour de l'an. Ainsi recevez les souhaits de votre fils. Ils sont vifs et sincères. Conservez-vous pour vos enfants, car vous êtes leur bonheur. Soyez, à cette époque, mon interprète auprès de ma tante Martin, de mon oncle et de toute la famille. Ils savent que nous les aimons bien. Je dis *nous*, car, de cœur, je suis toujours avec mes frères.

II

AUX MÊMES.

Rome, le 12 janvier 1833.

MON CHER PAPA ET MA CHÈRE MAMAN,

Je viens vous tranquilliser, vous raconter mon voyage et notre heureuse arrivée. Après vous avoir embrassés ainsi que mes frères, mes bons frères! je me sentis rouler, emporté loin de vous. Tant que j'ai pu, je me suis retourné vers Lyon, Lyon qui renfermait tous ceux que j'aime, et je poussais des soupirs bien profonds. L'un de mes deux camarades faisait tout ce qu'il pouvait pour me distraire, mais il ne s'y prenait pas bien. Sa gaieté me gênait : des pleurs m'auraient plus soulagé que des chants et des rires. Cependant leurs efforts réunis dissipèrent un peu ma tristesse, et, le premier soir, nous fûmes coucher à la Tour du Pin, où je trouvai M. Palley se rendant à Grenoble. Il me promit de vous voir et de vous donner de mes nouvelles, ce qui me fit grand plaisir.

Le lendemain, nous entrons en Savoie. Visite de nos malles à la douane savoyarde. Entrée dans les Alpes. Je jouis de l'admiration de mes deux camarades, qui n'avaient jamais rien vu de semblable, et j'y joins bien volontiers la mienne, car c'était superbe. Nous entrions dans une vallée très-resserrée : les rochers s'élevaient terribles au-dessus de nos têtes, la route que nous suivions était taillée dans leurs flancs, et au fond, dans le précipice, roulait le torrent dont nous entendions le bruit et voyions l'écume blanche. Nous avions beau temps, mais nous sentions la température se refroidir, et quelques heures après nous commencions à marcher sur la neige, (je dis marcher, car ça nous est arrivé bien souvent, et nous le faisions bien volontiers). Le lendemain nous avons traversé la grotte des Échelles et cheminé, pendant quelques heures, dans une vallée sauvage; mais, près de Chambéry, la vallée s'élargit. Tout devient plus riant, la ville même est jolie et vivante. Dans cette vallée, nous trouvons Montmélian, Aiguebelle, puis nous entrons dans la Maurienne. Là, le caractère du paysage change. Il devient plus sauvage; les montagnes, toutes d'une forme pyramidale, sont composées de rochers d'une couleur plus sombre, parsemées de sapins qui par le vert foncé de leur feuillage ajoutent encore à la tristesse du tableau. Jusqu'à Lanslebourg, le fond de la vallée s'élève, et on aperçoit le mont Cenis.

A trois heures du matin, nous commençâmes à le gravir. Notre attelage était composé de huit mulets ayant sept conducteurs. Nous montons lentement, à la lueur d'un falot. Tout est couvert de neige; on n'entend que les grelots de l'attelage et le vent qui souffle, qui pousse les nuages. Bientôt nous en sommes environnés, nous ne voyons que la place où nous sommes. Une neige fine tourbillonne et nous aveugle. Cependant, nous prêtons attention à un récit fait par un des hommes qui nous accompagnent : c'est l'histoire d'une chaise de poste qui a roulé dans le précipice douze jours auparavant. Tout a été perdu, hommes, chevaux, voiture. Il finit par dire : « Pour aujourd'hui, je ne crains pas la

neige, mais c'est le vent. » Puis notre conducteur, celui
que vous avez vu chez nous, nous demande très-sérieu-
sement si nous avons fait notre prière, et il recommande
à Dieu sa femme et ses enfants. Tout cela ne fait pas
peur, mais cela cause une certaine émotion. Nous trois,
jeunes gens, nous marchons en avant et arrivons les
premiers sur le sommet. Nous ne voyions que le chemin,
les nuages, des croix que l'on a placées de distance en
distance pour marquer les contours de la route et les
petites maisons de secours. Nous déjeunons sur ce sommet; on dételle les mulets, et nous reprenons les trois
chevaux. Là, les fatigues commencent; car, en traversant la plaine du mont Cenis, il fait du vent, la voiture
entre dans des ornières, et il faut la préserver de verser en
la retenant avec des cordes du côté opposé à celui où elle
penche. Oh! je l'assure que je n'ai jamais eu plus chaud
qu'à faire ce travail, et dans la neige jusqu'aux
genoux. Une partie de la descente du côté de l'Italie a
été pénible; mais bientôt nous avons quitté la neige, la
chaleur du soleil est venue, les montagnes se sont abais-
sées subitement, et nous sommes arrivés à Suse par un
temps magnifique, qui nous a accompagnés jusqu'à
Turin.

A Turin, nous séjournons un jour, et c'est de là que
je vous ai écrit. Les rues de cette ville sont larges,
droites, et pleines de mouvement. Les deux jours sui-
vants, nous les passons dans les plaines de la Lombardie.
Nous sommes visités, fouillés aux douanes autrichiennes,
et on lit jusqu'aux lettres de nos portefeuilles. Enfin
nous arrivons à Milan, ville superbe et qu'il faudrait
voir longtemps. Nous y passons le jour de Noël et le

lendemain. La cathédrale est sublime, toute de marbre blanc ; elle s'élève à plus de trois cent soixante pieds. Nous sommes montés deux fois jusqu'au haut par un escalier à jour. L'intérieur est rempli de peintures et de sculptures précieuses, enfin c'est une merveille. (Dans une lettre, il est impossible de vous dire tout ce que nous avons vu ; mais nous avons écrit chaque soir les notes de la journée, et je n'en perdrai rien.)

Après Milan, nous avons vu Plaisance, Parme, Modène. Partout des douanes, partout il faut montrer son passe-port, à la sortie, à l'entrée des villes ; c'est une vraie persécution. Plus d'une fois nous avons dit : Vive la France ! Nous avons vu Bologne et nous y avons séjourné un jour, puis nous nous sommes remis en route pour traverser l'Apennin. Nous sommes entrés dans les montagnes par un mauvais temps. Une neige fine tombait et a duré tout le jour et le lendemain matin ; mais, sur les neuf heures, le vent s'élève, emporte les brouillards et nous permet de voir les montagnes. La route devient toujours plus difficile ; il faut continuellement quatre bœufs de renfort à nos trois chevaux. Les sommets de l'Apennin ont quelque chose de sauvage, et des croix que l'on voit de distance en distance attristent encore, car elles sont là pour expier un crime ; elles disent que là un homme a été assassiné. Nous avons monté encore, les trois quarts de cette journée. Le vent était terrible. Il emportait la neige comme une poussière et en formait des tourbillons qui nous enveloppaient. Les nuages se déchiraient en crêtes de montagnes et étaient emportés avec une rapidité effrayante. Plus d'une fois nous avons craint que la voiture ne soit renversée.

mais heureusement nous avons passé sans accident les
endroits les plus élevés, ce qui n'est pas arrivé à tout le
monde, car nous avons aperçu une voiture renversée.
Enfin le temps est devenu superbe. Le lendemain nous
avons descendu la montagne et sommes arrivés à Florence. Il faut que je passe sur tout le reste du voyage :
il a été heureux, et il faut maintenant arriver à Rome.

Nous l'avons aperçue, non sans émotion, de cinq
lieues environ. Le dôme de Saint-Pierre dominait tout.
Quelques moments après, nous avons rencontré deux de
nos camarades qui venaient au-devant de nous. Tous
les autres s'étaient trompés et y étaient venus la veille.
J'ai trouvé à la porte du Peuple le frère de M. Bodinier (1) et plusieurs autres personnes de connaissance
qui nous ont accompagnés à l'Académie. Nous y avons
été parfaitement reçus par les pensionnaires, et nous
avons dîné, le soir, chez M. Horace Vernet. Comme
celui que je dois remplacer est malade, on m'a donné
provisoirement une chambre charmante. Je domine toute
la ville; et la première chose que j'ai vue en me réveillant le lendemain de mon lit, c'a été Saint-Pierre et le
Vatican. Oh! l'habitation, les jardins, sont encore bien

1. Hippolyte Flandrin a dit connu à l'atelier de M. Ingres M. Bodinier, peintre-amateur, et frère de M. Bodinier, peintre-artiste, tous deux
élèves de Pierre Guérin, établi à Rome depuis l'époque où ce maître
était venu y remplir les fonctions de directeur de l'Académie de
France. Ce frère de M. Bodinier, dont Flandrin parle ici, et celui
qui il devait, dans le cours des années suivantes, se lier d'une amitié
de plus en plus étroite, est dans le peintre honorablement connu, très
honorablement connu, de plusieurs tableaux représentant des scènes
italiennes, de l'Ave Maria dans la campagne de Rome, entre autres
toile qui obtint un légitime succès au Salon de 1836 et que possède
aujourd'hui le musée d'Angers.

supérieurs à ce que l'on m'en avait dit. Pourquoi n'êtes-vous pas là, dans ce beau pays!

Le lendemain, en déjeunant, j'ai trouvé la lettre de M. Ingres enveloppée dans la vôtre. Oh! qu'elles m'ont fait de plaisir! Je les ai bien baisées, et j'ai pleuré.....

III

A MESSIEURS FLANDRIN, A PARIS.

Rome, le 14 janvier 1833.

MES BONS, MES CHERS FRÈRES,

.... Vraiment, je suis infiniment mieux avec les anciens pensionnaires que je ne l'aurais cru. Ils nous ont reçus parfaitement, sans faire aucune charge, et nous sommes vraiment assez indépendants les uns des autres. Ainsi, autant qu'il m'est permis d'en juger par trois ou quatre jours, on peut vivre assez tranquille et faire ce que l'on veut. Les choses sublimes que j'ai vues au Vatican, les grandes fresques de Raphaël, la chapelle Sixtine! Mais non, je ne peux pas vous en parler, je ne les ai pas assez vues. Au moins je peux dire que je m'attendais à du bien beau, mais j'ai été encore bien étonné. Oh! la *Messe de Bolsène* (1), l'*École d'Athènes*, la *Dispute*, et toutes les autres, mon Dieu! Plus tard, je vous par-

(1) N'y a-t-il pas lieu de remarquer que, parmi les chefs-d'œuvre de Raphaël au Vatican, celui qu'Hippolyte Flandrin mentionne avant tout autre, est précisément le moins compliqué quant au sujet et à la mise en scène, le mieux pourvu peut-être de cette vraisemblance dans les types, de cette onction et de cette simplicité dans l'expression, dont les travaux

ferai de tout cela; mais il est une chose que j'attends avec impatience, c'est une lettre de vous. Je veux savoir comment s'est passée votre entrevue avec M. Ingres. Dans la lettre qu'il a eu la bonté de m'écrire, il parle de vous avec tant de bonté, il vous promet toute sa sollicitude. Oh! mon Dieu! que ne lui devons-nous pas à cet excellent homme! Je veux connaître, mon cher Auguste, toutes les impressions produites sur toi par les choses que tu as vues; je veux savoir ce que vous faites. Ainsi écrivez-moi tout cela, et fin. Plus il y en aura, plus je serai content. Tu pourras, Paul, offrir un peu de place à ceux de mes bons camarades qui voudront y mettre quelque chose. Je te charge d'embrasser pour moi M. Bodinier, Lacuria, que je remercie de sa lettre, et notre Chavard. Dis à nos bons camarades que j'entends leur cri d'adieu et que je me souviendrai toujours des témoignages d'amitié qu'ils m'ont donnés. Dis-le à Dubasty, à Lavoine, Lafont, Montjoie, Lehmann, Mercier, dis-le à tous, car je n'oublie personne. Puis donne-moi des nouvelles de l'atelier en masse. J'attends du renfort à la fin de l'année, et si je le recevais de toi et de Lavoine, je serais trop heureux. Adieu, mes bons, mes chers amis, je vous embrasse de tout mon cœur, de toute mon âme.

du peintre français devaient à leur tour porter l'empreinte? Il semble que si Flandrin avait pour la *Messe de Bolsène* cette admiration empressée, c'est que là surtout il voyait se réaliser sous des formes accomplies ses propres pressentiments, et qu'il se reconnaissait en quelque sorte dans cette image par excellence de l'inspiration sans effort et de la vérité sans faste.

IV

A MONSIEUR ET A MADAME FLANDRIN.

Rome, le 30 janvier 1833.

MON CHER PAPA ET MA CHÈRE MAMAN,

Voilà dix-huit jours que j'ai fait partir la lettre qui vous annonçait mon arrivée à Rome. Je sens bien que la vôtre ne peut pas encore être parvenue ici, mais je la désire tant que, lorsque je vois arriver le courrier, je ressens une vive émotion d'espérance et de joie. Cependant, rien encore! Oh! je vous avoue que c'est avec impatience que j'attends, car je vous aime plus que je ne peux le dire. Chaque jour je pense combien me coûte le bien-être dont je jouis ici; rien n'y manque, nous sommes mieux que je ne m'y attendais : mais mon père, ma mère, mes frères, où sont-ils? Bien loin, et je ne peux communiquer avec eux que par des lettres. Faible moyen! car depuis que je suis éloigné et isolé, tous les sentiments que je vous porte me semblent encore plus vifs. Je n'ai pour vous le dire que des paroles, et des paroles écrites, mais vos cœurs entendront le mien et doubleront la force de l'expression, j'en suis sur. Ainsi, je vous écrirai, comme dans une espèce de journal sans suite et sans ordre, les pensées qui me viendront, les actions que je ferai, car vos enfants n'ont rien de caché pour vous.

1er février. — Je viens de recevoir des nouvelles de mes frères par un petit billet qu'ils ont mis dans une lettre de M. Bodinier à son frère. J'ai appris avec grand plaisir quelle réception M. Ingres leur a faite et puis que tous deux travaillent avec ardeur, en compagnie de notre excellent ami M. Bodinier. Cela ne peut avoir que de bons résultats, je le pressens, et je m'en réjouis d'avance. M. Ingres me fait espérer le prix pour mon Paul, cette année, et moi je ne doute pas qu'il ne puisse le mériter; mais aura-t-il le même bonheur que moi? Je n'ose m'en flatter, car je serais trop heureux. J'espère bientôt recevoir une lettre de mes frères en réponse à celle dont M. Vernet partant pour Paris a bien voulu se charger. Je lui en ai aussi donné une pour M. Ingres. Elle répondait à celle qu'il a eu la bonté de m'écrire et où je reconnais bien son excellent cœur. Oh! je l'ai lue, relue, et je la relirai souvent encore, car elle me fait tant de bien! Il m'appelle « son ami ». Son ami! c'est trop de bonté, mais je sens ce que vaut et ce que demande ce titre. Je ferai tous mes efforts pour m'en rendre digne.

6 février. — Rome renferme tout ce qu'il faut pour rendre un artiste heureux : beau ciel, beau pays, belle nature d'hommes, monuments magnifiques, ornés des plus admirables peintures et sculptures. Tous les jours je prends connaissance de quelque chef-d'œuvre; mais je ne me presse pas, parce qu'on se lasse de tout lorsqu'o voit trop à la fois, et je ne veux pas me lasser du beau Cependant, malgré toutes ces choses, je suis triste, surtout les soirs : c'est que vous me manquez. Je suis seul, et ma pensée va toujours vers vous. J'ai une vue magnifique de ma fenêtre : eh bien, le soir, après le soleil couché, je plane sur cette grande ville, puis sur la campagne qui est par delà, et mon regard se perd dans l'immense horizon de la mer. Ma pensée va plus loin, plus loin, jusqu'à vous : elle vous voit tristes, seuls, loin de vos enfants. Cette

idée m'afflige et fait couler des larmes qui me soulagent un peu. Alors vient une autre idée bien consolante : c'est celle du retour. Elle me rend le courage et la force de travailler. Je vois, je sens le moment où je vous embrasserai. Ce sera plus que de la joie, ce sera de l'ivresse. Dieu nous fera cette grâce : c'est pour vous que je le prie avec le plus de ferveur.

11 février. — Je vais bientôt écrire à ma tante Martin. Je le dois, mais en attendant ayez la bonté de lui communiquer mes lettres. Sa bonté pour nous a été si grande qu'elle a le droit de connaître tout ce que nous faisons. Je voudrais même qu'elle puisse lire dans mon cœur comment il estime ses bienfaits et quel souvenir il en garde. Embrassez-la bien pour moi, ainsi que mon oncle, M. et madame Duhamel et le cousin Félix. Je fais mille souhaits pour leur santé et leur bonheur.

14 février. — Depuis quelque temps, je commence à travailler, mais pas encore bien activement. Plusieurs choses m'en empêchent. D'abord, j'ai encore beaucoup à voir ; puis la chambre et l'atelier que j'ai maintenant, quoique charmants, ne sont que provisoires, ce qui m'empêche de m'y bien établir et me tient un peu en suspens. Je n'aurai définitivement mon logis qu'au commencement d'avril. Cependant je ne perds pas mon temps. Je travaille d'après Raphaël, et surtout (1) je profite des bons livres d'une magnifique bibliothèque. Je vais de temps en temps passer la soirée chez le directeur. Il y a beaucoup de monde ; mais ce n'est pas alors

---

(1) Hippolyte Flandrin peignit à cette époque, d'après les fresques des *Stanze*, diverses études, dont quelques-unes appartiennent aujourd'hui à son élève, M. Louis Lamothe.

que je m'amuse. C'est lorsque la société est moins nombreuse. Alors le jeune musicien que vous avez vu chez nous et avec qui j'ai fait le voyage, fait de la musique délicieuse. Non-seulement il compose, mais il a eu le grand prix de piano au Conservatoire, et il exécute admirablement les plus beaux morceaux. Hier, M. Boïeldieu, un des premiers compositeurs français, passant à Rome, est venu au salon de M. Vernet. On lui a d'abord présenté Thomas, le jeune musicien dont je viens de vous parler; puis il a demandé à me voir, m'a touché la main et m'a témoigné beaucoup d'intérêt. Il a une tête superbe, et qui annonce le génie dont il a donné tant de preuves.

15 février. — Mon cher papa et ma chère maman, je reçois à l'instant votre lettre. Oh! mon Dieu! qu'elle me fait plaisir! Je l'embrasse, parce que je sens que votre main a touché ce papier et que, en même temps, il m'apporte de vos nouvelles. J'en avais bien besoin, papa, car voilà un mois et demi que je n'avais vu de ton écriture. Vous vous portez bien, et j'en rends grâces à Dieu. J'embrasse ma chère maman et la remercie des prières qu'elle fait pour moi; je dois leur attribuer mon heureux voyage. Si les miennes sont exaucées, vous serez heureux... Mon bon père, tu me demandes ce que je fais dans ce moment : je vais te le dire. Je viens de terminer quelques dessins d'après l'antique que le ministre avait fait demander à M. Vernet pour un ouvrage qui s'exécute à Paris. Le directeur s'est adressé à moi, et je m'en suis chargé. Maintenant, je fais quelques morceaux de copies au Vatican, d'après Raphaël. Ça, je le fais comme étude. Puis, comme je te le disais plus

13

haut, je lis beaucoup, j'apprends l'Italien ; je m'y mets de suite, parce que c'est une chose si utile que vraiment on ne peut guère s'en passer. Nous avons très-souvent affaire avec des Italiens ; puis, c'est un agrément de pouvoir connaître et lire les beaux ouvrages qui ont été écrits dans cette langue : enfin, je m'en occupe sérieusement. Aujourd'hui j'ai fait un portrait qui doit rester à l'Académie. C'est celui d'un pensionnaire sculpteur qui a fini son temps et qui retourne à Paris. C'est un homme plein de talent : il se nomme M. Jaley (1). Il aura la bonté de vous remettre une lettre de moi, dans un mois et demi à peu près. Je suis fort bien avec tous les autres pensionnaires et n'ai pas à me plaindre de la moindre contrariété de leur part. J'espère qu'ils n'auront pas lieu non plus de se plaindre de moi. Je suis bien ici, mais je ne veux pas m'endormir dans ce bien-être. Je sais ce que je dois à M. Ingres ; et puis sa lettre, que je relis souvent, me sera un continuel aiguillon. Puisse le résultat répondre à mes efforts !

(1) Aujourd'hui membre de l'Académie des beaux-arts. — Après la fin de sa pension, M. Jaley ne séjourna que peu de temps à Paris. Chargé par M. Thiers, alors ministre de l'Intérieur, de l'exécution des statues de *Mirabeau* et de *Bailly* pour la Chambre des députés, M. Jaley retourna à Rome, d'où il ne revint qu'après avoir terminé ces deux ouvrages, dignes d'être comptés parmi les meilleurs morceaux de sculpture historique qui aient été produits de notre temps.

Dans une autre lettre adressée peu après à ses frères, Flandrin parle encore de « M. Jaley, avec qui, dit-il, je regrette bien de n'avoir pas resté plus longtemps, tant en considérant son talent que son caractère. Je désire beaucoup que vous fassiez connaissance avec lui et que vous lui facilitiez les moyens de faire connaissance avec M. Ingres, dont il désire vivement recevoir des conseils. On doit tout faire pour aider ceux qui veulent aller au bien. D'ailleurs, celui-ci est dans la bonne voie. Il n'est pas de ceux qui, venus à Rome, ont regardé Raphaël et les anciens sans y rien voir. Je crois qu'il prouvera le contraire. »

V

A MESSIEURS FLANDRIN.

Rome, le 25 février 1833.

MES CHERS AMIS,

...... Je vois avec joie que vous travaillez beaucoup. J'ai toujours pensé qu'Auguste n'aurait pas à se repentir de la résolution qu'il vient de prendre. L'annonce de ses progrès, donnée par M. Boclinier et par toi, mon Paul, est tout ce qui pouvait me faire le plus de plaisir, parce que j'ai confiance en votre jugement et que je sais que vous l'aimez trop pour le flatter. O mon cher Auguste, persévère avec courage, et tous trois nous marcherons ensemble, nous nous aiderons! Pour moi, je sens grandement le besoin d'un aide, d'un soutien, d'un homme auprès de qui je puisse chercher du courage quand le mien est abattu, ce qui arrive trop souvent et ce que j'éprouve déjà ici, quoique les émotions soient bien neuves et ne semblent pas permettre que je prenne une telle maladie. Mais justement la vue de toutes ces belles choses m'a donné une grande envie de travailler, et plusieurs contrariétés m'empêchent de le faire comme je le voudrais. D'abord, pas de place au Vatican ; il est plein de gens qui font des copies, et, pour pouvoir peindre, il faut retenir un échafaudage trois mois d'avance... D'un autre côté, si je veux travailler à l'Académie, je n'ai pas encore mon atelier; le pensionnaire que je remplace n'ayant pas fini son dernier tableau. M. Vernet a eu la complaisance de me prêter le sien, mais il est rempli de ses affaires et de ses peintures, et, ma foi, c'est tellement autre chose que ce que je voudrais faire, que je ne peux pas rester là longtemps, encore moins y travailler. (Ne dites cela à personne, car il ne faut pas se mettre mal avec les gens que l'on doit fréquenter, et dont d'ailleurs on n'a nullement à se plaindre.) Cependant, j'espère être bientôt chez moi; je n'en aurai pas moins attendu trois mois, non sans rien faire, il est vrai, mais ça m'aura beaucoup gêné.

1er mars. — Je reçois votre lettre du 24. Comme je l'ai attendue et avec quel plaisir je la lis! J'apprends que vos santés sont bonnes, mais que vous êtes inquiets de la mienne. Rassurez-vous, mes bons amis. Je vais très-bien maintenant. Seulement, il y a quelque temps, en travaillant au Vatic... j'avais pris froid, et ça m'a fait revenir mes douleurs; mais je me suis fait faire un bon manteau de gros drap romain, et il m'est extrêmement utile contre le froid, qui produit les coliques, car depuis j'ai travaillé, et elles ne sont pas revenues. (Je prie cependant les coliques de ne pas prendre ça pour un défi.)

Mon cher Paul, ... j'ai appris avec bien de la peine l'indisposition de M. Ingres, d'abord parce qu'elle l'a fait souffrir, ensuite parce qu'elle a retardé son travail. Oh! mon Dieu! que je crains que ce tableau ne soit pas à l'Exposition (1)! C'est que s'il paraissait maintenant, il arriverait si à propos! Tout le monde a

(1) On sait que les craintes de Flandrin se réalisèrent, et que cette toile magistrale, *le Martyre de saint Symphorien*, ne fut exposée qu'au Salon de 1834.

les yeux sur notre maître, on attend, et vraiment je
crois que cette œuvre sublime serait goûtée. Oh! ce serait
là le grand coup, le coup qui doit décider la victoire!
Au moins, je le pense et je l'espère de tout mon cœur.
.... Tu as bien fait de rassurer M. Ingres sur la
crainte qu'il avait pour moi de *** et de ***, car nous ne
nous voyons que rarement, et ils travaillent beaucoup.
Dis bien à M. Ingres que lui, Raphaël et Phidias, voilà
les seuls hommes avec qui je cause peinture. Je n'ai pas
eu la moindre discussion à l'Académie, et j'espère bien
faire toujours de même. Pour convaincre, en pareil cas,
les paroles ne servent pas à grand'chose. L'exemple est
beaucoup plus efficace : tâchons de discuter par ce
moyen.

Mon cher Paul, tu me parles de musique : tu en as
entendu de la plus belle, tu as entendu la *Symphonie
pastorale* de Beethoven. Oh! je regrette bien de n'avoir
pu l'entendre avec toi! La manière dont tu me décris les
sensations qu'elle t'a causées me prouve que tu l'as bien
sentie. J'ai aussi le bonheur de connaître cette musique,
non exécutée, il est vrai, par l'admirable orchestre du
Conservatoire ; mais tu sais combien le piano est un bel
instrument : eh bien, mon bon ami Thomas, qui est
excessivement fort, nous joue presque tous les soirs de
la musique sublime. Beethoven, Mozart, les plus beaux
ouvrages des plus fameux maîtres, sont passés en revue ;
et souvent, au salon de M. Vernet, on fait de la musique. Je te promets qu'alors je n'y manque pas. Il y va
le monde de la plus haute société. A la soirée d'hier, il
y avait la grande-duchesse de Bade, une princesse de
Bavière, une autre de Suède, puis les ambassadeurs.

les ducs, les comtes, les comtesses, les barons et autres, parmi lesquels je vois de très-belles têtes et de fort beaux plis dans les robes. Entre les belles personnes, on remarque toujours mademoiselle Vernet. Pour moi, je suis dans mon coin, je regarde, j'écoute, et quelquefois je m'enhardis jusqu'à traverser le salon devant tout le monde!...

VI

AUX MÊMES.

Roma, il 27 marzo 1833.

.... La nouvelle de la sensation produite par les *portraits* de M. Ingres (1) (quoique je m'y attendisse bien), m'a rempli de joie. Elle n'a fait qu'augmenter lorsque j'ai su que plusieurs de ses élèves se distinguaient et qu'ils rendaient ainsi témoignage de la bonté de son enseignem   de la vérité de ses principes. Je vous prie de faire m   pliments à Duval (2) et de me dire s'il désire t   concourir et venir en Italie..... Auguste,

(1) M. Ingres avait exposé au Salon de 1833 trois de ses plus admirables portraits, — le portrait de *madame Devauçay*, peint à Rome en 1807, celui de *madame Leblanc*, peint à Florence en 1822, et le portrait de *M. Bertin aîné*, qu'il venait tout récemment d'achever.

(2) M. Amaury-Duval, un des condisciples de Flandrin dans l'atelier de M. Ingres, avait exposé au Salon de 1833 six *portraits*, le sien entre autres, qui annonçaient déjà ce talent élégant et fin dont les portraits de M. Amaury-Duval père, de mademoiselle Guyet-Desfontaines, de madame Lenoard, de madame Ménessier-Nodier, de M. Borre, etc., allaient bientôt achever de fournir les preuves.

tu m'affirmes que le tableau de M. Ingres sera au Salon.
En es-tu bien sûr? Oh! mon envie est si grande que je
craindrai jusqu'à ce qu'on m'ait dit : « Il y est. » Alors,
quel triomphe! Je vois, j'entends déjà de quelle manière
l'admiration publique s'exprimera, et mon cœur est rempli
de joie, car ce triomphe sera celui de la vérité....

Dites à M. Ingres que je fais souvent sa promenade
de l'Académie au Colisée par Sainte-Marie-Majeure,
toujours un petit carnet dans ma poche. J'entre dans les
églises, j'y fais des croquis. Si vous saviez quelle impression ça fait d'entrer dans Sainte-Marie-Majeure!
D'abord on est surpris de l'obscurité mystérieuse qui
enveloppe le chœur et les petites nefs, du silence qui y
règne : deux ou trois personnes sont agenouillées dans
quelque coin. Il y a peu de jours, j'y allai et je fus
étonné de cet aspect religieux. Je restais sans bouger au
fond de l'église. Tout à coup d'une chapelle éloignée
s'éleva un chant sublime et dans une harmonie parfaite
avec tout ce que je voyais. Mon œil s'était accoutumé à
l'obscurité, et alors je distinguais les figures en mosaïques
grecques qui décorent le fond du chœur et dont le caractère, vraiment grand, est terrible. Oh! ces vieilles basi-
liques font une autre impression que Saint-Pierre, qui
est merveilleux de grandeur et de richesse; mais pour le
mesurer juste, il faut se servir de ses pieds plus que de
ses yeux, car, comme nous l'avions déjà entendu dire, il
paraît bien moins vaste qu'il ne l'est réellement......

Dites de ma part à Chavard que sa lettre m'a fait
grand plaisir, que je l'y ai retrouvé tout entier, qu'il est
un de ceux à qui je donne le nom d'ami du fond de mon
cœur. Serrez sa main pour moi et embrassez ses joues.

ses grosses joues; mais le croiriez-vous? n'a-t-il pas mis à la fin de sa lettre : «J'abuse de votre patience!» Je ne veux plus revoir cette phrase, je ne la lui pardonnerais pas; mais je serai bien content s'il veut saisir les occasions de m'écrire quelques mots..... Dites à mon cher Lacuria que ses lettres me sont bien précieuses, que je les lis et que je les relis. En faisant cela, je me rappelle tous les moments que nous avons passés ensemble. Nous nous promenions bien souvent tous trois, nous ne disions rien ou peu de chose, mais je sentais à mes côtés deux amis, nous nous comprenions! ici quelle différence! Hier j'ai été me promener, j'ai fait cinq lieues tout seul, j'ai vu des choses admirables, mais tout seul! et je serais si heureux de partager tout ça avec vous!...

VII

AUX MÊMES.

Rome, le 20 avril 1833.

..... Allons, il faut en prendre son parti : tu me dis que le tableau ne sera pas au Salon, mais c'est bien fâcheux. J'ai lu plusieurs articles sur les portraits de M. Ingres. Je les ai cherchés partout, quoique à l'Académie on reçoive tous les journaux, mais on a eu soin de cacher ceux qui parlaient de M. Ingres d'une manière avantageuse : pour ceux qui en disent du mal, on ne les cache pas. Ils se présentent au contraire sur toutes les tables. L'autre jour, il y avait grande réception au salon. J'y allai. On me dit : «Il y a dans ce journal un article sur M. Ingres, lisez. » Je prends, et je vois que dans trois immenses colonnes on fait le parallèle de M. Ingres et de M. Vernet. Celui-ci avait une supériorité immense, car on opposait au *Vœu de Louis XIII* et au *Plafond* « les chevaux sortis du pinceau de M. Vernet, assez nombreux pour peupler un haras de roi, les piqueurs en habit rouge, le cor qui retentit dans la forêt, les chiens pendus en grappes aux flancs des bêtes sauvages », et autres choses de ce genre. Beaucoup de personnes s'indignaient, mais quand la charge est grossière à ce point, il en faut rire.

Maintenant je suis définitivement logé. J'ai ma chambre et mon atelier, un joli atelier de vingt pieds carrés et communiquant à ma chambre. Il est orné de plusieurs beaux bas-reliefs, de quelques autres plâtres, de tout ce que j'ai de gravures et de croquis, de trois ou quatre têtes que j'ai faites d'après Raphaël (1). J'ai quitté la belle vue que j'avais sur la ville pour une autre plus tranquille : ma chambre donne sur les jardins. Entre les têtes des groupes de lauriers et au-dessus, j'aperçois les beaux pins de la villa Borghèse, des échappées de la plaine, et, dominant tout cela, les belles montagnes de la Sabine couvertes de neige. C'est d'une tranquillité, d'une fraîcheur extraordinaires. Ce soir, au moment où je vous écris, le ciel est brillant d'étoiles. Je n'entends

---

(1) En outre, Flandrin avait inscrit sur une des parois de son atelier ces paroles des *Lamentations* : « Seigneur, vous m'avez inondé de joie par le spectacle de vos ouvrages, et je serai heureux en chantant les œuvres de vos mains. » Voyez à ce sujet une notice pieuse et émue consacrée à Hippolyte Flandrin sous ce titre : *Hippolyte Flandrin, esquisse*, par J. B. Poncet, son élève. — Paris, 1864.

que le bruit du jet d'eau qui retombe dans son bassin, le cri monotone et triste de l'oiseau du Luxembourg, et, de temps en temps, une cloche éloignée qui sonne les heures. Aucun bruit ne rappelle la ville. Tout est calme, silencieux et beau; on peut penser, rêver à son aise. Oh! ce calme a un grand charme pour moi, car lorsque je le ressens, je vais vers vous plus facilement. Je vous vois, je vous parle : mais il faut revenir au réel, et de longtemps encore nous ne nous reverrons pas. Enfin, courage! Il s'agit d'employer le temps utilement, et c'est de quoi je m'occupe. Je prends modèle pour faire des études partielles et combattre les défauts que je me connais....

J'apprends par une lettre de M. Bodinier à M. Boulet, que le duc d'Orléans a demandé un tableau à M. Ingres. J'en suis enchanté, parce qu'au moins celui-là sera vu, et pour la peinture de M. Ingres je ne demande pas d'autre faveur (1)....

VIII

A MONSIEUR LACURIA.

Rome, le 23 avril 1833.

Mon cher Lacuria, que de temps écoulé déjà (au moins à ce qu'il me semble) depuis cette dernière pro-

---

(1) Le tableau dont il s'agit ici est le célèbre tableau *Antiochus et Stratonice*, acquis par M. Demidoff, en 1853, à la vente de la galerie du duc d'Orléans, et appartenant aujourd'hui à M. le duc d'Aumale.

menade à la Passe, où, le cœur oppressé par l'idée de
vous quitter pour plusieurs années, je ne pouvais rien
dire, rien penser! A peine vous dis-je adieu, à vous que
j'aime. Je vous regardai partir d'un air stupide ; mais
que de fois depuis ne vous ai-je pas appelé pour jouir
avec moi, car à Paris nous étions émus des mêmes
choses! C'est pourquoi dans les Alpes, à Milan dans la
cathédrale, à Florence devant les Masaccio, les Giotto,
les Jean de Fiesole, à Rome devant les Raphaël et les
Michel-Ange, dans la ville, à la campagne, partout où
j'ai vu de belles choses, j'ai pensé à mes frères, et toujours vous étiez avec eux. Je suppose que mes frères
vous ont montré toutes mes lettres, et que par conséquent vous savez comment je suis ici, ce que j'y fais,
quelles sont les impressions que j'ai reçues. J'aurais tant
à vous dire que je ne sais par où commencer, et je ne
vous dirais peut-être rien, si je ne prenais franchement
un parti : je vous raconterai donc ce que j'ai vu le jour
de Pâques.

Le matin d'assez bonne heure, je me dirigeai vers
Saint-Pierre. La grande place était déjà couverte de
paysans des environs de Rome avec leurs femmes, leurs
enfants, et il y avait parmi eux beaucoup de pèlerins,
dont plusieurs venus de très-loin. La plupart étaient
assis par terre, attendant la bénédiction qui devait se
donner à midi. On voyait là des choses admirables.
Bientôt l'église se remplit aussi. La foule dans les églises
n'est point tranquille comme en France : là il n'y a
point de chaises, et constamment elle s'agite, elle ondoie
comme une mer. J'eus le bonheur de me bien placer et
j'assistai à la grand'messe, célébrée par le pape ; le céré-

monial est magnifique. Après la messe, le pape a traversé
solennellement toute l'église, porté sur un trône par
seize hommes, et précédé par tous les évêques présents
à Rome ; je n'ai jamais vu d'aussi belles têtes que celles
de quelques évêques grecs ou arméniens. Puis venaient
tous les cardinaux et enfin le pape. Il a été porté jusqu'à
une tribune qui est au milieu de la façade de Saint-
Pierre et qui domine la place d'au moins cent cinquante
pieds. Tout se réunit pour faire de ce spectacle une chose
sublime. Le soleil qui avait été caché toute la matinée
brillait en ce moment ; le pape parut à la tribune, assis
sur son trône et toujours élevé sur les épaules de ces
hommes. Alors un silence parfait s'établit dans l'immense foule ; le pape se lève, étend ses bras et donne sa
bénédiction en s'écriant : « A la ville et à l'univers ! »
Au même instant le canon gronde, se mêle au bruit des
cloches, des musiques, des tambours. Je n'ai jamais rien
vu d'aussi majestueux, d'aussi solennel ; oh ! je m'en
souviendrai longtemps.

4 mai. — Souvent je vais dans les églises. Peut-être y
vais-je trop en observateur, mais je ne puis m'empêcher
de penser à la France et de comparer ce qui s'y passe
avec ce que j'ai sous les yeux. A Rome les églises sont
très-nombreuses, et c'est une des causes sans doute qui
font qu'on y rencontre si peu de monde à la fois. Je me
rappelle l'affluence que l'on voit dans celles de Lyon et
même de Paris : combien cela me paraît beau, respectueux, tranquille ! Ici on va, on vient, on parle haut, on
félicite ses amis, ses connaissances, et, surtout si c'est
une fête solennelle, on ne se croit plus dans une église.
Nous nous plaignons de l'extérieur du clergé parisien :

l'extérieur de celui-ci est bien autre chose; mais les
moines sont admirables. Ils sont gras, paisibles, et
beaucoup d'entre eux ont l'air vraiment religieux. Je
suis porté pour eux parce qu'ils ont un air franc et ouvert qu'on ne trouve pas chez les bourgeois, et, comme
beauté physique, ils sont bien supérieurs à ceux-ci, surtout dans les ordres mendiants. Cela vient, je crois, de ce
que ces moines sont des paysans ou des hommes du
peuple, et le peuple a conservé un caractère de physionomie extraordinaire. Les gens de la classe moyenne,
au contraire, et les riches, sont tout ce que l'on peut voir
de plus ordinaire, de plus commun.

25 mai. — .... Il y a quelques jours nous revenions,
Vibert et moi, de chez Overbeck, qui avait bien voulu
nous montrer ses ouvrages. Ils nous avaient charmés
par l'esprit religieux qui y règne; nous avions remarqué surtout une immense composition représentant
la renaissance des arts et des sciences sous l'influence
de la religion. Je trouve cela beau et bien pensé; mais
pour le rendre, Overbeck emploie des moyens qui ne
sont pas à lui. Il se sert tout à fait de l'enveloppe des
vieux maîtres; il observe la nature, mais de son aveu il
ne l'a presque jamais devant les yeux lorsqu'il travaille.
D'ailleurs il ne tient pas à faire de la peinture, il ne tient
qu'à rendre ses idées, à les écrire. Je crois qu'il a tort :
car s'il veut se servir de la peinture pour écrire ses
idées, plus le moyen sera vrai et correct, mieux elles
seront rendues. Cependant nous sortîmes de chez lui
avec une impression agréable; nous parlions de ce sentiment religieux qu'Overbeck a su mettre dans ses œuvres
et qui porte toujours avec soi une joie calme....

IX

A MESSIEURS FLANDRIN.

Rome, le 22 mai 1833.

Mes chers amis, je viens de faire une petite tournée de deux jours aux environs de Rome. Pourquoi n'y étiez-vous pas! J'étais avec mon ami Vibert, le graveur (1), Stürler, élève de M. Ingres, Thomas et trois autres. Jamais de ma vie je n'ai vu quelque chose qui approche de cette beauté-là. Nous avons d'abord traversé une partie de la plaine de Rome qui m'était inconnue. Elle est coupée par des lignes d'aqueducs qui s'étendent au loin. Des buffles et des bœufs paissaient dans les marécages. Arrivés à Albano, nous avons quitté la voiture et continué notre chemin à pied par les chemins les plus délicieux, sous les arbres les plus forts et les plus beaux que j'aie jamais vus. Entre leurs branches nous apercevions la mer qui reflétait le soleil. Jusqu'à la Riccia, qui est beaucoup plus haut qu'Albano, ça n'a été qu'un cri d'admiration. Quant à moi, n'y pouvant plus suffire, je me suis tu et j'ai regardé en silence cette belle mer sur laquelle nous planions de très-haut, les îles, que nous voyions à plus de vingt lieues de là, puis la plaine, et Rome au milieu, ne semblant qu'une poussière. Un moment après, nous avons été voir le lac d'Albano, qui a pour lit l'immense cratère d'un volcan, au bord duquel

(1) Mort en 1860 à Lyon, où il était professeur de gravure à l'école des beaux-arts.

est situé Castel-Gandolfo. Le lendemain, nous sommes
partis de bon matin, montés sur des ânes. Le mien était
plus grand que nature et ressemblait juste à ceux que
Raphaël a peints dans les Loges. Nous avons monté lentement, et à travers des bois superbes, jusqu'au sommet
du Monte Cavi. De là, nous avons eu le plus merveilleux
panorama que l'on puisse voir. Après en avoir longtemps
joui, nous sommes redescendus, avons traversé le village
de Rocca di Papa, puis nous sommes allés à Grotta Fer-
rata, où nous avons admiré les belles fresques du Dominiquin. De là à Frascati, et enfin, le soir, je suis revenu
à Rome, plein d'un grand désir de travail, car la population de tous les endroits que je viens de vous nommer
m'a frappé autant que le paysage. Les femmes y sont
d'une beauté ravissante. Rien de plus grand, de plus
large. Eh! mon Dieu, les voilà ces modèles de Raphaël!
C'est dans cette belle nature qu'il les a pris, dans cette
nature supérieure et maîtresse qui, cependant, accorde
beaucoup à ceux qui la suivent et lui demandent humblement (1).

..... J'ai lu dans les journaux que M. Ingres a été
nommé officier de la Légion d'honneur et qu'on lui a
commandé un autre tableau (2). J'en suis bien heureux,

---

(1) En proclamant aussi la nature « supérieure et maîtresse », M. Ingres
toutefois disait à ses élèves « qu'elle accorde tout à ceux qui lui demandent en face, et qu'elle n'est avare que pour les peintres honteux. »
La différence des termes employés à ce sujet par le maître et par l'élève
ne révèle-t-elle pas bien, ne résume-t-elle pas la diversité même des
inclinations propres aux deux artistes? Ce que le fier génie de M. Ingres
entend obtenir de haute lutte, Flandrin, avec sa douceur et sa modestie
accoutumées, se contente de le solliciter « humblement ».

(2) Lorsque le ministre de l'intérieur proposa au roi d'élever M. Ingres
au grade d'officier dans l'ordre de la Légion d'honneur, le roi manifesta

C'est une preuve, je crois, que le goût fait des progrès. De nouveaux ouvrages de M. Ingres le feront marcher encore. Lorsque le *Saint Symphorien* paraîtra, que va-t-on dire? Personne ne peut s'attendre à ça, c'est impossible. En France, on n'a jamais rien fait de ce style, de cette force de caractère. Oh! dites bien à notre cher maître quel plaisir m'a procuré cette marque d'estime qu'on lui a donnée. Enfin, il a vaincu et on veut bien le reconnaître!....

X

À MONSIEUR PAUL FLANDRIN.

Rome, le 17 juillet 1833.

Mon cher Paul, depuis quelque temps je suis bien triste. Deroches, notre bon camarade, s'est noyé dans le Tibre, à nos yeux, sans qu'on pût le secourir (1). Nous avions été, une vingtaine ensemble, pour nous

l'intention d'accorder la même récompense à Paul Delaroche. Celui-ci, informé du fait, s'efforça de détourner les effets d'une bienveillance qui lui semblait, en ce qui le concernait lui-même, insuffisamment justifiée. Il intercéda vivement auprès du ministre pour que le nom de M. Ingres figurât seul sur la feuille de présentation, et c'est ce qui eut lieu en effet.

(1) Le jeune Deroches, dont la mort a laissé à Rome des souvenirs qui durent encore, n'était pas un des pensionnaires de l'Académie. Il était venu en Italie quelques mois auparavant pour y achever ses études de peintre. Rejoint par sa mère depuis deux jours seulement, il comptait reprendre le lendemain avec elle le chemin de la France, et il avait interrompu ses préparatifs de départ pour se rendre à cette fatale partie de plaisir qui devait lui coûter la vie.

baigner. Sur ce nombre, il n'y en avait que dix qui savaient nager : Deroches en était. Tous ceux-là remontèrent un mille plus haut que là où nous étions, nous qui ne savions pas nager. Ils voulaient faire une descente. Il n'y eut que Deroches qui resta, et, malgré toutes les représentations qu'on lui fit, il voulut traverser le Tibre, mais, en revenant à nous, il perdit ses forces au plus fort du courant. J'ai vu ses deux mains suppliantes, j'ai entendu son dernier cri d'angoisse. O mon Dieu! quelle horreur! Jamais ça ne disparaîtra de devant mes yeux. Il n'a pas reparu ; on n'a pas pu faire la moindre tentative. Figure-toi notre désespoir.

Un moment après arrivèrent les autres. Oh! s'ils avaient été là, il serait sauvé! Puis, il fallut annoncer cela à sa pauvre mère. Le lendemain, nous revînmes au même endroit pour, au moins, retrouver le corps et lui rendre les derniers devoirs. On a plongé inutilement. Trois jours après, j'ai été avec deux autres pour reconnaître le corps au bord de l'eau. C'était bien lui, mais horriblement défiguré. Nous l'avons fait enterrer dans une église près de l'Académie. Sa pauvre mère était déjà partie.

Tu ne peux te figurer l'état où m'ont mis, pendant quelque temps, toutes ces émotions accumulées. Ça me semblait un rêve affreux, mais un rêve. Ce pauvre jeune homme plein de projets, c'est donc bien vrai qu'il a fini! Puis est venue la mort de M. Guérin (1). Après avoir

---

(1) Guérin avait précédé Horace Vernet dans les fonctions de directeur de l'Académie. Après être revenu en France et y avoir séjourné jusque vers la fin de 1831, il était retourné à Rome, où il mourut, comme le dit Flandrin, le 16 juillet 1833.

15

langui pendant deux mois et demi. Il s'est éteint hier.
Madame Horace ne l'a pas quitté tout le temps de sa maladie. M. Bodinier a fait pour lui tout ce qu'un fils peut
faire pour son père. C'est un vrai ..i, celui-là! Aujour-
d'hui l'enterrement, demain un service. Tu vois que
tous ces événements forment une chaîne bien triste.....

XI

A MESSIEURS FLANDRIN.

Rome, le 18 août 1833.

Mon cher Auguste, mon cher Paul, je vous écris à
tort et à travers; mais, puisque je ne vous vois pas, j'ai
besoin de vous parler. Je viens de recevoir par l'ami de
Lehmann vos lettres du mois d'avril. Quoique si tar-
dives, elles me font un grand plaisir. Il y en a de Paul,
d'Auguste, de Dubasty, de M. Bodinier. Toutes me
disent des choses intéressantes; mais ce qui me plaît le
plus, c'est l'unanimité avec laquelle on parle des progrès d'Auguste; car, alors, il me vient cette pensée:
pourquoi ne s'arrangerait-il pas aussi pour me rejoindre?
Et mon cœur bondit de joie. Que je serais heureux si
M. Ingres le jugeait bon et utile! (Je le dirai toujours, il
ne faut faire ce pas important que de son aveu et lorsqu'il vous y encourage). Maintenant, je vais attendre,
attendre vos lettres avec une impatience que vous devez
comprendre.....

Mon Dieu! vous lisez donc toutes mes lettres à

M. Ingres, et il est si bon qu'il y trouve du plaisir. Mais
que ne peut-il lire dans le cœur des trois frères! Il y verrait les sentiments que nous lui portons exprimés d'une
manière bien autrement chaude, n'est-ce pas? Embrassez-le bien pour moi. Aussitôt que j'aurai décidé ce
que je choisis pour ma figure, je lui envoie les premières lignes dans une lettre; car on ne trouve guère
d'occasions, et elles sont quelquefois bien longtemps en
route.

28 août. — Mon cher Paul, je reçois ta lettre du
2 août. Je comptais y voir précisée l'époque de ton
voyage, mais non; tu en parles comme d'une chose
bien éloignée encore. Cependant nous sommes à la fin
du mois d'août, et je ne te conseille pas d'attendre la
mauvaise saison, puisque tu peux avoir la bonne; et il
faut que tu restes quelque temps à Lyon auprès du papa
et de la maman. Ainsi, il me semble que tu n'as pas de
temps à perdre. Tu me dis qu'Auguste est toujours à la
campagne, chez la princesse Borghèse, et que tu ne
peux pas me dire par lettres tout ce que tu voudrais au
sujet du voyage : mais, si j'étais toi, j'irais le voir. Moi,
je suis loin, je te donne des conseils, et je ne vois pas les
obstacles qui peuvent empêcher de les suivre. En tout
cas, je t'engage à ne pas tarder. Je me promets tant de
bonheur, à ton arrivée, à te montrer tout ce que je connais et tout ce que je ne veux voir qu'avec toi! Oh! je
t'en ai bien gardé! Bien des choses seront neuves pour
nous deux....

XII

A MONSIEUR PAUL FLANDRIN.

Rome, le 4 septembre 1833.

Mon cher Paul, je t'envoie le croquis de la figure que je désire faire pour mon envoi, afin que tu aies la complaisance de le montrer à M. Ingres. Ces lignes sont faites sur nature, et, après plusieurs essais, ce sont celles qui m'ont plu davantage. Maintenant, je viens demander conseil à notre cher maître. Je lui ai déjà parlé une fois de ce sujet, et, d'après la réponse que tu me fis de sa part, il en paraissait content. Il est tiré de l'*Iliade* et le voici de nouveau. Au moment où l'armée grecque s'ébranle pour recommencer l'attaque contre la ville, Polytès, le plus jeune des fils de Priam, se fiant sur son agilité, osa, seul entre les Troyens, rester hors des murs. « Assis sur le haut de la tombe du vieil OEsielès, il observait les Grecs. »

Je demande conseil encore pour autre chose. Je désirerais faire ma copie l'année prochaine; et, après avoir vu beaucoup de choses admirables, je me suis arrêté à la sublime *Galatée* de Raphaël. C'est une grande entreprise, mais, cependant, ça me plairait bien. C'est si large, si vigoureux, si blond pourtant (1)!....

Si M. Ingres approuve, tu vois quel serait le motif de

(1) Hippolyte Flandrin renonça toutefois à ce projet de reproduire la célèbre fresque de la Farnésine. Sa *copie d'envoi*, conservée, nous l'avons dit plus haut, à l'École des beaux-arts, représente un fragment de l'*École d'Athènes*.

ma figure. Ici, on ne parle plus que de faire de grands tableaux ; mais j'ai moins d'ambition, et, quoi qu'on en rie, je serais bien heureux s'il m'était possible de peindre une bonne figure. Je crois être venu à Rome moins pour faire des tableaux que pour me mettre en état d'en faire.

XIII

A MESSIEURS FLANDRIN.

(Avec deux petites feuilles de plantes que j'ai prises sur le haut des murs du Colisée.)

Rome, le 4 octobre 1833.

Mes frères, mes amis, mon cœur est plein de joie à la réception de vos lettres, surtout de celles où je vous retrouve tous deux, où je reconnais vos deux écritures. Celle-ci, qui m'annonce votre départ de Paris, me fait tressaillir, car je vous sens plus près de moi. Oh ! voyez-vous, il faut être seul et loin des siens pour savoir comme on les aime !....

Cette lettre va vous trouver à Lyon ; ainsi je peux vous charger de bien des commissions. D'abord, passez toute la famille en revue, n'oubliez personne, et embrassez-les tous pour moi, sans distinction d'âge ni de sexe. ...... Maintenant vous êtes bien heureux, vous voyez notre bon père, notre chère maman, vous les avez bien embrassés, et je vous envie ! Mais embrassez-les encore pour moi, parlez-leur de moi, j'aurai plaisir à vous entendre, c'est-à-dire à me figurer vos conversations.....

Dis-moi donc, Auguste, comment tu as quitté le

prince ou la princesse Borghèse, si c'est définitivement ou si tu retourneras chez eux. Fais-moi part de tes projets, car je suis dans une incertitude bien pénible pour moi, qui serai aussi heureux de tes progrès que des miens. Voici les suppositions que je fais : je pense que tu reviendras passer encore un an chez M. Ingres (1) et que, à la fin de l'année prochaine, un beau jour, Paul et moi nous sortons par la porte du Peuple, nous allons à Ponte-Molle, nous cheminons sur la belle route qui domine la campagne de Rome. Je me figure que nous voyons de loin un voiturin, que nous y courons, que nous y trouvons notre Auguste, et que là nous l'embrassons comme un bon frère bien désiré et bien aimé. Dans ta prochaine lettre, dis-moi si c'est là ton plan.....

P. S. J'ai assisté hier aux noces du brave Cormi avec une demoiselle française.

XIV

A MONSIEUR PAUL FLANDRIN.

Rome, le 20 octobre 1833.

Mon cher Paul, je t'écris cette lettre à l'adresse des cousines, parce que j'ai bien des choses à te dire qui ne

---

(1) À l'époque où M. Paul Flandrin quitta Lyon pour aller à Rome rejoindre son frère Hippolyte, Auguste Flandrin revint en effet à Paris, et continua pendant près d'une année encore ses études dans l'atelier de M. Ingres. Après quoi il retourna à Lyon, et, sauf un voyage de trois mois en Italie, au printemps de 1838, sauf quelques rares visites à ses frères dans le cours des années suivantes, il ne quitta plus sa ville natale, où il mourut le 30 août 1842.

peuvent pas aller dans une lettre à toute notre famille.
Je ne parle pas du plaisir que j'aurai à te revoir, Mesure-
le à celui que tu éprouveras, car je crois que tu m'aimes
autant que je t'aime. Je viens te demander comment tu
as fait ; si, à Paris, tu as pris l'argent que nous avions.
...... Dis-moi cela avec toutes les autres petites ressources que tu peux avoir. Ah! si j'avais mes trois mille
francs de pension et que je pusse en disposer! nous serions bien tous les deux, au lieu que je suis moi-même
fort peu à l'aise. J'ai voulu, depuis dix mois, mettre
cent francs de côté pour la maman, et je n'ai pas pu [1].
Cependant tu sais si je suis dissipateur. Depuis toi, je
n'ai pas changé ; mais je vais t'expliquer comment, avec
trois mille francs par an, on peut n'avoir pas un sou de
trop. Figure-toi que l'on nous prend pour la nourriture,
le logis et un médecin en cas de maladie, 2,100 francs.
Il nous reste donc 900 francs, avec lesquels nous devons
payer le domestique, le tailleur, le cordonnier, la blan-
chisseuse, le bois (et pour le modèle il me faut déjà du
feu), la lumière, nos modèles pour toute l'année, nos
toiles et autres fournitures. Tu vois que, d'un côté, il y
a surabondance, et de l'autre, véritable gêne. On est
très-bien à l'Académie ; il ne vous manque rien, mais

_____

1. Est-il besoin d'ajouter que l'andré ne se décourage pas dans
ses efforts pour distraire de son médiocre revenu quelque petite somme
qu'il pût envoyer à sa mère? Cette année même, et malgré la gêne où il
vivait, il réussit à économiser pour elle et à lui faire tenir cinquante
francs. Six mois auparavant, le 27 mars 1835, il écrivait à son frère
Paul : « Je désirerais que tu me disses dans ta première lettre si tu as envoyé à la maman ce que je t'avais dit, puisque tu es porté maintenant
l'argent que j'ai chez M. Ingres. Je te prie de cela seulement pour savoir
ce que nous avons ; car souviens-toi que quand tu en auras besoin, cet
argent est à toi, à vous, aussi bien qu'à moi. »

cependant vous n'avez pas de quoi prendre autant de
modèles que vous voulez. Tous ceux qui font des choses
un peu considérables pour leurs envois dépensent de
cinq à six cents francs de plus que leur pension, et ce
n'est pas moi qui pourrai le faire. Mais pour en revenir
à tes affaires, nous aurons ici pour toi quelques ressources......

Tu pourrais faire ces choses-là, de loin en loin, sans
trop te déranger de tes autres études. Oh! quand tu
verras ces paysages! Que je me suis réjoui souvent en
pensant aux tableaux que tu pourras en faire! Tu trouveras à chaque pas le Poussin et son admirable simplicité. Il n'y a pas ici un paysagiste qui ait des yeux,
mais toi tu verras la campagne de Rome, tu la rendras
telle qu'elle est. Tu me donneras des conseils, je t'en
donnerai, et nous recommencerons ensemble cette vie
d'étude que j'aime tant......

XV

A M. AUGUSTE FLANDRIN.

Rome, le 24 décembre 1833.

Mon cher Auguste, te voilà seul maintenant. Tu m'as
cédé notre Paul, mais courage! Encore quelque temps
et tu viendras retrouver tes deux amis. Cette espérance
m'est bien chère; je voudrais qu'elle te soutienne. Je
t'écrirai souvent, et tu verras combien j'ai dû désirer vos
lettres, moi qui ai été seul aussi.

Depuis longtemps, je voulais répondre à ta dernière

lettre; mais depuis que j'attends Paul, je ne suis plus
capable de rien. Ma figure d'envoi reste là, et, pour ne
pas m'en fatiguer la vue, je l'ai retournée contre le mur.
Oh! que je serai content, quand Paul sera ici, de recevoir enfin un conseil sincère! Mon Dieu, que c'est chose
rare, et que, parmi les pensionnaires, je regrette mon
bon Vibert! Celui-là était franc! En commençant cette
figure, j'étais résolu à ne la faire voir à personne; mais
si tu savais comme c'est difficile! J'ai d'abord été obligé,
par déférence, de la faire voir à M. Horace Vernet. Il l'a
regardée longtemps et m'a dit : « Je vous avoue franchement que je ne m'attendais pas à cela. C'est d'un caractère très-original et même d'un beau ton. » Mais il est
impossible de se fier à cela. J'ai été, bon gré, mal gré,
obligé de la faire voir à d'autres qui m'en ont fait beaucoup d'éloges : mais comptez là-dessus! C'est de vous,
mes amis, que j'attends de la franchise; c'est la marque
d'amitié la plus vraie que l'on puisse donner.....

Dans tes dernières lettres, tu me recommandais de
voir le prince Borghèse. La première fois qu'il est venu
à Rome, il n'y est resté que deux jours et je n'ai pu le
rencontrer; mais il revient ces jours-ci et je me présen-
terai chez lui.

Je reprends ma lettre aujourd'hui, 15 janvier. J'ai
vu mon Paul. Depuis huit jours nous sommes ensemble
et nous ne parlons que de vous. Oh! si tu savais combien
m'intéresse tout ce qu'il me dit de toi! Je l'ai présenté
chez M. Horace Vernet, où il a été fort bien reçu, et j'attendais, pour finir ma lettre, que nous ayons vu la
princesse Borghèse..... Nous l'avons vue ce matin. Elle
nous a très-bien accueillis, elle parle toujours de toi avec

beaucoup d'intérêt. Nous avons tâché de lui en exprimer notre reconnaissance. Lorsque tu lui écriras, ne dis pas que tu dois rester un an encore à Paris. Ne fixe rien, laisse cela dans l'incertitude. On pensera davantage à toi parce qu'on te croira plus près de venir.....

XVI

AU MÊME.

Rennes, le 3 mai 1834.

Mon cher Auguste,

Que ta lettre nous a fait de bien! Si tu savais comme notre inquiétude pour vous a été affreuse! Figure-toi que, plus de douze jours avant l'arrivée de ta lettre, les courriers de l'ambassadeur nous avaient appris tout ce qui se passait à Lyon et combien c'était horrible. Ce qui est venu encore aggraver notre peine, c'est que tous les Lyonnais que je connais avaient reçu des nouvelles six jours avant nous. Ta lettre a été retenue à la poste. Mon Dieu, que vous avez dû souffrir! Comme ça doit vieillir notre pauvre père et notre pauvre maman! Ah! j'ai bien souvent désiré qu'ils quittent Lyon pour aller à Bagnols, mais je n'ose le leur dire. Qu'est-ce qui nous assure que de pareils malheurs n'auront plus lieu? Rien. Le principe du mal existe toujours, et, si cela continue, notre pauvre ville en mourra. Dieu veuille que non! Mais vraiment il est impossible d'apercevoir une issue au dédale où nous sommes.....

Je t'ai envoyé, il y a quelques jours, à l'adresse de

madame Bordas, une lettre que je crains bien qui ne tombe entre les mains de la maman. Je m'y plaignais beaucoup de mes yeux et te priais d'en parler au cousin Beaumers. Ah, c'est pour moi un grand chagrin! C'est une faiblesse dans mon bon œil, et depuis six semaines je ne fais rien afin de le reposer, car voilà à peu près le seul remède que l'on m'ordonne. Cependant, ne te tourmente pas trop. Depuis quelques jours, il y a un peu de mieux; mais que je regrette tout le temps que ça me fait perdre!

Dans cette même lettre, je te disais aussi de ne pas partir pour Paris avant de savoir si M. Ingres vient à Rome comme directeur, parce qu'alors je t'aurais conseillé de venir ici en droite ligne. Quand tu verras M. Ingres, tu pourras bien le savoir, mais ici on ne parle que de cela, et ça semble une chose faite et conclue. Je te prie de le bien embrasser pour nous, puis aussi de m'excuser si je n'ai pu lui faire la petite esquisse de son tableau de la Trinité des Monts 1. J'ai vainement cherché un moment où je puisse juger de l'ensemble. Cependant, voyant approcher le moment des envois, j'allais tâcher d'en copier au moins ce que l'on peut voir, lorsque mes pauvres yeux sont venus y mettre un obstacle invincible. Pourquoi faut-il que les circonstances viennent nous donner un air d'ingrats, à nous qui aimons tant notre cher maître? Il avait demandé à Paul une tête du saint Pierre qui est au Vatican, et Paul n'a pu encore en approcher. La salle de la *Dispute du Saint-Sacrement* est

1. *Jésus-Christ donnant les clefs à saint Pierre*, tableau transporté depuis lors en France, et conservé aujourd'hui dans la galerie du Luxembourg.

remplie par des Russes, qui font d'immenses copies, et, depuis près d'un an et demi que je suis ici, malgré mon vif désir d'y copier quelques têtes, je n'ai pu y parvenir. Cependant Paul a retenu une place, et la première chose qu'il fera sera cette tête pour M. Ingres. Dis-lui bien tout cela, car vraiment ça me chagrine beaucoup que sur deux petites choses qu'il nous a demandées, nous n'ayons pu lui en faire une. Présente bien nos respects à madame Ingres. Tu es heureux, toi; tu vas revoir ce magnifique tableau. On en parle beaucoup à Rome, et grand nombre d'artistes auraient un vif désir de le voir; mais je suis sûr qu'ils ne peuvent le désirer aussi vivement que moi, car ils ne l'ont pas vu commencé, eux!..

XVII

AU MÊME.

Rome, le 30 mai 1834.

C'est avec grand plaisir que j'ai vu arriver une bonne lettre bien conditionnée, et cependant elle contenait des choses qui m'ont fait de la peine. D'abord l'ingratitude de quelques-uns vis-à-vis de M. Ingres, puis l'effet très-naturel qu'elle a produit sur lui.....

Je viens d'écrire à M. Ingres et de lui dire quelle est à peu près l'opinion générale sur son projet. Je ne sais si je m'en suis bien acquitté, car en le faisant je sentais que je n'étais pas à ma place. Je l'avoue que j'ai hésité à le faire, parce que je ne comprenais pas qu'une pareille chose pût le faire se retirer, puisqu'il s'est déjà présenté

comme candidat. Ce que je regrette en le voyant venir
ici, ce sont les travaux qui lui étaient commandés, qui
avaient une destination fixe (1), qui au moins seraient
restés à Paris, dans un lieu continuellement ouvert à
tout le monde, et qui auraient enfin parlé à bien des
gens; car je crois que, pour redresser le jugement d'un
public corrompu, il faut lui montrer et lui remontrer de
belles choses. Je sais que M. Ingres en a fait voir et
qu'elles n'ont point été assez généralement senties,
mais c'est une éducation à faire. Il faut que ce beau leur
reste sous les yeux, qu'ils s'y habituent. Il est si étrange
pour eux! Mais, d'un autre côté, comme je serais heureux de voir venir M. Ingres, de le voir venir avec toi,
avec M. Bodinier, avec le cortège enfin de quelques
fidèles (2)....

XVIII

AU MÊME.

Rome, le 26 juin 1834.

..... Je sais que M. Ingres persiste dans son dessein.
À l'heure où j'écris, la nomination doit être faite; donc,

---

1. La décoration d'une chapelle de l'église de Saint-Sulpice, entre
autres, et des peintures murales dans la nouvelle église de Notre-Dame
de Lorette.

(2) Dans deux lettres qui avaient précédé celle-ci de quelques semaines,
Hippolyte Flandrin s'était déjà ouvert à son frère sur ce sujet : « On
assure, écrivait-il, que M. Ingres va venir comme directeur de l'Académie de France. Dans mon opinion particulière, je regarde ci-la comme
un malheur pour les arts; mais il faut bien prendre son parti. M. Ingres

je regarde M. Ingres comme déjà à Rome, et j'espère que la vue de ce beau pays qu'il a tant aimé, qu'il aime tant, lui rendra la vie plus douce et la liberté de produire.... Un certain nombre de ses élèves l'accompagneront, je pense. Oh! quel bonheur si quelques-uns d'entre nous pouvaient montrer aussi par leurs œuvres quel fruit on peut retirer de ses principes, et, le suivant seulement de loin, l'aider à soutenir sa glorieuse lutte!

Je suis certain que M. Ingres sera bien reçu à Rome par la plupart des artistes, même étrangers. Les pensionnaires connaissent peu M. Ingres; ils ont tous été élevés chez d'autres maîtres, mais la plupart des préjugés contre lui et ses œuvres, qu'ils avaient puisés dans ces différentes écoles, se sont peu à peu effacés devant l'opinion publique. Ils recevront donc M. Ingres avec respect, avec vénération, et je suis sûr qu'en le connaissant un peu, ils l'aimeront comme tous ceux qui l'approchent.

s'est décidé à cause de la situation violente où il est toujours à Paris, et il viendrait ici pour chercher de la tranquillité, ce que je désire d'ailleurs de tout mon cœur. » Et il ajoutait quelques jours plus tard : « Tâche, si cela ne peut sans indiscrétion, de savoir si réellement M. Ingres vient ici. Souvent cette pensée, l'idée de le revoir, me fait battre le cœur ; mais, s'il vient, on peut déplorer qu'il abandonne la position d'où il influerait si utilement sur les arts en France. »

Tout en comprenant que l'illustre maître ait voulu se venger par l'éloignement de certaines injustices, on peut regretter en effet, dans l'intérêt de notre art national, qu'il ne se soit pas décidé alors à les affronter sur place. La clôture prématurée d'une école si florissante déjà, et qui promettait d'être si féconde, fit un tort considérable aux progrès des saines doctrines et du goût dans notre pays. Elle laissa les jeunes artistes sans principes sûrs, sans une direction qu'ils pussent accepter avec une entière confiance, et peut-être est-ce à cette grave lacune dans l'enseignement qu'il convient d'attribuer la plupart des entreprises erronées et des fâcheux succès qui ont suivi.

Tu me dis que chez Chavard tu entends souvent de la belle musique. Tant mieux : c'est une chose qui rafraîchit, repose, console. Je l'ai bien éprouvé depuis un an et demi. Mon cher Thomas me fait connaître les chefs-d'œuvre les plus admirables. C'était une nouvelle porte ouverte aux sensations les plus délicieuses, mais ce bonheur va bientôt cesser. Dans quelques mois il me faudra dire adieu à l'ami, à son beau talent et à la musique, car c'est bien rare d'en entendre à Rome surtout de celle que j'aime, la musique allemande. Oh! j'aurais bien voulu que tu le connusses, ce bon Thomas. Si tu savais quelle naïveté, quelle bonté de cœur et quel sentiment d'artiste? Je serais bien étonné s'il ne produisait pas un jour quelque chose de vraiment beau.

Avec quel plaisir j'ai appris que tu avais retrouvé la bonne madame *** et ses enfants! N'est-ce pas que c'est une charmante famille? Que je te remercie de m'en avoir parlé! Le souvenir que j'en garde durera longtemps, car elle a été pour moi, pour mon ami Thomas, pour Paul, une société on ne peut plus aimable, et ce n'est pas sans larmes que nous les avons quittées. Tâche bien de te rappeler le temps que tu as passé près d'elles : j'aimerais bien à en causer avec toi... Nous avons reçu avec bonheur la petite lettre que tu avais transcrite, mais pourtant j'ai regretté de ne pas recevoir la lettre même. Cette écriture m'aurait fait plaisir à voir! Je vais y répondre; mais je crains que ce ne soit la dernière fois, parce qu'en s'éloignant on se perd, on oublie si facilement! C'est une triste pensée que celle-là, et qui n'est banale qu'à force d'être vraie.....

XIX

A MONSIEUR INGRES.

Rome, le 25 juillet 1834.

Mon cher maître,

Maintenant qu'a cessé toute incertitude, nous nous livrons à la joie de vous revoir, et c'est bien naturel. Vous nous avez fait tant de bien, témoigné tant d'intérêt! Cette belle Rome, vous allez la retrouver; elle vous rendra, j'espère, le repos et le calme que vous cherchez. Les mille tracasseries de Paris resteront loin de vous. Vous pourrez travailler, et vos ouvrages iront toujours montrer en France quelle est la vraie route.

M. Vernet m'a dit qu'il vous avait écrit, mais qu'il était loin de vous complimenter sur ce que vous veniez chercher ici, et je n'ai pu m'empêcher de lui témoigner que sa lettre m'aurait paru plus obligeante avant votre nomination qu'après. Si M. Vernet a eu quelques petites tracasseries, on les attribue généralement à la légèreté de son caractère, qui d'ailleurs est plein d'obligeance. Moi, qui n'ai eu jamais qu'à m'en louer, je suis cependant du même avis : mais je n'en parle avec cette franchise que parce que je crains que sa lettre ne vous ait prévenu déjà contre les pensionnaires, qui sont pour vous pleins de respect et d'estime. Je suis sur que lorsqu'ils vous connaîtront, ils vous aimeront aussi. Pour nous qui retrouvons notre bon maître et ses précieux conseils, nous sommes bien heureux. Déjà je vois le jour où nous irons au-devant de vous, et je sens l'émotion que j'é-

prouverai en vous voyant. Mon frère s'unit à moi pour
présenter ses respects à madame Ingres, et tous deux
nous vous embrassons de tout notre cœur.

Votre élève reconnaissant et respectueux.

XX

A MONSIEUR AUGUSTE FLANDRIN.

Rome, le 22 septembre 1834.

Mon cher Auguste, je la lis et je la relis, ta lettre, avec
un bien grand plaisir, car j'en ai été privé si longtemps!
Pense, la dernière était du mois de mai et celle-ci arrive
le 21 septembre! Près de quatre mois! Maintenant j'en
tiens une, je te pardonne tout le tourment que ça nous
a causé, mais n'y reviens pas. Vois-tu, c'est une recommandation sérieuse et à laquelle j'espère que tu auras
égard.

Les nouvelles que tu me donnes de ton gosier me font
de la peine. Comment, rien n'y fait? C'est inconcevable.
Il faudra essayer du voyage d'Italie, mais il paraît qu'il
n'aura pas lieu aussitôt que je l'espérais. Je comprends
tes raisons; pourtant je me figurais si bien te voir en
même temps que M. Ingres, que je suis resté stupéfait et
vivement chagriné. Ce pauvre papa et cette pauvre
maman, il faut bien que, de temps en temps, ils voient
un de leurs enfants : c'est vrai, tu as raison. Sers-nous
au moins d'interprète auprès d'eux, fais-leur sentir
combien tous trois nous les aimons.

15

Je suis bien sûr que tu fais des progrès, et les témoignages de satisfaction que te donne M. Ingres me causent un grand plaisir. A Lyon, les portraits que tu feras, fais-les toujours comme des études. Que la pensée d'argent n'y soit pour rien, car elle gâte tout ce qu'elle touche. Cependant, que ça ne t'empêche pas de les faire mieux payer que tu n'as fait jusqu'à présent. Regarde, les autres n'ont pas peur.

Je te remercie des nouvelles que tu me donnes sur mon envoi (1). Je pressentais le jugement de M. Ingres, j'avais compris tous ces défauts : mais il me semblait ne pouvoir les corriger que dans un prochain ouvrage. Je m'y mettais avec ardeur lorsque ce mal d'yeux est venu me faire perdre cette année durant laquelle j'espérais faire quelques progrès. Oh! je le regrette amèrement! J'aurais été si heureux de montrer à M. Ingres quelque chose de mieux! Mais rien! Cependant, comme mes yeux vont assez bien maintenant, je viens de commencer un autre ouvrage. Si je pouvais y mettre ce que je sens, ce serait mieux sans doute. Je te prie d'embrasser pour moi M. Ingres, de lui dire que je reconnais toute la justesse de ce qu'il a dit sur mon envoi, que ce sont pour moi de bien bons conseils dont je tâcherai de faire usage. Enfin remercie-le, au nom de nous tous, de l'intérêt qu'il prend à tout ce qui nous regarde. Oh! il ne sait peut-être pas combien nous l'aimons! Présente mes respects à madame Ingres et dis-lui que, à leur arrivée à Rome, si nous pouvons connaître le jour et si cela ne les gêne

1 Cette figure de *Polytès* dont il a été question dans les lettres du 4 septembre et du 23 décembre 1833.

point, nous et plusieurs autres, nous aurions un grand
plaisir à aller au-devant d'eux. Nous leur en demandons
formellement la permission.....

XXI

AU MÊME.

Rome, le 28 octobre 1834.

.....J'ai vu avec plaisir dans les journaux qui viennent
ici que ma figure n'a pas été mal vue. Elle a même
reçu beaucoup plus d'éloges que je ne m'y attendais,
et je suis content de ce que M. Ingres n'a pas eu à
souffrir encore de ce côté-là. Je te prie de me la mettre
en lieu de sûreté. D'ici, je ne sais trop que te dire. Si
nous connaissions à Paris quelqu'un qui veuille me la
garder, ce serait bien, car qu'ira-t-elle faire à Lyon?
Mais je ne sais vraiment pas qui pourrait me rendre ce
service, et si toi, qui es là-bas, tu ne vois pas mieux que
moi, alors je te prie de me la faire emballer et emporter
avec le reste de nos études......

..... J'ai commencé un tableau que je voudrais bien
rendre présentable pour l'arrivée de M. Ingres. La toile
a dix pieds de haut, le sujet est tiré du *Purgatoire* du
Dante : onze figures sur le premier plan. Tu vois que
je me suis jeté dans une terrible entreprise, et je crains
bien que M. Ingres ne l'approuve pas; mais, maintenant, c'est déjà avancé, et je n'ai qu'à faire de mon
mieux. Oh! si tu avais été ici, comme tu aurais pu me

servir de modèle pour un Virgile! Ne parle de ce tableau à personne.

XXIII

A MONSIEUR ET A MADAME FLANDRIN.

Rome, le 18 février 1835.

MON CHER PAPA ET MA CHÈRE MAMAN,

M. Cornu, peintre lyonnais, avec qui nous avons renouvelé connaissance ici, part pour Paris avec sa famille. Il veut bien se charger d'une lettre pour vous et j'en profite..... Je travaille de toutes mes forces pour l'Exposition, qui aura lieu dans six semaines (1). M. Ingres semble content de mon tableau, mais, moi, je ne le suis guère. Tous mes désirs tendent à recommencer autre chose, espérant que ce sera mieux. Paul aussi travaille, et, avec les conseils de M. Ingres, j'espère que ses progrès seront rapides, que nous verrons bientôt de beaux paysages de sa façon.

M. Ingres semble ici très-heureux. Il a été si bien accueilli par les premiers artistes de toutes les nations; il a trouvé à l'Académie tant d'ordre, de régularité, et tant de bonne amitié entre les pensionnaires, qu'il en a

_____

(1) Aux termes de l'ancien règlement, ou conformément à d'anciens usages, une exposition des envois des pensionnaires avait lieu chaque année à Rome, à la fin de mars ou au commencement d'avril. L'exposition une fois close, ces envois étaient expédiés en France, pour être soumis au jugement de l'Académie des beaux-arts et devenir l'objet d'un rapport lu en séance publique, au commencement d'octobre.

été touché et nous l'a témoigné plus d'une fois. Nous allons souvent chez lui. L'autre jour, il me disait qu'il était bien fâché de n'avoir pu passer par Lyon, parce que, certainement, il aurait eu le plaisir de vous y voir. Sa bonté pour nous est toujours la même.

J'ai mille choses à vous dire, mais je suis bien pressé. Elles veulent passer toutes à la fois et je les remets à un autre jour.

XXII

A MONSIEUR AUGUSTE FLANDRIN.

Rome, le 9 mai 1835.

..... Dis au papa et à la maman que nous nous portons assez bien, que nous les prions de se bien conserver. J'écrirai au papa de Florence, où je serai au commencement de juin. Vous pourrez m'écrire à Rome jusqu'à la fin de mai. Pour toi, mon cher Auguste, mets-toi en colère et réponds-moi courrier par courrier, ou bien, fais mieux, prends le bateau à vapeur et arrive.

Notre Exposition vient de finir, et j'ai un vrai regret que tu n'aies pu la voir, ainsi que le papa et la maman, car M. Ingres m'a témoigné une vive satisfaction et j'ai reçu les félicitations de bien des artistes; mais je n'en suis pas plus content de moi et je suis loin de m'endormir. Ce qui m'a fait bien plaisir (et ce que je ne dis qu'entre nous), c'est le contentement que témoignait M. Ingres le premier jour de l'Exposition. A mesure que l'on plaçait ma figure (1), puis mon tableau, ses yeux brillaient de joie; et, en passant près de moi, il me serra furtivement la main. Depuis, chaque fois que je l'ai revu, il n'a pas cessé de me parler de la manière la plus franche et la plus encourageante.....

XXIV

A MONSIEUR ET A MADAME FLANDRIN.

Pise, le 15 juin 1835.

MON CHER PAPA ET MA CHÈRE MAMAN,

Il y a bien longtemps que nous n'avons reçu de vos nouvelles, et il y a bien longtemps aussi que nous ne vous avons écrit. Je le fais, cette fois, un peu à la hâte, afin que le silence ne soit pas trop long et ne vous inquiète pas.

Il y a quinze jours que nous sommes partis, Paul, un camarade (2) et moi. Après avoir bien embrassé M. Ingres, lui avoir promis de nos nouvelles et le retour dans deux mois et demi, nous nous sommes mis en route à pied et le sac sur le dos. Nous avons déjà vu les villes de Viterbe, Orvieto, Bolsena, Acquapendente, Sienne, Colle, Volterre, et une multitude d'autres petits endroits qui, presque tous, présentent de l'intérêt par les monuments qui leur restent en peinture, sculpture ou archi-

(1) Cette seconde figure d'envoi, qui accompagnait le tableau de Dante conduisant les mânes des curieux, est l'Euripide, que possède aujourd'hui le Musée de Lyon.

(2) M. Oudiné, grand prix de Rome (gravure en médailles), en 1831.

lecture. Partout, nous avons fait des croquis qui seront de précieux souvenirs et que nous aurons bien du plaisir à vous montrer.

C'est bien agréable de voyager à pied, mais c'est horriblement fatigant dans ce temps-ci. Pour être prudent, il faut ne marcher que de trois heures du matin à neuf ou dix, puis recommencer à quatre ou cinq de l'après-midi. En négligeant cela deux ou trois fois, nous sommes devenus couleur de bois d'acajou, et mon peu de barbe et de moustaches s'enlève là-dessus tout à fait en blanc; mais nous ne voulons pas du tout renforcer la teinte, et nous nous tiendrons sur nos gardes.....

XXV

A MONSIEUR EUGÈNE ROGER, PEINTRE,

PENSIONNAIRE DE L'ACADÉMIE DE FRANCE, A FLORENCE (1).

Rome, le 1ᵉʳ août 1835.

Comme je te l'ai promis, je viens te conter tout ce que nous avons fait depuis que nous nous sommes embrassés à la Porta Perugina. Vue des hauteurs que la

(1) Eugène Roger, que la similitude des noms a fait confondre quelquefois avec M. Adolphe Roger, le peintre de la *Chapelle du Baptême*, dans l'église de Notre-Dame de Lorette, et, plus récemment, de la *Coupole de Saint-Roch*, Eugène Roger avait remporté le grand prix de peinture l'année qui suivit celle où Flandrin l'avait obtenu. Atteint dès son arrivée à Rome d'une maladie de poitrine qui ne fit que s'aggraver dans le cours des années suivantes, il mourut peu après son retour en France.

Dans une lettre en date du 9 août 1840, Hippolyte Flandrin annonce

voiture a commencé à gravir. Florence était délicieuse.
Elle était éclairée par la lumière de la belle heure; puis,
vous qui veniez de nous témoigner de l'amitié, vous y
étiez! Alors j'ai senti que, comme à l'ordinaire, parce
que je quittais, je regrettais. Nous nous sommes souvent
retournés; mais, au bout de deux heures de montée à
peu près, Florence a fini par disparaître. Au milieu de
la nuit, nous avons rafraîchi à San Giovanni, patrie de
Masaccio. Ce rafraîchissement a été pour nous une
petite faction de quatre heures dans la rue. Le soir,
couchée à Castiglione. Le lendemain matin, nous passons au-dessous de Cortona, mais l'extrême chaleur
nous empêche d'avoir seulement l'idée d'y monter. Lac
de Trasimène, chaleur affreuse : cigales comme je n'en
ai jamais vu ni entendu. Arrivés à Perugia, nous nous y
sommes plu beaucoup et nous aurions bien voulu pouvoir
y rester plus de deux jours; mais Assise nous appelait.
La visite à San Francesco nous a émerveillés. C'est non-
seulement la plus grande réunion de peintures de cette
école que j'aie jamais vue, mais encore ce sont celles qui

ainsi à son frère Paul la mort de leur ami commun : « Notre pauvre
Roger allait toujours plus mal. Arriva le dernier jour ; j'étais auprès de
lui. Il me remercia, me serra affectueusement la main, me recommanda
d'exprimer ses respects et sa reconnaissance à M. et à madame Ingres,
puis ses amitiés à Paul et à Auguste. Vos deux noms ont été pour moi
ses dernières paroles. Quatre heures après, il n'était plus. Le lendemain
matin, je courus chez le pauvre père : tu penses dans quel état je le
trouvai. Je demandai à revoir notre ami, je priai devant son lit, et
enfin je lui dis adieu...... »

L'œuvre la plus importante qu'ait laissée Eugène Roger est une *Prédication de saint Jean-Baptiste*, exposée au Salon de 1840. Ce grand tableau,
qu'il avait entrepris à une époque où les forces physiques lui faisaient
déjà presque complétement défaut, et dans l'exécution duquel il fut aidé
par Flandrin, se trouve aujourd'hui à Bourges, ville natale du peintre.

m'ont peut-être le plus touché. Cimabué et Giotto y sont d'une hauteur étonnante !

Cependant, fatigués du genre d'études que nous faisions depuis deux mois, nous n'avons pas pu y travailler beaucoup ; et, contrariés par des orages quotidiens, nous en sommes partis le sixième jour, nous promettant bien d'y revenir faire un voyage exprès. Foligno et Spoleto nous restent aussi à voir. Pendant les trois derniers jours de notre voyage, nous n'avons pu faire éclater assez notre admiration pour les merveilleux paysages que nous traversions ; mais, au milieu de toutes ces beautés, un terrible fléau nous accompagnait : c'étaient les puces. Je n'ai jamais rien vu comme ça. Figure-toi que, dans la voiture, nous étions obligés de nous mettre quatre à la jambe de l'un de nous pour la débarrasser un peu.

À Otricoli, nous avons revu en même temps le mont Soracte et le Monte Cavi, et je l'avoue que ç'a été avec un grand plaisir. Nous sommes arrivés à Rome deux mois, jour pour jour, après notre départ..... Adieu, nous t'embrassons de tout notre cœur.

Ton camarade bien affectionné.

XXVI

A MONSIEUR AUGUSTE FLANDRIN.

Rome, le 15 août 1835, à minuit.

Mon cher Auguste, j'ai su quelles sont tes raisons pour attendre encore, et je loue fort la résolution que tu

as prise de ne pas quitter nos parents tant que le choléra
peut menacer notre ville. Cette raison-là m'a paru excellente, et plût à Dieu que, Paul et moi, nous pussions
t'aider à consoler nos parents, à les fortifier! Pour les
autres, elles me semblent faibles. Fais, mon ami, ce que
tu jugeras convenable; mais réfléchis bien à tout ce que
je t'ai dit, et crois toujours à la sincère amitié de tes
deux frères. C'est sur cette amitié-là que je compte le
plus pour faire le bonheur de ma vie, de notre vie,
veux-je dire.

J'aurais bien voulu que tu connusses Thomas, notre
musicien, avec qui je me suis lié d'une amitié vraie et
sincère. C'est lui qui m'a fait connaître le beau en musique. Tout le monde l'aime, l'estime, et M. Ingres
par-dessus tous les autres. Depuis près de trois ans,
nous jouissons de son excellent caractère d'homme et
d'artiste, puis de son admirable talent; mais tout finit.
Il faut maintenant qu'il parte, et j'en sens une grande,
une profonde peine. Je vois que nous sommes vraiment
bien amis! C'est singulier, il me semble que, depuis que
je suis ici, je suis beaucoup plus sensible à ces sortes de
choses. Cependant je les ai vues se répéter si souvent!
L'Académie s'est presque entièrement renouvelée depuis
que je suis arrivé; j'ai eu le temps de me lier avec mes
camarades, puis, un à un, je les ai vus partir, et mon
Thomas est le dernier; mais c'est aussi la plus sensible
perte que je puisse faire. Sans mon Paul, je serais seul.
Certains souvenirs se lient à lui, et il me semble qu'il
emporte tout ça. Ce sont ceux de la bonne famille ***.
Nous y étions seuls reçus; ensemble nous avons joui de
leur aimable société et partagé leurs témoignages d'inté-

rêt ou d'amitié. Je te l'avoue, nous aimions à nous le
rappeler, nous en causions souvent : mais Thomas s'en
va, et, avec tant d'autres bonnes choses, il m'emporte
encore celle-là !

Cependant j'espère que, malgré Paris et son tumulte,
il ne m'oubliera pas, et que, lorsque tu le connaîtras, tu
l'aimeras aussi. Cette belle musique, que j'entendais tous
les jours, est devenue pour moi un besoin. Je trouvais
en elle un remède contre ces fréquents découragements
qui tuent et nous enlèvent une bonne part de notre vie.
Puis la musique est par elle-même une chose divine, et
je sens que je ferai tout mon possible pour en entendre
le plus souvent possible au Conservatoire. N'est-ce pas
que tu y viendras aussi?....

P. S. Nous avons appris l'abominable crime du
28 juillet (1); et, comme tous ceux qui aiment leur
pays, nous en avons eu horreur.

XXVII

A MONSIEUR FLANDRIN.

Rome, le 16 août 1835.

Mon cher papa,

Tes lettres nous font toujours un bien grand plaisir,
mais celle-ci nous en a fait encore plus qu'à l'ordinaire,
car elle a été attendue bien longtemps. Oh ! je vous assure

(1) L'attentat commis par Fieschi, dans lequel tomba Mortier et Répart.

que nous avons été bien en peine de vous! Mon bon
père, je ne voudrais pas te fatiguer, mais maintenant,
avec tous ces bruits de choléra, il nous serait bien pénible de ne pas recevoir de vos nouvelles. Pense comme
nous sommes loin et comme, de loin, on est plus
inquiet. C'est pourquoi écris-nous de temps en temps
quatre mots. Parle de ta santé et de celle de la maman :
nous serons contents.

Comme le choléra s'approche aussi de Rome, pour
éviter qu'on ne vous mette en peine par des exagérations,
je te dirai qu'il est à Livourne, à soixante lieues d'ici. Il
y est encore peu redoutable. Nous pouvons espérer qu'il
passera à côté de nous. La situation de Rome, dans un
pays entièrement volcanique, est bonne, à ce que l'on
dit. Nous verrons. Puis, s'il nous arrive, Paul viendra
loger chez moi ; nous sortirons peu et nous passerons les
soirées chez M. Ingres. Enfin, le mieux est d'attendre
paisiblement et avec confiance en Dieu.

Tu nous dis, mon cher papa, de prier Dieu pour
vous. Nous n'y avons jamais manqué, mais bien certainement ce sera avec une nouvelle ferveur que nous le
ferons maintenant. Nous sommes, de notre côté, pleins
de confiance dans vos prières pour nous.......

XXVIII

A MONSIEUR AUGUSTE FLANDRIN.

Rome, le 29 septembre 1835.

Mille remerciments pour tout ce que tu me dis dans ta lettre du 27 août. Nous sommes si heureux de t'entendre parler! Moi, je devrais l'être encore plus que Paul, il me semble, car plus que lui j'ai été privé du bonheur de te connaître, de te voir, de te parler tous les jours. C'est vrai, depuis que je suis arrivé à l'âge où l'on sent le mieux le prix d'un ami, j'ai été séparé de toi, je n'ai jamais pu te voir qu'en passant. Toi qui m'aimes comme je t'aime, j'ai toujours été réduit à te désirer. Toutes les fois qu'avec Paul nous sentons quelque vive émotion du beau, nous disons : « Oh! si Auguste était là « ! Il nous semble, je t'assure, que ce serait le complément du bonheur que nous ressentons.

Que les nouvelles que tu nous donnes du papa et de la maman nous ont fait de bien! Sur un tel sujet, on ne peut jamais être tout à fait tranquille, et c'est là vraiment ce qui, dans la situation où nous sommes, nous inquiète le plus. Il semblerait si naturel que nous fussions auprès d'eux et que par nos soins nous les rendions le plus heureux possible! C'est une pensée qui nous revient tous les jours et à toute heure; mais, pour deux ans encore, nous sommes condamnés à leur dire seulement de loin combien nous les aimons.......

Je reconnais bien ton bon cœur à la joie que tu témoignes de voir mon tableau applaudi. M. Ingres a

été bien content de cela. Aussitôt qu'il l'a su, il m'a fait
appeler pour m'embrasser et me le communiquer. J'ai
été bien sensible à tant de bonté. Ce qui m'a fait plaisir,
plus que les articles de journaux, c'est que j'ai vu quelques lettres d'artistes, et qui ne m'étaient point adressées.
Je te remercie beaucoup de ne pas me défendre trop fort,
d'abord parce que les éloges outrés font toujours tort,
et que, en cette circonstance, les tiens seraient suspects,
ensuite parce que je trouve mon tableau fort heureux,
plus heureux que je ne l'espérais.

Paul travaille à ses copies des *Loges* de Raphaël. J'ai
vu peu de choses aussi difficiles à copier, mais il s'en
tire très-bien ; et, entre nous soit dit, nous ne pouvons
nous empêcher de regretter qu'ayant été choisi par
M. Ingres (1), tu n'aies pas pu venir ; car ce travail, qui
vous force à faire des progrès, aurait pu te rapporter une
somme qui t'aurait aidé et mis à même d'essayer enfin
un tableau. D'ailleurs, ce n'est pas perdu tout à fait,
car, si tu viens plus tard, j'espère encore que M. Ingres
te donnera quelques-unes de ces copies à faire. Hier encore, il me disait qu'il était bien fâché de ne pas te voir
travailler là. Ils sont quatre, les deux Balze, Comairas
et Paul. Quant à Comairas, son père le rappelle : il

(1) M. Ingres avait été chargé par le gouvernement français de faire
exécuter les copies de toutes les peintures de Raphaël qui ornent les
Loges et les *Stanze*, au Vatican. Ce travail, dont le maître voulait confier une partie à Auguste Flandrin en l'associant ainsi à son frère Paul,
fut presque entièrement accompli par deux autres de ses élèves, MM. Paul
et Raymond Balze. Les copies des *Stanze* se trouvent aujourd'hui dans
l'église de Sainte-Geneviève. Il serait bien désirable qu'on les rapprochât,
à l'École des beaux-arts, des copies des *Loges* dues au talent des mêmes
artistes.

doit partir dans trois mois. Quel brave homme ça fait!
Que je l'aime (1)!

Dans un mois passera peut-être à Lyon Signol, dont
tu connais la réputation comme artiste, mais que tu ne
connais pas encore comme homme. C'est un de ceux
avec qui je m'estime heureux d'avoir vécu. Si par hasard
il allait vous voir, je vous en prie, recevez-le bien.

Je n'ai pas, dans tout le reste de ma vie, connu autant de gens que depuis que je suis à Rome. J'en ai
connu plus particulièrement de bien bons, de bien esti-
mables, qui, j'espère, resteront mes amis. De tous,
Thomas était le plus intime, puis ensuite Harlé, excellent jeune homme, qui vient aussi de retourner à Paris (2).
Tous ceux que j'aimais bien nous ont quittés.

Paul travaille tout le jour au Vatican, et moi je travaille dans mon atelier à faire mon envoi. C'est une
figure (3); puis après cela j'ai à faire un tableau pour la
magnifique cathédrale de Nantes. Le sujet est beau :
c'est saint Clair rendant la vue à des aveugles. La scène
se passe à Nantes, dont saint Clair était l'évêque, au
troisième siècle, et la toile a neuf pieds de haut. Ce

(1) M. Gonnaras, qui avait obtenu un deuxième prix au concours de
1833, avait été, l'année suivante, envoyé à Rome par l'administration
des beaux-arts, pour exécuter une copie de la *Flagellation*, peinte par
Sébastien del Piombo dans l'église de San Pietro in Montorio.

(2) M. Harlé, ancien élève de M. Hersent, était venu à Rome en 1834.
De retour à Paris, il exposa au Salon de 1837 un charmant tableau
représentant *Un tribunal criminel italien au quinzième siècle*, puis, aux Salons
de 1838 et 1840, *Michel-Ange jeune, étudiant les fresques de Masaccio*,
et la *Résurrection de la fille de Jaïre*. Aucun tableau de M. Harlé n'a
figuré depuis lors dans les expositions publiques.

(3) Le *Jeune berger*, que Flandrin exposa au Salon de 1839, et qu'il
offrit ensuite à son premier maître, M. Legendre-Héral.

sont MM. Bodinier qui ont arrangé ça. Ils m'ont proposé ce tableau, et j'ai accepté avec grand plaisir, pour faire au moins quelque chose qui ait un emploi. Quant au prix, il n'en faut pas parler. Je fais quinze figures grandes comme nature pour mille francs, à peu près le montant des frais : mais, que veux-tu? j'aime encore mieux ça que d'être obligé de louer un *entrepôt*......

P. S. Mon bon Auguste, ce que tu crois avoir deviné est vrai. Si tu avais été ici, tu aurais tout su, j'aurais été heureux de tout te dire : j'en avais besoin. Mais l'écrire, c'était impossible. Je n'aurais pas osé.......

XXIX

A MONSIEUR AMBROISE THOMAS, A PARIS.

Rome, le 21 novembre 1835.

Que tu as dû éprouver d'émotions, mon cher Thomas! Après trois ans d'absence, tu as revu la France. Metz (1) et sa cathédrale, tu as revu Paris, et, à Paris, ta bonne mère, ton frère, tous tes amis! Tu les as embrassés; maintenant tu les as vus, tu les vois, tu leur parles : oh! vraiment, j'envie ton sort! Pourquoi n'avons-nous pu finir et retourner ensemble? Mais toujours regretter est une sottise. Mon tour viendra aussi, et te revoir, toi, ne sera pas ma moindre joie. En attendant, crois que j'éprouve un grand bien de toutes les tiennes.....

(1. M. Ambroise Thomas est né dans cette ville en 1811.

Deux jours après celui où j'ai reçu ta lettre de Munich, Elwart a trouvé le moyen de faire exécuter au théâtre de Valle une cantate en l'honneur de Bellini. Il y avait, il me semble, de fort jolies choses, et qui ont été bien chantées par la Toldi. Les Romains sont restés bien froids, ils ont écouté en silence : mais tout ce qu'il y avait à Rome de Français a applaudi. Pour moi, ça m'a tellement ému que j'en étais presque malade, et je me disais tout bas : Que serait-ce donc, mon Dieu, si c'était mon Thomas ! Croirais-tu que les Romains ont généralement reproché à Elwart d'avoir fait sa cantate trop triste et d'avoir rappelé, d'une manière charmante, deux motifs de la *Norma?* Ils appellent cela piller. Ça se jouera encore demain.....

J'ai fait à M. Ingres ton offre d'un feuillet de Beethoven : je ne peux t'exprimer avec quelle reconnaissance il l'a reçue. Il me charge de te bien remercier et il t'embrasse de tout son cœur. Si, à ton arrivée à Paris, Boulanger ou un autre pensionnaire n'était pas encore parti, tu pourrais l'en charger en le lui recommandant bien, car M. Ingres va encadrer cela comme une relique sainte.....

XXX

AU MÊME.

Rome, le 20 janvier 1836.

.....Comme tu le dis, tu es rentré dans la vie active, et j'espère bien, avec tous ceux qui te connaissent, que tu ne négligeras rien, que tu saisiras les occasions, et qu'avant

16

peu nous entendrons parler de toi. Si ces occasions de
paraître tardaient à venir, ne perds point courage. Travaille, travaille toujours. Ce ne sera pas perdu, et quand
ça n'aurait pour résultat que de fortifier ton talent! Je
me souviens que tu disais toi-même : « Pour bien écrire,
il faut beaucoup écrire » ; mais je ne veux pas croire que
tu auras tant de peine : tu es aimé de tant de gens qui,
il me semble, pourront bien t'aider.....

Je te dirai en peu de mots ce que nous faisons, nous
autres. Jouffroy (1) vient de finir une fort belle figure.
Husson, qui a une prolongation de trois mois de pension, avance son groupe. Simart fait un grand bas-
relief qui promet de bien venir. Ottdiné une figure dont
M. Ingres est enchanté ; Jourdy, Brian, chacun leur figure.
En architecture, je connais surtout l'envoi de Baltard,
qui est très-intéressant et bien rendu. Pour Elwart, il
fait des comédies, des drames, des romances, des odes ;
puis en musique, des cantates, des duos, des trios, des
messes et des messes encore. Enfin il travaille autant
que possible. Quant à moi, j'ai presque fini ma figure et
bien avancé mon tableau, qui, commencé avec dix
figures, en a maintenant dix-sept : un petit morceau
de mon Thomas, que tout le monde reconnaît bien,
compte pour une.....

Que je te remercie, mon bon ami, de parler de nous
à ta mère et à ton frère. Nous les aimons déjà bien, puisqu'ils sont à toi. Adieu, je te souhaite pour cette nouvelle
année un bon poème, un beau sujet, et le reste viendra.

----

(1) Aujourd'hui membre de l'Académie des beaux-arts, M. Jouffroy
avait remporté le grand prix de sculpture en 1832.

P. S. J'ai vu encore une fois venir et repartir les *Pifferari!* Un mois de 1836 est presque passé, je l'écris de Rome, et toi tu dates tes lettres de Paris : que de changement! As-tu écrit *là-bas*, depuis Vienne? Moi j'ai bien voulu, mais je n'ai pas osé.

XXXI

AU MÊME.

Rome, le 17 mars 1836.

.... Hier, au salon, notre bon M. Ingres s'approcha de moi, et, me serrant la main, me dit tout bas : « Oh! que je sens mieux que jamais comme il nous manque! » Il ne me disait pas ton nom, mais nous sommes tellement habitués à parler de toi, que je l'ai bien compris. Tu lui as fait le plus grand plaisir par ta lettre et ton petit morceau de Beethoven.

A l'heure où je t'écris, tu as sans doute déjà embrassé notre Ortlieb, et peut-être Elwart. A leur place nous sont arrivés Farochon et Boulanger, qui semble un bien bon garçon. Que je te remercie de lui avoir donné tes valses! Je m'arrête souvent dans le corridor pour les lui entendre étudier, et ça me produit un effet indéfinissable. Oh! j'aurais bien aimé que tu pusses m'envoyer le morceau à la dédicace duquel j'ai été si sensible! J'aurais cherché quelqu'un qui puisse me le dire; et puis rien que la couverture, voir mon nom auprès du tien, ça m'aurait fait plaisir. J'ai un pressentiment que ce nom deviendra bien justement célèbre. Tu vas peut-être trou-

ver que, pour un vrai ami, je suis bien flatteur ; mais,
heureusement je ne suis pas seul, tout le monde dit
comme moi. Et le nouvel opéra de Meyerbeer (1)? J'espère que tu m'en parleras dans ta prochaine lettre. Tu
l'as vu et revu sans doute. Quand tu verras Marlé, embrasse-le bien et commande-lui pour moi une bonne
lettre sur le Salon.....

XXXII

A MONSIEUR LAGERIA.

Rome, le 24 mars 1836.

Il y a si longtemps que je veux vous dire au moins
une parole amicale, que, bien que je n'aie pour vous
écrire que la main gauche ou les deux doigts du milieu
de la droite, je n'hésite pas à l'entreprendre. La raison
de mon impotence, la voici. Après avoir fini mon tableau
et ma figure, les reins et la poitrine brisés, les yeux
abîmés par la fatigue, je me proposais d'aller me remettre
en faisant une petite tournée au bord de la mer pour
revenir par les montagnes, lorsqu'en choisissant des pinceaux chez un marchand et en faisant effort avec l'ongle
pour en retirer quelques-uns d'un paquet, le bois s'est
fendu ; il m'en est entré un morceau sous l'ongle jusqu'à la première phalange, et il m'a fallu courir longtemps par la ville pour trouver un chirurgien qui pût

1 *Les Huguenots*, représentés pour la première fois à l'Opéra le
29 février 1836.

l'arracher. Enfin le résultat est que j'ai bien souffert et
que, au lieu de me promener, je suis condamné à garder
la chambre et la diète. Cependant, ne vous inquiétez
pas ; je vais beaucoup mieux.

Jaimmot a reçu de vous une lettre dans laquelle vous
vous donniez les noms les plus affreux pour m'avoir,
disiez-vous, écrit mille absurdités au sujet de mon tableau.
Je ne suis pas de votre avis ; j'ai trouvé dans vos conseils du fort bon et je le garde. A cause du désordre de
mon atelier qui m'empêche pour le moment de remettre
la main sur votre lettre, je ne pourrai vous répondre
mot à mot, mais je le ferai de mémoire. D'abord, comme
j'aime votre sentiment, j'ai éprouvé un grand plaisir à
lire les louanges que vous donnez à certains morceaux,
qui sont aussi, selon moi, les meilleurs. Ensuite, en
regardant l'ensemble, vous dites que vous ne recon-
naissez pas là l'enfer ni l'expression de cette peur qui
partout domine le Dante. Pour ces deux choses, j'ai
trouvé que vous vous trompiez. C'est ici le Purgatoire,
et le sentiment qui anime le Dante n'est point la peur,
mais la pitié : sentiment que j'ai cherché à rendre par
l'action du Dante, qui offre des consolations à ces âmes
malheureuses. Quant au reproche de manque de force
dans l'expression, j'en reconnais toute la justesse. La
poésie du Dante dit bien autre chose. Souvent elle m'a
fait peur, une peur sublime ; mais pour rendre cela, il
faudrait beaucoup plus que le talent d'un homme qui,
par intervalles rapides comme des éclairs, aperçoit le
beau, ou du moins se figure qu'il l'aperçoit, et qui
ensuite le laisse s'éteindre dans l'analyse de la forme, du
ton, de tout ce qui est utile comme moyen. C'est cette

peine que me donne le moyen qui est la cause d'un résultat si faible comme expression. Je le sens, je le reconnais, et cependant (je ne sais si je me trompe), ce ne
sera pas pour moi une raison d'éviter les sujets difficiles ;
car jamais on ne se débarrasse mieux des petitesses dans
le procédé, que lorsqu'on est dominé par une pensée. Je
crois que cela doit vous faire faire beaucoup plus de
progrès que des études sans but. Selon moi, plus on se
demande, plus on obtient. Demandez beaucoup, vous
aurez un peu ; demandez peu, vous n'aurez rien. Je ne
sais pas si vous me comprendrez : ce qu'il y a de certain, c'est que j'ai voulu dire une chose que vous auriez
comprise si je vous l'avais dite de vive voix. Je trouve
si difficile d'écrire ces choses-là !

J'ai fini mon autre tableau, mon *Saint Clair*, et
M. Ingres est venu le voir. Oh ! si vous saviez comme il
a été encourageant ! Mais oui, il faut que je vous dise
tout, à vous, à condition pourtant que ce sera à vous
seul. Il est entré, il s'est placé en face du tableau. Assis
depuis un moment, il ne disait rien ; j'étais embarrassé,
Paul aussi. Enfin il se lève, me regarde, et en m'embrassant avec cette effusion, ce sentiment que vous lui
connaissez, il me dit : « Non, mon ami, la peinture n'est
pas perdue : je n'aurai donc pas été inutile ! » À ces
mots, dont je suis si peu digne d'être l'objet ou l'occasion, je suis devenu petit et je n'ai pu répondre que
par des larmes. Comme nous l'embrassâmes tous deux,
Paul et moi ! Il était heureux, l'excellent homme. Oh !
je ne perdrai jamais le souvenir de ce moment-là !
Il n'y a qu'un ami, comme vous, mon cher Lacuria,
à qui je pouvais dire cela. Vous le sentez ainsi que

moi, vis-à-vis de tout autre ça ne pourrait que me faire
du tort.

Je me rappelle qu'il y a quelque temps vous me de-
mandiez si j'aimais bien réellement ce pays; voyez-vous,
c'est inexprimable. J'aime bien la France, c'est elle qui
a mes parents, mes amis; je l'aime mieux, c'est certain;
mais quand je pense qu'il me faudra quitter Rome, cela
me déchire le cœur. Lorsque de ma fenêtre seulement
je vois cette belle plaine, puis cette belle chaîne de la
Sabine, ces belles montagnes avec leurs vieux noms,
leurs noms antiques, plus près de moi notre beau jardin, enfin le délicieux palais dont j'habite une aile,
lorsque je vois tout cela d'une de mes fenêtres et que,
me retournant de l'autre côté, je vois et je domine toute
la ville avec la ligne de la mer pour horizon, oh! voyez-
vous, je souffre à la pensée d'abandonner un jour tout
cela. J'aurai bien de la peine, et cependant il faudra se
vaincre; je sens bien que ce n'est point ici que je dois
vivre....

XXXIII

A MONSIEUR AMBROISE THOMAS.

Rome, le 30 avril 1836.

.... Hier, j'étais tout seul, il faisait beau; j'ai été me
promener dans les galeries supérieures du Colisée; depuis
toi, je n'y étais pas retourné. Est-il possible d'être
aussi enfant que ça? En m'approchant de ce dernier

are, je me sentais très-ému. Cependant j'y suis arrivé. Rien n'était changé, si ce n'est que les deux petits bancs, intacts, sont environnés de grandes plantes qui portent des fleurs charmantes. J'ai pensé à toi, et je me suis rappelé ce que tu me disais un jour en remontant le Pincio, que nous serions heureux si notre nom pouvait un jour avoir quelque éclat, si nous pouvions enfin, comme artistes, mériter quelque estime. Tu disais cela, et j'y applaudissais : il faut nous le redire encore, car cette excitation est bonne. Il y a encore deux ans à laisser passer avant que nous nous revoyions, et ce sont deux de nos bonnes années : elles doivent être employées utilement.

Oudiné m'a dit qu'on t'avait promis un poëme, mais sans autres détails. Je ne sais pas jusqu'à quel point je puis espérer pour toi une occasion de paraître. Je la désire bien vivement, croyant, avec beaucoup d'autres personnes, qu'il ne te manque que ça et un peu plus de confiance en toi.

La lettre qu'Oudiné m'a écrite est bien triste. Elle a beaucoup de rapport avec celles que toi et Garrez m'avez envoyées en pareille circonstance. Je lui ai répondu il y a quelques jours, et lui ai exprimé avec bien de la joie combien sa figure a fait de plaisir. Pauvre garçon, je voudrais bien qu'il prenne courage et qu'il continue comme ça! Je pense que Harlé n'a pas mis son tableau au Salon, puisqu'on n'en a pas parlé. Ça doit faire une bien jolie chose. Dis-lui encore que je lui demande une lettre, et embrasse-le pour moi. Je t'en prie, mille choses à Oudiné, à Roger, à Signol, Garrez, Jaley, enfin à tous ceux que tu pourras voir.....

XXXIV

À MONSIEUR ET À MADAME FLANDRIN.

Rome, le 1ᵉʳ juin 1836.

Il y a quelques jours nous avons eu le plaisir de voir M. Foyatier et M. et mademoiselle Laselve, qui nous ont donné de vos nouvelles. La résolution qu'ils ont prise a été bien subite, leur voyage jusqu'ici a été très-heureux. En définitive, ils l'ont trouvé bien moins effrayant qu'on ne le dit généralement. Oh ! pourquoi ne pouvez-vous aussi le faire ? Serions-nous assez heureux en vous recevant et en vous montrant tout cela ! Mais laissons-là les choses trop difficiles et les regrets. Le temps qui doit nous réunir approche : je commence à le voir, je vous vois aussi, je vous embrasse, et mon cœur se gonfle de joie. Je sens ton bras, mon bon père, nous allons nous promener ensemble, et nous te racontons bien des choses. Allons, courage ! Dieu nous donnera ce bonheur. Déjà, au lieu de compter par années, je compte maintenant par mois. Encore dix-neuf ou vingt, et je vous reverrai, nous vous reverrons !...

Je regarde de temps en temps un petit dessin que j'ai fait autrefois, qui représente Lyon vu des hauteurs de Montessuy. Je pense que c'est là que vous êtes, que vous nous attendez : alors mon Dieu, le temps me semble bien long. D'un autre côté, lorsque je regarde le travail fait, je trouve que c'est peu, et il me semble que le temps a passé bien vite. Cependant, en conscience, je peux dire que j'ai travaillé, et je sens que j'ai fait des progrès ...

XXXV

A MONSIEUR AMBROISE THOMAS.

Rome, le 11 juin 1836.

.... J'ai reçu par toi et par M. Bodinier la nouvelle que j'avais une médaille (1). Ça me fait plaisir pour mon père, à qui M. Bodinier la donnera en passant. Quant à la vente, je t'avouerai que tout le monde s'était tellement appliqué à me fourrer ça dans la tête, que j'avais fini par l'espérer. Il y a donc eu un léger désappointement ; mais, tout considéré, je suis loin d'être malheureux. Ma peinture a été plus remarquée que je ne l'espérais, et, plein de courage et du désir de mieux faire, je me dispose pour mon dernier tableau.

Je me suis arrêté à un sujet que j'ai toujours aimé, et que M. Ingres a fort approuvé. Il est tiré de l'Évangile. C'est lorsque des femmes présentent leurs petits enfants à Jésus-Christ pour les bénir, et que les disciples les repoussent : Ce que voyant Jésus, il les reprend et leur dit : « Laissez venir à moi les petits enfants, car, je vous le déclare, le royaume du ciel n'est fait que pour ceux qui leur ressemblent. » Je vois cette scène-là fort belle. Le grand sens des paroles du Christ et le sentiment qui domine tout cela sont des choses magnifiques à exprimer, mais aussi c'est une entreprise effrayante. L'approbation que m'a donnée M. Ingres m'encourage beau-

---

(1) Le tableau d'Hippolyte Flandrin représentant *Dante et les Envieux* fut récompensé d'une médaille d'or de seconde classe, à la suite du Salon de 1836. — Le *Saint Clair*, exposé l'année suivante, valut au jeune peintre une médaille d'or de première classe.

coup. Je craignais qu'il n'aimât mieux autre ch... ou contraire, il a été enchanté. Tout ce que je viens de te dire là est entre nous, n'est-ce pas? Car d'ici à ce que mon tableau soit un peu avancé, je n'en parlerai à personne (1). D'ailleurs, je ne le commencerai qu'au mois de janvier, ayant à faire d'ici là mon esquisse, ma copie, et mon voyage de Naples. Pour le voyage j'emploierai le mois de septembre et une partie d'octobre : c'est le moment.....

Ballard est parti pour la Pouille, la Calabre, la Sicile et Naples enfin, où nous nous retrouverons. Mores et Jouffroy y vont aussi dans une quinzaine de jours..... J'ai reçu d'Ondiné une lettre qui me dit ce que tu sais aussi. Il est bien heureux, je le comprends, et, comme je le lui disais dans ma réponse, il me semble qu'il n'a plus besoin d'encouragement au travail : il a bien là le plus beau. J'ai reçu aussi une petite lettre de Harlé, mais elle n'a que sept mois de date.....

(1) Hippolyte Flandrin ne se contenta pas de préparer en secret la composition qu'il se proposait de transporter sur la toile. Lorsqu'il eut entrepris l'exécution même du tableau, il obtint de ses camarades qu'aucun d'eux ne pénétrerait dans son atelier avant l'achèvement de ce travail, qu'il voulait poursuivre en dehors de toute influence extérieure et sans autre témoin que son frère Paul.

Parmi les pensionnaires, toutefois, il en était un, Dominique Papety, que Flandrin avait tenté envie de prendre pour modèle. Il s'agissait alors de peindre les mains de Jésus, et celles d'Papety satisfaisaient à souhait, par la délicate beauté des formes, le type qu'avait rêvé Flandrin. Mais le moyen de travailler d'après ce modèle sans révéler le secret si soigneusement gardé jusque-là? Pour tirer Flandrin d'embarras, Papety lui offrit de venir poser chez lui les yeux bandés, et, moyennant cet accommodement, les deux jeunes artistes purent, pendant plusieurs séances, se trouver face à face dans l'atelier, sans manquer ni l'un ni l'autre à leur parole.

Dans dix-huit ou vingt mois j'irai vous rejoindre, et regarde comme ça passe vite! Il y aura bientôt un an que tu nous as quittés, et, tout à l'heure, deux ans et demi depuis ce 13 février!

XXXVI

A MONSIEUR ET A MADAME FLANDRIN.

Rome, le 29 juin 1836.

MON CHER PAPA ET MA CHÈRE MAMAN,

M. Lenourrichet, précepteur des princes Borghèse et un de nos bons amis, veut bien se charger d'une petite lettre pour vous. Il pourra aussi de vive voix vous donner de nos nouvelles, puisque nous sommes assez heureux pour connaître cet homme si bon, si estimable, et pour être connus de lui. Il devait partir un peu plus tôt, et je voulais profiter de cela pour vous souhaiter une bonne fête; mais, s'il y a du retard, ce n'est que dans ma lettre. Votre bonne fête n'a pas été oubliée. Avec un redoublement de ferveur nous avons prié Dieu pour vous. Nous lui avons demandé de vous conserver longtemps, de nous accorder un heureux retour près de vous, et enfin, de nous placer de manière que nous puissions remplir tous nos devoirs de fils. Vous nous avez élevés, vous nous avez donné les bons sentiments, ceux qui font le bien de la vie : oh! mon Dieu, nous serions trop heureux de pouvoir faire quelque chose pour votre satisfaction, pour votre bonheur!

.... Le jour de ta fête, mon cher papa, nous avons célébré celle de M. Ingres. Nous l'avons invité à un beau dîner. La salle qui le voyait fêter comme directeur, l'avait vu autrefois pensionnaire : que de souvenirs! Madame Ingres aussi était à la fête. Cela a été charmant. On les aime tant, qu'on est bien heureux de le leur témoigner un peu...

XXXVII

A MONSIEUR AUGUSTE FLANDRIN.

Rome, le 8 juillet 1836.

Flacheron (1) vient de m'apprendre que l'on se disposait à faire, à Lyon, une exposition de peinture dans le mois d'octobre; comme, depuis longtemps, je regrette que le papa ne voie jamais rien de ce que nous faisons, j'ai envie d'y envoyer mon *Dante*. Flacheron m'a dit encore quelque chose qui pourrait bien aussi m'y encourager : c'est que la ville pouvait disposer, cette année, de quarante à cinquante mille francs; et, qui sait? peut-être pourrait-on m'acheter mon tableau (2). M. Ingres est bien fâché que ça n'ait pas eu lieu à Paris : mais enfin il n'y faut plus penser : c'est une chose finie. Je voudrais donc que tu aies la complaisance de l'infor-

(1) Peintre paysagiste français établi à Rome.
(2) A la suite de cette exposition, le *Dante* fut effectivement acheté par la ville de Lyon et placé dans le Musée. La ville acquit en outre la figure d'*Euripide* composant ses tragédies, envoyée à Paris par Flandrin en 1836.

mer si vraiment cette exposition doit avoir lieu et jusqu'à quelle époque on recevra les tableaux. Alors tu voudrais bien écrire, à Paris, à Lacuria ou à un autre qui nous aimerait assez pour se charger de cette peine, afin qu'il aille à l'École des beaux-arts réclamer le *Dante* et le *Berger*, pour les faire emballer, ainsi que les bordures qui leur ont servi au Louvre ; tout cela au meilleur marché possible, car ils m'ont coûté déjà près de huit cents francs, et, pour une chance aussi incertaine, je ne voudrais pas être obligé de vendre ma culotte.....

Je t'apprends avec grand plaisir que, l'autre jour, pendant que Paul travaillait au Vatican, un de nos camarades [1] m'a donné l'occasion de vendre deux paysages de Paul. Ça lui fait un petit magot de huit cents francs, et qui est arrivé bien à propos, puisque, le matin même, il ne lui restait plus qu'un *baïocco* et demi, ce qui fait à peu près deux sous de France. Je suis enchanté de cela, car je craignais bien qu'il ne pût pas venir à Naples avec moi. Je n'aurais pas pu l'aider. Travaillant comme je fais, je ne suis pas assez riche pour prêter quinze francs à quelqu'un : situation peu brillante, comme tu vois, mais si heureuse de tant de côtés que je crois bien la regretter toujours.....

---

1. Ce camarade était le sculpteur Simart.

XXXVIII

A MONSIEUR AMBROISE THOMAS.

Rome, le 29 août 1836.

..... Nous avons, ici, une année des plus fiévreuses. Bien qu'à la Villa, M. et madame Ingres, Boulanger, Simart, Jourdy, Boulanger encore, ont eu la fièvre. Moi, enfin, j'en relève maintenant. Je me consolais de cela en disposant tout pour mon voyage de Naples. Nous devions y retrouver Baltard, notre frère aîné devait venir nous rejoindre ; enfin des projets magnifiques ! Mais il a fallu renoncer à tout cela. Le choléra s'est déclaré à Ancône très-violemment ; toutes les communications avec le royaume de Naples ont été interrompues, on ne délivre plus de passe-ports, et j'ai écrit à mon frère de suspendre son voyage ; car si le choléra arrivait ici, ce serait une sottise de venir de si loin le chercher. Adieu donc cette belle Naples, que j'aimais sur la foi de tes récits ! Je ne l'ai jamais vue, et cependant il me semble la connaître : j'y ai même des souvenirs vivants, bien vivants. J'y aurais cherché des traces de pas, des noms écrits. Déjà je croyais voir le livre de l'Ermite du Vésuve ! Tout ce que je te dis là ne te ferait-il pas penser qu'à Rome on oublie moins vite qu'à Paris? Ça pourrait bien être, hein? et ce serait même assez naturel. — Eh bien, oui, mon bon ami, cette charmante perspective de voyage, d'excursions, de promenades, nous l'avons échangée contre la fièvre et la crainte du choléra. Est-ce assez de guignon!....

Je vis peut-être encore plus reclus que lorsque tu
étais ici, et il y a de cela un an et neuf jours ; ce qui, en
comptant bien, me fait voir qu'il ne me reste plus que
seize mois. Cette pauvre Rome, la laisser! L'autre soir,
avant de me coucher, je pris une chaise et j'allai m'établir sur la loge pour bien jouir de la vue de la ville
éclairée par la lune. C'était une de ces fois où la lumière,
placée derrière les masses, les fait si bien comprendre.
Le coassement des grenouilles et le bruit de la fontaine
ne m'empêchaient pas de comprendre le silence qui
régnait partout ; par leur monotonie, ils y ressemblaient
et s'y liaient. D'ailleurs, point de mouvement, point de
lumières. J'allais quitter, lorsque m'arrivèrent quelques
accords de piano. Oh! ça me fit souvenir de tant de
choses que.... mais, *basta!* Je voulais seulement te dire
que j'aurais beaucoup de peine à quitter Rome, quoique
ce soit pour aller revoir des parents et des amis que
j'aime bien.....

XXXIX.

A MONSIEUR EUGÈNE ROGER.

Rome, le 31 octobre 1836.

Mon cher Roger, comme je te sais franc et sincère,
j'ai éprouvé un grand plaisir à recevoir les louanges que
tu donnes à mon tableau. Quant au ton jaune et noir de
mon *Euripide*, je t'avouerai que quelques personnes m'en
ont fait compliment. Elles appellent cela de la couleur :

mais moi, je suis parfaitement de ton avis. Ce n'est pas comme ça que je la comprends, et je tâcherai de te prouver.....

Tu sauras que Baltard n'est pas encore de retour, le choléra ayant atteint Naples avant qu'il en sortît. Il lui a fallu faire une espèce de quarantaine de vingt jours à Sora avec sa femme et son enfant. C'est bien un peu de sa faute, car toutes ces choses n'étaient pas difficiles à prévoir. A Naples on compte déjà jusqu'à deux cent cinquante cas de choléra par jour. Je crois que nous ne pouvons guère tarder à le voir arriver ici : cependant qui sait? Il a bien épargné Lyon. Vous avez su, je pense, quelle a été l'admirable conduite de nos braves soldats à Ancône (1) : les Italiens leur ont facilement abandonné le monopole du courage et du dévouement. Ah! une petite anecdote : Ces jours derniers, Famin, architecte, pensionnaire de l'année dernière, ayant été sans passe-port faire une tournée à Anagni, le gouverneur de cette petite ville le fit arrêter et traîner de prison en prison les fers aux mains. Délivré et arrivé à Rome, sa première visite fut pour M. de Latour-Maubourg. Il était neuf heures du matin. L'ambassadeur écrit une lettre fou-

(1) Dans une lettre adressée un mois auparavant à son frère Auguste, Hippolyte Flandrin racontait le fait en ces termes : « Le choléra a fait de grands ravages à Ancône, mais jusqu'à présent il n'a pas avancé. La garnison française a fait preuve d'un dévouement admirable. Comme la population terrifiée abandonnait lâchement les malades, le général Cubières a demandé des hommes de bonne volonté pour soigner les cholériques. Presque tous les soldats se sont présentés et ont rivalisé de zèle. Les vivres manquaient, les villes et les villages n'apportaient plus rien : le général français a encore fait renaître l'abondance, en menaçant de sortir avec la garnison et de ramasser pour Ancône tout ce qui se trouverait sous sa main. »

17

droyante au cardinal secrétaire d'État, qui, à midi, arrive
lui-même apportant les excuses du gouvernement et
annonçant qu'un courrier venait de partir portant au
susdit gouverneur d'Anagni sa destitution et l'ordre de
se rendre au fort Saint-Ange. Il y est maintenant depuis
huit jours. L'ambassadeur a, de plus, exigé qu'une circulaire faisant connaître l'attentat et la punition fût distri-
buée aux gouverneurs de toutes les villes de l'État romain.
Oh! nous avons été bien contents de l'ambassadeur, et
nous lui conservons bien de la reconnaissance pour la
manière dont il a vengé cette infamie. Ç'a été si vite fait
que ça n'a pas eu beaucoup de retentissement. Je te le
dis donc, à toi, certain que ça ne te fera pas de peine.....

Ce que tu me dis d'N... serait bien affreux pour lui;
mais sa vanité et son imprudence étant devenues pro-
verbiales, il s'est arrangé de manière que personne
ne le plaigne. Hélas! ce n'est pas tout d'accumuler de
grands travaux, de tout recevoir, de tout entreprendre.
Je suis bien de ton avis, je trouve qu'en ces choses-là on
engage son caractère d'homme comme son talent d'artiste.

Nous avons eu ici un automne épouvantable. Rome a
été désolée par les fièvres, et, à l'Académie, depuis le
directeur jusqu'au portier, presque tous en ont eu leur
part. Pour moi je suis convalescent de ma troisième
rechute, et je crains bien que ça ne me laisse pas tranquillement faire ma copie.....

XL

Rome, le 19 novembre 1836

Tout ce que tu as fait est bien fait, et je t'en remercie
de tout mon cœur. Je t'autorise à conclure, à signer en
mon nom, et, en faisant cela, je te prie de témoigner à
Messieurs du conseil municipal combien je suis reconnaissant et combien je tiens à honneur d'avoir quelque
ouvrage dans le musée de notre ville.....

.....Quant à la petite négociation avec M. Héral, je
t'en prie, cours chez lui, et, là, embrasse-le bien pour
nous. Témoigne-lui, mais le plus chaudement que tu
pourras, combien nous sommes reconnaissants d'une
pareille bonté et avec quelle joie nous en avons reçu la
nouvelle (1). Le portrait de notre père! Par lui! Oh!
mon Dieu, je ne saurais t'exprimer combien ça nous a
fait de plaisir. Dis-lui bien que je trouve mon *Berger*
mieux placé que je n'eusse jamais osé l'espérer, et que
l'estime qu'il en fait est pour moi un puissant encouragement. Enfin, mon ami, dis-lui tout ce que tu voudras,
pourvu que ça exprime beaucoup de joie et de reconnaissance. Excuse-moi de ne pas lui écrire moi-même à ce
sujet; mais j'ai la tête bien faible, la fièvre me poursuit
toujours. Dernièrement, nous avons été à Albano pour
changer d'air, c'est-à-dire pour essayer du dernier remède,

(1) Voir pour les détails et les résultats de cette négociation : la lettre
d'Hippolyte Flandrin à M. Ambroise Thomas, en date du 13 février 1837.

Nous avons été assez bien les premiers jours, mais la fièvre est revenue, et nous voilà, à Rome, attendant tout du temps. Cependant Paul a éprouvé quelque amélioration, et peut-être parviendra-t-il à s'en délivrer avant le printemps. Ne dis rien de tout cela au papa et à la maman, mais je t'avoue que nous sommes bien malheureux de perdre un temps si précieux.....

XLI

A MADAME FLANDRIN.

Rome, le 12 février 1835.

MA BONNE, MA CHÈRE MAMAN,

Je suis bien tourmenté du désir de vous revoir. A cette pensée mon cœur bondit, et je sens combien je vous aime. Bien souvent je voudrais vous écrire tout ce que nous faisons et tout ce que nous pensons, mais, souvent aussi, je me décourage parce que c'est coûteux, et puis parce qu'il faut tant de jours pour avoir une réponse! Cependant, c'est si bon un petit mot de vous, que, dussiez-vous ne mettre que deux lignes et votre signature, je vous en prie, envoyez-les.

Nous ne savons que penser du long silence du papa, et je vous avoue que ça nous attriste beaucoup. J'aurais été si heureux de savoir s'il a éprouvé quelque plaisir en voyant mes tableaux! Mais ce n'est pas tout. Je crois qu'il est malade, puisqu'il a pu rester dix mois sans nous dire un mot.

Je suis bien sûr que vous avez partagé la joie que j'ai

éprouvée en voyant mes tableaux achetés par la ville.
C'est une bonne fortune que je voudrais bien partager
un peu avec vous. Je sais, ma bonne petite mère, combien
vous avez de répugnance à habiter dans un appartement
malpropre, et si on n'a rien fait au nôtre depuis mon
départ, je sens qu'il n'est guère fait pour flatter vos
goûts. Voudriez-vous donc, maman, me faire le plaisir
d'accepter la petite somme de cent francs pour y faire
quelques améliorations, si cependant ça ne dérange pas
trop le papa? Autrement, vous en ferez ce que vous
voudrez. Je prie Auguste d'être mon caissier; il vous
remettra cela. N'est-ce pas, ma bonne petite maman,
que vous acceptez et que vous tâcherez d'embellir un
peu votre petite case?......

Auguste devait arriver ici dans le mois de janvier;
mais je commence à désespérer de le voir avant mon
départ! Cependant que de bien il aurait pu en retirer!
Je voudrais bien au moins qu'il se souvienne de la per-
sistance avec laquelle je l'ai exhorté et appelé. Adieu,
ma chère maman, je prie tous les jours pour vous et
pour notre bon père. Je suis bien sûr que vous ne nous
oubliez pas non plus, et j'attribue à ces prières de
ma bonne mère toutes les choses heureuses qui m'arrivent.

XLII

A MONSIEUR AMBROISE THOMAS.

Rome, le 13 février 1837.

En attendant de tes nouvelles, il faut que je me mette
à bavarder avec toi, ou du moins que je me l'imagine.
Après un hiver bien triste et bien pluvieux, voilà que le
printemps commence à nous sourire. Le beau soleil et
les arbres en fleurs me rappellent une de nos premières
promenades. Nous avions acheté aux *Quattro Fontane*
des oranges, des pommes de pin, et nous avons été les
manger aux Thermes de Caracalla. Mon Dieu, que c'est
déjà loin! La date du 13 février me rappelle encore
autre chose, que dans ton Paris tu as bien pu oublier un
peu, mais pas tout à fait (trois ans!). — Ici, comme on
attend le choléra, le carnaval a été défendu, et comme
les Romains, tout en le regrettant, ont paru se soumettre
patiemment, on a bien voulu, le dernier jour, leur con-
céder le divertissement des *moccoletti*. Le Corso était
plein, tout semblait se disposer; mais les premiers qui
ont allumé ont été sifflés, hués, et violemment forcés
d'éteindre. Les voitures qui s'échappaient au milieu des
clameurs, les boutiques qui se fermaient, tout cela produisait un chaos que l'on appelle maintenant « la révolution des *moccoletti* », et qui, comme toujours, a eu
pour promoteurs, au dire des Romains, les pensionnaires
de l'Académie de France.

Votre carnaval, à vous autres, n'a pas non plus dû
être très-gai. La grippe vous tenait, et peut-être vous

tient-elle encore. Cependant j'espère que toi et les tiens
vous n'aurez pas été trop souffrants. Ici nous avons été
bien malheureux. Pendant quelques jours, le pauvre
M. Ingres a été très-malade d'une fluxion de poitrine,
et voilà seulement quatre ou cinq jours qu'il est hors de
danger. Il est bien faible et bien changé; la convalescence sera sans doute un peu longue, mais enfin il est
sauvé! Paul n'a plus de fièvre depuis près de deux mois.
J'espère donc que c'est fini pour lui; mais moi, il paraît
que je n'en ai pas encore mon compte, car elle revient
encore, tous les huit jours, deux fois. J'attends avec
bien de l'impatience la révolution que doit (disent les
médecins) produire en moi le printemps. Ça m'a mis
tellement en arrière, que, d'ici au mois d'avril 1838, je
t'assure que je ne suis pas en peine de l'emploi de mon
temps.

Bien certain de te faire plaisir, je te dirai que la ville
de Lyon m'a acheté mon tableau de *Dante* et ma figure
d'*Euripide* à des prix dont je suis très-content. Quant à
ma figure de *Berger,* mon ancien professeur à Lyon,
M. Legendre-Héral, homme que j'estime sous tous les
rapports et à qui je dois beaucoup, ayant voulu me l'a-
cheter, j'ai senti que je ne pouvais pas accepter ses pro-
positions, et je la lui ai offerte. Il m'a fait le plaisir de
l'accepter, mais en revanche il m'a promis le buste en
marbre de mon père, et déjà il l'a commencé. Notre joie
est grande, car ce n'est pas simplement un portrait que
ça nous produit, mais, d'après le talent que je connais
à M. Héral, c'est un beau, un magnifique portrait.

Jeudi 23 février. — Ma lettre a été coupée par la
fièvre, mais aujourd'hui je vais mieux. Le courrier est

arrivé sans rien apporter pour moi, et je m'en plaignais, lorsque M. Juge est venu, m'a embrassé de ta part et m'a remis ta lettre. Mon Dieu, que j'ai eu de plaisir à la lire! Je suis content que toi et ta famille ayez échappé à la grippe, ainsi que nos bons amis Harlé, Roger, Signol. Dis-leur, s'il te plaît, de ma part, que je regrette bien de ne pas voir leurs tableaux, mais que je ne tarderai guère, et que d'ailleurs je compte sur eux pour avoir des nouvelles du Salon. Dis à Harlé que je l'aime bien assez pour pouvoir *exiger ça de lui*.

Je suis heureux de savoir que l'on t'a enfin confié quelque chose, car j'ai bonne espérance dans ton talent. Allons, courage, mon ami! Souviens-toi des beaux projets que nous faisions dans la longue allée de peupliers qui est entre Chambéry et Montmélian! Nous les avons renouvelés plus d'une fois sur le Pincio, dans nos promenades à l'*Ave Maria*. Eh bien, à Paris, rassemble tes forces et accorde-leur un peu de confiance. Le jour où j'apprendrai qu'une de tes œuvres a été exécutée et applaudie, mon Dieu, que je serai heureux! Je me rappelle qu'un jour M. de Latour-Maubourg me dit : « Vous devez être fier d'avoir un ami comme Thomas. » En effet, il disait vrai, et je suis sûr d'éprouver toujours ce sentiment. Je ne veux pas te flatter, va, mais je te comprends comme ça parce que je t'aime, et, ma foi! je te le dis. Voyons, ne te fâche pas : je parle d'autre chose.

Tu me demandes si je fais souvent nos belles promenades : ah! il y a bien longtemps que je ne bouge guère. A *Torre dei Schiavi*, je n'ai été qu'une fois, depuis toi. A la *Villa Panfili*, on a fait sans nous la cueillette des violettes, et depuis le jour où nous avons été *ensemble* à la *Villa Mellini*, je n'ai jamais pu y rentrer, — *Tre anni, bagatella!*

Les nouveaux sont arrivés (1) (et mes gravures aussi, je t'en remercie). Ils sont, en général, bien gentils, bien bons enfants; mais ce ne sont plus mes vieux! Il faut que je les cherche à travers tous ces nouveaux visages. Oh! mon Dieu, qu'il en reste peu! Bientôt, je vais vous renvoyer Jouffroy et Morey, qui vous parleront un peu de tout ça, et moi, comme je disais plus haut, je ne tarderai guère; car qu'est-ce qu'un an! Boulanger me joue souvent la petite valse et le *My mother*, qui toujours m'enchante; mais quand je t'entendrai, toi, me jouer certaines choses, il me semble que ça me fera pâmer de bonheur. Oh! j'espère bien, à Paris, ne pas me laisser manquer de musique!

M. Ingres continue à aller mieux. Lorsqu'il a reçu ta lettre par M. Juge et qu'il l'a eu lue, il n'a pu retenir une grosse larme et l'a baisée avec affection. Je suis bien heureux que tu le connaisses et qu'il te connaisse si bien. Adieu; remercie-bien pour nous ta chère mère et ton frère de l'amitié anticipée qu'ils nous accordent. C'est toi qui en es cause, et nous t'en remercions de tout cœur.

Embrasse pour nous le brave Harlé et exprime-lui combien je serai heureux d'entendre faire l'éloge de son charmant tableau. Présente aussi nos respects à ses parents, et, encore une fois, je lui *demande* une lettre.

_____

(1) Ces nouveaux, c'est-à-dire les grands prix de 1836, étaient MM. Papety et Blanchard, peintres; Roumaisieux et Ottin, sculpteurs; Boulanger et Clogget, architectes; Poiscelot, compositeur de musique. Il n'y avait pas eu, cette année-là, de premier prix de gravure en taille-douce.

Embrasse Roger, Signol, Garrez et Ondine... Ondine
qui est heureux et qui oublie des amis malheureux !
Enfin ne nous oublie pas auprès des camarades que tu
pourras rencontrer, Comairas, Jaley, etc.

XLIII

A MONSIEUR AUGUSTE FLANDRIN.

Rome, le 18 juin 1837.

Mon cher Auguste, je demande des lettres à la maman
par la cousine Mariette, par toi, par tout le monde. Par
qui n'en demanderais-je pas, tant j'ai de plaisir à en
recevoir ! Tu me dis que bientôt nous te verrons, et tu
me recommandes de ne pas entreprendre de voyage sans
toi ; mais, mon pauvre ami, je ne suis pas le maître,
surtout dans l'état de santé où je suis. Je traîne toujours
la fièvre, et les médecins m'ont dit qu'il ne fallait pas
que le mois de septembre me retrouvât à Rome, car
alors je serais sûr d'être malade encore une autre année.
Il faut que je tâche de prévenir cela en quittant Rome
au commencement d'août. Tu penses que je dois être
triste, moi qui ai travaillé et dont les travaux ont été
mieux accueillis que je ne l'espérais, au moment où,
dans un ouvrage beaucoup plus important, je devais
rassembler mes forces et faire une espèce de compte
rendu. Je sens que je perds jusqu'à l'envie de bien faire.
La faiblesse et la maladie m'ont donné un dégoût, une
tristesse que je porte partout. Je serais donc obligé de
renoncer à toutes mes espérances ! Cependant je ne suis

pas continuellement aussi découragé. Quelques jours sans fièvre me rendent du zèle, et je me reprends à l'amour du travail. C'est dans un de ces moments-là que je viens de commencer mon grand tableau (1); mais comme il faudrait être robuste pour pouvoir conduire une chose comme celle-là!.......

XLIV

A MONSIEUR AMBROISE THOMAS.

Rome, le 24 juillet 1837.

.... Nous avons perdu notre pauvre M. de Mau-bourg, et cela nous a bien chagrinés (2), car tous avaient appris à le connaître. Les derniers mois de sa vie surtout, il a cherché, je crois, à se faire regretter encore davantage. Aussi l'a-t-il été unanimement, des étrangers comme des Français.......

M. Ingres va bien maintenant. Il fait de loin en loin un peu de musique, et nous avons eu le plaisir d'entendre, pour la première fois depuis ton départ, l'admirable *Fantaisie* de Mozart que je te demandais si souvent.

1) *Le Christ et les petits enfants*, que Flandrin, quelque effort qu'il fît pour lutter contre la maladie, ne put achever qu'après son retour à Paris en 1838.

2) Dans une lettre adressée à son frère Auguste, et qui avait précédé celle-ci de quelques jours, Hippolyte Flandrin avait exprimé déjà les regrets que lui causait cette perte : « Nous venons de perdre, écrit-il, notre ambassadeur, M. de Latour-Maubourg. C'était pour nous un protecteur et un ami tout à la fois. Oh! nous l'avons bien pleuré, cet homme si noble et si digne! »

puis la *Symphonie en ut mineur* et les deux jolies *mélodies* de Schubert. Mon Dieu, quel cœur il y a là-dedans! M. Ingres, Boulanger et Cottagini jouent quelquefois un de tes *trios*...... Boulanger me joue aussi le *My mother*, la petite valse, et il me semble que ça me reporte vingt ans en arrière. Ce n'est pas que j'aie rien oublié, mais ça me semble une chose que l'on m'a racontée. J'y rêve pourtant quelquefois encore, et alors rien n'est changé. Nous sommes *tous* tels que nous étions! Depuis plus d'un an je n'ai pas reçu d'autres nouvelles que celles que tu m'as données dans ta dernière lettre......

J'ai appris le mariage de Signol par la lettre qu'il a écrite à M. Ingres. Il paraissait bien heureux, et je m'en réjouis de bon cœur, car c'est un bon et brave homme. Les petites affaires d'Ondiné vont aussi fort bien. La mesure de joie serait comble si j'entendais bientôt parler d'un joli succès pour ton petit opéra. Vraiment j'ai beau faire et m'épouvanter de toutes les difficultés, j'ai confiance en toi.

XLV

A MONSIEUR AUGUSTE FLANDRIN.

Florence, le 24 août 1837.

C'est à Florence que j'ai reçu ta chère lettre. Vous savoir en bonne santé nous a fait grand bien, et nous en avions besoin, car ici nous sommes assez malheureux sans avoir encore d'autres inquiétudes.

Je vais tout te conter. Dans les derniers jours de juillet, après les épouvantables nouvelles reçues de la Sicile, quelques cas de choléra se manifestèrent à Rome, où la frayeur fut grande, parce que le gouvernement et les médecins ont tout fait pour persuader au peuple que le mal est contagieux. Moi, depuis deux mois, j'étais sans fièvre, je travaillais enfin à mon dernier tableau, et malheureusement plus que je n'en avais la force. Au mois d'août je devais partir pour éviter la saison des fièvres, mais la fatigue en a avancé l'époque ; juste au moment de ces premiers cas de choléra, je suis retombé, et les remèdes m'ont causé une inflammation épouvantable. Après quelques jours d'incertitude sur la question de savoir si le fléau était parmi nous ou s'il n'y était pas, on se rassura, et M. Ingres et nos amis nous conseillèrent vivement de partir pour tâcher de couper ma fièvre, car je pouvais en avoir encore pour un an. Hélas! si j'avais pu prévoir ce qui est arrivé, je ne serais pas parti, et je suis sûr qu'en partageant le danger avec eux, je n'aurais pas été aussi malheureux qu'au milieu des fatigues et des inquiétudes où nous nous trouvons. Enfin nous sommes partis. Nous pensions que cette alerte pouvait n'être que comme les trente ou quarante autres que nous avons eues depuis que je suis à Rome. Nous prenions la route de Sienne pour aller à Florence, le 3 août, par une chaleur épouvantable, et dans un voiturin qui, marchant comme une tortue, nous a fait faire de dix à douze lieues par jour. Aussi, moi, qui étais parti malade, j'ai souffert!!

Arrivés à la frontière de Toscane, nous voyons venir à nous deux hommes qui nous signifient que nous ayons à retourner sur nos pas, car le gouvernement florentin vient d'établir un cordon sanitaire, et il faut que nous fissions à Acquapendente, mauvaise petite ville, une quarantaine de quatorze jours. Juge de notre désappointement! Force nous fut donc de retourner en arrière et de nous résigner à faire quarantaine. Nous étions cinq Français (Étex jeune entre autres), et un Allemand, tous artistes : nous nous accordions fort bien. Nous convînmes d'aller faire notre temps à Perugia, ville très-belle, située sur une montagne, et où l'air est beaucoup meilleur. Quand nous y arrivâmes, on délibéra si on nous y recevrait ou non. On finit par nous admettre, et je repris encore un peu de fièvre. Cependant, j'allais mieux : le repos me convenait. Bientôt les nouvelles de Rome devinrent alarmantes, et nous apprîmes par une foule de fugitifs que le choléra y était décidément, qu'il y avait même deux cents, puis quatre cents morts par jour, et qu'une des premières victimes avait été le brave M. Sigalon. Cet homme si aimé et si estimé, à qui il restait encore quelques jours pour finir un travail de cinq ans, poursuivi avec le courage le plus admirable, il est mort, et cette nouvelle nous a plongés dans un vrai chagrin. Oh! que je regrette d'avoir quitté M. Ingres et l'Académie dans ces affreuses circonstances!

Cependant, comme il était impossible de retourner, et que la fin de notre quarantaine était arrivée, nous partîmes pour Florence. Arrivés à la frontière, on nous fit signe de retourner en arrière, et des soldats vinrent pour nous arrêter. Cependant, après beaucoup de débats, nous fûmes admis. Deux heures plus tard nous dînions à Arezzo, nous étions heureux d'avoir enfin franchi la frontière toscane, lorsque inopinément on vint

nous annoncer que le choléra venait d'éclater à Florence. Juge de l'effet produit par cette jolie nouvelle!
Pourtant nous étions trop avancés ; nous continuâmes.
A notre arrivée, on nous dit qu'un ou deux cas seulement
s'étaient produits, qu'on espérait que ça n'aurait pas de
suite. Si ça augmente, nous nous tenons prêts à partir,
sans trop savoir où aller : car à Rome, à Naples, à Gênes,
à Livourne, à Venise, le choléra est partout. Tu vois
donc, mon pauvre ami, que nous ne pouvons rien te
conseiller pour ton voyage. Nous ne nous embrasserons
pas encore l'aurai-je assez désiré! ..... Je te l'avoue, de
toutes manières, je suis bien fâché de n'être pas à Rome.
Dans sa dernière lettre, M. Ingres me disait qu'il travaillait avec courage et bonheur : il est vrai que dans ce
moment-là tout allait bien! Madame Ingres, à ce qu'il
paraît, est toujours admirable par son courage et son
sang-froid. Elle donne l'exemple à tous. Moi je suis là,
je perds mon temps, inutile à mes amis et à moi-
même.

Mon pauvre tableau! Il sera heureux s'il arrive à fin
passable! Enfin, espérons que nous verrons de meilleurs temps.....

XLVI

A MONSIEUR AMBROISE THOMAS.

Florence, le 25 septembre 1832.

Mon Thomas, mon ami, depuis longtemps j'étais à
l'affût de quelque feuilleton qui vint nous parler de

toi. J'attendais avec impatience, avec anxiété. Juge de ma joie lorsque, dans le *Courrier français*, je vois un article sous ce titre : *La Double Échelle, musique de M. Thomas !* L'éloge qu'il fait ensuite nous a émus au dernier point, Paul et moi. Nous étions au café, nous lisions ensemble, et, à grands coups de coude, nous nous faisions comprendre notre joie mutuelle. Oh! vois-tu, je défie qui que ce soit d'être plus que nous heureux de ton succès. J'espère recevoir bientôt quelques mots de toi, mais je n'ai pu attendre. J'ai voulu te dire que *je savais*. Comme ce bon M. Ingres va être content ! Et les camarades donc, ceux qui ne te connaissent pas, comme ceux qui te connaissent ! Boulanger, le bon Boulanger, exprime sa joie bien vivement.

Tu seras peut-être étonné en me voyant t'écrire de Florence, lorsque le choléra sévit à Rome. J'en suis parti pour couper la fièvre, qui m'a repris à la fin de juillet; mais depuis, le choléra a éclaté à Rome, et juge de notre inquiétude pour ce bon M. Ingres et pour nos camarades! Cependant nous recevons des nouvelles par tous les courriers. Jusqu'ici l'Académie s'est maintenue saine, mais le pauvre M. Sigalon! Nous l'avons perdu, malgré les soins empressés de ses nombreux amis. Oh! ça a été un grand chagrin pour tout le monde!

Il y a de mauvais moments dans la vie, mais enfin, peut-être en obtiendrons-nous de meilleurs, et je compte parmi les bons celui où je pourrai te revoir et t'embrasser. Adieu, mon ami, je crois mieux que jamais que tu es destiné à avoir un nom : heureux si le mien pouvait lui donner la main! Paul et moi nous t'embrassons de tout notre cœur.

Ta bonne mère, comme elle doit être heureuse, ainsi que ton frère !....

————————

XLVII

A MONSIEUR EUGÈNE ROGER, A PADOUE.

Sermide, le 11 octobre 1837.

Mon cher Roger, depuis plusieurs jours nous sommes là, à regarder couler le Pô, en attendant que l'on veuille bien nous laisser passer ; mais je vais te conter comment tout a été. A Padoue nous avons dévoré les *Titien*, les *Mantegna*, mais surtout les *Giotto* de *Santa-Maria nell' Arena*. Quel bijou que cette chapelle ! Quelle blonde et douce harmonie ! Dans les *Titiens*, j'applaudis à ton choix. Tu conserveras une chose près de mourir, et qui vraiment est admirable. Je pense que tu es en train maintenant (1).

Au bout de trois jours, nous sommes partis pour Vicence et Vérone. Arrivés là, nous n'avons rien eu de plus pressé que de nous enquérir si Vérone était saine et pouvait servir de séjour pour notre quarantaine. A la première question, il nous a été répondu que la ville était *sanissima*, et on nous en a délivré un certificat ; mais, malheureusement, on n'a pu ensuite nous rien dire de certain, et nous sommes partis pour aller à Pes-

————

(1) Eugène Roger avait entrepris de reproduire une des fresques de Titien qui décorent à Padoue la *Scuola di Sant' Antonio*. La copie qu'il en a faite, et qui représente *Un mari poignardant sa femme*, est conservée aujourd'hui à l'École des beaux-arts.

18

chiera, et de là, voit le lac de Garda. A Mantoue enfin,
c'est à peine si on a pu nous garantir les jours de quarantaine que nous comptions y faire. Rien de mieux donc
que d'aller à la frontière s'en assurer.....

Nous avons vu les peintures de Jules Romain au palais
du *Té*, et je t'avoue que j'ai été surpris, émerveillé. En
vérité, dans quelques-unes, Jules Romain est un peintre
antique. Nous sommes restés là trois jours. Nous n'a-
vons pas manqué de visiter le palais du *Té* chaque matin, et nous aurions été heureux d'y travailler; mais les
traces de la fièvre sur une quantité de visages nous ont
fait peur.... Depuis vous, je n'ai pas eu positivement la
fièvre, mais je sens que cet air est mauvais pour moi.
Je reste faible.....

XLVIII

A MONSIEUR AMBROISE THOMAS.

Rome, le 10 décembre 1837.

Mon Thomas, mon cher Thomas, j'ai dit de toi mille
horreurs, mais je ne les pensais guère. Je savais bien que
tu étais toujours notre bon, notre vrai ami, et que dans
tout cela il n'y avait que des apparences. Ta bonne
petite lettre est venue nous le confirmer, et elle a été
reçue avec plus de joie encore que toutes les autres....

Plus que vingt jours de pension! Notre fin s'approche;
mais elle me sera plus sensible qu'à toi : il me reste
des choses bien pénibles à faire. Il me faut laisser cette
position tranquille et sûre, ce beau pays que, malgré

la fièvre, j'aime toujours de plus en plus, ce bon
M. Ingres et nos camarades! C'est pour retrouver notre
pays, nos parents, nos amis : je le sais. C'est une com-
pensation que j'apprécie, et qui quelquefois me fait
tressaillir de joie; mais il y a au fond une pensée toute
noire et toute triste, celle de rompre avec la douce quiétude dont on jouit ici, pour aller disputer là-bas, dans
cette fourmilière, les morceaux qui doivent nous nourrir.
Au moins si on avait pu attendre que je me décidasse!
Mais non, je sens qu'on me pousse violemment, il faut
quitter : je n'ai plus que vingt jours. Tu n'as pas senti
ça, toi, tu t'es déterminé librement.

Tu me conseilles de partir plus tôt et de finir mon
tableau à Paris; mais je ne le peux pas, mon cher ami.
Je suis sûr que mon tableau en souffrirait, et il ne se
ressentira déjà que trop de ma mauvaise santé et des
malheureuses circonstances dans lesquelles il est venu.
Cependant je fais mon possible. Effrayé du peu de temps
qui me reste, je l'emploie de mon mieux.

Paul aussi s'évertue sur de plus grands tableaux, et
j'espère qu'il en sortira quelque chose de bon. Enfin,
nous irons vous rejoindre avec une petite pacotille.
Voici quels sont nos projets, si le choléra et tant d'autres
choses veulent bien le permettre. J'espère avoir à peu
près fini mon tableau au milieu d'avril. Alors je partirai pour Naples, j'y resterai environ un mois; si
Harlé pouvait s'y trouver, ce serait un peu joli! De
là, nous revenons dire adieu à Rome, et il serait bien
possible que le bateau à vapeur nous portât à Marseille.
Puis, un mois et demi ou deux à Lyon, et, enfin, au
mois d'août, j'espère vous embrasser. D'ailleurs, je vous

préviendrai. En ce moment, j'entends les *Pifferari*. Ça
me rappelle un certain temps d'une manière étonnante.
Lorsque tu écriras, je t'en prie, dis quelque chose de
ma part.

Hier soir nous avons été à *Ponte-Molle* au-devant de
Roger. Nous l'avons revu avec bien du plaisir. Hélas!
hélas! je ne ferai plus cela pour personne, si ce n'est
pour celui qui doit me remplacer! Mais, toi, tu viendras
au-devant de nous, à Paris, et ça réparera tout, je l'espère. Embrasse pour nous ta bonne mère et ton frère.
Nous serons bien heureux de les connaître. Embrasse aussi
notre Harlé et notre Oudiné. Je les remercie bien des
quelques lignes qu'ils ont ajoutées à ta lettre. (Est-il heureux ce petit Oudiné! Ça me fait plaisir, un si bon garçon!)
Roger, Baltard, Boulanger, enfin tous, te font mille
amitiés. Adieu, je salue avec joie l'année 1838, puisqu'elle nous verra réunis.

XLIX

A MADAME FLANDRIN.

Rome, le 20 janvier 1838.

MA BONNE ET CHÈRE MAMAN, MON PAUVRE AUGUSTE,

Je ne chercherai pas à vous dire quelle est notre douleur; vous en avez la mesure dans celle que vous res-
sentez. Nous avons perdu notre bon, notre tendre père,
et tous les deux vous avez été pour lui ce que vous
deviez être, vous avez pu lui témoigner tout votre

amour, vous avez héroïquement accompli tous vos devoirs; mais nous! Après un exil de cinq ans, lorsque,
près de retourner, nous n'avions d'autre pensée, d'autre
désir que de vous revoir, et, par nos soins, de réparer
le temps perdu, oui, perdu, puisque nous n'avons pu
vous aider, vous soutenir, hélas! à ce moment notre
pauvre père nous quitte! Nous n'avons pu l'embrasser,
serrer sa main, et vous, pendant ce temps, vous souf-
friez, vous pleuriez sans nous! Ah! mon Dieu, que c'est
cruel! Mais je vous demande pardon, je vous afflige
encore.....

Je remercie tendrement Auguste des détails qu'il nous
a donnés. Ils sont un adoucissement que vous avez dû
sentir. Il est parti nous aimant tous, avec le sentiment
religieux que nous pouvions lui souhaiter, ce sentiment
divin qui délie les liens les plus chers sans les briser. Il a
dû lui donner du courage! Je devrais vous consoler et
surtout je le voudrais. Ah! qu'il nous est cruel, chère maman, de ne pouvoir être auprès de vous pour accomplir,
autant qu'il serait en nous, ce pieux devoir! Mais je me
confie en notre frère, notre brave ami, qui a déjà tant
fait pour nous et à qui nous vouons une reconnaissance
éternelle. Je me confie dans votre religion, admirable
source de votre courage et de toutes vos vertus; je me
confie aussi dans votre amour pour nous. Maman,
n'est-ce pas que vous voudrez encore rester avec vos
trois enfants et que vous demanderez à Dieu cette
grâce? Oui, n'est-ce pas? comme nous la demanderons
nous-mêmes, tous les jours, à toutes les heures.

Oh! mon Dieu, si nous avions au moins le bonheur
de vous embrasser! Je vous engage au courage, à la re-

signation, et je l'attends de votre amour pour nous. De nous ne soyez pas en peine. Nous sommes entourés d'amis précieux. M. et madame Ingres pleurent avec nous; ils ne veulent pas nous laisser seuls. Oh! vraiment, je ne sais comment exprimer ma reconnaissance. Hier soir, en nous embrassant, ils nous ont chargés de vous dire combien ils vous aiment et quelle part ils prennent à notre douleur. Tous nos camarades se sont aussi montrés bien sensibles; enfin on est pour nous d'une grande bonté. D'impérieux devoirs me retiennent encore ici; mais soyez sûre que, pour vous rejoindre, nous ne perdrons pas de temps. Conservez-vous, je vous en supplie. Nous prions Dieu pour notre bon père, pour vous, pour notre frère. Priez aussi pour nous!

Adieu, notre bonne mère; adieu, notre frère, notre ami. Nous vous embrassons de toute notre âme.

Mon pauvre Paul pleure avec moi et veut aussi vous dire quelque chose.

. . . .

L.

A MESSIEURS AMBROISE THOMAS ET HABE..

Rome, le 16 mars 1838.

Mes chers amis, je vous réponds à la hâte, parce que, comme vous l'avez supposé, je travaille à mon tableau et que je n'ai pas de temps de reste. Votre lettre est bien bonne et les expressions de votre amitié nous sont d'autant plus chères que, depuis deux mois, nous som-

mes malheureux, bien malheureux! Nous avons perdu
notre pauvre père, et, quelques jours après, le même
malheur est venu frapper Clerget, un de nos camarades. J'...ais fini. J'allais ... evoir! Oh! mes pauvres
amis, ... ne ... ...ait un ... ... tour!... C'est donc malade
et chagrin qu'il ... ... à poursuivre ce malheureux
tableau. Dieu sait ce qu'il sera! Personne ne l'a encore
vu, pas même M. In...es. Quant à toi, j'en suis fatigué
au dernier point et ne peux guère le juger.....

Adieu, mes enfants, je vous embrasse de tout mon
cœur. La pitié des amis est un baume : je suis sûr que
nous avons la vôtre.

LI

A MONSIEUR AUGUSTE FLANDRIN.

Rome, le 30 mars 1838.

Je réponds à la hâte à ta dernière lettre. J'étais bien
sûr que tu approuverais *notre choix*. Cette bonne mère
ne mérite-t-elle pas, en effet, toutes les sortes de confiance et d'amour? Je te remercie des bonnes nouvelles
que tu nous donnes d'elle : cela nous est une consolation.

Pauvre ami, j'ai fait les mêmes réflexions que toi au
sujet de notre faiblesse. Nous n'avons pas plus la force
de soutenir une longue douleur qu'il ne nous est permis
d'avoir en ce monde une grande joie, un long repos.
Déjà, nous nous reprochons de recommencer à chanter
quelquefois en travaillant, et, cependant, je ne crois
pas qu'on puisse aimer davantage un bon père. Son

souvenir est toujours là, et les regrets sont bien amers.
J'espère qu'ils deviendront plus doux et que nous trouverons du bonheur à nous rappeler les uns aux autres
et ses paroles et ses actions.....

LII

A MONSIEUR AMBROISE THOMAS.

Naples, le 14 juin 1838.

C'est de *Santa-Lucia*, chez Santi Combi, et, qui
plus est, de ton ancienne chambre même que je t'écris.
Je vois tous les jours ce que tu aimes tant, ce beau
golfe, ce Vésuve, ces montagnes, ces îles ; j'ai tout
cela, je le possède, je l'admire, et cependant la chère
Rome revient toujours à ma pensée. C'est le 4 de ce
mois que je l'ai quittée. Pauvre M. Ingres! Comme ça
m'a coûté de le laisser pour deux ans et demi encore!
Les camarades ont été pour moi bien bons; ils m'ont
accompagné jusqu'à la porte Saint-Jean, où nous nous
sommes trouvés au nombre de vingt-trois. Là nous
nous sommes embrassés, et ce n'a pas été sans larmes.

Ici nous avons déjà mainte et mainte fois visité le
Musée, puis Pompéi, Herculanum et le Vésuve, qui, dans
ce moment-là, était très-bénin; mais, c'est égal, c'est
toujours beau. Chez l'ermite, mon premier soin a été de
demander le livre de 1833 pour y chercher ton nom. Tu
ne saurais croire avec quel plaisir je l'ai trouvé, ainsi
que celui de "". Je n'ai pu résister au désir de mettre le
mien à côté.

Je suis ici avec Paul et mon frère aîné, qui, enfin, est venu nous chercher, puis avec Boulanger et Roger, bons compagnons de voyage. Nous allons bientôt partir pour Pestum. Au retour, nous pensons, Boulanger et les trois frères, nous embarquer pour Livourne. Nous reverrons Pise, Florence et Milan, pour les montrer à notre frère. Ensuite, un certain séjour à Lyon auprès de ma bonne mère, et, au commencement de septembre, nous irons vous embrasser et reconnaître le pays....

Nous voyons souvent, ici, M. Nourrit, que je trouve charmant (1).

LIII

A MONSIEUR EUGÈNE ROGER, A NAPLES.

Florence, le 6 juillet 1838.

Nous voici à Florence, mais ce n'a pas été sans peine. Après l'avoir quitté, notre navigation a été, pendant sept heures, une espèce d'enchantement. La mer était superbe, les montagnes et les îles prenaient par l'effet leurs plus belles formes et leurs plus belles couleurs, le soleil s'était couché radieux derrière le cap Circé, la lune brillait au ciel et se reflétait dans la mer. Tout était calme : mais sur les dix heures, le vent s'élève, les nuages envahissent la moitié du ciel, et bientôt ils le couvrent tout entier. Un malaise général se manifeste, on s'agite,

(1) Adolphe Nourrit, de l'Académie royale de musique, qu'il avait quittée en 1837 pour se rendre à Naples, où il mourut en 1839.

on cherche des attitudes supportables : rien n'y fait. On commence à entendre de tous côtés des plaintes et des espèces de rugissements ; la pluie arrive qui force chacun de rentrer en trébuchant et en s'accrochant à tout. A l'intérieur, c'est bien autre chose! Jamais champ de carnage n'offrit un plus triste spectacle. Etendus pêle-mêle sur le plancher, nous restions là comme des sacs de blé. La lame retombait avec fracas sur le pont, inondait l'avant du bâtiment, et, pénétrant par toutes les ouvertures, venait nous arroser ; mais je ne faisais pas un mouvement pour l'éviter, les autres pas davantage. Cependant, au bout de trois ou quatre heures, et par des efforts surhumains, nous sommes parvenus à nous glisser dans nos boîtes. Nous sommes restés dans ce fâcheux état jusqu'au lendemain dix heures, où nous sommes arrivés à Civita-Vecchia. Nous nous sommes empressés d'y prendre terre et d'embrasser Famin et le bon Guénepin. Tous deux étaient venus là pour nous voir. Nous avons voulu dîner avec eux, mais, pas plus gaillards les uns que les autres, nous avons été obligés de les voir faire, en regardant aussi de temps en temps la mer qui brisait, furieuse, contre les rochers et les remparts.

Cependant nous nous sommes courageusement rembarqués, reconduits par les amis ; mais, quoique la mer fût encore très-agitée, nous n'avions plus la force d'être aussi malades que l'autre nuit. Nous nous sommes claquemurés dans nos trous jusqu'à l'arrivée à Livourne, où nous avons laissé notre brave Boulanger. La mer était moins mauvaise : j'espère donc qu'il aura peu souffert.

Pise nous a bien fait plaisir, et Florence est toujours pour moi la charmante Florence. Malgré ce que nous venons de voir à Naples, les vieux maîtres toscans conservent à mes yeux tout leur prix. Eux et Raphaël, je les aime plus que jamais ..!

(1) Il est remarquable que les derniers mots écrits par Flandrin soient de reprendre le chemin de la France, résument à la fois les impressions qu'il avait reçues pendant son séjour en Italie et le programme de ses travaux futurs, des efforts auxquels il allait consacrer le reste de sa vie. Cette prédilection qu'il se promettait de garder pour « les vieux maîtres toscans » et pour « Raphaël », n'en retrouve-t-on pas en effet les témoignages continus, ne l'affirment-elle pas de plus en plus dans les ouvrages du peintre, depuis la chapelle de Saint-Séverin jusqu'à la nef de Saint-Germain des Prés ? Ce n'est pas, certes, que sous son pinceau le sentiment et le respect des grands exemples aboutissent à l'imitation littérale, à la contrefaçon archaïque. Hippolyte Flandrin sait trop bien que, comme l'art antique, l'art de la renaissance italienne n'est pas une langue dont il suffit de copier les termes pour s'en assimiler le génie et les beautés. Au lieu de ne consulter que les dehors des ouvrages qu'il entend prendre à jamais pour modèles, il s'applique surtout à en démêler le sens, à remonter à la source même des inspirations d'où ces œuvres procèdent, afin d'y puiser à son tour. Si donc les Stanze du Vatican sont à ses yeux l'expression absolue de la perfection pittoresque, si, comme il le disait souvent, les fresques de Giotto, à Santa-Maria dell' Arena, ou celles de Fra Angelico, dans la chapelle de Nicolas V, doivent servir en quelque sorte de bréviaire à un peintre de sujets religieux, Flandrin n'en demande pas moins à ses études quotidiennes les moyens de s'étudier lui-même de plus près, et, contrairement à la méthode adoptée par la plupart des peintres allemands modernes, d'approprier les leçons du passé aux exigences de son sentiment personnel et aux besoins de notre temps.

TROISIÈME PARTIE.

LETTRES ÉCRITES DE PARIS ET DE LYON

PAR

HIPPOLYTE FLANDRIN

D'AOÛT 1838 A MAI 1843.

I

A MONSIEUR AMBROISE THOMAS.

Lyon, le 9 août 1838.

Toutes tes lettres nous sont bonnes; mais celle-ci, qui depuis plusieurs jours déjà nous attendait, a peut-être été encore mieux reçue que les autres : d'abord parce qu'il y a longtemps que nous n'avions rien reçu de toi, ensuite parce qu'elle exprime une amitié si vraie, si chaude, et qui d'ailleurs t'est bien rendue. La preuve, c'est que recevoir de toi ne me pesera pas, et que nous acceptons avec joie l'offre que tu nous fais d'aller chez toi pendant quelques jours. Oh! que ce sera gentil! Nous pourrons nous voir et causer; mais, comme tu me le dis, il me semble que nous ne saurons par où commencer. Cependant je suis sûr que Rome sera sur le tapis bien vite. Ce sera un intarissable sujet, et que je suis bien heureux d'avoir connu

avec toi. Oh! comme je l'aime! En revenant, au delà de
Florence, il y a bien encore l'Apennin, Bologne et quelques
autres villes qui ont du beau; mais la physionomie pittoresque de ce merveilleux pays, où est-elle, où la retrouver?
Cette végétation si belle et si vigoureuse, ces bois de lauriers et de chênes verts, ces magnifiques pins, les oliviers,
les orangers, les citronniers, les grenadiers, les aloès, ils
sont remplacés par des saules et par des bouleaux. Les
champs sont des rizières inondées, tout est tiré au cor-
deau et à la règle. Quelle différence! Cependant, malgré
une si longue et si fastidieuse préparation, je n'ai pu
passer avec indifférence la dernière limite italienne. Du
sommet du Simplon, à côté des glaciers, nous avons
encore salué l'Italie avec amour et reconnaissance. Que
de bonheur, en effet, ne lui devons-nous pas!

La rentrée en France nous a fait aussi éprouver de la
joie, mais c'aurait été bien autre chose si nous eussions
dû retrouver notre pauvre père! Aux approches de Lyon,
notre cœur battait bien fort, nous n'osions plus avancer.
Cependant nous devons remercier Dieu de nous avoir
conservé notre mère après de si cruelles épreuves, et de
nous la rendre aussi bien portante. Pourquoi ne pouvons-nous rester auprès d'elle! Voilà la pensée qui me
chagrine et qui la chagrine aussi sans doute; mais elle
est si bonne qu'elle ne le laisse pas voir.....

II

A MADAME VEUVE FLANDRIN.

Paris, le 8 septembre 1838.

MA CHÈRE MAMAN,

Mercredi, à cinq heures précises, nous sommes partis. A la hauteur de Trévoux ou de Villefranche un vent furieux s'est élevé, et la Saône avait des vagues comme la mer; mais ça n'a pas empêché notre machine d'aborder tranquillement à Châlons, où nous avons trouvé la diligence qui nous attendait...... A Autun, nous avons bien regretté de passer si près du bel ouvrage de M. Ingres sans le voir; mais il était une heure du matin. Là nous nous sommes endormis, et, à six heures, nous nous sommes réveillés, parce que la voiture s'arrêtait devant une coupure faite à la route par la violence de la pluie. Heureusement une autre voiture est venue à passer, et, avec neuf chevaux, nous sommes parvenus à franchir ce mauvais pas. Nous avons roulé toute la journée avec une pluie horrible. Le soir, le soleil s'est couché beau et la lune est venue nous donner sa plus belle lumière. Bien que je vous parle de cette belle nuit, il ne faut pas croire que nous l'ayons passée tout entière à contempler les étoiles. Oh! non. Nous avons dormi profondément les deux bons tiers. Le lendemain, en nous réveillant, un ciel uni, couleur d'ardoise : une pluie régulière s'établit jusqu'au soir, où nous arrivons à Paris. Heureusement, en ce moment, le ciel se dégage, et nous entrons avec un dernier rayon de soleil.

J'ai bien reconnu Paris, mais avec un redoublement de bruit, de boue, de vapeur, de foule. Un instant, j'ai eu peur. Jamais il ne m'avait paru aussi immense. Notre voiture faisait retentir le pavé; nous regardions passer la foule, cette multitude de visages inconnus, lorsque tout à coup, sans rien voir, j'entends mon nom et des cris de joie. C'étaient Thomas, Boulanger, Oudiné, qui depuis près de trois heures nous attendaient. Comme nous nous sommes embrassés! Ce pauvre Thomas était tout tremblant. Il nous a menés chez lui, où il nous avait fait préparer deux jolies chambres. Enfin nous sommes bien, et jamais voyage ne nous a moins fatigués.

Nous avons vu madame Thomas, qui nous a reçus comme ses enfants, et qui nous charge, maman, de vous faire mille amitiés de sa part. Vraiment, je ne sais comment reconnaître la bonté qu'elle nous témoigne.

Aujourd'hui, nous nous sommes levés frais et dispos, nous avons déjeuné chez madame Thomas, puis, Paul et moi, nous sommes partis pour reconnaître la ville. Nous avons été voir l'église Notre-Dame de Lorette, qui nous a beaucoup déplu, malgré quelques peintures passables; nous avons longé les boulevards pour aller saluer la colonne Vendôme, où je ne trouve pas que la statue de l'Empereur fasse bien, les Tuileries, le jardin plus admirable que jamais, la place Louis XV, l'obélisque et la nouvelle décoration. Puis, nous sommes allés au Musée, où nous avons trouvé d'aussi belles choses que jamais et le *Plafond* de M. Ingres, qui m'a paru encore plus beau qu'autrefois.....

III

Paris, le 30 novembre 1838 [1].

MA CHÈRE MAMAN,

Toute la journée de lundi a été bien triste. Nous vous quittions pour quelque temps et nous y pensions. Puis, la pluie, qui a duré presque tout le jour, ne nous a pas permis de prendre l'air sur le pont ; il a fallu rester au fond de la boite jusqu'à neuf heures et demie du soir, heure de notre arrivée à Châlons. Là on a chargé les bagages de la plupart des voyageurs, qui, comme nous, avaient pris le bateau. La voiture était pleine, et, entre nous, dans le coupé, se trouvait un Anglais qui a été très-aimable. A dix heures, départ définitif ; mais nous allions comme la tortue, et, pour comble de guignon, le mardi soir, à Avallon, point de chevaux au relais des messageries. Nous attendons cinq heures au milieu de la rue. Enfin, désespérés, nous nous décidons, à plus de minuit, à aller réveiller le maire, le commissaire de police, le juge de paix, toutes les autorités de l'endroit. Leurs efforts réunis aux nôtres parviennent enfin à décider le maître de poste, qui n'avait pas voulu donner de chevaux

---

(1) Après un séjour de quelques semaines à Paris, où il était venu pour aviser aux moyens de s'installer et pour revoir son tableau, *Jésus et les petits enfants*, à l'exposition des envois de Rome, Hippolyte Flandrin retourna à Lyon et y passa un mois encore auprès de sa mère. C'est ce qui explique l'analogie des détails contenus dans cette lettre avec le compte rendu du voyage de Lyon à Paris, qui a fait l'objet de la lettre précédente.

19

parce que l'administration ne s'était pas d'abord adressée
à lui. Nous sommes donc partis; mais pluie, brouillard,
chemin horrible jusqu'à Paris, où nous ne sommes pas
arrivés, comme on nous l'avait promis, le mercredi soir,
mais bien le jeudi à sept heures du matin. Quoique un peu
fatigués, nous n'avons pas voulu nous coucher. Nous
avons trouvé Thomas et sa mère bien portants. Nous
avons été au Musée, et de là à notre atelier, où nous
avons tout retrouvé en bon ordre (1). Nous sommes
allés chez M. Bodinier, qui nous a revus avec beaucoup
de plaisir et qui nous a demandé de vos nouvelles avec
empressement. Enfin, comme vous voyez, ma chère
maman, nous sommes, nous et nos effets, arrivés à bon
port.....

Maman, embrassez pour nous tous nos parents et
nos amis; car tous sont si bons pour nous que nous ne
pouvons moins faire que de les bien regretter. Redites
encore, je vous prie, à ma tante et à mon oncle Martin
combien nous sommes reconnaissants du beau présent
qu'ils nous ont fait, et avec quelles délices nous emploie-
rons nos soirées d'hiver à lire ces beaux ouvrages.....

---

(1) Dans une lettre écrite à la fin de septembre et adressée à son frère
Auguste, Hippolyte Flandrin parlait des « interminables courses qu'il
lui fallait faire par des temps horribles, à la recherche d'un atelier. Nous
avons, ajoutait-il, fini par en louer un rue de Lille. Il est assez beau,
mais fort cher, quoiqu'il soit encore à meilleur marché que les autres.
Sept cents francs! Et puis après cela il faut chercher à se loger, car
nous sommes encore chez Thomas. » Cet atelier, où Flandrin s'installa
à son retour de Rome, avait été, quelques années auparavant, occupé
par Carle Vernet.

IV

A MONSIEUR AUGUSTE FLANDRIN.

Paris, le 3 décembre 1838.

Je viens te demander un service pour lequel je suis sûr que tu l'emploieras avec zèle. Voici de quoi il s'agit. Hier, je me disposais à aller au ministère voir M. Dumont (1), à qui je peux attribuer le succès de mon tableau auprès du ministre (2). Avant cela, cependant, j'eus l'idée de monter chez M. Gatteaux, qui me dit : « Eh bien, j'ai vu Dumont; il m'a dit que votre tableau est acheté, mais on vous paye cela trois mille francs! » Cette générosité, loin de m'éblouir, fut bien près de me faire faire une grimace que je cachai de mon mieux. Je demandai alors à M. Gatteaux ce qu'on voulait faire de mon tableau. Il me répondit qu'on n'en savait rien, mais que l'on pensait à l'envoyer à quelque musée de province. Je le remerciai de ces informations, je me retirai, et, pour agir avec plus de prudence, je remis la visite à M. Dumont à un autre jour. Je supposais bien qu'avec cette manie de niveau, on me ferait quelque chose de semblable; mais la certitude étonne toujours. Si je ne comptais pas sur un prix bien magnifique, au moins espérais-je une place plus honorable. Tu vois, la faveur est grande : ils ne pensent pas que je puisse la refuser! Ils ne savent qu'en faire, et cependant ils me

_____

(1) Alors chef du bureau des beaux-arts au ministère de l'intérieur.

(2) Le tableau de *Jésus et les petits enfants*.

l'achètent, ils m'en débarrassent! Ah! que je serais heureux de leur dire : Il est vendu ou près de se vendre à un plus haut prix! Je te prierai donc de voir Petrus, pour savoir quelles chances de réussite aurait son projet de le faire acheter par la paroisse de Saint-Louis. Cependant, il faudrait agir avec prudence, car, je te l'avoue, ce serait presque pour leur faire voir qu'on a encore d'autres ressources, et, je te l'avoue aussi, je serais plus heureux de l'avoir ici vendu à un prix inférieur, si l'on m'accordait une place dans un musée ou dans une église de Paris.

Je crois, mon cher ami, que tu me comprends bien. Vois cela avec Petrus, mais gardez pour vous ma lettre et son petit filet de vinaigre.....

V

AU MÊME.

Paris, le 17 décembre 1838.

Mon cher Auguste, je te remercie de ce que tu as fait et de la lettre que tu m'as répondue, mais je n'irai pas voir M. Rolland, parce qu'il est impossible que j'aille moi-même lui faire une pareille proposition. D'ailleurs, M. Gatteaux me dit que ces messieurs du ministère seraient enchantés de mon refus, et que ce serait comme si je me rayais moi-même de la liste des travaux à faire plus tard. Ainsi, tu vois qu'il faudra en passer par où ils veulent, ce qui ne laisse pas que d'être un peu dur, car pour ce prix-là, avec les frais que l'on a dans Paris, il me deviendrait impossible de faire un semblable ouvrage.

Ils rabaissent la peinture au niveau d'un métier, en lui
ôtant la possibilité de ces recherches qui amènent le
progrès. Tu vois que, d'avance, je ne jugeais pas trop
mal le monde auquel nous avons affaire!....

Toi, travaille bien et profite de la veine que tu as là-
bas. Paris n'est pas déjà si beau à voir de près! Mais ton
tableau, ton tableau! La lettre de M. Ingres nous a
fait un bien inouï. Il y avait beaucoup de choses pour
toi et pour la maman. Oh! une lettre excellente! Il est
toujours le même, et madame Ingres est comme lui.

VI

AU MÊME.

Paris, le 6 janvier 1839.

Merci, mon cher Auguste, des conseils que ton bon
cœur me donne, mais, mais, oh! que de mais! Quant à
voir les « gros bonnets », je t'assure que ça me rend la
vie trop dure. Depuis que je suis ici, j'en ai essayé, et
s'il fallait que ça durât, je ne pourrais pas vivre, je ne
pourrais pas y résister. O chère Rome, où es-tu? Mais
ici! se sentir traité avec si peu d'égards, et devoir, par
calcul, remercier des offres misérables que l'on vous
fait, si on vous les fait toutefois, car ils les jugent des
faveurs telles, que, sans daigner vous dire : « Nous ache-
tons votre ouvrage, » ils en disposent! Tu n'as pas su
qu'ils ont voulu envoyer le mien à Fécamp : chose à
laquelle M. Dumont s'est heureusement opposé. J'ai été
voir M. Fulchiron, qui nous a bien reçus et m'a promis

d'appuyer de toutes ses forces la demande de l'octroi de mon tableau à la ville de Lyon. Tu sens que c'est ce que j'aimerais le mieux après Paris.....

Je te remercie de m'avoir envoyé l'adresse de M. le préfet, mais j'avais appris qu'il était à Paris, et j'avais trouvé son adresse au ministère de l'intérieur. Je suis donc allé le voir, il y a douze ou quatorze jours ; mais, entre nous soit dit, je me suis bien promis de n'y pas retourner de si tôt, n'étant pas habitué à être reçu de cette façon, c'est-à-dire avec la sécheresse, avec la froideur la plus marquée, attendant que je parle, et ne me disant rien ni sur ce qu'il a vu, ni sur ce qu'il n'a pas vu. Malgré cela, je l'invitai de mon mieux à venir voir mon tableau et ceux de Paul. Il ne put me le promettre, me dit qu'il tâcherait, etc.; en effet, voilà près de quinze jours écoulés, et pas de préfet. J'ai vu beaucoup de gens qui auraient pu m'être utiles : la plupart se sont contentés d'être polis. Il n'y a que le brave M. Foyatier qui se soit ému à l'idée de me voir donner mon tableau pour trois mille francs. Il a parlé, il a amené des gens, il a fait tout ce qu'il a pu : mais.... Enfin, patience ! Seulement le travail est impossible avec cette série de courses perpétuelles, et l'un vaut certainement mieux que l'autre, car il y a des gens qui, à ce métier-là, ne gagneraient pas même de l'argent, et, à ce qu'il paraît, je suis du nombre.

Une chose dans tes lettres me déplaît fort, c'est le ton de découragement que tu prends en parlant de ton tableau; cela me fâche beaucoup, car j'espérais tant ! Il est si bien disposé qu'on peut dire qu'il est fait. Mais, mon Dieu ! fais donc une bonne fois ce que tu peux, et je serai content. D'ailleurs, d'ici à ce que tu l'exposes, nous le verrons, et si, avec nos conseils, tu peux l'améliorer encore, ils ne te manqueront pas, tu en es bien sûr (1). Il en est un que je peux te donner d'avance et dont, tous les trois, nous devons faire notre profit : c'est celui de penser au blond et au large. Oui, tous trois nous devons rêver continuellement de ces deux qualités. Je t'en conjure, mon ami, travaille, et je te réponds du succès. Le tableau de Paul gagne tous les jours, et ce que j'ai fait au mien y a produit aussi du bien.

Soigne bien notre chère mère. Oh! si nous pouvions l'avoir ici, comme nous serions heureux! Car, pour dire la vérité, nous ne sommes pas gais, dans ce Paris, absurde de grandeur, où l'on ne trouve pas ses amis comme on veut. Notre Thomas lui-même, nous ne le voyons que rarement. Entre Desgoffe et nous, il y a à peu près une lieue et demie, et comme, pour peu qu'il y ait de la pluie ou du brouillard, Paris est un étang d'une certaine profondeur, nous ne pouvons guère nous faire de visites. Il y a quelques jours, nous avons eu le plaisir de revoir Ballard, qui nous a dit que tu étais un peu malade. Je suis content d'apprendre que maintenant tu vas bien.....

Ne va pas croire, après tout, que je sois découragé. Quand je serai décidément au travail, quand j'aurai commencé un autre ouvrage, alors ça ira bien. La chose qui toujours m'écrase, c'est ce loyer que j'ai sur le dos.

(1) Ce tableau d'Auguste Hardin, conservé aujourd'hui au Musée de Lyon, et représentant une *Prédication de Savonarole dans l'église de San Miniato*, a été exposé à Paris au Salon de 1840.

VII

AU MÊME.

Paris, le 13 février 1839.

Quelquefois encore je me trompe, et je date mes lettres de Rome. Assez de choses pourtant me disent que je n'y suis plus!....

Le Salon approche. Nous sommes comme des diables dans l'eau bénite. C'est demain que nous faisons porter nos peintures. Dieu veuille qu'on place bien les tableaux de Paul, car je crois que si on les voit, ils auront du succès. Nous travaillons beaucoup, mais toujours dérangés, car on fait queue chez nous. Il y a quelquefois jusqu'à vingt et trente personnes. Juge, avec les jours courts et mauvais, avec les visites que nous sommes obligés de rendre, combien nous perdons de temps! Depuis notre arrivée ici, nous n'avons pas pu rester une soirée chez nous. Tout cela est obligé, forcé, et, sans exagération, nous n'avons pu qu'une seule fois faire une promenade d'une heure. Toutes les autres fois que nous sortons, c'est pour des courses obligatoires. Je ne sais pas si je me ferai à cette vie, mais, pour le moment, elle me fatigue horriblement. O Rome, Rome!....

Toi, tu travailles beaucoup, à ce qu'il paraît. Tant mieux! mais tu ne me dis rien d'autres choses. Penses-tu à te marier? Ce serait raisonnable. Comme je te le conseillais avant de partir, as-tu vu le monde un peu cet hiver? Si tu te caches, mon ami, on ne te verra pas; je crois qu'au contraire tu devrais toi-même chercher un peu. D'ailleurs ce n'est pas là une chose qu'on puisse faire par procuration. On est soi-même le meilleur juge, et mon avis est qu'il ne faut pas trop attendre. Je serais si content de te savoir heureux et tranquille de ce côté-là! Joie, travail, tout en irait mieux, et plus je vois cela beau, plus je te le souhaite.

Je te dirai, entre nous et la maman, qu'il est question de me donner une chapelle à Saint-Séverin, très-mal payée, à ce qu'on dit ; mais il y a là de quoi faire quelque chose de bon, et, pour le moment, c'est à ça que je dois songer. Je travaille aux compositions, et je pense que dans un mois ce sera décidé. D'ici là ne nous flattons pas trop, mais ce serait charmant!.....

VIII

A MONSIEUR EUGÈNE ROGER.

A L'ACADÉMIE DE FRANCE A ROME.

Paris, le 11 mars 1839.

..... Voyons un peu ce Salon. C'est le 2 mars, à onze heures du matin, qu'avec les flots de la foule nous y avons pénétré. (Vu le grand nombre d'ouvrages présentés, on avait été obligé de retarder l'ouverture d'un jour.) Le temps était magnifique, le grand salon éblouissant. Nous y avons vu d'abord M. Vernet occupant l'une des grandes faces tout entière par trois tableaux représentant la *Prise de Constantine* à différents moments. Cela m'a séduit au premier aspect par une certaine vie et par la manière claire et simple dont l'action est présentée, mais, à l'analyse, ça redescend sensiblement. Ensuite des tableaux de Decamps qui me semblent mieux que tout ce que j'ai vu de lui jusqu'à présent (1). Je ne peux guère te les décrire, vu qu'il y en a onze et que ça deviendrait un peu long. De l'autre côté du grand salon, un peu trop haut malheureusement, on voit le grand *Paysage* de Paul, qui s'est considérablement amélioré, et qui, pour moi, est le paysage le plus historique de toute l'exposition, quoiqu'il y en ait de MM. Aligny, Édouard Bertin, Marilhat, Corot, etc. Amaury Duval a deux bons *Portraits*. Encore dans le grand salon se voit un *Saint Luc peignant la Vierge* par Ziégler, qui ne me plaît pas énormément, mais où l'on est obligé cependant de reconnaître de la force, de la tranquillité : ça le sépare un peu du fracas et du chaos qui règnent partout.

Hormis les tableaux que je viens de te nommer, le grand salon est rempli des plus mauvais de l'Exposition. Par égard pour mon triste *carton* apparemment, on n'a pas voulu le mettre en pareille compagnie ; on l'a placé dans la galerie où sont les David. Ça pouvait être bien, s'il eût été placé à une hauteur raisonnable, mais on l'a perché tout à fait en haut, une fenêtre au-dessus, de telle sorte que la lumière du ciel lui sert de bordure : une fenêtre en face, c'est un miroir. Et plût à Dieu qu'on le vît encore moins, car alors on n'essayerait pas de le juger là !

Puis nous avons, en *Portraits* de Winterhalter, toute

1. Parmi les tableaux que Decamps avait envoyés au Salon de 1839, se trouvaient *Joseph vendu par ses frères*, le *Combat de Samson contre les Philistins*, le *Supplice des crochets*, et *Un café dans une ville de l'Asie Mineure*.

la famille royale; mais ça n'est pas bien fort. Un tableau d'un certain Leullier représente *les Chrétiens livrés aux bêtes dans le Colisée*. Le sujet n'est peut-être pas très-bien conçu, mais les animaux sont faits et mis en action d'une manière étonnante. C'est plein d'énergie. Desgoffe a plusieurs bons tableaux, mais, ainsi que les quatre autres de Paul, ils sont placés d'une manière indigne. Signol a un tableau pour Versailles, *Saint Bernard prêchant la croisade*. Bézard aussi a un tableau. C'est bien composé, bien pensé, mais tout y est fait de pratique, et je crois qu'il n'y a que la présence immédiate de la nature qui puisse donner certaines qualités.

Au fond de la grande galerie, M. Scheffer a exposé cinq tableaux qui se touchent et se font les uns aux autres une espèce de fond, de localité, ce qui n'est pas maladroit. Je trouve tout ça plein d'un sentiment délicat, mais aussi un peu également pleureur. Les qualités de peinture manquent de force; c'est simple, mais un peu plat et poli. M. Scheffer du reste a les honneurs du Salon, et cela se conçoit. Le reste, ma foi! je n'en puis rien dire, sinon que je ne sais ce qu'ils cherchent.....

Je te dirai qu'au milieu des infortunes de mon tableau, on lui a cependant donné une meilleure destination. On m'a promis qu'après l'Exposition il irait quelque temps au Luxembourg, puis après à Lyon. On me parle en ce moment d'une *Chapelle* à Saint-Séverin. Si ça pouvait réussir, je serais bien heureux, quoiqu'on commence par me prévenir que ce n'est pas payé, et qu'il faut que ce soit bien et vite fait.

J'ai pensé plusieurs fois, mon cher Roger, à prendre comme tu me le disais à Naples, un atelier. Déjà une

quinzaine de jeunes gens sont venus se présenter à moi,
mais, ne connaissant pas la pensée de M. Ingres à ce
sujet, j'ai refusé. Quelques-uns cependant attendent,
persistent, et je me décide à en écrire à M. Ingres.
Comme je lui avais écrit il y a quelques jours, sans lui
en parler, je charge ta lettre de ce billet et te prie de le lui
remettre. Si par hasard vous en causiez ensemble et si
M. Ingres ne me répondait pas de suite, je te prierais de
me répondre toi-même. Tu me ferais grand plaisir. Tu
connais tout ce que je pense là-dessus et quelles sont les
raisons qui m'ont fait refuser jusqu'à présent. Ainsi, dans
le cas où M. Ingres t'en parlerait, je te prierais de lui tout
dire, car je voudrais surtout qu'il ne vît pas là dedans
de la présomption et de l'outrecuidance.....

IX

A MADAME VEUVE FLANDRIN.

Paris, le 19 mars 1839.

MA CHÈRE MAMAN,

Je n'ai pas encore répondu à votre bonne petite lettre,
parce qu'un torrent d'affaires est venu m'en empêcher,
mais je n'ai pas été moins sensible qu'à l'ordinaire aux
expressions de votre tendresse pour nous. Oh, que le
temps nous dure de vous voir! Je crois bien que je ne
pourrai tarder bien longtemps à me donner ce bonheur.
Puis, si l'on me donne à faire la chapelle dont j'ai parlé
à Auguste, ce sera un ouvrage de longue haleine, et alors
il faudra, maman, que je vous voie avant de commencer.

Ce n'est pas encore décidé, mais ça ne peut tarder beaucoup.....

Ma chère maman, vos conseils nous sont précieux, nous ne les oublions pas, et je vous dirai que dans ce moment nous nous disposons à faire nos pâques. Puissent-elles être bonnes et nous obtenir le bonheur de vous voir longtemps bien portante et heureuse!.....

Paul a un beau succès au Salon. A mon avis, son paysage est le plus beau de l'Exposition, et heureusement, je ne suis pas seul à le dire.

X

A MONSIEUR AUGUSTE FLANDRIN.

Paris, le 12 avril 1839.

...... Rien de bien neuf depuis ma dernière lettre, si ce n'est que j'en ai reçu une de M. Ingres : une lettre pleine d'affection, de bonté, telle enfin que son cœur les lui dicte. Il m'exhorte avec chaleur à ouvrir un atelier, il m'y exhorte par les considérations les plus belles et les plus généreuses. Aussi je pense que dans peu je disposerai tout ça (1), heureux si je peux faire quelque bien et

(1) Hippolyte Flandrin renonça pourtant à ce projet, bien que beaucoup de jeunes artistes lui eussent témoigné déjà le désir de se mettre sous sa direction, ou que, à défaut d'une école publique, d'autres lui demandassent un peu plus tard d'ouvrir un atelier pour quelques élèves choisis. Dans une lettre postérieure de six mois à celles-ci, Flandrin écrivait à son frère Auguste : « Dernièrement, madame George Sand, tenant beaucoup à ce que son fils devînt mon élève particulier, m'envoya deux ambassadeurs; mais, faute de local, j'ai dû refuser. »

réussir comme tu réussis dans les quelques élèves que tu
as entrepris de former. Il serait beau de pouvoir continuer l'œuvre de ce bon maître et de le proclamer ainsi
le régénérateur de l'art. Hors de cela, sa lettre est triste.
Il est découragé, malade, et la pauvre madame Ingres a
toujours la fièvre. Écoute-le : « Je ne puis rien vous dire
de nous ; c'est trop triste. La fièvre ronge ma femme, et
moi, mes nerfs ne tuent plus que jamais. Voilà notre
vie. Oh oui ! depuis vous et les Baltard, tout a changé.
J'aspire, pour tout remède, à ravoir ma tête, afin de
travailler, car j'ai besoin de grandes distractions. Ma
bonne femme, plus courageuse que moi, supporte son
mal avec une admirable résignation. Je l'admire et je la
chéris d'autant plus. Elle vous embrasse, vous et le cher
Paul, avec le cœur et l'amitié d'une mère. Rappelez-moi
au souvenir de votre bon frère, et présentez mes sentiments les plus respectueux et tous mes vœux à votre
digne mère. »

Tu vois ! Quelle bonté, mais quelle tristesse ! Je voudrais pouvoir le déterminer à revenir, car ils font tous
deux une terrible brèche à leur santé, et elle pourrait
être irréparable. Dès que tu en auras le temps, écris-lui,
parce que je suis sûr qu'il y sera sensible. Je lui ai dit
tout ce que je pensais du Salon, pour le distraire un peu ;
maintenant je vais lui répondre sur le projet d'école....

Ce matin nous avons été visités par le général Paultre
de Lamotte (1), qui a témoigné un grand plaisir à nous
revoir. Il est bien changé, affaissé sur lui-même ; il a

(1) Celui-là même qui commandait à Lyon, à l'époque où les deux
petits Flandrin y acquéraient un commencement de notoriété.

tout à fait la figure et les habitudes d'un vieillard. Au milieu de la conversation, il a tout à coup tiré de sa poche toutes les lettres que je lui avais écrites de Rome. Il les a conservées, soigneusement repliées dans un morceau de papier. Nous avons bien tâché de lui exprimer combien nous étions reconnaissants d'une affection si vraie.........

XI

AU MÊME.

Paris, le 4 mai 1839.

.... Les récompenses ont été accordées à la suite du Salon de 1839. La croix d'honneur à MM. X....; mitraille de médailles à messieurs tels et tels. M. Paul Flandrin, dont le tableau a été justement remarqué et applaudi, a la permission de le remporter chez lui, faveur qu'il saura justifier en redoublant d'efforts. M. Hippolyte Flandrin : son tableau a été acheté, comme on le sait, par le ministère de l'intérieur. Il a été destiné au musée du Luxembourg, ensuite à celui de Lyon; mais, vu le légitime succès qu'il a obtenu, on change sa destination, on l'envoie à Lisieux, ville de huit ou dix mille âmes, qui possède déjà pour son musée deux tableaux, trois plâtres, et où le conseil municipal serait disposé à voter des fonds pour la construction d'une salle propre à recevoir ces objets. Voilà! Et cependant, il faut se résigner, se trouver heureux, et chercher en soi, dans sa conscience, des récompenses qui, je le sens, valent mieux que celles du monde. C'est là en effet ce qu'il faudrait faire, mais c'est difficile. On laisse, par moments, s'échapper des bouffées d'indignation dont on n'est pas maître. Adieu, mon ami. Ce que nous faisons, faisons-le toujours de notre mieux ; puis, arrive que pourra !

XII

A MADAME VEUVE FLANDRIN.

Paris, le 13 mai 1839.

MA CHÈRE MAMAN,

Me voici encore. Dans l'autre lettre j'ai voulu vous ôter les inquiétudes qu'auraient pu vous causer les bruits de tous ces troubles (1); mais ici je viens vous remercier de votre bonne lettre. Nous l'avons bien lue, bien comprise, et je vous rends grâce de vouloir bien vous donner cette peine pour causer avec nous. Une chose seulement nous a fait de la peine, c'est le tourment que vous cause une chose qui n'existe pas et à la supposition de laquelle je ne crois pas avoir donné lieu. Je n'ai jamais demandé à Auguste son petit Louis (2). C'est son élève ; il l'a bien conduit, et je conçois qu'il y tienne. Aussi me suis-je toujours abstenu de rien dire à Louis qui pût lui donner un désir exagéré de venir à Paris. Je suis certain que lorsqu'il s'agira de prendre ce parti, Auguste consultera l'intérêt du jeune homme beaucoup plus que

(1) L'insurrection du 12 mai, la dernière du règne de Louis-Philippe.
(2) Voyez plus loin une lettre en date du 1er novembre 1839.

le sien, je serais le premier à blâmer celui qui voudrait les détacher l'un de l'autre ; je trouverais cela d'une indélicatesse dont je ne me sens ni coupable, ni capable. Auguste a eu tort de ne pas m'écrire directement son inquiétude à cet égard, car je suis sûr qu'en quelques mots nous nous serions bien entendus. Ainsi, ma bonne maman, tranquillisez-vous : bientôt nous irons vous embrasser tous deux......

XIII

A MONSIEUR AUGUSTE FLANDRIN.

Paris, le 17 mai 1839.

......Voilà le Salon fini. Je peux te dire (entre nous) que tes deux frères y étaient parmi les meilleurs. Eh bien ! pas la moindre proposition de la part du ministère ou de la maison du roi. Cependant on achète de bien déplorables œuvres, on les couvre de récompenses, de croix d'honneur, etc. Voilà ce que c'est que d'être appuyé ! Pour nous, nous sommes loin de l'être. Nous connaissons beaucoup de monde pourtant, mais dans ce nombre personne ne parle pour nous, et quant à demander moi-même, je ne le ferai jamais.

D'ailleurs, je t'en prie, que ces plaintes restent entre nous. A toi je dis et je dirai toujours tout ce que je pense, et puis il y a peut-être encore quelque espoir. J'aurais surtout voulu voir acheter le tableau de ce pauvre Paul. Si tu l'avais vu au milieu de tous les autres, vraiment il n'y avait aucune comparaison à faire. Tous

les artistes lui ont rendu justice ; mais les administrations ne sont pas connaisseuses, et Dieu veuille que
quelqu'un puisse les influencer !

Dans peu nous irons vous voir ; mais, auparavant,
nous voulons être sûrs qu'il n'y a réellement plus rien à
attendre.........

XIV

A MADAME VEUVE FLANDRIN.

Paris, le 23 juillet 1839.

MA CHÈRE MAMAN, MON CHER AUGUSTE, MON PAUL,

Me voici arrivé en bon état. Le rhumatisme s'est
éclipsé en route ; le voyage, effectué par un temps magnifique, a été très-rapide, puisque nous n'avons mis que
cinquante-six heures et demie, et maintenant, je cours,
remettant à leurs adresses lettres et commissions.

Je vous dirai que je me suis très-bien comporté en
route, c'est-à-dire que, quoique j'eusse quitté tout ce que
j'aime, je n'ai pas été par trop triste. Je voudrais bien
savoir si petite mère a été aussi sage, et si je dois la gronder ou la remercier. En attendant, je l'embrasse de tout
mon cœur.

J'ai trouvé ici une masse de lettres, dont les unes
m'invitent à dîner, les autres à danser ! — puis une autre qui t'annonce, Paul, que ton tableau est revenu
d'Orléans, c'est-à-dire pas plus vendu qu'auparavant.....

J'ai vu Baltard. Si vous voyez son père (comme je

vous en prie), dites-lui que tout le monde va bien, que j'ai fait ses commissions et qu'elles ont été reçues avec joie. Ce matin, j'ai déjà vu ma chapelle. Simart est arrivé, mais il est retourné dans *son endroit*, où la garde nationale le porte en triomphe : j'aurais bien du plaisir à le revoir......

Adieu, je vous embrasse tous trois des mêmes bras, et je vous aime du même cœur. Travaille bien, Paul, et toi, Auguste, ne perds rien de ton ardeur! Vous, maman, priez Dieu pour nous trois!

XV

A LA MÊME.

Paris, le 31 août 1839.

MA CHÈRE MAMAN, MON CHER AUGUSTE, MON PAUL,

Je vous remercie tous trois de la bonne lettre que vous m'avez faite. Tout seul comme je suis, j'étais bien impatient de la voir arriver. Aussi lui fais-je fête; car, de quelques jours, elle ne quittera pas ma poche, toujours prête à me dire que vous pensez à moi comme je pense à vous......

Mon cher Paul, il faut que je t'apprenne des choses peu agréables; mais nous sommes des hommes, et, par conséquent, assez *coriaces* pour en supporter bien d'autres. Comme je te l'ai dit, ton tableau est revenu d'Orléans. Celui de Nantes est aussi de retour, et, enfin, ton grand n'a pas été plus heureux. J'ai vu M. Dumont qui

nous avait dit de si belles choses et qui m'a assuré que
tous ses efforts pour le faire comprendre parmi les achetés ont été inutiles. Cependant j'ai vu cette liste des
achetés, et, vraiment, c'est à faire pitié. *Ci vuole pazienza!*.......

Maintenant, quelque chose de plus gai. J'ai trouvé
mon tableau placé au Luxembourg, au beau milieu de
la grande galerie. Il est un peu trop haut, mais infiniment
mieux qu'il n'a jamais été au Louvre. Dans l'effusion de
ma reconnaissance, j'ai été faire des remerciments à
M. Dumont, qui en a paru fort embarrassé, et qui, peut-
être, ne les mérite pas du tout. Je finirai par apprendre
qu'une chose si heureuse pour moi est le résultat d'une
méprise de quelque valet.

...... M. Ingres travaille sérieusement et doit envoyer
son tableau dans le mois de septembre (1). Il a écrit à
M. Gatteaux pour commander le cadre!!! Roger, Signol
et Bezard sont chargés de décorer l'église de Saint-Louis
d'Antin. Ce pauvre Bezard a enfin quelque chose, et
je l'avoue que je suis bien content d'en être un peu
cause par la manière dont j'ai parlé de lui à M. Gatteaux......

1   Le tableau dont il s'agit est la *Stratonice*.

XVI

A MONSIEUR PAUL FLANDRIN.

Paris, le 5 septembre 1839.

Je t'écris à tout hasard, pensant que, puisque je n'ai rien reçu de toi, ma lettre te trouvera encore là-bas. Je me réjouis de te voir bientôt, et, hier, cette pensée me faisait rire tout seul. Ne tarde plus guère. A ton arrivée, nous aurons à perdre trois ou quatre jours pour faire nos dispositions ; mais après, tout au travail!.....

Mon ami, tu te souviens qu'en partant de Lyon je regrettais beaucoup de n'avoir pu aller *là-haut* vers ce pauvre père. Eh bien, ça me tourmente. Si tu pouvais y aller avec Auguste faire une petite prière en notre nom, je crois que ce serait bien. Si c'est encore possible, fais-le, mon ami. Si tu ne le peux pas, il ne faut pas dire à Auguste d'y aller tout seul, car il y a eu déjà trop de mal. Embrasse-le bien pour moi, ainsi que la maman. Étant seul, je sens encore mieux combien je vous aime. Je voudrais bien voir notre chère maman un peu plus gaie. N'a-t-elle pas été assez bonne, n'a-t-elle pas fait assez de bien pendant sa vie pour en être contente et pour la finir dans le repos, dans la sérénité? Adieu, embrassez-vous les uns les autres pour moi.

XVII

A MADAME VEUVE FLANDRIN.

Paris, le 13 septembre 1839.

MA CHÈRE MAMAN ET MON CHER AUGUSTE,

J'ai revu mon Paulet, et tout le monde dit : « Voilà le Flandrin tout entier! » Mais eux ils ne connaissent pas ce qui reste de moi là-bas. Nous allons nous établir définitivement rue de l'Abbaye, n° 14 (1). Dorénavant, je vous prie donc de nous écrire là. Ma bonne mère, voici pour les matelas......... Décidez, ma chère maman, faites pour le mieux, et moi, pour remerciement, je vous embrasse de tout mon cœur. Paul m'a dit que vous aviez été bien sage à son départ : à la bonne heure! Adieu, mon Auguste; ne perds pas de temps pour ton tableau..... Soigne bien cette petite mère si bonne.

XVIII

A MONSIEUR AUGUSTE FLANDRIN.

Paris, le 18 septembre 1839.

..... Paul m'a apporté un portrait de la maman qui est charmant et que j'estime un de ses meilleurs. Celui

(1) Cette maison où Hippolyte Flandrin s'établissait en 1839, est celle qu'il habitait encore dans les dernières années de sa vie, et d'où il partait, au mois d'octobre 1863, pour entreprendre son voyage en Italie.

de Caroline (1) m'a fait aussi beaucoup d'impression. Il y a là dedans une paix et une douceur angéliques, enfin quelque chose du ciel.

Nos bons amis Desgoffe se font une grande joie de vous voir tous deux. Madame Desgoffe est charmante et veut connaître maman pour en parler à madame Ingres, qui, tant de fois, m'a dit qu'elle voulait vous voir et vous aimer. J'espère que vous les recevrez bien, car ce sont de bons et vrais amis. Tu m'écriras souvent, mon ami, et toujours tu me parleras des progrès de ton tableau. Tu dois bien penser que nous nous y intéressons. Adieu, bon courage! Travaille, élève ton esprit, pense au beau et au large, et, si tu peux, lis. Je te le dirai toujours : on a besoin de renouveler, de retremper ses idées. Pardonne-moi une pareille obsession, mais je suis trop persuadé de la bonté de ce conseil pour ne pas te le répéter encore. Homère, Plutarque, Tacite, Virgile, ceux-là inspirent le beau que nous aimons.

XIX

AU MÊME.

Paris, le 1er novembre 1839.

J'ai reçu ton petit Louis (2) et ta lettre. Je l'ai reçu comme tu me l'avais recommandé, c'est-à-dire de mon

---

1. Sœur de Flandrin, morte à Lyon dix ans auparavant. V. la lettre en date du 31 août 1829.

(2) M. Louis Lamothe, qui devait rester jusqu'à la fin l'élève dévoué d'Hippolyte Flandrin, et participer utilement, sous la direction de

mieux. J'ai eu occasion de reconnaître qu'il y a en lui de
certaines choses que la timidité, je crois, l'empêche d'exprimer. Ainsi, il est arrivé à nous les bras ouverts ; mais
voyant qu'il ne me parlait pas de ses projets et de ce
qu'il entendait faire en venant à nous, j'ai été obligé de
lui demander s'il venait à moi avec toute confiance,
comme un élève dévoué qui se laisserait conduire. A
tout cela il a répondu avec effusion, et comme je lui disais que je voulais te continuer auprès de lui, compléter
le bien que tu lui as déjà fait, les larmes lui sont venues
aux yeux. Il a protesté de sa reconnaissance envers toi, ce
qui me fait croire que le fond de son cœur est bon et
qu'il a seulement le tort de ne pas le montrer assez à découvert. Avant-hier nous l'avons mené au Musée....
.... J'aurais voulu le voir entrer à l'Académie, mais les
concours sont passés ; ce sera pour le prochain semestre.
Je te parlerai de lui souvent.

.... Nous avons vu, il y a quelques jours, les envois de Rome. Dans le tableau de Roger, il y a de belles
choses ; une figure de Papety magnifique, le reste insi-
gnifiant. Sculpture : un bas-relief d'Ottin d'un bon sentiment, une figure de Simart, très-belle et très-grande
sculpture (1). Architecture, admirable, étourdissante.

son maître, aux travaux successivement entrepris à Dampierre, à Nîmes,
au Conservatoire des arts et métiers, dans l'église de Saint-Vincent de
Paul et dans l'église de Saint-Germain des Prés.

(1) *Oreste réfugié au pied de l'autel de Pallas*, aujourd'hui au Musée
de Rouen.

XX

AU MÊME.

Paris, le 23 décembre 1839.

...... Mes cartons (1) m'occupent beaucoup, ainsi que toutes les études qui en dépendent. Et les peintres, les maçons qu'il faut diriger! Tout cela dans cinq heures de jour environ, et quel jour, bon Dieu! Ce Paris est un cloaque, une mare dans laquelle il faut patauger pour faire les courses, les visites, et remplir les exigences de ce monde absurde. (Chère Rome, où es-tu!) Oh, que souvent j'enrage et que je voudrais m'en passer, de ce monde! Mais il faut vivre. Dans ce fameux Paris on ne vient pas vous chercher : il faut se montrer, et, bien souvent, le plus impudent est le mieux partagé. Par exemple, je n'ai pu encore retourner au ministère. Le souvenir de leurs procédés, lors de l'affaire de mon tableau, ce souvenir, dis-je, est là, je n'ai pu l'oublier, et ce ne sera guère que la nécessité qui me fera reprendre ce chemin. Je connais des gens qui se trouvent fort bien de passer, tous les jeudis, deux heures dans l'antichambre de M. Cavé, et qui supportent aussi facilement la mauvaise humeur de celui-ci que sa bonne humeur; mais je suis sûr que tu n'aimerais guère ça mieux que moi. Le pauvre Paul est encore moins visiteur et moins heureux. Ni portraits ni tableaux : rien ne lui vient, pas la moindre victuaille.

---

(1) Pour la chapelle qu'Hippolyte Flandrin était chargé de peindre dans l'église de Saint-Séverin.

Aussi lui est-il impossible de suivre le conseil que tu lui donnes au sujet de la caisse d'épargne. Quant à moi, je ne le puis davantage.. ...Bientôt nous serons tous deux aux expédients, car on ne veut rien me donner sur la chapelle que les cartons ne soient faits, et encore la somme que l'on me donnera sera de suite absorbée par le payement des ouvriers, qui déjà présentent leurs mémoires. Donc, si ce pauvre Paul ne vend rien à Lyon, ma foi, nous serons en peine. Mais, patience, nous sommes peut-être à la veille de rouler sur l'or.

Louis a été malade, et, quoique mieux, il reste toujours ébranlé et faible. Sa mine me fait peine : il recommence seulement à travailler. N'en dis rien chez lui cependant. Ce n'est peut-être que l'effet du changement d'air et de nourriture,....

J'écrirai à la maman, pour le jour de l'an, par une occasion. Ma lettre lui arrivera sans doute le 1ᵉʳ ou le 2. En attendant, sois notre interprète auprès d'elle. Dernièrement, elle nous a écrit une petite lettre à faire pleurer de bonheur.

XXI

AU MÊME.

Paris, le 5 février 1840.

.....J'ai reçu hier une lettre de M. Ingres qui commence par ces mots : « Mon bien cher et fidèle ami. » Elle continue sur ce ton d'affectueuse bonté, de confiance et d'estime. Ces sentiments, qui me pénètrent de recon-

naissance, il les partage entre nous trois ; mais qu'il est
triste et malheureux! Il est — gardons cela pour nous;
plus que jamais blessé du peu de cas que l'on fait de son
dévouement, des services qu'il rend à l'art et au pays.
Sa lettre est une longue plainte dont il s'excuse, mais
cette plainte il veut en faire confidence à quelqu'un, et il
nous choisit! Je vais lui répondre tout de suite. Je serais
bien heureux si je pouvais ramener un peu de calme dans
son esprit en lui montrant le véritable état des choses,
c'est-à-dire son nom toujours plus glorieux, admis comme
une autorité que l'on n'ose plus contester, son influence
croissant toujours, sa doctrine honorée même par ceux
qui ne la comprennent pas ; mais, hélas! il ne voit pas
tout cela.

Dans ta dernière lettre tu nous laisses entrevoir que
tu pourrais bien ne pas venir à Paris. Je n'admets pas
cela. Comment pourrais-tu profiter de l'Exposition? Il
faut s'y voir et y voir les autres, ou ne jamais travailler
pour les expositions, car on aurait grand tort de se juger
d'après la faveur ou la défaveur du public : il faut s'y
étudier soi-même. Tu as beau dire que tes élèves te
tiennent serré; tu peux très-bien les quitter pour quinze
jours, et nous, nous jouirions un moment de notre
frère.....

XXII

AU MÊME.

Paris, le 6 février 1840.

C'est hier soir, à la nuit, que nous avons reçu tes tableaux (tous arrivés en bonne santé). Tu dois juger de notre impatience en les déballant; mais j'aurais bien voulu que tu fusses témoin de notre joie en reconnaissant une foule de choses charmantes. Oh! nous t'aurions embrassé de bon cœur! Ce matin, avant qu'il fît bien jour, nous étions déjà devant tes tableaux, et, comme tu nous l'avais permis, nous avons frotté, glacé, éteint, élargi quelques petits coins : toutes choses que tu aurais très-bien faites, si tu avais eu seulement huit jours de repos. Je te dis donc que nous sommes très-contents. Nous trouvons seulement le grand tableau (1) un peu noir, et puis un peu également fait. Certaines figures ne sont pas assez sacrifiées à l'harmonie générale. Tu as bien fait de mettre là la maman, tu t'es servi de René d'une manière charmante : mais de tout cela nous reparlerons.....

Il fallait voir la joie de Louis, qui tournait, venait, sautait, et était enchanté de nous voir aussi joyeux que lui! Il nous charge de t'embrasser. Dis à la maman que nous ne voulons pas qu'elle soit malade.

(1) Le Savonarole prêchant dans l'église de San-Miniato, dont il a été question plus haut.

XXIII

AU MÊME.

Paris, le 6 mars 1840.

Lorsque nous te tiendrons, nous te parlerons des défauts que nous trouvons à ton tableau. Jusque-là, je ne peux que te dire qu'il nous a fait grand plaisir, ainsi qu'à bien d'autres, notamment à Roger, à M. Gatteaux, à Lehmann, à M. Marcotte, à Baltard, à Cazes, et à bon nombre d'artistes ou de camarades; car je te dirai qu'il a figuré à l'espèce d'exposition que nous avions faite chez nous pendant quelques jours.....

Le Salon s'est ouvert hier seulement, et je m'empresse de t'annoncer que tu y es assez heureusement placé. On te voit, et tu gagnes plutôt que tu ne perds. Ça va donc pour le mieux, et ça nous console un peu des horribles places que l'on a données aux quatre tableaux de notre pauvre Paul : mais il a du courage, il ne se laisse pas abattre, et, moi, j'ai la conviction intime que bientôt il dominera (comme talent) les mieux placés et les plus estimés.....

Je vois avec regret que tu ne viens pas maintenant, parce que, naturellement, l'Exposition me fera perdre un peu de temps et que nous l'aurions passé ensemble, tandis que, quand tu viendras, je serai en pleine chapelle, et comme on me presse, il me sera bien difficile de la quitter. J'ai vu M. Servan l'aîné, qui m'a dit que maman va venir; mais avec qui? Je n'y comprends rien. Réponds-moi bien vite, mon ami.

XXIV

A MADAME VEUVE FLANDRIN.

Paris, le 10 mars 1840.

MA CHÈRE MAMAN,

Vous pensez si nous devons être contents en apprenant que vous vous disposez à venir nous voir. Nous vous en remercions de tout notre cœur; mais n'aurez-vous pas froid? Je vous en prie, enveloppez-vous bien, et, surtout, enveloppez vos pieds. Je remercie d'avance la bonne madame Simondon des soins qu'elle aura de vous, mais vous ne nous dites pas par quelle voiture vous arrivez ni à quelle heure. Dites, s'il vous plaît, à Auguste qu'il répare cette omission. D'ailleurs, je lui écris pour la vente d'un de ses tableaux, et il faut qu'il me réponde courrier par courrier.

Je vous annonce avec bien du plaisir que ses ouvrages sont très-goûtés. Ici, nous causerons de tout cela, et je voudrais bien qu'il vous suivît de près. Vous viendrez loger dans notre petite chambre, nous dînerons ensemble; oh! que ce sera charmant! Enfin, comme je suis extrêmement pressé, je vous quitte en vous recommandant bien de vous ménager et de ne pas faire d'imprudence. Adieu, bonne mère, souvenez-vous que nous voulons aller vous attendre à la voiture.

XXX

A MONSIEUR AUGUSTE FLANDRIN

Paris, le 19 mars 1850.

Tu te figures la joie que nous avons eue à embrasser la chère maman! Elle est arrivée à bon port. Maintenant, elle dort à côté de nous, et j'espère que sa nuit sera bonne.

Mais songe, mon ami, que ta lettre qui devait nous prévenir du jour et de l'heure de l'arrivée de la maman, ne nous en disait absolument rien. Tu nous indiquais seulement le bureau où elle devait descendre! Comme nous avions reçu, il y a huit jours, un billet de la maman, où elle nous disait qu'elle comptait partir lundi, nous avons calculé, et, par manière de précaution, nous avons été voir à quelle heure arrivaient les voitures. On nous a dit de trois à quatre heures, et de dix heures à minuit. À deux heures et demie nous allons aux Messageries; mais, malheureusement, la maman était déjà arrivée, n'avait trouvé personne, et avait été conduite chez nous par M. Simondon. Tu penses quel a été notre chagrin. Nous nous sommes mis aussitôt à courir chez nous, dont, par une heureuse précaution, nous avions laissé la clef au portier, et, là, nous avons trouvé la maman. Elle va bien, et nous l'embrassons pour nous et pour toi.

Je t'ai raconté ça pour te faire doucement reproche de ton étourderie; mais, maintenant, tout est fini. Nous tâcherons de faire oublier à maman cette mauvaise réception, ce qui, avec sa bonté, ne lui est pas bien difficile....

Ce matin, vendredi, nous avons été embrasser la maman. Elle a bien dormi, mais elle est un peu enrhumée et nous lui avons conseillé de dormir encore. Elle t'embrasse de tout son cœur, te dit d'être sage et de manger à des heures fixes.....

XXXVI

AU MÊME.

Paris, le 1er avril 1840.

..... Je pense à toi, mon cher Auguste, pour un sujet. Tu me dis que tu n'as pas le temps de lire ; mais que dirais-tu à ma place ? Je n'ai pas le temps de manger. Pas une minute de repos. Cependant je te promets de faire tout ce que je pourrai.....

La chère maman va bien. Nous faisons de notre mieux pour la distraire ; malheureusement, durant les premiers jours, le temps n'était pas favorable. Depuis deux jours nous avons un petit air de printemps que je voudrais bien voir continuer, parce qu'alors nous pourrions la faire mieux profiter de son séjour ici.

Mon portrait au Salon (1) me rapporte tous les jours des articles de journaux ébouriffants. On donne à ça dix fois plus d'attention qu'à mon tableau de l'année dernière. Deviner pourquoi, c'est difficile ; mais en attendant, c'est très-heureux.....

1 Le portrait de madame Ondiné.

XXVII

AU MÊME.

Paris, le 19 février 1841.

Je te prie de dire à la maman que mon œil va de
mieux en mieux et que la guérison s'approche (1). On a
été ici d'une bonté admirable. On s'est intéressé à cela
comme à une chose importante. Cela a fait bruit, et la
maison ne désemplissait pas de visiteurs qui me témoi-
gnaient un intérêt auquel je suis bien sensible. Je vais
enfin répondre à M. Bonnet et à sa si bonne lettre, et
lui témoigner combien je regrette de ne pas lui devoir ce
bienfait. Adieu, on me défend de me fatiguer, ce qui ne
va guère avec mes affaires, car je n'ai jamais été si pressé.

---

(1) On se rappelle qu'il y a vingt-cinq ans environ, de nombreuses
expériences furent faites en France, et surtout à Paris, pour rendre aux
yeux louches une parité complète de direction et de mouvement. Flandrin
se laissa séduire par ce qu'il entendait dire alors des résultats obtenus, et,
pensant se guérir du strabisme dont il était atteint depuis sa naissance, il
se soumit à une opération qui, après une fugitive apparence de succès, ne
remédia en réalité à rien. Redressés un moment, les regards du peintre
reprirent bientôt leur divergence accoutumée. En outre, l'un de ses
yeux (l'œil droit), de tout temps plus faible que l'autre, perdit progres-
sivement le peu de vigueur qui lui restait, et finit par devenir presque
complétement inutile. On aura peine à croire que tant de beaux travaux
exécutés dans le cours des années dernières, que ces portraits, où la
physionomie et la forme sont aperçues et rendues avec tant de finesse,
sont l'œuvre d'un homme réduit à la nécessité de ne se servir que d'un
œil. Pour comble de difficulté, Hippolyte Flandrin étant, à la fin de
sa vie, devenu presbyte de cet œil condamné à agir à peu près seul, ce
n'était qu'en s'éloignant à chaque instant de sa toile qu'il pouvait juger
de ce qu'il avait fait ou de ce qui lui restait à faire, et qu'il réussissait
— on sait d'ailleurs avec quelle exactitude — à saisir, à traduire ensuite,
jusque dans leurs détails les plus délicats, les apparences de la nature.

21

XXVIII

AU MÊME.

Paris, le 24 février 1841.

Mon bon ami, mon cher Auguste,..... je savais bien
que la bonne réussite de mon opération te ferait plaisir,
et j'aime bien la chaleur avec laquelle tu me le dis. Malheureusement, il y a depuis quelques jours dans mon
œil un petit mouvement de retraite. Il rentre un peu
par moments, mais on espère qu'en se fortifiant il gar-
dera tout à fait la bonne position. J'ai assez souffert
pour mériter une entière réussite; aussi l'inquiétude
causée par cette petite fluctuation a-t-elle été d'abord assez
vive, mais il faut bien supporter ce qu'on ne saurait
empêcher et s'en remettre à la grâce de Dieu.....

Maintenant, si tu viens, comme je le désire, l'espère
et le veux, tu nous préviendras, parce qu'il se pourrait
bien faire que nous fussions à Dampierre. Il faut penser
sérieusement à te fixer à Paris : il est temps, et si tu
n'as pu te marier là-bas, tu trouveras peut-être mieux
ici. Et puis, nous avons besoin de vous. N'est-ce pas un
malheur lorsqu'on s'aime de vivre loin les uns des autres,
soupirant toujours après la réunion? Notre bonne mère,
quoi que tu fasses, car enfin il faut que tu travailles, doit
avoir de longs moments de solitude. A trois, nous pourrions lui faire une société plus continuelle : quand ce ne
sera pas l'un, ce sera l'autre. Enfin, lorsque je vois ton
portrait de M. Desgoidi, je dis que c'est dommage de
cacher ainsi ce talent, qui d'ailleurs grandirait ici plus

vite, plus sûrement, et qui trouverait pour se produire
de plus belles occasions. Pense à tout cela, mais n'y
pense pas trop longtemps. La vie se passe en projets....

XXIX

A MADAME VEUVE FLANDRIN.

Paris, ce 1er avril 1841.

MA CHÈRE MAMAN,

Il y a bien longtemps que je ne vous ai rien dit, mais
je suis si pressé! J'ai fait tous les cartons de mes travaux pour Dampierre, et l'exécution en est tellement
pressée que j'ai été obligé de quitter Paris au commencement du Salon, sans presque le connaître, au moment
où je venais d'ouvrir ma chapelle au public, et au milieu
de tous les embarras que cela entraîne. Je vous le répète,
j'ai été obligé de quitter Paris pour Dampierre, où nous
sommes, Paul, Louis et moi, donnant à tous les diables
la peinture à la cire, dans laquelle nous labourons depuis
six heures du matin jusqu'à six heures du soir. Aujourd'hui je suis revenu pour faire un bout de dessin,
mais je repartirai ce soir par le chemin de fer.... Je suis
très-heureux : on dit beaucoup de bien du portrait que
j'ai commencé lorsque vous étiez ici [1], et ma chapelle
fait en général plaisir. Le préfet, le conseil municipal et
une partie de l'Institut sont venus la voir. On m'en a fait
de grands compliments, et j'ai appris avec bonheur que

_____

1 Le portrait de madame Vatier.

M. Varcollier (l'homme dont M. Ingres estime tant le sentiment en matière d'art) en a fait un beau *rapport* qui a été lu par le préfet au conseil municipal assemblé. Maintenant, comme je vous l'ai dit, je travaille au château de Dampierre. M. Duban en est l'architecte, et il prouve là son talent et son goût d'une manière admirable.....

Les uns disent que M. Ingres est en route, les autres que non : je n'y comprends rien. Aujourd'hui nous avons revu la *Stratonice* : c'est une merveille. Jamais les émotions du cœur n'ont été aussi admirablement exprimées.

XXX

A MONSIEUR ERNEST VINET.

Dampierre, le 15 avril 1841.

Voici une réponse bien tardive à votre si bonne et si aimable lettre. Tout en elle, motifs, expressions, rendait bien la vraie amitié que vous nous donnez et dont nous sommes bien reconnaissants. J'ai été malade, voilà pourquoi je suis resté si longtemps muet. Le travail, le mauvais air que nous respirons dans une salle où travaillent trente ou quarante peintres, tout cela m'a détraqué, et j'ai fini par des coliques atroces. A peine relevé, j'ai été obligé d'aller à Paris pour un jour, et je me proposais bien de vous voir ; mais, à demi brisé par mes maux récents, je n'ai pu que remplir le but de mon voyage, et il m'a fallu repartir sans vous avoir vu. Le duc devait arriver aujourd'hui ; il nous a fallu travailler comme des nègres afin de présenter un certain résultat. Enfin, aujourd'hui à trois heures, il est venu nous visiter, et je vous dirai qu'il a paru très-satisfait. Il nous reste encore à peu près la moitié de notre travail à faire. Avant la fin j'espère vous voir, et nous en causerons bien.

Votre article (celui que vous m'avez envoyé, je veux dire) m'a fait bien plaisir, mais votre lettre, votre bonne lettre surtout. Que n'ai-je pu faire cent fois mieux, pour un homme qui sent si bien! Mais, hélas! le résultat reste loin de l'intention, et, pour vous surtout, je m'en plaindrai toujours.

J'espère que madame votre mère se porte bien. D'après son portrait, tout le monde se prend à l'aimer : que serait-ce donc si on la connaissait réellement?....

XXXI

A MADAME VEUVE FLANDRIN.

Paris, le 24 juin 1841.

MA CHÈRE MAMAN ET MON CHER AUGUSTE,

Je viens avec empressement vous faire part d'une nouvelle que M. Ingres m'a donnée pour votre fête et pour la mienne. Le roi vient de me nommer membre de la Légion d'honneur, et je suis heureux de voir la joie que cela cause aux personnes qui nous connaissent. Je suis sûr de la vôtre, de celle de nos parents et amis de Lyon, et cela donne bien du prix à l'honneur qui m'est fait. Ce même honneur, je l'appelle de tous mes vœux

sur mon cher Auguste et sur mon cher Paul, à qui je ne
souhaite que des occasions de montrer leur talent pour
qu'alors justice se fasse.....

XXXII

A MONSIEUR AUGUSTE FLANDRIN.

Paris, le 4 juillet 1841.

C'est à Dampierre seulement que j'ai reçu ta lettre, ce qui
l'a encore retardée. Nous étions bien en peine, et malheureusement il paraît que ce n'était pas sans sujet : la pauvre
maman a été malade ! Mon Dieu, mon Dieu, pourquoi
sommes-nous si loin, pourquoi vivons-nous séparés ! Oh,
n'est-ce pas ? bientôt il faut absolument nous réunir. Tu
ne nous dis pas de quoi elle a été malade. Tout cela est
bien vague : dis-nous, mon ami, dis-nous tout, bien
qu'elle n'aille pas mal maintenant, car on ne sait jamais
rien de trop sur ceux que l'on aime comme nous vous
aimons. Nous voudrions aller vous voir bientôt ; mais
M. Ingres a besoin de nous, et Dieu sait quand cela se
pourra faire ! Cependant, pour bien des raisons, je voudrais vous voir, vous embrasser, résoudre certaines
choses, voyager un peu (comme santé, j'en ai besoin..
voir ce que tu fais, etc.

M. Ingres expose chez lui sa *Madone*. C'est une admirable chose, et qui arrive à propos après toutes les fêtes
qu'on lui a données (1). Quelques jours après viendra
le *Cherubini et la Muse* ; enfin, ça va bien.

1. Lorsque la *Stratonice* fut arrivée à Paris et exposée dans un salon
des appartements du duc d'Orléans, aux Tuileries, les artistes furent

Dis à notre chère maman que nous l'embrassons bien tendrement ; qu'au nom de l'amour qu'elle a pour nous, nous la supplions de faire tout ce qu'il faut pour sa santé, et que le plus tôt possible nous irons la voir, vous voir, je veux dire. Adieu, mon ami. Venu ce matin de Dampierre, j'y retourne ce soir pour continuer des peintures en plafond qui m'éreintent ; mais bientôt ce sera fini.

XXXIII

AU MÊME.

Paris, le 18 juillet 1841.

..... Tu me demandes des conseils à propos de mariage : je voudrais bien pouvoir te les donner aussi bons que mon amitié est sincère. C'est pourquoi je te dirai, au sujet de la nièce de madame ***, que, lors même qu'on a

---

admis pendant quelques jours à voir ce chef-d'œuvre à la place même qu'il devait occuper. On sait l'éclatant succès qui s'ensuivit, et le surcroît de gloire que M. Ingres recueillit de la publicité donnée à son nouvel ouvrage. Après le retour du maître en France, tous les peintres et les sculpteurs, depuis les membres de l'Institut jusqu'aux plus humbles débutants, tous ceux qui, bien ou mal, tenaient la brosse ou l'ébauchoir, se réunirent pour fêter dans un banquet le peintre de *Stratonice*. Le roi voulut aussi honorer l'art français contemporain dans la personne de son représentant le plus illustre. Il conduisit M. Ingres à Versailles, parcourut longtemps avec lui les galeries du palais où les monuments dédiés à toutes les gloires de la France venaient d'être rassemblés, et le soir, au palais de Neuilly, un concert, exclusivement composé des morceaux de musique que préférait M. Ingres, achevait de prouver au chef de notre école qu'on tenait à le traiter comme un hôte, à voir partout le droit de ne rien sacrifier de lui-même, et d'imposer à autrui non-seulement la vénération pour ses mérites personnels, mais jusqu'au respect de ses goûts.

laissé longtemps dormir dans son cœur le sentiment religieux, il est dangereux, il est malheureux de s'unir à une personne qui ne pense pas comme vous ; car on change. Ces différences, qui d'abord paraissent nulles, indifférentes, peuvent devenir plus tard des causes de désunion, surtout lorsqu'on a des enfants et que, ne voulant pas affaiblir ou annuler l'enseignement religieux qui leur est donné, le père ou la mère se trouve, sinon condamné, au moins accusé par eux. Et puis, tu sais comme moi que là, dans la religion seulement (nous en avons un assez bel exemple dans notre mère), on trouve un vrai secours contre les peines et les chagrins. Lorsque ce sentiment est profond, sincère, quel malheur de n'être pas en parfait accord avec celle qu'on aime ! Vois donc, mon ami, réfléchis.

Pour l'autre personne, je ne sais que te dire, puisque je ne la connais pas ; mais peut-être, au mois de septembre, pourrai-je aller vous voir. Je dis peut-être, parce que, accablé de travaux et m'étant chargé de copier la *Madone* de M. Ingres, je ne m'appartiens pas (ceci entre nous). Ne sommes-nous pas d'ailleurs trop heureux de pouvoir, en quelque chose, être utiles à notre maître ? Car, lui, il n'a rien ménagé pour nous faire ce que nous sommes.....

On a demandé à M. Ingres d'ouvrir un atelier d'élèves. M. Ingres a bien voulu les renvoyer à moi ; mais, tout bien considéré, j'ai remis ça à quatre ou cinq ans, si je suis vivant, chose que je prie Dieu de m'accorder.

XXXIV

A MONSIEUR VICTOR BALTARD.

Lyon, le 24 août 1841.

Nous avons fait bonne route, en bonne compagnie
M. Pradier, le général Bedeau, etc., et, arrivés à Lyon,
nous avons eu la joie d'y trouver notre mère et Auguste
en bonne santé. Le lendemain matin, d'assez bonne
heure, nous avons été chez ton père; mais, plus alerte
que nous, il avait déjà levé le camp. Nous laissâmes chez
lui les commissions, et ce ne fut que le lendemain que
nous le rencontrâmes venant nous voir et nous inviter à
dîner. Maman en était; nous avons trinqué à vos santés.
Jamais ton cher père ne m'a paru mieux portant, ni
plus allègre. C'est là que de mon mieux je lui ai fait la
description de ton projet (1). Il en paraît content et le
trouve très-original. Après le dîner, il a eu la bonté de
nous montrer en détail son palais (2). Je ne suis pas
compétent pour en juger, mais je sais que cela a produit
sur mes frères et sur moi une grande et belle impression.
Il nous a assuré, d'ailleurs, que tout mauvais vouloir
contre lui avait cessé et que l'on mettait à sa disposition
tout ce qu'il désirait. Ce qui l'occupe maintenant, c'est
son projet d'île sur la Saône. Ses idées me semblent
magnifiques, et ce n'est peut-être pas aussi chimérique
que tu pourrais le croire, car le préfet a adressé ton père
à certains capitalistes ou hommes d'affaires qui ont paru

(1) Pour le tombeau de l'empereur Napoléon Ier.
(2) Le palais de justice, sur le quai de la Saône.

enchantés, et qui promettent de le seconder de toutes
leurs forces. Dieu veuille que ces espérances ne soient
pas trompées !

Lyon, notre ville, est toujours noire. Le pavé me
ruine les pieds. Décidément, je ne l'aime plus le pavé;
mais elle est presque entièrement illuminée au gaz, on
établit de tous côtés de bons trottoirs en bitume ; les
désastres de l'inondation paraissent encore, mais ce que
l'on a refait est immense.....

XXXV

A MONSIEUR INGRES.

Lyon, le 13 octobre 1841.

MON CHER MAITRE,

Heureusement accoutumés à vous voir souvent, nous
trouvons notre absence trop longue, et si une force majeure ne s'y était opposée, nous serions déjà auprès de
vous. Je vais vous conter comment et pourquoi nous
avons été obligés de retarder notre départ.

Après avoir passé quelques jours auprès de notre
mère, nous descendîmes, par les bateaux à vapeur, dans
le Midi, pour retrouver quelques bons parents qui depuis longtemps nous appelaient et que nous n'avions
pas vus depuis douze ans. Après avoir visité Avignon,
Arles, Nîmes, Montpellier, où nous étions heureux
comme en Italie, nous nous disposions à remonter de
votre côté, lorsque le Rhône grossi en une nuit par un
orage est venu nous fermer toutes les voies. Durant sept

jours, nous avons été obligés d'attendre que le fleuve ou
les routes fussent praticables.........

J'ai su par Louis que des invitations à Compiègne et
à Fontainebleau vous avaient pris bien du temps, et que
vous n'aviez pu vous mettre au travail. J'espère que le
terme est venu de tous ces dérangements, que bientôt,
enfermé dans votre atelier, tout entier au travail du
jour, à la musique et au repos du soir, vous trouverez le
calme que vous cherchez. La belle *Madone* n'est-elle
point partie? Pourrons-nous encore la saluer et l'admirer? Avez-vous pu retourner à Dampierre? Étes-vous
content des changements effectués? Cette dernière question m'intéresse bien vivement, car je voudrais de tout
mon cœur qu'aucun nuage ne vînt diminuer le plaisir
que vous avez à faire ce travail, et j'ose espérer qu'il en
sera ainsi.

À Lyon, nous avons trouvé notre frère Auguste venant
de terminer un *portrait* dans lequel il me semble qu'il y
a grand progrès comme solidité et comme largeur.
Maintenant, il travaille à une esquisse du portrait de
monseigneur de Bonald, que j'aurai l'honneur de vous
présenter comme à notre providence, à notre bon conseil.

Adieu, mon cher maître...... Bientôt, bientôt nous
aurons le bonheur de vous embrasser.

XXXVI

A MADAME VEUVE FLANDRIN.

Paris, janvier 1842.

BONNE ET CHÈRE MAMAN,

Je ne peux vous dire tout le plaisir que nous a causé
votre bonne lettre. Nous ne pouvons lire sans attendrissement l'expression si vraie et si touchante de votre
amour pour nous : amour bien connu, bien prouvé, mais
dont l'assurance ne nous sera jamais trop répétée......

Vous avez dû recevoir une lettre dans laquelle je vous
disais que maintenant nous habitions notre appartement,
que nous avions une femme de ménage pour faire nos
chambres et notre cuisine ; enfin nous vivons en gens
établis, et tout cela marche fort bien....

Je vous remercie mille fois de toutes vos bontés et
vous prie de recevoir les vœux de vos enfants. Que Dieu
vous conserve à leur amour et vous fasse heureuse par
leurs soins ! Puisse notre bon père nous entendre ! Il voit
bien que nous ne l'oublions pas. Sa mémoire est bonne,
honorable. Heureux sont les enfants qui peuvent en garder une pareille de leurs parents. Bonne mère, je sais
bien que ce souvenir ne viendra pas la vous attrister,
car il remplit votre cœur, et il est si bon de parler de
ceux que l'on aime ! Adieu, je vous réunis à Auguste et
je vous embrasse tous deux de toute mon âme.

XXXVII

A MONSIEUR AUGUSTE FLANDRIN.

Paris, 22 février 1842

Enfin me voilà un peu plus libre, et je peux répondre à ta bonne lettre d'il y a huit jours. Notre chère maman a été malade : il semblait que nous le pressentions, car pendant quelque temps nous avons été bien tourmentés. Que Dieu nous la garde et nous permette enfin de lui donner notre part de soins et de tendresse; qu'enfin cette réunion tant désirée s'effectue, et que nous jouissons les uns des autres pendant le temps qui nous est donné! Il passe vite, ce temps, et ce que je regrette le plus, c'est de ne pas vivre pour ceux que j'aime le mieux. Réponds-moi à ce sujet, mon ami; dis-moi ce que tu comptes, ce que tu espères faire.

J'ai reçu tes deux *portraits*, et, comme à mon meilleur ami, je vais te dire ce que j'en pense. Je connaissais celui de la dame, je l'avais vu à Lyon. Il a gagné comme ensemble, comme harmonie, mais la pose me paraît toujours un peu roide, les détails me semblent trop petits, un peu mesquins; enfin le sujet est si peu agréable, que j'eusse beaucoup mieux aimé ne pas mettre ce portrait au Salon. L'autre, celui du jeune homme, nous a beaucoup plu par la pose et par l'heureux ajustement du manteau. La tête est bien peinte, mais peut-être un peu trop soignée, trop peignée. J'ai pris la liberté d'introduire un peu d'irrégularité dans les cheveux, et, si le temps l'avait permis, j'aurais bien voulu assouplir un peu la chemise, qui pouvait prêter à quelque chose d'admirable, mais que nous avons trouvée un peu fraîchement repassée. Voilà, mon cher Auguste, ce que nous avons fait et pensé. Tes portraits sont arrivés à temps, ainsi que ceux de Bonirote, et nous avons fait porter le tout la veille de la fermeture. Quant à moi, j'ai travaillé jusqu'au dernier jour, à deux heures de l'après-midi. M. Ingres est venu, pour la première fois, voir mon tableau (1) la semaine dernière. J'étais encore indécis, ne sachant pas si je pourrais avoir fini et le mettre à l'Exposition, mais M. Ingres m'a encouragé chaudement. Il m'a dit que c'était plus fort que ce que j'ai fait jusqu'ici, qu'enfin il fallait finir ce tableau et l'envoyer au Salon. J'ai redoublé d'ardeur, et hier enfin on me l'a enlevé. Voilà l'atelier vide, mais pas pour longtemps, car plusieurs portraits en prendront possession demain ou après-demain ; hier j'ai commandé les toiles.........

Écris-moi bientôt ce que tu penses au sujet de notre projet de réunion ; écris-moi enfin de ces choses intimes auxquelles s'attache tant d'intérêt, et qu'un frère doit partager avec son frère.

XXXVIII

AU MÊME.

Paris, 24 mars 1842.

...... Le Salon est pauvre, très-pauvre, surtout dans le genre historique. Ce sont les petits tableaux et les

(1) Saint Louis déclarant la guerre aux infidèles.

paysages qui me semblent les plus forts ; d'ailleurs, cette
année, les artistes les plus connus s'abstiennent. Mon tableau à moi est dans le grand salon, mais placé très-
haut et à contre-jour. Au premier aspect, il m'a horriblement désolé ; mais enfin, peu à peu, il revient sur l'eau
et je me méprise un peu moins. Quelques journaux
m'ont bien traité, ce sont les plus graves ; mais les journaux qui s'occupent d'art spécialement m'abîment....
J'ai remarqué au Salon deux jolis tableaux de Meissonier (1), trois dessins de Decamps (2), deux petits Des-
gotte, quelques jolis paysages et tableaux de genre, un
beau Calame (3), trois ou quatre portraits, un tableau
de Lehmann (4), un de Bézard (5), un Biard très-
drôle (6) ; en sculpture, la jolie *Madone* d'Oudiné, la statue du *général d'Espagne*, une figure d'Étex (7), une
de Bonnassieux (8), et, ma foi, après ces choses-là, il y
en a peu de remarquables ; cependant j'ai pu commettre
des oublis.........

Tu me parles de notre réunion, mais en la renvoyant
bien loin, puisque tu veux finir là-bas tes deux grands
portraits. Quant à moi, il me semble qu'il eût mieux

---

(1) Ces tableaux représentent, l'un, *Un jeune homme jouant de la
basse-viole*, l'autre, *Un fumeur*.
(2) Un *Épisode de la défaite des Cimbres*, le *Siége de Clermont, en
Auvergne*, et la *Sortie de l'école turque*.
(3) *Site des environs de lac de Wallenstadt, canton de Schwytz*.
(4) *L'Ensevelissement de Jésus-Christ*, aujourd'hui dans l'église de Saint-
Nicolas, à Boulogne-sur-Mer.
(5) *De Calame, le Mont-rose lac et l'Orage traversant l'arc-de-triom-
phal de la Crédulité l'homme croyant qui implore la vérité.*
(6) *La Traversée du Havre à Honfleur.*
(7) *Olympe, Orlando furieux, conte X.*
(8) *La Ginette.*

valu, même pour tes portraits, venir les faire ici, après avoir recueilli tous les documents. Tu aurais eu les conseils du maître et tous les beaux exemples, et puis nous serions ensemble. Je t'en prie, mon ami, pense bien à tout cela....

XXXIX

AU MÊME.

Paris, le 14 avril 1842.

.... Il est en ce moment question parmi les artistes d'une souscription pour élever un monument au Poussin dans son pays natal, c'est-à-dire aux Andelys, sur les bords de la Seine. Je suis heureux de voir qu'enfin on veut faire quelque chose en l'honneur de ce grand homme. Nous avons souscrit immédiatement au-dessous de M. Ingres, et je n'ai pas résisté au plaisir de mettre si près du nom du maître les noms des trois frères. J'ai donc signé aussi pour toi et donné pour nous trois la somme de soixante francs : n'est-ce pas que j'ai bien fait ?...

XL

AU MÊME.

Paris, le 27 mai 1842.

C'est en effet une épouvantable catastrophe que l'événement arrivé au chemin de fer (1). La désolation, la

(1) Le 12 mai, entre Bellevue et Meudon, sur le chemin de fer de Paris à Versailles (rive gauche).

consternation ont été grandes; cependant tout reprend
son train ordinaire. Je te dirai même une chose qui t'é-
tonnera, j'en suis sûr, c'est que, trois jours après ce
malheur, nous sommes partis par le chemin de la rive
droite avec M. Ingres (oui, M. Ingres!), madame Ingres et M. Duban, pour aller visiter Dampierre, où nous
devions recommencer à travailler, Paul et moi. Le soir,
nous y avons laissé Paul et nous sommes revenus par la
même voie; puis, le dimanche, jour de la Pentecôte, la
rive gauche a repris son service. Je suis parti avec une
certaine émotion. Nous avons revu le théâtre de cet
épouvantable malheur, si épouvantable en effet, qu'une
pensée religieuse s'est fait jour et qu'on a marqué ce lieu
par trois croix. Depuis, j'ai travaillé au château huit jours
entiers, peignant en plafond, ce qui fait que je n'ai point
eu là une campagne rafraîchissante, et qu'hier, en finis-
sant ma corvée, j'étais fort aise d'en être quitte......

Les belles peintures de M. Ingres, c'est-à-dire la *Madone*, le *Cherubini*, le *duc d'Orléans* et l'*Odalisque*, qu'il
a un moment réunies chez lui et montrées au public, ont
eu un beau succès, mais non pas sans contestation :
chose dont il faut se mettre peu en peine, car le monde
est ainsi fait, que le mérite le plus éclatant ne peut jamais
être universellement reconnu......

Je te remercie bien de la bonne opinion que tu as d'a-
vance de mon portrait de mademoiselle *Delessert;* mais
il me donne bien de la peine, et je n'en suis pas satisfait[1].

(1) L'exécution de ce portrait avait, dès le commencement, vivement
préoccupé Hippolyte Flandrin. « Je travaille, écrivait-il à son frère un
des jours du mois précédent, au portrait de mademoiselle Delessert, et
je t'avoue que j'ai une peur atroce. »

22

Je le laisse reposer quelques jours, pour le reprendre ensuite et l'achever. Peut-être pourrai-je lui donner un peu de cette grâce si nécessaire pour rendre la jeunesse. Je vais faire placer mon *Saint Louis* au Luxembourg, puis le terminer là.........

XLI

A MADAME VEUVE FLANDRIN.

Paris, le 11 juin 1842.

MA BONNE, MA CHÈRE MAMAN,

Dans le désir que nous avons de vous posséder, vos lettres sont comme un rayon de soleil qui vient éclairer, réjouir une pauvre et triste campagne. Oui, elles nous font du bien en nous parlant de ce projet comme d'une chose que vous aimez et que vous espérez réaliser. Nous avons perdu les dernières années de notre bon père, puisque nous n'avons pu le soigner, le servir, lui montrer combien nous l'aimions. Tâchons donc de passer ensemble le temps que Dieu voudra encore nous donner. Nous nous efforcerons de vous prouver que nous estimons à leur valeur les trésors de bonté et d'affection que vous avez dépensés pour nous. Hélas, hélas! cette ferveur de cœur est bien vive, mais pourquoi, mon Dieu, les enfants ne sentent-ils pas dès leur bas âge ce que mérite une mère comme vous! Ils n'auront certes jamais trop de temps, jamais trop de forces pour l'aimer. Croyez donc, bonne maman, que nous trois, nous, vos enfants, nous y mettrons tout notre cœur, toute notre âme. Auguste, plus heureux que nous, peut vous dire cela chaque jour par ses soins. Eh bien, ce bonheur nous voulons le partager avec lui : nous l'aurons, n'est-ce pas ?......

J'ai une bonne nouvelle à vous annoncer, c'est que j'ai un beau travail à faire dans l'église Saint-Germain des Prés, celle qui est si voisine de chez nous, et où vous alliez souvent. Dites-le, s'il vous plaît, à Auguste, car je suis bien sûr que ça lui fera plaisir......

XLII

A MONSIEUR AUGUSTE FLANDRIN.

Paris, le 1er juillet 1842.

... Tes lettres ont un caractère vraiment fraternel. Tu me parles du besoin d'être aimé : c'est l'instinct d'un bon cœur. Ta mère et tes frères t'aiment de toutes leurs forces, mais il est une autre affection que tu dois désirer et que je voudrais bien te voir posséder. Cherche, mon ami, cherche toi-même. Dans une étude aussi délicate, personne ne peut nous suppléer, et pour mon compte je m'en aperçois (car tu sais que, moi aussi, j'y pense). Que de choses nous aurions à nous dire! Mais par lettres, c'est impossible. Je te voudrais une femme qui t'aimât bien et surtout qui eût un bon caractère. C'est là, à mes yeux, la plus précieuse chose que l'on puisse souhaiter, car elle renferme ces vertus usuelles on peut dire, ces vertus de tous les jours et de tous les instants qui peuvent le mieux aider au bonheur de la vie. Et puis, tu viendrais nous retrouver, n'est-ce pas? Je suis persuadé qu'ici tu serais plus heureux. Ton talent plus en vue, sur un meilleur théâtre, se fortifierait encore, et je suis sûr que tu ne manquerais pas d'occupation. Pense à tout cela, cher Auguste, résous quelque chose, et ne perdons pas toute notre vie loin les uns des autres.

...... J'ai fini le portrait de mademoiselle *Delessert*. Toute la famille a été enchantée et a usé des façons les plus aimables pour me le témoigner. Enfin le très-généreux prix de trois mille francs a couronné tout ça : mais le mieux pour moi est de connaître cette famille, car il est impossible de trouver rien de meilleur......

XLIII

AU MÊME.

Paris, le 15 juillet 1842.

Nous sommes en peine de toi et de la maman; chère maman! D'ailleurs, je suis si triste de la malheureuse fin du prince [1] ! Hier, sans doute, tu as dû l'apprendre. Notre bon maître est au désespoir, lui qui, par de si bons rapports, avait appris à le connaître. Hélas! il l'aimait de toute son âme. Ce beau portrait nous crève le cœur; nous n'osons plus le regarder. Il faut dire, à l'honneur du pays, que cette perte paraît bien sentie. La ville entière a une physionomie de tristesse et de deuil: chacun sent dans quel chaos nous pouvons être

1 Le duc d'Orléans, mort le 13 juillet.

replongés. L'incertitude, le manque de stabilité, est un fléau qui depuis longtemps nous opprime et auquel un si cruel malheur vient en aide. Espérons cependant en Dieu et dans la fortune de la France!......

. . . . .

XLIV

A MONSIEUR VICTOR BALTARD.

Lyon, le 24 août 1842.

Ton père se porte bien ; je n'ai pu le voir ce matin, il n'était pas chez lui.

Selon ma promesse, je viens te donner des nouvelles. Elles sont tristes, bien tristes. Le voyage, le soleil, le beau temps, nous avaient disposés à espérer : hélas ! notre arrivée a été bien malheureuse. On n'a pas pu nous le laisser voir (1), et ce n'est que ce matin, après que les médecins se furent consultés à ce sujet, qu'on nous a permis de l'embrasser. Il nous a bien reconnus : quelques signes d'attendrissement nous ont prouvé qu'il comprenait la situation, mais les moyens d'expression lui manquent. Enfin, on craint moins pour la vie que pour le moral, et cette crainte, ô mon Dieu ! est bien la plus cruelle menace. Je ne dis cela qu'à toi, et parce qu'il faut permettre aux malheureux de se plaindre. Pourtant espérons encore.

. . . .

(1) La maladie dont Auguste Flandrin venait d'être atteint, et à laquelle il devait succomber au bout de quelques jours, était une fièvre cérébrale. A la première nouvelle du danger qui menaçait son frère, Hippolyte était accouru à Lyon, et c'est le lendemain même du jour de son arrivée qu'il adressait à son ami M. Baltard la lettre que nous reproduisons.

Notre pauvre mère est bien changée ; cependant elle est encore forte. Dieu veuille que cela dure ! Adieu, chers amis. Pardon, nous venons vous causer du chagrin, mais nous savons que vous nous aimez, et Dieu sait bien que nous vous le rendons de tout notre cœur.

XLV

AU MÊME.

Lyon, le 1ᵉʳ septembre 1842.

BRAVE ET CHER AMI,

Plus d'espérance ! Ce matin nous l'avons conduit à sa dernière demeure. Juge de nos regrets, de notre douleur ! Depuis notre arrivée, nous assistions aux progrès incessants de la maladie, mais quelque espoir restait encore. On a fait jusqu'au bout des efforts inouïs ; tous inutiles ! L'agonie a commencé mardi matin vers cinq heures, et à dix heures moins cinq minutes il a rendu le dernier soupir. Nous lui avons fermé les yeux, et, après les embrassements les plus tendres, nous l'avons quitté pour penser à notre pauvre mère. Sa résignation est sublime, mais le coup est bien fort. Cependant nous espérons, et nous prions Dieu pour qu'il ne nous accable pas tout à fait par un nouveau malheur.

La perte de notre cher frère a fait dans notre ville une grande et douloureuse sensation. Presque tout ce qu'elle renferme de gens distingués a accompagné le convoi ce matin, et ce dernier témoignage d'estime et d'affection a pour nos cœurs une grande douceur.

Tu le connaissais aussi, et je suis sûr que tu le regretteras. Nous parlerons de lui, n'est-ce pas, cher ami, car notre douleur ne finira pas. Nous étions si bien à trois! Maintenant, nous nous sentons faibles : il faut donc que nous nous serrions auprès de nos amis, et tu seras toujours un de ceux sur qui nous nous appuierons avec le plus de confiance. Adieu, adieu, cher ami. Paul et moi nous t'embrassons de toute notre âme. Fais nos compliments affectueux à ta femme, embrasse pour nous ta fille, et qu'elle prie Dieu pour notre frère et pour nous!

Ton excellent père est venu au convoi de notre pauvre Auguste. Il est en bonne santé.

XLVI

A MONSIEUR AMBROISE THOMAS.

Lyon, le 10 septembre 1842.

Nous avons reçu avec reconnaissance les paroles de tendre sympathie que tu nous as envoyées. Nous connaissons bien ton amitié : elle est vraie, elle est solide. Nous nous appuierons sur elle, et parmi tant de bons cœurs qui ont pris une généreuse part à notre malheur, le tien sera toujours le plus intime, le plus cher, celui que nous voulons garder et aimer de plus près.

Maintenant que la première stupeur est passée, si tu savais, hélas! combien s'étendent nos regrets! Tout les accroît, tout les nourrit. Nous étions si bien à trois, et à deux, mon Dieu, on est si près d'être seul! Oh!

malheureux celui qui restera! Pardonne-moi ce cri de faiblesse, mais il est là, au fond de mon cœur. Celui-là qui semblait si fort, si plein de vie, il nous a pourtant été enlevé si vite! Le premier jour, il le disait, il se sentait frappé à mort.

Notre pauvre mère supporte ce coup terrible avec une grande force. Ne soyons donc pas ingrats envers Dieu, car, s'il nous la conserve, ce sera bien admirable!.....

Adieu, cher ami, sois bien sûr que nous t'aimons comme tu nous aimes.....

XLVII

A MADAME VEUVE FLANDRIN.

Paris, le 28 septembre 1842.

... .Nous aurons plus que jamais le besoin de savoir où vous êtes, comment vous êtes, ce que vous faites. Nous sommes toujours pleins de vous et de notre cher Auguste, depuis que nous sommes ici, notre chagrin a pris quelque chose de plus tendre; nous pouvons pleurer davantage et ça nous fait du bien. Pleurez aussi, chère maman, vous en avez besoin. Votre piété, votre confiance en Dieu méritent toutes les consolations ; Dieu vous les donnera, et nous ferons tous nos efforts pour y aider aussi. Les bons soins de notre cousin, de nos cousines, nous font grand bien. Ils nous rassurent, et, sans eux, mon Dieu! nous n'aurions jamais pu vous quitter.....

Ici, nous nous occupons d'appartement. Voilà que,

par hasard, dans notre maison, au premier étage, il y
en a un charmant à louer. C'est justement ce qu'il faudrait si l'un de nous était marié et que maman restât
avec nous; mais ces deux choses ne sont point certaines,
et l'appartement est de douze cents francs. Faut-il, pour
six mois, risquer un engagement? Répondez, je vous
prie, à tout cela.... Je vous embrasse de tout mon cœur,
ainsi que nos bons parents. Ayez soin de votre santé et
priez pour nous.

XLVIII

À LA MÊME.

Paris, le 16 octobre 1842.

....Le bon air de Bagnols vous fait du bien : jouissez-
en tant que vous pourrez, car je suis bien sûr que vous
faites plaisir à ceux chez qui vous êtes. Je suis fâché que
vous n'ayez pas emporté là-bas quelques épreuves du
portrait de notre cher Auguste. Ici, tout le monde en
veut : on l'aimait tant! Ses élèves présents à Paris m'ont
fait une visite en corps, dans laquelle ils m'ont témoigné
la part qu'ils prenaient à notre douleur, et je sais qu'ils
veulent élever sur son tombeau une petite colonne au
sommet de laquelle ils mettront son buste fait par Cabu-
chet. Tout cela nous a beaucoup touchés, et je les ai
remerciés de tout mon cœur. Si ce projet s'exécute, cela
leur fera honneur, ainsi qu'à notre cher ami. Je rassemble toujours ses lettres. Oh! qu'elles me sont précieuses! Comme elles expriment l'amitié qu'il avait pour

nous! Hélas, mon Dieu! lui avons-nous assez montré
l'... que nous avions pour lui?.....

XLIX

À LA MÊME.

Paris, le 3 mars 1843.

Je viens vous remercier de la bonté avec laquelle vous
avez répondu à ma dernière lettre (1). Nous recevons votre
acquiescement avec bonheur et comme une bénédiction
indispensable dans une chose si grave. J'irai aujourd'hui
en porter la nouvelle à cette excellente famille, et elle
augmentera encore la joie avec laquelle j'ai été reçu ;
tous promettent de bien vous aimer. Plus je les vois,
plus je suis heureux. On remet à ma décision l'époque
du mariage, et, après un si bon accueil, un si aimable
empressement, il serait peu gracieux à moi de la retarder
trop longtemps. C'est pourquoi je pense à l'époque de
Pâques, c'est-à-dire au milieu d'avril. Il me semble indispensable que vous y soyez ; votre présence me portera
bonheur. J'espère que rien ne vous en empêchera, et
d'ailleurs, pour vous avoir, nous attendrions bien.

Je suis désolé de ne pouvoir vous écrire qu'en courant,
car, en une semblable circonstance, j'aurais tant à vous
dire! Pour me résumer, chère maman, je vous dirai
seulement que je vois approcher ce bonheur bien désiré

(1) Dans cette lettre, Hippolyte Flandrin parlait à sa mère de ses
projets de mariage, et la demandait de les sanctionner par son approbation.

avec confiance en Dieu et dans mes bonnes intentions. Vos vœux, vos prières nous accompagnent et ne peuvent que nous porter bonheur. Puisse aussi cet événement donner quelque joie à votre cœur, à ce pauvre cœur si éprouvé, et qui cependant est resté si bon, si jeune, si aimant !.....

Mercredi, jour des Cendres, nous avons fait dire une messe pour notre pauvre Auguste. C'était la fin du sixième mois, et nous y avons assisté, pleins de la même douleur et des mêmes regrets qu'aux premiers jours. Pour lui, pour nous, il faut prier, toujours prier !

L.

A MONSIEUR AMBROISE THOMAS.

Paris, le 19 avril 1843.

Tu as été malade, tu m'as dit que tu avais de l'ennui, du chagrin peut-être, et une seule fois j'ai essayé d'aller te voir. C'est mal, je le sais, et je m'en fais des reproches ; mais si tu savais dans quel dédale de soins et de soucis je me trouve, tu me pardonnerais, tu me plaindrais.... jusqu'à un certain point toutefois : car, plus je connais celle qui doit être ma femme, plus je suis content, plus je l'aime. M. Ingres et nous tous, nous espérions te voir demain chez M. Gatteaux, mais j'ai peur que tu ne sois fatigué, et je n'ose te prier trop. Cependant, si tu peux venir, mon ami, tu nous feras un grand plaisir, et M. Ingres te bénira. Il nous a dit que tu avais joué la *grande fantaisie* de Mozart chez M. Delesne comme

jamais il ne l'avait entendu jouer. D'ailleurs, il t'aime
tout entier et toujours plus. Nous, nous t'aimons et
t'aimerons toujours autant.

Si tu peux, viens.

LI

AU MÊME.

Paris, le 10 mai 1843.

Je suis bien heureux, je touche au but, et je t'embrasse
de tout mon cœur. Depuis hier, tout a marché rapidement, et je trouve plus que je n'aurais osé espérer. Elle
est charmante, et douce, et tendre. Oh! réjouis-toi
avec moi!

Je te prie de vouloir bien venir un peu plus tôt, parce
que l'organiste n'est pas à Paris, et, alors, en arrivant à
midi moins un quart ou à onze heures et demie, tu
pourrais peut-être tâter le terrain. Cherche et rappelle-toi
ces belles phrases que nous aimons tant, l'Ave verum, etc.
Ensuite, tu descendras nous voir à la sacristie, n'est-ce
pas? Adieu, tu m'écriras vite comment tout aura marché
ce soir à l'Opéra-Comique. Je ne demande pas pour toi
du bonheur, je ne veux que de la justice.

Ton meilleur ami, toujours, toujours.

QUATRÉIME PARTIE.

LETTRES
ÉCRITES DE PARIS, DE LYON ET DE NIMES

PAR

HIPPOLYTE FLANDRIN

DE JANVIER 1844 A OCTOBRE 1863.

———

I

A MADAME VEUVE FLANDRIN.

Paris, 12 janvier 1844.

Vos *trois petits* vous aiment bien; vous en êtes bien sûre, c'est bien inutile à dire, mais je suis certain que vous avez autant de plaisir à lire cela que j'en ai, moi, à vous l'écrire. Dans vos bonnes lettres vous nous redites toujours ce mot charmant : je vous en prie, ne cessez jamais de nous le répéter, c'est celui que nous aimons le mieux.....

J'espère, avec Aimée et Paul, que vous faites tout ce qu'il faut pour que le mieux dans votre santé continue, que vous le faites avec courage. Songez que vous travaillez pour vos enfants et pour vos pauvres. Je me rappelle

tout ce que vous m'avez dit, toutes vos recommandations ; je n'oublie rien, soyez tranquille. Bientôt je vous
en donnerai des nouvelles. Ici, tout va bien. Nous travaillons autant que nous le permet un temps affreux.
Adieu, chère maman. Soyez sage, prudente pour votre
santé, et dites à tous ceux qui viennent vous voir que
nous les aimons et les remercions pour les soins qu'ils
vous donnent. Je ne les nomme point, mais je n'oublie
personne.....

En allant travailler tout à l'heure, j'ai prié la sainte
Vierge d'aller vous visiter dans votre petit coin noir,
vers l'horloge, où il me semble que vous devez être
triste par ce vilain temps. Je suis sûr qu'elle aura écouté
ma prière, car elle vous aime bien, vous si sage, si
bonne, si patiente ; vous qui conformez, avec tant de
douceur et de résignation, votre volonté à celle de Dieu !
Que ne savons-nous vous imiter aussi bien que nous
savons vous aimer !

II

A LA MÊME.

Paris, août 1844.

.. Notre bon M. Ingres est venu à Saint-Germain
des Prés. Il n'avait vu mon travail qu'une fois, il y a dix
mois ; aussi a-t-il trouvé beaucoup de différence. Je
vous dirai, chère maman, qu'il a été content et bien
encourageant : il pense, m'a-t-il dit, que cet ouvrage

« fera sensation » [1]. Combien je remercie Dieu de m'avoir donné une si belle occasion de faire de la peinture religieuse! M. Ingres n'est pas bien portant; il part en ce moment pour aller prendre les eaux d'Enghien à quelques lieues d'ici. Dieu veuille que ces eaux le guérissent, car cela fait bien de la peine de le voir souffrir! Maman, priez aussi pour lui.....

Nous avons vu M. Gatteaux et sa nièce. Ils nous ont donné de vos nouvelles, nous ont dit combien vous avez été bonne et empressée; votre souvenir est toujours agréable et cher même à ceux qui ne vous connaissent qu'un peu.... Aimée est toujours occupée de petits bonnets, de brassières, etc.; enfin, il me semble déjà *le* voir ou *la* voir là-dedans, mais c'est dans vos bras surtout que je voudrais le voir!

III

À LA MÊME.

Paris, 13 décembre 1844.

.... D'après les nouvelles de votre santé que nous donne la chère cousine Mariette, nous avons lieu de remercier Dieu, et c'est ce que nous faisons de tout notre cœur. Tâchez, chère maman, par un hiver si rude, de ne pas vous exposer au froid et au brouillard. Restez

---

1. Il s'agit ici des peintures qui ornent le sanctuaire de l'église, et qui représentent, l'une l'Entrée à Jérusalem, l'autre Jésus-Christ portant sa croix sur le Calvaire.

bien close, regardez les portraits de vos enfants, causez
un peu avec eux, et, lorsque le soleil revenu fera remaître
les feuilles et chanter les oiseaux, peut-être vos enfants
auront-ils le bonheur d'aller vous embrasser. Je dis
peut-être, parce que tout est bien incertain dans ce
monde; mais si rien ne vient contrarier nos désirs, nous
irons passer auprès de vous quelque temps. Vous présen-
terez votre troisième enfant à tous nos chers parents, et
nous lui montrerons notre bonne ville, ses beaux environs. Bien qu'éloigné, le souvenir de toutes ces choses
ne s'affaiblit pas en moi, et, toujours, toujours je les
aimerai.

.... Je viens de finir un grand portrait en pied de
M. Chaix-d'Est-Ange, bâtonnier de l'ordre des avocats,
homme d'un mérite éminent, et que nous sommes bien
heureux de connaître; puis deux autres que j'aurai peut-
être au Salon. Quant aux travaux de Saint-Germain, ils
sont abandonnés pour le moment, à cause du froid et
de l'obscurité; au printemps, je les reprendrai avec
bonheur. Je travaille maintenant à un tableau qui repré-
sentera la sainte Vierge au pied de la croix, offrant aux
chrétiens, comme sujet de méditation, les instruments
de la passion du Sauveur. C'est pour un monsieur qui
s'appelle le prince de Berghes (1). Vous voyez, chère
maman, que je ne chôme guère. Puissé-je faire quelques

(1) Le prince de Berghes avait demandé à Hippolyte Flandrin cette
toile, pour la placer dans la chapelle mortuaire de la princesse sa
femme, à Saint-Martory, près Saint-Gaudens. « Quand le tableau parut
à l'Exposition, dit M. Poncet dans la notice que nous avons déjà citée,
la reine Marie-Amélie, qui venait de perdre son fils, le duc d'Orléans,
d'une façon si inattendue et si cruelle, éclata en sanglots devant cette
image idéale de la Douleur. »

ouvrages vraiment bons et dignes d'estime! Priez un
peu aussi pour cela, chère maman.

IV

A LA MÊME.

Paris, le 1er avril 1845.

.... La dernière fois que je vous écrivais, nous venions
d'envoyer nos tableaux au Salon. Depuis, j'ai repris le
portrait de monseigneur de Bonald (1), et déjà je l'ai bien
avancé. J'ai fait la tête d'après l'épreuve au daguerréo-
type que Pagnon m'a envoyée l'année dernière. Chancel
prétend que c'est frappant de ressemblance; mais si par
hasard Son Éminence venait à Paris et qu'elle consentît à
me donner une séance, ce serait bien autre chose. N'auriez-
vous pas, maman, le moyen de lui faire présenter mes
très-humbles respects et de lui faire dire que je travaille
à son portrait, qu'il est avancé, mais que dans le cas où
quelque affaire l'amènerait ici, je serais bien reconnaissant si j'obtenais une ou deux séances? Si cela est impossible, j'espère, dans le courant de l'année, pouvoir
lui demander la même faveur à Lyon. Alors l'œuvre de
notre pauvre frère sera terminée aussi bien que j'aurai
pu, et j'espère qu'elle ne restera pas délaissée et inutile.

C'est une cruelle chose que de reprendre ainsi l'ouvrage d'un être aimé et que la mort a arrêté là! Cher

1 Que la mort d'Auguste Flandrin avait laissé inachevé.

23

Auguste ! je suis sûr qu'il voit combien nous l'aimons, combien nous l'aimerons toujours.....

Hier, dimanche de Quasimodo, tous trois nous avons fait nos pâques ensemble, et, par conséquent, ensemble nous avons prié pour vous. C'est un grand bonheur, lorsqu'on accomplit un si saint devoir, de sentir à ses côtés ceux que l'on aime : mais, hélas ! ils n'y étaient pas tous.....

V

A LA MÊME.

Paris, le 9 octobre 1845.

CHÈRE BONNE MAMAN,

Je viens vous annoncer une bonne nouvelle. Un petit homme est venu au monde hier soir ... Sa mère et lui se portent bien, le médecin est content, et vous jugez si je le suis. Je sais quelle joie vous éprouverez, ainsi que tous les membres de notre excellente famille.... Ah ! quel bonheur que celui d'entendre le premier cri de ce petit être attendu et déjà si aimé ! Ce bonheur, chère mère, vous le connaissez bien, et je vous vois d'ici remerciant Dieu de l'avoir donné à vos enfants.....

Naturellement, nous trouvons le cher petit charmant ; pourtant, sans prévention, il me paraît plus joli que beaucoup d'enfants de *son âge*. Nous parlons de cela parce qu'on ne saurait lui demander autre chose ; mais, plus tard, c'est un bon cœur que nous voulons trouver en lui et que nous tâcherons de cultiver. Je veux qu'il

chérisse tout ce qu'il y a de bon, de beau ; je veux enfin
que ce soit un brave garçon, qui aime bien et qui se
rende digne d'être aimé.....

VI

A LA MÊME.

Paris, le 15 décembre 1845.

.... Je vous dirai, bonne mère, que notre cher enfant
a fait d'admirables progrès. Il a grossi au point que tout
le monde se récrie sur sa force. Son intelligence aussi
commence à s'éveiller, ses yeux vous suivent, et son joli
petit sourire s'adresse à vous, lorsque vous lui parlez ;
il écoute avec une sorte d'attention, et quelquefois il
répond par un petit murmure des plus doux. Quand il
rit, c'est d'une manière charmante, et comme un rayon
de soleil qui vient égayer la maison. Tout cela, il est
vrai, je le vois avec des yeux de père, yeux prévenus
certainement ; mais cependant, chère mère, votre petit-
fils est trouvé par tout le monde très-gentil ; nous tâcherons qu'il devienne bon.....

P. S. Nous faisons baiser cette lettre au petit : c'est
donc un baiser qu'il vous envoie.

VII

A MONSIEUR LACURIA.

Paris, décembre 1845.

.... Vous avez remarqué, dites-vous, qu'une réaction s'est opérée en nous, que nous sommes moins exclusifs et que nous rendons plus volontiers justice aux différents genres de mérite. Je crois que c'est vrai et que c'est l'effet nécessaire du temps, de la réflexion, des efforts que l'on fait soi-même pour produire. Tout cela ne permet plus de juger avec la même légèreté; tout cela vous fait voir et reconnaître avec joie et avec respect les qualités qui constituent telle ou telle individualité. Du reste, sous ce rapport encore, nous n'avons qu'à suivre le maître : comme il a un sens plus parfait, il est aussi le plus juste.

La seconde observation, mon cher ami, je ne sais pas bien sur quoi elle est fondée; car je crois, nous croyons toujours avec vous, que la recherche de l'harmonie, l'étude de l'ensemble est la première de toutes. Je ne me souviens pas d'avoir rien dit qui puisse être en opposition avec cela, si ce n'est d'avoir recommandé quelquefois, comme le faisait M. Ingres à l'atelier en face du modèle vivant, de peindre autant que possible au premier coup; par conséquent morceau par morceau, puisqu'il est impossible d'entreprendre la figure entière; mais, malgré ce cas particulier, la maxime « d'avoir l'œil partout » n'en dominait pas moins l'enseignement, et, pour mon compte, je crois que l'homme le plus

exercé, le plus habile, ne doit pas plus l'oublier que
l'élève.....

P. S. Notre petit est maintenant modelé comme un
des beaux enfants de Raphaël. Il rit tantôt avec une
finesse qui me parait au-dessus de son âge, tantôt aux
éclats. Lorsqu'on lui parle, il écoute avec une espèce
d'attention; enfin on voit que son intelligence s'éveille;
hier ont paru ses deux premières larmes !

VIII

A MADAME VEUVE FLANDRIN.

Paris, le 20 février 1846.

Nous sommes bien contents de vous avoir donné
quelque joie par l'arrivée de nos petits croquis, et pourtant c'est bien peu de chose. Ce que je voudrais, ce serait
faire de votre petit-fils un portrait paré de ce gracieux
sourire qui lui donne l'air si bon; mais, hélas! que tout
cela est changeant, fugitif, difficile à saisir !

Je vous dirai, chère maman, qu'aujourd'hui il faisait
presque chaud. Nous avons ouvert les fenêtres : Aimée
tenait le cher petit dans ses bras, et, par la fenêtre, d'un
côté de la cour à l'autre, il a eu une entrevue avec une
jeune personne âgée d'un an, qui lui envoyait des baisers. Je ne sais si sa pudeur était offensée d'aussi co-
quettes avances, mais il n'y a répondu qu'assez froidement; encore a-t-il fallu que sa mère l'y poussât.
Après cela, il faut avouer qu'il est encore bien jeune, et

qu'avec la politesse il lui reste encore bien des choses à
apprendre.....

La famille Baltard a été bien malheureuse. Elle a
perdu, il y a près d'un mois, son vénérable chef (1),
du mal cruel qui déjà à Lyon le faisait beaucoup souffrir. Ses enfants ont été admirables de dévouement, de
tendresse, et il me semble que ces bons soins ont dû être
pour lui une grande consolation. Eux-mêmes doivent
aussi en ressentir une certaine douceur et remercier Dieu
d'avoir pu donner à leur père ces marques d'affection et
de reconnaissance.

Hier, bonne maman, nous avons envoyé au Musée,
c'est-à-dire à l'Exposition, moi quatre portraits, et Paul
quatre petits paysages avec le portrait de notre ami

(1) Louis-Pierre Baltard, un des esprits les plus actifs, un des artistes
les plus féconds de son temps. Architecte, peintre, dessinateur et graveur, il sut, depuis sa jeunesse jusqu'à la fin de sa vie, mener de front
les études et les travaux les plus divers, s'informant des progrès ou des
découvertes en tous genres, appliquant, aussi bien que ses propres théories, les exemples que lui fournissait autrui, passant, en un mot, avec un
zèle infatigable, de la certitude à la recherche, et de la science acquise
à l'espérance d'une idée nouvelle ou d'un nouveau moyen. On ne saurait donner ici la nomenclature de toutes les œuvres que Baltard a
laissées : tableaux de paysage historique, monuments construits ou res-
taurés lorsqu'il était, à Paris, architecte des prisons, des halles et des
marchés, ou lorsqu'il dirigeait, à Lyon, les travaux du palais de justice,
du magasin à sel, de la prison de Perrache. Il suffira de mentionner,
parmi les recueils gravés et publiés par lui, les *Vues des monuments antiques de Rome*, 1805 ; *Paris et ses monuments*, la *Colonne de la Grande
Armée*, 1810 ; les *Grands Prix d'architecture* (en collaboration avec
Vaudoyer), depuis 1791 jusqu'en 1831, et plusieurs séries de *Paysages*,
exécutés au moyen du procédé lithographique dont Baltard avait été l'un
des premiers à pressentir et à utiliser les ressources.

Par sa descendance directe ou par les alliances de sa famille, Baltard
était le chef d'une véritable tribu d'artistes, à laquelle appartenaient ou
appartiennent encore MM. Victor et Prosper Baltard, Jay, Lequeux, architectes ; le sculpteur Charles Simart, le graveur Reint, etc.

Thomas. Et vogue la galère! Nous verrons ce qu'on en dira. Hier aussi, notre cher M. Ingres nous fit appeler pour voir avec lui un vieux tableau que voulait lui vendre une femme qui avait l'air bien intéressant, bien malheureux. Nous quittâmes M. Ingres un moment, puis nous le vîmes revenir en triomphe portant son petit tableau, et une larme coulant sur sa joue. La pauvre femme lui avait demandé cent francs, et il lui en avait donné deux cents. Le voilà bien! quel cœur! quelle bonté! N'est-ce pas, chère mère, que vous y applaudissez? Mais je m'aperçois que Paul vous a déjà raconté cela. N'importe : vous n'en serez pas fâchée, car vous reconnaîtrez que nous aimons ce qui est bon.....

Oh! que je serais heureux si vous pouviez jouir des progrès de notre cher enfant, de sa bonne mine, de sa gaîté et des ..ades qu'il fait pour gazouiller des je ne sais quoi qui sont charmants! Si vous voyiez avec quelle joie il nous accueille à son réveil! quelle ardeur, quelle vivacité! comme il remue tout à la fois les bras et les jambes, semblable à un petit oiseau qui voudrait bien s'envoler, mais dont les plumes sont trop courtes encore!....

IX

A LA MÊME.

Paris, le 22 juin 1840.

C'est aujourd'hui le 22 juin, votre fête approche, et, puisque nous n'aurons pas le bonheur de vous embrasser, nous voulons au moins que, le matin de la Saint-Jean, un petit bout de lettre de vos enfants vienne vous redire combien ils vous aiment, et avec quelle ardeur ils prient Dieu de vous accorder toutes les joies, toutes les consolations qui peuvent convenir à votre bon cœur. Le souvenir de notre bon père ne nous quitte point non plus, et j'oserai vous en parler. Nous le verrons entouré de ceux que nous aimons toujours, et qui vous fêteront aussi d'un doux regard. Ils uniront leurs prières aux nôtres pour celle qui fut toujours un si admirable exemple d'amour, de dévoûment et d'abnégation. Notre joie eût été grande si nous avions pu employer les innocentes mains de notre cher enfant à vous présenter un bouquet de fête; mais c'est un bonheur qu'il faut remettre encore et dont je ne désespère pas cependant.....

J'ai attendu jusqu'à ce moment pour vous parler du voyage que nous voulons faire tous ensemble pour vous présenter votre petit-fils, vous embrasser et faire connaître notre bonne famille à ma chère Aimée. Dans les premiers jours de septembre, si tout va bien, nous comptons prendre le coupé de la diligence pour ma femme, la nourrice, le petit et moi. Paul serait placé en vedette sur l'impériale, et, de ce poste élevé, il veillerait au salut de tous. Ceci cependant, chère maman, ce projet qui nous sourit tant est soumis à plusieurs conditions : à ce que la santé de chacun soit bonne d'abord, le temps pas trop chaud, et surtout à ce que vous approuviez la chose, car, avec le désir que nous avons d'être auprès de vous, il est certain que nous vous causerions bien de l'embarras. Veuillez, je vous prie, y songer et nous répondre à ce sujet.....

J'ai prié Charles de vous porter deux ou trois babioles que j'ai faites d'après le petit, mais qui, tout en ressemblant un peu, ne rendent ni la vie ni la grâce du petit modèle. Ce sont des croquis qui n'ont guère de valeur que par l'intention. Je vous envoie aussi une mauvaise lithographie d'après un de mes tableaux. C'est la sainte Vierge au pied de la croix s'adressant aux spectateurs et leur disant : « Vous tous qui passez sur ce chemin, contemplez et voyez s'il est une douleur semblable à la mienne » [1]. Voilà certes un beau sujet ; malheureusement cela a été mal copié. Peut-être ferai-je refaire la lithographie. En attendant, je vous offre cette épreuve.

X

A LA MÊME.

Paris, le 26 décembre 1846.

.....Dernièrement, chère mère, j'ai manqué un bien beau travail ; c'est celui dont M. Ingres s'était démis il y a quelques mois, la décoration de l'église de Saint-Vincent de Paul, au prix de deux cent mille francs. C'était une belle et grande chose, mais ma position en face de M. Ingres était bien délicate, et j'ai mieux aimé renoncer à une pareille tâche que de risquer de le blesser le moins du monde. Le conseil municipal a fait en ma faveur une manifestation unanime et bien honorable. D'après le résultat de mes peintures à Saint-Germain, il voulait que

(1) Jérémie, Lamentations, I, 12.

je fusse chargé de celles de Saint-Vincent; mais comme je n'avais pu accepter, c'est à M. Picot, membre de l'Institut, que l'exécution de ces peintures a été confiée (1). Le préfet toutefois, pour répondre aux réclamations du conseil, a promis qu'on terminerait l'église de Saint-Germain que j'ai commencée, et cela, je l'avoue, me ferait peut-être encore plus de plaisir que ce qui vient de m'échapper. Ainsi, chère maman, vous voyez que, du côté des affaires, tout va assez bien.....

XI

A LA MÊME.

Paris, le 10 janvier 1847.

J'ai pris une part bien sincère aux chagrins de notre cher Lacuria; je les sens, je les comprends, et je prie Dieu pour qu'il l'aide en des moments si difficiles. J'espère trouver bientôt un instant pour écrire à ce bon et excellent ami. Écrire un bout de lettre, c'est bien peu de chose sans doute, et cependant en trouver le temps est très-difficile, car voici à peu près comment se passent toutes nos journées d'hiver. Lever à huit heures : ce n'est pas très-tôt, mais enfin il faut être vrai. Donc, lever à huit heures. Vite une tasse de lait, et nous voilà à l'atelier jusqu'à onze heures; vient alors le vrai déjeuner. A onze heures et demie, vite à l'atelier, où nous restons

(1) Voyez, pour les détails relatifs à la commande des peintures de Saint-Vincent de Paul, le Catalogue des œuvres de Flandrin, placé à la suite de la Notice.

jusqu'à cinq heures. Entre chien et loup, nous faisons une petite course sur le quai Voltaire, quand le temps le permet, ce qui n'arrive pas tous les jours. Dîner à six heures. Au milieu du repas, on apporte l'héritier, qui se place, entre son papa et sa maman, dans son haut fauteuil à bras. Il nous fait des mines charmantes, mange un peu, et, certainement, nous amuse beaucoup. Après cela, culbutes, gambades sur le tapis; puis vient le sommeil, on le déshabille, il fait sa ronde en distribuant des baisers, et le voilà parti. Père et oncle alors se mettent aux dessins, compositions, lectures ou écritures nécessaires à leurs travaux, jusqu'à ce que l'heure du sommeil arrive aussi pour eux. Pendant ce temps, après la toilette de l'enfant, après avoir arrangé des bas, une robe ou des bonnets, ma chère femme ouvre quelquefois le piano et étudie un peu, ce qui nous fait toujours plaisir. Voilà nos journées.....

XII

A LA MÊME.

Paris, le 28 février 1847.

.....L'hiver qui semblait passé recommence. Pour finir nos tableaux, nous avons eu un temps affreux, et nous étions tellement affairés que, dans la dernière lettre qu'Aimée vous a envoyée, nous n'avons pu mettre un mot. Maintenant il fait beau, le soleil brille, et nous nous disposons à entreprendre autre chose; car, pour moi, je n'ai pas le droit de perdre un jour. En fait de

commandes, je suis presque trop heureux, et, bien que
j'en refuse une partie, j'en suis encore accablé : que n'ai-je
dix bras !

Aimée vous a annoncé, chère maman, que j'étais invité à la cour. Voilà qui est un peu fort, n'est-ce pas?
Rien de plus vrai cependant. J'y suis allé, et cette soirée
m'a beaucoup intéressé. C'était chez le duc de Nemours ;
il y avait concert. Je m'étais fait beau : habit noir, cra-
vate blanche, gilet blanc, pantalon noir, bas de soie,
souliers vernis : mais, ô douleur ! en montant l'escalier,
je m'aperçois que tout ce qui m'entoure est en culotte
courte. Il y avait là de quoi s'effrayer, car, chez le duc
de Nemours, l'étiquette est beaucoup plus sévère que
chez le roi. J'entre néanmoins, et, au bout de quelques
instants, j'ai la consolation de voir un, puis deux, puis
trois, puis, dans le reste de la soirée, beaucoup de pantalons qui viennent tenir compagnie au mien. Le duc et
la duchesse de Nemours ont fait le tour des salons, sa-
luant leurs invités et cherchant à dire quelque chose
d'aimable à chacun. Je les plaignais de tout mon cœur,
car c'est vraiment une rude tâche. Un peu plus tard
sont arrivés le roi et la reine des Belges, le duc et la duchesse d'Aumale, le duc et la duchesse de Montpensier.
Les dames ont passé dans la salle du concert ; les princes
sont restés au milieu des hommes, causant avec les ministres, les pairs, les députés, les savants, les hommes de
lettres et les artistes. Le duc de Montpensier à qui l'on
m'a nommé est venu à moi, m'a remercié du dessin fait
pour son album, il y a quelques mois, a rappelé plusieurs
de mes ouvrages avec une grâce charmante, enfin, (chose
qui m'a beaucoup touché,) il m'a demandé des nouvelles

de mon frère et de « ses beaux tableaux ». La duchesse de Nemours aussi a été fort gracieuse. Vers minuit, le concert fini, les princes sont rentrés dans leurs appartements, la foule s'est écoulée paisiblement, et moi je suis revenu retrouver ma femme, à qui j'ai tâché de raconter la magnificence des appartements, le cérémonial, les princes, princesses, hommes marquants, enfin tout ce que j'avais eu devant les yeux......

XIII

A MONSIEUR PAUL FLANDRIN

(AU CHÂTEAU DE LA FAULE, A BESSONS.)

Paris, le 12 juin 1847.

Je te remercie de nous avoir écrit tout de suite; on est toujours bien aise de savoir son voyageur arrivé au gîte et sans encombre. Nous avons confiance dans la bonté et dans l'amabilité de tes hôtes, mais saint Médard et saint Barnabé nous menacent de tristes moments, car, aujourd'hui encore, il a plu beaucoup et je me suis facilement représenté tous tes ennuis. Ce soir cependant je suis sorti un instant, et je viens de voir le soleil se coucher rouge, mais sans nuages. Espérons que les deux bons saints nous laisseront quelques heures pendant lesquelles tu pourras peindre tes études.

Quant à moi, je suis fort tourmenté par une idée qui m'est venue hier. En me rappelant que les couleurs des vêtements des apôtres ne sont pas une tradition bien an-

cienne, j'ai pensé tout à coup à les faire tous blancs (1).
Tu sais, l'autre jour, tu m'en avais dit un mot. Toute
cette nuit, j'y ai pensé ou j'en ai rêvé. Ces douze
hommes uniformément blancs auraient une apparence
bien plus imposante et produiraient une impression plus
grave que s'ils étaient bariolés de différents tons; et
puis, ils sont dans le ciel autour du trône de l'Agneau.
Moralement, c'est beaucoup plus beau; mais l'œil sera-
t-il aussi satisfait que l'esprit? Le blanc s'équilibrera-
t-il avec les tons entiers de la décoration? C'est ce que j'ai
voulu essayer de savoir aujourd'hui, en repeignant en
blanc le *saint Matthieu* que tu as vu violet. Malheureusement ce n'était pas sec; le dessous transparaît un peu,
et par conséquent le blanc n'a pas assez d'éclat pour
que je puisse d'après cela en juger l'effet définitivement.
Ce soir, j'ai vu M. Ingres; j'ai voulu lui parler de l'inquiétude où me mettent mes *apôtres*, mais il était souffrant, et je n'ai pu recevoir de lui un conseil bien positif.

18 juin. — Je te dirai que j'avais consulté de nouveau M. Ingres, puis M. Gatteaux, et que tous deux
m'avaient répondu : « Ne faites pas cela. » Cependant,
après une nuit d'incertitude, je me suis décidé pour le
blanc. J'ai trois figures repeintes maintenant. M. Ingres
et M. Gatteaux sont venus à Saint-Germain, et tous deux
m'ont dit : « Bravo! en réalité, cela vaut beaucoup
mieux. » Enfin ils approuvent complètement ce parti :
me voilà tranquille et je marche......

(1) Il s'agit ici des figures des Apôtres que Flandrin peignait, à cette
époque, dans le chœur de Saint-Germain des Prés.

XIV

A MADAME VEUVE FLANDRIN.

Paris, le 6 décembre 1847.

...... Je vous ai déjà parlé du bon accueil que j'ai reçu, à mon retour (1), de notre petit Auguste; mais je n'avais pu vous dire quels progrès nous découvrons tous les jours en lui. Vous ne pouvez vous imaginer quels trésors de grâce, de bonté, renferme ce petit être. Depuis que nous sommes revenus, c'est une douceur, une sagesse, et des intentions, des expressions si fines, que, si nous nous écoutions, nous passerions des heures à le contempler, et le plus souvent la larme à l'œil. Ici, chère maman, je m'arrête, et je vous prie de ne pas lire à tout le monde de semblables folies; mais, vous, je voudrais bien que vous fussiez témoin de ce qui nous rend si heureux......

Il y a quelques jours, nous sommes allés faire visite à M. Ingres à Dampierre, où il fait un magnifique ouvrage. C'était la première fois que nous le voyions depuis notre retour. Il s'est, ainsi que madame Ingres, informé de

(1) Hippolyte Flandrin avait été, avec son frère Paul, passer un mois à Nîmes pour étudier, dans l'église de Saint-Paul, le champ qu'il devait couvrir de ses peintures, et pour surveiller les travaux préparatoires. Il écrivait à ce sujet, quelques semaines avant le jour de son retour à Paris : « Nous sommes à Nîmes dans un petit hôtel où nous sommes bien soignés par de braves gens; mais que j'ai éprouvé de mécompte en visitant l'église et les travaux! Ceux-ci ne sont nullement au point où ils devraient être. Les échafaudages sont affreux, il faut les refaire; les murs sont mal préparés. Enfin, tout cela est bien ennuyeux. Néanmoins, depuis notre arrivée on passe les nuits, et il est bien temps. »

votre santé, et il a paru très-content des nouvelles que
vous lui en donnions. Moi, je lui ai adressé une demande qu'il a accueillie de la meilleure grâce du monde :
c'est de vouloir bien être le parrain du petit enfant que
nous espérons......

XV

A MONSIEUR VICTOR BALTARD.

Nîmes, octobre 1858.

Je viens te donner signe de vie et te prouver que
nous n'oublions pas nos amis. Du reste, je suis bien sûr
que, vous aussi, vous avez pensé à nous. Notre voyage
de Paris à Lyon s'est fait sans trop de fatigue...... La
chère mère a été bien heureuse de voir ses enfants et
petits-enfants, et nous, tu penses quelle joie nous avons
eue de la trouver bien portante! La physionomie de
Lyon aussi m'a fait plaisir. Beaucoup de vie, d'animation; toutes les forces tournées vers le travail qui reprenait et faisait espérer un hiver supportable......

Aussitôt arrivés à Nîmes, nous avons couru à l'église,
qui se détachait ce jour-là sur un ciel comme celui de
Rome. J'ai été bien heureux d'en trouver la décoration
avancée, et, à mon sens, admirablement conduite par
Denuelle. Ce qu'il a fait en deux mois est énorme.
Maintenant nous sommes à l'œuvre, et, nous aussi, nous
ferons de notre mieux......

Pensez un peu à nous cet hiver. Lorsque, rassemblés,
vous jouirez du bonheur de communiquer et de causer

avec nos amis, nous, nous serons bien seuls, et, sans le
travail, je ne sais trop comment on pourrait passer trois
mois ici. Il paraît du reste que c'est là l'effet que Nîmes
produit sur tout le monde. La preuve qu'on n'y vient
pas, comme dans certaines villes du Midi, jouir de la
douceur et de la beauté du climat, c'est qu'un appartement meublé est quelque chose de bien rare et qu'il
nous a fallu, pour en trouver un, plus de huit jours de
recherches actives. Cependant nous le tenons.

Nous ne sommes pas encore tous à Nîmes. Paul Balze
nous a quittés pour aller faire un petit voyage à Rome.
Il y reste trois jours et il revient. J'espère que ceci ne
manque pas d'une certaine originalité......

XVI

A MONSIEUR AMBROISE THOMAS.

Nîmes, le 19 novembre 1848.

Nous voilà bien loin les uns des autres, mais je travaille de manière à abréger le plus possible le temps que
nous devons passer ici.... A Lyon, nous avons eu le
bonheur de trouver notre chère mère assez bien portante
et la physionomie de la ville meilleure que nous n'osions
l'espérer après toutes ces angoisses. Le travail reprenait
un peu, on espérait un hiver passable ; pourvu toutefois
que les grands agitateurs le trouvent bon !

A Nîmes, nous avons eu nos deux banquets rouges et
socialistes. Cela a bien produit un peu de trouble, mais
tout à la surface et vite apaisé. Habituellement la ville

24

est calme, quelque bruit d'ailleurs qu'on y fasse; car je n'ai jamais autant entendu les divers chants patriotiques que depuis que nous sommes ici. Si l'on jugeait cette population d'après cela, on pourrait la croire la plus républicaine de toute la France.

J'aurais bien voulu pouvoir juger par moi-même de l'attitude de Paris pendant la fête qui vient d'avoir lieu (1). S'il faut en croire les journaux, il paraît que ç'a été bien triste : ni foi ni enthousiasme. Je t'en prie, lorsque tu nous écriras, dis-nous ce que tu as ressenti, et ce que tu penses des préoccupations du moment. Nous, plongés du matin au soir dans notre travail, cachés dans notre église, nous ne voyons personne et nous ignorons tout des différentes circonstances qui peuvent, dans notre pays, modifier si vite l'opinion. Je n'ai pu encore savoir si nous aurions ici le droit de voter, mais demain je veux m'en informer auprès de qui sera en mesure de me le dire; et si je puis, j'exercerai mon droit en conscience. D'ici là, écris-nous. Cela nous rendra service et nous fera du bien. Depuis trente-six jours, nous n'avons reçu aucune lettre de Paris qui pût nous mettre un peu en contact avec l'esprit qui y règne. Tu nous parleras aussi de tes affaires. Tu venais d'entrer en répétition : es-tu content de ton monde? Le moment approche-t-il? Crois, mon cher ami, que nous pensons à tout cela bien souvent et avec la plus vive sollicitude, car tu es toujours notre meilleur ami......

Ma femme, qui est là, à côté de moi, avec nos deux

---

(1) À l'occasion de la Constitution, proclamée par l'Assemblée nationale le 4 novembre.

enfants, me recommande de mêler ses assurances de
bonne amitié aux miennes; c'est ce que je fais en t'embrassant de tout mon cœur.

XVII

A MONSIEUR VICTOR BALTARD.

Nîmes, le 15 décembre 1848.

Nous avions bien besoin de ta bonne lettre et de l'affectueux billet de madame Baltard; car, malgré le bonheur de travailler à un ouvrage que nous aimons, nous
sentons vivement notre isolement et l'éloignement de
nos amis. C'est au point que je ne puis comprendre qu'il
n'y ait que deux mois que nous avons quitté Paris. Ce
temps, pris en masse, me semble horriblement long, et
pourtant les semaines me paraissent des jours, et les
jours des heures. Pour retourner vers vous le plus tôt
possible, je les emploie de mon mieux. Bien que le plus
magnifique temps soit venu nous tenter, bien qu'il nous
eut été doux d'aller jouir de la belle lumière et de ses
beaux effets sur les rochers, sur la blonde végétation du
Midi, nous avons héroïquement résisté. Tous les jours
destinés au travail lui ont été donnés; aussi commen-
çons-nous à prendre figure, et je m'étonne même un
peu de ce que nous avons pu faire en un mois et demi.

Tu nous dis que tu viens d'échapper à la charge de
capitaine de notre compagnie; je t'en félicite, mais j'applaudis aussi à la demande que te faisaient nos camarades, car elle est une preuve de la sincère estime qu'ont

pour toi tous ceux qui te connaissent. Je trouve que tu as bien fait de concourir pour le monument à élever à la mémoire de notre vénérable et saint archevêque. Ce beau caractère, ce noble sacrifice doivent l'avoir inspiré, et nous verrons cette composition avec le plus vif intérêt [1].

Ici, la journée du 10 s'est bien passée. Il y avait vie, animation, mais partout le plus grand ordre..... Louis-Napoléon a eu 7,000 voix; Ledru-Rollin, de 15 à 1600; et Cavaignac, de 12 à 1300. Seulement, on dit que, dans le reste du département, c'est Ledru-Rollin qui a la majorité; que dans presque tout le Midi il a un nombre énorme de voix; mais j'espère que le Centre et le Nord, en rétablissant un peu les choses, amèneront un meilleur résultat. Du reste, je dis : Vive la Constitution! et je me soumets avec la plus entière bonne foi à ce qu'amènera le suffrage universel, seule base possible aujourd'hui d'un édifice politique. Puis, je dis comme toi : Dieu protège la France! et j'espère.

...... Je viens de recevoir une lettre de M. Hittorff, au sujet de Saint-Vincent de Paul, qui m'annonce, entre autres choses, que M. Varcollier « se dit » toujours très-mal disposé envers moi, à cause de mon voyage et de mon travail de Nîmes. J'avoue que cela m'étonne un peu, et je ne puis répondre qu'une chose, c'est que j'en suis bien fâché, car je sais tout ce qu'il a été pour moi dans cette affaire. Mais que fais-je ici? Je tiens une parole donnée, et c'est ce que je veux faire toute ma vie. Du

---

[1] Le projet envoyé par M. Balard au concours pour le monument à ériger à la mémoire de monseigneur Affre fut récompensé d'un second prix.

reste, je ne comprends guère que l'on puisse se plaindre
de mon inactivité; car, depuis trois mois, j'ai donné à
la ville les esquisses et vingt-quatre mètres de cartons.
Toutefois, mon ami, rends-moi le service, lorsque tu
verras M. Varcollier, de lui présenter mon respect, et
de lui dire que je travaille de manière à me retrouver à
Paris au commencement de la campagne; qu'ici j'ajoute
un troisième carton aux deux qui sont déjà faits, et qui
sont en train de prendre place sur le mur. Lorsque tu
m'écriras, je te prie de m'apprendre tout ce que tu auras
pu savoir à ce sujet.......

XVIII

À MONSIEUR AMBROISE THOMAS.

Nîmes, 5 janvier 1849.

Nous voulons savoir de tes nouvelles, et je t'écris ces
quatre lignes pour stimuler un peu ta paresse. Je suis
bien sûr que tu ne nous oublies pas, et que plus d'une
fois tu as pensé à nous écrire; mais tant de choses se
succèdent! les jours, les semaines et les mois vont si
vite, surtout pour vous, à Paris, qui avez gardé vos
habitudes et qui ne sentez guère passer trois mois! Pour
nous, c'est un peu différent, et il me semble qu'il y a
déjà bien longtemps que je ne vous ai vus. Notre régime
ici, il est vrai, n'est guère dissipé. Nous nous enfermons
entre nos quatre murs aussitôt qu'il fait jour, et nous
n'en sortons pas aussitôt qu'il fait nuit. Les journées
sont trop courtes : nous travaillons à la lumière. Quoi-

que dans le Midi les froids se fassent sentir et les rhumatismes aussi, nous aurons, j'espère, terminé à Pâques, et je t'assure que c'aura été un fameux coup de collier.

Toi, cher ami, où en es-tu? Je cherche dans le journal si tu arrives, et je n'ai encore rien vu; mais il me semble que cela ne peut tarder. Je t'en prie, quelques mots sur toi et sur ta bonne mère. Je voudrais bien une longue lettre qui me parlât de tous les sujets qui se présenteront à ton esprit. Toutefois, si tu n'as pas le temps, écris-nous seulement comment vous allez et ce que tu fais; le reste sera pour plus tard.......

Si tu vois Ondine, gronde-la de ne pas nous avoir écrit plus que toi.

XIX

AU MÊME.

Nîmes, le 30 janvier 1849.

Moi, fâché contre toi, cher ami! oh! non, jamais! Mais toi, tu dois trouver bien tardive ma réponse à ta bonne nouvelle. C'est que, depuis que je l'ai reçue, nous avons passé par toutes les angoisses d'une maladie de notre petit Auguste. Grâce à Dieu, il est guéri, et nous ne voulons pas même en parler, de peur que la nouvelle n'en arrive à son grand-père et à sa grand'mère.

Déjà, avant ta chère lettre, nous savions ton succès. Des journaux et des lettres d'amis nous l'avaient dit et confirmé, mais tu es venu ajouter encore à notre joie; car, à travers la modestie avec laquelle tu parles de ton

ouvrage et de son succès, nous entrevoyons que tout
cela a pris une importance bien plus grande que tu ne
voulais nous le laisser pressentir. J'espère que la chaîne
si bien commencée se renouera ainsi, et que, apprécié
comme tu mérites de l'être, les belles occasions ne te
manqueront plus. C'est tout ce que je demande. Comme
ceux qui te connaissent bien, je suis plein de confiance
dans ton cœur et dans ton talent.

Nous aurons un grand plaisir, de retour à Paris, à
faire connaissance avec *le Caïd*. Double jouissance : ta
musique et les applaudissements qu'on lui donne! Ta
bonne mère, ton frère, comme ils doivent être heureux!

Ici, nous travaillons toujours beaucoup. Ce sera un
grand ouvrage de plus; mais je ne pourrai le montrer à
ceux dont j'aime ou j'estime surtout l'assentiment.......

XX

A MONSIEUR INGRES.

Nîmes, le 10 mars 1849.

BON ET CHER MAÎTRE,

Depuis bien longtemps, je voulais vous remercier de
votre affectueuse lettre; mais les jours, les semaines, les
mois passent avec une rapidité incroyable, et cependant
tout n'a pas été bon pour nous dans la période qui vient
de s'écouler, car nous avons eu le malheur de perdre en
deux mois quatre personnes de notre famille, parmi lesquelles de bons et chers amis; puis notre Auguste a été
malade d'une manière inquiétante, et il a bien fatigué sa

pauvre frère. Cependant, grâce à Dieu, il a repris sa
bonne mine.......

Notre travail n'a pas été interrompu autrement que
par les dimanches, et bientôt nous pourrons retourner
vers vous. Cet énorme travail, je voudrais bien pouvoir
vous le soumettre, afin de recevoir vos chères leçons et
savoir qu'en penser. Je serai obligé de le quitter si pré-
cipitamment, qu'à peine aurai-je le temps d'en reconnaître l'ensemble et pourrai-je en garder une impression
durable. Pour le juger et me juger un peu, je voudrais le
revoir au bout de six mois. Mes bons aides (1) ont été
pleins de dévouement, et nous avons exécuté toutes ces
peintures aussi rapidement, je crois, qu'on pouvait le
faire. Néanmoins, j'ai reçu une lettre de M. Hittorff, qui
s'alarme de ma longue absence et qui craint que je ne
délaisse Saint-Vincent de Paul. J'espère que notre arrivée prochaine le rassurera; j'espère même qu'il applau-
dira au scrupule avec lequel j'ai cru devoir remplir une
promesse déjà ancienne, et qui d'ailleurs répondait à
une si belle occasion.

..... Cher maître, en arrivant à Nîmes, nous avons
recherché le propriétaire d' la petite figure que vous
aviez jugée si admirable d'après les croquis de Paul. Il
nous a reçus avec plaisir et nous a immédiatement con-
duits devant ce beau marbre, qui nous paraît toujours
merveilleux. Il en fait lui-même grand cas, et l'expression de notre admiration lui a plu; mais l'opinion que
vous aviez conçue de ce morceau, sur quelques indications crayonnées, l'a flatté bien autrement. Enfin nous

(1) MM. Paul Flandrin, Paul Balze et Louis Lamothe.

avons si bien manœuvré, qu'il s'est décidé à faire mouler
sa statuette; il veut, cette opération faite, vous envoyer
une belle épreuve, comme un respectueux hommage à
l'un des hommes qui honorent le plus notre pays (1).
Nous l'avons beaucoup remercié, et j'espère que cet
envoi vous fera plaisir.

Dans l'hiver que nous venons de passer ici, nous
avons joui du climat le plus enchanteur. Les rares promenades que nous avons pu faire nous ont permis de
voir de si admirables choses, que Paul veut rester dans
ce pays encore quelque temps et en rapporter quelques
études.... Oh! ce n'est pas sans regret que l'on quitte
une aussi belle nature! Mais nous allons vous revoir,
ainsi que de bons parents, de bons amis, et si l'on vous
a laissé travailler, nous retrouverons peut-être avancé
Jésus au milieu des docteurs, ou bien modifiée et encore
agrandie votre composition de *l'Apothéose d'Homère*.
Dieu veuille que les commissions et les comités ne vous
aient pas trop absorbé! Car c'est avec les sentiments de
fils et d'élèves dévoués, que, voyant votre gloire toujours grandir et chacun de vos ouvrages y ajouter un
titre de plus, nous voudrions que ces beaux ouvrages se
multipliassent le plus possible.

Cher maître, bientôt nous irons vous porter votre
petite Cécile (2) et tous vous embrasser, ainsi que madame Ingres, du meilleur de notre cœur.......

(1) Cette admirable statuette, appartenant à M. de Rouvel, représente une figure nue de femme, une Vénus probablement. Elle a été
trouvée auprès d'Alexandrie en Égypte.

(2) Filleule de M. Ingres.

XXI

A MONSIEUR ET A MADAME ANGELOT.

Nîmes, le 19 mars 1849.

Nous sommes tous très-reconnaissants de vos bonnes lettres. Lorsqu'elles sont encourageantes comme les dernières, elles nous font un bien grand plaisir; mais, je vous en prie, ne me remerciez plus de ce que vous trouvez que je fais pour vous. Ce n'est rien, et je ne fais, je vous assure, que ce que veut mon affection pour vous, pour ma femme, pour mes enfants. Nous sommes tous inséparables, croyez-le bien, et quand la fortune montera ou descendra, ce sera pour tous à la fois. Je suis sûr qu'il en serait de même chez vous. D'ailleurs vous êtes nos père et mère, nous sommes vos enfants. Ne parlons plus de mes efforts pour bien faire, ils sont tout naturels, et ils me procureront, si je réussis, plus de satisfaction que ne m'en donnerait toute autre chose. J'ai le malheur de ne pouvoir jamais vous écrire que quelques mots, parce que j'ai encore bien à faire; il est si difficile d'arriver à pouvoir dire : C'est fini !

XXII

A MONSIEUR VICTOR BALTARD.

Nîmes, le 22 avril 1849.

Je te remercie de la sollicitude que tu montres pour nos intérêts, et, par conséquent, de la façon dont tu

agiras pour faire prendre patience aux personnes qui
s'intéressent à l'ouvrage de Saint-Vincent de Paul. Je
suis vraiment désolé d'avoir ainsi dépassé le terme que
j'avais indiqué ; mais ce ne sont pas les artistes ni ceux
qui comprennent les exigences de l'art qui pourraient
m'en faire un crime. Tu sais combien il est difficile de
finir un ouvrage ; or, celui-ci, qui est un des plus beaux
que je puisse avoir à faire, m'a, pour arriver à l'achèvement, entraîné plus loin que je ne comptais. Que ne
puis-je te le faire voir ! je crois que tu me louerais d'avoir
sacrifié ou bravé beaucoup de choses pour le compléter ;
puis une foule d'ennuis qu'on ne saurait prévoir m'ont
encore retardé. Malgré la beauté de l'hiver, nous avons
travaillé à la lampe pendant des quinze jours de suite....
Enfin, ces jours-ci, je finis ; mais je suis si fatigué d'un
travail opiniâtre comme celui-là, que vraiment j'aurais bien besoin de quelques jours de repos. Je suis désolé
de causer quelque ennui à M. Vareollier, si bon pour
moi. Sois mon interprète auprès de lui, et assure-le que
je fais presque l'impossible. M. Hittorff, à ce qu'on m'a
dit, est aussi très-fâché contre moi ; mais j'espère lui
démontrer qu'en exécutant ce grand ouvrage j'ai agi
pour le mieux, de façon à pouvoir mener ensuite sans
interruption celui qui le touche et l'intéresse si vivement. Mon exactitude à tenir un engagement antérieur
doit lui prouver, il me semble, ce que je ferai pour m'acquitter de celui que j'ai contracté envers lui.....

XXIII

A MONSIEUR PAUL FLANDRIN.

Lyon, le 11 mai 1849.

Je t'ai quitté avec bien de la peine, et j'ai été profondément touché en quittant Nîmes ainsi que les bons amis qui étaient là au moment du départ. Le ciel nous a donné des effets sublimes sur les montagnes. Quels aspects et quelle signification poétique! Je crois, non mon *ombre* (1) mais ma chère moitié, que tu devrais surtout te préoccuper de cette partie de l'art.

Auguste était silencieux : seulement, de loin en loin, un canard traversant la route lui arrachait un cri d'admiration. Zizi était sage. Nous avons salué de loin le pont du Gard, à Roquebrune la vallée du Rhône : à Bagnols, je me suis caché. Le soir est venu, la pluie a paru, puis la lune. En approchant de Valence, nous rencontrons un régiment d'artillerie, le 7°, en route pour Marseille, plusieurs bataillons d'infanterie également en route. Au bateau à quatre heures, mais départ à six. Cependant, une fois en marche, le bateau n'avance pas. On en fait l'observation au capitaine, qui répond tranquillement : « Oh! c'est vrai, il ne va pas aussi vite que les autres, mais il ira plus longtemps; » ce qui nous fait arriver à près de dix heures chez la maman. Elle est là, son visage est bon, point changé du tout, excellente comme toujours, et, en ce moment, elle t'envoie mille

(1) M. Paul Flandrin disait modestement, en parlant de lui, qu'il n'était que « l'ombre portée » de son frère Hippolyte.

tendresses.... Adieu, mon ami. Si tu vois à Saint-Paul
quelque chose qui t'ennuie, je me recommande à toi.
Fais tout ce qui te semblera bon (1) .....

XXIV

AU MÊME.

Lyon, le 17 juin 1849.

Mon cher Paul, encore une triste date à enregistrer.
Avant-hier, jeudi, Lyon était dans une grande agitation ;
on attendait avec anxiété les nouvelles de Paris. Malgré
une pluie torrentielle, les groupes se formaient. Selon
les journaux rouges, Ledru-Rollin était maître de Paris,
le président et les ministres étaient à Vincennes : alors
la foule a inondé les Terreaux, les quais, chantant et
promettant « quelque chose de bon » pour le lendemain.
Quoique la pluie ne cessât pas de tomber, une multitude
de gens ont passé la nuit devant l'hôtel de ville en poussant des cris, des vociférations. On en a arrêté environ
deux cents. Le vendredi matin, enfin, hier, j'ai couru
aux Terreaux (j'allais chercher René, pour Mariette qui
est retombée malade). La place était couverte de monde ;
mais l'hôtel de ville était comble de troupes. Seulement,
de quel esprit celles-ci sont-elles animées ? Je vais chez

(1) Quelques jours plus tard, Hippolyte écrivait à son frère : « Je te
remercie d'avoir retouché quelque chose dans nos peintures. Lorsque tu
repasseras à Nîmes, tu iras les revoir, n'est-ce pas ? et tu me diras l'impression que tu en auras reçue ; car, le dernier jour, je n'ai pas été content, et ce souvenir me poursuit partout. »

René, puis je reviens. Les dragons faisaient le tour de la place : de tous côtés on distribue les postes. Je rentre : maman veut absolument aller voir Mariette. On ne croyait pas le conflit aussi prochain. Cependant on nous parle de plusieurs postes désarmés ; bientôt voilà à la Croix-Rousse des feux de peloton, puis le canon. Je me précipite pour rejoindre la maman que j'ai le bonheur de retrouver, et je la ramène bien vite, mais toute troublée. Le canon tonne sans discontinuer à la Croix-Rousse pour démolir les barricades, depuis onze heures jusqu'à trois. A ce moment, il y a un repos de trois quarts d'heure à peu près. On n'entend plus rien, les soldats sont maîtres des barricades ; des pièces de canon occupent les ponts, les communications d'une rive à l'autre sont interrompues : tout à coup la fusillade recommence, s'étend sur les quais et se rapproche assez de chez nous pour qu'une femme soit blessée chez elle, rue des Bouchers, au nᵒ 18 (1). En même temps, une balle vient frapper notre maison : je descends pour fermer à double tour la porte de l'allée. On tire jusqu'à huit heures et demie environ, puis, peu à peu le feu s'éteint.... A peine a-t-il cessé que le ciel s'illumine d'éclairs ; le tonnerre gronde, éclate, et semble la voix de Dieu qui nous menace et s'indigne de ces horreurs. Hélas ! ce peuple est sourd à toutes les leçons. La veille, pour engager l'action, on a fabriqué et on lui a donné de fausses nouvelles : il le reconnaît. Pendant le combat, les chefs du mouvement ont fait circuler d'autres nouvelles tout aussi fausses : il

(1) La famille Flandrin habitait, dans cette même rue, la maison nᵒ 14.

le reconnaît encore. Et pourtant rien ne le désabuse, il continue d'accorder à ceux qui l'ont trompé la même sotte et stupide confiance. Aux armes! voilà toujours leur premier, leur unique cri, comme si les institutions et les libertés que nous avons ne nous fournissaient pas d'autres moyens d'exprimer nos volontés! Ah! c'est que ces messieurs veulent soumettre et non se soumettre (1).....

XXV

A MONSIEUR ERNEST VINET.

Lyon, le 21 juin 1849.

Cher ami, j'ai reçu ce matin votre bonne lettre, et l'expression de votre amitié m'est d'autant plus précieuse, que depuis quelque temps je suis dans une veine bien malheureuse. Après avoir, à travers mille vicissitudes, terminé ce grand travail, je suis venu à Lyon passer quelques jours. C'était à l'époque des élections.

(1) En rendant compte des mêmes évènements à M. Ancelot, son beau-père, Hippolyte Flandrin écrivait le 19 juin : « Le général Gémeau, qui commandait l'ensemble des opérations, a agi avec une décision admirable. Tout a été prévu, combiné et exécuté le plus rapidement. Sans cela le mal pouvait prendre d'épouvantables proportions, et le pays doit beaucoup aux hommes qui savent ainsi se compromettre et se sacrifier pour lui. On fait une souscription pour les soldats blessés et pour les familles de ceux qui sont morts. Je viens de porter mon offrande : il est bien juste que nous nous montrions reconnaissants du dévouement, lorsque les autres font tant de frais pour corrompre et pour séduire. »

La fatigue contractée à Nîmes m'obligea, d'après l'avis du médecin, d'attendre quelque temps avant d'affronter le choléra ; mais l'état des esprits au sujet de la politique faisait de notre ville un triste séjour, beaucoup plus triste même que celui de Paris pour quiconque aurait voulu éviter cette nature d'émotions. L'événement l'a bien prouvé. Vous savez maintenant par les journaux tout ce qui s'y est passé ; mais ce qu'on ne saura jamais assez, c'est l'infâme duplicité de ceux qui, pour précipiter ce malheureux peuple encore indécis au bord de l'abîme, l'ont nourri, bourré de mensonges auxquels ils ne craignaient pas de donner la forme officielle dans leurs journaux. Saura-t-on de ces malheurs faire sortir quelque bien ? Hélas ! je le désire, mais moi j'en ai reçu un grand mal. Nous étions si près de la lutte que les boulets venaient frapper à deux cents pas de notre maison et qu'elle a été atteinte par quelques balles. Nous étions tous réunis. Ma pauvre mère a été si cruellement troublée, que nous avons été obligés de la coucher. Maintenant nous veillons auprès de son lit. Elle est bien malade. J'ai été obligé d'écrire à mon pauvre Paul qui est encore dans le Midi, car à quatre-vingts ans tout est grave.

Enfin nous la soignons de toute notre âme et nous prions Dieu. Nous accordera-t-il encore un peu de temps ? Il est bien difficile de se flatter et d'espérer beaucoup, son âge étant le plus grand de ses maux. Depuis quelque temps elle a eu de tristes et douloureuses émotions. Cet hiver, elle a vu disparaître quatre de ses amis, de ses enfants presque ; puis l'horreur de l'autre jour est venue mettre le comble, et nous tremblons que le moment de la séparation ne soit venu. Plaignez-nous donc, cher ami..... (1).

XXVI

A MONSIEUR AMBROISE THOMAS.

Lyon, le 24 juin 1849.

Depuis bien longtemps je veux t'écrire. J'espérais d'ailleurs arriver bientôt auprès de toi; or, voilà plus d'un mois et demi que je suis en route pour Paris! Il a fallu une suite non interrompue de contre-temps pour m'arrêter ainsi en chemin. Parti de Nîmes très-fatigué, je suis arrivé à Lyon tout à fait souffrant, et, de l'avis des médecins, j'ai dû attendre avant d'oser affronter le choléra, qui, loin de diminuer, augmentait beaucoup en ce moment. Puis les événements qui marchaient menaçaient Lyon d'une crise, et d'une crise horrible, car on n'était pas sûr des troupes. Elles ont honorablement réfuté ces doutes en attaquant la révolte avec une entière résolution, mais nous avons eu de cruels moments. La canonnade et la fusillade étaient si rapprochées, que des boulets sont venus enfoncer des boutiques à deux cents pas de chez nous, et que les balles venaient frapper notre maison. Les morts et les blessés qu'on transportait passaient sous nos fenêtres. Nous faisions ce que nous pou-

_____

(1) Les craintes d'Hippolyte Flandrin ne se réalisèrent pas. Il eut le bonheur de conserver sa mère pendant neuf ans encore, et ne la perdit qu'en février 1858, lorsque madame Flandrin allait accomplir sa quatre-vingt-neuvième année.

25

vions pour paraître plus tranquilles que nous n'étions, à cause de notre bonne mère ; mais elle comprenait trop bien, et son chagrin, son trouble ont été si grands, que trois jours après elle s'est mise au lit. Cher ami, nous craignons bien que l'heure de la cruelle séparation ne soit venue. Nous avons eu déjà plusieurs consultations des médecins qui soignent notre mère avec affection et dévouement, mais ils nous laissent bien peu d'espoir. Je le sais, elle est déjà d'un grand âge ; hélas ! ce ne sera jamais une raison pour le cœur, et à la vie, à l'activité qu'elle montrait encore, nous pouvions espérer quelques années de plus. Cependant ne désespérons pas tout à fait. Gardons des forces pour lutter contre le mal, ou au moins pour la servir jusqu'au bout.

Oh ! voilà quelques mois qui ont été pour nous pleins de chagrins et de traverses ! Je ne sais quand nous pourrons retrouver enfin un peu de calme. Mon pauvre Paul est encore dans le Midi : je lui ai écrit pour l'instruire du malheur qui nous menace, mais, ne sachant pas positivement où il est, j'ignore si on aura pu lui faire parvenir ma lettre.

Tu me pardonnes, cher ami, de ne te parler que de nous. Ne crois pas pour cela que nous ayons été insensibles au danger que vous avez couru en traversant cette cruelle invasion du choléra. Nous avons soupiré après des nouvelles de vous, et heureusement j'en ai reçu quelquefois d'indirectes, mais nous n'en avions jamais assez.....

Je ne sais quand je pourrai être à Paris. Me voilà rejeté dans une incertitude qui me désole, car tu as appris peut-être combien on me tourmente au sujet de

Saint-Vincent de Paul. Du reste, je comprends que ces retards doivent paraître assez difficilement explicables, mais tu vois si je suis maître de pareils événements.

XXVII

Paris, le 15 septembre 1849.

Je voudrais répondre à tes lettres dans les mêmes dimensions, mais j'ai bien à faire, et du reste je n'ai plus de mémoire. J'ai à te dire mille choses qui ne me reviennent pas lorsque je les appelle : néanmoins, essayons. Premièrement, voilà quatre ou cinq jours que mes souffrances me laissent à peu près tranquille. A Saint-Vincent, nous dessinons sur le mur le second chœur entièrement recomposé : cela fait, pendant qu'on ébauchera, je reprendrai et je terminerai les figures du premier chœur.

Tu sais que l'on a distribué aux artistes des récompenses à la suite du Salon. Jamais on n'avait autant fait, car il y a eu d'abord un prix d'honneur de 4,000 francs décerné à Cavelier pour sa figure en marbre de Pé...., puis trois médailles de 4,000 francs, six de 500 ...., douze de 250 francs, et un assez grand nombre d'achats.... On a donné la croix à MM. *** et Raffet ; à celle-ci j'ai applaudi de tout mon cœur. Le Président lui-même a distribué toutes ces récompenses, accompagné du ministre de l'intérieur. Eh bien, la séance a été froide, et en général on paraissait peu satisfait. Pauvre ami ! je pensais à toi et je soupirais. Cependant il vaut mieux que l'on dise : « Pourquoi n'a-t-il pas la croix ? » que : « Pourquoi l'a-t-il ? » Ayons donc bon courage, et surtout faisons de notre mieux. J'ai l'orgueil de croire que si nous venions jamais à nous satisfaire un peu, ce ne serait pas trop mal.....

XXVIII

A MONSIEUR AMBROISE THOMAS.

Paris, le 4 décembre 1849.

Depuis quelques jours je veux aller te voir, mais, ne pouvant y parvenir, je t'écris. Deux places sont vacantes à l'Institut par la mort de MM. Garnier et Granet : à l'instigation de M. Ingres et de M. Gatteaux, je me mets sur les rangs. Je suis à peu près sûr de faire long feu (1), mais, comme me le recommandent ces messieurs, je ferai tout ce qu'il faut. Or, pour m'aider encore, je viens te prier de causer de moi et de m'appuyer auprès des membres musiciens ou autres que tu connais bien. C'est une petite campagne en ma faveur que je te demande pour ces jours-ci, car je pense entreprendre, à la fin de la semaine, les visites nécessaires. Le secours de ta bonne amitié me sera, j'en suis sûr, fort utile, et pourra me faire trouver mieux qu'un bon, mais stérile accueil. Puissé-je, un jour, te rendre avec usure le même

(1) Les pressentiments d'Hippolyte Flandrin ne le trompaient point : il échoua dans sa tentative. MM. Léon Cogniet et Robert-Fleury furent appelés à occuper les deux places qu'avaient laissées vacantes la mort de M. Garnier et celle de M. Granet.

service! Il est certain, en tout cas, que ce sera avec le même zèle et la même affection.

6 décembre. — Que j'aime ta bonne petite lettre! Qu'elle exprime bien ta vraie et solide amitié! Je t'ai à peine dit un mot, et voilà que tu t'intéresses à la chose comme pour toi! Je t'en remercie de tout mon cœur. Que ne pouvons-nous nous voir un peu plus souvent! Cela me serait bien bon........ Touché de ta lettre, j'ai voulu te dire que je l'avais reçue, et, pour finir, t'assurer qu'en cette affaire je serai d'une prudence, d'une circonspection peut-être exagérée, mais que je préfère cependant à trop de précipitation. Adieu, je suis heureux de sentir que tu penses à moi.

XXIX

A MADAME VEUVE ET A MONSIEUR PAUL FLANDRIN.

Montmorency, le 24 septembre 1850.

.... Je ne sais, chère maman et cher Paul, si je vous ai dit que M. Ingres était venu revoir mes peintures (1). Il en a été content, et m'a dit des choses bien flatteuses. C'est un grand encouragement, quoique je ne prenne pas à la lettre tout ce qu'il a la bonté de me dire. Enfin, tu verras, mon ami, que nous avons encore bien travaillé depuis toi.......

Les enfants parlent de vous, chère maman et cher Paul. L'autre jour, j'étais sorti après le dîner avec Au-

(1) A Saint-Vincent de Paul.

guste. Du haut de la terrasse construite devant la porte de l'église, j'admirais le ciel qui, d'un côté, gardait les traces du soleil couchant, et, de l'autre, portait le disque brillant de la lune. Auguste cherchait à compter les étoiles. Je lui parlais du bon Dieu : alors il se mit à genoux sur la marche de l'église, et, appuyé contre la porte, les mains jointes, il se mit à prier pour nous tous........

XXX

A MONSIEUR PAUL FLANDRIN.

Montmorency, le 16 octobre 1850.

...... Depuis trois semaines, les pluies et les brouillards nous transpercent, et nos petits trajets du matin et du soir commencent à devenir assez difficiles. Aussi, ces jours derniers, comme le temps était devenu trop mauvais, nous sommes allés à Paris pour y passer quelques jours; mais ce n'était pas plus gai : au contraire, et nous voilà aujourd'hui revenus à la campagne pour lui faire nos adieux, la remercier du bien qu'elle nous a fait et du plaisir qu'elle nous a donné. Elle est encore belle, cette chère nature. Les feuilles jaunissent ou rougissent, mais elles sont encore nombreuses et forment de belles masses. Si la température était un peu meilleure, il y aurait de belles choses à faire : malheureusement, elle est plus qu'humide.

Je verrai avec bien du plaisir les études que tu nous rapportes, et, malgré ta préface que je comprends bien, pauvre ami, j'en espère quelque chose. Et toi aussi, nous te reverrons, Dieu sait avec quelle joie! Aussitôt que tu auras arrêté ta place, écris-moi le jour, l'heure de l'arrivée, à quel bureau, etc. D'ici là, jouis de notre chère mère, caresse-la pour nous tous, rapporte-nous d'elle encore de bonnes nouvelles. Dis-lui que tous les jours plusieurs prières bien sincères, bien ferventes, se font pour elle, et qu'elle peut compter parmi celles-là les prières de ses petits-enfants, qui jamais ne l'oublient.

...... Hier, par un temps affreux, le préfet (1) est venu à Saint-Vincent de Paul. Bien qu'on n'y vît que très-peu, il a paru enchanté et m'a demandé combien de temps il me fallait encore. J'ai répondu : Deux ans. A quoi il a ajouté : « Eh bien, vous arriverez juste pour Saint-Germain des Prés, car c'est à vous que nous le destinons. » Je l'ai remercié, et il m'a répondu mille choses gracieuses et bienveillantes. En considérant ce bonheur insolent, comme nous disait en riant madame Baltard, je ne puis, cher ami, m'empêcher de penser au triste contraste que fait ton sort avec le mien; mais prends courage, j'espère qu'il n'en sera pas toujours ainsi. J'y ferai au moins tous mes efforts; toi, ne t'abandonne pas non plus. Je veux que tu fasses quelque chose, et tu le feras, j'en suis sûr. Nous causerons de cela, n'est-ce pas?......

1) M. Berger, préfet de la Seine depuis le mois de décembre 1848 jusqu'en 1854.

XXXI

A MONSIEUR AMBROISE THOMAS.

Paris, le 1ᵉʳ février 1851.

J'apprends à l'instant la mort de Spontini, dont je suis loin de me réjouir, puisque c'est la mort d'un homme, et d'un homme éminent ; mais cet événement t'ouvre la porte dans des circonstances que je crois bonnes, et, dès ce moment, je sens tripler mon désir d'arriver. En effet, mon amitié pour toi ne serait-elle pas bénie, si, quinze jours après avoir atteint le but, je pouvais te tendre la main et te le voir toucher aussi (1) ? Oh! tous deux à la fois! Ce serait trop bea... Je ne sais, mais j'espère beaucoup pour toi, et, pour ...oi, je désire bien plus qu'auparavant.

Ici passe un souvenir de nos projets dans l'allée de Montmélian. T'en souviens-tu (2)?... ..

---

(1) Cette seconde candidature d'Hippolyte Flandrin n'eut pas plus de succès que la première. M. Alaux remplaça Drolling à l'Académie, et Flandrin ne le fut que deux ans plus tard, après que la mort de Blondel eut fait un nouveau vide dans la section de peinture. M. Ambroise Thomas fut plus heureux que son ami. Il devint membre de l'Académie des beaux-arts dès 1851, en succédant à Spontini.

(2) V. Deuxième partie, Lettre XLII, p. 264.

XXXII

A MONSIEUR PAUL FLANDRIN.

Avignon (1), le 3 septembre 1851.

...... J'ajoute, mon bon Paul, quelques mots à tâtons. Je viens de courir à Notre-Dame. Du haut de la terrasse qui s'étend devant l'église, le plus magnifique spectacle s'est offert à mes yeux. Le soleil, touchant déjà l'horizon, allait se dérober; le Rhône et la plaine étaient dans l'ombre, mais le Ventoux et la chaîne des Alpes s'éclairaient des derniers rayons. Admirable, admirable! Puis cette antique église portant au front les sublimes images! Elle était ouverte; j'y suis entré faire une petite prière pour vous et pour nous.

Marseille, — .... C'est avec une douleur véritable et profonde que j'ai appris la mort du bon M. Héral (2). Nous n'avons jamais oublié tout ce qu'il a été pour nous; mais combien ces souvenirs se représentent plus vifs et plus précis, au moment de la séparation! Nous attendions et nous espérions toujours quelque circonstance qui, en nous rapprochant de lui, nous permît de lui montrer en entier ce que nous avions de mémoire et, dans le cœur, de reconnaissance pour toutes ses bontés d'autrefois : il est parti, nous croyant peut-être froids, indifférents! Oh! j'éprouve là ce que tu sens aussi, j'en

(1) Hippolyte Flandrin avait été, avec sa famille, passer un mois dans le Midi pour se reposer des fatigues causées par ses travaux à Saint-Vincent de Paul.

(2) On se rappelle qu'Hippolyte Flandrin avait eu pour premier maître, à Lyon, le sculpteur Legendre-Héral.

suis sûr, et je déplore que je ne sais quelle influence se
soit glissée entre lui et nous pendant notre séjour à
Rome : car, depuis ce temps, il n'a plus répondu qu'avec
politesse aux témoignages de notre gratitude. Il ne nous
reste plus, pour lui prouver combien elle était vraie, qu'à
prier Dieu pour lui : faisons-le donc de toute notre âme.

Je verrai, cher ami, tout ce que tu as fait avec une
grande joie. Je suis sûr que c'est bien ; mais je te répète,
avant d'avoir vu, ce que la présence de la nature ou plutôt la difficulté de la rendre fait quelquefois oublier :
applique-toi à dégager le sens poétique des choses, à
découvrir le côté le plus beau et le plus vrai de toute
vérité, puisque c'est celui qui se rattache aux choses
éternelles, « ce sens moral enfin qui unit l'homme à
Dieu. » Tu sais de qui est le mot, et avec quelle justesse
il exprime ce que nous voulons dire.

XXXIII

MONSIEUR LOUIS LAMOTHE.

Marseille, le 7 septembre 1851.

Mon cher Louis, je vous remercie du zèle et du soin
que vous mettez à recueillir tout ce qui peut servir à
l'accomplissement de notre grande tâche (1). La visite

---

(1) Les peintures de la frise de Saint-Vincent de Paul, à l'exécution
desquelles M. Lamothe coopéra pendant toute la durée du travail.
L'autre aide choisi par Flandrin pour le seconder dans cette vaste entreprise était M. Chancel. C'est donc à lui et à M. Lamothe qui s'a-
dressent les recommandations collectives contenues dans la lettre que
l'on va lire.

du père Cahier m'intéresse vivement, et vous avez bien fait de noter ses principales critiques. Sans abandonner notre propre sentiment, nous devons toujours prendre en grande considération les avis d'un homme dont le savoir est si profond et l'esprit si distingué......

Vous me proposez de revenir, en mon absence, sur quelques-unes des fautes commises et que vous avez notées. Vous me parlez d'abord de celle qui concerne la couleur du vêtement de *saint Antoine de Padoue*. Je ne la crois pas aussi grande que le dit le père Cahier, car je suis sûr d'avoir vu des Franciscains espagnols vêtus d'un froc de cette couleur, et, ce qui est plus concluant encore, j'ai vu, dans des tableaux de maîtres déjà anciens, la couleur que nous avons donnée à notre saint. Nous déciderons donc cela à mon retour.

Quant à *sainte Claire*, c'est peu de chose : je lui ajusterai un voile. Vous souvenez-vous si, dans *sainte Gertrude de Nivelles*, le père Cahier n'a critiqué que la couleur et non la forme du vêtement; si, enfin, il n'a pas trouvé mauvais qu'on lui donnât un vêtement sacerdotal tel que la chasuble? Si vous en êtes sûr, si la forme peut rester, alors je vous autorise à revenir en arrière et à peindre la draperie, du haut en bas, d'un beau noir doux *qui prenne bien la lumière*. Consultez pour cela la mieux réussie que nous ayons par là.

Pour les autres changements, attendez-moi. Portez vos efforts sur les deux derniers chœurs (1) qui sont

_____

(1) On se rappelle que la longue procession qui se déroule sur les murs de Saint-Vincent de Paul est divisée en groupes ou chœurs distincts, et composés chacun de figures appartenant au même ordre d'exemples et de faits dans les traditions de l'Église.

peints. Je vous le recommande à tous deux : étudiez
bien l'effet des plans et des grandes masses, mais laissez-
moi toujours le soin de mettre l'expression de la forme
par le trait, car, sur un travail plus avancé, je ne le
mettrais qu'avec gêne ou discrétion. Ainsi, consultez-
vous l'un l'autre, éloignez-vous souvent et faites œuvre
d'artistes (1)......

XXXIV

A MONSIEUR VICTOR BALTARD, A NAUPLIE-LE-VIEUX,

Paris, le 24 octobre 1851.

Mon cher ami, votre inquiétude, votre douleur sont
les nôtres; mais Dieu, j'espère, nous écoutera et vous
rendra votre fille, votre trésor. Nous le prions de toute
notre âme, jusqu'aux enfants, qui, soir et matin, joignent
pour elle leurs petites mains. Un peu plus de calme,
dit-on, se manifeste : espérons! espérons! car il paraît
que c'est là l'amélioration la plus précieuse qu'il soit permis d'attendre dans cette phase de la maladie. Adieu,
nous vous embrassons tendrement : nos cœurs veillent
avec vous.

(1) Dans une autre lettre adressée également à M. Lamothe, Flandrin réitère cette recommandation à ses deux auxiliaires : « Je suis sûr,
écrit-il, que vous travaillez bien; mais aidez-vous mutuellement, allez
souvent de l'autre côté et jugez-vous avec *cruauté*. »

XXXV

A MADAME VEUVE FLANDRIN.

Valery-sur-Somme, 16 août 1852.

CHÈRE MAMAN,

Que j'aurais voulu arriver à vous avec mon Paul! Quelle joie j'aurais eue à vous le montrer décoré d'un signe qu'il avait mérité depuis longtemps, et que je désespérais presque de le voir obtenir, tant il était délaissé par les administrations qui se sont succédé! Cependant le contraste de son talent et de sa modestie a triomphé de tout, et l'on peut dire que cette croix a été bien méritée, bien donnée et bien applaudie. J'aurais voulu, chère maman, que vous fussiez là et que vous vissiez avec quel empressement on venait féliciter Paul. Moi aussi j'ai été félicité, car on connaît bien la tendre amitié qui nous unit. Pour vous, chère maman, qui la connaissez mieux que personne, vous croirez facilement que la croix de mon frère a rajeuni la mienne, qu'elle en a renouvelé et doublé le prix. Il aura encore d'autres choses à vous dire et de plus importantes : causez-en, jouissez bien des bonnes espérances qu'il apporte......

Mon cher Paul, voilà le beau temps, et hier nous en avons bien joui. Nous sommes partis le matin, avec les Desgoffe, pour Eu et pour le Tréport. La belle et grande mer, l'aspect animé d'un petit port, un beau soleil et un bain admirable nous ont fait une journée charmante. Après le dîner, le soleil radieux entrait dans la mer : nous avons couru sur la jetée pour jouir encore

un instant de ce merveilleux spectacle, puis nous sommes
montés en voiture. Il faisait frais : le ciel et la mer
étaient admirables de calme et de pureté ; au loin, sur
les côtes, les phares commençaient à étinceler ; sur la
terre, de longues vapeurs blanchâtres indiquaient les
plans : peu à peu, tout est devenu sombre. Les étoiles
seules brillaient au ciel, mais au bout d'une heure environ une lueur dorée a fait pressentir le lever de la
lune. Bientôt nous l'avons vue elle-même, belle et radieuse, mais d'un éclat doux, tempéré et comme pensif.
J'étais à côté de Despotté sur le devant de la voiture ;
nous jouissions de toutes ces belles choses, puis quelquefois je reportais mes regards vers ces deux bons chevaux qui, courageusement, trottaient, marchaient pour
nous. L'un, plus grand, plus fort que l'autre, allait,
allait toujours, sans avoir besoin d'excitation ; mais son
frère, un peu faible, semblait souffrir et chercher un
appui. Sa joue venait avec tendresse chercher la joue
de l'autre : cette caresse m'a ému. J'ai pensé à notre vie,
à l'exemple qu'elle ne cessera de donner, j'en suis sûr,
de deux frères s'aimant et s'entr'aidant véritablement,
partout, toujours, et dans ce sentiment je trouvais une
force d'affection nouvelle pour ma chère femme, pour
ces deux bons petits que j'entendais derrière moi rire et
chanter, pour Mine, notre bonne petite sœur, ta femme
enfin, pour ses parents, que nous aimions bien déjà et
que nous aimerons encore plus, si c'est possible.....

XXXVI

Montmorency, le 10 octobre 1852.

Te voilà donc dans ce beau pays; tu jouis du soleil, je l'espère. Songe à prendre des choses un peu neuves pour toi; rends-les avec le sentiment de l'ébauche, comme tu l'entends, comme je l'aime, ce sentiment qui fait le tableau par la largeur de l'aspect et par la liaison de toutes les parties. Fais enfin ce que tu as fait quelquefois, et notamment à Lafoux, dans l'auberge, un jour de pluie. Sois plus hardi, plus libre qu'à l'ordinaire, et ce sera un grand progrès...

Moi, je travaille à Saint-Vincent avec Louis, et je me fatigue beaucoup moins. Cela va, je crois, mieux et plus vite. Je viens de lire dans les journaux que l'archevêque de Paris était allé voir les cartons de Chenavard. Il a été convenu qu'avec quelques modifications le tout pourra très-bien décorer, non plus le Panthéon, mais Sainte-Geneviève. Ainsi, voilà une œuvre entièrement combinée pour dire non à laquelle on va faire dire oui. Le dira-t-elle bien? Je le souhaite, mais je ne crois pas qu'il suffise pour cela de mettre une auréole à un artiste de mérite. Adieu donc l'hémicycle! D'ailleurs, je suis encore trop chargé, trop embarrassé par ma grande affaire, pour me désoler beaucoup...

A la maison, les travaux marchent, mais ils ne marchent pas très-vite. Mon atelier a été peint trop sombre; il faut que je le fasse repeindre. Enfin, comme dit le

bon Eugène Berson, *il ne faut pas se troubler :* excellente maxime que je voudrais bien mettre en pratique.
Je n'ai pu aller à ton petit atelier, parce que toute la
journée je suis à l'église. Hier seulement j'ai perdu une
demi-journée pour aller chez le préfet, et quoi faire?
Solliciter pour M. ***, qui demande une chapelle ou un
tableau. Il n'y a rien à donner cette année; mais puisque
j'avais pris la peine de faire cette démarche, je t'ai
recommandé vigoureusement, ainsi que Desgoffe, à
M. Amédée Berger, qui m'a positivement promis pour
l'année 1853. Il m'a mené voir les peintures de Lehmann, qui sont terminées. C'est mieux que tout ce que
Lehmann a fait jusqu'ici, et, de plus, cela a été exécuté
en six mois. C'est incroyable. Il y a aussi des peintures
de Cabanel qui sont bien supérieures à toutes celles que
possédait l'hôtel de ville...

Ah! une nouvelle, et une bonne nouvelle : M. Ingres
a accepté avec empressement de peindre à l'hôtel de
ville un plafond dont le sujet est l'*Apothéose de Napoléon.*
Je vois ça, et je me figure qu'il en fera une merveille. Il
est toujours à Versailles, et je viens de lui écrire pour
lui dire toute notre joie.

XXXVII

A MONSIEUR LOUIS LAMOTHE, A LYON.

Paris, le 13 juillet 1854.

Je vous écris de l'atelier, où je n'ai pas même de
papier à lettre; mais nous ne faisons pas de façons,
n'est-ce pas?

J'ai reçu de vos bonnes nouvelles par Delaunay, qui travaille avec courage, et qui sera bien content lorsque votre santé tout à fait rétablie vous permettra de revenir... A propos de ce travail dans lequel je vous priais de m'aider pour les Arts et Métiers, je ne sais comment faire. Moi aussi, je suis fatigué, et je voudrais bien voyager un peu. D'un autre côté, je tiens à être ici pour le jugement des concours. Voici ce que j'ai envie de faire. Ces jours-ci, je vais prendre modèle pour dessiner des *ensemble*, puis pour les habiller. Je suppose que ces petits cartons pourront être achevés vers le 25 ou le 27 juillet. Nous en mettrions un sur le mur avant mon départ, qui aurait lieu le 1ᵉʳ août; ensuite vous les ébaucheriez l'un et l'autre, et, vers le 5 ou le 6 septembre, peut-être pourrions-nous ensemble les reprendre et les finir. Si, pour gagner un peu d'argent (chose trop nécessaire), vous vouliez m'aider pendant le mois d'août en faisant quelques-uns des accessoires du portrait de M. *Rostan*, cela m'irait bien aussi. Mais, vous le savez, je ne voudrais pas que ce fût pour vous une trop ennuyeuse corvée. Il faut que vous y trouviez votre compte, c'est-à-dire un moyen de faire ou d'attendre quelque chose de mieux... Répondez-moi bien franchement. Vous êtes sûr, je crois, que je me prêterai toujours à tout ce qui pourra réellement vous faire avancer. Avec les brimborions dont je vous parle, vous auriez encore le temps de faire quelque chose de beau pour l'Exposition, et n'y eussiez-vous qu'un portrait comme celui que vous avez commencé, ça compterait.

Je vous embrasse de cœur. Embrassez pour moi ma mère et la vôtre.

26

XXXVIII

A MONSIEUR PAUL FLANDRIN.

Le Havre, le 28 août 1854.

..... Ici, depuis quinze jours, le ciel ne dépense que de l'outre-mer et de l'or. La mer, si paisible et si calme, lui fait un beau miroir; et lorsque, le soir venu, je la regarde à la douce lumière de la lune, je me crois en Italie. Mes plus beaux souvenirs me reviennent, et avec ma chère Aimée vingt fois je retourne à la fenêtre avant de pouvoir la fermer décidément et renoncer à cet admirable spectacle.

L'autre jour, madame Ancelot nous a écrit une lettre d'une expression bien vivement patriotique, au moment où elle venait d'entendre le canon des Invalides pour la prise de Bomarsund. Elle augurait tout naturellement un succès de notre armée, et elle exprimait si bien sa sensibilité, son bon cœur, que vraiment c'était plaisir de la lire. Quant à moi, je sympathise entièrement avec elle, et je suis tout ce qui concerne ces grandes expéditions avec un ardent intérêt.

Aujourd'hui nous avons été dans le bassin du port visiter un des plus gros navires qui y puissent entrer. Depuis le pont jusqu'à la cale, nous avons tout vu. C'est vraiment admirable, et il me semble qu'on doit s'embarquer assez facilement sur une solide machine comme celle-là. J'ai eu toutefois l'occasion de remarquer combien nous avions l'air bête. Nous étions là, le chapeau à la main; nous saluions partout et à tout bout de champ, tandis que le citoyen américain, casquette ou chapeau sur la tête, ne faisait pas mine de nous regarder ou ne daignait pas nous voir. Comme j'en faisais l'observation au pilote du Havre, il me dit que les rapports avec ces gens-là sont tout ce qu'il y a de plus désagréable, qu'indépendamment de leurs défauts particuliers ils ont tous les défauts des Anglais, sans en avoir les qualités. Je ne m'embarquerai donc pas encore sur ce beau bâtiment pour aller chercher les mépris de ces républicains marchands d'esclaves.

Toi, mon ami, travaille, puisque tu le peux. Fais des choses bien souples, bien larges; mets-y ton esprit, laisse-toi aller. Je te répète là tout ce que je me dis sans cesse à moi-même, sans en tirer grand fruit, hélas! Mais enfin je suis bien sûr que tu ne saurais te fâcher de la critique indirecte que renferment ces conseils. Tu n'y vois, n'est-ce pas, qu'un témoignage de ma tendre amitié pour toi, de cette amitié déjà vieille, mais que son âge n'affaiblit pas, oh! bien au contraire!...

XXXIX

A MONSIEUR LOUIS LAMOTHE.

Le Havre, le 8 septembre 1854.

En effet, mon cher Louis, votre lettre ne me satisfait guère que parce qu'elle me dit que votre santé est bonne. Votre non-réussite dans votre *Portrait* (que je n'admets pas cependant telle que vous me la donnez), le retard où nous sommes pour ce que je vous avais de-

mandé de me faire, l'insuccès de mon pauvre dessin
chez Lemercier (1)..., tout cela me contrarie beaucoup;
mais les plaintes ou les récriminations ne mènent à
rien, et il nous faut tout bonnement employer mieux
les moments qui nous restent. Quittez donc le portrait
de M. *Rostan* et prenez le croquis de l'*Agriculture* (2).
Si le modèle ou quelque autre chose vous fait perdre du
temps, mettez de suite l'autre au carreau, afin que nous
ayons un commencement d'exécution : car je me suis
engagé envers M. Vaudoyer, vous le savez. C'est aujour-
d'hui le 8. D'ici à une dizaine de jours, il me semble
que vous pourrez avoir fait quelque chose. Faites cela
comme pour vous. Si vous avez besoin d'éclaircisse-
ments, vous pouvez m'écrire pendant une semaine encore que je passerai ici pour arriver à un nombre de
bains qui vaille la peine d'être compté.

Je voudrais bien rapporter un peu de forces, car j'ai
aussi bien des efforts à faire pour réparer la perte de
cette malheureuse année. Nous sommes, vous et moi,
dans le même cas : reprenons donc courage. C'est le
seul moyen de mieux agir. Mille amitiés à Delaunay.
J'attends la vue de son tableau avec une grande anxiété,
mais cependant je n'ai pas peur qu'il nous fasse honte.
Que je serais heureux si c'était bon, aussi bon qu'il
peut faire!

(1) Une des lithographies que Flandrin avait faites d'après ses peintures de Saint-Vincent de Paul était mal venue à l'impression.

(2) L'une des deux figures que Flandrin avait à peindre au Conservatoire des arts et métiers.

Mon cher Louis je reçois à l'instant
votre lettre et je me hâte d'y répondre

agriculture   industrie

(illisible)

De sorte que du surcroît il y en aurait assez
de la manière du [...] durable et le [...]
que le bien [...] votre unique [...] et [...]
une belle [...]

adieu tout à vous

[signature]

Monsieur Louis Lamothe

Peintre d'histoire rue du regard 10

— Paris —

XL

A MADAME VEUVE FLANDRIN.

Paris, avril 1855.

Il y a longtemps, chère maman, que je ne vous ai rien dit : ce n'est pas faute de penser à vous. Oh! non, vous êtes toujours là, je vous vois, je vous touche, et vos bonnes pensées pour nous ont une voix, car je les entends. Maintenant, Paul est arrivé auprès de vous; vous causez ensemble, comme nous le faisions, nous deux, pendant les bons déjeuners que je venais prendre chez vous. Pauvre Paul! comme il doit être content, car ces dix ou douze derniers jours ont bien dû lui peser, là-bas, tout seul, par la pluie et par les brouillards! Il me semble qu'il doit avoir bon besoin de se sécher.......

J'ai fait la bêtise d'être encore un peu malade. Dans les salles d'exposition où nous nous tenons pour les opérations du jury, tous les plâtres étaient frais; la pluie et la neige y entraient; bref, j'ai pris froid, et j'ai dû me mettre au lit. Aujourd'hui, c'est fini ou à peu près....... Je vous dirai, chère maman, que toutes ces commissions de jury ne me vont guère. Il faut refuser tant de gens qui se croient du talent, et qui vous maudissent du chagrin qui leur est fait, cependant avec justice! Il est vrai qu'il y en a bien quelques-uns, par-ci par-là, pour qui l'on est sévère et qu'on fait pleurer injustement; mais c'est presque impossible autrement. Cela n'en fait pas moins de peine à votre fils, qui, vous le savez, n'aime pas, beaucoup plus que sa chère mère, qu'on afflige les

gens, et surtout les humbles. Enfin, quand je pourrai
revenir à mes affaires, je n'en serai pas fâché.......

XLI

A MONSIEUR PAUL FLANDRIN.

Lyon, 3 juillet 1855.

Nous avons vu la maman, et vraiment, rendons grâces
à Dieu, elle n'est pas ou presque pas changée. Hier dimanche, nous avons dîné avec elle; elle était bien, et
aujourd'hui, quand je suis venu lui demander à déjeuner, elle était encore mieux. Aimée avait été l'embrasser
ce matin, avant que j'arrivasse; car moi, j'avais commencé mon lundi par une course à Ainay (1), où j'ai vu
M. le curé, qui a paru plein de confiance dans ce que je
ferais pour son église. Il a donné aux charpentiers l'ordre
de suivre toutes mes indications pour la reconstruction
des échafaudages, qui étaient faits de manière à nous
rendre le travail impossible. On s'y est mis de suite,
et, quant à nous, nous ne perdrons pas de temps. C'est
vraiment très-beau à faire; je voudrais bien m'en tirer à
mon honneur et pour le plus grand avantage du monument. Enfin nous tâtons nos places et nous faisons des
carreaux.

---

(1) Les détails relatifs aux peintures de l'église d'Ainay se trouvent
disséminés dans un certain nombre de lettres écrites par Hippolyte
Flandrin à plusieurs jours et, quelquefois, à plusieurs semaines ou à
plusieurs mois d'intervalle. Nous avons cru devoir rapprocher ces divers
fragments et les réunir sous un même titre, sauf à interrompre ainsi ou
à intervertir quelque peu l'ordre général et chronologique de la correspondance.

10 juillet. — Mes échafaudages sont refaits et nous sommes comme des coqs en pâte. Je suis, en grande partie, sorti des pénibles tâtonnements qu'imposent des peintures de coupoles ; je crois savoir maintenant où il faut placer les figures et de quelle grandeur il faut les faire : c'est beaucoup.

20 juillet. — Je travaille bien avec Louis et Poncet ; mais nous avons eu le malheur de trouver des fonds très-mal préparés et encore tout frais, ce qui fait que chaque trace de tâtonnement au fusain est ineffaçable. Tu juges de ce qui en résulte, puisque chaque figure a été essayée au moins trois fois.

27 juillet. — Il faut bien que je te le dise, mais tu vas me gronder ; cependant il n'y a pas de ma faute. Mercredi, je travaillais sur cet échafaudage où je suis si bien ; tout à coup, une des marches du marchepied se brise, et je tombe de trois pieds de haut, pas davantage. Je me suis un peu foulé les deux pieds, mais surtout le pied gauche, ce qui m'a fait perdre quelques jours. Enfin ce n'est rien : je suis beaucoup mieux maintenant, et je marche, sans autre inconvénient que les légers rappels d'une douleur qui s'en va.

Je n'ai pu avoir qu'un des articles que M. Théophile Gautier a faits sur l'admirable exposition de M. Ingres. J'y ai trouvé des choses charmantes ; mais, quant aux appréciations, pas un mot digne des ouvrages dont on parlait. En somme, ce travail m'a paru hâté, écourté, manquant de ces développements qu'exigent les choses hors ligne.

Voilà déjà vingt et un jours que nous travaillons à Ainay : nous n'avons fait que dessiner, casseter les figures

des deux petites absides (1), et que placer les figures
de la grande, qui seront dessinées et cassetées à la fin
de la semaine. Lundi prochain, probablement, nous
commencerons à peindre. Tu nous croyais sans doute
plus avancés; mais au bout du mois nous n'aurons pas
eu plus de vingt-quatre jours de travail, sur lesquels cinq
ou six si sombres, qu'une chandelle nous eût fait grand
bien. Cette fois, on a installé les échafaudages comme
j'ai voulu, et jamais, nulle part, nous n'avons été aussi
bien; tu verras. Oh! je t'ai désiré bien souvent pour
résoudre certaines questions; mais, hélas! tu es toujours loin!

29 juillet. — Demain lundi je ne pourrai pas encore
commencer à peindre. Oh! j'ai bien du tintouin avec
ces courbes qui dénaturent le mouvement et l'expression
des figures. Si le même sujet eut été à traiter sur une
surface plane, je parie que nous serions aujourd'hui à la
moitié de l'exécution. Puis, un autre ennui : de l'église,
tout le monde voit ce que je fais, et, sur quatre coups
de fusain, les jugements vont leur train. Hier, j'ai rencontré ***, qui était là, regardant mon ouvrage et moi,
sans bouger. J'ai été à lui, et il m'a avoué qu'il y avait
quinze jours déjà qu'il avait jugé la chose mesquine,
complétement manquée. Aujourd'hui toutefois il était
moins mécontent, mais qu'importait d'ailleurs? Moi,
peintre de Paris, membre de l'Institut, je pouvais bien
faire ce que je voudrais, ce serait toujours assez bon, etc.
Ma foi, ç'a été plus fort que moi, je n'ai rien pu lui

_____

1. C'est-à-dire tracer les contours et les masses au pinceau avec de
la terre de Cassel.

dire. Dieu veuille que je ne fasse pas trop mal! car, je le savais d'avance, on sera peu indulgent. Viens donc, et dis-moi bien l'effet que cela aura produit sur toi.

Dans ma dernière lettre je te parlais froidement et même avec un certain regret de l'article de Th. Gautier sur M. Ingres; mais je n'avais pu trouver l'article précédent, celui du 12 juillet. Enfin je l'ai lu, et j'ai pleuré comme un enfant en le lisant à Aimée. C'est vraiment excellent : il y a des appréciations d'une justesse et d'une beauté d'expression merveilleuses. Ces expressions-là ne sont pas l'effet du hasard, et, pour les trouver, il faut avoir véritablement senti et s'être mis en communion avec le maître. Il me semble que M. Ingres a dû être content, car ce ne sont pas seulement des louanges, ce sont des louanges justes.

15 août. — J'ai été bien désappointé en lisant vos lettres, qui m'annoncent un nouveau retard. Je croyais bien vous embrasser tous trois le lendemain; cependant je comprends que vous attendiez quelques jours encore afin de voir ce qui va se passer à Paris pour l'Exposition. Moi, je regrette bien de ne pas y être, et j'avoue tout naïvement que cela m'intéresserait et m'amuserait beaucoup : mais il s'agit de tout autre chose. Il faut que je fasse cette peinture, et dans quelles conditions, mon Dieu! si je les avais connues d'avance, je n'aurais pas accepté. Abside profonde et noire, jour dessus, jour dessous; enfin, j'y perds la vue, et, quelque peine que je me donne, je crois que cet ouvrage ne comptera guère. Après cela, je te l'avoue, j'aurais un bien grand besoin de me reposer. Je t'attends pour que tu me dises ce

qu'il t'en semble, car, vraiment, il y a là dedans des efforts à déconcerter les plus habiles.

22 octobre. — C'est demain que nous partons. La maman va bien ; que le bon Dieu nous la garde ainsi quelque temps encore!

J'ai bien pensé à vous ces jours-ci : avez-vous pensé à moi? Durant cinq jours, j'ai soupiré après un rayon de lumière : rien n'est venu, et j'ai dû, à heure dite, montrer mes peintures à des gens qui semblaient s'être fait un malicieux plaisir de leur exactitude. Une fois cependant, on a illuminé, et ces lumières donnaient de beaux effets; mais l'effet ordinaire, celui que j'ai cherché et voulu, je n'en ai jamais rien vu. Oh! ma foi, c'est une mortification qui compte!

XLII

A MONSIEUR INGRES.

Paris, le 9 octobre 1855.

Mon cher Maître,

Avec quel bonheur j'ai lu votre chère lettre! Avec quelle reconnaissance, avec quel sincère et respectueux retour j'ai reçu les expressions de votre amitié pour moi, pour ma femme, pour mes enfants! Nous avons été attendris de la vivacité avec laquelle vous louez et vous appréciez les succès d'Auguste. Le cher enfant en a été lui-même bien touché; il me prie de vous remercier en son nom. L'idée d'un *Homère* en grec venant de vous rend son cœur bien fier, et je m'en félicite, car je crois qu'il commence à comprendre le prix d'une amitié comme la vôtre.

Nous avons appris avec joie que vous allez bien, par M. Gatteaux d'abord, par votre lettre ensuite. Le travail vous rend heureux : déjà vous avez terminé la petite *Vierge* et la petite *Stratonice* (1). Avec quel bonheur nous goûterons tout cela. Le *Raphaël et la Fornarina* vous retiendront jusqu'à la mi-novembre ; ce sera une longue absence, mais que vous l'aurez bien remplie ! Vous avez la bonté de penser à mes travaux et je vous en remercie, mais je ne les ai guère avancés. La lumière nous a complètement manqué cette année, nous travaillons du côté sombre de l'église (2), et nous y perdons la vue. Cependant nous faisons de notre mieux.

Cher maître, à propos de M. ***, ne croyez pas que nous ayons fait auprès de lui aucune démarche qui puisse le moins du monde blesser votre dignité. Je l'ai simplement averti, et, de Dieppe où il se trouvait, il est accouru. Pendant deux heures il a examiné avec nous, plein de joie et d'admiration, non-seulement le *Bain turc*, le bel et touchant *Homère*, le *Molière* (3), mais tout ce qui était exposé dans l'atelier. Aujourd'hui j'ai trouvé sa carte chez moi. Il est donc revenu à Paris, et, comme il en avait témoigné le désir, il demandera sans doute à revoir......

(1) Réduction, avec de très-notables changements, du tableau peint par M. Ingres quinze ans auparavant. Cette seconde *Stratonice* appartient à M. le comte Duchâtel.

(2) Le côté droit de la nef, dans l'église de Saint-Germain des Prés.

(3) On se rappelle que ce tableau, *Louis XIV faisant manger Molière à sa table*, a été, il y a quelques années, donné par M. Ingres à la Comédie française.

Tous réunis, nous vous embrassons, cher maître, en vous priant d'être auprès de madame Ingres l'interprète de nos sentiments.

Votre élève toujours plus affectionné et plus reconnaissant.

XLIII

A MONSIEUR PAUL FLANDRIN.

Paris, le 1er novembre 1855.

.... Je te dirai que le jury des récompenses a fonctionné, et qu'il a amené le résultat que voici. Le jury français proposait une récompense unique qui eût dominé toutes les autres, mais les étrangers ont vivement réclamé, et on a dressé une liste de neuf noms pour autant de médailles d'honneur. L'artiste qui a eu le plus de voix a été M. Horace Vernet ; M. Ingres n'est venu qu'ensuite! Juge de notre chagrin et de celui de notre cher maître, car bien que la seconde médaille ait en réalité la même signification que la première, il y a dans l'ordre des nominations un effet moral déplorable (1).

.... Au-dessous des médailles d'honneur se trouvent les premières, deuxièmes et troisièmes médailles. Je ne sais rien encore, sinon que j'en ai une de première

(1. A cet ordre de nomination suivant le nombre des voix obtenues par chaque artiste, on substitua, pour la distribution des récompenses, l'ordre alphabétique. En outre, par un décret en date du 14 novembre 1855, M. Ingres fut nommé grand'officier dans l'ordre impérial de la Légion d'honneur.

Cher Monsieur Quétel

Je regrette bien de n'avoir pas comme votre
dernier voyage à Lyon avec Mr Denuelle
je me serais empressé de vous voir afin
de conférer ensemble sur le [...] [...]
et je vous aurais communiqué le projet [...]
un [...] voyez que j'ai fait, pour la décoration
de l'[...], mon [...] consiste dans
les 7 figures, du Christ de la vierge de St Claudin
de Ste Clotilde [...] des Sts [...] [...] et
[...], comme [...] est profond je crois
St Martin, St Michel
que l'ornementation pourrait s'imposer [...]
[...] [...] en avant et par la même raison
je crois que le [...] aurais [...] [...] des
[...] le [...] archevêque [...] [...] [...]
[...] [...] [...]
qu'on voit [...]!

Mais comment peut-elle être présentée au vieux Chadles
heureusement ... oui par exemple !

cependant si nous trouvons tous le 1er [Sketch] meilleur comme [...]
je m'y soumettrai et tâcherai de mettre mes soins dans le
caractère des figures. L'avantage que je trouverais ne
serait-il de Donner à la figure de la vierge par la tête qu'elle [...]
une Dignité qui la met au Dessus des autres figures et cependant
l'aise franchement Dominer celle du christ.

aussitôt [...] votre retour [...] l'honneur de vous voir
pour avoir votre impression et votre avis, et celui de M Brunelle.

[...] M Le Curé a quoi que je [...] bien proposé vous Demanderais
quelque chose à le sujet, et si vous le jugez à propos vous Donnez
lui montrer ce petit croquis, en lui Expliquant la question

qu'il pose.

Je me suis dit m. Denoël aura très au parté dans
ses grande affaire. il était comme je vous l'ai écrit
fort inséré. cependant il serait je crois nécessaire
de les faire par mal à l'avance.

...adieu Monsieur je vous souhaite bon voyage
bonne santé a votre retour je serai aussi à bâtir
un aussi authier l'honneur de vous voir.

veuillez présenter mes hommages à Mme Gretkl.
et agréer pour vous l'assurance de mes
meilleurs sentiments.

Hyppolyte Flandrin

Soyez mon ami assez bon pour présenter
mes compliments affectueux à M. Trouille
et Denoël.

octobre 1855.

classe. Cela te fera plaisir ; mais je ne suis plus du jury,
M. Ingres, avec cette blessure au cœur, n'y retournera
pas, et je crains de bien regrettables injustices. Aussi cette
semaine ai-je couru, ai-je écrit sans relâche, recommandant aux membres du jury amis et ennemis, tu sais bien
dans quel esprit, c'est-à-dire (je le crois du moins), avec
l'impartialité la plus sincère. Mais que de mécomptes nous
aurons !

Enfin, ce qui vaut le mieux, c'est de bien faire, et je
disais à M. Ingres qu'il n'y avait pas lieu pour lui de
regretter son exposition. Il doit certainement, après
avoir vu cette admirable réunion de ses ouvrages, avoir
une conscience plus sûre, une certitude plus grande
encore de sa force et de sa supériorité.

XLIV

A MONSIEUR PAUL FLANDRIN, AU TRÉPORT.

Paris, le 5 octobre 1856.

.... Mon pauvre Paul, tu as souffert, tu souffres
encore : je te plains du fond de mon cœur, et de tes douleurs, et des contrariétés qu'elles te donnent. Tu avais
vu de jolies choses, tu les avais étudiées, tu avais même
bien commencé à les rendre, et voilà que tout à coup il
faut plier bagage, rester simple spectateur de ce qu'on
aimerait tant à exprimer pour l'emporter avec soi !
Chers amis, tâchez de faire tous deux contre fortune bon
cœur ; jouissez de la mer et du beau temps. Un bon air
à respirer fait du bien au corps, et la vue seule des belles

choses peut nous faire faire quelques progrès. Ne te chagrine donc pas trop, mon pauvre Paul.

Je te dirai que ces jours-ci j'ai eu le chagrin de refuser quinze cents francs à ce pauvre *** qui me les a demandés à plusieurs reprises, et avec des supplications qui m'ont fait un mal affreux. Que va-t-il devenir? Je ne cesse de me poser cette triste question. Et cependant, vraiment, je ne puis satisfaire à toutes les demandes. Je sens bien que je ne travaille plus comme autrefois; maintenant tout m'est pénible. Jusqu'à quand pourrai-je continuer? je n'en sais rien, et pourtant, avec les charges que j'ai, mon travail est aussi nécessaire que le premier jour.

Hier, jour de la distribution, nous avons senti et partagé la joie de Delaunay 1 et de sa bonne mère. Demain nous les avons à dîner et nous vous regrettons.

Moi je fais du paysage grand comme nature (2), et pour me tirer d'embarras, j'ai envie d'aller voir si ton concierge me permettra de prendre une ou deux études dans ton atelier.

1. M. Delaunay, élève d'Hippolyte Flandrin, avait, au concours de 1856, obtenu le prix de Rome pour son tableau représentant le *Retour du jeune Tobie*.

2. Hippolyte Flandrin exécutait à cette époque, au les murs de Saint-Germain des Prés, les deux compositions qui représentent *Adam et Ève dans le paradis terrestre*, et *Moïse prosterné devant le buisson ardent*.

XLV

A MONSIEUR LAURENS,

SECRÉTAIRE DE LA FACULTÉ DE MÉDECINE, A MONTPELLIER.

Paris, octobre 1856.

Enfin je suis parvenu à trouver assez de loisir pour lire votre ouvrage sur le *Beau pittoresque*. J'en ai reçu une excellente impression ; j'admire comment vous avez pu observer, analyser et formuler des vérités que presque tout le monde ignore et que la plupart des artistes qui les pratiquent ne connaissent que d'instinct. Moi qui suis de ce nombre, je me trouve tout heureux de voir clairement exprimées et définies des choses que je n'avais jusqu'à présent que vaguement pressenties. Oui, cet ouvrage est bon, utile, et il faudrait pouvoir le répandre partout.

Mais à ce propos, mon cher ami, dans les exemples que vous citez afin d'appuyer vos justes observations, je regrette que votre amitié nous ait donné de si belles places ; car nos noms mêlés à ceux des maîtres pour faire autorité, constituent une louange trop haute pour la valeur de nos œuvres. Vraiment, modestie à part, elle nous prive du plaisir de produire et de vanter ce bon livre comme il le mérite. A l'Institut, par exemple, je ne l'oserais jamais, et M. Gatteaux, notre ami, qui a lu votre ouvrage avec infiniment de plaisir et qui l'apprécie comme moi, pense tout à fait de même à ce sujet.

Je suis content que l'*Album* de Saint-Vincent de Paul vous ait fait un plaisir que vous exprimez avec tant de chaleur et d'une manière si bonne et si affectueuse pour moi. Un éditeur enfin a bien voulu se charger de le publier (1). Théophile Gautier a fait un bel article dans le *Moniteur* du 17 octobre ; et j'ai appris que, ces jours-ci, beaucoup de gens allaient voir mes peintures. Oh ! dans Paris, cependant, ça se voit moins qu'à Nîmes !

Maintenant, je travaille à la nef de Saint-Germain des Prés. Le sujet que je tiens en ce moment est *Dieu reprenant Adam et Ève après leur faute* : n'y a-t-il pas là de quoi trembler ?

XLVI

A MONSIEUR PAUL FLANDRIN.

Lyon, le 20 octobre 1857.

Je suis auprès de la chère maman, et j'ai eu le bonheur de la retrouver comme à mon voyage du mois de mai......

Hier lundi, à onze heures, j'ai laissé tout mon monde. Un doux soleil me montrait la campagne encore agréable, quoique portant franchement les couleurs de l'automne. Les travailleurs aux champs, les troupeaux dans les prairies, animaient l'aspect du pays, et j'aurais bien voulu jouir de tout cela avec ma chère femme et ma petite bande ; mais non, j'étais seul, oh ! bien seul ! car

1. En annonçant à M. Laurens l'envoi prochain de cet album, Hippolyte Flandrin écrivait le 26 juillet 1856 : « C'est un ouvrage incomplet, rempli de fautes, mais que, tel qu'il est, vous voudrez bien recevoir comme un témoignage de ma bien sincère affection. L'exemplaire qui doit vous arriver ces jours-ci sera accompagné d'un second que vous voudrez bien offrir de ma part à M. Saint-René Taillandier. »

des sept autres personnes qui remplissaient le compartiment avec moi, aucune n'a desserré les dents jusqu'à
Lyon. Depuis Tournus nous avons marché sous la pluie,
et, en arrivant à Lyon, j'ai éprouvé la triste impression
d'un homme isolé, inconnu dans un pays qu'il connaît
bien, et où, autrefois, tant d'amis et de parents lui faisaient fête. Hélas! ils ont disparu, et je vais coucher à
l'hôtel. Je ne veux pas me plaindre pourtant. Le bon
Dieu, pour me consoler, me montre ce matin le soleil et
me conduit auprès de la chère maman, qui n'est vraiment pas mal. Remercions-le donc toujours!......

XLVII

A MONSIEUR AUGUSTE FLANDRIN.

6 octobre 1858.

Les lignes suivantes avaient été adressées par Hippolyte
Flandrin à son fils, au moment où celui-ci venait de quitter
la maison paternelle pour entrer dans une maison d'éducation :

Mon cher Auguste, mon cher enfant, lorsque tu sen-
tiras quelque tristesse, quelque découragement, ou si,
par malheur, quelque mauvais exemple t'était donné,
pour prendre courage ou pour fuir le mal, pense à Dieu
qui t'a déjà fait tant de grâces, à la sainte Vierge qui te
protège, à ta bonne et tendre mère, à ton père dont ta
bonne conduite et tes succès peuvent faire le bonheur.
Enfin, aime-nous comme nous t'aimons!

27

XLVIII

A MONSIEUR PAUL FLANDRIN.

Paris, le 25 septembre 1859.

Après avoir quitté le bon Édouard, nous nous sommes dirigés par Roquefavour sur Roguac. Bien qu'il fit *sirocco*, cette vallée m'a encore paru charmante, et vraiment il serait bien bon d'y faire une station ; mais il faudrait être deux. A Roguac, l'étang de Bar était surmonté de nuages épais et plombés, la chaleur était écrasante et le charme de ce beau lieu bien diminué ; le spectacle cependant ne manquait pas de caractère. A Arles, nous sommes allés à l'hôtel du Forum : pouah ! quelle crasse! La ville suait sous le *sirocco*, les pierres pleuraient, le ciel pesait sur nous lourd et chargé ; cependant, quel plaisir j'ai eu à revoir Saint-Trophime et le cloître, le Théâtre et les Arènes! Et, au Musée, que de choses belles ou intéressantes! la *Tête de Diane* m'a émerveillé; les deux figures de *Silène couché*, les quatre *Danseuses*, le buste d'*Un jeune Romain*, tous ces morceaux sont dignes d'une étude approfondie, et, quoique trop rapidement vus, ils me laissent par le souvenir de bien vives jouissances.

Malgré le chemin de fer, Arles est encore Arles ; les femmes y ont encore leur beauté et leur costume, enfin la saveur méridionale subsiste la tout entière. A Tarascon, à Avignon, à Orange où nous ne faisons que passer, je dévore tout des yeux en poussant des soupirs de regret. Le Ventoux est couronné de nuages. Voici Montélimart,

Valence, Saint-Vallier : le Midi nous échappe, et cependant à Vienne, et surtout à Lyon, nous retrouvons un ciel qui nous le rend. Nous nous décidons à passer la nuit près de la gare de Perrache, et le lendemain, par un temps agréable, bien qu'un peu incertain, nous faisons le trajet de Lyon à Paris. C'est de moins en moins le Midi, mais la nature nous offre partout des sujets d'admiration, des motifs pour louer Dieu et pour lui rendre grâces. Nous revoyons la forêt de Fontainebleau et les campagnes de Melun, de Brunoy, de Montgeron sous la lumière d'un des plus beaux couchers de soleil qu'il m'ait été donné jamais d'admirer. A Paris, il est tout à fait nuit, le macadam est encore mouillé des pluies de la veille. Voici notre chère rue : nous descendons de voiture et nous entendons, tu comprends avec quelle émotion, notre pauvre petit Paul qui nous appelle de toutes ses forces et par tous nos noms......

Le lendemain matin, j'ai pris connaissance d'une masse de lettres et de convocations. J'ai couru à l'école pour voir les tableaux de concours. L'ensemble ne m'a pas satisfait, mais cependant cela donne des espérances. Après une lutte très-longue, c'est M. Uhmann qui a obtenu le prix ; après cela est venue la séance de l'Institut : ma journée a été si pleine que je n'ai pu l'écrire qu'aujourd'hui.

Une autre fois je t'écrirai pour te parler de toi et de tes chères études. En attendant, courage, mon bon ami ; mais soigne-toi. Je te promets d'en faire autant de mon côté.

XLIX

AU MÊME, A MONTGERON.

Blois, le 31 août 1860.

Mon cher Paul, il a plu, il pleut, il pleuvra. J'ai eu le regret de ne pouvoir vous écrire, à Aline et à toi, en même temps qu'Aimée il y a trois jours, mais je m'en dédommagerai en vous racontant nos aventures.

Vous avez dû, comme nous, remarquer trois jours à peu près passables : vite on a fait les malles. Pendant ce temps, tout se rembrunit, et lorsqu'on amène le fiacre qui doit nous conduire au chemin de fer, les choses se décident : il tombe de l'eau à épouvanter des gens qui ne seraient pas aguerris par huit mois de ce régime; mais c'est égal, nous allons. On arrive, on enregistre, on se case, et nous partons. A travers cette même pluie, nous distinguons Étampes, les plaines de la Beauce, Orléans, Beaugency, et enfin Blois. Quarante-quatre lieues dans cette atmosphère de pluie poussée par un vent furieux! Là, un peu de trêve. Nous descendons dans une ville archi-pittoresque, dominée par son admirable château. A l'hôtel, nous prenons possession de nos chambres, puis, armés de parapluies, Paul en tête faisant des gambades à la Jean (1), nous allons rôder autour du précieux monument; enfin nous y pénétrons, le visitons du haut en bas, et nous en admirons l'intérieur comme l'extérieur. Quel bonheur que cette restauration ait été

1 Nom du fils aîné de M. Paul Flaubert.

confiée à M. Duban! car c'est à lui qu'on doit non-seulement la conservation, mais la renaissance d'un chef-
d'œuvre d'originalité et de grâce. Pauvres et misérables
artistes que nous sommes en comparaison de ceux-là!

En sortant du château, nous grimpons sur les hauteurs pour voir au loin la Loire, mais le vent est furieux,
les nuages courent bas et épais, nous sommes bientôt
obligés de redescendre à travers des ruelles pittoresques,
remplies de vieilles maisons intéressantes. Nous visitons
les églises, et, enfin, nous rentrons nous reposer et dîner:
il pleut toujours. Le soir, sous les parapluies, nous allons
à la foire, qui s'étale sur les quais. Au moment où nous
nous couchons, les nuages s'entr'ouvrent, la lune brille;
mais ce matin, la pluie tombe droite, avec un caractère
d'innocence et de bonne foi qui nous fait enrager : en
voilà pour longtemps! Nous n'en avons pas moins loué
une voiture pour aller, à quatre lieues d'ici, voir Cham-
bord.

Nous vous plaignons, mon cher Paul, quand nous
voyons ce temps, car dans votre petit réduit, ce ne doit
pas être gai, et je pense avec chagrin à toi qui perds si
complétement tes journées. Un moment j'espérais voir
cesser cette malheureuse veine; mais, maintenant!...

Comme toi, cher ami, j'ai amèrement déploré la mort
du pauvre Decamps. Quelle triste fin! Et puis, c'était
un artiste, celui-là!

I.

A MONSIEUR LACUBIA, A LYON.

Paris, le 25 janvier 1861.

Mon cher ami, l'expression de votre bonne amitié m'est toujours plus chère, et cependant voyez combien j'ai tardé à répondre à votre dernière lettre, si affectueuse, si pleine de tout ce que j'aime en vous! C'est que ma vie est toujours plus embarrassée. Indépendamment des devoirs anciens qui suffisaient et au delà, je suis maintenant à la mode. Je vous l'ai dit déjà, le succès, ridicule parce qu'il était sans mesure, de deux pauvres portraits [1], me vaut ce surcroît de demandes. J'en ai refusé au moins cent cinquante depuis la dernière exposition; mais il y a les princes, les ministres, etc., qui commandent ou demandent avec une insistance qui me désespère et à laquelle je me soumets de si mauvaise grâce que j'en maigris à vue d'œil. C'est fini, je ne suis plus peintre. Adieu l'étude, et ce doux espoir de faire mieux d'où viennent notre courage et notre force! Cette espèce de bonheur m'écrase, et je voudrais bien savoir m'en délivrer, mais je ne l'espère pas. Encore si c'étaient là tous mes soucis!....

---

[1] L'un des deux était le portrait exposé au Salon de 1859, qui eut, dès les premiers jours, le surnom de *la demoiselle à l'œillet*.

LI

A MONSIEUR ET A MADAME PAUL FLANDRIN.

Allevard, 15 août 1861.

Hier nous sommes arrivés à Allevard ; mais avant de
vous raconter notre voyage, je veux remercier mon Paul
de la bonne idée qu'il a eue de nous écrire immédiatement après son arrivée, et des bonnes nouvelles qu'il
nous donne..... Tu es parti samedi, mon cher Paul, et
nous, nous n'avons pu partir que mardi. La journée de
lundi avait été la plus chaude (à ce qu'il me semble)
que j'eusse jamais passée à Paris ; nos paquets faits,
nous étions à bout de forces, et je trouvais bien impru-
dent de nous mettre en route par cette température vraiment torride. Dans la soirée, heureusement, le vent
changea ; le mardi, il n'y eut que vingt-huit degrés, ce
qui semblait presque de la fraîcheur en comparaison de
ce que nous avions souffert la veille. Nous décidâmes de
ne partir que le soir, à sept heures, et nous eûmes encore
la fortune d'être seuls dans notre compartiment : six,
c'était bien assez ; mais on pouvait nous adjoindre des
étrangers ; aussi tout le long de la route, partout où l'on
pouvait prendre des voyageurs, nous nous précipitions
à la portière, où nos six têtes groupées effrayaient les
survenants..... Les enfants signalaient chaque station.
Au bout de deux heures de marche on a fait la prière,
comme si nous avions été dans notre chambre, et petit
Paul s'est endormi pour ne se réveiller qu'à quatre
heures du matin, lorsque le soleil est venu le regarder.

Nous autres, nous avions bien sommeil; mais, efforts infructueux! nous n'avons pu qu'essayer, sans réussir à rien. Nous voyons passer les paysages si pittoresques qui se succèdent jusqu'à Dijon, plus loin les longs et fertiles coteaux de la Bourgogne. Près de Châlons, le ciel commence à blanchir, les étoiles s'éteignent, et nous voyons peu à peu briller la Saône au milieu des charmantes campagnes qui environnent Mâcon. Ici le soleil se lève, inonde tout de sa lumière et nous promet une chaude journée; nous quittons la route de Lyon et tournons vers le Bugey, dont les hauteurs paraissent à l'horizon.

Nous entrons dans la vallée que tu connais bien; t'en dire la beauté et le charme, c'est impossible. Tous mes vieux et chers souvenirs d'enfance reparaissent et me possèdent..... A Culoz, nous prenons le chemin de fer italien Victor-Emmanuel; nous traversons le Rhône, côtoyons le lac du Bourget, touchons par les stations Aix, Chambéry, mais sans voir les villes. Alors s'amoncellent et se heurtent les montagnes colossales que dominent les pics des glaciers. A Montmélian, nous quittons le chemin de fer. Il est onze heures du matin, la chaleur devient horrible, et, pour des gens déjà bien fatigués, il est dur d'avoir à faire plus de quatre heures d'omnibus par cette température et dans cette poussière. J'en suis effrayé pour ma pauvre femme, pour les enfants et même pour moi; mais qu'y faire? Nous voilà donc brûlés, étouffés, comme nous l'avons été, toi et moi, deux ou trois fois en Italie. Le mouvement de la voiture n'est pas rapide, car nous montons presque constamment. Auguste est avili, Cécile assez guillerette, leur maman bien brave; quant à Paul, rouge comme une cerise, il chante tout le temps à tue-tête. Moi, je suis très-inquiet, et je trouve que c'est vraiment trop de fatigue pour mon cher monde. Un des chevaux étouffe et râle : on est obligé de le dételer; la voiture demeure donc en place, et il nous faut grimper à pied pour que les trois chevaux qui restent puissent la faire démarrer. Ouf! on atteint le sommet de la montée; il n'y a plus qu'à redescendre à Allevard, que nous apercevons au fond d'une vallée étroite, au-dessous d'un glacier; mais nous n'y sommes pas. Tu connais les détours des montagnes : nous tirons la langue de soif, et nous tendons la main ou la bouteille aux petites sources ou même aux gouttes qui suintent à travers les rochers. Enfin, noirs de crasse, blancs de poussière, nous arrivons à trois heures environ. On nous débarque à l'établissement des bains, tandis que des gens accrochés à la voiture s'évertuent à nous offrir leurs services. Bientôt c'est un vrai pillage : nous en avons chacun quatre ou cinq autour de nous; tous veulent leur part, et nous avons la plus grande peine à nous tirer de leurs mains pour nous réunir et pour entrer dans une maison particulière, où nous nous installons tant bien que mal.......

Allevard est un misérable village dont la situation ressemble à celle d'un millier d'autres dans ce pays. Notre première impression a quelque chose de triste; cependant le temps est magnifique, la végétation belle, et, dans le lointain, les montagnes offrent des formes et des effets superbes; mais on est tellement dominé par celles qui sont plus près, qu'on se sent comme en prison. Et puis, il faut bien l'avouer, ces sortes de beautés sont

si répétées, qu'elles en deviennent monotones et qu'on
ne leur donne pas toute l'admiration qu'elles méritent.
Toutefois, en prenant les choses plus en détail, en pénétrant dans certains coins de vallées, en suivant certains
torrents, on quitte la topographie pour retrouver la
nature dont l'art peut se nourrir. Il y a des choses
sublimes, mais il faut aller les chercher.......

LII

A MONSIEUR ERNEST VINET.

Allevard (dép. de l'Isère), 31 août 1861.

MON BIEN CHER AMI,

C'est avec un véritable chagrin et une profonde sympathie que nous avons lu le récit de vos souffrances pendant la maladie de votre chère femme. Là, seul, sans les
secours de l'amitié, votre situation était affreuse; mais
Dieu est venu à votre aide. Il vous console après vous
avoir éprouvé, et j'espère que le mieux que vous annon-
cez est le signe d'une vraie guérison, solide et durable.

Après avoir dormi douze jours à Paris, votre lettre
est venue nous retrouver ici, où, las d'être séparés du
monde, nous avons fait venir toutes les lettres qui
s'étaient accumulées depuis notre départ. Comme vous
à Ussat, nous sommes venus ici chercher la santé.....
Et vous, cher ami, qui combattez aussi une maladie
nerveuse, étudiez, recueillez, je vous en conjure, sur
les eaux d'Ussat tous les renseignements qui pourraient
nous servir; car la santé de nos chères femmes est un

bien précieux qui seul peut nous donner la sécurité et la paix nécessaire au travail, au bon travail.

Aussitôt votre lettre reçue, je m'empresse de vous répondre, de peur que quelque changement de température ne vienne hâter votre départ. Pour nous, nous rentrerons à Paris le 15 ou le 16 septembre, sans rien voir de notre cher Midi, que je m'étais tant promis de visiter cette année; mais les concours de Rome se jugent ce mois-ci et je n'ose y manquer. Dès que vous le pourrez, écrivez-nous, afin que nous puissions nous réjouir des bonnes nouvelles que nous espérons.

Le pays où nous sommes est admirable. Quelle richesse, quelle abondance de végétation! Quelles formes et quel mouvement dans les grandes lignes de ces montagnes! Ajoutez à cela un temps merveilleux dont vous devez jouir aussi, car il me paraît général. En face de tant de beautés qui me font bien regretter mon cher Paul, j'aurais voulu rapporter quelques souvenirs. J'ai essayé, mais mes pauvres yeux s'en trouvent mal et j'y renonce.

Lorsque Timbal saura par quelle épreuve vous avez passé, il ne s'étonnera pas du retard de votre travail sur le livre de M. Rio, que je lis ici avec un grand intérêt, car il me fait revoir, en m'en expliquant la provenance, des choses que je n'avais vues qu'en passant, mais qui avaient été droit au cœur et qui y étaient restées.

Adieu, cher ami, je vous remercie du sentiment qui vous a fait sentir le besoin de me dire vos peines. Recevez, avec nos embrassements, l'assurance de notre bien vive affection.

LIII

Lyon, le 16 septembre 1861.

Ta dernière lettre nous attendait ici, chez la bonne cousine Bibet; nous l'avons lue avec un grand plaisir, puisqu'elle nous donne d'assez bonnes nouvelles. Jouissez donc bien d'un moment de repos : c'est assez rare dans la vie.

Nous, nous avons quitté Allevard peu brillants quant à la santé. Cependant notre première journée, jusqu'à Grenoble, a été passable, et nous avons tous joui de la beauté du pays...... L'espèce de *plaisir* que je croyais prendre à Lyon est complétement annulé par la maladie. Voilà déjà trois jours qui viennent de s'écouler, et je n'ai rien vu, ni choses ni gens. Le premier soir, toutefois, en arrivant, j'ai pris avec moi Auguste et Cécile; à neuf heures du soir, nous avons été regarder les fenêtres de notre chère mère, et, comme je m'attendrissais en parlant d'elle et de sa mémoire, j'ai senti une larme d'Auguste tomber sur ma main, tandis que Cécile pleurait tout bas. Je t'avoue que ces larmes de mes chers enfants m'ont été bien douces......

18 septembre. — Cette interruption a été motivée par les inquiétudes que m'ont données la santé de ma pauvre femme et celle du petit. Aujourd'hui il y a du mieux....... et nous nous préparons à partir. Il m'aurait été très-doux de revoir Lyon, mais nous avons peur d'être retenus par quelque rechute. Nous partons donc

avec regret, car Lyon est une admirable ville, une des plus belles certainement de toute l'Europe.

Ce matin, avec Auguste, j'ai pu entrer au palais Saint-Pierre. De nouveaux et précieux monuments sont venus enrichir encore la collection de tombeaux et d'inscriptions qui garnit le pourtour de la grande cour, sous les portiques. Puis, dans le cabinet des antiquités, il y a de précieuses choses, parmi lesquelles figure avec éclat la belle *Tête de femme* trouvée aux environs de Vienne, l'année dernière. La statue trouvée dans le Rhône, dont tu m'avais parlé, est aussi très-intéressante. Enfin il y aurait à voir pour longtemps, mais je suis condamné à courir toujours.

Adieu, beau et cher pays où repose tout ce que notre jeunesse a aimé! Terre vénérable que je regarde avec amour et sur laquelle je ne marche qu'avec respect! Chaque fois que j'y reviens sans toi, mon Paul, je te regrette bien vivement. Ces bonnes émotions, je voudrais toujours les partager avec toi, et il faudra, si Dieu nous prête vie, que nous y revenions ensemble dans ce but, ce but unique d'y repasser notre jeunesse et de nous rapprocher ainsi toujours davantage..... ..

LIV

Paris, le 10 décembre 1861.

J'ai tardé beaucoup à vous répondre, mais lorsque votre lettre m'est parvenue, j'étais dans un coup de feu

terrible : je terminais mes peintures de Saint-Germain,
ou, pour mieux dire, je me disposais à découvrir ce qui
est fait (car il me reste encore une travée à composer et
à exécuter). Il y a quinze jours environ que les écha-
fauds ont été enlevés, et pour la première fois j'ai vu
l'ensemble. Ce n'est pas là mon dernier mot, j'y reviendrai; mais tel qu'il est, cet ensemble offre de l'intérêt
et il me paraît assez bien accueilli, autant toutefois qu'on
peut juger de ces choses-là, la politesse me dérobant
peut-être bien des critiques. Votre bon frère (1) est
arrivé deux ou trois jours après, sans que j'aie eu le
plaisir de le rencontrer depuis lors, parce que je viens
de passer six jours au palais de Compiègne. Me voyez-
vous en culotte courte, le chapeau à claque sous le bras?
Ah! mon pauvre ami, je n'étais pas à mon aise! Cependant Leurs Majestés, vraiment bienveillantes, traitaient
leurs invités avec beaucoup de bonté et se préoccupaient
de leurs plaisirs. Nous avons eu chasse à tir, à courre,
curée, bals, spectacles, etc.: mais tout cela ne peut
remplacer le bon pain quotidien du travail, la liberté
de l'atelier et du coin du feu. Ce séjour, toutefois, ne
m'aura pas été inutile pour mon portrait de l'Empereur,
car je connais maintenant mon modèle beaucoup mieux
qu'auparavant.......

(1) M. Jules Laurens, peintre et dessinateur lithographe.

LV

A MONSIEUR LACURIA.

Auteuil, le 29 juin 1862.

Votre lettre, en donnant un peu plus de consistance à votre projet de venir à Paris au mois d'août, aurait dû nous remplir de joie; mais comme, de notre côté, nous en avons un qui nous éloignerait à la même époque, nous avons été fort contrariés. Cependant le nôtre étant très-ambitieux, assez téméraire même pour des gens comme nous, la chose est un peu douteuse. Figurez-vous que nous voudrions, si les santés le permettent, faire une pointe sur Rome, après laquelle je soupire depuis vingt-quatre ans, et dont la vue, à ce qu'il me semble, me ferait moralement beaucoup de bien. J'en ai parlé imprudemment devant les enfants qui s'en font une fête, et si quelque chose nous force à remettre la partie à une autre année, il y aura certainement du chagrin. Pour ma part, je sens que j'ai déjà trop attendu, et que si j'avais pu me donner ce bonheur il y a quelques années, il eût sans doute ajouté quelque force à mes travaux de Saint-Germain des Prés. Enfin nous y pensons, nous le désirons, et cependant nous savons que mille choses peuvent s'y opposer.......

Quel plaisir j'aurais eu pourtant à voir avec vous le musée Campana, cette source nouvelle de documents pour l'étude de l'art depuis la plus haute antiquité jusqu'à nos jours! Cette collection, d'un caractère unique, devrait être précieusement conservée distincte de nos

autres richesses. Malheureusement, l'administration des
musées fait tous ses efforts pour l'absorber et en grossir
les collections du Louvre, qu'on ne devrait toutefois
enrichir que de quelques chefs-d'œuvre, lorsqu'on les
trouve, en élaguant les choses qui sont d'un mérite inférieur. L'Empereur a entendu tout ce qu'on peut dire
pour défendre cette opinion, mais peut-être cédera-t-il,
parce qu'on manque de locaux pour caser ces richesses
et d'argent pour en créer de nouveaux.

Ces jours-ci, mon ami, je vais rentrer à Saint-Germain. Je ne suis pas délivré des portraits, mais on me
laisse un peu plus tranquille; j'en profite pour retourner
à ce qui devrait m'occuper tout entier et ce qui, entre
nous, me fatiguerait bien moins.

Vous avez appris, sans doute, la nomination de
M. Ingres à la dignité de sénateur. C'est un bel hommage que lui rend le pouvoir et dont je sais bien du gré
à l'Empereur, à qui en appartient l'initiative. M. Ingres
étant allé remercier le ministre d'État, M. le comte Walewski, celui-ci lui a répondu : « J'applaudis de tout
mon cœur à votre nomination, mais c'est l'Empereur
qui de son propre mouvement vous a nommé. » La
chose, du reste, a été annoncée à madame Ingres par
une lettre charmante de l'Impératrice, qui a voulu ainsi
être la première à la féliciter, et dans des termes très-
dignes, très-aimables. En général, on a applaudi à cette
justice rendue au chef de l'école française; il n'y a eu
çà et là que quelques aboiements.......

Nous, mon cher ami, nous avons cru que cette occasion nous commandait de témoigner à notre maître tout
ce que ses leçons et ses exemples ont mis dans nos cœurs

de reconnaissance et d'admiration. Nous avons réuni chez moi une quarantaine de ses anciens élèves et de ses pensionnaires à Rome, et nous lui avons voté, avec une adresse, une médaille d'or portant son portrait, et, au revers, cette légende : *A Jean-Auguste-Dominique Ingres, peintre d'histoire, sénateur, ses élèves et ses admirateurs.* Puis nous avons déposé cette adresse à l'École des Beaux-Arts, où tous ceux qui ont pu ou voulu sont venus souscrire et signer. Vous ne me désapprouverez pas, j'en suis sûr, car je connais votre cœur : j'ai signé pour vous...

Je relis votre lettre et je suis de votre avis, mon cher Lacuria. Pour progresser, il faut se recueillir et obéir à son cœur ; je crois que c'est le seul moyen de toucher celui des autres. La naïveté et la sincérité sont certainement nos plus grandes forces. Il faut que je veille : un travail trop continuel dans les mêmes données peut, je le sens quelquefois, amener des défaillances. Votre bonne amitié veillera avec moi, et c'est avec confiance que j'appelle son secours.....

LVI

A MONSIEUR PAUL FLANDRIN, A FONTAINEBLEAU.

Paris, le 2 août 1862.

.... Jamais, non jamais je n'ai été tourmenté, tiraillé, houspillé comme je le suis depuis quelque temps. Répartition de travaux à la ville et au ministère (1), fête

(1. Hippolyte Flandrin était membre, depuis plusieurs années, de la commission des beaux-arts près la préfecture de la Seine. En outre, il

de l'Empereur (époque des nominations dans l'ordre de la Légion d'honneur), élections à l'Institut, à l'École, partout : il y a de quoi perdre la tête. J'en deviens imbécile, et la seule chose qui m'étonne, c'est que j'aie encore le courage d'essayer de travailler ; mais, comme tu le penses, cette heureuse distribution de mon temps et une vue presque entièrement perdue donnent des résultats bien pitoyables. Mon Dieu, je n'écrivais pas pour te chagriner, et cependant je ne fais pas autre chose : essayons donc de regarder ailleurs. D'abord tu vas presque bien, Auguste aussi va mieux ; c'est là du bon, du très-bon, et j'en rends grâces à Dieu. Aimée vient d'écrire aux Lacuria ; je ne sais s'ils viendront ici, comme ils en avaient la pensée. J'aurais vraiment un grand plaisir à voir ce brave ami : peut-être ses bonnes conversations me donneraient-elles un peu de sa sagesse…

Sans me révolter, mon Paul, contre le sort qui nous tient éloignés les uns des autres, je le déplore amèrement. Quelle joie, en effet, si nous pouvions passer une saison de campagne en voisins, nous réunissant et causant, comme de bons vieux amis que nous sommes, sous le ciel, au pied de quelque bel arbre ! Malheureusement il ne paraît pas que le repos soit de ce monde ; il nous faut le préparer pour l'autre par une bonne vie, et en prenant patiemment les contrariétés et les misères qui la remplissent.

avait été appelé à faire partie d'une commission récemment instituée par M. le comte Walewski, pour le ministère d'État, commission qui, aux termes de l'arrêté, avait entre autres attributions celle de « donner au ministre son avis sur les commandes à ordonner, sur les achats à faire et sur les récompenses à accorder aux artistes. »

LVII

A MONSIEUR LACERIA.

Paris, le 19 octobre 1862.

En arrivant à Paris, au retour de notre voyage, j'espérais bien vous écrire tout de suite et vous raconter un peu nos faits et gestes, mais j'ai trouvé un tel arriéré, que depuis vingt jours j'ai en vain cherché un moment pour le faire.

Dans votre bonne lettre vous exprimez la joie que vous auriez eue à venir avec nous : oh! mon cher ami, j'y ai bien souvent pensé, et je vous ai bien souvent regretté, car vraiment cette tournée a été très-intéressante. Nous avons, comme vous savez, été d'abord directement à Lille pour visiter la magnifique collection de dessins de Raphaël, de Michel-Ange et d'autres grands maîtres, que possède le Musée. Raphaël y brille par l'importance et par le nombre d'œuvres inappréciables : c'est un vrai trésor. De là nous sommes allés à Bruges, ville d'un caractère saisissant par la physionomie de ses habitations privées comme par celle de ses églises, hôtel de ville, marchés, etc. Il y a surtout un palais public qui est, à mes yeux, le type de ces édifices pour les riches et puissantes communes du quatorzième siècle. L'hôpital Saint-Jean renferme beaucoup de précieuses peintures de Hemling, qui sont et qui méritent d'être célèbres. Les églises, très-belles, très-curieuses, ont toutes, à l'époque de la domination espagnole, revêtu un caractère particulier qui étonne. Ces grandes belles nefs gothiques sont généralement coupées en deux par des jubés en marbre blanc et noir, puis surchargées d'ornements, de tableaux, de sculptures, de boiseries. Parmi toutes ces choses, il y en a de fort belles, et nous les avons vues et revues avec un vif intérêt; malheureusement je n'avais pas assez de temps pour dessiner.......

Nous avons été très-frappés d'une visite au quartier du Béguinage. Dans ce quartier, formé d'une quarantaine de maisons modestes, mais propres (propres à ne pas comprendre comment cela se fait), vivent des femmes qui, sans avoir prononcé de vœux, passent leurs jours dans la retraite, sous une règle, et vêtues du même costume. Ces maisons entourent une place irrégulière ombragée par de grands arbres et couverte d'un beau gazon. Ce calme, cette paix vous pénètrent, et il semblerait bien bon de trouver là un asile de temps en temps. Enfin, la ville entière est curieuse, intéressante à tous égards, et ses peintres primitifs me laissent des souvenirs dont je voudrais bien faire quelque profit. Quels hommes que les frères Van Eyck !

De Bruges, nous avons été à Gand, qui, comme ville, n'a pas tout à fait répondu à mon attente. L'élément moderne en a dénaturé la vieille physionomie. Cependant, elle est riche encore de bien des choses ; mais ce qui pour moi domine tout, c'est, dans la cathédrale de Saint-Bavon, un tableau de Jean van Eyck, intitulé *le Triomphe de l'Agneau*. La disposition du sujet, la lumière, la couleur forment un ensemble plein de poésie, et dont l'effet s'augmente encore lorsqu'on pénètre plus avant et qu'on arrive à l'étude du caractère, du sens moral de toutes ces figures. Je ne sais si j'ai jamais rencontré une pareille réunion de qualités. Nous sommes retournés voir ce tableau trois fois dans le même jour.

A Anvers, les Rubens, les Van Dyck remplissent les églises. Quelques Rubens ont vraiment une grande supériorité sur ceux que nous possédons. C'est magnifique, et si complet, que lorsqu'on contemple cela on ne demande rien d'autre : mais viennent les primitifs, ils me font presque oublier toutes ces magnificences, toutes ces splendeurs du talent ; car, eux, ils vont droit au cœur et ils y laissent des impressions durables.

J'aurais voulu tout vous conter, mais le temps et la place me manquent : il faut vous tracer rapidement notre itinéraire. D'Anvers nous avons été à Bruxelles, de Bruxelles à Malines (ah ! la charmante ville !) de Malines à Louvain, puis à Liége, à Aix-la-Chapelle et enfin à Cologne et à Namur, en revenant. A Aix, l'église où est le tombeau de Charlemagne nous a profondément intéressés, ainsi que la vue de toutes les saintes et vénérables reliques qu'on y conserve. A Cologne, dans la cathédrale et dans un grand nombre d'églises presque antiques et qui servent d'ossuaires à des milliers de martyrs, il y a des choses bien belles et bien émouvantes. Seulement nous avions grand'peine à communiquer avec les gens du pays ; nous avons dû vraiment faire des progrès dans la mimique, et malgré cela il a fallu plus d'une fois renoncer à nous faire comprendre ou à comprendre nous-mêmes.

Enfin, le dix-huitième jour, nous sommes rentrés dans Paris, que nous avons trouvé horrible. En effet, je ne connais pas de pays où les maisons soient aussi laides : elles n'ont pas de forme. La rue de l'Abbaye, que j'aime par-dessus toutes, nous a reçus sans bruit, et nous avons bien remercié le bon Dieu qui nous a permis de faire, à nous cinq, cette belle tournée par un beau temps et sans malades.

LVIII

AU MÊME.

Paris, juin 1863

..... Depuis plus d'un mois déjà, les journaux vous parlent de l'Exposition; je voudrais bien, à mon tour, pouvoir vous en donner une idée, mais c'est difficile. Il n'y a presque plus que de la peinture de genre. Dans cet ordre d'œuvres, on trouve de charmantes choses, beaucoup d'esprit et même de sentiment; certains paysages nous montrent certainement, dans leurs qualités de couleurs et d'aspect, une face de la vérité qui a bien son prix, mais qui, à mon sens, n'est que secondaire. Le côté de la forme est de plus en plus négligé, et cependant la physionomie, le caractère, le sens moral des choses sont strictement de son domaine : n'est-ce pas par le dessin que s'exprime tout ce qu'il y a de noble dans l'art? Je me trompe peut-être, mais j'ai grand'peur que la photographie n'ait porté à l'art un coup mortel. Beaucoup de gens, en s'en servant, font, avec un peu d'industrie, bien des choses qu'ils n'auraient pas faites : mais ce dessin, cet esprit de vie que nous admirons chez les maîtres et qui ne peut résulter que de la pratique et de l'observation constante de la nature, comment le trouver?

Vous avez entendu parler des *Vénus de Cabanel* et de Baudry. Ce sont des œuvres remarquables par des qualités différentes ; seulement, pourquoi des hommes qui ont déjà tant de talent ne se mettent-ils pas sous la protection des anciens ? Ils auraient plus de force pour fuir la recherche des mille délicatesses et des fades grâces qui donnent le succès, mais qui peut-être ne le retiendront pas longtemps.

Le *portrait de l'Empereur* a été mis à la place d'honneur, malheureusement dans un salon sans lumière, où il est devenu noir comme un crêpe. Le succès cependant est, dit-on, très-grand, surtout auprès des artistes, et même des artistes des différents camps. Les Lyonnais prennent à cette Exposition une part qui vaudra à leurs travaux une certaine notoriété. Dumas a une grande et belle figure de *Christ en croix*, Paul deux *portraits* et un *paysage*, mais mal placés ; Janmot, un grand tableau et un portrait ; Appian, Allemand, Baudit, ont de bons *paysages* que vous connaissez peut-être déjà. Je regrette que Servan ait renoncé à nous envoyer ses ouvrages, car il a un caractère bien à lui.....

LIX

A MADAME LACURIA, A LYON.

Auteuil, ce jour de la Saint-Jean 1863.

CHÈRE MADAME ET AMIE,

Quoique bien à la hâte, je veux dès aujourd'hui vous remercier du beau présent que vous me faites en me donnant le portrait de notre ami. L'expression de cette étude est belle, l'exécution, simple et large, tient de la peinture d'histoire; enfin le ton, clair et lumineux, est dans une gamme propre au sujet et que j'adopte entièrement. Recevez donc tous mes remercîments pour une chose qui m'est précieuse à tant de titres.

Comme nous habitons Auteuil depuis une dizaine de jours et qu'en même temps j'ai été complétement absorbé par le jury des récompenses, je n'avais pu jusqu'ici aller rue de l'Abbaye, ou je savais cependant votre belle étude arrivée, ce qui veut dire que j'étais donc bien impérieusement occupé. Les jours, les mois fuient; un an bientôt se sera écoulé qui aura été à peu près perdu pour le travail. Mes compositions pour les deux sujets de la nef (1) ne sont pas encore achevées, et pourtant quel désir n'ai-je pas de m'y remettre!.....

Aujourd'hui, nous irons souhaiter la fête au bon maître, et je lui porterai, comme je vous la donne à vous-même en ce moment, la nouvelle de ma nomination dans l'*ordre du Mérite* de Prusse : honneur qui vient de m'être annoncé par une lettre de M. Cornélius et qui me rend bien un peu honteux, car vraiment tout cela me vient trop facilement en comparaison de tant d'autres artistes dont le mérite a tant de peine à se faire reconnaître. Je ne puis, par exemple, reporter sans chagrin ma pensée sur quelques beaux talents que nous n'avons pu récompenser et saluer que par des mentions hono-

---

(1) Les deux dernières de la série des peintures entreprises dans la nef de Saint-Germain des Prés. Ces deux tableaux, que Flandrin avait résolu d'exécuter dans son atelier, sauf à les retoucher ensuite sur place, devaient représenter l'*Ascension de Notre-Seigneur* et les *Préliminaires du Jugement dernier*.

rables. Ç'a été pour nous un vrai chagrin, je le répète,
mais nous étions dépourvus de tout autre moyen de leur
exprimer notre estime.

Pour en revenir à cette décoration, je la porte donc
au cher maître pour sa fête. Il est si bon, que j'ai toujours peur de ne pas savoir assez manifester comment
nous répondons à son affection. L'autre jour je lui ai
montré trois portraits qu'il a aimés; mais il y en a un
dont il s'est emparé, qui lui est resté dans l'esprit et
dont il parle à tout le monde dans des termes qui me
font croire que son imagination et ses yeux l'achèvent et
y ajoutent beaucoup.

LX

A MONSIEUR ET A MADAME PAUL FLANDRIN.

Lyon, le 19 octobre 1863.

Aimée vous dit ce qu'a été jusqu'ici notre voyage.
Nous avons un temps superbe, mais voilé d'abord dans la
matinée par le brouillard. Cécile, un peu souffrante, a
empêché ce matin ce que nous voulions faire en famille.
J'ai donc été là-haut avec Auguste, et nous avons prié au
nom de tous. J'ai été bien touché et bien reconnaissant
en trouvant des fleurs fraîches. Que leur bon souvenir
vive encore dans d'autres cœurs que les nôtres, ils le
méritent bien : mais, hélas! que nous passons vite!

Adieu, chers amis. A vous tout ce qu'il y a de meilleur dans nos cœurs.

CINQUIÈME PARTIE.

LETTRES
ÉCRITES PAR HIPPOLYTE FLANDRIN
PENDANT SON DERNIER VOYAGE EN ITALIE
DE NOVEMBRE 1863 A MARS 1864.

————————

I

A MONSIEUR PAUL FLANDRIN.

Rome, le 10 novembre 1863.

Tu te figures certainement les émotions que j'ai éprouvées en revoyant ce pays que nous avons autrefois parcouru ensemble, et que je reconnais d'une manière qui m'étonne; mais, en approchant de Rome, comme elles ont redoublé ! Avec quel attendrissement, des hauteurs de Baccano, j'ai aperçu et salué le dôme de Saint-Pierre dominant les immenses solitudes de la campagne de Rome !.....

Après le dîner, avec ma femme et mes enfants, j'ai monté la *Scalinata*. Le Pincio est sombre et désert, et, avec précaution, de peur d'être trop tôt reconnus, nous nous approchons de l'Académie. C'est bien elle! c'est bien cette chère maison où j'ai été, où je puis dire que nous avons été si heureux ! Cachés sous les chênes verts, auprès de la petite vasque (où je trempe mes doigts comme dans un bénitier), nous regardons la façade, les fenêtres dont plusieurs sont éclairées, surtout celles de la salle à manger.....

Ces sensations que j'ai éprouvées et que tu comprends, que tu partages, mon cher ami, je me faisais presque un reproche d'avoir pu sans toi venir les chercher ; car, tu le sais bien, cette chère amitié fait souffrir si nous ne lui donnons pas tout ce qui vient à l'un de nous. Comme malheureusement ce n'est pas toujours possible, il faut encore remercier Dieu d'une souffrance qui nous prouve combien nous nous aimons.....

II

À MONSIEUR INGRES.

Rome, le 17 novembre 1863.

MON CHER MAÎTRE,

Je suis à Rome ! mon cœur déborde de joie et d'admiration, et comme ce bonheur a sa source dans le souvenir de vos bienfaits, de vos enseignements, je veux vous en faire part et vous remercier toujours.

Notre voyage par les côtes de la belle Provence et par ce qu'on appelle la Corniche, jusqu'à Gênes, a été fait par un beau temps. L'éclat de la lumière s'ajoutait à la grandeur des lignes et à la richesse des formes qu'offre cette nature privilégiée. Gênes que je ne connaissais pas,

m'a étonné par la beauté de sa situation, par le nombre et
la splendeur de ses palais ou la hardiesse de l'invention,
unie à la magnificence des matériaux, produit des effets
vraiment extraordinaires. Là, cependant, nous avons
trouvé la pluie, qui a beaucoup contrarié nos mouvements. Repartis en voiturin pour la Spezia en longeant
la côte, nous avons vu encore de beaux pays; mais, dans
un petit trou nommé Borghetto, nous avons été arrêtés
pendant trois jours, les eaux accumulées d'une trombe
ayant envahi un bas-fond par lequel passe la route. Prisonniers dans cette auberge où se trouvaient avec nous
la princesse Orloff, son médecin et une famille anglaise,
nous avons pris patience en regardant tomber la pluie et
couler l'eau ; puis le retour du beau temps nous a déli-
vrés et nous avons repris notre route par la Spezia,
Sarzanna et Pise, où nous avons passé trois jours. Là je
retrouve l'Italie de mes souvenirs, et je m'empresse de
visiter ces monuments, qui, loin du mouvement et du
bruit, forment une réunion si saisissante. Le Campo
Santo me donne les mêmes impressions que dans ma
jeunesse. C'est avec une bien vive émotion que j'y suis
entré et que, portant mes regards sur ces murs vénérables, j'ai reconnu l'effort et les ravages du temps. Bien
des choses, hélas ! ont achevé de mourir, d'autres pâlissent sensiblement : et cependant, que de leçons peuvent
encore donner ces ruines ! Le Baptistère, la cathédrale,
dix ou douze autres églises offrent, comme Lucques que
nous visitons, des trésors sur lesquels je ne puis prendre
que quelques courtes notes, mais qui laissent dans l'esprit une influence et des souvenirs bienfaisants.

À Sienne, la ville reine du pittoresque, dont les monuments ont tant de caractère, nous nous arrêtons encore deux jours ; puis nous prenons la route de Rome par Orvieto et Viterbe. A Ronciglione, je vois déjà le Soracte, les montagnes de la Sabine : je pressens Rome ! Enfin, des hauteurs de Baccano, voilà le dôme de Saint-Pierre !.... Vous dire mon émotion serait difficile. Chaque accident de la route la provoque, l'augmente et la porte jusqu'aux larmes. Je revois la Storta, le tombeau de Néron, Ponte-Molle, la porte du Peuple, Rome enfin ! Rome : il y a vingt-cinq ans que j'en suis sorti ! C'est là que j'ai été si heureux ! C'est là qu'avec vous et par vous nous avons admiré les chefs-d'œuvre que possède cette ville *unique* ! Puisse-t-elle à jamais garder ce caractère !

Au moment de notre entrée, les derniers rayons du soleil doraient les hauteurs du Pincio. Après avoir pris nos premiers arrangements et dîné chez Lepri, nous avons, par une espèce d'attraction, monté les degrés de la Scalinata. Je me suis approché de la villa, ému comme un amoureux ; là, caché dans l'ombre des chênes verts qui protègent la petite vasque, je contemple avec attendrissement ces murs, et tout bas (car il y a un groupe de personnes, de pensionnaires peut-être, à quelques pas de nous), je raconte à ma femme, à mes enfants, mes bons, mes chers souvenirs. En redescendant par la Salita nous passons devant la Madone que vous y avez fait placer, et, de toutes les forces de mon cœur, je prie pour vous devant la douce image.

Le temps qui s'est gâté ce soir-là ne nous a plus donné, pendant huit jours, que pluie, éclairs et tonnerre. Nous n'avons pu que chercher un logement et faire deux ou trois courses, la première à Saint-Pierre, que j'ai trouvé plus admirable que jamais, au tombeau de Raphaël, aux Loges et aux *Stanze*, auxquelles l'intensité de la poésie et de la beauté m'a paru donner une nouvelle vie, puis au Forum. Aujourd'hui le soleil est radieux, Rome est dans sa splendeur ; je crie tout seul, enfin vraiment je suis bien heureux !

Que ne puis-je dire, sans crainte pour votre chère santé : « Venez, cher maître ! » car votre joie augmenterait d'autant la nôtre. Mais le voyage est long, la saison un peu avancée, et, quels que soient nos désirs, nous devons nous en remettre entièrement à la tendre sollicitude avec laquelle madame Ingres veille sur vous.

Agréez, cher maître, l'hommage de tous nos sentiments, et recevez, avec les embrassements de toute ma famille, ceux de

Votre élève respectueux et reconnaissant.

III

A MONSIEUR GATTEAUX.

Rome, le 21 novembre 1863.

Depuis dix jours je repassais avec bonheur les leçons que donnent ici l'antiquité et les maîtres. Plein d'enthousiasme, je sentais s'augmenter encore mon respect et ma reconnaissance pour l'admirable création de Colbert et de Louis XIV, pour cette école où, indépendamment de l'étude des chefs-d'œuvre contemplés à leur place, dans le milieu qui les a vus naître, se trouve encore le bienfait inappréciable d'une cohabitation qui fait

communiquer entre elles les études relatives aux différents arts. C'est quand j'étais plus convaincu que jamais
de l'excellence de ces choses, c'est au milieu de ces
réflexions que tomba la nouvelle de la ruine de nos
beaux établissements ; je dis la ruine, car le rapport qui
provoque le décret est aussi inexact dans les vues que
dans les critiques, et je ne vois pas qu'il puisse sortir de
là autre chose que le désordre, le désarroi le plus complet. Puissé-je me tromper !

La critique de ce document est trop facile, je n'y
entrerai pas ; mais je suis loin, je suis seul, et je demande
à mon conseil, à mon ami, ce qu'il faut faire. Qu'a dit
l'Académie, trois fois outragée ? A-t-elle protesté, et
comment ? Je ne sais rien. Je déclare m'associer à tout
ce que vous aurez trouvé juste et bon, non dans notre
intérêt, mais dans celui de l'art et du pays, et pour
notre honneur.

Maintenant, si pour cet objet vous avez besoin de
communications rapides, je vous en prie, usez du télé-
graphe ; répondez-moi le plus tôt possible. Aucune lettre
ne nous arrive : nous sommes séparés du monde et nous
n'y pouvons rien comprendre.

Mon cher maître, à qui je venais d'écrire lorsque le
décret nous est parvenu, doit être bien affligé, et je redoute pour sa santé cette nouvelle épreuve. Adieu, cher
ami. Je ne vous dis rien de plus aujourd'hui, sinon que
je vous remercie à l'avance de ce que vous ferez pour
moi. Cette assurance seule peut me tranquilliser.

IV

A MONSIEUR PAUL FLANDRIN.

Rome, le 27 novembre 1863.

Mon cher Paul, je te remercie de tout mon cœur de nous avoir écrit, car nous avions soif de vos nouvelles, et les circonstances particulières qui ont marqué ces derniers jours augmentaient encore l'ardeur de mes désirs. Tu ne peux, mon bon ami, te figurer à quel point ça allait, et je t'avoue que je me suis plaint comme un malheureux, délaissé, abandonné. Les quatorze jours qui se sont écoulés entre ta première lettre à Rome et la seconde m'en ont paru trente. Tu sais qu'en voyage, c'est-à-dire lorsqu'on est loin des siens et du milieu où l'on vit d'ordinaire, le temps semble plus long ; eh bien, ajoute à cela l'anxiété dans laquelle je devais être relativement à ces événements, et tu jugeras de mon empressement à te lire. Malheureusement, tu ne me parles de tout cela que comme à un homme qui sait déjà les choses. Or, pour la plupart d'entre elles, j'en suis resté aux conjectures. Comment, afin de m'en parler à fond, n'as-tu pas été aux informations chez M. Gatteaux, ou chez Baltard, ou chez Guillaume? De manière que, quand j'ai reçu les lettres ministérielles (que je te remercie de m'avoir envoyées), je ne savais rien des dispositions de mes confrères, de nos amis. Mais, en ne prenant conseil que de la nature même des choses, j'ai immédiatement envoyé mon refus..... J'espère, mon cher ami, que je suis à cet égard d'accord avec toi; car, sans entrer dans la critique si facile de l'organisation nouvelle, je crois qu'on ne pouvait bénévolement accepter un plumet à son chapeau après avoir reçu des coups de pied au derrière.......

Il y a quelques jours seulement (à cause de réparations dans le salon de réunion des pensionnaires), j'ai été invité à prendre ma place à leur table et ma part de leur dîner ordinaire. Pour un moment je me suis retrouvé pensionnaire, et l'accueil qui m'a été fait, accueil affectueux et tout cordial, m'a beaucoup touché. Une vive émotion naissait d'ailleurs des incidents de ces derniers jours; le tout, hélas! n'intéresse que trop l'Académie!

Je voudrais bien savoir si le chagrin qu'a dû ressentir notre cher maître n'a pas — à sa santé. Si tu peux le voir, embrasse-le bien de ma part; dis-lui tout ce que je t'ai dit, ainsi que la manière dont j'ai motivé mon refus de prendre part à l'organisation nouvelle. Que fait Guillaume sur la même question?

V

A MONSIEUR INGRES.

Rome, le 29 novembre 1863.

MON CHER MAÎTRE,

C'est le lendemain du jour où je vous exprimais ma joie d'être à Rome et mon admiration pour tout ce qui est la raison d'être de notre chère Académie, que je recevais la triste nouvelle des mesures qui vont bouleverser

et, je le crains bien, ruiner nos écoles. Sans entrer dans
la critique du rapport qui les provoque, je viens, mon
cher maître, vous informer de la réponse que j'ai cru
devoir faire à la lettre par laquelle le ministre des beaux-
arts m'annonçait la suppression de nos fonctions à l'École
et ma nomination de *chef d'atelier* dans la nouvelle organisation. La question avait plus d'une face; je ne savais
pas ce qui se passait à Paris, ce que ferait l'Institut.
Toutefois, prenant conseil de ce qui me semblait être
l'honneur de l'Académie et le mien, j'ai répondu à Son
Excellence que j'étais touché de cette marque de confiance, mais que j'avais trop longtemps et trop hautement combattu les idées qui viennent de prévaloir pour
pouvoir honorablement leur prêter mon concours......
.... Quelque chose me fait espérer et croire que je suis
avec vous, que vous ne me désapprouverez pas; j'en
recevrais l'assurance avec bonheur, mon cher maître,
et si vous trouvez un peu de loisir pour m'écrire quelques lignes, j'en serai profondément reconnaissant.

Comment allez-vous, ainsi que madame Ingres? Votre
santé n'a-t-elle pas souffert de toutes ces émotions? Je le
désire de tout mon cœur...... Malgré le bonheur que j'ai
de vivre à Rome, je me plains souvent d'être si longtemps sans vous voir, sans vous entendre, vous dont la
parole et l'exemple nous ont fait connaître et aimer le
beau! Partout où j'éprouve quelque émotion (et c'est
souvent), qu'elle vienne de l'art ou de la nature, j'en
rends grâces à vos enseignements, je vous remercie du
fond du cœur...................

P. S. La santé de ma petite colonie est passable.

Cependant, pour mon compte, l'étonnement et le vrai chagrin que j'ai ressentis ces jours derniers m'ont fait grand mal. De longues insomnies m'ont énervé; je ne peux pas retrouver mes forces.

VI

A MONSIEUR GATTEAUX.

Rome, le 4 décembre 1863.

..... Dans ma dernière lettre, je vous exprimais ma douloureuse surprise à la lecture du décret du 13 novembre, et, espérant alors que l'Académie serait à peu près unanime dans sa manière d'envisager d'aussi tristes choses, je vous priais de m'associer à tout ce qu'elle ferait, je vous donnais un plein pouvoir d'agir pour moi comme pour vous. J'avoue que je regretterais bien que cette lettre ne vous fût pas parvenue.

Depuis, j'ai reçu une lettre du ministre des beaux-arts m'annonçant que mes fonctions avaient cessé à l'École, mais qu'il me nommait à l'un des postes de « chef d'atelier » créés dans la nouvelle organisation. J'y ai répondu en remerciant, mais en déclarant qu'ayant souvent combattu les idées qui viennent de prévaloir, je ne pouvais honorablement leur prêter mon concours. Je vous avoue qu'à ce moment je croyais faire ce qu'aurait fait chacun de mes confrères; j'ai eu le chagrin, depuis lors, de voir que je me trompais, et cependant je ferais encore de même............

P. S. Dans le *Moniteur* du 29 novembre, je lis une

lettre à l'Empereur pour le remercier de la soi-disant réorganisation de notre École, signée de dix ou douze noms connus et puis d'une centaine d'autres qui ne le sont pas encore. Serait-il donc impossible de faire entendre la voix de ceux qui pensent autrement?

VII

A MONSIEUR PAUL FLANDRIN.

Rome, le 4 décembre 1863.

...... Nous sommes d'une impatience que vous ne pouvez comprendre, vous qui avez gardé ce traintrain ordinaire dans lequel on boit une année comme un verre d'eau. N'allez pas croire néanmoins que le temps nous dure : non, ce phénomène n'a lieu qu'en ce qui vous concerne, vous et vos lettres, dont nous n'avons jamais assez.......

J'apprends peu à peu ce qui se passe à Paris, et cela m'intéresse tant, que je te prie de me dire, toi aussi, tout ce qui peut avoir rapport aux affaires de l'Académie et de l'École. Tu ne peux te figurer ce qu'est notre correspondance et le temps qu'elle nous prend ; pour mon compte, j'ai déjà écrit au moins vingt-cinq lettres. Je viens d'en adresser une seconde à M. Ingres, parce que je crois de mon devoir de faire part à notre maître de toute résolution de quelque importance.

Aujourd'hui j'ai été aux *Stanze*, et, pour la première fois depuis mon arrivée, j'ai visité le Musée. La *Transfiguration*, le *Couronnement de la Vierge*, la *Madone de*

Foligno, je m'en suis délecté; je me suis nourri de tant de belles choses. Elles sont plus admirables, plus jeunes que jamais. Que n'en puis-je dire autant des fresques! Hélas! il me semble que certaines loges ont beaucoup souffert, et que dans les *Stanze* il s'est accompli un certain travail de ruine que je ne connaissais pas et qui fait trembler. Comment en effet penser de sang-froid à l'anéantissement de ces merveilles, de ces produits d'un art, d'un homme et d'un temps privilégiés? Ce temps est à jamais passé, rien de tout cela ne peut renaître, car le goût et les idées s'en écartent chaque jour davantage et s'en éloignent encore plus que les années. Au milieu du persiflage ou du doute général, un homme de bonne foi paraît aujourd'hui une bête, et cependant que faire sans la bonne foi? Mais qu'est-ce qui me prend, et comment sortirai-je de là? Tiens, allons ensemble au Pincio. Ce soir, vers quatre heures, en revenant de Saint-Pierre, j'y suis monté. Le temps était sombre et froid, la promenade déserte, les feuilles, hélas! se décident à tomber, et, même à Rome, c'est l'hiver! Je m'arrête et je contemple avec un sentiment que je ne puis exprimer, mais que tu comprendras, les belles choses qu'autrefois j'avais aussi contemplées : mais quelle différence! Autrefois, le temps et l'espérance étaient devant moi, et maintenant c'est derrière moi qu'ils sont. Ah! cela aussi sent l'hiver! N'importe, si nous savons accepter notre sort avec sagesse, il peut encore nous donner du bonheur : tâchons donc d'être sages!

Par ce temps sombre, la verdure des lauriers et des chênes verts est d'une vigueur merveilleuse. Le Soracte semble revêtu d'outremer, et, derrière le *monte Mario*, le ciel est d'or. Tu devines, tu comprends quelle harmonie forment ces notes si graves et en même temps si riches. Je jouis beaucoup de pareils spectacles; je sens tout cela, je l'aime, mais je n'en fais rien, et c'est pour moi la cause de regrets incessants. Nous sommes ici depuis près d'un mois et nous n'avons pas vu le quart de ce que nous sommes venus voir : le temps pourtant a été employé avec toute l'activité dont nous sommes capables. Notre séjour entier se passera-t-il ainsi? Je ne veux pas le croire.......

P. S. Je viens de lire dans le *Moniteur* du 28 novembre une adresse à l'Empereur pour glorifier l'heureuse révolution due à l'initiative de l'administration. Il y a une dizaine de noms connus et près de cent noms d'élèves, de praticiens, d'ornemanistes, etc. A-t-on déjà peur de ce que l'on a fait? Eh! que serait-ce donc si on recueillait les noms de ceux qui désapprouvent?

VIII

A MONSIEUR TIMBAL.

Rome, le 15 décembre 1863.

Ah! mon cher ami, comment ferai-je? Le pli est pris maintenant. Comment pourrai-je me passer de mon Forum, de mes chères églises que tous les jours je vois et je revois, que tous les jours j'aime davantage? ... Cette *Santa Maria in Cosmedin*, sœur de *Saint-Clément*, de *San Lorenzo*, où les premiers siècles chrétiens ont

laissé leur empreinte, où tout appelle la vénération!
Cette Sainte-Sabine, sur le mont Aventin, qui est belle
entre les plus belles! Quelle paix! quel calme! On comprend le sentiment de ceux qui ont voulu dormir en
pareil lieu leur dernier sommeil. Et puis, de là, les vues
de Rome sont sublimes. Je me promets chaque jour de
faire toutes sortes de choses; mais jusqu'ici, rien. Je
n'ai pas eu le temps de tracer un croquis.

Rome est inépuisable. Combien de choses que je
n'avais pas vues ou que j'avais mal vues, et que sans
doute je verrais mieux encore si j'étais plus instruit!
Enfin j'y mets, je vous assure, une bonne volonté qui
me rend bien heureux, et qui, du reste, s'augmente de
la joie de tous les miens. Tous les jours, à pied ou en
voiture, nous faisons une excursion, et, depuis plus de
quatre semaines déjà, le temps est beau, le soleil brillant,
presque cuisant; mais, en revanche, l'ombre est si froide,
que votre pauvre ami ne quitte guère son manteau. Je
voudrais vous parler de Rome : tant de choses s'offrent
à la fois, que je n'ose l'entreprendre. Je vous dirai seulement que jusqu'ici nous n'avons visité que peu de galeries. Cependant le Vatican, la Farnésine, la *Pace*, etc.,
nous ont vus plus d'une fois: mais enfin, c'est Rome
proprement dite que nous étudions et que nous parcourons dans tous les sens.

Je vous remercie, mon cher ami, de vos deux intéressantes lettres. La dernière est arrivée avec trois autres, et
si vous saviez comment une pareille bonne fortune a été
accueillie! Quelle joie! quel intérêt! N'allez pas croire
qu'on ait gâché ce bonheur, oh! non. On s'est établi,
et, tout le monde assemblé, on a écouté. Vous eussiez

vu petit Paul lui-même, la bouche ouverte, suivant, avec
un intérêt qui m'étonnait, tout ce que vous aviez eu la
bonté de rassembler pour nous et de nous adresser. Je
suis heureux que Beulé ait si bien profité de l'occasion
de dire la vérité, mais elle est venue tard, malheureusement..........

Tout cela m'a fait du mal, m'a beaucoup occupé et
m'a donné des insomnies qui ne me font pas recouvrer
des forces. Hormis ces tristes choses, je suis cependant
bien heureux, et je ne sais vraiment comment je pourrais faire pour trouver de meilleurs moyens de me remettre. Je suis, à Rome, bien logé, en plein soleil; le
temps est admirable; je sors chaque jour pour voir tout
ce que j'aime le plus et pour en jouir; où donc rencontrer des conditions plus favorables au rétablissement de
la santé? Eh bien, malheureusement, à mon grand chagrin, je me sens toujours aussi énervé, j'ai les bras et les
jambes cassés. Cette fois, on ne pourra pas dire que c'est
le travail qui en est cause; voilà déjà plus de deux grands
mois que je ne fais absolument que boire, manger, dormir et me promener au soleil. ....

IX

A MONSIEUR ET A MADAME PAUL FLANDRIN.

Rome, le 25 décembre 1863.

Nous recevons vos lettres avec autant de joie que vous
recevez les nôtres. Tout nous intéresse dans ces chères
communications, l'expression de votre amitié, les nou-

velles de nos amis, tout, tout! Malheureusement, dans le nombre, il y a des choses auxquelles nous nous intéressons en les regrettant.....

Je vous écris pendant qu'Aimée, Auguste et Cécile sont à la messe célébrée à Saint-Pierre par le Saint-Père. J'ai été obligé de renoncer à les y accompagner à cause de douleurs de reins qui ne m'auraient pas permis de me tenir debout, et je me console en causant avec vous.

Tu me demandais, cher Paul, si nous avions retrouvé à Rome les bœufs aux grandes cornes : certainement, et je peux te dire, à ce sujet, que ce sont ici les seuls habitants qui aient conservé leur costume, avec les *cavalcatori* peut-être. Tous les autres n'en gardent que de bien faibles traces. L'autre jour, dans notre tournée à Albano et à la Riccia, nous n'avons pas aperçu un seul costume, un seul. La beauté des femmes a elle-même aux trois quarts disparu, probablement parce qu'elle ne se présente plus accompagnée comme elle l'était autrefois. Les rares costumes qui se voient encore dans Rome sont portés par des modèles, gens des montagnes ou du royaume de Naples.

Tu me parles des quelques idées que j'ai émises dans ma lettre à Baltard : je suis bien aise que tu les trouves bonnes et justes. Je te dirai, entre nous, qu'elles sortent d'une espèce de critique du fameux *Rapport* que, dans ma douloureuse surprise, j'ai faite pour moi et que je te dirai plus tard (1). Je viens de recevoir à l'instant une bonne

_____

(1) On trouvera plus loin les notes que Flandrin avait recueillies à ce sujet.

lettre de Baltard qui me donne bien des nouvelles, et qui
m'apprend qu'il a lu quelques-unes de ces notes à l'Académie : c'est leur faire, certes, beaucoup d'honneur. Il
ajoute que je devrais lui envoyer mon petit travail, afin
qu'il vît, avec M. Gatteaux, s'il pourrait être utile : je
l'avoue que je n'ose pas, parce que M. Ingres, notre
cher maître, ayant parlé, il ne saurait m'appartenir, à
moi, d'ajouter quelque chose à ses paroles. Je ne sais
donc pas bien encore comment je répondrai à Baltard.
Est-il vrai, comme il me le dit, que plusieurs de nos
confrères empêtrés dans la chose donnent leur démission ? J'en serais bien aise.....

P. S. Entre nous, j'ai été, comme toi, chagrin que
M. Ingres, dans sa *Réponse,* abandonnât le paysage à son
malheureux sort. Il me semble qu'un contact de tant de
belles choses et en face d'une nature comme celle-ci, le
paysagiste ne peut que gagner.

L'article de Beulé, dans la *Revue des Deux-Mondes,*
est excellent. Il est bien bon qu'un esprit juste et un
cœur dévoué comme celui-là fassent entendre la vérité ;
je lui en suis bien reconnaissant.

Si tu vois Signol, serre-lui la main pour moi et
remercie-le.

X

A MONSIEUR INGRES.

Rome, le 26 décembre 1863.

CHER MAÎTRE,

J'ai reçu avec une vive reconnaissance la bonne lettre qui m'a apporté, en même temps que l'expression de votre confiante et si précieuse amitié, l'approbation que j'espérais pour mon refus du professorat. Je sais, cher maître, tout ce que vous avez fait pour la belle et juste cause de nos chères écoles; j'y applaudis avec tous, et, dans la réponse au rapport que vous avez bien voulu m'adresser, j'ai été heureux de vous retrouver avec tout votre caractère et toute votre autorité.

A l'Académie, cette réponse a été reçue avec gratitude par les pensionnaires, qui m'ont témoigné combien ils seraient heureux que vous pussiez connaître leurs sentiments de vénération pour vous. Je suis heureux à mon tour de m'en faire l'interprète, et je vous assure que je les ai trouvés dans ces circonstances tels que nous pouvions les désirer, c'est-à-dire appréciateurs reconnaissants des bienfaits de l'institution. M. Schnetz, qui me charge de vous adresser ses compliments, s'est montré, dès le premier jour, franchement opposé à tous ces malheureux changements, et j'ai vu plusieurs lettres qui me prouvent qu'il n'est pas resté muet.

A l'occasion de la nouvelle année, veuillez recevoir, cher maître, nos vœux pour vous et pour madame Ingres. Croyez toujours à l'affection la plus vraie, la plus profonde, de toute cette famille respectueuse et dévouée. Pour ma femme, pour mes enfants, je vous embrasse bien tendrement.

P. S. Cher maître, oserai-je vous prier d'embrasser pour nous, le jour de l'an, M. Gatteaux, l'ami par excellence?

Roses de la villa Médicis (1).

XI

A MONSIEUR ET A MADAME PAUL FLANDRIN.

Rome, le 2 janvier 1864.

Hier, 1er janvier, notre première pensée a été pour vous, et nous nous sommes embrassés en votre nom, vous adressant les sentiments les meilleurs et les plus affectueux de nos cœurs. Puis, quoique à Rome, il a fallu penser aux cartes, aux visites; j'ai commencé par l'ambassadeur, en compagnie de l'Académie et de son directeur (j'ai voulu être encore de la famille), ensuite je suis allé chez le général de Montebello, etc. Malheureusement le temps ne favorisait pas ce travail, car la pluie a été presque continuelle jusqu'à trois heures. Le soir nous avons dîné avec les braves amis Pichon et bu à vos santés.

Aujourd'hui nous allons, Aimée et moi, dîner chez madame de ****; mais ce qu'il y a d'absorbant, de déso-

_____

(1) Quelques feuilles de rose étaient contenues dans cette lettre.

lant, c'est que dans chaque maison on fait cinq ou six nouvelles connaissances, après quoi il faut recevoir des visites, en rendre, etc. Nous avons beau nous défendre, rien n'y fait. Encore si j'allais bien ! Mais depuis quinze jours j'ai dans la tête une douleur, et dans les oreilles un bourdonnement qui font de moi un assez fort crétin. L'intelligence est à peu près aussi obstruée que l'ouïe, et les gens qui veulent faire connaissance avec ce « peintre renommé » doivent être un peu étonnés de ce qu'ils en voient ou de ce qu'ils en tirent. *Cî vuole pazienza* pourtant ; mais, en pareil cas, ce n'est pas mon fort.

M. Schnetz m'a fait lire hier au *Moniteur* une petite note qui dit que plusieurs publications récentes ayant pu jeter des inquiétudes dans l'esprit des élèves sur l'exécution du décret, et cette incertitude pouvant être funeste à leurs études, l'administration s'empresse de déclarer que rien n'est changé audit décret, et qu'il sera exécuté dans son esprit et dans sa lettre. Ça me paraît difficile !....

Adieu, chers amis de cœur, j'embrasse toute la grappe.

XII

A MONSIEUR X.....

Rome, le 2 janvier 1864.

MON CHER AMI,

Vous savez depuis longtemps déjà qu'au bout d'un beau et bon voyage nous sommes entrés à Rome pleins

d'émotion et de joie. En effet, c'est un merveilleux séjour, dont j'apprécie mieux que jamais l'utilité pour les
artistes; mais, hélas! tout le monde n'est pas de mon
avis. D'un mot et d'un revers méprisant, on vient de
jeter bas des institutions qui vivaient depuis deux cents
ans, répondant parfaitement à ce besoin, et qui, je l'a-
voue, me semblent depuis leur chute encore plus glo-
rieuses et plus parfaites que je ne le croyais.....

Mon enthousiasme pour Rome a pris dans ce nouveau
séjour des racines plus profondes. Oui, je crois que j'ai
fait quelques progrès, car tout m'apparaît plus beau
que jamais. Quelles richesses, quelle variété! Que de
leçons, que d'exemples précieux nous donne cette antiquité! Entre bien des choses nouvelles pour moi, une
des plus admirables est une statue d'*Auguste* en cui-
rasse, dans l'attitude d'un homme qui harangue. Rien
de plus noble, de plus vraiment beau   1. Elle a été
trouvée dans des fouilles dont vous connaissez sans
doute l'existence, à Prima Porta, au huitième mille sur
la voie Flaminienne, et qui offrent encore des peintures
remarquables par la richesse et la puissance de leur
saillie. C'est la décoration d'une nymphée par des arbres
de différentes essences, des animaux, des oiseaux, etc.
Les fouilles du Palatin m'ont beaucoup intéressé; malheureusement, c'est chose beaucoup trop compliquée

---

1. Cette belle statue, découverte dans les fouilles que dirige M. Giu-
seppe Gagliardi sur l'emplacement de la terme de *Prima Porta*, où l'on
voit les débris de la villa bâtie par Livie et appelée *Ad gallinas*, a été
l'objet d'un travail publié sans nom d'auteur, sous ce titre : *Illustrazione
de la statua de César Auguste, retrouvée dans les fouilles faites
à Prima Porta.* — Rome, 1863, Imprimerie d'Aurelj et Cie.

pour que je puisse me permettre de vous les décrire. Mon ignorance de bien des choses me l'interdit. Cependant elles marchent prudemment, avec ordre, et M. Rosa se propose de publier bientôt un premier rapport.

Raphaël, au Vatican, brille plus jeune et plus glorieux que jamais ; les monuments chrétiens m'émeuvent, me touchent, et, en étudiant tant de nobles choses avec ma femme et mes enfants, je serais le plus heureux des hommes si je sentais un peu revenir mes forces. Mais, pour être franc, je ne fais malheureusement pas de progrès. En ce moment l'hiver se fait sentir. Rome est blanchie par la neige, nous avons froid ; je voudrais bien que cela ne durât pas.

Vous et votre chère femme, mon ami, comment allez-vous ? Si vous étiez assez bon pour me répondre, et bien longuement, sur tout ce que vous croyez pouvoir nous intéresser, vous êtes sûr de réussir et de nous faire le plus grand plaisir. Parlez-nous d'abord de vos santés, de vos travaux, puis de tout ce que vous voudrez. Nous sommes avec vous de cœur et nous vous adressons d'ici, à ce commencement d'année, des vœux bien sincères et bien affectueux. Recevez-les, et croyez-nous vos amis bien dévoués.

P. S. On me fait connaître à l'instant la lettre par laquelle M. Cogniet donne sa démission de membre du Conseil. Elle est très-bien. Puissions-nous ainsi ne plus former qu'une opinion ? Veuillez être, je vous prie, mon interprète auprès de lui et lui dire combien je lui suis affectionné et dévoué.

XIII

A MONSIEUR ET A MADAME PAUL FLANDRIN.

Rome, le 9 janvier 1864.

..... Aujourd'hui, par un temps beau mais froid, empaquetés comme pour un voyage en Sibérie, nous sommes allés faire une promenade en voiture découverte. Après avoir suivi le Corso, puis le Forum et la rue Saint-Jean de Latran, nous avons, en passant devant l'église, admiré la vue que vous savez. Les montagnes sont, depuis six ou sept jours, blanches de neige, et le *Monte Cavi* lui-même en est couvert du sommet à la base. Néanmoins, avec ce beau soleil, c'est encore sublime. Arrivés sur la route d'Albano, un peu avant la *Tavolata*, nous prenons à gauche une voie qui n'était autrefois indiquée que par quelques *tumulus* qui sortaient du sol et que je reconnais bien ; mais, depuis cinq ans, on a creusé un peu et l'on a facilement retrouvé le pavé de la voie antique. Sur chacun des côtés on a découvert des tombeaux du plus grand intérêt ; il y en a deux surtout qui nous ont émerveillés, non-seulement par leur état de conservation, mais plus encore par le caractère et la richesse de la décoration..... Je ne crois pas qu'il existe de plus beaux spécimens de cette sorte de monuments. Nous en avons été profondément impressionnés, et petit Paul, qui était resté tout le temps à admirer, la bouche ouverte, dit tout à coup et comme à part lui, en remontant l'escalier qui le ramène à la lumière du jour : «Oh! pour le coup, ceci est beau! » Son enthou-

30

siasme au reste pour l'antiquité va jusqu'à déclarer perdue une journée qui n'est pas consacrée aux monuments, aux fouilles ou à la campagne de Rome; le reste n'est qu'accessoire. Rien n'est plus comique que de l'entendre, à la cuisine, professer l'archéologie et l'histoire. Il préconise les monuments de la république, tire des inductions de tel ou tel mode de construction. Quand il ne sait pas, il invente; rien ne l'arrête, c'est à pouffer; mais il a moins de chaleur et d'entrain quand il faut réellement apprendre quelque chose.

C'était fête ce jour-là, à ce qu'il paraît, car le soir on nous a menés *al nobile teatro d'Apollo*. Nous y avons eu le *Trovatore* de Verdi et *Cristofo Colombo*, ballet dans lequel j'ai retrouvé les costumes et la pantomime, le goût et l'esprit qui nous ont tant fait rire autrefois. Oh! la cour du roi Ferdinand et d'Isabelle! Des Turcs, oh! des Turcs comme on n'en peut plus trouver qu'ici! J'en demande pardon à Rome : mais, heureusement, elle a d'autres mérites que ceux-là.....

P. S. Je viens de recevoir une adorable lettre de M. Ingres, une lettre si bonne, si affectueuse pour nous tous, pour moi en particulier, que mes yeux se mouillent et que mon cœur se fond.

XIV

A MONSIEUR ..... JULES

Rome....

CHER CONFRÈRE,

C'est au milieu de la joie que me donnait mon retour à Rome, au milieu de l'enthousiasme que je ressentais pour les leçons toujours plus sublimes de l'antiquité et des maîtres, c'est par conséquent lorsque j'estimais plus utile, plus bienfaisante que jamais l'admirable création de Colbert et de Louis XIV, que m'est parvenue la nouvelle des tristes mesures qui ruinent nos beaux établissements. Ma douleur a été grande : si grande, qu'après avoir protesté comme je le pouvais, je veux aussi exprimer ma reconnaissance à celui qui, avec tant d'énergie et de sagesse, a fait entendre la vérité à l'Empereur. Vous avez défendu, j'en suis sûr, nos écoles et l'honneur de l'Académie comme le tout devait être défendu, et ma confiance en vous était telle que je ne demandais qu'une chose : que vous fussiez mis à même de le faire. Joignez donc mes remercîments à ceux de mon cher maître, de nos amis, et agréez l'expression sincère de ma vive et profonde sympathie.

XV

A MONSIEUR PAUL FLANDRIN.

Rome, le 14 janvier 1864.

..... Nous arrivons à nous tourmenter ici à peu près
autant qu'à Paris. Les personnes avec lesquelles nous
avons été obligés de faire connaissance ne se comptent
plus. Il a fallu absolument aller à l'Académie, à l'ambassade et chez le général de Montebello, qui commande
l'armée : de ces trois souches sont sortis forcément mille
rameaux. On vous présente à monsieur un tel ou à
madame une telle : ils vous font visite, il faut bien la leur
rendre. Enfin le nombre de ces nouvelles relations est
tel, que je ne reconnais plus du tout les gens; c'est un
supplice, et que nous n'avons pas cherché, je vous en
réponds; mais comment se défendre?

Tu sais si j'aime nos braves soldats : la vue de notre
drapeau, surtout à l'étranger, a pour moi quelque chose
de religieux, de sacré. Leur nombre ici est tel, qu'on les
rencontre partout, et que les lieux autrefois les plus solitaires, le Forum, les places Saint-Jean de Latran, Sainte-
Marie-Majeure, etc., en sont inondés : sans compter
que les soldats du Pape ont absolument le même uniforme que les nôtres, et qu'ils se confondent avec ceux-
ci, au moins par les apparences. L'autre jour j'admirais,
au passage d'un de nos bataillons de chasseurs, l'énergie
et l'entrain de ces braves gens; le rhythme de la musique leur donnait un élan qui paraissait irrésistible, et
les entraînait, nous entraînait nous-mêmes comme un

ouragan : eh bien, ces mêmes hommes sont bons, sont édifiants. Je les vois à Saint-Louis remplir l'église, écouter leur aumônier (qui du reste est un homme digne de sa mission), avec un respect, une attention, une piété enfin, qui me touchent bien profondément.

Tu me demandes, cher Paul, si j'ai retrouvé les signes qu'ensemble nous avions laissés au Colisée : non. Bien des travaux ont été faits qui ôtent un peu de pittoresque, mais qui du moins tendent à soutenir et à prolonger la vie de la vénérable ruine. Les arcades que tu me désignes ont été fermées par des murs jusqu'à une certaine hauteur.

Ce matin, je suis monté à l'Académie par la *Salita*. Le *Pincio* était presque désert ; le ciel, coupé de longs nuages, avait une expression mélancolique, un brouillard s'étendait sur la ville, et au milieu de la vague rumeur qui sortait de celle-ci, le son d'une cloche que je croyais reconnaître, me reportait avec une ineffable illusion à l'âge où tout nous était commun, où nous ne nous quittions pas : oh! si tu savais, mon pauvre ami, combien à chaque moment je te regrette! Il me faudra, je t'assure, penser au bonheur de notre réunion pour adoucir l'idée du départ, qui déjà se présente et nous trouble. Quel charme a donc ce pays, qu'il prenne ainsi tous ceux qui ont le bonheur d'aimer le beau?.....

XVI

AU MÊME.

Rome, le 28 janvier 1864.

L'avant-dernier courrier ne nous avait pas apporté de ton écriture. Tu étais souffrant : eh bien, par une sympathie qui heureusement a encore d'autres manières de se manifester, je te suivais de très-près dans cette triste voie. Étant entré il y a quelque temps à *San Giorgio in Velabro*, j'en avais rapporté une calotte de froid à la tête qui n'a plus voulu me quitter : rhume, fièvre, névralgie ; névralgie si douloureuse à la face, que je ne savais que devenir, demi-sourd, demi-aveugle, enfin quelque chose de bien misérable. Depuis hier, je suis un peu mieux. Je vous recommence à sortir ; le temps y invite, il est devenu d'une douceur qui a bien, il est vrai, ses dangers. Comment ma santé n'est-elle pas meilleure ? Je m'en étonne tous les jours, mais *ci vuole pazienza* : c'est là le plus sûr de tous les remèdes.

Depuis ma dernière lettre, nous n'avons guère fait d'expéditions lointaines. Nous revoyons les églises, les palais, les galeries, et, malgré notre long séjour d'autrefois, il y a dans tout cela beaucoup de choses entièrement neuves pour moi, et certainement j'en laisserai encore. Mon regret de quitter Rome est tel, qu'il se glisse dans mon cœur un secret espoir d'y revenir. Je ne veux pas le combattre, car il me donne des forces, et ce qu'il me montre possible pour moi, il me le montre aussi possible pour vous. Ne désespérons donc jamais et remplissons notre temps du mieux et du meilleur que nous pouvons.

..... Ici j'ai retrouvé bien peu de personnes de notre ancien temps.... J'ai revu cependant M. Lemoyne, le sculpteur (1), aussi vigoureux que jamais, malgré ses quatre-vingt-deux ans. L'autre jour, je suis allé chez lui : il m'a montré beaucoup de choses que lui ont laissées les artistes qui ont séjourné à Rome, à diverses époques, des dessins entre autres, et des dessins admirables, de Granet et de Boguet (2), mais surtout un portrait fait par M. Ingres, de Dédeban, un architecte de son temps. L'ensemble de ce portrait n'est qu'ébauché, mais le masque est fini, et il a une finesse, une souplesse, une beauté incomparables : ah! je crois que M. Ingres aurait plaisir à revoir cela, et la chose sera possible, car M. Lemoyne pense à envoyer cette toile à Paris avec tous les autres ouvrages d'art qu'il possède. Je tâcherai de savoir ce que ce projet deviendra.....

(1) M. Paul Lemoyne, établi à Rome depuis un demi-siècle. Parmi les ouvrages dus au ciseau de cet artiste, on peut citer le groupe *Une Bacchante et un jeune Faune*, un *Chevrier*, dans le jardin du Palais-Royal à Paris, et une *Médée* qui a figuré au Salon de 1837.

(2) Didier Boguet, un des paysagistes français les plus savants de la fin du dernier siècle et du commencement de celui-ci. Venu à Rome en 1786, avec l'intention de n'y faire qu'un séjour de quelques mois, Boguet y passa le reste de sa vie; il y mourut, en 1839, sans avoir jamais revu son pays.

XVII

A MONSIEUR LUIGI MUSSINI (1), A SIENNE.

Rome, le 29 janvier 1864.

MONSIEUR ET CHER CONFRÈRE,

C'est seulement hier que, passant devant la poste, j'ai par hasard demandé s'il n'y avait rien à mon nom et qu'on m'a donné votre chère lettre, qui depuis près d'un mois attendait. Plus j'ai été touché de votre bon souvenir, plus j'ai eu de regret de cet incident et du retard involontaire qu'il mettait à ma réponse. Je m'empresse donc aujourd'hui de vous dire combien je suis, ainsi que ma femme, sensible à l'intérêt affectueux que vous et madame Mussini voulez bien nous témoigner, et je vous prie de croire à une réciprocité de sentiments que je serais heureux de pouvoir manifester par des actes.

Je ne vous dirai pas mon émotion en rentrant à Rome et mon bonheur en la montrant à ma femme et à mes enfants. Je vous dirai seulement que je vois tout avec une admiration et un respect encore plus profonds qu'autrefois. Que ne puis-je me servir de l'ardeur que font renaître en moi toutes ces belles œuvres, et, sous leur influence, faire encore ce pas, ce progrès dont, jusqu'au bout, nous voulons conserver l'espoir! Malheureusement, la santé, les forces que depuis près d'un an

(1) Directeur de l'Académie des beaux-arts à Sienne et correspondant de l'Institut de France. V. plus loin, dans le *Journal* d'Hippolyte Flandrin, le récit, en date du 6 novembre 1863, d'une visite à l'Académie de Sienne et à M. Mussini.

j'appelle, ne reviennent pas, et la possibilité de me remettre au travail me semble encore éloignée. Je ne veux pas me décourager toutefois. La vue de ce beau pays et l'étude des chefs-d'œuvre me fortifient : non, je n'aurai pas perdu mon temps !

Quant à vous, monsieur, je suis sûr que vous aurez bien rempli le vôtre si vous avez pu avancer, fortifier encore la belle composition que vous avez bien voulu nous montrer, à notre rapide passage chez vous, et que je conserve toujours l'espoir de revoir dans une nouvelle visite à Sienne. Les œuvres de madame Mussini nous ont aussi beaucoup touchés, et, comme les vôtres, elles motivent la très-vive et très-sincère sympathie que nous éprouvons pour vos personnes. Cette sympathie, nous serions heureux de la voir grandir et se confirmer par une connaissance plus approfondie et par des rapports plus fréquents.......

XVIII

A MONSIEUR PAUL FLANDRIN.

Rome, le 11 février 1864.

.... Hier, mercredi des Cendres, la neige est revenue en grande abondance, et elle tient, même dans la ville, même dans Rome! Dans la plaine et sur les montagnes, c'est comme en Sibérie, et les rhumatismes n'aiment pas ça, ou plutôt c'est moi qui ne l'aime pas, car je suis toujours sourd et bien stupide : je veux espérer que ce n'est pas définitif.......

12 février. — Le soleil a reparu et votre lettre est arrivée : double motif pour être plus gai..... Tu me parles de la lettre que j'ai écrite à Baltard (1), et dont il a été si content, me dis-tu, qu'il l'a lue à l'Académie. Je ne me souviens plus bien de ce qu'elle était, mais je crains qu'elle ne fût pas telle qu'on pût la lire en un tel lieu ; toutefois la prudence de Baltard me rassure, et, en somme, je suis bien aise que vous approuviez mes idées.

M. *** m'a écrit, mais sa lettre (entre nous) m'a étonné. J'aurais de la peine à lui répondre sans lui témoigner que je le trouve bien vite consolé de ce qui s'est fait à l'École et bien confiant dans l'esprit de ces belles réformes. La première protestation des élèves a une certaine signification ; mais je voudrais bien que les choses ne dégénérassent pas en désordre, et cependant tu me dis que cela dure encore. J'ai lu la lettre de Beulé, qui est très-bien. Distribuez les exemplaires que vous avez reçus pour moi, en m'en gardant néanmoins......

XIX

A MONSIEUR ET A MADAME PAUL FLANDRIN.

Rome, le 17 février 1864.

.... Nous voudrions vous parler de Rome, mais vous vous doutez bien de ce que nous y faisons : nous voyons et revoyons, autant que le temps nous le permet,

(1) Une de celles dont nous avons donné quelques extraits dans la Notice.

les églises, les palais, les galeries et le pays. Dimanche, nous avons été à la voie Appienne, la voie des Tombeaux. Le temps était doux, et la lumière si belle que ces ruines, cette plaine, ces montagnes, formaient le plus admirable spectacle. Entre le cirque de Caracalla et les murailles de la ville, la vallée de la nymphe Égérie m'a particulièrement rappelé nos promenades et tes études d'autrefois. Oh! que n'étais-tu là avec nous! Non, ça m'est impossible, je ne puis voir ces choses sans crier : Paul, ô mon Paul! Et quand je dis Paul, Aline est aussi dans ma pensée, avec les chers petits.

Nous aurons donc beaucoup joui de notre voyage, malgré ma pauvre santé, malgré le monde, et malgré le temps, qui, pendant quinze ou dix-huit jours, a été bien mauvais. Je t'ai déjà dit que nous avions fait connaissance avec la princesse Czartoryska, bonne, pieuse, simple, admirable musicienne. L'autre jour, nous sommes allés avec elle à *Monte Mario*, faire une visite à Listz qui y vit dans la retraite; il est pour nous fort aimable. Après que nous eûmes pris un moment de repos dans la modeste chambre qu'il occupe au couvent, il nous conduisit à la *villa Melina*. C'était la première fois que je voyais Rome de là, et je ne sais si ce n'est pas de là qu'elle se présente sous son plus bel aspect. Dominée par Saint-Pierre, par le Vatican et le château Saint-Ange, elle se développe magnifique dans la vallée du Tibre et sur les collines que nous distinguons presque toutes, jusqu'au Pincio, où la chère villa fait, comme de partout, un effet charmant......

À propos de Rome, il faut bien avouer pourtant que tout n'y est pas beau. Quelques-uns de ces messieurs,

après avoir prohibé le carnaval pour la population et
essayé d'en faire autant pour les étrangers qui la font
vivre, ont trouvé qu'on ne les avait pas assez écoutés.
Le dernier jour, un instant après les *moccoletti*, lorsque
la foule remplissait encore le *Corso* et les rues adjacentes,
on a jeté une bombe de vingt-quatre livres, bourrée de
poudre, dont heureusement la mèche a pu être arrachée
par deux jeunes gens. Figurez-vous ce qu'eût produit la
réussite de cette tentative! *Ma*, comme on dit, *affare
d'opinione!* Quelques jours après, pendant notre dîner,
sur la place d'Espagne, une épouvantable détonation se
fait entendre : c'est encore une bombe placée à la porte
d'un libraire qui fait trop bien ses affaires; *ma sempre
affare d'opinione*. Au bruit, nous nous précipitons à la
fenêtre, et nous voyons encore la fumée, qui peu à peu
se dissipe. Cette fois aussi le coup était manqué; le pé-
tard ayant éclaté du côté de la place, a seulement réduit
en poudre les magnifiques glaces de la devanture du
magasin. Quand je me suis approché pour écouter ce qu'on
disait, je n'ai pas été peu étonné d'entendre des excla-
mations comme celles-ci : *Ma vedete un poco! ma questo
è una cosa stupenda*, etc.; pas un mot du reste qui pût
faire comprendre si l'on blâmait ou si l'on approuvait.
Cette contrainte exercée sur tout un peuple est quelque
chose de triste, mais de bien significatif.....

XX

A MONSIEUR PAUL FLANDRIN.

Rome, le 26 février 1864.

.... A ta lettre était jointe celle de M. Duvivier (1) ; hélas! comme chacun a sa part! Que de souffrances de tous côtés! Mais le coup qui frappe ce brave homme, après trente-sept ans de dévouement, me paraît un des plus rudes et me navre véritablement. Malheureusement, tout est troublé, tout est changé, je ne peux plus être utile à personne : je vieillis de toutes façons. Avec le peu d'influence que je pouvais avoir, la santé et les forces ont baissé; voilà les critiques qui remplacent la bienveillance (2); eh bien, si j'avais la faculté de travailler encore, je pourrais dédaigner tout cela; mais depuis bien longtemps je n'ai rien fait, et de là est née une défiance de moi-même qui est une véritable faiblesse. J'aspire à voir par un travail sérieux où j'en suis réellement. J'essaye depuis peu de jours de faire quelques études, mais il est bien difficile d'avoir modèle dans un appartement

.....

(1) M. Duvivier, agent spécial à l'École des beaux-arts, venait d'être destitué de ses fonctions à la suite de l'organisation nouvelle. Une lettre que Flandrin adressa le 9 mars à M. Duvivier, pour lui exprimer le vif chagrin que lui causait cette mesure, est la dernière qu'il ait écrite.

(2) Ces mots font allusion à un triste factum, publié à Paris, peu après le départ du maître, et que nous ne nous croirions nullement le devoir de mentionner, si, dans une autre de ses lettres, Flandrin ne lui avait fait l'honneur de s'en occuper un instant. L'écrit, si peu redoutable d'ailleurs, dont il s'agit, est intitulé : *Peintures murales de l'église Saint-Germain des Prés*, par M. Hippolyte Flandrin. — *Examen*, par Auguste Galimard.

en plein soleil, au milieu du va-et-vient d'une famille : ce que je rapporterai sera donc bien peu de chose. Avec cela, le souci du portrait du Pape renaît plus pressant que jamais. Tout le monde m'en parle comme d'une chose en voie d'exécution, et mon attitude de réserve, d'excuses, de regrets, n'est plus tenable.

A Rome, le temps est détestable. Voilà plus de cinq semaines qu'il pleut continuellement, peu ou beaucoup. A peine, sur trente et quelques jours, en avons-nous eu quatre ou cinq passables, et, en outre, ce pauvre pays est attristé par des crimes nombreux. On parle de onze tentatives d'assassinat depuis quinze jours, dont plusieurs n'ont malheureusement que trop bien réussi. Quant aux vols, c'est par-dessus le marché : on les commet, avec une audace incroyable, dans les églises, dans les maisons, sur les gens, en plein jour. La semaine dernière et au commencement de celle-ci, il n'était question que de cela ; la population était vraiment inquiète ; mais on a arrêté quelques-uns de ces misérables, et cela intimidera les autres, il faut l'espérer. Ah! notre temps valait mieux que celui-ci! C'était la paix, au moins en apparence.

Une chose qui a intéressé beaucoup cette semaine, et d'une manière plus heureuse, ce sont des sermons que Mgr Dupanloup a prêchés chaque jour dans la *chiesa del Gesù*. Il a été admirable; l'immense assistance lui a témoigné son respect et son admiration par l'attention la plus soutenue et par une affluence toujours plus considérable.

Le mauvais temps dont je t'ai déjà parlé nous nuit extrêmement. Une portion de notre temps est perdue, malgré nos efforts pour bien employer le tout, et vraiment c'est désolant, car mille choses nous restent à faire. Le temps marche à grands pas; voici tout à l'heure les fêtes de Pâques; si nous voulons donner au travail une partie de cette année, il faut s'y remettre bientôt..........

XXI

A MONSIEUR TIMBAL.

Rome, le 29 février 1864.

.... Soyez-en sûr, souvent je pense à vous, et, dans les plus belles effusions d'une admiration qui ne tarit pas, je vous désire toujours. Quelquefois même je vous ai espéré; il me semblait que vous pourriez faire une petite pointe, aux environs de Pâques : mais rien, aucun signe n'apparaît, et, à présent, j'oserais à peine vous y engager. Le temps est détestable depuis un mois et plus. La gelée a cessé, mais nous avons des torrents de pluie et de boue. Restent certainement les belles lignes que nous aimons tant : toutefois, ce que la lumière du soleil y ajouterait est sans prix, et nous la désirons avec une ardeur qu'accroît encore le sentiment de la nécessité où nous sommes de bien employer le peu de temps qui nous reste et qui s'écoule improductif. Ah! je sens que j'éprouverai une peine cruelle à dire adieu !

Rome, depuis le commencement de février, a été un peu troublée.... Cependant c'est toujours Rome. Hier, après avoir été faire une visite à M. Overbeck, que j'ai trouvé plus jeune et plus vivant qu'il y a trente ans, le

ciel s'ouvrant et la pluie nous laissant quelque répit, nous
sommes allés avec un religieux français de l'ordre con-
ventuel de Saint-François, étudier le Forum et ses environs. Nous avions quatre ou cinq pouces de boue, mais
un rayon de soleil a percé les nuages et tout a repris son
charme ordinaire. Les arbres des jardins de Saint-Gré-
goire nous ont montré pour la première fois leurs
blanches fleurs, et, encouragés, nous avons poussé jusqu'à Saint-Nérée.....

Je vous ai dit que le mauvais temps nous gênait beaucoup, moins toutefois que le nombre immense de gens
avec lesquels il a fallu faire connaissance. Impossible
d'aller chez monsieur un tel ou chez madame une telle
sans être présenté chaque fois à cinq ou six personnes
qui vous demandent la permission de venir vous voir et
auxquelles il faut bien rendre leur politesse. C'est là
qu'est la vraie pierre d'achoppement. On ne s'appartient
plus, et, quelque aimables que soient les gens, j'aime
encore mieux ma liberté.

Les mois de janvier et de février ont été mauvais
pour ma santé. Les douleurs, les névralgies ont fondu
sur moi avec fureur, et, quoique à Rome, j'ai été bien
grognon. L'incapacité de travail me désole.....

XXII

A MONSIEUR GATTEAUX.

Rome, le 5 mars 1864.

..... Les premiers transports, au moment de l'arrivée,
n'ont point énervé notre amour et notre admiration

pour Rome : le temps au contraire ne fait que conso-
lider et fixer ces belles émotions. A Rome je ne voudrais
rien changer. Tout m'y plaît, me touche, me pénètre,
et je tremble en sentant les aspirations modernes qui se
font jour. Sa physionomie est l'expression de son rôle
dans le monde, et si, comme je le crois, la convenance
fait la beauté, la convenance est ici merveilleuse.

Voilà près de quatre mois que nous donnons à Rome,
quatre mois qui ont passé avec une rapidité incroyable ;
mais nous en avons perdu une partie d'abord par l'intensité du froid en janvier, puis, en février, par les
pluies qui ont été constantes et qui m'ont rendu longtemps souffrant de la tête, où rhumatisme et névralgie
s'évertuaient à qui mieux mieux.....

Auriez-vous la bonté de me rappeler au souvenir de
l'Académie, en l'assurant de mes sentiments les plus
dévoués? Puissé-je, dans l'espère de retraite que je
viens de faire, avoir trouvé des forces pour accomplir
des progrès qui me rendent plus digne d'elle!

Adieu, bien cher ami; ma femme et mes enfants
s'unissent à moi pour vous embrasser et vous adresser
leurs meilleurs vœux. Au retour, nous aurons besoin
de retrouver des amis : car, je l'avoue, ici les adieux
seront pénibles.

XXIII

A MONSIEUR PAUL FLANDRIN.

Rome, le 5 mars 1864.

..... Je vais mieux ; cependant je ne peux recouvrer complétement la liberté de ma tête. Mes oreilles sont toujours comprimées, et une rumeur sourde, continuelle, me fatigue étrangement. Cette fois pourtant, on ne pourra pas dire que je me suis fatigué : je n'ai rien fait, empêché que j'ai été par des difficultés de plus d'un genre, et voilà le départ qui approche! Mais nous aurons bien vu et revu la ville, et je ne puis te dire à quel degré s'élève mon fanatisme pour elle. Hors un point, le besoin d'un peu plus de propreté, je ne trouve rien à y redire. Tout m'y plaît, m'y touche et me pénètre d'un profond désir d'y rester. Depuis quelque temps, nous nous sommes pris d'une admiration particulière pour les régions qui s'étendent entre le Capitole et le Tibre, entre les portes Saint-Paul, Saint-Sébastien, Latine et Saint-Jean, c'est-à-dire pour la partie de Rome qui comprend les monts Aventin, Cœlius, Palatin et les vallées qui les séparent. Ces magnifiques ruines, ces couvents, ces églises solitaires, vénérables, antiques, qui toutes sont élevées pour rappeler les plus grands faits ou les souvenirs les plus touchants de l'établissement du christianisme, ont une éloquence pénétrante que je voudrais sentir toujours.

Hier, Auguste et moi (puisque ma pauvre femme était malade), nous avons été, avec quelques personnes et M. Visconti l'antiquaire, visiter les fouilles que l'on fait depuis quelques années sur l'emplacement de l'ancienne Ostie. Partis de Rome dans une petite voiture découverte, nous avons traversé la ville. Le temps était beau, les paysans affluaient sur la place Montanara ; à la *Bocca della Verità*, à *Ripa Grande*, nous nous retournions pour jouir de l'admirable vue de Rome, dont tu as fait un beau dessin. Nous longeons le *monte Testaccio*, nous passons sous la porte Saint-Paul, à côté de laquelle s'élève la pyramide de Caïus Sestius ; un peu plus loin, nous saluons la petite chapelle qui rappelle le baiser et les adieux de saint Pierre et de saint Paul, puis la grande basilique de Saint-Paul ; enfin la campagne solitaire et nue, qui va s'abaissant vers la mer, se montre à nous, juste comme autrefois. A l'*Osteria Malafede*, on s'arrête un moment pour faire reposer les chevaux, puis la caravane reprend sa marche ; le Tibre s'élargit, les marais s'étendent davantage, les étangs salés commencent, et, au loin, le château, dont tu te rappelles bien le caractère, s'élève accompagné d'un pin magnifique. En approchant, nous nous sentons presque au niveau de la mer ; la route traverse les salines ; au loin, sur la gauche, se développe la belle forêt de pins de Castel-Fusano : aux quatre ou cinq maisons d'Ostie est jointe une petite église qui rappelle les souvenirs de saint Augustin et de sainte Monique. A l'*Osteria*, on déjeune, puis on va aux fouilles, qui sont curieuses au dernier point. Nous y entrons par la voie des Tombeaux ; le pavé en est complet, on aperçoit encore les ornières creusées par les roues des chars ; des monuments intéressants la bordent : puis, à la porte à laquelle elle conduit, on trouve le corps de garde, la douane, et on pénètre dans la ville, qui se divise en plusieurs rues.

De là, on traverse sur le sol un espace de plus d'un mille pour aller, à l'autre extrémité de l'ancienne Ostie, retrouver les fouilles qui, la pressant ainsi par les deux bouts, devront se rejoindre après avoir tendu toujours vers le centre. Dans cette partie sont des thermes, des temples, des magasins qui bordaient les quais ou le port, avec des peintures et surtout des mosaïques très-bien conservées et très-belles. Cette excursion a été d'autant plus intéressante et plus fructueuse pour nous, que M. Visconti nous expliquait chaque chose à mesure qu'elle nous apparaissait.

Le retour, de trois à six heures, c'est-à-dire au plus beau moment de la journée, a été vraiment plein de charme. Au spectacle des beautés les plus hautes et du caractère le plus noble s'ajoutent la vue des troupeaux avec leurs poulains, leurs agneaux, et enfin la vue des fleurs : tout semble crier : Printemps, printemps! Je t'avoue que j'étais tout attendri, et d'ici je sens la larme qui roule dans tes yeux. Adieu, mon Paul. Embrasse pour nous, bien tendrement, Aline et les petits, les chers petits. Nous vous aimons bien.

Ton frère et ami dévoué.

PENSÉES

ET FRAGMENTS DIVERS.

. . . .

PENSÉES.

C'est çà et là, dans des cahiers de croquis, sur des morceaux de papier conservés par hasard, ou sur les feuillets du livre de messe dont Flandrin se servait habituellement, et qui lui venait de sa mère, qu'ont été retrouvées les pensées que nous transcrivons ici. Si restreint qu'en soit le nombre, il nous a paru qu'elles méritaient d'être recueillies comme un témoignage de plus des sentiments ou des opinions exprimés déjà dans les *Lettres*, et dont les *Fragments* que nous avons réunis plus loin confirmeront à leur tour la sincérité.

La religion est pour les hommes le frein le plus fort : elle est aussi entre eux le lien le plus doux. Quelle admirable union ne met-elle pas dans la famille !

3. Luglio, 1836.

Je ne puis m'expliquer ce que j'éprouve en voyant revenir l'automne. Depuis quelques jours, il fait froid, les feuilles tombent : je cherche le soleil, je cherche aussi la solitude. La nature est triste, mais c'est une beauté que cette tristesse. Oh! si je pouvais produire quelque chose sous l'impression de ce sentiment! Il semble qu'il vous rend bon; on est disposé à tout aimer, on est heureux de retourner en arrière pour honorer des souvenirs. Si éloignés que soient nos amis, on les suit, on les voit mieux : on les comprend et on les chérit davantage.

C'est bien singulier qu'un soleil plus pâle et des feuilles jaunies produisent à eux seuls cet effet : et cependant c'est vrai. J'ai lu, je ne sais où, qu'on aime à se souvenir toute sa vie de la musique ou du tableau qui, pour la première fois.....

À Rome, la mort prend un autre caractère qu'ailleurs, parce que, à Rome, la foi se ranime. Elle nous présente si bien le fait nécessaire de notre fin comme le passage du mortel à l'immortel, que ses approches mêmes ne découragent pas du travail de la vie, si ce travail a un but vraiment louable (1).

Rome, 1864.

Dans l'industrie et le commerce, l'argent, le gain est le souverain but : dans les arts il n'est qu'un moyen. Les visées de ceux-ci sont plus hautes. Ils vivent de bonté, de beauté, et si, quittant d'aussi nobles préoccupations, l'art se tourne vers le but que s'est assigné l'industrie, immédiatement il se condamne à la déchéance.

Celui qui n'a pas reçu de son sujet ou de son modèle une émotion quelconque, ne pourra jamais faire pour les autres, de l'imitation de ce modèle, qu'une chose muette et morte.

Quelle différence entre les hommes de talent proprement dits et les hommes qui, parfois moins habiles, ont l'intelligence du sens philosophique que recèlent les choses! Ceux-là, frappés des apparences, les rendent avec esprit, avec adresse, mais la traduction qu'ils en ont faite est lettre morte. Ceux-ci, dans les objets présentés à leurs yeux (surtout en ce qui appartient à la nature humaine),

_____

(1) Ces lignes ont été écrites par Flandrin peu de jours avant sa mort.

aperçoivent et dégagent une signification morale au service de laquelle ils soumettent la beauté, la laideur
même, pour en faire un spectacle plein de vérités et d'enseignements.

On a dit souvent : « Le style, c'est l'homme », et on a
eu raison, aussi bien en ce qui concerne les arts qu'en
matière de littérature; car il est certain qu'en dessinant
je donne bien moins la mesure de ma vue que je n'accuse
la portée de mon intelligence ou les facultés de mon cœur.
Le style est donc l'homme, et l'œil n'est que le marteau
qui va éveiller la pensée ou le sentiment; le dessin est
donc l'art, l'art tout entier, et dans l'enseignement des
beaux-arts tout doit converger vers ce centre qui est à la
fois le but et le moyen.

Le dessin a une importance si grande que je le compare
à l'œil, organe bien petit, et qui, d'un regard, embrasse
tant de choses. Le dessin, dans l'œil de l'artiste, réunit,
met en rapport direct les facultés de voir, de sentir et de
penser.

Toutes les vérités ont une grande valeur, mais il y en
a de plus élevées les unes que les autres, de plus utiles à
l'humanité. Telles sont les lois qui régissent l'ordre moral,
comparées aux lois de la science, qui ne sont que les vérités de l'ordre physique. Dans l'art, tout ce qui appartient aux premières s'exprime par la forme; la couleur, à
mon avis, représente un côté plus matériel. Elle traduit
les conditions physiques de la vie des corps : aussi est-elle
le plus souvent appréciée par la foule qui juge avec les
sens, tandis que le dessin intéresse surtout les cœurs et
les intelligences d'élite.

PROJET DE RÉPONSE

AU RAPPORT DE MONSIEUR LE SURINTENDANT DES BEAUX-ARTS, INSÉRÉ DANS LE MONITEUR DU 15 NOVEMBRE 1863.

Les notes qui suivent avaient été prises par Hippolyte Flandrin pour servir d'élément à un travail où il se proposait de discuter les opinions émises dans le rapport à M. le ministre de la maison de l'Empereur et des beaux-arts sur la réorganisation de l'École : travail auquel Flandrin crut devoir renoncer au bout de quelques jours, « parce que, disait-il dans une lettre que nous avons citée, M. Ingres ayant parlé, il me semblerait outrecuidant d'ajouter quelque chose aux paroles de celui à qui tous peuvent donner le nom de maître, et dont l'autorité devrait être décisive. »

Fallait-il toutefois que les scrupules qui avaient arrêté Flandrin lui survécussent? La discussion est-elle désormais si bien close qu'il n'y ait plus lieu de produire quelque chose des arguments recueillis, au premier moment, par un juge si hautement compétent en pareille matière? Nous ne l'avons pas pensé : non certes que nous ayons le désir de raviver la polémique dans le sens des agressions ou des luttes personnelles, mais parce que, au point de vue des principes, l'expression des opinions de Flandrin peut avoir sur les déterminations à venir une influence heureuse, et provoquer, dès à présent, d'utiles, de nécessaires réflexions.

Écrites au crayon, jetées pêle-mêle sur le papier, à mesure qu'une objection surgissait dans l'esprit de l'artiste, ces notes ont souvent, quant à la forme, les caractères de l'improvisation. Nous avons cherché à les coordonner en rapprochant les uns des autres les fragments qui nous semblaient se rapporter à peu près à une même partie du sujet : est-il besoin d'ajouter que nous ne nous sommes pas permis pour cela de reviser les inspirations de cette *première pensée* et d'essayer de complé-

ter par des retouches indiscrètes une ébauche, il est vrai,
mais une ébauche tracée par la main d'un maître?

On veut faire une école, on veut enseigner en repous-
sant toute tradition, comme si enseignement et tradition
n'étaient pas synonymes! On se préoccupe d'originalité,
comme si l'originalité pouvait se donner! L'originalité ne
peut être enseignée, mais l'école lui fournit les moyens de
se produire en donnant un corps et une forme aux tendances de l'esprit.

On prétend que cette originalité est combattue, annulée
par les systèmes de concours qui, jusqu'à présent, ont servi
de preuves pour les progrès des élèves, et là-dessus on substitue au jugement de ces concours par un nombreux jury,
les rapports écrits d'un seul professeur. O logique! ô bon sens!

Ce qu'on dit ensuite sur le jugement de ces concours,
est une attaque à notre honnêteté autant qu'à notre capa-
cité. On ne peut, on ne doit pas y répondre.

Quant aux critiques sur la faiblesse et l'uniformité de
caractère chez les élèves, la raison est contraire à celle
qu'on donne. L'École avait assez de doctrine pour remplir son rôle, c'est-à-dire juger. Elle n'en avait pas assez
pour enseigner. Depuis quelques années, il est vrai, un
rouage essentiel avait faibli : les écoles du dehors s'étei-
gnaient successivement, et, pour la peinture surtout, la
grande arène avait perdu un peu de sa vie et de son ému-
lation. Ce qu'on vient de faire au dedans, il fallait le provoquer au dehors : car la création, à l'intérieur, des
ateliers n'aura jamais de valeur que par la liberté et l'indépendance la plus complète des maîtres, — des maîtres,
entendez-vous? Je ne dis pas des professeurs, car c'est bien
différent.

Après avoir attaqué les hommes et les choses de l'École
par les allégations les moins prouvées, après avoir déconsi-
déré l'Académie par des mesures qui expriment la défiance la plus formelle, le *Rapport* propose pour tout
moyen de rénovation, pour élever les études enfin, il
nous propose d'étudier davantage les procédés, les moyens
matériels! Ainsi les professeurs seront des professeurs
spéciaux de *peinture*, de *sculpture*, etc. Le *Rapport* vous
dira pourquoi, écoutez-le : « Ne serait-il pas nécessaire
que les élèves apprissent de quels procédés se sont servis
les grands maîtres qu'on leur propose pour modèles? »
Pour les graveurs, même souci excessif du procédé. Pour
les architectes, de quoi s'inquiète-t-on encore? De règlements administratifs, de pratique sur le terrain : procédés,
toujours procédés!

L'enseignement de la vieille école (c'est encore le
Rapport qui parle) ne consiste guère, à proprement
parler, pour les peintres, sculpteurs et graveurs, que dans
un cours de dessin. Eh bien, l'École avait au moins le
mérite de nous montrer du doigt, de nous recommander
ce qui est l'art, l'art tout entier. Par le dessin, en effet,
tout s'exprime. Aux œuvres vraiment belles par le dessin
on ne demande plus rien, car elles ont pris le côté expressif
des choses.

Vous parlez de liberté, de liberté de l'enseignement! Je
vous dis qu'il y a un âge pour apprendre et un âge pour
juger, choisir. C'est à cet âge-là seulement qu'il peut être
question de liberté, de cette liberté qui vous préoccupe
tant. Je soutiens que dans une École des beaux-arts,
comme dans toute autre, le gouvernement a le devoir de
n'enseigner que des vérités incontestées, ou, au moins,

appuyées sur les plus beaux exemples et acceptées par les siècles. De ces nobles traditions, les élèves, sortis de l'école, feront la vérité de leur temps, soyez-en sûrs : vérité de bon aloi, car elle sera le produit d'une liberté véritable, tandis que l'enseignement du pour et du contre dans le même lieu et pour ainsi dire par les mêmes bouches, ne peut produire que le doute et le découragement (1).

Les époques de foi trouvent toujours des hommes qui se font, même à leur insu, les interprètes du sentiment général. Ce sont les grands poètes, les grands artistes. Plus heureux que nous, ils parlent à tous et au nom de tous. De là, dans leurs œuvres, une franchise et une force que nos précautions et nos réticences ne peuvent avoir. Quels que soient nos sentiments et nos idées particulières, nous sommes un peu troublés par la division qui règne dans notre auditoire.

Les œuvres des anciens portent toutes le cachet d'un goût individuel, d'un sentiment inspiré. Les produits de l'industrie moderne sentent la machine. Ceux des anciens, des artistes du moyen âge même, sont le fait d'hommes : on le voit, on le sent.

C'est donc, hélas! la force des choses qui nous fait si faibles et si misérables en comparaison des anciens! Mais que sera-ce si nous abandonnions leurs traces? Ce sillon lumineux est notre seul espoir, tant que la vérité ne régnera pas sur les esprits d'une manière plus générale. Il

(1) Quelques-unes des pensées que l'auteur exprime ici ont été reproduites par lui, et presque dans les mêmes termes, dans les lettres qu'il adressait à son ami M. Victor Balard : lettres dont nous avons cité les passages principaux. Voyez la Notice placée au commencement de ce volume.

n'est donc guère temps de supprimer les écoles : car j'appelle suppression l'enseignement du pour et du contre, l'enseignement du doute, qui, hélas! pénètre par tous les pores et tue tout ce qu'il touche.

Non, ce n'est pas le doute qui enseigne, c'est l'affirmation, et voilà pourquoi je n'ai pas voulu prendre part à un enseignement sans principe et sans foi. Puisque j'ai le bonheur de croire, je ne veux pas dire : « Voilà qui est peut-être beau », mais je veux dire : « Voilà qui est beau », sans qu'un conseil, supérieur ou non, vienne souffler tantôt à droite, tantôt à gauche, et détruire mon ouvrage. Je crois fermement que l'indépendance absolue du professeur est la première condition du succès, car elle engendre la confiance chez les élèves, et celle-ci peut seule donner l'autorité et le titre de maître.

La première, la meilleure manière d'enseigner, à mon sens, est celle qui consiste à appeler le respect, la vénération sur les belles choses en les proclamant les plus belles par la place qu'on leur donne, par les soins qu'on en prend. Dites enfin par tous les moyens : Voilà ce qu'il faut aimer, honorer, admirer.

Passant maintenant à des idées d'un autre ordre, je suis sûr, malgré l'étonnement qu'exprime le Rapport, que la nomination arbitraire des professeurs par un ministre est moins honorable pour eux qu'une élection par leurs pairs; de même que la volonté du même personnage, si haute qu'elle soit, ne peut, dans les questions d'enseignement, équivaloir à l'influence d'un conseil formé d'hommes pratiquant honorablement leur art (1).

1. Dans une lettre qu'il écrivait le 16 février 1864 à son ami M. Lacroix, Hippolyte Flandrin exprimait la même pensée en ces termes : « A pro-

Je l'avoue, l'incohérence d'idées qui se trouve dans le Rapport contre la vieille organisation me fait trouver dans celle-ci des mérites et une hauteur de vues que je ne soupçonnais pas. L'École des beaux-arts, telle qu'elle était constituée, n'était pas autre chose qu'une arène où les doctrines des différentes écoles venaient engager la lutte, au profit de la vérité générale. Le grand jury était l'Institut, corps suspect parfois comme tous les corps, mais où cependant les doctrines les plus extrêmes sont représentées : Ingres, Delacroix, Meissonier, me semblent en faire foi. Ce jury, je le crois aussi éclairé que tout autre et beaucoup plus impartial, parce que, retirés de la vie active, bon nombre de ceux qui le composent sont déjà sortis du champ de bataille et le voient de plus haut, de plus loin.

On veut par deux concours semestriels rétablir les liens qui unissaient autrefois les ateliers du dehors à l'École : mais ils n'y suffiront pas. Plus j'y songe, plus j'admire ce qui était et ce que, toute réflexion faite, on trouve bon de rétablir pour les architectes seulement. Pour eux, l'École est une arène où ils viennent lutter et combattre : pourquoi, dans les mêmes conditions, n'en serait-elle pas une aussi pour les autres artistes ? Toute la réforme était là. Il fallait provoquer au dehors la renaissance de nouvelles écoles, libres, indépendantes, qui seraient venues, par leurs luttes dans ce grand centre, manifester une vie nouvelle.

Quant à l'Académie de France à Rome, je prétends que

pas des choses de l'École et des soi-disant réformes, je vois par les dernières lignes de votre lettre que vous les appréciez comme moi. Il n'y a là rien de libéral, au contraire ; tout est livré à l'arbitraire d'un homme ou d'une administration..... Une chose est bien certaine, c'est que ces réformes n'ont pour elles ni les artistes ni la jeunesse. »

les modifications apportées à son règlement, avec la prétention de la vivifier, l'appauvrissent, l'énervent, et qu'elles conduisent à sa suppression. La facilité de ne plus y séjourner que deux ans est vraiment le coup de la mort. En caressant, en flattant les dispositions fâcheuses de la jeunesse, — la présomption, l'inconstance, la recherche prématurée du succès, — cette mesure amènera une dissolution certaine; car on aura bientôt une Académie composée de sept ou huit pensionnaires, pour lesquels la commission du budget trouvera avec raison exorbitant de maintenir un établissement pareil à celui où l'on entretenait vingt-cinq jeunes artistes. Ceux-ci trouvaient avec une liberté complète pour bien faire, non-seulement tout ce qui procède du maître envers l'élève, mais encore ce qui tient de l'affection protectrice du père envers les enfants. La cohabitation des pensionnaires est précieuse parce qu'elle a pour résultat de les instruire les uns par les autres et de protéger, pour ainsi dire, leur bonne vie.

Les traces de la grandeur antique, les origines saintes du Christianisme, les monuments qui en proclament le triomphe, forment l'inépuisable mine des études qu'on peut faire à Rome.

Pour nous résumer, la soi-disant réforme qui atteint des hommes, tue des institutions bienfaisantes, etc., peut-elle se le faire pardonner par des idées justes et propres à remplacer avec avantage ce qu'elle a détruit? Examinons.

1° Comme mécanisme, elle remplace l'élection des professeurs par la nomination administrative, directe et arbitraire. — Cela me semble moins honorable, et surtout moins libéral.

2° Elle remplace les concours publics par les rapports directs et secrets d'un seul professeur. — Au point de vue des garanties, cela me semble moins large, et aussi moins libéral.

3° Comme doctrine, à cette étude du dessin que nous considérons comme l'essence de l'art tout entier, elle substitue la spécialité, la division, elle pousse à l'étude du procédé, du moyen matériel. — C'est l'esprit qui a porté si haut la fabrication des épingles et des locomotives.

4° Comme meilleur mode d'enseignement, on repoussera toute tradition, on prêchera les doctrines les plus diverses, on demandera de l'originalité, et enfin, pour marcher plus sûrement encore, on abaissera de cinq ans l'âge où l'on peut choisir et se former quelques idées justes.

EXTRAITS DU JOURNAL

ÉCRIT PAR HIPPOLYTE FLANDRIN PENDANT SON DERNIER VOYAGE EN ITALIE.

(OCTOBRE. 1863. — MARS 1864.)

Le 18 octobre, à onze heures du matin, nous partons, ma femme, Auguste, Cécile, petit Paul, M. Laurens et moi. Le temps est triste, le ciel chargé; de loin en loin, pourtant, le soleil nous envoie un pâle sourire. La campagne est d'un ton superbe, mais d'une expression mélancolique. Ce voyage, du reste, me dispose singulièrement à un sentiment analogue. Les souvenirs de Lyon et de Rome s'unissent pour me ramener à mon plus ancien passé, et, lorsque du milieu de l'ouragan causé par la rapidité de notre train, je regarde, au delà des vallées,

les derniers horizons qui les couronnent, je crois regarder
bien loin dans la première phase de ma vie.

Lundi, 19. Nous voilà dans mon cher Lyon. Le temps
est beau, mais froid. Le matin, nous allons, Auguste et moi,
faire une visite à la sainte montagne. J'y trouve des fleurs
fraîches et j'en suis touché aux larmes. Nous revenons par
Fourvières et par la Montée des Anges. Quelle belle ville !
quel caractère ! — Nous faisons visite aux chers mais
tristes restes de la famille. C'est bien pénible, car partout
des souffrances et des changements trop visibles à nos
yeux. Je cherche à voir M. Duclaux (1) ; mais il est à la
campagne, et nous ne voyons que par hasard notre bon
Lacuria.

Le mardi, 20, nous partons pour Marseille... Au loin,
les montagnes de la Drôme, Valence, Montélimart,
Orange, Avignon, Tarascon, Arles : tout cela me paraît
aussi beau, plus beau que jamais ; enfin Marseille, grande,
magnifique avec ses quatre ports, sur cette mer si belle,
et entourée de ces montagnes, grecques de forme et de
couleur. Nous nous logeons à la Cannebière. Quelle vie,
quel mouvement ! C'est une fièvre...

Le jeudi, 22, nous partons par le chemin de fer. De
Marseille à Aubagne et surtout à la Ciotat, nous ne jetons
qu'un cri d'admiration, et je me désespère de passer si
vite au milieu de pareilles beautés. A Roquebrune, à
Fréjus, à Cannes, au golfe Juan, à Antibes, il faudrait
peut-être crier encore plus haut. C'est une variété, une
richesse de lignes, de formes et d'effet qui ont complète-

---

(1) Le seul survivant des maîtres qui avaient autrefois dirigé à Lyon
les premiers essais d'Hippolyte Flandrin. C'était chez M. Duclaux que,
quarante ans auparavant, les « petits Flandrin » allaient apprendre à
dessiner les animaux, pour se préparer à ce rôle de peintres de batailles
qu'ils comptaient, l'un et l'autre, s'attribuer un jour.

ment épuisé mes moyens d'expression : je me contente de
lever les bras. Oui, le trajet jusqu'à Nice m'a émerveillé
plus que je ne saurais dire. Si j'étais paysagiste, il me
semble que je me nourrirais longtemps de ce pays...

Le 24, nous quittons Nice par une belle route qui rentre
et serpente dans la montagne. Au bout de deux heures et
demie de montée, arrivés au point culminant, nous voyons
les glaciers des Alpes et nous retrouvons la mer. Sous nos
pieds est le golfe de Villefranche, avec son hôte le *Montebello*. Longtemps encore nous longeons les sommets et
voyons bien au-dessous de nous Oza, petit nid de pirates
sarrasins perché sur un rocher isolé. Les Sarrasins ont
fait place aux chrétiens, et la petite église s'unit, gracieuse,
au pauvre village que la veille nous apercevions de Villefranche comme une petite déchirure dans les roches... Peu
à peu, nous redescendons. La route est superbe. Nous
passons à Torbia, ancienne station romaine, où une tour
du moyen âge est bâtie sur une base qui ressemble un peu
aux deux premiers étages de la tour Magne, et, au bas
d'un énorme promontoire, nous apercevons Monaco,
fraîche, propre et d'heureuse apparence : un peu plus
loin Roccabruna et enfin Mentone, qui est notre dernière
possession du côté de l'Italie. Arrivés à l'hôtel à quatre
heures, nous en ressortons immédiatement pour aller
regarder la mer de près, c'est-à-dire nous y mouiller les
pieds ou au moins voir le flot arriver jusqu'à nous; puis,
nous parcourons la petite ville, et grimpons de rue en rue,
de terrasse en terrasse, jusqu'au groupe des trois églises
qui la dominent. La cathédrale est grande et a une certaine noblesse, mais quel goût, en général! L'emploi de
la peinture devient abusif, car il y a des maisons de toutes
les couleurs, jaunes, blanches, roses, vertes. En face de
notre hôtel se trouve celui de *la Ville de Turin*, qui est en

32

bleu d'outre-mer avec des volets verts et des retroussis
jaunes ! Au delà de la frontière, *in Italia* enfin, rien de
plus commun que des maisons bleues, des clochers roses,
des façades bariolées, et néanmoins toute cette architecture enluminée, qui n'est pas souvent d'une bonne forme,
offre des lignes, des motifs et des proportions charmantes.
Toutes ces petites villes ont une tournure qui est la leur,
une grâce particulière qui les distingue.

A Mentone, j'ai été frappé de la beauté de certaines
femmes et des enfants, particulièrement de leur expression
de douceur et d'honnêteté. Le dimanche matin, nous
allons à la messe, puis nous reprenons le voiturin, qui, au
bout de deux ou trois milles, nous fait franchir la frontière
française. Un peu plus loin, nous trouvons Vintimiglia,
jolie petite ville fortifiée qui coupe la route. Nous y déjeunons à la *locanda d'Italia*, où je fais, pour la première
fois, usage de mon italien. Ceci a du caractère : nous
déjeunons en face d'une espèce de chapelle au *roi galant
homme* et à Garibaldi.

De Bordighera à San-Remo, ville d'une certaine importance, le littoral est couvert de palmiers, de vrais bois de
palmiers... Les rues de San-Remo et l'ensemble de la ville
ont un caractère étonnant : hauts palais, décorés de portiques, de loges ouvertes, de terrasses. Tout cela me fait
penser à quelque ville espagnole. C'est dimanche, toute la
population est dehors. Il y a des femmes admirables, et je
regrette sincèrement de ne pouvoir rien retenir de ces
beaux types. A Porto-Maurizio, à Oneglia, mêmes regrets.
Que ne puis-je dessiner au lieu d'écrire! Ce serait plus
juste et plus parlant...

Le 26 octobre, nous partons à sept heures du matin.
Le ciel, un peu troublé hier soir, s'est nettoyé pendant la
nuit. ... mer est calme, et de nombreux dauphins se

jouant à la surface semblent saluer le soleil levant. Peu à peu, les montagnes s'abaissent ; les villages plus nombreux brillent au milieu de l'immense forêt d'oliviers qui, comme un tapis moelleux, les recouvre. La mer, d'un bleu si pur et si doux, complète le tableau en brisant au pied du rivage, et en étendant sa grande ligne à l'horizon. Le premier bourg que nous traversons est Cervo... A Loano, où Masséna livra bataille aux Autrichiens et aux Sardes réunis, nous déjeunons. Une grosse dame en crinoline énorme, accompagnée de sa fille et d'une *cameriera* n'ayant pas moins de crinoline, nous conduit au salon, qui n'est autre chose qu'une chapelle à Garibaldi. Les flambeaux ne sont pas allumés, il est vrai, mais une guitare placée là, sur un sopha, invite à chanter. De là, nous nous rendons dans la salle à manger, où un déjeuner rustique, mais passable, nous est présenté. Il passe très-bien ; mais ce qui passe moins bien, c'est la note, qui est outrageusement exagérée...

Le 27 octobre, départ de Savone à huit heures. Le temps est toujours beau, le pays aussi. Cependant les oliviers deviennent plus rares et plus petits ; on n'aperçoit plus que de loin en loin un palmier, les caroubiers sont remplacés par les chênes verts... A mesure qu'on approche de Gênes, dont nous apercevons de loin la belle masse et le phare élégant, les maisons deviennent toujours plus rouges, plus vertes, plus bleues, plus jaunes surtout ; elles se décorent de toutes les inventions de l'architecture la plus fantasque, des ornementations les plus comiques. Mon petit Paul en fait à son insu la meilleure critique, en me disant naïvement : « Papa, regarde donc toutes ces maisons de carton ! » Arrivés vers la Lanterne, à l'entrée du port, nous embrassons Gênes d'un coup d'œil, et je comprends qu'on l'ait surnommée *la Superbe*. La hauteur de ses maisons ou de ses palais, le nombre de ses tours, de ses dômes, de ses clochers, les groupes hardis de ses monuments, donnent à l'ensemble un caractère de fierté et de richesse qui s'accorde bien avec la réputation de cette rivale de Venise.

Le mercredi, 28, nous allons voir les églises. Je me rappelle celles de Saint-Philippe de Néri, de l'Annonciation, de Saint-Ambroise, dont la richesse est prodigieuse et l'harmonie si complète, qu'elle arrive, malgré le mauvais goût des détails, à constituer une vraie beauté. La cathédrale, monument ancien dont une grande partie date du onzième siècle, est véritablement bien intéressante. A l'extérieur, la façade et les deux portes latérales sont belles, curieuses au dernier point. Dans l'intérieur, plusieurs chapelles, notamment celle de Saint-Jean, qui conserve, dit-on, les reliques du saint Précurseur, sont riches et ornées de sculptures d'un grand mérite. Il y a aussi des tableaux, mais la journée est trop sombre pour qu'on puisse les juger. L'architecture intérieure de la grande nef est belle et hardie : malheureusement le chœur, beaucoup plus récent, est d'un tout autre goût.

Dans la *via Balbi*, nous remarquons plusieurs palais, où la hardiesse de l'invention et la grace des formes s'unissent à la richesse des matériaux. Dans la *via Nuova*, le *palazzo Brignole* dont nous n'avons pu visiter la galerie, à cause de la mort récente du marquis ; le *palazzo Durazzo*, etc. Nous allons voir aussi d'autres rues, le Jardin public, l'Hôpital, et quelques autres palais sur lesquels je ne sais plus mettre les noms.

Jeudi, 29. Il a plu toute la nuit à torrents, et cela ne paraît pas près de finir. Nous partons néanmoins, assez tristes d'être obligés de fermer presque complétement les rideaux de notre cabriolet, parce que, tout emmaillottés

que nous sommes, moi et Auguste, nous serions bientôt
inondés et percés. Je remarque, quoique voyant mal, que
les villes ou les villages ne ressemblent pas à ce que nous
avons vu sur l'autre rive. Ici ce sont de longues lignes de
maisons qui bordent la route ou s'éparpillent dans la
montagne, au lieu de ces groupes d'habitations serrées
autour de leur église et qui produisent de si charmants
effets. Constamment la route monte ou descend, en
suivant la mer qui brise et montre au loin, tout le long du
golfe, ses gerbes d'écume. À mesure que nous avançons,
le pays redevient plus beau. Les montagnes sont très-
boisées, les oliviers, quoique moins gros, réapparaissent
plus nombreux et doivent être encore une des richesses
du pays. Nous déjeunons sur une hauteur d'où la vue
est admirable. Nous revoyons Gênes et le vaste con-
tour de son golfe qui s'étend au loin, puis se perd
dans la brume. Un instant le soleil perce les nuages, et
nous espérons une amélioration, mais il faut y renoncer :
la pluie revient au moment où nous remontons en voiture. La mer et les montagnes continuent à nous offrir
des motifs admirables. Que serait-ce donc si le temps
était beau!... Nous couchons à Sestri, au bord de la
mer, dont toute la nuit nous entendons la grande
rumeur.

De Sestri où nous laissons la mer bordée d'aloès et
d'oliviers, nous commençons la grande montée de Bracco.
Bientôt les oliviers sont remplacés par les chênes verts
auxquels succèdent les châtaigniers, puis enfin une espèce
de courte toison d'un ton fauve, souvent déchirée,
recouvre les vastes épaules de ces montagnes. Au-dessus
de Bracco, au point culminant de la montée (qui a duré
trois heures), des terrains dénudés, de toutes couleurs,
depuis le noir et le violet jusqu'aux tons de soufre, nous

séparent encore des sombres rochers qui, en ce moment,
cachent leur tête dans les nuages. C'est l'image du chaos
et de la désolation. Sauf la route, il n'y a plus de traces
des hommes. Cependant, sur une des cimes les plus
abruptes, je vois tout à coup dans le brouillard une forme
de jeune fille qui descend en courant et s'arrête, à
environ trente pieds au-dessus de la route, pour nous
voir passer. Au regard dont je la suis elle répond par
un sourire, tout en demeurant immobile. Charmante
vision, qui contraste étrangement avec le caractère sauvage du site !

La descente nous présente des aspects toujours chan-
geants. C'est une mer de montagnes. Point de culture,
point de champs. Nous en retrouvons enfin avec les habitations, et nous sommes accompagnés jusqu'au village où
l'on doit déjeuner, par une foule de petits et de grands
mendiants. A l'auberge, décorée du titre de *Grand Hôtel*,
au-dessus de la porte d'entrée, se trouve une statue en
pied de Garibaldi. A l'intérieur, il y en a une encore;
enfin on met notre couvert à côté, et un peu au-dessous du
fauteuil, du lit, de l'appareil et de certains vases qui ont
servi à Garibaldi. Les hommes sont en chemise rouge, les
meubles sont rouges. Là nous apprenons que nous ne pouvons aller plus loin : la route est obstruée par un lac
immense, dans un creux d'où l'eau ne peut s'échapper et
qu'il faut, nous dit-on, « laisser boire à la terre. » Ça
promet ! Cependant nous quittons le « Grand Hôtel » et
les Garibaldiens pour aller vérifier le fait. Hélas ! il est
positif, et nous voilà obligés d'attendre là que l'obstacle
puisse nous céder. Malheureusement le lieu est triste et
pauvre, les chambres sont humides, et Paul tousse.

Si nous voulons sortir de notre réduit, nous sommes
immédiatement entourés de mendiants qui s'abattent sur

nous comme des mouches sur un morceau de sucre; il faut rentrer et regarder rouler l'eau du torrent. Du reste, nous ne sommes pas les seuls individus arrêtés là. Dans le même trou logent une famille anglaise, la princesse Orloff, son médecin et leurs gens. Le médecin paraît très-bon, très-obligeant, et vient voir petit Paul qui nous inquiète.

Le 31 octobre, samedi, notre voiturin va à la découverte. L'eau a baissé, mais il s'en faut encore de beaucoup que l'on puisse passer... Le ciel est toujours menaçant, la température lâche et molle. *Ci vuole pazienza!* Un pauvre homme, à qui je donne quelque chose, me fait sur la charité un des meilleurs sermons que j'aie entendus de ma vie...

1er novembre. Nous allons à la messe, dans une toute petite chapelle qui est pleine et plus que pleine... L'office commence par les chants assez étranges de deux chœurs qui se répondent en chevauchant l'un sur l'autre, puis par des versets chantés alternativement par le curé et par les hommes, rassemblés familièrement autour de l'autel avec les petits enfants. Tout cela a un caractère touchant de naïveté et de sincérité. Après trois quarts d'heure de chants, on habille le prêtre et la messe commence. Quand elle est dite, on paie pour les morts. Nous sortons sous une pluie qui ne veut pas finir.

Le reste de la journée se passe à regarder la pluie tomber et grossir le torrent de la Magra, qui arrache, déracine et emporte tout. Enfin, le lendemain, 2 novembre, après avoir remercié le docteur, salué la princesse qui a quelque chose de très-noble, et pris congé de nos hôtes qui ont été vraiment honnêtes et modérés dans leurs prix, nous quittons Borghetto avec joie. Arrivés à l'obstacle qui nous a ainsi arrêtés, nous voyons qu'il faudra laisser s'écouler plusieurs jours encore avant qu'on

puisse se servir de la route. Nous, nous passons par la
route ancienne, qui a été raccommodée pour la circonstance. On porte Paul, et nous choisissons nos pas... Nous
arrivons au col qui débouche sur le col de la Spezia. Nous
sommes enchantés à la vue de paysages superbes. La
végétation, les montagnes, les fabriques ont repris leur
belle physionomie et surtout cette manière de se lier, de
se grouper, que Poussin a tant aimée.

De Sarzanna à Pise, mon admiration s'accroît toujours.
J'ai vu aussi beau, je n'ai rien vu de plus beau... Oh !
quelle fortune pour un paysagiste ! Voilà Pise : nous
allons loger dans un hôtel *lungo l'Arno*, près le pont du
milieu.

3 novembre. A peine levés, nous courons, moi et Auguste, voir les églises de la rive gauche..... J'ai un grand
plaisir à parcourir cette ville que je reconnais bien, et qui
me donne la même impression que la première fois, avec
ses rues paisibles et propres, ses grands palais, ses nombreuses églises un peu solitaires, car l'herbe croît autour
de la plupart d'entre elles.....

Nous revenons à l'hôtel chercher ma femme, Cécile et
Paul .....et nous nous dirigeons vers le Campo Santo. Les
quatre monuments nous apparaissent à la fois, couleur
d'or sur un magnifique ciel bleu. L'inclinaison de la Tour
me chagrine autant que la première fois : je n'aime pas à
regarder une curiosité de ce genre. Après avoir considéré
l'effet extérieur de cette rare réunion de monuments, nous
nous dirigeons vers le Baptistère, dont l'architecture intérieure surtout nous frappe par sa hardiesse, sa noblesse,
et cependant par sa simplicité.

La fameuse chaire de Nicolas Pisano offre de si admirables qualités comme style et comme caractère de
formes, qu'on pourrait comparer cet ouvrage à certains

monuments antiques, de la décadence il est vrai; mais enfin, n'est-il pas merveilleux qu'un homme qui recommence son art, pour ainsi dire, puisse justifier une pareille comparaison? Quant à l'invention, elle est toute pleine de naïveté, d'originalité et de force.

Le dôme de Pise, commencé en 1118 par Buschetto, est construit en grande partie avec des fragments antiques qui donnent une admirable saveur à l'exécution de ce beau monument; elle se fait sentir surtout à l'intérieur, dont les proportions, l'expression et l'effet me semblent de beaucoup supérieurs à ce qu'expriment toutes les faces.....

Le Campo Santo, qui était resté dans ma mémoire comme une des choses qui m'ont le plus frappé, m'a rendu mes impressions d'autrefois. La simplicité de l'architecture, où l'austérité s'allie à l'élégance, m'a touché au moins autant que dans ma jeunesse. C'est avec une vraie émotion que je suis entré, et que, portant mes regards sur ces murailles vénérables, j'ai reconnu l'effort et les ravages du temps. Bien des choses, hélas! ont achevé de mourir, et les autres pâlissent sensiblement. Et cependant quelles leçons peuvent encore donner ces ruines! Les grandes scènes peintes par Orgagna sont traitées avec une force et un pathétique vraiment à la hauteur des sujets. La Vie de San Ranieri a beaucoup souffert. L'immense travail de Benozzo Gozzoli a pâli, mais il reste encore certains sujets assez complets, certains groupes de portraits d'hommes dignes de Masaccio, et que je voudrais voir recueillir.....

Le mercredi, 4 novembre, Auguste et moi nous partons pour Lucques. En arrivant, après une demi-heure passée sur une route charmante, nous prenons une voiture qui nous conduit au Dôme. Quel caractère, quelle hardiesse ont ce grand *rampanile* qui domine toute la

ville, et ce portique si riche, si bien orné de sculptures en
ronde bosse et en bas-relief, d'inscriptions, etc.! Je remarque dans le tympan d'une des portes une *Descente de croix*
par Nicolas de Pise, et dans l'intérieur de l'église, deux
admirables *Tombeaux* de Matteo Civitali, un petit *Saint
Sébastien* que je crois être le même que celui de Timbal,
un beau fra Bartolommeo (*La Madone et le Bambino* qui
écoutent un ange jouant du luth); un Domenico Ghirlan-
dajo, une chapelle de Jacopo della Quercia et une fresque
de Cosimo Rosselli. Toutes ces richesses et ce beau monument sont placés dans un lieu si paisible, grande place irrégulière avec une jolie fontaine dont on entend bruire les
eaux !....

A San-Frediano, façade simple, mais d'un grand caractère, dont la partie supérieure est occupée par une belle
mosaïque du douzième siècle. L'intérieur, presque entièrement construit avec des colonnes, des chapiteaux
et des matériaux antiques, a un caractère bien remarquable de fermeté et d'élégance. Les proportions en sont
on ne peut plus heureuses. C'est pour moi un admirable
exemple de ce que doit être une église.....

A San-Giusto, nous admirons la porte, et à ce sujet
nous remarquons qu'à Lucques comme à Pise, presque
toutes les églises ont sur leur porte principale, en guise de
bandeau ou de diadème, quelque magnifique frise antique.
Nous voyons ensuite San-Salvatore, San-Michele, très-
grande, très-belle et très-ancienne église qu'on restaure
avec soin, et qui porte sur son pignon une statue de saint
Michel, en marbre, aux ailes de bronze.

A San-Romano, nous pénétrons par le cloître, qui appartient à un couvent de Dominicains. Plusieurs de ces
religieux sont dans l'église : les belles figures blanches!
Un frère lai nous mène voir deux merveilleux tableaux de

fra Bartolommeo. L'un représente *la Vierge invoquant la miséricorde de Dieu*; des anges étendent son manteau sur la foule comme une protection, et dans cette pénombre se lisent les expressions les plus vraies, les plus touchantes. Au bas de l'église, encore un chef-d'œuvre de ce grand maître : *Dieu le Père s'appuyant sur des anges*, et au-dessous, sainte Catherine de Sienne et sainte Madeleine. C'est ineffable d'expression, et puis la gamme en est si blonde, si forte cependant! Quel charme bienfaisant!.....

A trois heures et demie, nous revenons et nous voyons avec plaisir la charmante route du matin éclairée par un beau soleil. L'approche de Pise me rappelle les abords d'Arles. Nous prenons une voiture, nous traversons la ville au galop pour aller saluer le Campo Santo et la cathédrale. Nous faisons encore une fois le tour du Campo Santo. Les derniers rayons du soleil y pénètrent encore; mais bientôt tout s'éteint, il faut dire adieu, et ce n'est pas sans peine. Puis, nous entrons dans la cathédrale, où l'on ne comprend plus que les grandes masses, rendues plus imposantes par l'ombre et le silence; il faut quitter. Hélas! c'est passer trop vite devant de si nobles choses.

5 novembre. Nous partons de Pise un peu avant le lever du soleil. De longues lignes de nuages rayent le fond rouge du ciel : il fait presque froid. Un convoi portant des soldats d'artillerie arrive à la gare au moment où nous y entrons. Ce sont des hommes jeunes, forts et d'une bonne tenue militaire. Notre train prend la route d'Empoli, bordée de champs bien cultivés et de maisons qui donnent l'idée d'un pays heureux. Au loin, de belles lignes de montagnes : nous sentons Florence s'approcher; mais, à Empoli, nous changeons de ligne et tournons vers Sienne. Je reconnais bien le pays qui rappelle les paysages des vieux

maîtres siennois. Le trajet paraît long..... Enfin voici les
murs de Sienne. Nous descendons et nous parcourons ces
rues étroites où vont et viennent cependant plus de gens
qu'à Pise et à Lucques. Nous déjeunons à l'*Aquila nera*;
nous ressortons bien vite pour aller voir la *Piazza del
Campo* et le magnifique palais public. J'avoue que de
toutes les choses que j'ai vues dans ce voyage, c'est une
des plus belles. Peut-être même est-ce celle qui atteint
le mieux son but, car la vigueur et la franchise du caractère indiquent ici la destination du monument d'une manière
admirable. En face, il existe une fontaine ornée de précieuses figures allégoriques par Jacopo della Quercia,
mais ruinée, comme elles le sont toutes. La belle masse
un peu fruste de ces figures fait retrouver, avec d'autant
plus de bonheur, la finesse et la recherche des parties
conservées.

Nous arrivons à la cathédrale ou *Duomo* par le chevet,
dans lequel s'ouvre la *chapelle de Saint-Jean*, qui renferme un baptistère décoré de figures et de précieux bas-
reliefs par Ghiberti. Cette face du monument est plus
simple et aussi plus belle, à mon sens, que la façade
principale attribuée à Jean de Pise, et qui me paraît moins
ancienne. L'intérieur m'a frappé par la richesse, je puis
même dire par la profusion des choses un peu hétéro-
gènes qui y sont entassées et qui appartiennent à toutes
les époques, à tous les styles; mais la *Libreria*, les deux
tableaux de Duccio, et surtout la *Chaire* de Nicola Pisano
nous occupent longtemps. Quel grand caractère ce maître
donne à tout ce qu'il touche! J'avais bien du respect
pour lui déjà, mais j'avoue que ce respect grandit à
chaque œuvre nouvelle que je vois, et mon esprit en reste
plein.

Au couvent de San-Domenico, belle, grande et simple

construction en briques, nous voyons, du Sodoma, les quelques belles figures que M. Ingres a tant admirées et qu'il a copiées : un *Tabernacle* de Michel-Ange, quelques tableaux intéressants des maîtres siennois, un grand *Crucifix* de Giotto et une *Madone* de Guido da Sienna ; puis la chapelle formée par la chambre de sainte Catherine, où elle a vécu, dont ses pieds ont touché le sol. Cette église, qui n'a qu'une seule nef, m'a paru très-grande et surtout très-large.

Nous allons visiter ensuite la *Lizza*, promenade sur laquelle la musique militaire joue et attire beaucoup de promeneurs. Je ne reconnais plus le caractère de la population. D'ailleurs, on a beaucoup bâti depuis quelques années : le mouvement moderne qui pénètre, gâte, pour moi, cette ville où semblaient se continuer et vivre encore les treizième et quatorzième siècles.

Le 6, en me levant, je vais avec Auguste visiter les salles peintes à fresque, dans le Palais public, par les maîtres de l'ancienne école siennoise. La chapelle de Taddeo di Bartoli est encore presque complète et me paraît être un des beaux monuments de ce temps. ..... A côté, dans la salle du conseil, se trouve la grande *Madone entourée d'anges*, par Simone Memmi, pâlie, mais toujours belle. La salle de Spinello Aretino est fermée ; on en fait une salle des archives. Je le regrette, mais je demande à voir celle d'Ambrogio Lorenzetti, où est la figure de la *Paix* entourée de beaucoup d'autres figures allégoriques, admirables par la poésie de l'invention, la profondeur de l'expression, et même par la beauté. Cette salle, qui autrefois était peinte sur ses quatre faces, est malheureusement bien ruinée ; mais une fois qu'on a vu de pareilles choses, quelque mutilées qu'elles soient, on s'en souvient toujours. Pour moi, il m'a semblé n'avoir pas quitté celle-

ci, et je remarque que ce que j'aimais le mieux, lors de
mon premier voyage, est encore ce que je préfère maintenant.....

Revenus à l'hôtel pour chercher ma femme et Cécile,
nous allons ensemble voir le Palais du gouvernement,
construit par les papes Pie II et Pie III, de la famille
Piccolomini, ainsi que la délicieuse loge qui en est voisine
et qui, selon moi, doit être comptée parmi les monuments
dont Sienne peut le mieux se glorifier. La porte Romaine
est encore de ceux-là. J'admire comment les artistes de
cette époque savaient donner à chaque édifice sa signification propre. Cette porte, selon qu'elle est ouverte ou
fermée, prend tour à tour le caractère d'un arc triomphal
ou d'un invincible obstacle. Elle fait front à l'ennemi avec
une merveilleuse audace, et cependant elle s'aide encore
d'une pensée pieuse : car, dans la chapelle suspendue au-
dessus du passage, elle présente à la vue l'image de Dieu,
sous la protection duquel la ville s'abrite. Sous l'arc de ce
monument si simple et si fort, nous regardons une campagne enchanteresse, éclairée par un doux soleil d'automne. Les fonds du plus bel outremer sont coupés par
des vapeurs blanchâtres qui en dessinent les formes et en
déterminent les plans. C'est charmant!.....

La promenade de la Lizza, terminée par la citadelle,
est sur une hauteur qui forme un des trois rayons de
l'étoile dessinée par le plan de Sienne. La situation en est
merveilleuse. La cathédrale, Saint-Dominique, le Palais
public, sa haute tour et toutes celles qui appartiennent aux
autres palais, forment de là l'assemblage le plus pittoresque, le plus beau qui se puisse voir. Vraiment, sous ce
rapport, Sienne est la reine des villes ; et puis, nous voyons
cela par une de ces journées d'automne qui ont un charme
si particulier.....

En redescendant, nous allons voir à l'Académie M. Mussini (1), qui nous montre, mais bien mal éclairée, la nombreuse collection des vieux maîtres conservée dans le palais. Nous la voyons trop vite; néanmoins, nous sommes vivement touchés de certaines belles choses, telles que le seul Duccio qu'on connaisse, avec l'admirable monument, scié en deux, que possède la cathédrale, un Sano di Pietro et quelques autres; mais nous avons froid, et, au sortir de là, nous sommes obligés de courir pour nous réchauffer. L'accueil de M. et de madame Mussini a été excellent, et j'ai vu leurs ouvrages avec un grand intérêt.

7 novembre. Nous sortons à regret de Sienne, et nous prenons le chemin de fer pour gagner le point où nous trouverons le voiturin qui doit enfin nous transporter à Rome..... En sortant du chemin de fer, nous nous installons dans notre voiture, et, au grand trot de quatre bons chevaux romains, nous nous dirigeons vers Orvieto.....

(1) M. Louis Mussini, directeur de l'Académie des beaux-arts à Sienne, correspondant de l'Institut de France, et l'un des peintres les plus distingués de l'Italie contemporaine. Peu de temps après la mort d'Hippolyte Flandrin, M. Mussini exprimait, dans des termes qui méritent d'être rapportés, les sentiments qu'il avait voués au maître français, même avant de connaître sa personne, et l'émotion qu'il éprouva en recevant de lui la visite inopinée dont il est ici question : « La vue des œuvres de Flandrin, écrivait-il en juillet 1864, la sympathie et le respect que m'inspirait ce que j'avais appris de son caractère, tout me faisait désirer vivement d'entrer en relation avec lui, à l'époque où je me trouvais à Paris. Malheureusement, il était alors à Nîmes, et je dus quitter la France sans l'avoir vu; mais je partis le connaissant en quelque sorte, et l'aimant déjà. Aussi, lorsque dans l'automne dernier on m'annonça un matin « M. Flandrin », j'éprouvai une émotion aussi profonde que si un ami d'enfance me fût revenu après une longue et pénible séparation. Je pourrais dire, en effet, que je le reconnus. Quelle bonté simple et vraie! Quelle touchante amabilité! Hélas! je ne l'ai vu que pour le regretter davantage..... »

Enfin, quelques costumes apparaissent ; mais le *panno*, cette belle coiffure des femmes, semble complétement abandonné. De loin en loin, une pauvre vieille le conserve encore : ce n'est plus qu'un souvenir.

Voilà Orvieto sur son plateau escarpé. L'ombre et la nuit noire arrivent pendant que nous gravissons lentement les interminables détours de la montée. Une lumière que nous apercevons nous indique la porte, et, pendant un quart d'heure encore, nous errons dans un dédale de rues noires et étroites. On s'arrête enfin à notre ancienne *Locanda del Friggitore*, qui existe encore ; mais, hélas ! tout est changé, choses et gens, les gens surtout : car les autres était simples et bons, tandis que ceux-ci, affairés, insolents, toujours furieux, font payer cher les misérables services qu'ils rendent.

Nous sommes donc arrivés hier trop tard pour rien voir. Aujourd'hui, pour ne pas traverser de nuit la montagne de Viterbe, nous sommes obligés de partir trop tôt. Cependant je veux que nous allions au moins saluer la cathédrale. La lune brille et nous conduit ; nous entrons dans l'église, qui est ouverte, et nous y faisons une prière. A peine, dans cette obscurité, pouvons-nous deviner ce qui nous entoure. Les fenêtres seules s'accusent franchement ; les groupes de colonnes montent et se perdent dans l'ombre des voûtes. Je vais à la chapelle de Luca Signorelli ; mais rien encore, il faudrait attendre une heure. Nous sortons donc, et déjà on commence à distinguer les belles sculptures de Jean de Pise. La masse isolée de l'église, dont je ne puis saisir que les grandes divisions, ne m'a jamais autant plu, et je regrette bien vivement de ne pas voir tant de belles œuvres de peinture et de sculpture.

Nous partons, et bientôt je reconnais le chemin que

nous avons suivi autrefois, Oudiné, Paul et moi, pour gagner les bords du lac de Bolsène. De loin, nous voyons Montefiascone, et sur la route, nous traversons le dernier poste italien. Un quart d'heure après, nous arrivons au premier poste de gendarmerie romaine; puis, au bout de dix minutes, un chasseur d'Afrique accourant au galop vers la frontière, nous annonce la présence de nos soldats. Bientôt, en effet, nous en rencontrons un groupe se reposant autour d'un faisceau. Nous admirons leur propreté, leur bonne mine, leur air de santé et de force. A Montefiascone, *dogana*. A Viterbe, que je retrouve absolument la même, mais où nous ne pouvons pénétrer dans les églises, nous nous promenons dans les rues, en considérant ce peuple au visage et à la contenance tristes, à la physionomie si différente de celle de nos soldats.

La montagne de Viterbe, que nous franchissons avec six chevaux, est gardée par six ou sept postes de gendarmerie qui y passent les jours et les nuits. C'est là, à ce qu'il paraît, qu'est le point critique. Nous ne sommes pas toutefois assez inquiets pour négliger la sublime vue dont on jouit au sommet. En descendant, nous devions découvrir déjà le Monte Cavi, mais les vapeurs nous en empêchent. Nous longeons, en le contournant, le beau lac, qui me fait répéter ce que je disais il y a près de trente ans : « Il semble que c'est la nature sortant de la main de Dieu après la création. » Les souvenirs de ce vieux temps et de mes voyages à pied avec Paul et Oudiné me sont bien vivement rappelés.

A Ronciglione, soir de dimanche un peu bruyant. Après avoir pris possession de notre gîte, nous allons visiter le ravin. Quelle admirable nature, quelles formes, quel style ! Nous soupons à côté d'officiers français......

9 novembre. — Nous descendons vers Baccano. Je presse Rome, et, en effet, au sommet d'une montée,

33

j'aperçois tout à coup le dôme de Saint-Pierre, coupé par les grandes lignes de la campagne romaine. Nous descendons de voiture pour le saluer avec plus de respect ; puis nous reprenons notre route, où chaque chose réveille en moi un souvenir : la *Storta*, le tombeau de *Néron*, *Acqua Traversa*, *Ponte Molle*, et enfin la porte du Peuple, où nous sommes arrêtés un moment par la douane et les passeports. Ma joie est grande, et, vraiment, c'est là une bien douce, une bien profonde émotion. Voilà la place du Peuple, le *Corso*, la *via Condotti*, la *Scalinata*, et enfin la *via Bocca di leone*, où se trouve l'hôtel d'Angleterre, le centième de la route peut-être qui porte ce titre.

Après la première installation, nous descendons explorer la place d'Espagne e *suoi contorni*; nous dînons chez Lepri, puis, instinctivement, nous montons par le grand escalier de la Trinité des Monts, et, suivant le *Pincio*, qui est sombre et désert, je vais montrer à ma femme et à mes enfants la façade de la villa Médicis. Comme un amoureux qui contemple les fenêtres de sa maîtresse, je regarde, je voudrais toucher les murs de cette maison où j'ai été si heureux ; mais un groupe est près de la porte, et, comme je crois que ce sont des pensionnaires, après un moment de contemplation, nous battons en retraite par la *Salita* et la *via San Sebastiano*.

Le lendemain, 10 novembre, est un jour de pluie torrentielle : nous ne pouvons voir que quelques appartements.

Le 11, nous allons à Saint-Pierre, que je trouve non plus grand, mais plus admirable encore qu'autrefois. Tout y respire une majesté et une force surhumaines ; il y a là quelque chose qui ne se trouve pas dans les palais des rois. Le temps redevient mauvais ; cependant je ne m'impatiente pas encore de ne pas voir ce que je suis venu chercher. Je tiens la cassette qui renferme mon trésor, et je ne me hâte pas de l'ouvrir, parce que je sens, parce que je suis sûre que ce trésor y est.

12 novembre. — Nous voulons enfin aller au *Forum*. Nous partons, Auguste et moi, et aussitôt la pluie recommence. Je regrette de montrer et de revoir par un pareil temps ces vénérables restes ; mais, peu à peu entraînés, nous allons de la colonne Antonine à la colonne Trajane, à Saint-Marc, au tombeau de Bibulus, au Capitole, et enfin au *Forum*, jusqu'au Colisée. Pluie battante, tonnerre, éclairs. Nous revenons comme deux barbets. C'est vrai, c'est dommage : il valait mieux attendre pour voir ces nobles choses. Pendant ce temps ma chère femme plie bagage à l'hôtel, et prend possession de notre logis, place d'Espagne. La tempête continue : dans la soirée, le vent, qui entre par toutes les fentes, menace d'éteindre les lumières. Vraiment, nous débutons mal.

Le 13 novembre..... dans l'après-midi, malgré la pluie, je vais, avec Cécile et Auguste, voir le Panthéon et saluer le tombeau de Raphaël.

Le 14, je vais porter ma carte à l'ambassade et ma commission au colonel Colson. Dans l'après-midi, nous allons, avec la famille Pichon, à Saint-Pierre, et enfin aux *Stanze* de Raphaël ! Nous passons par les Loges, dont la vue me transporte d'admiration, sentiment qui va toujours en s'augmentant quand nous approchons des *Stanze*. La vue de ces chefs-d'œuvre, dont la mémoire est dans mon cœur autant que dans ma tête, ranime encore mon enthousiasme : quelle joie de voir ainsi se réaliser le beau ! O mon cher Paul, pourquoi n'es-tu pas là !

Au Vatican, je remarque bien des changements, et je ne puis m'empêcher de regretter l'ancienne manière d'arriver dans la cour des Loges. Je regrette aussi de voir les vitrages divisés d'une manière si apparente qui ferment les

trois portiques superposés de Raphaël. Sans doute, je les
reconnais utiles pour empêcher les infiltrations de l'étage
supérieur dans les Loges, qui en ont été trop longtemps tra-
vaillées ; mais on pouvait s'y prendre beaucoup mieux, et de
manière à moins dénaturer le caractère de l'architecture.
Je n'accepte pas volontiers non plus le changement apporté
au costume des Suisses du Pape, auxquels on a donné le
casque prussien.

Le dimanche 15, la messe à Saint-Charles. Visite aux
catacombes de Sainte-Agnès. Pour un moment, le ciel s'ouvre ; nous sortons par la *porta Pia* ; les montagnes se voient
au loin, et quel caractère ! ; nous pénétrons dans l'église,
qui a été restaurée, ce qu'on ne saurait blâmer, *ma che
gusto !* Néanmoins un parfum d'antiquité y reste et appelle
la vénération ; puis, la charmante disposition subsiste.

Dans un enclos, à quelque distance, se trouve l'ouverture des catacombes. L'escalier est étroit, glissant ; nous
allumons nos bougies, et, précédés par le guide, nous nous
engageons dans les tortueuses galeries qui, dès l'entrée,
sont pleines de tombes superposées. Un sentiment religieux et tendre vous pénètre lorsque, dans chacun de ces
lits funèbres, vous remarquez la poussière blanche qui
n'est autre qu'une poussière humaine à travers laquelle se
découvrent, çà et là, des débris ayant encore quelque
chose de leur forme première. L'horreur naturelle que
nous avons de la mort est ici tempérée, dominée même
par cette idée religieuse que nous nous trouvons en présence de nos ancêtres dans la foi, et que ceux-là ont su
souffrir et mourir pour elle. C'est la succession de leurs
souffrances qui a apporté jusqu'à nous ce trésor. Aussi
est-ce avec un pieux respect que nous reconnaissons les
traces de leurs pas, de leurs usages. Dans les peintures et
dans les symboles qui ornent les oratoires ou la basilique,

tout est doux et consolant; partout la mort dépouille son horreur habituelle pour prendre le caractère du sacrifice et de l'amour de Dieu. Nous sommes sincèrement touchés; il me semble que sous cette influence on pourrait apprendre à bien vivre.

En sortant, nous voyons un spectacle, un contraste qui fait encore bénir Dieu. Nous pouvons faire des bouquets de roses et d'autres charmantes fleurs, la vue s'étend sur la campagne de Rome jusqu'au Soracte et aux montagnes de la Sabine : c'est admirable.

Quand nous rentrons à la maison, la pluie reprend avec fureur. Éclairs, tonnerre continuels. A sept heures, je vais dîner chez M. Schnetz. Le salon, la salle à manger, tout enfin me rappelle des choses et des gens dont beaucoup, hélas! ont disparu. M. Visconti, des officiers de l'armée sont, ce soir-là, les hôtes du directeur...... Bonne soirée; mais il pleut toujours.

16 novembre. — Le temps un peu moins mauvais me permet d'aller le matin, avec Auguste, à l'église des Capucins, où je constate que la belle composition de Giotto est sur toile. C'est un carton colorié comme une fresque ou comme une détrempe, ce que je ne croyais pas; car autrefois je l'avais toujours pris pour une fresque. De là nous allons...... à Sainte-Marie Majeure, où je vois l'admirable mosaïque de Gaddo Gaddi...... à Sainte-Praxède, où nous remarquons les mosaïques de l'abside et la chapelle de la Colonne. Je reverrai tout ça bien souvent, car il s'en dégage quelque chose de si bon! Première promenade au *Forum* avec tout mon monde : c'est sublime.

17 novembre. — Le soleil se lève radieux, pas un nuage au ciel; voilà Rome dans sa splendeur. Je vais à l'Académie; tout y est si beau que mon cœur s'inonde de joie et d'admiration. Le palais plus jeune et plus élégant

que jamais, les lauriers plus verts, la plaine, les montagnes couronnées de neiges récentes, tout cela forme un ensemble qui me fait parler et crier tout seul. Je cours au *bosco* ; c'est plus beau encore ; et comme j'ai besoin de le dire à quelqu'un, je redescends à la maison pour préparer quelque bonne promenade et faire partager toute ma joie à mon cher monde.

Nous nous décidons pour la *villa Albani*, et nous y passons une après-midi charmante avec nos amis Pichon, M. Tausia et un jeune architecte, M. Sedille. J'y revois l'*Ésope*, l'*Hercule*, l'*Antiope*, les *Cariatides*, les *Canéphores*, le bas relief des *Fils de Niobé*, le *Diogène*, l'*Apollon* en bronze, une multitude de beaux bustes, de masques décoratifs, etc.; en peinture, un beau Pérugin.

18 novembre. — Visite à Saint-Pierre, ascension au dôme et jusque dans la boule. En redescendant, nous avons le bonheur d'arriver juste à temps pour voir passer le Saint-Père entouré de toute sa cour et se rendant à la chapelle du chœur. Nous avons reçu sa bénédiction et admiré son air de bonté, de bienveillance. Nous assistons ensuite à la messe, qui est chantée solennellement et où nous entendons de belle musique.

19 novembre. — A midi, nous retrouvons, moi et Auguste, les Pichon au Capitole. Visite au *Forum*, au Palatin, à M. Rosa et à ses fouilles, que je trouve bien intéressantes ; mais que dire du panorama que Rome présente, vue de là? C'est indescriptible. Nous restons longtemps dans ce lieu, cherchant quelques débris antiques, et nous ne le quittons que lorsque les derniers rayons du soleil l'abandonnent aussi.

20 novembre. — ...... C'est ce jour-là que je reçois la nouvelle de la soi-disant réorganisation de l'École. J'en éprouve un chagrin d'autant plus vif que j'étais à même

d'apprécier la valeur de notre situation à Rome, et d'en repasser tous les avantages. M. Schnetz, qui a été le premier à m'en faire part, juge cela exactement comme moi, c'est-à-dire comme la menace d'une suppression prochaine.

21 novembre. — Je vais le matin à l'Académie voir M. Ubmann, et causer encore avec M. Schnetz à qui je reporte ce fâcheux *Moniteur*. J'écris presque toute la journée, et je porte mes lettres à l'Académie pour M. Ingres, M. Gatteaux, pour Paul et Baltard......

Le 22, fête de sainte Cécile, messe à la Trinité. Puis, toute la maison part pour les catacombes de Saint-Calixte. Après avoir passé par la porte Saint-Sébastien, nous entrons dans la voie Appienne, ensuite dans un enclos formé de terrains vagues au travers desquels nous sommes dirigés, par une rangée de fleurs et de buis, jusqu'à l'escalier, qui est tendu et éclairé. Les tombes dans les murailles commencent immédiatement, comme à Sainte-Agnès ; mais ici la qualité du tuf donne un autre aspect. Les galeries sont plus larges, plus hautes, et prennent une forme plus architecturale. L'effet de ces grandes lignes éclairées de loin en loin par quelques lampes est saisissant.

Assez près de l'entrée, nous pénétrons dans une chambre ou chapelle dans laquelle se trouve la place où a longtemps reposé le corps de sainte Cécile. Ce lit funèbre est couvert de fleurs et éclairé par quelques lumières qui languissent : c'est touchant. A côté, un autel a été dressé, sur lequel on a dit plusieurs fois la messe. En ce moment, un cardinal d'une noble figure prie, la tête appuyée sur sa main et sur l'autel ; nous nous agenouillons derrière lui, ainsi que plusieurs de nos bons petits soldats. Ce silence, cette ombre dans ce lieu provoquent une émotion, un recueillement vraiment religieux. Petit Paul regarde tout effaré, et comme nous craignons que ce ne soit trop émouvant, sa maman remonte avec lui. Nous continuons à visiter les galeries et les chapelles où se trouvent les peintures que nous connaissions par différents ouvrages, puis les tombeaux, riches sarcophages dans lesquels les corps sont encore entiers.

À notre retour à la lumière, tout nous semble plus brillant, plus doré, plus joyeux. Nous dépassons d'un mille environ le tombeau de Cecilia Metella, après avoir toutefois fait une visite à l'église de Saint-Sébastien. La voie Appienne, la ville qui se dérobe en partie derrière les murailles, le bois sacré, la plaine avec ses longues lignes d'aqueducs, dominée et couronnée par les montagnes, forment sous cette lumière un tableau enchanteur......

Lundi, 23 novembre. — Nous écrivons le matin. Puis, à midi, nous partons pour le Vatican, où nous visitons les galeries des antiques. J'y vois cette magnifique statue d'*Auguste* découverte, il y a quatre mois, à *Prima Porta*.

Mardi, 24. — Nous allons à Saint-Paul hors les murs, que nous admirons, car il reste quelque chose de la conception première; mais, malgré la richesse des matériaux mis en œuvre, il y a beaucoup de monotonie, comme effet décoratif. Nous faisons le tour du beau cloître, qui a bien besoin de restauration. En revenant, ... nous entrons à *Santa Maria in Cosmedin*, que je revois avec bonheur, puis à *Sainte-Cécile*.... et enfin à *Santa Maria in Trastevere*. Grande et belle impression.

Mercredi, 25. — J'écris au ministre pour refuser. Visites.... Dîner avec les pensionnaires, présidé par M. Schnetz. Je garderai un bon souvenir de cet accueil cordial et affectueux.

Le 26, promenade à la villa Ludovisi. Admirable vue : quelques beaux morceaux de sculpture, notamment le *Mars au repos*. L'*Aurore* du Guerchin, fresque pleine de verve, d'un ton vrai et fort ; de jolies idées, mais un style peu élevé, pour ne pas dire bas..... .....Je réponds à notre bon Timbal, qui m'a donné des nouvelles très-intéressantes.

Vendredi 27. — Le matin j'écris à Paul.... Après le déjeuner, nous allons à Saint-Laurent hors les murs, qui est en restauration. C'est bien beau, bien intéressant ; mais je regrette qu'on y perce des fenêtres de tous les côtés, au lieu des douze qui l'éclairaient autrefois. Nous allons un peu plus loin dans la campagne. Des masses de nuages formidables escaladent le ciel et rejettent les montagnes dans l'ombre. Nous revenons par la *porta Maggiore* à Sainte-Marie Majeure, à Sainte-Pudentiane, et, enfin, par le Pincio, pour revoir le ciel qui est sublime.

Le 28, nous passons l'après-midi au Palatin.

Dimanche, 29. — La messe à la Trinité. Ma femme et mes enfants vont à la chapelle Sixtine ; moi j'écris à M. Ingres.

L'après-midi, je vais avec M. Schnetz et deux pensionnaires visiter les fouilles de *Prima Porta*, dans une ancienne maison de campagne de l'impératrice Livie, assez près des bords du Tibre, et à huit milles sur la *via Cassia*. Une chambre entière, bien conservée, offre des peintures d'une vivacité d'expression assez rare comme couleur et comme modelé ; elles représentent des fleurs et des arbustes chargés de fruits et d'oiseaux. C'est tout près de cette chambre qu'a été trouvée l'admirable statue d'*Auguste*, maintenant au Vatican......

Lundi 30. — ......Le temps est moins beau. Cependant nous allons au Vatican pour revoir les *Stanze*, mais les prières des Quarante heures ont fait tout fermer. Nous pouvons seulement visiter la Bibliothèque...... Que de trésors ! Je revois les *Nozze Aldobrandini* avec un grand plaisir, mais je suis touché surtout d'une collection de tableaux des Giotto, des Gaddi, des Memmi et autres maîtres de ces écoles, rassemblée par Grégoire XVI. L'expression des sentiments forts et vrais est ici portée au sublime.

1ᵉʳ décembre. — À l'Académie, chez M. Schnetz. Autres visites. L'après-midi, à l'ambassade. M. Loiseau très-aimable. De là au Quirinal, pour visiter les appartements du palais. Il y a quelques beaux tableaux, et certaines salles ont du caractère par leur riche simplicité. Je remarque combien serait beau à faire le portrait, sur fond rouge, du Pape, ayant devant lui sa table et son crucifix.

Jeudi, 3. — Visite aux deux musées du Capitole, à l'*Ara cœli*, à la *Rocca Tarpea*, à la prison Mamertine. On pénètre dans le premier souterrain par un étroit escalier qui n'existait pas autrefois; on entrait dans la prison par l'ouverture qui est à la voûte, et par le même moyen on descendait dans l'étage inférieur qui porte sur le roc. C'est là que se trouvent la colonne où furent enchaînés saint Pierre et saint Paul, et la source avec l'eau de laquelle saint Pierre baptisa quarante-neuf prisonniers. Les traces de ces origines chrétiennes émeuvent profondément, et je veux les étudier mieux que la première fois.

4 décembre. — Le matin, j'écris des lettres. L'après-midi, je vais au musée du Vatican, aux *Stanze* et aux Loges. La *Transfiguration* est rayonnante de beauté. Quelle force! O glorieuse chose! Partout, en tout, *il* est incomparable. On ne peut guère voir après lui que ceux qui l'ont précédé. La nature s'est-elle donc épuisée à le produire?

Samedi 5. — Promenade dans l'intérieur de Rome. Visite à *la Minerva* (tombeau de Beato Angelico, *Christ* de Michel-Ange, beau tombeau gothique de Giovanni Cosimati avec mosaïque, etc.). Cette église, pleine de choses intéressantes et précieuses, a beaucoup perdu à une restauration moderne qui lui ôte cette harmonie suprême qu'apporte le temps. Visite à l'église *del Gesu*, puis à *Sant' Andrea della Valle*, où je revois avec bonheur les belles fresques du chœur, et surtout les quatre pendentifs du Dominiquin.

À *Santa Maria della Pace*, les *Sibylles* de Raphaël!! En face, le tableau d'autel par Baldassare Peruzzi; le tombeau des deux sœurs, œuvre pleine de charme et d'une grâce touchante, attribuée à Bramante. Retour par *Ripetta* et la place du Peuple.

Dimanche, 6 décembre. — Nous allons à l'audience du Saint-Père, et nous arrivons au Vatican à deux heures. Ce n'est qu'à trois que nous sommes introduits dans le salon d'attente, avec nos amis Pichon. ...... Le Saint-Père nous reçoit avec bonté; son ton est vraiment paternel. Après que nous eûmes baisé son pied et son anneau, et quand nous sommes encore à genoux, il me montre ma femme et mes enfants (pour les distinguer de nos amis qui ont passé avant nous) et me dit : « Voilà votre famille? Tout ça est à vous? » Puis, mettant la main sur la tête de Paul, il ajoute : « Que Dieu vous bénisse tous! Que vos enfants vous donnent toutes sortes de consolations en restant de braves enfants, en devenant de bons catholiques et de bons citoyens! » Ensuite, il a béni nos chapelets, médailles, etc., et Auguste lui ayant demandé une bénédiction pour la Maison d'Auteuil, dans laquelle il a fait ses études, il répondit, en étendant le bras : *Cì*. Je lui demandai alors de bénir aussi mes travaux de peintre, et avec beaucoup de bonté il me dit : « J'invoquerai san Lucca, le patron des peintres. » Nous nous sommes agenouillés de nouveau, et nous nous sommes retirés pour laisser entrer d'autres personnes.

7 décembre. — ...... Nous allons au Baptistère de Constantin et à Saint-Clément.... Retour par le Colisée, le Forum, le Capitole. Au *Gesù*, nous voyons une espèce de haie de personnes qui attendent, et nous apprenons que le Saint-Père va passer pour aller faire, en *demi-gala*, sa prière à l'église des Saints-Apôtres. En effet, nous le voyons bientôt passer, et nous recevons sa bénédiction. Je me détache et le suis dans l'église..... A la sortie, tout le monde se précipite; il y a à la porte une presse un peu effrayante. Deux bataillons de chasseurs, l'un français, l'autre romain, présentent les armes, genou en terre. Les cris s'élèvent de toutes parts, et le Saint-Père est salué avec chaleur.

8 décembre. — Nous allons aux Thermes de Caracalla. Nous montons jusqu'aux sommets d'où autrefois (il y a si longtemps déjà!) je contemplais ce monde de ruines dans cette admirable campagne. ...... C'est toujours aussi beau...... Nous y cherchons quelques restes un peu intéressants pour notre collection; mais nous ne sommes pas heureux.

9 décembre. — Nous partons à dix heures pour Albano, et nous nous rendons à la station en voiture. Le temps est superbe, mais le froid est singulièrement piquant. Le départ du train se fait longtemps attendre; nous sommes gelés; enfin nous voilà en route! ...... Nous descendons au-dessous d'Albano à midi, et le soleil est aussi ardent que l'ombre est glacée...... Cependant, la cavalcade s'organise, et, par une suite de quiproquo, ou plutôt par la mauvaise foi de notre guide qui nous trompe sur les distances, nous nous décidons à aller au lac de Némi, par Genzano. Nous traversons le viaduc de la Riccia, qui est vraiment un bel ouvrage et qui donne de loin un surcroît de beauté à l'aspect de ce petit village, déjà si charmant. Sur la place je revois la

casa *Martorelli*; de là à Genzano, je reconnais tout : tout
est admirable, et pourtant quelque chose me manque,
c'est la belle population d'autrefois. Il n'y a plus trace de
costume, et avec le costume a disparu la beauté des
femmes, au moins ce jour-là. Retour par le Val de la
Riccia...... Coucher de soleil : ciel rouge et vert......

Jeudi, 10 décembre. — Visite au palais Borghese. Le
Christ au tombeau. Je rencontre devant ce tableau
M. Moore (1). Que de richesses! Au fond de la galerie, je
vois les trois fresques de Raphaël, qui appartenaient autrefois à son *casino* de la villa Borghese. Le soir, quatre
lettres pleines de nouvelles qui remplissent notre soirée.

Vendredi, 11. — Visite à Saint-Pierre aux liens. Nous

(1. M. Morris Moore, possesseur du petit tableau de Raphaël, *Apollon et Marsyas*, que Flandrin avait eu l'occasion d'admirer à Paris,
quelques années auparavant, et qu'il revit à Rome avec un surcroît
d'enthousiasme. Bien peu de jours avant sa mort, il rendait encore hommage à la beauté tout exceptionnelle de ce chef-d'œuvre, s'associant sur
ce point aux sentiments publiquement exprimés par un autre artiste célèbre, M. Overbeck. Une lettre de celui-ci, adressée au propriétaire du
tableau, constate l'opinion de Flandrin quant à l'authenticité de ce noble
ouvrage, et c'est à ce titre que nous la reproduisons ici : « Vous avez
désiré, écrivait M. Overbeck, le 2 avril 1865, que je misse par écrit les
paroles qui furent échangées le 6 mars dernier, dans mon atelier et en
votre présence, entre l'excellent peintre français M. Hippolyte Flandrin, qui vient de nous être si douloureusement enlevé, et moi. Il s'a-
gissait du précieux tableau de Raphaël, *Apollon et Marsyas*, dont vous
êtes, Monsieur, le propriétaire envié. Je viens donc attester ici qu'ayant
demandé au célèbre artiste s'il avait vu ce chef-d'œuvre et si ce que
j'en avais écrit était conforme à son opinion, il me répondit qu'il était
pleinement d'accord avec moi ; et, mettant la main sur son cœur avec
un geste des plus expressifs, il ajouta que ce que j'avais écrit sur ce tableau avait fait naître en lui la plus vive émotion.

« Voilà, Monsieur, ce que, pour rendre hommage à la vérité, je crois
devoir certifier. Je vous prie de vouloir bien joindre ce témoignage à tous
ceux dont vous formez l'intéressant recueil, au sujet d'un tableau que
l'Europe entière reconnaît aujourd'hui comme l'œuvre de Raphaël. »

étions prévenus qu'on devait montrer les fers du saint
apôtre à quelques personnes : nous nous sommes joints à
elles, et nous les avons vues, nous les avons touchées, ces
chaînes, ces saintes reliques ! Un jeune dominicain, ayant
revêtu le surplis et l'étole, ouvre une armoire en fer ou en
bronze dans l'épaisseur d'un mur, puis, plusieurs petites
portes successives ; il soulève un rideau, ensuite un autre
voile recouvrant le reliquaire, qui est d'une grande richesse ;
il ouvre ce reliquaire avec respect et développe, anneau
par anneau, les chaînes soigneusement enveloppées dans
des linges fins. Nous commençons à entendre le bruit du
fer. Enfin, peu à peu, les chaînes apparaissent tout entières.
Un jeune prêtre français s'approche, s'agenouille ; il les
baise dans les mains de l'officiant, qui lui en touche ensuite
le front et lui entoure le cou du collier qui autrefois fut
rivé au cou de saint Pierre. Plusieurs prêtres ou religieux
s'approchent successivement ; hommes, femmes, enfants,
rendent le même hommage et reçoivent la même faveur.
Tableau vraiment touchant, qui m'a fait venir les larmes
aux yeux et laissé une impression que je veux garder.

12 décembre. — Le matin et jusqu'à une heure, j'écris
à M. Beulé, à Baltard et à Paul ; puis je vais avec Auguste
à *San Gregorio*, voir l'église et les trois chapelles. La
belle fresque du Dominiquin est presque effacée : néanmoins, il en reste assez pour qu'on soit autorisé à dire que
c'est là le plus bel ouvrage du maître. La disposition est
d'une noblesse antique, et la forme même est en rapport
avec la majesté de l'ordonnance. Nous voyons aussi la
magnifique table antique en marbre blanc sur laquelle
saint Grégoire servait douze pauvres.

De là nous allons visiter Saint-Jean et Paul. Quelle paix !
quel calme ! On comprend bien le sentiment de ceux qui
ont souhaité dormir là leur dernier sommeil.

...... A Saint-Clément, où nous entrons fortuitement, nous assistons à la découverte d'une peinture qu'on fait remonter au quatrième siècle, et qui représente un sarcophage dans un petit temple flottant sur la mer. Une femme s'approche et fait toucher le sarcophage à son enfant mort; à côté, la même femme et l'enfant vivant se caressent tendrement. Le peuple, derrière le clergé, est témoin du miracle. Cette scène, nous disait un dominicain, se rapporte à la légende de saint Clément, dont le sarcophage, probablement, contient le corps.

Dimanche 13. — Auguste et moi nous allons à la chapelle Sixtine; mais le Saint-Père n'y vient pas, et j'ai deux Anglais à côté de moi! Cependant la chapelle, les chants, la noblesse du cérémonial, tout cela me touche beaucoup......

14 décembre. — Nous allons par la *porta Angelica* à la *villa Madama*. Admirable position, vue magnifique, ruine bien intéressante, aux murs de laquelle restent attachés des stucs et des peintures que je voudrais voir sauver. Quel homme que ce Jules Romain! Quelle sève antique!

Nous continuons notre promenade par *Ponte Molle*, et nous arrivons à la *villa del Papa Giulio*. Un jeune officier d'artillerie nous la montre avec beaucoup de complaisance. Les motifs d'architecture du palais et de la nymphée sont beaux; les peintures, qui ne sont pourtant que des Zucchero, donnent des leçons utiles et des résultats charmants. Nous revenons par le Pincio à l'heure où tant de fois j'ai regardé le soleil descendre et disparaître derrière Saint-Pierre. Le soir, je vais chez le général de Montebello. Très-bon accueil. Je trouve là le prince Borghese qui s'approche de moi avec empressement, rappelant de la manière la plus aimable tous les souvenirs qui se rattachent à mes frères ou à moi.

Je reçois la chère lettre de M. Ingres et son opuscule à propos de l'École. Il paraît qu'à l'Académie cet écrit a fait sensation, et qu'il a été au dehors bien accueilli.

Mardi, 15. — Nous allons au Théâtre de Marcellus et à l'église *San-Bartolommeo*. J'y remarque une charmante chapelle où des fresques, représentant plusieurs sujets de la vie de saint Charles Borromée, me touchent extrêmement. La simplicité des compositions, la justesse des expressions et des gestes, la beauté des paysages, me font penser au Dominiquin. Ceci toutefois paraît plus souple, plus habile, et la coloration en est charmante. De qui est-ce? Je le saurai (1).

Mercredi, 16. — Je retourne, avec Auguste, rôder à *San-Bartolommeo*, où la charmante chapelle en question me touche de plus en plus, puis sur le mont Aventin. J'essaye d'y dessiner, mais je suis trop las, les douleurs me prennent de toutes parts ; j'ai peine à revenir.

. . . .

Lundi, 21 décembre. — Je suis toujours bien fatigué. Il pleut presque chaque jour depuis jeudi. Nous allons revoir les *Stanze*, puis le musée de sculpture.

24 décembre. — Petite promenade en voiture au Forum. Retour par Sainte-Marie Majeure et Saint-Jean de Latran.

Vendredi, 25, jour de Noël. — Belle journée, après une nuit sublime de pureté et d'éclat. Nous allons à la messe à la Trinité des Monts ; puis ma femme, Auguste et Cécile vont à Saint-Pierre ; mais, moi, je ne peux pas. J'écris différentes lettres.

26 décembre. — Jour de courrier ; j'écris encore jus-

_____

(1) Ces peintures qui avaient charmé Flandrin sont dues au pinceau d'Antonio-Maziale Carucci, fils naturel d'Augustin, mort à Rome en 1618, à l'âge de trente-cinq ans.

qu'à une heure, puis nous allons au Quirinal, où l'on fait des fouilles. Nous y passons une heure et demie à gratter et à chercher des miettes, parmi lesquelles nous trouvons quelques morceaux intéressants. Le soir, je vais un moment chez les pensionnaires, qui fêtent M. Schnetz ; de là chez la princesse Czartoryska, qui est aussi bonne et aussi aimable que son talent sur le piano est merveilleux. La ville, au clair de lune, offre un aspect admirable.

. . . .

Vendredi, 1er janvier 1864. — Visites, cartes, par la pluie. Le soir,..... je monte un moment à l'Académie, où M. Schnetz donne à dîner aux pensionnaires.

Samedi. — Rien. Je suis épuisé et découragé.

. . . .

Mercredi, 6 janvier. — Nous allons à *Sant' Andrea della Valle*, puis à l'*Ara Cœli*. Grande foule qui monte et descend le long de l'escalier, se répand dans les rues et stationne sur la place, pour recevoir la bénédiction du *santo Bambino*. Tout ce peuple est vraiment beau à voir, échelonné sur des plans si différents, attendant, les regards dirigés de toutes parts vers la terrasse de l'*Ara Cœli*, où enfin un évêque, en chape blanche et mitre en tête, apparaît accompagné de la procession. L'évêque monte sur une estrade, en sorte qu'il semble porter sur le parapet même de la terrasse ; cette belle figure qui domine tout, présente le *santo Bambino* dans les diverses directions et bénit avec lui.

7 janvier. — Après avoir lu une chère lettre de Paul et d'Aline, nous allons, par un temps magnifique, visiter les tombeaux de la *via Latina*. Le soleil brille, mais il fait froid. Nous nous enveloppons comme si nous nous rendions en Sibérie. De la place Saint-Jean de Latran, nous admirons, comme toujours, les merveilleuses lignes de

34

la plaine et des montagnes ; mais, cette fois, les montagnes sont complètement blanches. Le *Monte Cavi* lui-même est couvert de neige depuis la cime jusqu'à la base. Nous suivons d'abord la route d'Albano, puis nous prenons une voie qui autrefois n'était indiquée que par quelques *columbaria* ou *tumuli* que je reconnais bien ; mais depuis cinq ans, on a creusé un peu, et l'on a facilement retrouvé le pavé de la voie antique avec ses divisions. De chaque coté, on a découvert des tombeaux souterrains du plus grand intérêt. Deux surtout nous ont émerveillés, non-seulement par le bon état de leur conservation, mais par le caractere de la disposition architecturale et par la richesse des décorations, où brille l'art le plus beau, le plus noble, le plus élégant, traduit par l'exécution la plus vive et la plus spirituelle. Dans l'un, la peinture et la sculpture s'unissent pour faire une œuvre charmante, tandis que dans l'autre tout est blanc, marbres et stucs ; mais les belles divisions, l'heureux rapport des reliefs suffisent pour donner la vie et le mouvement nécessaires. Quant au style, c'est celui des plus belles peintures antiques.

. . . .

Mardi, 12 janvier. — *Torre dei Schiavi.* Le temps est froid ; le soleil brille, mais la *tramontana* est terrible. Site magnifique. Les mouvements du sol et les lignes des montagnes forment d'admirables tableaux. Nous trouvons là, dans les ruines, des mosaïques abandonnées que les injures du temps émiettent, des stucs très-beaux, mais, hélas ! perdus, car chaque soi-disant amateur les fait tomber par morceaux en y lançant des pierres. La tour ronde porte encore, à l'intérieur de la voûte, des traces de peintures distribuées en sept cercles. Le style et la composition (autant qu'on peut lire dans ces ruines) indiquent qu'elles précèdent la venue du christianisme.

13 janvier. — Visite au palais Corsini. Magnifique Gaspre, d'une poésie et d'un charme incroyables. Il y a encore trois paysages attribués à Nicolas Poussin, qui me semblent bien beaux, si mal et si haut placés qu'ils soient. *San Cosimato* : charmante façade et joli porche. *Santa-Maria in Trastevere* : quel caractère! Nous nous arrêtons quelque temps sur le *ponte Rotto* à considérer les différents aspects de la ville et les rives du Tibre. Retour par le Capitole, le Forum et la place Navone.

. . . .

Lundi, 17. — Cérémonie à Saint-Pierre pour la fête de la Chaire de saint Pierre. Nous sommes bien placés, nous voyons parfaitement.

Audience très-intéressante du Saint-Père à un grand nombre de catholiques de différentes nations. Le langage du Saint-Père est plein d'une bonhomie touchante et qui, certes, a bien sa grandeur.....

Mardi, 18. — Je vais tout seul me promener au Forum, puis à *San Giorgio in Velabro*. Quel froid! Je tourne le Palatin et je pénètre dans une partie de ces ruines que je ne connaissais pas. La route pour aller à l'église de Saint-Sébastien est plus fréquentée qu'à l'ordinaire, parce que c'est aujourd'hui la fête de ce saint illustre.

. . . .

Jeudi, 20 janvier. — Belle journée, très-brillante, et d'une température douce, en comparaison de celle des quinze derniers jours. Nous allons à Sainte-Agnès, trop tard malheureusement pour voir la bénédiction des agneaux; mais les feuillages répandus sur le sol et l'odeur de l'encens disent encore la fête et la cérémonie du matin. L'église est presque déserte. Son caractère particulier, son antiquité, et la pensée de la virginale figure sous l'invocation de laquelle elle est placée, la rendent à mes yeux une des mieux faites pour inspirer la piété la plus tendre.

Nous visitons aussi Sainte-Constance, bien délabrée, hélas! mais dont les voûtes, décorées de mosaïques que divisent des compartiments, offrent des motifs remarquables et du plus heureux effet. Admirable vue sur la campagne. Nous allons un peu plus loin que *Ponte No-mentana* : nous sommes dans l'enthousiasme.

21 janvier. — Nous partons pour aller visiter Saint-Paul aux trois fontaines. Que j'aime ces rues, ces places, ces palais, ces églises! Nous voici au Théâtre de Marcellus, à la *Bocca della Verità*, à *Ripa Grande*, à la *porta San Paolo*, à la chapelle qui marque, sur la route, le point où eut lieu la séparation de saint Pierre et de saint Paul. Voilà la basilique, puis la campagne déserte, et enfin, dans un vallon solitaire, les trois églises qui forment un petit groupe heureux de lignes et de caractères bien différents. La plus grande renferme les reliques de saint Vincent et de saint Anastase; l'autre, la plus rapprochée après celle-là, contient les corps des nombreux martyrs que Dioclétien envoyait mourir à cette place; la plus éloignée enfin indique l'endroit où saint Paul subit le supplice. Là se trouvent les trois fontaines miraculeuses.

C'est bien à regret que nous quittons ce lieu et que, re-prenant la route de la ville, nous perdons de vue, derrière un mouvement du terrain, le petit dôme, la longue toiture de la basilique ou au moins de l'église qui semble telle, et qui porte sur chacun de ses piliers un des *Apôtres* de Raphaël.

22. — Je suis bien souffrant : toutefois, nous allons au palais Spada. Froid atroce dans la galerie, où se trouvent quelques bons ouvrages que nous ne pouvons voir qu'en courant. De là nous allons au palais Farnèse. Le roi de

Naples n'est pas encore sorti, et on nous dit de repasser ; mais je souffre trop de la tête et de la face ; je rentre, et durant quatre jours encore je souffre cruellement, avec fièvre, névralgie, toux, etc. Lorsque les douleurs de la face cessent, elles passent dans les reins et dans les jambes : c'est abominable. Mercredi, je commence à aller mieux, mais je suis presque aussi aveugle que sourd. Je sors un peu. Je vais au Pincio, tout seul. Ne pas voir par ce beau soleil ! c'est bien triste. Tout est trouble et douteux. L'âme est dans le même état que la vue.

23 janvier. — Par un temps couvert, nous allons à *Prima Porta*, sur la voie Flaminienne. Nous voyons *Torre di Quinto*, le tombeau des Nasons. D'admirables troupeaux de moutons sont répandus dans la campagne ou en marche sur les routes. Quelle souveraine expression de grandeur et de mélancolie dans cette campagne de Rome ! C'est autre chose que par le beau temps, mais c'est tout aussi éloquent.....

Le 24. — Visite à la galerie Borghèse ; mais je suis à moitié aveugle.

Samedi 25. — Effroyable courrier. Nous faisons partir huit ou dix lettres. Après midi, nous allons au palais Simonelli, chez le général de Polhès, voir le commencement du carnaval. La foule est plus grande que je ne l'aurais cru ; pourtant, le mot d'ordre, l'intimation du comité est sensible. Jusqu'à l'arrivée du gouverneur et du sénateur de Rome, on se sert naturellement de spectacle, mais il y a comme une atmosphère de sifflets. D'où viennent-ils ? Il serait difficile de le dire. Toujours est-il que, partis d'en bas ou d'en haut, timides ou éclatants, ils se font entendre de tous côtés.

Cependant le *Corso* a ses habits de fête, ses tentures ; partout du monde, aux fenêtres, aux balcons, etc. Quelques fares voitures parcourent le *Corso*, et l'on voudrait bien entamer la lutte, lancer les *conf... ti*, mais cela ne prend guère. Toutefois, les enfants s'amusent.....

. . . .

Mardi, 2 février, jour de la Chandeleur. — Nous allons à Saint-Pierre. Placés haut, dans la tribune de saint André, nous dominons tout cet immense cérémonial, qui est vraiment admirable. Le moment de l'obédience, la procession et la lecture de l'évangile m'ont surtout frappé. Le Pape, debout devant son trône et élevant le cierge qu'il tient, avait dans toute la figure une expression que je n'oublierai jamais.

. . . .

Mardi gras, 9. — Portrait de madame Flacheron.

Dans l'après-midi, chez le colonel Colson. Le *Corso* est plein de monde, et cela, malgré le temps, car il fait froid..... Quarante ou cinquante voitures se montrent, d'où l'on répand à profusion les bouquets et les *confetti*. Du palais Sciarra à San Carlo, c'est vraiment très-animé et le peuple s'en mêle. Il y a plus d'entrain que les autres jours. La *moscia*, les courses, enfin les *moccoletti*, tout cela est encore très-joli : mais quelle différence !

10 février. — Neige affreuse et qui dure toute la journée. Nous voulons néanmoins reprendre le cours de nos visites aux palais et aux églises. Au palais Mattei, admirable décoration de la cour et des escaliers par des statues, des bas-reliefs et des bustes antiques. Au palais Costaguti, un plafond du Dominiquin, représentant le *Temps qui découvre la vérité*. Dans cet ouvrage, plein des qualités du maître, il y a surtout un groupe charmant : *Deux enfants portant la massue et la peau du lion.*

Un autre plafond, qui, comme celui du Dominiquin, est

à fresque, est un bon ouvrage du Guerchin. Cela rappelle son *Aurore* de la villa Ludovisi.

. . . .

Dimanche 14. — A la voie Appienne. Le temps est radieux et doux. Dire la splendeur de ce spectacle est impossible et inutile.

. . . .

Jeudi, 18 février. — Nous allons visiter en détail la villa Médicis et nous l'admirons bien. De là nous allons chez le roi de Naples, au palais Farnèse. Dans une des salles ou galeries qui précèdent les appartements, je remarque trois détrempes du Dominiquin : un *Narcisse*, un *Hyacinthe* et un *Adonis déchiré par le sanglier*. C'est d'un sentiment admirable ; les figures mêmes ont de la beauté, et les paysages sont d'un rare caractère, de la plus belle et de la plus large exécution. Dans la grande salle, j'admire aussi l'œuvre d'Annibal Carrache ; mais celle du Dominiquin, qui a peint là des figures allégoriques et plusieurs petits sujets au-dessus des niches, me touche bien davantage. L'architecture de la cour est d'une merveilleuse fermeté.

Vendredi, 19. — Le matin, nous prenons une voiture et nous allons à *San Nereo ed Achilleo*, charmante église près la porte Saint-Paul. Le chœur a un caractère antique ; l'autel, les ambons et le trône de saint Grégoire forment un bel ensemble.

..... A *San Giovanni a Porta Latina*, une petite chapelle ronde ou octogone indique le lieu du martyre par l'huile bouillante. Enfin, nous visitons un *columbarium* dit de Pomponius, et admirablement conservé. Architecture, peinture, tout y offre de l'intérêt. Les urnes ou les petits sarcophages conservent encore les ossements, les lampes sont suspendues au plafond : c'est saisissant.....

Nous revenons par *San Gregorio*, où je revois la fresque du Dominiquin. Elle a malheureusement beaucoup souffert depuis mon premier séjour à Rome ; mais certaines parties, dans le bas de ce grand ouvrage, montrent assez ce qu'il était comme gamme de coloris et comme caractère de formes. Quant à l'admirable ordonnance de la scène, quoique le tout soit très-affaibli, très-pâli, on juge encore de la noblesse, de la simplicité et de la profonde expression des groupes et des figures. Bientôt ce ne sera plus possible, et cette pensée ajoute pour moi un nouveau prix à la belle copie que possède l'église de Saint-Jean, à Lyon.

À Rome, l'œuvre du Dominiquin est immense, et je voudrais me rappeler toujours ce *Martyre de saint André*, les pendentifs de *Sant' Andrea della Valle*, les quatre lunettes qui sont sous le charmant portique de *Sant' Onofrio*, et, au palais Farnèse, huit ou dix fresques ou détrempes représentant des sujets de la fable : ouvrages pleins de naïveté, de tendresse et de force, surtout dans les paysages (1). Quand il emploie ces procédés de peinture, le Dominiquin se montre bien supérieur à ce qu'il est dans ses tableaux à l'huile. Cette manière de faire, simple et large, exprime beaucoup mieux la nature de son esprit, qui est droite, ingénue, et dont, par cela même, elle permet de mettre aisément en lumière les précieuses qualités.

. . . .

(1) On ne saurait attribuer à une autre cause qu'à une distraction tout involontaire l'omission que Flandrin fait ici des *fresques* de Saint-Louis des Français et du *Possédé* de Grotta-Ferrata. Mieux que personne sans doute, Flandrin appréciait à leur valeur les qualités qui recommandent ces beaux ouvrages, et l'estime qu'il manifeste pour les autres travaux du Dominiquin est une garantie certaine de l'admiration que ceux-ci devaient lui inspirer.

Dimanche, 28 février. — Visite à Overbeck. Au Forum, avec le R. P. Trullet, qui a la bonté de nous expliquer le Forum. Le temps est bien douteux, la boue est profonde; cependant, un rayon de soleil nous encourage à pousser jusqu'à *San Sisto*, pour voir les peintures du père Besson [1]. Malheureusement, l'église est fermée. Nous nous rabattons sur les fouilles de M. Guidi, au-dessous des Thermes de Caracalla. Il y a là beaucoup de fragments curieux : j'en achète quelques-uns par l'entremise du père Trullet.

1er mars. — Messe aux catacombes de Saint-Caliste. A *San Sisto*, peintures du père Besson : d'un mauvais aspect, mais bien composées, pleines d'expression. Dans les compositions qui remplissent les médaillons en grisaille et les panneaux du soubassement, il y a des choses vraiment pathétiques et d'une sobriété éloquente [2].

Le soir, essai de sortie.

Mercredi, 2 mars. — Je sors avec les enfants. Nous retournons à San Sisto pour revoir les peintures du père Besson : c'est aussi bon que la veille. Puis nous allons visiter les deux columbariums qui sont voisins du Tombeau des Scipions. Ils sont très-profonds et peuvent contenir mille ou onze cents urnes. Un troisième vient d'être dé-

[1] Avant d'entrer dans l'ordre des frères Prêcheurs, le père Besson avait étudié la peinture à Paris, sous la direction de Paul Delaroche. Il suivit ensuite le père Lacordaire à Rome, où il passa plusieurs années, partageant son temps entre ses devoirs de religieux et ses travaux d'artiste. Envoyé à Mossoul en 1859, le père Besson mourut dans cette ville peu de mois après son arrivée.

[2] Cette opinion sur les peintures de San Sisto est exprimée une seconde fois par Hamilton dans une lettre à M. Timbal : « J'ai pu, écrivait-il, voir les peintures du père Besson. Elles m'ont beaucoup touché. Les petites compositions en grisaille surtout ont une simplicité et une sobriété éloquente qui rappellent les maîtres. Il y en a d'excellentes. »

couvert assez près de là, mais on ne peut encore le visiter. Chez le custode, on nous montre les nombreux objets trouvés dans les columbariums. De cette vigne et de ces jardins, on a sur Rome des points de vue admirables.

En revenant, nous montons dans une partie des ruines du Palatin que je ne connaissais pas, et qui fait face à l'Aventin et au Coelius : c'est au-dessus de toute expression.

. . . .

Vendredi, 4 mars. — Nous allons, Auguste et moi, à Ostie..... Départ à sept heures et demie du matin. Le temps est beau ; la caravane, dans laquelle on compte M. Schnetz, le général Bertin de Vaux, M. Arlès-Dufour, M. Visconti, etc., se compose de six voitures. Nous traversons les quartiers populaires et pittoresques de *Montanara*, de *Bocca della Verità*, de *Ripa Grande*. Voilà *Testaccio*, la pyramide de Caïus Cestius, la porte Saint-Paul, enfin la grande basilique et la campagne solitaire et nue, où nous voyons au loin les troupeaux.

Peu à peu le sol s'abaisse, le Tibre devient plus large, les marais commencent, et bientôt nous apercevons le château d'Ostie avec le petit groupe de maisons qui remplace l'antique cité de quatre-vingt mille âmes. Avant d'arriver, nous traversons les étangs salés, en ayant à notre gauche la belle forêt de pins de Castel-Fusano. À l'osteria, on déjeune, puis on va aux fouilles. Elles nous permettent d'entrer dans la voie des Tombeaux, décorée de monuments plus ou moins intéressants, mais dont l'ensemble fait penser à Pompéi. À la porte de la ville, on rencontre un corps de garde et le poste de la douane, puis une colonne et un autel consacrés au génie du lieu. Au delà de la porte, la grande rue tourne et se divise : les travaux s'arrêtent et ne recommencent qu'à une distance d'un mille au moins, pour prendre la ville par l'extrémité opposée. Là

se trouvent ce qu'on appelle les *Thermes maritimes* avec
leurs dépendances, ornés encore de précieuses mosaïques,
le seul temple du dieu Mithra qui ait existé en Europe,
des magasins de vin ou d'huile très-curieux. Nous avons
tout lieu de nous applaudir de notre expédition, rendue
plus fructueuse d'ailleurs par les explications de M. Visconti.

Il est trois heures, et, par conséquent, trop tard pour
aller à Castel-Fusano; nous reprenons la route de Rome,
en retournant vers les montagnes et en laissant la mer
derrière nous. C'est la belle heure. Un doux soleil réjouit
tout de sa lumière. Les nombreux troupeaux errent partout, suivis chacun de leurs petits, veaux, poulains ou
agneaux. Les arbres fruitiers sont chargés de fleurs, l'au-
bépine apparaît, et ces graces, cette jeunesse, ce renou-
veau, sur le sol austère de cette campagne, ont un charme
de contraste qui touche et attendrit.

Les mots que nous venons de transcrire et qui expriment une
émotion si conforme aux sentiments familiers de Flandrin,
si digne à tous égards de son âme poétique et aimante, ces
mots sont les derniers qu'il ait tracés sur son journal. Bien
peu de jours après celui où il notait ainsi le souvenir de son
excursion à Ostie, il tombait, vaincu par les souffrances auxquelles il s'était efforcé jusqu'alors de résister debout ; et le
survoit d'une maladie accidentelle étant venu s'ajouter à ses
maux habituels, Hippolyte Flandrin était, le 21 mars 1864,
enlevé à sa famille, qui avait reçu de lui et qui à son tour
lui avait donné tant de joies pures et de tendres soins, à ses
amis, dont il était l'orgueil, à notre École enfin, qu'il semblait devoir honorer longtemps encore, et dans laquelle sa
mort laisse un vide que nul, parmi les talents qui nous restent,
n'est aujourd'hui en mesure de combler.

APPENDICE.

A

DISCOURS DE MONSIEUR BEULÉ,

SECRÉTAIRE PERPÉTUEL DE L'ACADÉMIE DES BEAUX-ARTS,
PRONONCÉ AUX FUNÉRAILLES D'HIPPOLYTE FLANDRIN.

MESSIEURS,

Parmi les coups qui nous frappent, voici le plus amer,
parce qu'il faut s'y soumettre sans le comprendre; le plus
funeste, parce qu'il nous laisse sans consolation, et, si nos
cœurs étaient capables de faiblesse, sans espoir. Mais quoique
l'Académie perde un de ses plus fermes soutiens, je puis dire
un fils bien-aimé, elle s'efface, elle s'oublie devant la perte
qui atteint toute l'École française; elle confond son propre
deuil avec le deuil national.

Oui, c'est un malheur public qui nous réunit devant une
tombe prématurément ouverte! Aussi cette tombe n'appartient-
elle pas seulement aux amis qui se pressent ici les yeux pleins
de larmes, à la femme courageuse qui, malade elle-même, a
rapporté le corps de son mari à la terre natale, au frère
dévoué qui partageait ses travaux, c'est-à-dire sa vie, au
maître illustre et vénéré qui devait lui transmettre son pinceau comme les rois transmettent leur sceptre : si profonde
que soit la douleur de ces cœurs tendres et déchirés, il y a
une douleur qui parle plus haut encore, c'est celle de la
France. La France entière a gémi, lorsqu'elle a su que Rome
lui renvoyait mort l'illustre artiste qui avait cherché à Rome
le repos, unique remède des tempéraments usés par le travail. Dans ce siècle, qui a beaucoup produit, mais dont la

sève s'épuise, chaque pays devient plus avare encore de ses
grands hommes, parce qu'il craint de ne les pas remplacer.
Hélas! la peinture française qui tenait le premier rang en
Europe, traverse une phase redoutable. Elle a perdu coup sur
coup Ary Scheffer, Delaroche, Decamps, Horace Vernet, Delacroix ; et Flandrin à son tour lui est ravi! Flandrin, le plus
jeune maître, mais non le moins influent; Flandrin, que res-
pectaient les partis les plus contraires; Flandrin, qui tenait
d'une main aussi modeste que ferme le drapeau de l'idéal et
de l'art religieux ; Flandrin, dont le talent sûr, toujours
en progrès, s'élevant chaque année dans une sphère plus
radieuse, n'avait donné que sa fleur et touchait à son complet
épanouissement! Que d'œuvres allaient être achevées ou entreprises! Quelles pages immortelles allaient encore être tracées
sur les murs de Saint-Germain des Prés ou de la cathédrale de
Strasbourg! Quelle maturité féconde s'ouvrait! Quels beaux
exemples nous étaient promis! Quelle autorité douce et universellement acceptée aurait maintenu vingt ans encore un
art qui chancelle, disperse ses efforts et s'abaisse vers la foule!
Vaines promesses! Espérances déçues, qui ne servent qu'à
rendre les regrets plus poignants!

Il ne convient point, au milieu des rites funèbres, de rappeler la vie ni de décrire les œuvres de Flandrin. Un tel récit
doit ressembler à un chant de triomphe; les applaudissements
qui célèbrent la mémoire d'un grand artiste ne peuvent
retentir qu'un jour de fête. Nous disons seulement un suprême
adieu à la dépouille mortelle que Rome voulait retenir,
comme elle a retenu les restes de Claude Lorrain et du Poussin, et que jadis le sanctuaire de Saint-Germain des Prés aurait eu le privilège perpétuel d'abriter. Mais nous conserve-
rons toujours présente cette figure douce, mélancolique,
recueillie, qui paraissait appartenir à un homme d'un autre
âge, soit à un néophyte chrétien peignant les Catacombes,
soit à un artiste du quinzième siècle décorant les chapelles ou
les monastères avec une inépuisable ferveur. Flandrin était
soutenu par une piété sincère, qui ne se trahissait par aucun
éclat et rayonnait au-dedans de lui-même : c'était la source de
ses inspirations toujours chastes, toujours suaves, où la naïveté
du sentiment s'appuyait sur une science profonde, où la pureté

des formes antiques s'alliait à la pureté du spiritualisme
chrétien. Il avait aussi cette foi rare qui fait les artistes, et
qui seule les fait grands : il croyait à la dignité de son art, à
des principes immuables en dehors desquels le beau cesse
d'exister, à des règles auxquelles doit se soumettre l'intelligence la plus fière; par là s'expliquent la belle simplicité et
l'unité de sa vie. Dès qu'il s'agissait de défendre ses convictions ou les destinées de l'École française, cette nature si
tendre déployait le courage du lion; on le verra bientôt par
la publication des lettres énergiques à la fois et désolées qu'il
écrivait de Rome. Et dans quelle attitude inclinée et charmante ne s'est-il pas tenu jusqu'à sa dernière heure devant le
maître qui l'avait formé! Plein d'années et de gloire, il a
voulu garder sans défaillance l'humilité qui convient au disciple, donnant ainsi à une génération qui regarde l'ingratitude comme le premier signe du génie, l'exemple du respect,
de ce respect noble, fécond, qui crée la tradition du beau et
qu'on ne revoit qu'aux meilleurs jours de la Renaissance.

Emportons donc pieusement ces souvenirs, Messieurs,
comme on recueille le parfum d'un vase brisé; tandis que
l'âme de Flandrin, envolée vers le monde supérieur, y
cherche ses affinités morales, et converse avec les âmes fraternelles de fra Beato Angelico et d'Eustache Lesueur.

B

DISCOURS DE MONSIEUR AMBROISE THOMAS,

VICE-PRÉSIDENT DE L'ACADÉMIE DES BEAUX-ARTS.

Messieurs,

Je vais essayer de prendre la parole, mais je crains d'avoir
trop présumé de mes forces en me rendant à des instances
affectueuses.

Vous avez pensé, Messieurs, que le plus ancien, le plus
inséparable compagnon de notre ami bien-aimé, celui qui eut

le bonheur de partager ses succès d'élève, de s'élancer avec
lui et de le suivre, mais à une grande distance, dans la route
de l'art, d'assister, le cœur ému et toujours heureux, à chacun
de ses triomphes, vous avez cru, enfin, que celui dont l'âme
devait être aujourd'hui si cruellement éprouvée, serait sinon
le plus éloquent, du moins le plus fidèle interprète de votre
douleur.

Après les belles paroles prononcées tout à l'heure, et en
attendant que d'autres voix également puissantes rendent
hommage au grand maître, et transmettent l'histoire de son
œuvre à la postérité, je ne puis, je ne dois parler ici que de
l'ami qui nous était si cher.

Vous avez apprécié comme moi, Messieurs, la noblesse de
son caractère, la fermeté de ses principes, le charme de son
esprit, la douceur et la sûreté de ses relations, la générosité
de son âme. Vous savez quel était son amour du juste, du
vrai et du beau. Aussi exerçait-il une véritable fascination
sur tous ceux qui l'approchaient, la fascination de l'artiste
supérieur et de l'homme de bien.

Il fallait surtout l'entendre parler de Rome, Rome où il
devait goûter ses premières et ses dernières joies! cette ville
magique où tous nous mettions en commun nos impressions
et nos efforts dans les travaux les plus divers, où nous avons
puisé des souvenirs si féconds et contracté pour la vie ces
liens puissants d'une amitié qui ne ressemble à aucune autre.
Vous vous rappelez quelle grâce Hippolyte Flandrin montrait
dans la sienne, et quelle tendresse de sentiments il apportait
dans nos réunions fraternelles. Il semblait né pour fortifier
encore cette douce chaîne qui se forme à Rome, qui rapproche
les jeunes des anciens, et qui établit entre eux un même
courant sympathique.

Oserai-je vous en citer une preuve touchante? Écoutez,
Messieurs, écoutez non un peintre, mais un compositeur de
vingt ans, nouveau pensionnaire de l'Académie de France;
écoutez ces mots qu'il m'adresse au lendemain de ce grand
deuil qui nous accable tous :

« Personne plus que moi, me dit-il dans sa lettre, n'avait
été touché de l'accueil ouvert et affectueux de M. Flandrin,
de cette égalité si flatteuse avec laquelle il traitait les jeunes

gens, les encourageant ainsi à la mériter. Si votre voix a la force de s'élever sur sa tombe, n'oubliez pas de dire que ceux qui l'ont connu seulement dans les derniers moments de sa vie ne sont pas ceux qui le regrettent le moins ; proclamez à sa louange qu'il n'y a pas un jour où son cœur n'ait gagné d'autres par les chaudes effluves de son ardente bonté ; dites que plus d'un jeune artiste garde gravées dans sa mémoire les paroles bienfaisantes que lui suggéraient son inépuisable sympathie pour la jeunesse et son immense amour pour l'art. »

L'homme qui pouvait inspirer à une première rencontre de tels sentiments, quels regrets amers ne va-t-il pas laisser à ceux qui, toute leur vie, l'ont connu et l'ont aimé !

Ah ! mon cher Hippolyte, du séjour des justes où tu viens d'entrer, vois nos pleurs, soutiens notre courage, montre-nous ce doux sourire que nous aimions ; reçois encore, par ma voix, les adieux de ta famille en larmes, de ton frère, notre ami, cette partie de ton âme que tu nous laisses, de nous tous, enfin, qui te tendons les bras, et te garderons toujours un pieux et tendre souvenir !

C

LETTRE CIRCULAIRE

DE MONSEIGNEUR L'ÉVÊQUE DE NÎMES, INVITANT LE CLERGÉ DE SON DIOCÈSE À PRIER POUR L'ÂME D'HIPPOLYTE FLANDRIN.

Nîmes, le 26 mai 1864.

L'art chrétien, Nos très-chers Coopérateurs, vient de faire une perte immense. Hippolyte Flandrin n'est plus. Des nouvelles malheureusement trop certaines nous apprennent qu'il a succombé naguère, presque subitement, sous les coups d'un mal impitoyable. C'est à Rome, d'où sa gloire s'était levée sur le monde, que ce grand astre est allé s'éteindre. Il avait commencé sa noble carrière sous la bénédiction de la Papauté ; Dieu a voulu qu'il la terminât aussi sous cette bénédiction suprême, et nous sommes bien sûr qu'au pressentiment et

surtout à l'annonce de cette mort prématurée, le Vatican se
sera douloureusement ému. Jadis, quand Raphaël expira, la
cour pontificale s'unit au deuil des arts, comme si les taches
que les mœurs de ce peintre illustre avaient imprimées à son
génie et à ses œuvres eussent été voilées par le repentir de la
dernière heure. Pour le Raphaël de notre époque, Rome aura
pu donner d'autant plus libre cours à ses regrets maternels,
qu'il n'est dans l'histoire de son talent et de sa vie aucune
page où ne brille une lumière sans mélange. Et voilà aussi
pourquoi nous venons nous-même vous inviter à vous intéresser à l'âme de cet incomparable artiste. Nous eûmes l'avantage de le connaître et d'en être connu ; il daigna nous
admettre à l'honneur de l'entretenir quelquefois ; il n'y a pas
longtemps encore que son exquise bienveillance nous faisait
transmettre l'expression du plus aimable souvenir, et certes
c'en serait bien assez pour que son trépas fût une blessure sai-
gnante à notre cœur. Mais si comme ami nous le pleurons,
comme évêque nous le pleurons aussi, et nous tenons à vous
associer à nos tristesses comme à nos prières, parce qu'Hippolyte Flandrin fit toujours de son génie un auxiliaire du
sacerdoce, et de l'art un grand apostolat.

I

Oui, Messieurs, cet homme, désormais immortel, me disait
un jour, avec un accent de piété touchante : « La Providence
m'a mis dans la nécessité de m'occuper à peu près exclusivement de peinture religieuse. » Cette parole était vraie dans
une certaine mesure. Dieu, qui de nos jours s'était réservé le
talent d'Overbeck en Allemagne, avait aussi tout disposé pour
se réserver celui d'Hippolyte Flandrin en France, afin qu'il fût
démontré au dix-neuvième siècle, comme au seizième, sous le
règne du rationalisme comme à l'apparition de la réforme,
que la foi sincère et un amour profond pour l'Église ne sont
nullement incompatibles avec les hautes inspirations de l'art.
Presque dès son retour de l'École de Rome, où il passa moins
en élève qu'en maître, ce jeune peintre se vit appelé à la
noble mission de décorer nos temples. Notre Saint-Paul de
Nîmes fut une de ces indications qui lui marquèrent sa voie.
Mais ce qui honore sa mémoire, c'est qu'il accepta sans réserve

et sans transaction cette austère vocation qui s'offrait à son génie naissant. Malgré tant d'exemples, tant de fascinations et tant d'espérances qui le conviaient et semblaient l'autoriser à se donner des licences, il prit la noble résolution de respecter à jamais et la dignité de son pinceau, et la sainteté du sanctuaire qui allait devenir en quelque façon sa demeure permanente. D'autres, à peu près au moment où il débutait, rendaient, sous une autre forme, au catholicisme des services éclatants. Lacordaire inaugurait ses immortelles conférences de Notre-Dame; Ozanam fondait cette admirable société de Saint-Vincent de Paul, dont le déchirement involontaire a causé tant de douleur à l'Église. Flandrin voulut prêcher à sa manière: la peinture sous sa main devint de l'éloquence, et sur les murailles de Saint-Séverin, de Saint-Germain des Prés et de Saint-Vincent de Paul, il écrivit une magnifique exposition de la foi.

En lui le cœur et l'intelligence s'unirent pour guider le talent. L'art n'a trop souvent parmi nous qu'un christianisme de circonstance; il traduit une scène de l'Évangile comme un sujet d'Homère; ses inspirations ne sont que factices momentanées. Dans Hippolyte, l'artiste et le chrétien n'avaient qu'une même âme; ses compositions et ses vertus jaillissaient d'un foyer commun. Ce qu'il proposait dans ses œuvres sublimes au respect et à l'adoration des autres, il le respectait et l'adorait lui-même, et les saints, ses héros, étaient aussi ses modèles.

Avec quel ravissement nous avons, en mille conjonctures, constaté la simplicité de sa foi, gage suprême de l'énergie de ses convictions! Il en parlait avec naïveté, comme on le fait encore dans ces bonnes familles lyonnaises au nombre desquelles la sienne avait eu sa place. Au lieu de dire habituellement, avec la solennité du scepticisme ou d'une foi douteuse, *le Christ*, il disait sans façon *Notre-Seigneur*, *l'Enfant Jésus*, et, au besoin, *le bon Dieu*. Élevé à l'ombre de Fourvières, il appelait *Marie* non pas sèchement *la Vierge*, mais *la sainte Vierge*, mais *la bonne Vierge*, et, quand il fallait un peu monter le style, *Notre-Dame*. Il mettait autant de simplicité dans ses pratiques religieuses qu'il en portait dans le langage de sa foi. Tant de candeur avec tant de supériorité nous a toujours touché jusqu'à l'attendrissement. Mais si, pour employer l'expression proverbiale, il avait la foi du *charbonnier*, il avait aussi celle du génie. Quel artiste a mieux compris et mieux interprété la divine fécondité de la doctrine chrétienne! Voyez-vous ces deux longues théories qui se déroulent sur les parois latérales de l'église *Saint-Vincent de Paul* à Paris, et savez-vous quelle pensée les anime, quel mystère elles nous dévoilent? Une parole de lumière et de vie est partie des lèvres de Jésus-Christ, le Verbe incarné. Pierre et Paul, ces deux princes de l'apostolat, en sont établis le premier écho dans le monde; et la voilà qui, au lieu de périr et de s'éteindre comme tous les bruits humains, commence un voyage qui ne finira plus à travers les siècles et les mondes. Conquérante dès son point de départ, elle amène aux pieds mêmes de Pierre et de Paul les prémices des Juifs et des Gentils subjugués; puis continuant sa course, elle fait éclore, avec une richesse qui n'a d'égale que sa flexibilité, ces groupes de vertus et de grandeurs variées dont s'honore l'histoire de l'Église. Apôtres, martyrs, docteurs, pontifes, vierges, anachorètes, saintes femmes, innocence, repentir, tout cela germe sous l'action de son souffle puissant, dans la servitude, sur le trône, à l'armée, dans les déserts, au sein des amphithéâtres, dans le foyer domestique, sous le soleil de tous les climats, de toutes les nationalités et de toutes les civilisations. Création morale cent fois plus brillante que la création matérielle! Voilà ce que figurent ces deux chaînes parallèles de nobles et pieux personnages qui, du pied de l'autel, s'en vont, avec la majesté dans la démarche et la sérénité sur le front, au Christ qui les attend au delà du temps et dans la gloire. Placées entre l'impulsion de la parole évangélique et l'attrait des espérances éternelles, elles résument dans d'admirables symboles toutes les efficacités de la foi, tous les prodiges de la grâce, toutes les gloires de l'Église. Rien n'est simple comme ces lignes de confesseurs, d'évêques, de théologiens, de guerriers, de solitaires s'en allant au ciel sans souci pour la terre ni pour l'effet qu'ils doivent produire; mais chacun de leurs cours contient la signification la plus haute, et leur ensemble constitue le cadre et présente l'intérêt d'une vaste et divine épopée. On sent que l'auteur a reposé sa tête avec amour sur la poitrine de Jésus, et que là, dans d'ineffables contacts avec le cœur de son Maître, il a puisé à la source la pleine science des miracles suscités dans le monde nouveau par le sang du Calvaire.

II

Au reste, cette foi pénétrante qui creusait à de si étonnantes profondeurs, dont le regard embrassait de si larges horizons, avait créé dans l'âme de ce grand artiste un amour consciencieux de l'art. La peinture étant à ses yeux non pas une profession, mais un ministère, il se préparait à ses œuvres comme un évangéliste se préparerait à ses fonctions. Il y a déjà bien des années, nous conversions ensemble de ses travaux futurs. La décoration de la cathédrale de Strasbourg lui avait été demandée, si je ne me trompe; et longtemps avant l'époque où cette composition devait être entreprise, il en avait tracé l'esquisse dans son intelligence. Des recherches minutieuses, des études approfondies étaient déjà commencées. Il voulut bien nous indiquer dans quelle direction et jusqu'à quelles limites il avait poussé les fouilles de sa prévoyance; et ce qui nous frappait par dessus tout dans ces communications, c'était l'effroi religieux avec lequel il envisageait la tâche qu'il avait acceptée, et la sollicitude pleine d'angoisses avec laquelle il rassemblait les éléments dont il aurait besoin dans l'avenir. La seule pensée de l'insuffisance volontaire et d'une négligence coupable révoltait non-seulement sa sévérité d'artiste, mais sa religion de chrétien.

Aussi, comme tout est grave et savant, sans cesser d'être simple, dans ses compositions! Comme tout y est parfaitement ordonné! Comme la raison est à l'aise pour en justifier l'économie générale et jusqu'aux moindres détails! Comme on reste convaincu, par l'analyse, qu'à l'inspiration qui donne des éclairs au génie il a joint la réflexion, la maturité, qui peut seule faire des œuvres achevées et véritablement monumentales! C'est ainsi que dans une humble abside latérale de l'église d'Ainay, à Lyon, il a su condenser en quelques coups de pinceau tout un grand poëme. Saint Badolphe, fondateur de l'illustre abbaye d'*Athanacum*, est au centre; une de ses mains s'étend vers l'ancienne colonne d'Auguste, qui s'élevait à cet endroit même, et la voilà qui penche et tombe; l'autre de ses mains fait comme un signe d'appel, et voilà qu'un monastère se dresse en face de l'autel païen qui croule. Image de la vieille civilisation romaine qui disparaît en Occident, et de la civilisation chrétienne qui la remplace et s'épanouit, surtout à une certaine époque, au souffle vivifiant des institutions monastiques.

III

Comme Hippolyte Flandrin eut toute la vigueur de la foi, il en eut toutes les délicatesses. Le grand écueil du talent qui n'est pas vraiment chrétien, c'est l'expression de cette pudeur céleste que l'Évangile a révélée à la terre. Que sont la plupart des vierges ou des pieuses femmes représentées par les artistes qui ne croient pas ou ne pratiquent point? Trouvez-vous sur leur visage et dans leur attitude ce reflet et ce caractère de modestie qui fait évanouir la créature pour ne laisser entrevoir que Dieu? A très-peu d'exceptions près, Raphaël y a lui-même échoué, tandis que fra Angelico a rencontré dans cet ordre de peinture des succès ineffables. C'est que pour faire des figures vraiment pudiques, il faut une âme virginale. Telle fut la gloire de Flandrin. Dans notre belle église de Saint-Paul, il a placé sur la muraille gauche de l'une des chapelles une procession de vierges, comme pour faire hommage à leur Reine. C'est une guirlande de lis sans tache et de roses immaculées. Tout en elles, leur attitude, la douce limpidité de leur regard, la séraphique expression de leur visage, la noble sévérité du manteau qui les couvre, tout annonce des âmes qui, à force d'être pures, ont spiritualisé leurs organes et n'ont gardé de leur enveloppe matérielle que juste ce qui est nécessaire pour qu'elles ne soient pas invisibles. C'est toute la candeur du grand artiste de Fiesole avec un dessin plus correct et l'empreinte de cette beauté complète, de cette perfection achevée dont Dieu, le peintre suprême, a marqué toutes ses œuvres. Voir ces anges terrestres, ces chastes épouses de l'Agneau divin, c'est voir l'âme même de celui qui nous en a tracé le tableau : elle était transparente comme l'eau du plus irréprochable diamant, comme le cristal de la plus pure fontaine.

Flandrin ne connut pas seulement la virginité du génie

dans ce qu'elle a d'idéal et d'éthéré, il la connut aussi dans
ses timidités et sa glorieuse intolérance. Combien d'artistes
ne sont guère connus que par la légèreté, si ce n'est la
lubricité de leur pinceau ! Lui détourna ses regards avec horreur des scènes de la volupté. Là, pour son exquise délicatesse,
une concession quelconque, même la plus restreinte, était
impossible; on le devinait à je ne sais quel parfum qui s'exha-
lait de son âme embaumée de tous les arômes du ciel. Qui sait
si ce n'est pas à cette pudeur céleste qu'il dut cette élévation
de goût et ce sentiment d'incomparable distinction qui ne lui
permit jamais de rien commettre de trivial ou d'exagéré, et
lui fit donner comme un air de nouveauté divine aux types
de l'antiquité, qui furent pourtant sa grande école et son grand
modèle? Quoi qu'il en soit, il a su prouver au monde qu'on
pouvait parvenir au faîte suprême de l'art sans rien accorder
à la licence. C'est ainsi que Racine, dont Flandrin fut le frère
par le génie, avait démontré par *Esther* et *Athalie* qu'on pouvait composer des chefs-d'œuvre dramatiques sans y donner
aucune entrée à de romanesques et criminelles passions.

IV

Toutes les délicatesses s'appellent et se lient dans les âmes
pleinement chrétiennes. Hippolyte eut, avec celle de la pudeur,
celle de la reconnaissance et du respect. Il ne prononçait
qu'avec une vénération filiale le grand nom d'Ingres, son
maître. On l'entendait répéter sans cesse qu'il devait tout à ce
patriarche de l'art contemporain; et nous l'avons oui nous-
même déclarer que tant que ce grand homme vivrait, lui, son
disciple, ne songerait jamais à créer une école. Il eut aussi la
délicatesse de la modestie. Pendant qu'il travaillait à Lyon,
dans l'église d'Ainay, il vint un jour nous prier d'aller examiner
la composition dont il avait orné l'abside principale et de lui
faire librement nos observations. Cette invitation nous rendit
heureux et confus tout ensemble. Voir de près l'exécution d'un
chef-d'œuvre par un des plus grands peintres dont se soit glo-
rifié l'art religieux, c'était un bonheur. Mais que ce génie
éminent, lui dont la critique était au niveau de l'inspiration, s'abaissât jusqu'à solliciter notre avis malgré notre

incompétence, voilà ce qui nous plongeait dans une admiration
voisine de la stupeur. Et de sa part ce n'était pas un pur langage, c'était une humilité sincère. Il eut sans doute l'initiative
et la sécurité de la force; mais c'est précisément parce qu'il
eut plus de puissance qu'il se tint plus en garde contre la
présomption.

Que ceux qui l'ont approché pour lui demander des conseils
parlent à leur tour! Ils auraient d'admirables choses à nous
raconter de ses encouragements et de sa bienveillance. Que
ceux encore qui l'ont vu dans l'intimité de la famille nous
fassent part de leurs impressions! Ils nous diront indubitable-
ment qu'il y était de la plus exquise tendresse. Nous nous
rappelons pour notre part qu'il perdit prématurément, il y a
déjà bien des années, un frère qui donnait aussi à l'art de
magnifiques espérances. Cette mort fit à son âme une plaie
irrémédiable; longtemps après le coup qui l'avait frappé, il
ne pouvait entendre prononcer le nom de ce frère chéri sans
laisser échapper des soupirs et souvent quelques larmes. Nous-
même nous en avons été témoin.

Le voilà, le grand artiste que Dieu vient de ravir à la France
ou plutôt à l'Église. C'est un troisième deuil imposé, dans un
espace de temps assez restreint, au diocèse de Lyon. Orsel,
enfant de Lyon, est descendu le premier dans la tombe; Saint-
Jean, enfant de Lyon, est venu ensuite; et Flandrin, enfant
de Lyon comme eux, ne tarde pas à les rejoindre. Trois noms
représentant des génies divers, mais trois noms illustres, trois
noms portés par des peintres aussi religieux qu'ils furent distingués! Orsel, dans l'austère gravité de son talent, se signala
par la profondeur du symbolisme chrétien. Peintre de fleurs,
Saint-Jean fut la grâce même, et de chacune de ses corbeilles,
de chacun de ses bouquets, de chacune de ses corolles, il fit
sortir un hymne délicieux à la gloire du Dieu des champs et
des parterres. Hippolyte Flandrin lui ressembla par l'inexprimable mansuétude du caractère et la tendresse de la piété;
mais au lieu de peindre, comme Saint-Jean, les fleurs de nos
jardins ou de nos prairies, il peignit ces fleurs vivantes que la
sève de la Croix a fait épanouir sur le sol sacré de l'Église. Il
est douloureux sans doute pour la cité qui les a vus naître
d'avoir eu à pleurer, presque coup sur coup, la perte de ces

hommes supérieurs. Mais au moins c'est une consolation pour elle d'avoir vu ces nobles fils de sa foi défendre le catholicisme et l'honorer en Europe par l'apostolat de l'art, comme d'autres de ses enfants cherchent à propager l'Évangile, dans nos missions lointaines, par l'apostolat de la parole et du martyre.

Quoique Flandrin n'ait pas été notre frère par la communauté de sang et de patrie, Nos très-chers Coopérateurs, il ne nous fut pas étranger. Une de nos plus belles églises lui doit une page superbe; il a d'ailleurs travaillé dans l'intérêt et pour l'honneur général de notre Dieu. Sa vie s'est usée à décorer les sanctuaires catholiques; et maintenant que, descendu dans la mort, il entre dans l'histoire, son nom va s'ajouter à ceux des grands maîtres de l'art chrétien. On dira qu'il appartint à cette noble race de peintres qui, partant de Cimabue et de Giotto, vient aboutir à Lesueur, l'immortel auteur de la *Vie de saint Bruno*; et son œuvre, digne des plus beaux poèmes de Léonard de Vinci, de Michel-Ange et de Raphaël, restera sur les murs de nos temples non-seulement comme un témoignage éclatant de son génie et de sa piété, mais comme une démonstration sublime et populaire de cette foi qui fut l'âme, le ressort et la passion de sa vie trop tôt moissonnée. Après de si glorieux services rendus à la sainte cause que nous soutenons nous-mêmes, Nos très-chers Coopérateurs, il nous est impossible de ne pas intéresser votre charité aux destinées éternelles de ce grand et pur artiste. Déjà, sans doute, Dieu lui a fait une première miséricorde en l'appelant à exhaler son dernier soupir sur le seuil des Catacombes, au pied du Vatican, sous les regards du Vicaire de Jésus-Christ, dans cette Rome, capitale auguste du catholicisme et des arts, dont l'atmosphère avait nourri de tant de principes divins la jeunesse de son génie. Mais demandons au Seigneur qu'à cette grâce il ajoute bientôt, s'il ne l'a déjà fait, une autre grâce plus précieuse encore: c'est de décerner à ce noble ouvrier de sa gloire la récompense de tant d'illustres labeurs, et de l'admettre à contempler de près et dans toutes les splendeurs de la lumière éternelle, ce Christ, ces anges, ces martyrs, ces vierges, dont sa palette a laissé de si belles et si chastes images à la terre.

Nous n'ordonnons aucune prière, ni privée ni publique; mais nous invitons avec instance tous les prêtres du diocèse à

porter au moins une fois avec ferveur à l'autel le souvenir du
grand peintre que nous leur recommandons.

Veuillez agréer, Nos très-chers Coopérateurs, l'assurance de
notre attachement le plus affectueux.

† HENRI, *évêque de Nîmes.*

D

EXTRAIT D'UN DISCOURS

PRONONCÉ PAR M. L'ABBÉ HENRI PERREYVE, DANS L'ÉGLISE DE LA SORBONNE,
LE 1er MAI 1864.

..... Je viens de nommer votre royaume, ô Marie, et à qui
ai-je besoin de dire, dans cette intelligente assemblée, que
vous avez exercé sur l'art le plus direct, le plus puissant, le
plus bienfaisant des empires, en élevant toujours devant les
regards des artistes l'idéal divin de votre chaste et admirable
beauté? Quand les premiers chrétiens, cachés dans les Catacombes, voulurent fermer les yeux aux symboles impurs de
la beauté païenne, ils rêvèrent à vous, et commencèrent à
tracer sur les tombes des martyrs ces graves et austères visages
de vierge qui devaient purifier les regards des générations à
venir. La tradition s'établit de chercher de plus en plus en
vous tout l'idéal de la beauté; et quand un génie céleste parut
et s'arma du pinceau, c'est dans la contemplation de votre
beauté virginale qu'il trouva la force de vaincre les entraine-
ments et les tentations du sensualisme. Qui dira, Messieurs, ce
qu'eût été Raphaël sans le secours de ce divin idéal? Il y a ici
des artistes, et je leur adresse cette question. Ce grand archange
de la peinture était environné d'immenses périls : il les trouvait dans une société sensuelle et corrompue, il les trouvait
dans toutes les tentations de l'orgueil, il les trouvait dans cette
nature des artistes, poétique, sensible et trop facilement éprise
de tous les vestiges de la beauté. Quel Raphaël aurions-nous
eu, Messieurs, si dans ce grand génie n'avait habité l'idéal de
la beauté vierge? Cet idéal le sauva. De temps en temps, comme
pour témoigner de sa reconnaissance à cet hôte divin et sauveur, il traça de sa main les méditations de son amour. Ce sont

ces Vierges immortelles qui raviront toujours l'admiration des hommes. Mais en sauvant le génie de Raphaël, la beauté de la Vierge Marie avait sauvé l'art tout entier, et les artistes n'ont pas cessé parmi nous de chercher en elle leur plus douce et leur plus sainte inspiration.

C'est là qu'il avait cherché, c'est là qu'il avait trouvé les secrets de son talent vraiment virginal, ce grand artiste dont nous pleurons la mort, et dont la Vierge Marie me pardonnera de vouloir prononcer le nom dans un jour où je n'ai parlé que de ses gloires. Hippolyte Flandrin, nom cher à nos souvenirs, que le respect et l'admiration ont déjà consacré plus que la mort, c'est à vous maintenant de nous dire dans quelle région de l'âme vous contempliez le modèle de ces vierges admirables dont votre main ornait les murs sacrés de nos églises. Quand vous faisiez paraître sur les pierres ces cortéges angéliques qui marchent d'un pas si assuré, si tranquille et si solennel vers l'éternelle cité, où voyiez-vous le modèle de ces visages à la fois si calmes et si inspirés, si doux et si forts, si chastes et si beaux? Et quand, sur d'autres murs, fiers de porter vos derniers travaux, vous nous montrez la Vierge-Mère dans la ville de Bethléhem, couchée auprès de l'Enfant, comme une fille des hommes, mais radieuse et fière comme la Mère de Dieu, où pouviez-vous contempler l'image divine que traçait votre immortel pinceau? Ah! je le sais bien! Vous n'aviez qu'à fermer les yeux, et à laisser votre foi et votre amour de chrétien vous montrer dans votre âme ce qu'il fallait dire sur la pierre. La beauté de la sainte Vierge habitait votre génie : elle avait imprimé sur vos rêves d'artiste le sceau de sa pureté; elle vous a donné la grâce rare et belle entre toutes d'être tout à la fois, jusqu'à la mort, un grand artiste et le plus chaste des artistes!...

FIN.

TABLE DES MATIÈRES.

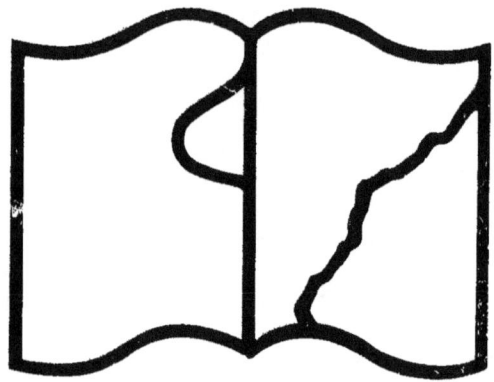

Texte détérioré — reliure défectueuse
NF Z 43-120-11

Contraste insuffisant

NF Z 43-120-14